Theodor Storm Werke

mit einem Essay von Thomas Mann
herausgegeben von
Gottfried Honnefelder

Erster Band

Gedichte
Märchen und
unheimliche Geschichten
Novellen

Insel Verlag

Insel Verlag Frankfurt am Main
Zweite Auflage, 6.–9. Tausend 1977
Druck: Poeschel & Schulz-Schomburgk, Eschwege
Printed in Germany

Einleitung

Die Literatur des bürgerlichen 19. Jahrhunderts hat seit einigen Jahren ein überraschendes und höchst lebhaftes neues Interesse auf sich gezogen. Die nachfolgende Wiederentdeckung der Malerei von C. D. Friedrich bis M. Klinger zeigt, daß die so verblüffend einsetzende und immer noch wachsende Beschäftigung mit den Schriftstellern jener Generation, deren Produktion nach 1848 beginnt und mit dem Ausgang des Jahrhunderts endet, und zu der Namen wie G. Keller, Th. Storm, C. F. Meyer, W. Raabe und Th. Fontane zählen, keineswegs zufällig, sondern als Moment eines umfassenderen Prozesses der Wiederaneignung zu verstehen ist. Formen tendenziöser, modischer »Nostalgie«, wie sie etwa in den zahlreichen Neuverfilmungen und Neuauflagen literarischer Trivialstoffe der gleichen Zeit (von Wilie Collins bis zur Marlitt) begegnen, sind demgegenüber Randerscheinungen, die dem wiedererwachten Interesse an den Großen der Epoche folgen, um es sogleich mit ganz anderen Motivationen zu besetzen. Die Richtung der tiefergehenden Renaissance ist bislang nicht leicht zu kennzeichnen: ein bestimmtes ästhetisch-politisches Motiv läßt sich nicht anführen, dafür ist die Skala der Vertreter solchen Interesses zu breit und zu different. Und ebensowenig kann es befriedigen, eine neue, allgemein historisierende Tendenz dafür verantwortlich zu machen. Historisches Interesse einer solchen Stärke verweist vielmehr auf eine breit gelagerte Suche nach Identifikation, die ihrerseits in der Möglichkeit wurzelt, in der Diagnose der vergangenen Epoche durch deren Schriftsteller das eigene Leiden wiedererkennen zu können. Es ist die Affinität des hier wie dort bedrängend erfahrbaren Leidens, die den vergangenen Texten über alle historische Distanz und Fremdheit hinweg eine neue Gleichzeitigkeit zuwachsen läßt. Sie werden wieder lesbar und gelesen, weil sie mit ihrer zugleich die eigene Geschichte aussagen. Gerade weil sie die unabgeschlossene Abgeschlossenheit des Vergangenen und so das Medium des ›Fremden‹ gewonnen haben, vermögen sie der in ihre Gegenwart distanzlos verstrickten eigenen Geschichte auf eine anders kaum ersetzbare Weise zur Formulierung zu verhelfen. Die Chance der literarischen Form, die der Gegenwartsschriftsteller in der notwendigen und zugleich zwangsläufig scheiternden Distanz des

Außenseiters sucht, gewinnen die vergangenen Werke aus eben ihrer Distanz des zurückliegend Fremden. Sie geraten erneut, wenn auch anders, in den Rang als gelungen und definitiv empfundener Formen und Gestalten. Diese neue Affinität in der Distanz läßt zugleich diese Werke selbst in einem neuen Licht sehen: die aus dem Zuwachs an Erfahrung gewonnene Scharfsichtigkeit durchbricht die scheinbare Harmlosigkeit des klassisch Gewordenen und entdeckt gerade im und unter dem Gewand des Harmlosen Bezüge und Hintergründigkeiten, die zuvor unsichtbar blieben.

Wie sehr sich solche aus der eigenen Krisis stammende Wiederaneignung auf dem Weg der Neuinterpretation vollzieht und zur Umwertung überkommener Einschätzungen führt, zeigt sich besonders deutlich in der Renaissance der Werke Fontanes. Noch vor Jahren zur deutschen Provinzialität gezählt, wenn dort auch herausragend, haben sie im Verlauf der seit 1965 einsetzenden intensiven Beschäftigung mit ihrer hinter der Konventionalität verborgenen Struktur ein Profil offenbart, das sie heute in ihrem künstlerischen Wert durchaus neben die unter weit günstigeren Stimulantien entstandenen Werke der großen europäischen Romanciers stellen läßt.

Wesentlich komplexer ist bis heute die Einschätzung des scheinbar so viel eindeutigeren und unter allen Autoren seiner Zeit am meisten gelesenen *Theodor Storm.* Verfolgt man die Wirkung seiner Werke anhand der Urteile der Kritik, so erstaunt nicht nur die zur außergewöhnlichen Verbreitung seiner Werke in einem völlig umgekehrten Verhältnis stehende Ignoranz der ambitionierten literarischen Avantgarde. Von der Entstehungszeit bis in die jüngste Gegenwart stehen sich Ablehnung und Wertschätzung in einer Diskrepanz gegenüber, deren Schärfe das beurteilte Werk auf eine eigenartige Weise interessant werden läßt und auf eine von vornherein verborgen angelegte, Zeit und Lebensgeschichte des Autors widerspiegelnde Doppelbödigkeit hinweist.

Kaum sind 1853 die ersten Gedichte und Novellen erschienen, werden sie von den *Blättern für literarische Unterhaltung* als »lyrische Gipsfiguren« und »süßliche Duodezprodukte« abgetan und dem Autor ein »blindes Herumtasten in den Dämmerungen mystischer Gefühlswelt« unterstellt, während in der *Adler-Zeitung* vermerkt wird, *Immensee* gehöre zu dem Meisterhaftesten, was der Rezensent jemals gelesen habe. Ist solche Divergenz noch keineswegs ungewöhnlich, so macht es bereits nachdenklicher, wenn gegen den liberalen Rudolf Gottschall, der das »literarische Unkraut« des »kleinstädtischen Lovely-Poeten« nur »für den Nipptisch« geeignet hält, das Urteil des zweiten Rezensenten mit dem Namen Fontane steht, der – keineswegs zu Überschwenglichem neigend – dem »recht poetischen Poeten« nichts weiter als den »Stempel der Vollendung« aufdrückt. »Nicht die Größe der Aufgabe entscheidet«, so vermerkt Fontane mit einem gegen alle ästhetisch-politische Verunsicherung der Zeit sich behauptenden Instinkt für Qualität, »sondern das ›Wie‹, mit dem wir die kleinste zu lösen versuchen.« Bei deutlichem Mißbehagen an der »provinziellen Husumerei« im privaten Lebensstil Storms hält Fontane auch in den siebziger Jahren, als den 120 Auflagen der klassizistischen Lyrik eines Emanuel Geibel erst ganze zehn der Gedichte Storms gegenüberstehen, an seinem Urteil fest und möchte ihn, »das Mindeste zu sagen, [zu den] drei, vier Besten rechnen, die nach Goethe kommen«. Während sich, um mit den Worten Hermann Sudermanns zu sprechen, bereits »in großen Kreisen des Publikums das Urteil gebildet hat, welches Storm für einen Goldschnitt-Dichter par excellence, einen Poeten des Weihnachtsbaums und der höheren Puppenstube hält«, stellen Emil Franzos und der seinerseits erfolgreiche Paul Heyse den Dichter bedenkenlos »neben Heine, Eichendorff und seinen Freund Mörike«.

»Ich bedarf äußerlich der Enge, um innerlich ins Weite zu gehen«, schreibt Storm 1881 an Hermione von Preuschen. Daß die selbst konstatierte äußere Enge der Sujets über hundert Jahre hinweg als Deutschtümelei der Heimatdichtung starke Resonanz und seltener dementsprechende Kritik findet, kann vorderhand wenig verwundern. In der Tat, »seine Stoffe gehören«, wie bereits Fontane nüchtern resümiert, »einem bestimmten und ziemlich eng begrenzten Kreise an. Von Geschichten hält er mehr als von der Geschichte.« Doch im Wissen, daß sich Geschichte stets in letztlich banalen Geschichten niederschlägt und nur dort in ihren latenten Kräften und Widersprüchlichkeiten greifbar wird, durchschaut Fontane den Schein der Stormschen Enge und gewahrt gerade in ihrer konsequenten Einhaltung die sie sprengende Größe.

Weltläufigkeit des Sujets führt noch nicht dazu, Geschichte auf

ihren verborgenen Nenner zu führen. So muß sich Franz Mehring, wenn er zu Beginn des neuen Jahrhunderts im Vergleich von Storm mit Friedrich Spielhagen meinte, es sei immer noch eine größere Ehre »im Wettlauf mit einem Balzac zu scheitern, als in holder Harmonie mit den Teekesseln von Husum zu summen«, das spätere Wort von Robert Minder entgegenhalten lassen, ein Balzac könne nicht entstehen, wo ihm kein Saint-Simon vorgearbeitet habe. Wo Enge herrscht, gewinnt die selbstgewählte Enge ihre eigene Aussagekraft. »In den Werken dieser letzten großen Dichter des ungebrochenen alten Bürgertums«, so beobachtet 1911 Georg Lukács, »fallen tiefschattende Lichter auf die gewöhnlichsten Ereignisse des bürgerlichen Lebens.« Dabei entgeht ihm nicht, wie sehr Dichtung, die ihre Zeit in solcher Weise zusammenfaßt und sie mit der nur in der Klimax erreichbaren Scharfsichtigkeit zugleich offenlegt, ihre Genauigkeit bis in das formale Detail fortsetzt: »Das Wesen von Storms Lyrik ist vollkommene Nutzbarmachung jedes großen Wertes der Vergangenheit: Die größte Knappheit des Ausdrucks, die ganz impressionistische Reduzierung der Bilder und Vergleiche auf das Notwendigste... und vor allem ein unsagbar feiner, tiefer und unbeirrt sicherer musikalischer Klang.«
Zu seinen Lebzeiten erreichten Storms Werke, in ihrem Umfang von einem schmalen Gedichtband und etwa sechzig Novellen, gemessen an der literarischen Produktivität seiner Zeitgenossen ohnehin bescheiden, eine vergleichsweise mäßige Verbreitung. Nur *Immensee* brachte es zur 30. Auflage, während sich sein Autor noch bis zum Schluß wehren mußte: »Ich bin kein Dichter der Gartenlaube.« Erst mit dem Ende des Ersten Weltkrieges setzte die Publikation für die Massen ein. Ihr gewaltiges Ausmaß – durch die eingetretene Veränderung im Buchhandel, die Bücher als Ware zu begreifen und zu produzieren beginnt, zwar mitbedingt, aber nicht erklärt – spiegelt auf ihre Weise die Zwiespältigkeit der gesamten Wirkungsgeschichte. Während Hermann Hesse 1919 vermutete: »Alles in allem wird dieser Dichter gerade jetzt einen schweren Stand haben, die Jugend sieht sich von ihm, der noch weit mehr als Keller und C. F. Meyer zum typisch bürgerlichen Zeitalter gehört, unendlich weit entfernt« – ein Urteil, das sich erst für eine weit spätere Jugend bewahrheiten sollte –, setzte in Wirklichkeit jene Entwicklung ein, in der ein verunsichertes Spätbürgertum in Storms

während meiner Jugend zwischen mir und meinen Eltern nicht statt; ich entsinne mich nicht, daß ich derzeit jemals von ihnen umarmt oder gar geküßt worden«. Was der Heranwachsende vermißt, das suchte und fand er bei seiner Großmutter Magdalena Woldsen, einer »kleinen Frau von geringen geistigen Anlagen, aber von großer Herzensgüte und ewig heiterem Temperament«. Und in wiederum charakteristischer Weise ist es die Begegnung mit einer Bäckerstochter aus dem Viertel der kleinen Leute, Lena Wies, die »über Gott und Welt so ihre eigenen Ansichten hatte«, die die dichterische Phantasie des Knaben weckt. Von ihr hört er Sagen, Märchen und Geschichten; kein Mensch, so bekennt er später, habe auf ihn Einfluß gehabt, »es sei denn Lena Wies«.

Bis er im Oktober 1842 als Fünfundzwanzigjähriger vor dem Oberappellationsgericht in Kiel seine juristische Prüfung ablegt, verläuft sein äußeres Leben ganz nach dem Idealbild eines Knaben aus besserem Hause: Mit 9 Jahren in die Quarta der Husumer Gelehrtenschule, als Primaner mit 18 Jahren Wechsel auf das berühmte Katharineum in Lübeck, zwei Jahre später (1837) Beginn des Jura-Studiums an der Universität Kiel. »Bedeutende Entwicklungskämpfe«, so schreibt er später, »hat mein Leben nie gehabt.« Herangewachsen in einer Zeit, die von Restauration bestimmt ist und die die Werke Heinrich Heines und des Jungen Deutschland verbietet, hält er beim Wechsel nach Lübeck Ludwig Uhland noch »für einen mittelalterlichen Minnesänger«, und von den Romantikern hat er »noch nichts gesehen als einmal Ludwig Tiecks Porträt auf dem Umschlag eines Schreibbuches«.

Die innere Biographie dieser Periode ist durch zwei Daten bestimmt: die Freundschaft mit Ferdinand Röse sowie Theodor und Tycho Mommsen, und die Liebe zu Bertha von Buchan. Durch den zwei Jahre älteren Röse erfährt der Lübecker Primaner, daß es »lebende deutsche Dichter gäbe«; hier lernt er Goethes *Faust*, Heines *Buch der Lieder* und die Lyrik Eichendorffs kennen. Auch die Freundschaft des Studenten mit Theodor Mommsen und dessen Bruder Tycho ist vom Thema der Literatur beherrscht; sie läßt ihn die Gedichte Eduard Mörikes entdecken, mit dem ihn später ein enges Verhältnis verbinden wird. Das heftige literarische Interesse der drei Freunde findet gegen Ende der Studienzeit seinen Niederschlag im gemeinsam herausgegebenen *Liederbuch dreier Freunde*. Daß Storm sich während dieser Zeit der eigenen dichterischen Begabung bewußt wird, hat noch eine andere Wurzel: Als ein sinnlich starkes Erlebnis erfährt er seine erste große Liebe zu der noch nicht sechzehnjährigen Bertha von Buchan. »Vielleicht wäre ich daran zugrunde gegangen«, so gesteht er später seiner Braut Constanze Esmarch, »wenn dies Gefühl mir nicht zum Objekt geworden, das ich künstlerisch zu gestalten suchte.« Während er mit nur mäßigem Interesse studiert, entstehen seine ersten Liebesgedichte.

Zu Beginn des Jahres 1843 kehrt der Sechsundzwanzigjährige nach Husum zurück, eröffnet wie sein Vater eine Anwaltspraxis und verlobt sich überraschend mit seiner achtzehnjährigen Kusine Constanze Esmarch; im September 1846 heiraten sie. In den Briefen an die Braut wirft er, der dreißig Jahre später in einer Kontroverse mit Paul Heyse die Institution von Ehe und Familie als Grundlage menschlichen Zusammenlebens heftig verteidigt, immer wieder die Frage auf, weshalb »in den meisten Ehen die Innigkeit, statt zu wachsen, immer mehr und zuletzt ganz zugrunde geht«. Was sich hier als Zweifel andeutet und später in etlichen Novellen deutlich wird, erfährt Storm im eigenen Leben. Schon kurz nach der Hochzeit lernt er Dorothea, die Tochter des Husumer Senators Jensen, kennen und lieben. Dorothea, drei Jahre jünger als Constanze, erwidert diese Liebe, von der Storm später bekennt, sie sei die »erschütterndste Leidenschaft« seines Lebens gewesen; ihr entspringen die Liebesgedichte dieser Zeit. Constanze unternimmt nichts gegen das Verhältnis, 1848 verläßt Dorothea Husum.

Als Folge der politischen Kämpfe um Schleswig-Holstein, in denen Storm sich schon früh zu den Volksbewegungen bekannt und 1849 eine Protestresolution der Bürger Husums an den dänischen Landeskommissar unterschrieben hatte, wird 1852 Storms Advokatur durch die dänischen Behörden aufgehoben. Nach erfolglosen Bewerbungen um Bürgermeister- und Richterstellen in Buxtehude und Gotha geht er nach Berlin und erreicht unter als demütigend empfundenen Umständen eine Anstellung als Assessor im preußischen Justizdienst.

Schon ein Jahr, bevor Storm ins Exil geht, ist er mit einer Ausgabe von Gedichten und sechs kleineren Prosastücken unter dem Titel *Sommergeschichten und Lieder* zum ersten Mal als Schriftsteller einer breiteren Öffentlichkeit bekannt geworden. Nun erscheinen die Gedichte in einer separaten Ausgabe; gleichzeitig setzt die Verbreitung der 1849 geschriebenen Novelle *Immensee* ein. Sie ist es, die den Autor bekannt macht; er selbst aber versteht sich in erster Linie als Lyriker und dabei bleibt er auch in der späteren Zeit, die ihn vorwiegend als den Meister der Novelle schätzt. »Ich bin ... wesentlich Lyriker und meine ganze dichterische und menschliche Persönlichkeit, alles, was von Charakter, Leidenschaft und Humor in mir ist, findet sich nur in den Gedichten, dort aber ganz und voll; in meiner Prosa sind die Grenzen wesentlich enger.« Es sind – nicht nur bei den ersten Liebesgedichten – stets persönliche Erlebnisse und Erfahrungen, die Storm zu Gedichten anregen. Thematisch sind sie alle im weiteren Umkreis der Liebes- und Naturlyrik angesiedelt. Politische Motive, wie sie schon von der Biographie her nahegelegen hätten, bilden sich eigenständig kaum aus, wenn, erscheinen sie zurückgenommen auf den Umkreis persönlichen Erlebens. Wenn Storm vom lyrischen Gedicht als »Naturlaut in künstlerischer Form« spricht und in seinen Überlegungen immer wieder Worte wie »Idyll«, »Erlebnis«, »Situation«, »Stimmung«, »Erinnerung«, »Vergänglichkeit« begegnen, so verrät sich hier keineswegs eine Flucht vor der Anforderung der Zeit, »das Leben selbst« darzustellen. Hinter dem bewußten Beharren auf den überkommenen Formen des Erlebnisgedichts steht der Wille, jene Tradition, die durch Namen wie Matthias Claudius und Eduard Mörike gekennzeichnet ist, bis zu den äußersten Grenzen ihrer Ausdrucksmöglichkeiten voranzutreiben. Dieses Festhalten läßt ihn keineswegs zum naiven Romantizisten werden. Dazu sind die historischen Abhängigkeiten zu vielfältig. Das *Oktoberlied* (1848), das er zu seinen besten Gedichten zählte und deshalb programmatisch an den Anfang seiner *Sommergeschichten und Lieder* setzte, zeigt exemplarisch, wie sich mit dem nachromantischen Erbe Heines und Mörikes ganz andere Elemente des literarischen Rokoko verbinden und zu einer Einheit von Formen (Gebrauch der Volksliedstrophe, Anklänge an Elemente des anakreontischen Trinkliedes, stimmungsgebundenes Sprechen) verschmelzen, deren Eigenständigkeit unübersehbar ist und in der Storm – die tradierten Möglichkeiten zu ihrem letzten Gipfel führend – seinen unverwechselbaren eigenen Ton findet. Und wie wenig die vom benutzten Wortfeld her

nahegelegte Idyllik Storms, die ihn zum bevorzugten Ziel des späteren Angriffs auf die Lyrik des bürgerlichen 19. Jahrhunderts werden ließ, mit der kritisierten Intention von Idylle und naiv lebensbejahender Verklärung zu tun hat, verraten die eingangs erwähnten Schlußzeilen des aus demselben Jahr stammenden Gedichts *Abseits* gerade in ihrer verhaltenen Sprache.
Der wesentliche Grund für das Mißverständnis Stormscher Lyrik liegt in dem zeitlichen Abstand, der mit all seinen Unwägbarkeiten einen heutigen Leser von ihrem Autor trennt. Man nehme nur das Motiv der *Heide:* Ist die Möglichkeit eines unmittelbaren Verhältnisses zur Natur als einer ursprünglich vorgegebenen, das Leben der Menschen beherrschenden und nur begrenzt von ihm beherrschbaren Umwelt, über das Storm noch verfügte und das ihm sein Ausdruckspotential erschloß, irreal geworden, dann kann ein Wort wie »Heide« für das direkte Verständnis nur noch als jenes Vehikel in den Blick kommen, mit dem Kunst vor der Realität in das Residuum der sentimentalen Innerlichkeit zu desertieren scheint. Die überkommenen Assoziationskreise der Naturlyrik vermögen zwangsläufig keine Verbindung mehr herzustellen; es ist nur noch wie etwa in Gottfried Benns Gedicht über die Lüneburger Heide im Modus ironischer Trauer ihr Absterben zu konstatieren. Nicht naiv-nostalgische Sehnsucht nach einem in solcher Weise wie vorgestellt nie ursprünglich Gewesenen macht Storms Lyrik wieder lesbar, wohl aber der inzwischen schmerzlich geschärfte Sinn für die humane Potenz solcher irreversibel verlorenen vermittelten Unmittelbarkeit zur Natur, jenes Wissen, daß hier nicht die Natur, sondern der Mensch vor der Bedrohung durch sich selbst steht, und angesichts deren latenter Chaotik Storm an der Grenze zwischen dem Noch-möglichen und dem Nichtmehr-möglichen seine Lyrik schrieb. Wie jeder an einer solchen Grenze Stehender unterliegt er der Gefahr, diesseits gelobt und jenseits gescholten, das heißt allemal mißverstanden zu werden, während sein Wert gerade in der Markierung der Grenze besteht.
»Meine Novellistik ist aus meiner Lyrik erwachsen«, schreibt Storm 1882, dreißig Jahre nach seinem Wechsel nach Berlin, an Erich Schmidt. Er beginnt mit der kleinen Form; die frühen Prosastücke der vierziger Jahre sind mehr Situationsstücke oder Stimmungsbilder als bereits Novellenversuche. »Situationen«

nannte er sie selbst, mit einem Begriff, den er Gervinus' Literaturgeschichte entnahm. Diesen ersten Prosaarbeiten fehlt das Epische, der erzählerische Atem, die eigentliche Geschichte: *Marthe und die Uhr, Im Saal, Der kleine Häwelmann,* die Märchen, selbst *Immensee* erzählen noch keine »unerhörte Begebenheit«, sondern reihen szenisch Gemaltes aneinander. Doch der Weg zum Erzähler ist, wie gerade *Immensee* zeigt, angetreten. Man mag darüber streiten, ob mit dem berühmt gewordenen Frühwerk eine Werther-Variation für die Zeit nach 1848 entstanden ist, oder ob der dargestellte Widerspruch zwischen den ideellen Werten des Bürgertums und den materiellen Interessen frühkapitalistischen Unternehmertums den Schlüssel zum Verständnis abgibt, das Thema der verlorenen Jugend, der veruntreuten Utopie, zeichnet eindrucksvoll die Resignation und die Lethargie der Zeit nach 1848 nach.

Wiederum ist Storms eigener Lebenslauf charakteristisch. Der Entschluß, die Heimat zu verlassen, ist ihm nicht leicht gefallen. In den folgenden vier Berliner Jahren steht er oft vor der Kapitulation: Berufliche Schwierigkeiten, Abscheu über den »preußischen Menschenverbrauch im Staatsmechanismus«, ein beständiger Zwang zu »rennen und laufen und antichambrieren« kommen mit finanziellen Nöten zusammen, die der Familie, seiner Frau und den drei Kindern, schwer zu schaffen machen. Hier helfen auch die Kontakte mit den künstlerischen Kreisen Berlins nicht; der Freundeskreis um Fontane, Paul Heyse, Franz Kugler, Adolf von Menzel, Bernhard von Lepel und andere Mitglieder des *Tunnels über der Spree* können nicht verhindern, daß Storm sich mehr und mehr isoliert. Allein der beginnende Briefwechsel mit Eduard Mörike bringt ihm »einen sinn- und seelenverwandten Freund«. Außer einigen Gedichten und kleineren Novellen entstehen in dieser Zeit, in der »der Gerichtsgang... jeden Morgen die beste Stimmung« wieder zerstört, keine literarischen Werke.

1856 wird er, nachdem man ihn oft genug übergangen hat, zum Kreisrichter in Heiligenstadt ernannt; die nun folgenden acht Jahre in der Provinz werden von ihm später als die glücklichste Zeit seines Lebens bezeichnet. Sie sind von beruflichem Gleichmaß, zurückgezogenem Lebensstil, von Familiarität, persönlicher Beschränkung und Heimweh geprägt. Storms politisches Engagement bleibt auch in dieser Zeit episodisch. Als ein von ihm initiierter Protest der Richterkollegen gegen eine die politische Meinungsfreiheit im Amt beschränkende Verfügung des Ministeriums scheitert, gilt sein ganzer Zorn zwar dem »preußischen Wesen« und es regt sich erneut der Wille, ein »Tyrtäus der Demokratie« zu werden, doch dringt er über die persönliche Empörung hinaus nicht zu den dahinterstehenden geschichtlichen Zusammenhängen vor; in seinem Werk jedenfalls schlägt sich davon unmittelbar nichts nieder, statt dessen schreibt er Märchen: *Die Regentrude, Bulemanns Haus, Der Spiegel des Cyprianus.* In der literarischen Produktion drängt das Erzählerische nun den Lyriker in den Hintergrund, doch kommen die entstehenden Prosaarbeiten thematisch wie erzählerisch über die Stimmungsidyllik von *Immensee* nur wenig hinaus. Es sind für Storm Jahre der inneren Entwicklung und der literarischen Konsolidierung. Analysiert man die Novellen aus dieser Zeit im einzelnen, so zeigt sich freilich, wie in Ansätzen Späteres vorbereitet wird: wachsende Bewußtheit der schwindenden Zeit, verstärktes Interesse an der Psychologie diffiziler Gebrochenheit von Menschen und Institutionen, eine Entwicklung in der Darstellung von der des individuellen Schicksals zu der des allgemeinen, Tendenzen zum multiperspektivischen Erzählen bei zunehmender erzählerischer Ironie.

Nach den politischen Ereignissen von 1863/64 kann Storm, von der Ständeversammlung in Husum zum Landvogt, dem obersten Verwaltungs- und Justizbeamten des Kreises, gewählt, in die Heimatstadt zurückkehren. Die Freude, »wieder daheim« zu sein, hilft ihm über die ihn erwartenden widrigen Lebensumstände – »die politische Situation ruiniert mich innerlich« – hinweg. Doch im darauffolgenden Jahr trifft ihn tief der Tod Constanzes. »Wie ich nur weiterleben soll, begreife ich nicht, ich weiß nur, daß ich es muß; denn vor mir ... liegt Arbeit, Arbeit, Arbeit!« schreibt er an Emil Kuh. Der strophische Zyklus *Tiefe Schatten* verrät die persönliche und weltanschauliche Krise, in die der nahezu Fünfzigjährige gerät und die nur durch einen Besuch bei Iwan Turgenjew, diesem »Prachtmenschen«, inmitten der anregenden Atmosphäre der Baden-Badener literarischen Welt, eine gewisse Unterbrechung erfährt. Nicht lange nach dem Tod seiner Frau entspricht Storm ihrem Wunsch und geht mit der inzwischen achtunddreißigen Dorothea Jensen seine zweite Ehe ein.

In den nun folgenden Jahren gibt es in Storms Leben keine markanten äußeren Ereignisse mehr: 1867 wird sein Amt durch die preußische Verwaltungsreform auf die Richtertätigkeit beschränkt und er später zum Oberamtsrichter, dann zum Amtsgerichtsrat ernannt; 1874 stirbt der Vater, vier Jahre später die Mutter; 1880 läßt sich der Dreiundsechzigjährige in den Ruhestand versetzen und zieht auf einen Alterssitz nach Hademarschen.

Nachdem die ersten Jahre nach Storms Rückkehr für seine literarische Produktivität, schon durch die äußeren Ereignisse bedingt, wenig fruchtbar sind – die 1867 geschriebene Novelle *In St. Jürgen* ist eher ein Schritt zurück in den resignativen Ton der frühen Novellen –, beginnt mit den siebziger Jahren eine Zeit, in der der Beruf dem Poeten Raum gibt. In diesen Jahren entstehen die großen Novellen: *Draußen im Heidedorf* (1871), die nach Storms Meinung in sein erzählerisches Werk einen »ganz neuen Ton« bringt, aus dem »eine Novelle ohne den Dunstkreis einer bestimmten Stimmung« hervorgeht; *Viola tricolor* (1873), die von der Liebe zu einer zweiten Frau, der Spannung zwischen den Kindern und der neuen Mutter erzählt, und in der Storm seinen persönlichen Konflikt und dessen Überwindung zum Sujet werden läßt; *Pole Poppenspäler* (1874), ein Künstlerschicksal; *Waldwinkel* (1874), eine »heikle und sehr schwüle Liebesgeschichte«, mit der er sich Fontanes Zorn zuzieht; *Aquis submersus* (1876), deren Darstellung eines tragischen Künstlerlebens die Reihe der späteren Chronik-Novellen eröffnet; *Carsten Curator* (1877), eine Beschreibung der Veränderung in den Denk- und Verhaltensweisen der verschiedenen Generationen; *Die Söhne des Senators* (1879), der tragikomische Streit zweier Brüder um die Benutzung eines gemeinsam geerbten Gartens.

»Meine Novellistik hat meine Lyrik völlig verschluckt«, schreibt Storm über die letzte Zeit seines Schaffens an Gottfried Keller. Auch in seiner Korrespondenz mit P. Heyse, E. Kuh und E. Schmidt spricht er davon, wie stark sein Interesse an der Novelle und ihrer Poetik nun geworden sei. Von wenigen Gedichten abgesehen, die sich bezeichnenderweise von der Volksliedstrophe lösen und mehr zum Epischen tendieren, steht in den letzten Jahren, die Storm bleiben, das Erzählerische ganz im Vordergrund. Die mit *Aquis submersus* begonnenen Chronik-

Novellen entstehen, unter ihnen *Ein Fest auf Haderslevhuus* (1885), eine »Liebesgeschichte aus der Mitte des 14. Jahrhunderts«. Wie die beiden in der gleichen Phase (1886) entstandenen Novellen *Bötjer Basch* und *Ein Doppelgänger* zeigen, ist der mehr kompositorische als inhaltliche Rückgriff auf die Historie in den Chronik-Novellen keineswegs Beleg für einen mangelnden Blick des Autors für die gesellschaftliche Wirklichkeit seiner Zeit. In diesen beiden Novellen beschreibt er soziale Konflikte, doch geht er das Thema weniger unter analytischen als unter moralisch-psychologisierenden Gesichtspunkten an. Die Frage nach dem Unrecht stellt sich Storm als Frage der Schuld. Sie ist es, in der sich wie in einem Brennspiegel die Frage nach der condition humaine für ihn zusammenfaßt. Das Thema der Schuld hat schon den jungen Schriftsteller bewegt, und es hält sich durch bis zu den späten Meisterwerken: *Hans und Heinz Kirch* (1882) und der letzten Novelle, dem *Schimmelreiter* (1888), samt dem in diesen Zusammenhang gehörenden Fragment der *Sylter Novelle*. In den beiden zuletzt fertiggestellten Werken läßt sich durchaus der Höhepunkt des Stormschen Oeuvre erblicken: Kündigt sich in der realistischen Darstellung des Vater-Sohn Konflikts in *Hans und Heinz Kirch* bereits der Geist eines neuen Zeitalters an (B. von Wiese), so gelingt Storm mit dem *Schimmelreiter* innerhalb der deutschen Erzählkunst eines ihrer besten und schönsten Zeugnisse. (P. Goldammer).

In dieser letzten großen Erzählung verbindet er alle bis dahin erworbenen erzählerischen Mittel zu einer umfassenden Einheit: die Technik der Rahmennovelle mit der Distanz und Objektivierung erlaubenden Fiktion der Chronik, den Rekurs auf Sage und Volksmärchen mit dem realistischen, psychologisch skizzierenden Lokalkolorit. Vor allem aber ist es die Gestalt des vereinsamten Genies Hauke Haien, mit der es ihm gelingt, unter Verzicht auf alle formalen Hilfsmittel analytischer Rationalität die alte Frage der Tragödie nach den tiefergehenden Ursachen menschlichen Unglücks zu stellen und in ihrer letzten Antwortlosigkeit zu zeigen.

Während Theodor Storm noch an seinem großen Werk schreibt, ist er bereits von einer tödlichen Krankheit gezeichnet. Im April des Jahres 1888 erscheint der *Schimmelreiter*, am 4. Juli desselben Jahres stirbt er. Er selbst hat immer nur eine »Seitenloge« in der Geschichte der Literatur haben wollen, doch gerade in Seitenlogen verbergen sich – in der ständigen Gefahr, falsch eingeschätzt zu werden – oft die interessanteren Gäste.

»Storm wird ... erst interessant, wenn man über seine Schwächen und Schrullen nicht hinwegsieht. Man muß den Mut haben, auch seine Ridikülismen zu schildern, dann wächst er und wird eine volle Figur.« Diesem Rat Fontanes möchte die vorliegende Auswahl folgen. Sie beschränkt sich deshalb nicht auf die anerkannten oder die populären Werke. Das lyrische Werk, oft übersehen oder gegenüber den Novellen unterschätzt, bringt sie vollständig. Bei den Prosaarbeiten setzt sie die Schwerpunkte so, daß neben den für das Gesamtwerk vorrangigen Texten auch solche erscheinen, die für die Entwicklung Storms und seine Zeit kennzeichnend sind. Nur wenn man sie hinzunimmt, ergibt sich – bei aller Begrenztheit, die einer Auswahl anhaftet – die Möglichkeit, jene »volle Figur« in den Blick zu bekommen, mit der sich Storm selbst gegen die über ihn gebildete Legende zu behaupten vermag. Die Texte beruhen im wesentlichen auf der achtbändigen kritischen Ausgabe des Insel Verlags, die Albert Köster 1919 besorgte. Orthographie und Interpunktion wurden bis auf einzelne Stellen, an denen die sprachliche Eigenart Theodor Storms erhalten bleiben sollte, modernisiert. Der Abdruck des Fragmentes zur *Sylter Novelle* erfolgt mit freundlicher Genehmigung von Dr. Karl Ernst Laage und Prof. Dr. Clifford A. Bernd.

Bonn, im Juli 1975 *Gottfried Honnefelder*

Gedichte

Erster Teil

Erstes Buch

OKTOBERLIED

Der Nebel steigt, es fällt das Laub;
Schenk ein den Wein, den holden!
Wir wollen uns den grauen Tag
Vergolden, ja vergolden!

Und geht es draußen noch so toll,
Unchristlich oder christlich,
Ist doch die Welt, die schöne Welt,
So gänzlich unverwüstlich!

Und wimmert auch einmal das Herz –
Stoß an und laß es klingen!
Wir wissen's doch, ein rechtes Herz
Ist gar nicht umzubringen.

Der Nebel steigt, es fällt das Laub;
Schenk ein den Wein, den holden!
Wir wollen uns den grauen Tag
Vergolden, ja vergolden!

Wohl ist es Herbst; doch warte nur,
Doch warte nur ein Weilchen!
Der Frühling kommt, der Himmel lacht,
Es steht die Welt in Veilchen.

Die blauen Tage brechen an,
Und ehe sie verfließen,
Wir wollen sie, mein wackrer Feund,
Genießen, ja genießen!

ABSEITS

Es ist so still; die Heide liegt
Im warmen Mittagssonnenstrahle,

Ein rosenroter Schimmer fliegt
Um ihre alten Gräbermale;
Die Kräuter blühn; der Heideduft
Steigt in die blaue Sommerluft.

Laufkäfer hasten durchs Gesträuch
In ihren goldnen Panzerröckchen,
Die Bienen hängen Zweig um Zweig
Sich an der Edelheide Glöckchen,
Die Vögel schwirren aus dem Kraut –
Die Luft ist voller Lerchenlaut.

Ein halbverfallen niedrig Haus
Steht einsam hier und sonnbeschienen;
Der Kätner lehnt zur Tür hinaus,
Behaglich blinzelnd nach den Bienen;
Sein Junge auf dem Stein davor
Schnitzt Pfeifen sich aus Kälberrohr.

Kaum zittert durch die Mittagsruh
Ein Schlag der Dorfuhr, der entfernten;
Dem Alten fällt die Wimper zu,
Er träumt von seinen Honigernten.
– Kein Klang der aufgeregten Zeit
Drang noch in diese Einsamkeit.

WEIHNACHTSLIED

Vom Himmel in die tiefsten Klüfte
Ein milder Stern herniederlacht;
Vom Tannenwalde steigen Düfte
Und hauchen durch die Winterlüfte,
Und kerzenhelle wird die Nacht.

Mir ist das Herz so froh erschrocken,
Das ist die liebe Weihnachtszeit!
Ich höre fernher Kirchenglocken
Mich lieblich heimatlich verlocken
In märchenstille Herrlichkeit.

Ein frommer Zauber hält mich wieder,
Anbetend, staunend muß ich stehn;
Es sinkt auf meine Augenlider
Ein goldner Kindertraum hernieder,
Ich fühl's, ein Wunder ist geschehn.

SOMMERMITTAG

Nun ist es still um Hof und Scheuer,
Und in der Mühle ruht der Stein;
Der Birnenbaum mit blanken Blättern
Steht regungslos im Sonnenschein.

Die Bienen summen so verschlafen;
Und in der offnen Bodenluk',
Benebelt von dem Duft des Heues,
Im grauen Röcklein nickt der Puk.

Der Müller schnarcht und das Gesinde,
Und nur die Tochter wacht im Haus;
Die lachet still und zieht sich heimlich
Fürsichtig die Pantoffeln aus.

Sie geht und weckt den Müllerburschen,
Der kaum den schweren Augen traut:
»Nun küsse mich, verliebter Junge;
Doch sauber, sauber! nicht zu laut.«

DIE STADT

Am grauen Strand, am grauen Meer
Und seitab liegt die Stadt;
Der Nebel drückt die Dächer schwer,
Und durch die Stille braust das Meer
Eintönig um die Stadt.

Es rauscht kein Wald, es schlägt im Mai
Kein Vogel ohn Unterlaß;

Die Wandergans mit hartem Schrei
nur fliegt in Herbstesnacht vorbei,
Am Strande weht das Gras.

Doch hängt mein ganzes Herz an dir,
Du graue Stadt am Meer;
Der Jugend Zauber für und für
Ruht lächelnd doch auf dir, auf dir,
Du graue Stadt am Meer.

MEERESSTRAND

Ans Haff nun fliegt die Möwe,
Und Dämmrung bricht herein;
Über die feuchten Watten
Spiegelt der Abendschein.

Graues Geflügel huschet
Neben dem Wasser her;
Wie Träume liegen die Inseln
Im Nebel auf dem Meer.

Ich höre des gärenden Schlammes
Geheimnisvollen Ton,
Einsames Vogelrufen –
So war es immer schon.

Noch einmal schauert leise
Und schweiget dann der Wind;
Vernehmlich werden die Stimmen,
Die über der Tiefe sind.

IM WALDE

Hier an der Bergeshalde
Verstummet ganz der Wind;
Die Zweige hängen nieder,
Darunter sitzt das Kind.

Sie sitzt in Thymiane,
Sie sitzt in lauter Duft;
Die blauen Fliegen summen
Und blitzen durch die Luft.

Es steht der Wald so schweigend,
Sie schaut so klug darein;
Um ihre braunen Locken
Hinfließt der Sonnenschein.

Der Kuckuck lacht von ferne,
Es geht mir durch den Sinn:
Sie hat die goldnen Augen
Der Waldeskönigin.

ELISABETH

Meine Mutter hat's gewollt,
Den andern ich nehmen sollt;
Was ich zuvor besessen,
Mein Herz sollt es vergessen;
Das hat es nicht gewollt.

Meine Mutter klag ich an,
Sie hat nicht wohlgetan;
Was sonst in Ehren stünde,
Nun ist es worden Sünde.
Was fang ich an?

Für all mein Stolz und Freud
Gewonnen hab ich Leid.
Ach, wär das nicht geschehen,
Ach, könnt ich betteln gehen
Über die braune Heid!

LIED DES HARFENMÄDCHENS

Heute, nur heute
Bin ich so schön;
Morgen, ach morgen
Muß alles vergehn!

Nur diese Stunde
Bist du noch mein;
Sterben, ach sterben
Soll ich allein.

DIE NACHTIGALL

Das macht, es hat die Nachtigall
Die ganze Nacht gesungen;
Da sind von ihrem süßen Schall,
Da sind in Hall und Widerhall
Die Rosen aufgesprungen.

Sie war doch sonst ein wildes Kind;
Nun geht sie tief in Sinnen,
Trägt in der Hand den Sommerhut
Und duldet still der Sonne Glut
Und weiß nicht, was beginnen.

Das macht, es hat die Nachtigall
Die ganze Nacht gesungen;
Da sind von ihrem süßen Schall,
Da sind in Hall und Widerhall
Die Rosen aufgesprungen.

IM VOLKSTON

1

Als ich dich kaum gesehn,
Mußt es mein Herz gestehn,

Ich könnt dir nimmermehr
Vorübergehn.

Fällt nun der Sternenschein
Nachts in mein Kämmerlein,
Lieg ich und schlafe nicht
Und denke dein.

Ist doch die Seele mein
So ganz geworden dein,
Zittert in deiner Hand,
Tu ihr kein Leid!

2

Einen Brief soll ich schreiben
Meinem Schatz in der Fern;
Sie hat mich gebeten,
Sie hätt's gar zu gern.

Da lauf ich zum Krämer,
Kauf Tint' und Papier
Und schneid mir ein' Feder,
Und sitz nun dahier.

Als wir noch mitsammen
Uns lustig gemacht,
Da haben wir nimmer
Ans Schreiben gedacht.

Was hilft mir nun Feder
Und Tint' und Papier!
Du weißt, die Gedanken
Sind allzeit bei dir.

REGINE

Und webte auch auf jenen Matten
Noch jene Mondesmärchenpracht,
Und stünd sie noch im Waldeschatten

Inmitten jener Sommernacht;
Und fänd ich selber wie im Traume
Den Weg zurück durch Moor und Feld,
Sie schritte doch vom Waldesaume
Niemals hinunter in die Welt.

EIN GRÜNES BLATT

Ein Blatt aus sommerlichen Tagen,
Ich nahm es so im Wandern mit,
Auf daß es einst mir möge sagen,
Wie laut die Nachtigall geschlagen,
Wie grün der Wald, den ich durchschritt.

WEISSE ROSEN

1

Du bissest die zarten Lippen wund,
Das Blut ist danach geflossen;
Du hast es gewollt, ich weiß es wohl,
Weil einst mein Mund sie verschlossen.

Entfärben ließt du dein blondes Haar
In Sonnenbrand und Regen;
Du hast es gewollt, weil meine Hand
Liebkosend darauf gelegen.

Du stehst am Herd in Flammen und Rauch,
Daß die feinen Hände dir sprangen;
Du hast es gewollt, ich weiß es wohl,
Weil mein Auge daran gehangen.

2

Du gehst an meiner Seite hin
Und achtest meiner nicht;
Nun schmerzt mich deine weiße Hand,
Dein süßes Angesicht.

O sprich wie sonst ein liebes Wort,
Ein einzig Wort mir zu!
Die Wunden bluten heimlich fort,
Auch du hast keine Ruh.

Der Mund, der jetzt zu meiner Qual
Sich stumm vor mir verschließt,
Ich hab ihn ja so tausendmal,
Vieltausendmal geküßt.

Was einst so überselig war,
Bricht nun das Herz entzwei;
Das Aug, das meine Seele trank,
Sieht fremd an mir vorbei.

3

So dunkel sind die Straßen,
So herbstlich geht der Wind;
Leb wohl, meine weiße Rose,
Mein Herz, mein Weib, mein Kind!

So schweigend steht der Garten,
Ich wandre weit hinaus;
Er wird dir nicht verraten,
Daß ich nimmer kehr nach Haus.

Der Weg ist gar so einsam,
Es reist ja niemand mit;
Die Wolken nur am Himmel
Halten gleichen Schritt.

Ich bin so müd zum Sterben;
Drum blieb' ich gern zu Haus
Und schliefe gern das Leben
Und Lust und Leiden aus.

LOSE

Der einst er seine junge
Sonnige Liebe gebracht,
Die hat ihn gehen heißen,
Nicht weiter sein gedacht.

Drauf hat er heimgeführet
Ein Mädchen still und hold;
Die hat aus allen Menschen
Nur einzig ihn gewollt.

Und ob sein Herz in Liebe
Niemals für sie gebebt,
Sie hat um ihn gelitten
Und nur für ihn gelebt.

NOCH EINMAL!

Noch einmal fällt in meinen Schoß
Die rote Rose Leidenschaft;
Noch einmal hab ich schwärmerisch
In Mädchenaugen mich vergafft;
Noch einmal legt ein junges Herz
An meines seinen starken Schlag;
Noch einmal weht an meine Stirn
Ein juniheißer Sommertag.

DIE STUNDE SCHLUG

Die Stunde schlug, und deine Hand
Liegt zitternd in der meinen,
An meine Lippen streiften schon
Mit scheuem Druck die deinen.

Es zuckten aus dem vollen Kelch
Elektrisch schon die Funken;

O fasse Mut, und fliehe nicht,
Bevor wir ganz getrunken!

Die Lippen, die mich so berührt,
Sind nicht mehr deine eignen;
Sie können doch, solang du lebst,
Die meinen nicht verleugnen.

Die Lippen, die sich so berührt,
Sind rettungslos gefangen;
Spät oder früh, sie müssen doch
Sich tödlich heimverlangen.

ABENDS

Warum duften die Levkojen soviel schöner bei der Nacht?
Warum brennen deine Lippen soviel röter bei der Nacht?
Warum ist in meinem Herzen so die Sehnsucht auferwacht,
Diese brennend roten Lippen dir zu küssen bei der Nacht?

WOHL FÜHL ICH, WIE DAS LEBEN RINNT

Wohl fühl ich, wie das Leben rinnt
Und daß ich endlich scheiden muß,
Daß endlich doch das letzte Lied
Und endlich kommt der letzte Kuß.

Noch häng ich fest an deinem Mund
In schmerzlich bangender Begier;
Du gibst der Jugend letzten Kuß,
Die letzte Rose gibst du mir.

Du schenkst aus jenem Zauberkelch
Den letzten goldnen Trunk mir ein;
Du bist aus jener Märchenwelt
Mein allerletzter Abendschein.

Am Himmel steht der letzte Stern,
O halte nicht dein Herz zurück;
Zu deinen Füßen sink ich hin,
O fühl's, du bist mein letztes Glück!

Laß einmal noch durch meine Brust
Des vollsten Lebens Schauer wehn,
Eh seufzend in die große Nacht
Auch meine Sterne untergehn.

HYAZINTHEN

Fern hallt Musik; doch hier ist stille Nacht,
Mit Schlummerduft anhauchen mich die Pflanzen.
Ich habe immer, immer dein gedacht;
Ich möchte schlafen, aber du mußt tanzen.

Es hört nicht auf, es rast ohn Unterlaß;
Die Kerzen brennen und die Geigen schreien,
Es teilen und es schließen sich die Reihen,
Und alle glühen; aber du bist blaß.

Und du mußt tanzen; fremde Arme schmiegen
Sich an dein Herz; o leide nicht Gewalt!
Ich seh dein weißes Kleid vorüberfliegen
Und deine leichte, zärtliche Gestalt. – –

Und süßer strömend quillt der Duft der Nacht
Und träumerischer aus dem Kelch der Pflanzen.
Ich habe immer, immer dein gedacht;
Ich möchte schlafen, aber du mußt tanzen.

DU WILLST ES NICHT IN WORTEN SAGEN

Du willst es nicht in Worten sagen;
Doch legst du's brennend Mund auf Mund,
Und deiner Pulse tiefes Schlagen
Tut liebliches Geheimnis kund.

Du fliehst vor mir, du scheue Taube,
Und drückst dich fest an meine Brust;
Du bist der Liebe schon zum Raube
Und bist dir kaum des Worts bewußt.

Du biegst den schlanken Leib mir ferne,
Indes dein roter Mund mich küßt;
Behalten möchtest du dich gerne,
Da du doch ganz verloren bist.

Du fühlst, wir können nicht verzichten;
Warum zu geben scheust du noch?
Du mußt die ganze Schuld entrichten,
Du mußt, gewiß, du mußt es doch.

In Sehnen halb und halb in Bangen,
Am Ende rinnt die Schale voll;
Die holde Scham ist nur empfangen,
Daß sie in Liebe sterben soll.

DÄMMERSTUNDE

Im Sessel du, und ich zu deinen Füßen –
Das Haupt zu dir gewendet, saßen wir;
Und sanfter fühlten wir die Stunden fließen,
Und stiller ward es zwischen mir und dir;
Bis unsre Augen ineinandersanken
Und wir berauscht der Seele Atem tranken.

FRAUENHAND

Ich weiß es wohl, kein klagend Wort
Wird über deine Lippen gehen;
Doch, was so sanft dein Mund verschweigt,
Muß deine blasse Hand gestehen.

Die Hand, an der mein Auge hängt,
Zeigt jenen feinen Zug der Schmerzen,

Und daß in schlummerloser Nacht
Sie lag auf einem kranken Herzen.

DIE ZEIT IST HIN

Die Zeit ist hin; du löst dich unbewußt
Und leise mehr und mehr von meiner Brust;
Ich suche dich mit sanftem Druck zu fassen,
Doch fühl ich wohl, ich muß dich gehen lassen.

So laß mich denn, bevor du weit von mir
Im Leben gehst, noch einmal danken dir;
Und magst du nie, was rettungslos vergangen,
In schlummerlosen Nächten heimverlangen.

Hier steh ich nun und schaue bang zurück;
Vorüber rinnt auch dieser Augenblick,
Und wieviel Stunden dir und mir gegeben,
Wir werden keine mehr zusammen leben.

WOHL RIEF ICH SANFT DICH AN MEIN HERZ

Wohl rief ich sanft dich an mein Herz,
Doch blieben meine Arme leer;
Der Stimme Zauber, der du sonst
Nie widerstandest, galt nicht mehr.

Was jetzt dein Leben füllen wird,
Wohin du gehst, wohin du irrst,
Ich weiß es nicht; ich weiß allein,
Daß du mir nie mehr lächeln wirst.

Doch kommt erst jene stille Zeit,
Wo uns das Leben läßt allein,
Dann wird, wie in der Jugend einst,
Nur meine Liebe bei dir sein.

Dann wird, was jetzt geschehen mag,
Wie Schatten dir vorübergehn,
Und nur die Zeit, die nun dahin,
Die uns gehörte, wird bestehn.

Und wenn dein letztes Kissen einst
Beglänzt ein Abendsonnenstrahl,
Es ist die Sonne jenes Tags,
Da ich dich küßte zum erstenmal.

DU SCHLÄFST

Du schläfst – so will ich leise flehen:
O schlafe sanft! und leise will ich gehen,
Daß dich nicht störe meiner Tritte Gang,
Daß du nicht hörest meiner Stimme Klang.

EIN GRAB SCHON WEISET MANCHE STELLE

Ein Grab schon weiset manche Stelle,
Und manches liegt in Traum und Duft;
Nun sprudle, frische Lebensquelle,
Und rausche über Grab und Kluft!

GESCHWISTERBLUT

I

Sie saßen sich genüber bang
Und sahen sich an in Schmerzen;
Oh, lägen sie in tiefster Gruft
Und lägen Herz an Herzen! –

Sie sprach: »Daß wir beisammen sind,
Mein Bruder, will nicht taugen!«
Er sah ihr in die Augen tief:
»O süße Schwesteraugen!«

Sie faßte flehend seine Hand
Und rief: »O denk der Sünde!«
Er sprach: »O süßes Schwesterblut,
Was läufst du so geschwinde!«

Er zog die schmalen Fingerlein
An seinen Mund zur Stelle;
Sie rief: »Oh, hilf mir, Herre Christ,
Er zieht mich nach der Hölle!«

Der Bruder hielt ihr zu den Mund;
Er rief nach seinen Knappen.
Nun rüsteten sie Reisezeug,
Nun zäumten sie die Rappen.

Er sprach: »Daß ich dein Bruder sei,
Nicht länger will ich's tragen;
Nicht länger will ich drum im Grab
Vater und Mutter verklagen.

Zu lösen vermag der Papst Urban,
Er mag uns lösen und binden!
Und säß er an Sankt Peters Hand,
Den Brautring muß ich finden.«

Er ritt dahin; die Träne rann
Von ihrem Angesichte;
Der Stuhl, wo er gesessen, stand
Im Abendsonnenlichte.

Sie stieg hinab durch Hof und Hall'
Zu der Kapelle Stufen:
»Weh mir, ich hör im Grabe tief
Vater und Mutter rufen!«

Sie stieg hinauf ins Kämmerlein;
Das stand in Dämmernissen.
Ach, nächtens schlug die Nachtigall;
Da saß sie wach im Kissen.

Da fuhr ihr Herz dem Liebsten nach
Allüberall auf Erden;
Sie streckte weit die Arme aus:
»Unselig muß ich werden!«

2

Schon war mit seinem Rosenkranz
Der Sommer fortgezogen;
Es hatte sich die Nachtigall
In weiter Welt verflogen.

Im Erker saß ein blasses Weib
Und schaute auf die Fliesen;
So stille war's: kein Tritt erscholl,
Kein Hornruf über die Wiesen.

Der Abendschein alleine ging
Vergoldend durch die Halle;
Da öffneten die Tore sich
Geräuschlos, ohne Schalle.

Da stand an seiner Schwelle Rand
Ein Mann in Harm gebrochen;
Der sah sie toten Auges an,
Kein Wort hat er gesprochen.

Es lag auf ihren Lidern schwer,
Sie schlug sie auf mit Mühen;
Sie sprang empor, sie schrie so laut,
Wie noch kein Herz geschrieen.

Doch als er sprach: »Es reicht kein Ring
Um Schwester- und Bruderhände!«
Um stürzte sie den Marmortisch
Und schritt an Saales Ende.

Sie warf in seine Arme sich;
Doch war sie bleich zum Sterben.
Er sprach: »So ist die Stunde da,
Daß beide wir verderben.«

Die Schwester von dem Nacken sein
Löste die zarten Hände:
»Wir wollen zu Vater und Mutter gehn;
Da hat das Leid ein Ende.«

MONDLICHT

Wie liegt im Mondenlichte
Begraben nun die Welt;
Wie selig ist der Friede,
Der sie umfangen hält!

Die Winde müssen schweigen,
So sanft ist dieser Schein;
Sie säuseln nur und weben
Und schlafen endlich ein.

Und was in Tagesgluten
Zur Blüte nicht erwacht,
Es öffnet seine Kelche
Und duftet in die Nacht.

Wie bin ich solchen Friedens
Seit lange nicht gewohnt!
Sei du in meinem Leben
Der liebevolle Mond!

LUCIE

Ich seh sie noch, ihr Büchlein in der Hand,
Nach jener Bank dort an der Gartenwand
Vom Spiel der andern Kinder sich entfernen;
Sie wußte wohl, es mühte sie das Lernen.

Nicht war sie klug, nicht schön; mir aber war
Ihr blaß Gesichtchen und ihr blondes Haar,
Mir war es lieb; aus der Erinnrung Düster
Schaut es mich an; wir waren recht Geschwister.

Ihr schmales Bettchen teilte sie mit mir,
Und nächtens Wang an Wange schliefen wir;
Das war so schön! Noch weht ein Kinderfrieden
Mich an aus jenen Zeiten, die geschieden.

Ein Ende kam; – ein Tag, sie wurde krank
Und lag im Fieber viele Wochen lang;
Ein Morgen dann, wo sanft die Winde gingen,
Da ging sie heim; es blühten die Syringen.

Die Sonne schien; ich lief ins Feld hinaus
Und weinte laut; dann kam ich still nach Haus.
Wohl zwanzig Jahr und drüber sind vergangen –
An wieviel anderm hat mein Herz gehangen!

Was hab ich heute denn nach dir gebangt?
Bist du mir nah und hast nach mir verlangt?
Willst du, wie einst nach unsern Kinderspielen,
Mein Knabenhaupt an deinem Herzen fühlen?

EINER TOTEN

I

Du glaubtest nicht an frohe Tage mehr,
Verjährtes Leid ließ nimmer dich genesen;
Die Mutterfreude war für dich zu schwer,
Das Leben war dir gar zu hart gewesen. –

Er saß bei dir in letzter Liebespflicht;
Noch eine Nacht, noch eine war gegeben!
Auch die verrann; dann kam das Morgenlicht.
»Mein guter Mann, wie gerne wollt ich leben!«

Er hörte still die sanften Worte an,
Wie sie sein Ohr in bangen Pausen trafen:
»Sorg für das Kind – ich sterbe, süßer Mann.«
Dann halb verständlich noch: »Nun will ich schlafen.«

Und dann nichts mehr; – du wurdest nimmer wach,
Dein Auge brach, die Welt ward immer trüber;
Der Atem Gottes wehte durchs Gemach,
Dein Kind schrie auf, und dann warst du hinüber.

2

Das aber kann ich nicht ertragen,
Daß so wie sonst die Sonne lacht;
Daß wie in deinen Lebenstagen
Die Uhren gehn, die Glocken schlagen,
Einförmig wechseln Tag und Nacht;

Daß, wenn des Tages Lichter schwanden,
Wie sonst der Abend uns vereint;
Und daß, wo sonst dein Stuhl gestanden,
Schon andre ihre Plätze fanden,
Und nichts dich zu vermissen scheint;

Indessen von den Gitterstäben
Die Mondesstreifen schmal und karg
In deine Gruft hinunterweben
Und mit gespenstig trübem Leben
Hinwandeln über deinen Sarg.

EINE FREMDE

Sie saß in unserm Mädchenkreise,
Ein Stern am Frauen-Firmament;
Sie sprach in unsres Volkes Weise,
Nur leis, mit klagendem Akzent.
Du hörtest niemals heimverlangen
Den stolzen Mund der schönen Frau;
Nur auf den südlich blassen Wangen
Und über der gewölbten Brau'
Lag noch Granadas Mondenschimmer,
Den sie vertauscht um unsern Strand;
Und ihre Augen dachten immer
An ihr beglänztes Heimatland.

LEHRSATZ

Die Sonne scheint; laß ab von Liebeswerben!
Denn Liebe gleicht der scheuesten der Frauen;
Ihr eigen Antlitz schämt sie sich zu schauen,
Ein Rätsel will sie bleiben, oder sterben.
Doch wenn der Abend still herniedergleitet,
Dann naht das Reich der zärtlichen Gedanken;
Wenn Dämmrung süß verwirrend sich verbreitet
Und alle Formen ineinander schwanken,
Dann irrt die Hand, dann irrt der Mund gar leicht,
Und halb gewagt, wird alles ganz erreicht.

DIE KLEINE

Und plaudernd hing sie mir am Arm,
Sie halb erschlossen nur dem Leben;
Ich zwar nicht alt, doch aber dort,
Wo uns verläßt die Jugend eben.

Wir wandelten hinauf, hinab
Im dämmergrünen Gang der Linden;
Sie sah mich froh und leuchtend an,
Sie wußte nicht, es könne zünden;

Ihr ahnte keine Möglichkeit,
Kein Wort von so verwegnen Dingen,
Wodurch es selbst die tiefste Kluft
Verlockend wird zu überspringen.

O SÜSSES NICHTSTUN

O süßes Nichtstun, an der Liebsten Seite
Zu ruhen auf des Bergs besonnter Kuppe;
Bald abwärts zu des Städtchens Häusergruppe
Den Blick zu senden, bald in ferne Weite!

O süßes Nichtstun, lieblich so gebannt
Zu atmen in den neubefreiten Düften;
Sich locken lassen von den Frühlingslüften,
Hinabzuziehn in das beglänzte Land;
Rückkehren dann aus aller Wunderferne
In deiner Augen heimatliche Sterne.

WER JE GELEBT IN LIEBESARMEN

Wer je gelebt in Liebesarmen,
Der kann im Leben nie verarmen;
Und müßt er sterben fern, allein,
Er fühlte noch die sel'ge Stunde,
Wo er gelebt an ihrem Munde,
Und noch im Tode ist sie sein.

NUN SEI MIR HEIMLICH ZART UND LIEB

Nun sei mir heimlich zart und lieb;
Setz deinen Fuß auf meinen nun!
Mir sagt es: ich verließ die Welt,
Um ganz allein auf dir zu ruhn;

Und dir: o ließe mich die Welt,
Und könnt ich friedlich und allein,
Wie deines leichten Fußes jetzt,
So deines Lebens Träger sein!

SCHLIESSE MIR DIE AUGEN BEIDE

Schließe mir die Augen beide
Mit den lieben Händen zu!
Geht doch alles, was ich leide,
Unter deiner Hand zur Ruh.

Und wie leise sich der Schmerz
Well' um Welle schlafen leget,

Wie der letzte Schlag sich reget,
Füllest du mein ganzes Herz.

KRITIK

Hör mir nicht auf solch Geschwätze,
Liebes Herz, daß wir Poeten
Schon genug der Liebeslieder,
Ja zuviel gedichtet hätten.

Ach, es sind so kläglich wenig,
Denn ich zählte sie im stillen,
Kaum genug, dein Nadelbüchlein
Schicklich damit anzufüllen.

Lieder, die von Liebe reimen,
Kommen Tag für Tage wieder;
Doch wir zwei Verliebte sprechen:
Das sind keine Liebeslieder.

MORGENS

Nun gib ein Morgenküßchen!
Du hast genug der Ruh;
Und setz dein zierlich Füßchen
Behende in den Schuh!

Nun schüttle von der Stirne
Der Träume blasse Spur!
Das goldene Gestirne
Erleuchtet längst die Flur.

Die Rosen in deinem Garten
Sprangen im Sonnenlicht;
Sie können kaum erwarten,
Daß deine Hand sie bricht.

ZUR NACHT

Vorbei der Tag! Nun laß mich unverstellt
Genießen dieser Stunde vollen Frieden!
Nun sind wir unser; von der frechen Welt
Hat endlich uns die heilige Nacht geschieden.

Laß einmal noch, eh sich dein Auge schließt,
Der Liebe Strahl sich rückhaltlos entzünden;
Noch einmal, eh im Traum sie sich vergißt,
Mich deiner Stimme lieben Laut empfinden!

Was gibt es mehr! Der stille Knabe winkt
Zu seinem Strande lockender und lieber;
Und wie die Brust dir atmend schwellt und sinkt,
Trägt uns des Schlummers Welle sanft hinüber.

DIE KINDER

1

Abends

Auf meinem Schoße sitzet nun
Und ruht der kleine Mann;
Mich schauen aus der Dämmerung
Die zarten Augen an.

Er spielt nicht mehr, er ist bei mir,
Will nirgend anders sein;
Die kleine Seele tritt heraus
Und will zu mir herein.

2

Mein Häwelmann, mein Bursche klein,
Du bist des Hauses Sonnenschein,
Die Vögel singen, die Kinder lachen,
Wenn deine strahlenden Augen wachen.

IM HERBSTE

Es rauscht, die gelben Blätter fliegen,
Am Himmel steht ein falber Schein;
Du schauerst leis und drückst dich fester
In deines Mannes Arm hinein.

Was nun von Halm zu Halme wandelt,
Was nach den letzten Blumen greift,
Hat heimlich im Vorübergehen
Auch dein geliebtes Haupt gestreift.

Doch reißen auch die zarten Fäden,
Die warme Nacht auf Wiesen spann –
Es ist der Sommer nur, der scheidet;
Was geht denn uns der Sommer an!

Du legst die Hand an meine Stirne
Und schaust mir prüfend ins Gesicht;
Aus deinen milden Frauenaugen
Bricht gar zu melancholisch Licht.

Erlosch auch hier ein Duft, ein Schimmer,
Ein Rätsel, das dich einst bewegt,
Daß du in meine Hand gefangen
Die freie Mädchenhand gelegt?

O schaudre nicht! Ob auch unmerklich
Der schönste Sonnenschein verrann –
Es ist der Sommer nur, der scheidet;
Was geht denn uns der Sommer an!

GODE NACHT

Över de stillen Straten
Geit klar de Klokkenslag;
God Nacht! Din Hart will slapen,
Un morgen is ok en Dag.

Din Kind liggt in de Weegen,
Un ik bün ok bi di;
Din Sorgen un din Leven
Is allens um un bi.

Noch eenmal lat uns spräken:
Goden Abend, gode Nacht!
De Maand schient op de Däken,
Uns' Herrgott hölt de Wacht.

O BLEIBE TREU DEN TOTEN

O bleibe treu den Toten,
Die lebend du betrübt;
O bleibe treu den Toten,
Die lebend dich geliebt!

Sie starben; doch sie blieben
Auf Erden wesenlos,
Bis allen ihren Lieben
Der Tod die Augen schloß.

Indessen du dich herzlich
In Lebenslust versenkst,
Wie sehnen sie sich schmerzlich.
Daß ihrer du gedenkst!

Sie nahen dir in Liebe,
Allein du fühlst es nicht;
Sie schaun dich an so trübe,
Du aber siehst es nicht.

Die Brücke ist zerfallen;
Nun mühen sie sich bang,
Ein Liebeswort zu lallen,
Das nie hinüberdrang.

In ihrem Schattenleben
Quält eins sie gar zu sehr:

Ihr Herz will dir vergeben,
Ihr Mund vermag's nicht mehr.

O bleibe treu den Toten,
Die lebend du betrübt;
O bleibe treu den Toten,
Die lebend dich geliebt!

IN BÖSER STUNDE

Ein schwaches Stäbchen ist die Liebe,
Das deiner Jugend Rebe trägt,
Das wachsend bald der Baum des Lebens
Mit seinen Ästen selbst zerschlägt.

Und drängtest du mit ganzer Seele
Zu allerinnigstem Verein,
Du wirst am Ende doch, am Ende
Nur auf dir selbst gelassen sein.

UND WAR ES AUCH EIN GROSSER SCHMERZ

Und war es auch ein großer Schmerz,
Und wär's vielleicht gar eine Sünde,
Wenn es noch einmal vor dir stünde,
Du tätst es noch einmal, mein Herz.

ZWISCHENREICH

Meine ausgelaßne Kleine,
Ach, ich kenne sie nicht mehr;
Nur mit Tanten und Pastoren
Hat das liebe Herz Verkehr.

Jene süße Himmelsdemut,
Die der Sünder Hoffart schilt,

Hat das ganze Schelmenantlitz
Wie mit grauem Flor verhüllt.

Ja, die brennend roten Lippen
Predigen Entsagung euch;
Diese gar zu schwarzen Augen
Schmachten nach dem Himmelreich.

Auf die Tiziansche Venus
Ist ein Heil'genbild gemalt;
Ach, ich kenne sie nicht wieder,
Die so schön mit uns gedahlt.

Nirgends mehr für blaue Märchen
Ist ein einzig Plätzchen leer;
Nur Traktätlein und Asketen
Liegen haufenweis umher.

Wahrlich, zum Verzweifeln wär es –
Aber, Schatz, wir wissen schon,
Deinen ganzen Götzenplunder
Wirft ein einz'ger Mann vom Thron.

VOM STAATSKALENDER

I

Die Tochter spricht:

»Ach, die kleine Kaufmannstochter,
Wie das Ding sich immer putzt!
Fehlt nur, daß mit unsereinem
Sie sich noch vertraulich duzt.

Setzt sich, wo wir auch erscheinen,
Wie von selber nebenbei;
Präsidentens könnten meinen,
Daß es heiße Freundschaft sei.

Und es will sich doch nicht schicken,
Daß man so mit jeder geht,
Seit Papa im Staatskalender
In der dritten Klasse steht.

Hat Mama doch auch den Diensten
Anbefohlen klar und hell,
Fräulein hießen wir jetzunder,
Fräulein, und nicht mehr Mamsell.

Ach, ein kleines bißchen adlig,
So ein bißchen – glaub, wir sind's!
Morgen in der goldnen Kutsche
Holt uns ein verwünschter Prinz!«

2

Ein Golem

Ihr sagt, es sei ein Kämmerer,
Ein schöner Staatskalenderer;
Doch sieht denn nicht ein jeder,
Daß er genäht aus Leder?

Kommt nur der rechte Regentropf
Und wäscht die Nummer ihm vom Kopf,
So ruft gewiß ein jeder:
Herrgott, ein Kerl von Leder!

GESEGNETE MAHLZEIT

Sie haben wundervoll diniert;
Warm und behaglich rollt ihr Blut,
Voll Menschenliebe ist ihr Herz,
Sie sind der ganzen Welt so gut.

Sie schütteln zärtlich sich die Hand,
Umwandelnd den geleerten Tisch,
Und wünschen, daß gesegnet sei
Der Wein, der Braten und der Fisch.

Die Geistlichkeit, die Weltlichkeit,
Wie sie so ganz verstehen sich!
Ich glaube, Gott verzeihe mir,
Sie lieben sich herzinniglich.

VON KATZEN

Vergangnen Maitag brachte meine Katze
Zur Welt sechs allerliebst kleine Kätzchen,
Maikätzchen, alle weiß mit schwarzen Schwänzchen.
Fürwahr, es war ein zierlich Wochenbettchen!
Die Köchin aber – Köchinnen sind grausam,
Und Menschlichkeit wächst nicht in einer Küche –,
Die wollte von den sechsen fünf ertränken,
Fünf weiße, schwarzgeschwänzte Maienkätzchen
Ermorden wollte dies verruchte Weib.
Ich half ihr heim! – Der Himmel segne
Mir meine Menschlichkeit! Die lieben Kätzchen,
Sie wuchsen auf und schritten binnen kurzem
Erhobnen Schwanzes über Hof und Herd;
Ja, wie die Köchin auch ingrimmig dreinsah,
Sie wuchsen auf, und nachts vor ihrem Fenster
Probierten sie die allerliebsten Stimmchen.
Ich aber, wie ich sie so wachsen sahe,
Ich pries mich selbst und meine Menschlichkeit. –
Ein Jahr ist um, und Katzen sind die Kätzchen,
Und Maitag ist's! – Wie soll ich es beschreiben,
Das Schauspiel, das sich jetzt vor mir entfaltet!
Mein ganzes Haus, vom Keller bis zum Giebel,
Ein jeder Winkel ist ein Wochenbettchen!
Hier liegt das eine, dort das andre Kätzchen,
In Schränken, Körben, unter Tisch und Treppen,
Die Alte gar – nein, es ist unaussprechlich –
Liegt in der Köchin jungfräulichem Bette!
Und jede, jede von den sieben Katzen
Hat sieben, denkt euch! sieben junge Kätzchen,
Maikätzchen, alle weiß mit schwarzen Schwänzchen!
Die Köchin rast, ich kann der blinden Wut
Nicht Schranken setzen dieses Frauenzimmers;

Ersäufen will sie alle neunundvierzig!
Mir selber! ach, mir läuft der Kopf davon –
O Menschlichkeit, wie soll ich dich bewahren!
Was fang ich an mit sechsundfünfzig Katzen! –

ENGEL-EHE

Wie Flederwisch und Bürste sie regiert!
Glas und Gerät, es blitzt nur alles so
Und lacht und lebt! Nur, ach, sie selber nicht.
Ihr schmuck Gesicht, dem Manne ihrer Wahl,
Wenn ihre wirtschaftliche Bahn er kreuzt,
Gleich einer Maske hält sie's ihm entgegen;
Und fragt er gar, so wirft sie ihm das Wort
Als wie dem Hunde einen Knochen zu.
Denn er ist schuld an allem, was sie plagt,
Am Trotz der Mägde, an den großen Wäschen,
Am Tagesmühsal und der Nächte Wachen,
Schuld an dem schmutz'gen Pudel und den Kindern. –
Und er? – Er weiß, wenn kaum der grimme Tod
Sein unverkennbar Mal ihm aufgeprägt,
Dann wird, der doch in jedem Weibe schläft,
Der Engel auch in seinem Weib erwachen;
Ihr eigen Weh bezwingend, wird sie dann,
Was aus der Jugend Süßes ihr verblieb,
Heraufbeschwören; leuchten wird es ihm
Aus ihren Augen, lind wie Sommeratem
Wird dann ihr Wort zu seinem Herzen gehn. –
Doch wähnet nicht, daß dies ihn tröste! Nein,
Den künft'gen Engel, greulich haßt er ihn;
Er magert ab, er schlottert im Gebein,
Er wird daran ersticken jedenfalls.
Doch eh ihm ganz die Kehle zugeschnürt,
Muß er sein Weib in Himmelsglorie sehn;
Die Rede, die er brütend ausstudiert,
Womit vor seinem letzten Atemzug,
Jedwedes Wort wie Schwert, auf einen Schlag
Er alles Ungemach ihr hat vergelten wollen,
Er wird sie nimmer halten; Segenstammeln

Wird noch von seinen toten Lippen fliehn.
Das alles weiß er, und es macht ihn toll;
Er geht umher und fluchet innerlich.
Ja, manches Mal im hellsten Sonnenschein
Durchfährt es ihn, als stürz er in das Grab.
Es war sein Weib, sie sprach ein sanftes Wort;
Und zitternd blickt er auf: »Oh, Gott sei Dank,
Noch nicht, noch nicht das Engelsangesicht!«

STOSSEUFZER

Am Weihnachtsonntag kam er zu mir,
In Jack' und Schurzfell, und roch nach Bier
Und sprach zwei Stunden zu meiner Qual
Von Zinsen und von Kapital;
Ein Kerl, vor dem mich Gott bewahr!
Hat keinen Festtag im ganzen Jahr.

IN DER FRÜHE

Goldstrahlen schießen übers Dach,
Die Hähne krähn den Morgen wach;
Nun einer hier, nun einer dort,
So kräht es nun von Ort zu Ort.
Und in der Ferne stirbt der Klang –
Ich höre nichts, ich horche lang.
Ihr wackern Hähne, krähet doch!
Sie schlafen immer, immer noch.

AUS DER MARSCH

Der Ochse frißt das feine Gras
Und läßt die groben Halme stehen;
Der Bauer schreitet hinterdrein
Und fängt bedächtig an zu mähen.

Und auf dem Stall zur Winterszeit,
Wie wacker steht der Ochs zu kauen!
Was er als grünes Gras verschmäht,
Das muß er nun als Heu verdauen.

... na und? Besser einmal Genuß, als
beide Male keinen oder unvollkommen

AM AKTENTISCH

Da hab ich den ganzen Tag dekretiert;
Und es hätte mich fast wie so manchen verführt:
Ich spürte das kleine dumme Vergnügen,
Was abzumachen, was fertigzukriegen.

STURMNACHT

Im Hinterhaus, im Fliesensaal
Über Urgroßmutters Tisch' und Bänke,
Über die alten Schatullen und Schränke
Wandelt der zitternde Mondenstrahl.
Vom Wald kommt der Wind
Und fährt an die Scheiben;
Und geschwind, geschwind
Schwatzt er ein Wort,
Und dann wieder fort
Zum Wald über Föhren und Eiben.

Da wird auch das alte verzauberte Holz
Da drinnen lebendig;
Wie sonst im Walde will es stolz
Die Kronen schütteln unbändig,
Mit den Ästen greifen hinaus in die Nacht,
Mit dem Sturm sich schaukeln in brausender Jagd,
Mit den Blättern in Übermut rauschen,
Beim Tanz im Flug
Durch Wolkenzug
Mit dem Mondlicht silberne Blicke tauschen.

Da müht sich der Lehnstuhl, die Arme zu recken,
Den Rokokofuß will das Kanapee strecken,

In der Kommode die Schubfächer drängen
Und wollen die rostigen Schlösser sprengen;
Der Eichschrank unter dem kleinen Troß
Steht da, ein finsterer Koloß.
Traumhaft regt er die Klauen an,
Ihm zuckt's in der verlornen Krone;
Doch bricht er nicht den schweren Bann. –
Und draußen pfeift ihm der Wind zum Hohne
Und fährt an die Läden und rüttelt mit Macht,
Bläst durch die Ritzen, grunzt und lacht,
Schmeißt die Fledermäuse, die kleinen Gespenster,
Klitschend gegen die rasselnden Fenster.
Die glupen dumm neugierig hinein –
Da drinn' steht voll der Mondenschein.

Aber droben im Haus
Im behaglichen Zimmer
Beim Sturmgebraus
Saßen und schwatzten die Alten noch immer,
Nicht hörend, wie drunten die Saaltür sprang,
Wie ein Klang war erwacht
Aus der einsamen Nacht,
Der schollernd drang
Über Trepp' und Gang,
Daß drin in der Kammer die Kinder mit Schrecken
Auffuhren und schlüpften unter die Decken.

WALDWEG

Fragment

Durch einen Nachbarsgarten ging der Weg,
Wo blaue Schlehn im tiefen Grase standen;
Dann durch die Hecke über schmalen Steg
Auf einer Wiese, die an allen Randen
Ein hoher Zaun vielfarb'gen Laubs umzog;
Buscheichen unter wilden Rosenbüschen,
Um die sich frei die Geißblattranke bog,
Brombeergewirr und Hülsendorn dazwischen;
Vorbei an Farrenkräutern wob der Eppich

Entlang des Walles seinen dunklen Teppich.
Und vorwärtsschreitend störte bald mein Tritt
Die Biene auf, die um die Distel schwärmte,
Bald hörte ich, wie durch die Gräser glitt
Die Schlange, die am Sonnenstrahl sich wärmte.
Sonst war es kirchenstill in alle Weite,
Kein Vogel hörbar; nur an meiner Seite
Sprang schnaufend ab und zu des Oheims Hund;
Denn nicht allein wär ich um solche Zeit
Gegangen zum entlegnen Waldesgrund;
Mir graute vor der Mittagseinsamkeit. –
Heiß war die Luft, und alle Winde schliefen;
Und vor mir lag ein sonnig offner Raum,
Wo quer hindurch schutzlos die Steige liefen.
Wohl hatt ich's sauer und ertrug es kaum;
Doch rascher schreitend überwand ich's bald.
Dann war ein Bach, ein Wall zu überspringen;
Dann noch ein Steg, und vor mir lag der Wald,
In dem schon herbstlich rot die Blätter hingen.
Und drüberher, hoch in der blauen Luft,
Stand beutesüchtig ein gewalt'ger Weih,
Die Flügel schlagend durch den Sonnenduft;
Tief aus der Holzung scholl des Hähers Schrei.
Herbstblätterduft und Tannenharzgeruch
Quoll mir entgegen schon auf meinem Wege,
Und dort im Walle schimmerte der Bruch,
Durch den ich meinen Pfad nahm ins Gehege.
Schon streckten dort gleich Säulen der Kapelle
Ans Laubgewölb die Tannenstämme sich;
Dann war's erreicht, und wie an Kirchenschwelle
Umschauerte die Schattenkühle mich.

EINE FRÜHLINGSNACHT

Im Zimmer drinnen ist's so schwül;
Der Kranke liegt auf dem heißen Pfühl.

Im Fieber hat er die Nacht verbracht;
Sein Herz ist müde, sein Auge verwacht.

Er lauscht auf der Stunden rinnenden Sand;
Er hält die Uhr in der weißen Hand.

Er zählt die Schläge, die sie pickt,
Er forschet, wie der Weiser rückt;

Es fragt ihn, ob er noch leb' vielleicht,
Wenn der Weiser die schwarze Drei erreicht.

Die Wartfrau sitzt geduldig dabei,
Harrend, bis alles vorüber sei. –

Schon auf dem Herzen drückt ihn der Tod;
Und draußen dämmert das Morgenrot.

An die Fenster klettert der Frühlingstag.
Mädchen und Vögel werden wach.

Die Erde lacht in Liebesschein,
Pfingstglocken läuten das Brautfest ein;

Singende Bursche ziehn übers Feld
Hinein in die blühende, klingende Welt. –

Und immer stiller wird es drin;
Die Alte tritt zum Kranken hin.

Der hat die Hände gefaltet dicht;
Sie zieht ihm das Laken übers Gesicht.

Dann geht sie fort. Stumm wird's und leer;
Und drinnen wacht kein Auge mehr.

DER ZWEIFEL

Der Glaube ist zum Ruhen gut,
Doch bringt er nicht von der Stelle;
Der Zweifel in ehrlicher Männerfaust,
Der sprengt die Pforten der Hölle.

FEBRUAR

Im Winde wehn die Lindenzweige,
Von roten Knospen übersäumt;
Die Wiegen sind's, worin der Frühling
Die schlimme Winterzeit verträumt.

MÄRZ

Und aus der Erde schauet nur
Alleine noch Schneeglöckchen;
So kalt, so kalt ist noch die Flur,
Es friert im weißen Röckchen.

APRIL

Das ist die Drossel, die da schlägt,
Der Frühling, der mein Herz bewegt;
Ich fühle, die sich hold bezeigen,
Die Geister aus der Erde steigen.
Das Leben fließet wie ein Traum –
Mir ist wie Blume, Blatt und Baum.

MAI

1

Die Kinder schreien »Vivat hoch!«
In die blaue Luft hinein;
Den Frühling setzen sie auf den Thron,
Der soll ihr König sein.

2

Die Kinder haben die Veilchen gepflückt,
All, all, die da blühten am Mühlengraben.
Der Lenz ist da; sie wollen ihn fest
In ihren kleinen Fäusten haben.

JULI

Klingt im Wind ein Wiegenlied,
Sonne warm herniedersieht,
Seine Ähren senkt das Korn,
Rote Beere schwillt am Dorn,
Schwer von Segen ist die Flur –
Junge Frau, was sinnst du nur?

AUGUST

Inserat

Die verehrlichen Jungen, welche heuer
Meine Äpfel und Birnen zu stehlen gedenken,
Ersuche ich höflichst, bei diesem Vergnügen
Wo möglich insoweit sich zu beschränken,
Daß sie daneben auf den Beeten
Mir die Wurzeln und Erbsen nicht zertreten.

IM GARTEN

Hüte, hüte den Fuß und die Hände,
Eh sie berühren das ärmste Ding!
Denn du zertrittst eine häßliche Raupe
Und tötest den schönsten Schmetterling.

KOMM, LASS UNS SPIELEN

Wie bald des Sommers holdes Fest verging!
Rauh weht der Herbst; wird's denn auch Frühling wieder?

Da fällt ein bleicher Sonnenstrahl hernieder –
Komm, laß uns spielen, weißer Schmetterling!

Ach, keine Nelke, keine Rose mehr;
Am Himmel fährt ein kalt Gewölk daher!

Weh, wie so bald des Sommers Lust verging –
O komm! Wo bist du, weißer Schmetterling?

HERBST

1

Schon ins Land der Pyramiden
Flohn die Störche übers Meer;
Schwalbenflug ist längst geschieden,
Auch die Lerche singt nicht mehr.

Seufzend in geheimer Klage
Streift der Wind das letzte Grün;
Und die süßen Sommertage,
Ach, sie sind dahin, dahin!

Nebel hat den Wald verschlungen,
Der dein stillstes Glück gesehn;
Ganz in Duft und Dämmerungen
Will die schöne Welt vergehn.

Nur noch einmal bricht die Sonne
Unaufhaltsam durch den Duft,
Und ein Strahl der alten Wonne
Rieselt über Tal und Kluft.

Und es leuchten Wald und Heide,
Daß man sicher glauben mag,
Hinter allem Winterleide
Lieg' ein ferner Frühlingstag.

2

Die Sense rauscht, die Ähre fällt,
Die Tiere räumen scheu das Feld,
Der Mensch begehrt die ganze Welt.

3

Und sind die Blumen abgeblüht,
So brecht der Äpfel goldne Bälle;

Hin ist die Zeit der Schwärmerei,
So schätzt nun endlich das Reelle!

HINTER DEN TANNEN

Sonnenschein auf grünem Rasen,
Krokus drinnen blau und blaß;
Und zwei Mädchenhände tauchen
Blumen pflückend in das Gras.

Und ein Junge kniet daneben,
Gar ein übermütig Blut,
Und sie schaun sich an und lachen –
O wie kenn ich sie so gut!

Hinter jenen Tannen war es,
Jene Wiese schließt es ein –
Schöne Zeit der Blumensträuße,
Stiller Sommersonnenschein!

VOR TAG

1

Wir harren nicht mehr ahnungsvoll
Wie sonst auf blaue Märchenwunder;
Wie sich das Buch entwickeln soll,
Wir wissen's ganz genau jetzunder.

Wir blätterten schon hin und her
– Denn ruchlos wurden unsre Hände –,
Und auf der letzten Seite sahn
Wir schon das schlimme Wörtlein Ende.

2

Und geht es noch so rüstig
Hin über Stein und Steg,
Es ist eine Stelle im Wege,
Du kommst darüber nicht weg.

3

Schlug erst die Stunde, wo auf Erden
Dein holdes Bildnis sich verlor,
Dann wirst du niemals wieder werden,
So wie du niemals warst zuvor.

4

Da diese Augen nun in Staub vergehen,
So weiß ich nicht, wie wir uns wiedersehen.

ZUR TAUFE

Ein Gutachten

Bedenk es wohl, eh du sie taufst!
Bedeutsam sind die Namen;
Und fasse mir dein liebes Bild
Nun in den rechten Rahmen.
Denn ob der Nam' den Menschen macht,
Ob sich der Mensch den Namen,
Das ist, weshalb mir oft, mein Freund,
Bescheidne Zweifel kamen;
Eins aber weiß ich ganz gewiß:
Bedeutsam sind die Namen!
So schickt für Mädchen Lisbeth sich,
Elisabeth für Damen;
Auch fing sich oft ein Freier schon,
Dem Fischlein gleich am Hamen,
An einem ambraduftigen,
Klanghaften Mädchennamen.

MORGANE

An regentrüben Sommertagen,
Wenn Luft und Flut zusammenragen
Und ohne Regung schläft die See,
Dann steht an unserm grauen Strande

Das Wunder aus dem Morgenlande,
Morgane, die berufne Fee.

Arglistig halb und halb von Sinne,
Verschmachtend nach dem Kelch der Minne,
Der stets an ihrem Mund versiegt,
Umgaukelt sie des Wandrers Pfade
Und lockt ihn an ein Scheingestade,
Das in des Todes Reichen liegt.

Von ihrem Zauberspiel geblendet,
Ruht manches Haupt in Nacht gewendet,
Begraben in der Wüste Schlucht;
Denn ihre Liebe ist Verderben,
Ihr Hauch ist Gift, ihr Kuß ist Sterben,
Die schönen Augen sind verflucht.

So steht sie jetzt im hohen Norden
An unsres Meeres dunklen Borden,
So schreibt sie fingernd in den Dunst;
Und quellend aus den luft'gen Spuren
Erstehn in dämmernden Konturen
Die Bilder ihrer argen Kunst.

Doch hebt sich nicht wie dort im Süden
Auf rosigen Karyatiden
Ein Wundermärchenschloß ins Blau;
Nur einer Hauberg graues Bildnis
Schwimmt einsam in der Nebelwildnis,
Und keinen lockt der Hexenbau.

Bald wechselt sie die dunkle Küste
Mit Libyens sonnengelber Wüste
Und mit der Tropenwälder Duft;
Dann bläst sie lachend durch die Hände,
Dann schwankt das Haus, und Fach und Wände
Verrinnen quirlend in die Luft.

OSTERN

Es war daheim auf unserm Meeresdeich;
Ich ließ den Blick am Horizonte gleiten,
Zu mir herüber scholl verheißungsreich
Mit vollem Klang das Osterglockenläuten.

Wie brennend Silber funkelte das Meer,
Die Inseln schwammen auf dem hohen Spiegel,
Die Möwen schossen blendend hin und her,
Eintauchend in die Flut die weißen Flügel.

Im tiefen Kooge bis zum Deichesrand
War sammetgrün die Wiese aufgegangen;
Der Frühling zog prophetisch über Land,
Die Lerchen jauchzten und die Knospen sprangen. –

Entfesselt ist die urgewalt'ge Kraft,
Die Erde quillt, die jungen Säfte tropfen,
Und alles treibt, und alles webt und schafft,
Des Lebens vollste Pulse hör ich klopfen.

Der Flut entsteigt der frische Meeresduft;
Vom Himmel strömt die goldne Sonnenfülle;
Der Frühlingswind geht klingend durch die Luft
Und sprengt im Flug des Schlummers letzte Hülle.

O wehe fort, bis jede Knospe bricht,
Daß endlich uns ein ganzer Sommer werde;
Entfalte dich, du gottgebornes Licht,
Und wanke nicht, du feste Heimaterde! –

Hier stand ich oft, wenn in Novembernacht
Aufgor das Meer zu gischtbestäubten Hügeln,
Wenn in den Lüften war der Sturm erwacht,
Die Deiche peitschend mit den Geierflügeln.

Und jauchzend ließ ich an der festen Wehr
Den Wellenschlag die grimmen Zähne reiben;

Denn machtlos, zischend schoß zurück das Meer –
Das Land ist unser, unser soll es bleiben!

NACH REISEGESPRÄCHEN

Vorwärts lieber laß uns schreiten
Durch die deutschen Nebelschichten,
Als auf alten Träumen reiten
Und auf römischen Berichten!
Denn mir ist, als säh ich endlich
Unter uns ein Bild entfalten;
Dunkel erst, doch bald verständlich
Sich erheben die Gestalten;
Hauf an Haufen im Getümmel,
Nun zerrissen, nun zusammen;
An dem grauverhangnen Himmel
Zuckt es wie von tausend Flammen.
Hört ihr, wie die Büchsen knallen?
Wutgeschrei durchfegt die Lüfte;
Und die weißen Nebel wallen,
Und die Brüder stehn und fallen –
Hoher Tag und tiefe Grüfte!

IM HERBSTE 1850

Und schauen auch von Turm und Tore
Der Feinde Wappen jetzt herab,
Und rissen sie die Trikolore
Mit wüster Faust von Kreuz und Grab;

Und müßten wir nach diesen Tagen
Von Herd und Heimat betteld gehn –
Wir wollen's nicht zu laut beklagen;
Mag, was da muß, mit uns geschehn!

Und wenn wir hülfelos verderben,
Wo keiner unsre Schmerzen kennt,

Wir lassen unsern spätsten Erben
Ein treu besiegelt Testament;

Denn kommen wird das frische Werde,
Das auch bei uns die Nacht besiegt,
Der Tag, wo diese deutsche Erde
Im Ring des großen Reiches liegt.

Ein Wehe nur und eine Schande
Wird bleiben, wenn die Nacht verschwand:
Daß in dem eignen Heimatlande
Der Feind die Bundeshelfer fand;

Daß uns von unsern eignen Brüdern
Der bittre Stoß zum Herzen drang,
Die einst mit deutschen Wiegenliedern
Die Mutter in den Schlummer sang;

Die einst von deutscher Frauen Munde
Der Liebe holden Laut getauscht,
Die in des Vaters Sterbestunde
Mit Schmerz auf deutsches Wort gelauscht.

Nicht viele sind's und leicht zu kennen –
O haltet ein! Ihr dürft sie nicht
In Mitleid noch im Zorne nennen,
Nicht in Geschichte noch Gedicht.

Laßt sie, wenn frei die Herzen klopfen,
Vergessen und verschollen sein,
Und mischet nicht die Wermutstropfen
In den bekränzten deutschen Wein!

GRÄBER AN DER KÜSTE

Mit Kränzen haben wir das Grab geschmückt,
Die stille Wiege unsrer jungen Toten;
Den grünsten Efeu haben wir gepflückt,
Die spätsten Astern, die das Jahr geboten.

Hier ruhn sie waffenlos in ihrer Gruft,
Die man hinaustrug aus dem Pulverdampfe;
Vom Strand herüber weht der Meeresduft,
Die Schläfer kühlend nach dem heißen Kampfe.

Es steigt die Flut; vom Ring des Deiches her
Im Abendschein entbrennt der Wasserspiegel;
Ihr schlafet schön! Das heimatliche Meer
Wirft seinen Glanz auf euren dunklen Hügel.

Und rissen sie die Farben auch herab,
Für die so jung ihr ginget zu den Bleichen,
Oh, schlafet ruhig! Denn von Grab zu Grab
Wehn um euch her der Feinde Wappenzeichen.

Nicht euch zum Ruhme sind sie aufgesteckt;
Doch künden sie, daß eure Kugeln trafen,
Daß, als ihr euch zur ew'gen Ruh gestreckt,
Den Feind ihr zwanget, neben euch zu schlafen.

Ihr aber, denen ohne Trommelschlag
Durch Feindeshand bereitet ward der Rasen,
Hört dieses Lied! und harret auf den Tag,
Daß unsre Reiter hier Reveille blasen! –

Doch sollte dieser heiße Lebensstreit
Verlorengehn wie euer Blut im Sande
Und nur im Reiche der Vergangenheit
Der Name leben dieser schönen Lande:

In diesem Grabe, wenn das Schwert zerbricht,
Liegt deutsche Ehre fleckenlos gebettet!
Beschützen konntet ihr die Heimat nicht,
Doch habt ihr sterbend sie vor Schmach gerettet.

Nun ruht ihr, wie im Mutterschoß das Kind,
Und schlafet aus auf heimatlichem Kissen;
Wir andern aber, die wir übrig sind,
Wo werden wir im Elend sterben müssen!

Schon hatten wir zu festlichem Empfang
Mit Kränzen in der Hand das Haus verlassen;
Wir standen harrend ganze Nächte lang,
Doch nur die Toten zogen durch die Gassen. –

So nehmet denn, ihr Schläfer dieser Gruft,
Die spätsten Blumen, die das Jahr geboten!
Schon fällt das Laub im letzten Sonnenduft –
Auch dieses Sommers Kranz gehört den Toten.

EIN EPILOG

Ich hab es mir zum Trost ersonnen
In dieser Zeit der schweren Not,
In dieser Blütezeit der Schufte,
In dieser Zeit von Salz und Brot.

Ich zage nicht, es muß sich wenden,
Und heiter wird die Welt erstehn,
Es kann der echte Keim des Lebens
Nicht ohne Frucht verlorengehn.

Der Klang von Frühlingsungewittern,
Von dem wir schauernd sind erwacht,
Von dem noch alle Wipfel rauschen,
Er kommt noch einmal, über Nacht!

Und durch den ganzen Himmel rollen
Wird dieser letzte Donnerschlag;
Dann wird es wirklich Frühling werden
Und hoher, heller, goldner Tag.

Heil allen Menschen, die es hören!
Und Heil dem Dichter, der dann lebt
Und aus dem offnen Schacht des Lebens
Den Edelstein der Dichtung hebt!

1. JANUAR 1851

Sie halten Siegesfest, sie ziehn die Stadt entlang;
Sie meinen, Schleswig-Holstein zu begraben.
Brich nicht, mein Herz! Noch sollst du Freude haben;
Wir haben Kinder noch, wir haben Knaben,
Und auch wir selber leben, Gott sei Dank!

IM ZEICHEN DES TODES

Noch war die Jugend mein, die schöne, ganze,
Ein Morgen nur, ein Gestern gab es nicht;
Da sah der Tod im hellsten Sonnenglanze,
Mein Haar berührend, mir ins Angesicht.

Die Welt erlosch, der Himmel brannte trübe;
Ich sprang empor entsetzt und ungestüm.
Doch er verschwand; die Ewigkeit der Liebe
Lag vor mir noch und trennte mich von ihm.

Und heute nun – im sonnigen Gemache
Zur Rechten und zur Linken schlief mein Kind;
Des zarten Atems lauschend, hielt ich Wache,
Und an den Fenstern ging der Sommerwind.

Da sanken Nebelschleier dicht und dichter
Auf mich herab; kaum schienen noch hervor
Der Kinder schlummerselige Gesichter,
Und nicht mehr drang ihr Atem an mein Ohr.

Ich wollte rufen; doch die Stimme keuchte,
Bis hell die Angst aus meinem Herzen schrie.
Vergebens doch; kein Schrei der Angst erreichte,
Kein Laut der Liebe mehr erreichte sie.

In grauer Finsternis stand ich verlassen,
Bewegungslos und schauernden Gebeins;
Ich fühlte kalt mein schlagend Herz erfassen,
Und ein entsetzlich Auge sank in meins.

Ich floh nicht mehr; ich fesselte das Grauen
Und faßte mühsam meines Auges Kraft;
Dann überkam vorahnend mich Vertrauen
Zu dem, der meine Sinne hielt in Haft.

Und als ich fest den Blick zurückgegeben,
Lag plötzlich tief zu Füßen mir die Welt;
Ich sah mich hoch und frei ob allem Leben
An deiner Hand, furchtbarer Fürst, gestellt.

Den Dampf der Erde sah empor ich streben
Und ballen sich zu Mensch- und Tiergestalt;
Sah es sich schütteln, tasten, sah es leben
Und taumeln dann und schwinden alsobald.

Im fahlen Schein im Abgrund sah ich's liegen
Und sah sich's regen in der Städte Rauch;
Ich sah es wimmeln, hasten, sich bekriegen
Und sah mich selbst bei den Gestalten auch.

Und niederschauend von des Todes Warte,
Kam mir der Drang, das Leben zu bestehn,
Die Lust, dem Feind, der unten meiner harrte,
Mit vollem Aug ins Angesicht zu sehn.

Und kühlen Hauches durch die Adern rinnen
Fühlt ich die Kraft, entgegen Lust und Schmerz
Vom Leben fest mich selber zu gewinnen,
Wenn andres nicht, so doch ein ganzes Herz. –

Da fühlt ich mich im Sonnenlicht erwachen;
Es dämmerte, verschwebte und zerrann;
In meine Ohren klang der Kinder Lachen,
Und frische, blaue Augen sahn mich an.

O schöne Welt! So sei in ernstem Zeichen
Begonnen denn der neue Lebenstag!
Es wird die Stirn nicht allzusehr erbleichen,
Auf der, o Tod, dein dunkles Auge lag.

Ich fühle tief, du gönnetest nicht allen
Dein Angesicht; sie schauen dich ja nur,
Wenn sie dir taumelnd in die Arme fallen,
Ihr Los erfüllend gleich der Kreatur.

Mich aber laß unirren Augs erblicken,
Wie sie, von keiner Ahnung angeweht,
Brutalen Sinns ihr nichtig Werk beschicken,
Unkundig deiner stillen Majestät.

WEIHNACHTABEND

Die fremde Stadt durchschritt ich sorgenvoll,
Der Kinder denkend, die ich ließ zu Haus.
Weihnachten war's; durch alle Gassen scholl
Der Kinderjubel und des Markts Gebraus.

Und wie der Menschenstrom mich fortgespült,
Drang mir ein heiser Stimmlein in das Ohr:
»Kauft, lieber Herr!« Ein magres Händchen hielt
Feilbietend mir ein ärmlich Spielzeug vor.

Ich schrak empor, und beim Laternenschein
Sah ich ein bleiches Kinderangesicht;
Wes Alters und Geschlechts es mochte sein,
Erkannt ich im Vorübertreiben nicht.

Nur von dem Treppenstein, darauf es saß,
Noch immer hört ich, mühsam, wie es schien:
»Kauft, lieber Herr!« den Ruf ohn Unterlaß;
Doch hat wohl keiner ihm Gehör verliehn.

Und ich? – War's Ungeschick, war es die Scham,
Am Weg zu handeln mit dem Bettelkind?
Eh meine Hand zu meiner Börse kam,
Verscholl das Stimmlein hinter mir im Wind.

Doch als ich endlich war mit mir allein,
Erfaßte mich die Angst im Herzen so,

Als säß mein eigen Kind auf jenem Stein
Und schrie nach Brot, indessen ich entfloh.

ABSCHIED

Kein Wort, auch nicht das kleinste, kann ich sagen,
Wozu das Herz den vollen Schlag verwehrt;
Die Stunde drängt, gerüstet steht der Wagen,
Es ist die Fahrt der Heimat abgekehrt.

Geht immerhin – denn eure Tat ist euer –
Und widerruft, was einst das Herz gebot;
Und kauft, wenn dieser Preis euch nicht zu teuer,
Dafür euch in der Heimat euer Brot!

Ich aber kann des Landes nicht, des eignen,
In Schmerz verstummte Klagen mißverstehn;
Ich kann die stillen Gräber nicht verleugnen,
Wie tief sie jetzt in Unkraut auch vergehn. –

Du, deren zarte Augen mich befragen –
Der dich mir gab, gesegnet sei der Tag!
Laß nur dein Herz an meinem Herzen schlagen,
Und zage nicht! Es ist derselbe Schlag.

Es strömt die Luft – die Knaben stehn und lauschen,
Vom Strand herüber dringt ein Möwenschrei;
Das ist die Flut! Das ist des Meeres Rauschen!
Ihr kennt es wohl; wir waren oft dabei.

Von meinem Arm in dieser letzten Stunde
Blickt einmal noch ins weite Land hinaus,
Und merkt es wohl, es steht auf diesem Grunde,
Wo wir auch weilen, unser Vaterhaus.

Wir scheiden jetzt, bis dieser Zeit Beschwerde
Ein andrer Tag, ein besserer, gesühnt;
Denn Raum ist auf der heimatlichen Erde
Für Fremde nur und was den Fremden dient.

Doch ist's das flehendste von den Gebeten,
Ihr mögt dereinst, wenn mir es nicht vergönnt,
Mit festem Fuß auf diese Scholle treten,
Von der sich jetzt mein heißes Auge trennt! –

Und du, mein Kind, mein jüngstes, dessen Wiege
Auch noch auf diesem teuren Boden stand,
Hör mich! – denn alles andere ist Lüge –
Kein Mann gedeihet ohne Vaterland!

Kannst du den Sinn, den diese Worte führen,
Mit deiner Kinderseele nicht verstehn,
So soll es wie ein Schauer dich berühren
Und wie ein Pulsschlag in dein Leben gehn!

FÜR MEINE SÖHNE

Hehle nimmer mit der Wahrheit!
Bringt sie Leid, nicht bringt sie Reue;
Doch, weil Wahrheit eine Perle,
Wirf sie auch nicht vor die Säue.

Blüte edelsten Gemütes
Ist die Rücksicht; doch zuzeiten
Sind erfrischend wie Gewitter
Goldne Rücksichtslosigkeiten.

Wackrer heimatlicher Grobheit
Setze deine Stirn entgegen;
Artigen Leutseligkeiten
Gehe schweigend aus den Wegen.

Wo zum Weib du nicht die Tochter
Wagen würdest zu begehren,
Halte dich zu wert, um gastlich
In dem Hause zu verkehren.

Was du immer kannst, zu werden,
Arbeit scheue nicht und Wachen;

Aber hüte deine Seele
Vor dem Karrieremachen.

Wenn der Pöbel aller Sorte
Tanzet um die goldnen Kälber,
Halte fest: du hast vom Leben
Doch am Ende nur dich selber.

CRUCIFIXUS

Am Kreuz hing sein gequält Gebeine,
Mit Blut besudelt und geschmäht;
Dann hat die stets jungfräulich reine
Natur das Schreckensbild verweht.

Doch die sich seine Jünger nannten,
Die formten es in Erz und Stein,
Und stellten's in des Tempels Düster
Und in die lichte Flur hinein.

So, jedem reinen Aug ein Schauder,
Ragt es herein in unsre Zeit;
Verewigend den alten Frevel,
Ein Bild der Unversöhnlichkeit.

AUF DEM SEGEBERG

Hier stand auch einer Frauen Wiege,
Die Wiege einer deutschen Frau;
Die schaut mich an mit Augen blau,
Und auf dem Felsen, drauf ich liege,
Schließt sie mich plötzlich an die Brust.
Da werd ich mir des Glücks bewußt;
Ich seh die Welt so unvergänglich,
Voll Schönheit mir zu Füßen ruhn;
Und alle Sorgen, die so bänglich
Mein Herz bedrängten, schweigen nun.
Musik! Musik! Die Lerchen singen,

Aus Wies' und Wäldern steigt Gesang,
Die Mücken in den Lüften schwingen
Den süßen Sommerharfenklang.
Und unten auf besonnter Flur
Seh ich des Kornes Wellen treiben,
In blauen Wölkchen drüber stäuben
Ein keusch Geheimnis der Natur. –
Da tauchen an des Berges Seite
Zwei Köpfchen auf aus dem Gestein;
Zwei Knaben steigen durchs Gekräute;
Und sie sind unser, mein und dein.
Sie jauchzen auf, die Felsen klingen;
Mein Bursche schlank, mein Bursche klein!
Schau, wie sie purzeln, wie sie springen,
Und jeder will der erste sein.
In Kinderlust die Wangen glühen;
Die Welt, die Welt, o wie sie lacht!
Nun hängen sie an deinen Knien,
Nun an den meinen unbedacht;
Der Große hier, und hier der Kleine,
Sie halten mich so eng umfaßt,
Daß in den Thymian der Steine
Mich hinzieht die geliebte Last.
Die Schatten, die mein Auge trübten,
Die letzten, scheucht der Kindermund;
Ich seh der Heimat, der geliebten,
Zukunft in dieser Augen Grund.

TROST

So komme, was da kommen mag!
Solang du lebest, ist es Tag.

Und geht es in die Welt hinaus,
Wo du mir bist, bin ich zu Haus.

Ich seh dein liebes Angesicht,
Ich sehe die Schatten der Zukunft nicht.

GEDENKST DU NOCH?

Gedenkst du noch, wenn in der Frühlingsnacht
Aus unserm Kammerfenster wir hernieder
Zum Garten schauten, wo geheimnisvoll
Im Dunkel dufteten Jasmin und Flieder?
Der Sternenhimmel über uns so weit,
Und du so jung; unmerklich geht die Zeit.

Wie still die Luft! Des Regenpfeifers Schrei
Scholl klar herüber von dem Meeresstrande;
Und über unsrer Bäume Wipfel sahn
Wir schweigend in die dämmerigen Lande.
Nun wird es wieder Frühling um uns her,
Nur eine Heimat haben wir nicht mehr.

Nun horch ich oft, schlaflos in tiefer Nacht,
Ob nicht der Wind zur Rückfahrt möge wehen.
Wer in der Heimat erst sein Haus gebaut,
Der sollte nicht mehr in die Fremde gehen!
Nach drüben ist sein Auge stets gewandt:
Doch eines blieb – wir gehen Hand in Hand.

DU WARST ES DOCH

In buntem Zug zum Walde ging's hinaus;
Du bei den Kindern bliebst allein zu Haus.
Und draußen haben wir getanzt, gelacht,
Und kaum, so war mir, hatt ich dein gedacht. –
Nun kommt der Abend, und die Zeit beginnt,
Wo auf sich selbst die Seele sich besinnt;
Nun weiß ich auch, was mich so froh ließ sein,
Du warst es doch, und du nur ganz allein.

AM GEBURTSTAGE

Es heißt wohl: Vierzig Jahr ein Mann!
Doch Vierzig fängt die Fünfzig an.

Es liegt die frische Morgenzeit
Im Dunkel unter mir so weit,

Daß ich erschrecke, wenn ein Strahl
In diese Tiefe fällt einmal.

Schon weht ein Lüftlein von der Gruft,
Das bringt den Herbst-Resedaduft.

SCHLAFLOS

Aus Träumen in Ängsten bin ich erwacht;
Was singt doch die Lerche so tief in der Nacht!

Der Tag ist gegangen, der Morgen ist fern,
Aufs Kissen hernieder scheinen die Stern'.

Und immer hör ich den Lerchengesang;
O Stimme des Tages, mein Herz ist bang.

GARTENSPUK

Daheim noch war es; spät am Nachmittag.
Im Steinhof unterm Laub des Eschenbaums
Ging schon der Zank der Sperlinge zur Ruh;
Ich, an der Hoftür, stand und lauschte noch,
Wie Laut um Laut sich mühte und entschlief.
Der Tag war aus; schon vom Levkojenbeet
Im Garten drüben kam der Abendduft;
Die Schatten fielen; bläulich im Gebüsch
Wie Nebel schwamm es. Träumend blieb ich stehn,
Gedankenlos, und sah den Steig hinab;
Und wieder sah ich – und ich irrte nicht –
Tief unten, wo im Grund der Birnbaum steht,
Langsam ein Kind im hohen Grase gehen;
Ein Knabe schien's, im grauen Kittelchen.
Ich kannt es wohl, denn schon zum öftern Mal
Sah dort im Dämmer ich so holdes Bild;

Die Abendstille schien es herzubringen,
Doch näher tretend fand man es nicht mehr.
Nun ging es wieder, stand und ging umher,
Als freu es sich der Garteneinsamkeit. –
Ich aber, diesmal zu beschleichen es,
Ging leise durch den Hof und seitwärts dann
Im Schatten des Holunderzauns entlang,
Sorgsam die Schritte messend; einmal nur
Nach einer Erdbeerranke bückt ich mich,
Die durch den Weg hinausgelaufen war.
Schon schlüpft ich bei der Geißblattlaube durch;
Ein Schritt noch ums Gebüsch, so war ich dort,
Und mit den Händen mußt ich's greifen können.
Umsonst! – Als ich den letzten Schritt getan,
Da war es wieder wie hinweggetäuscht.
Still stand das Gras, und durch den grünen Raum
Flog surrend nur ein Abendschmetterling;
Auch an den Linden, an den Fliederbüschen,
Die ringsum standen, regte sich kein Blatt.
Nachsinnend schritt ich auf dem Rasen hin
Und suchte töricht nach der Füßchen Spur
Und nach den Halmen, die ihr Tritt geknickt;
Dann endlich trat ich aus der Gartentür,
Um draußen auf dem Deich den schwülen Tag
Mit einem Gang im Abendwind zu schließen.
Doch als ich schon die Pforte zugedrückt,
Den Schlüssel abzog, fiel ein Sonnenriß,
Der in der Planke war, ins Auge mir;
Und fast unachtsam lugte ich hindurch.
Dort lag der Rasen, tief im Schatten schon;
Und sieh! Da war es wieder, unweit ging's,
Grasrispen hatt es in die Hand gepflückt;
Ich sah es deutlich . . . In sein blaß Gesichtchen
Fiel schlicht das Haar; die Augen sah man nicht,
Sie blickten erdwärts, gern, so schien's, betrachtend,
Was dort geschah; doch lächelte der Mund.
Und nun an einem Eichlein kniet' es hin,
Das spannenhoch kaum aus dem Grase sah
– Vom Walde hatt ich jüngst es heimgebracht –,
Und legte sacht ein welkes Blatt beiseit

Und strich liebkosend mit der Hand daran.
Darauf – kaum nur vermocht ich's zu erkennen;
Denn Abend ward es, doch ich sah's genau –
Ein Käfer klomm den zarten Stamm hinauf,
Bis endlich er das höchste Blatt erreicht;
Er hatte wohl den heißen Tag verschlafen
Und rüstete sich nun zum Abendflug.
Rückwärts die Händchen ineinanderlegend,
Behutsam sah das Kind auf ihn herab.
Schon putzte er die Fühler, spannte schon
Die Flügeldecken aus, ein Weilchen, und
Nun flog er fort. Da nickt' es still ihm nach.

Ich aber dachte: ›Rühre nicht daran!‹
Hob leis die Stirn und ging den Weg hinab,
Den Garten lassend in so holder Hut.
Nicht merkt ich, daß einsam die Wege wurden,
Daß feucht vom Meere strich die Abendluft;
Erfüllet ganz von süßem Heimgefühl,
Ging weit ich in die Dunkelheit hinaus.

Da fiel ein Stern; und plötzlich mahnt' es mich
Des Augenblicks, da ich das Haus verließ,
Die Hand entreißend einer zarteren,
Die drin im Flur mich festzuhalten strebte;
Denn schon selbander hausete ich dort. –
Nun ging ich raschen Schritts den Weg zurück;
Und als ich spät, da schon der Wächter rief,
Heimkehrend wieder durch den Garten schritt,
Hing stumm die Finsternis in Halm und Zweigen,
Die Kronen kaum der Bäume rauschten leis.
Vom Hause her nur, wo im Winkel dort
Der Nußbaum vor dem Kammerfenster steht,
Verstohlen durch die Zweige schien ein Licht.
Ein Weilchen noch, und sieh! ein Schatten fiel,
Ein Fenster klang, und in die Nacht hinaus
Rief eine Stimme: »Bist du's? « – »Ja, ich bin's!«

Die Zeit vergeht; längst bin ich in der Fremde,
Und Fremde hausen, wo mein Erbe steht.

Doch bin ich einmal wieder dort gewesen;
Mir nicht zur Freude und den andern nicht.
Einmal auch in der Abenddämmerung
Geriet ich in den alten Gartenweg.
Da stand die Planke; wie vor Jahren schon
Hing noch der Linden schön Gezweig herab;
Von drüben kam Resedaduft geweht,
Und Dämmrungsfalter flogen durch die Luft.
Ging's noch so hold dort in der Abendstunde? –
Fest und verschlossen stand die Gartentür;
Dahinter stumm lag die vergangne Zeit.
Ausstreckt ich meine Arme; denn mir war,
Als sei im Rasen dort mein Herz versenkt. –
Da fiel mein Aug auf jenen Sonnenriß,
Der noch, wie ehmals, ließ die Durchsicht frei.
Schon hatt ich zögernd einen Schritt getan;
Noch einmal blicken wollt ich in den Raum,
Darin ich sonst so festen Fußes ging.
Nicht weiter kam ich. Siedend stieg mein Blut,
Mein Aug ward dunkel; Grimm und Heimweh stritten
Sich um mein Herz; und endlich, leidbezwungen,
Ging ich vorüber. Ich vermocht es nicht.

IMMENSEE

Aus diesen Blättern steigt der Duft des Veilchens,
Das dort zu Haus auf unsern Heiden stand,
Jahraus und -ein, von welchem keiner wußte,
Und das ich später nirgends wieder fand.

»EIN GRÜNES BLATT«

Verlassen trauert nun der Garten,
Der uns so oft vereinigt hat;
Da weht der Wind zu euren Füßen
Vielleicht sein letztes grünes Blatt.

NOTGEDRUNGENER PROLOG

zu einer Aufführung des Peter Squentz von Gryphius

Der Pickelhering tritt auf

Hier mach ich euch mein Kompliment!
Der Pickelhering bin ich genennt.
War einst bei deutscher Nation
Eine wohlansehnliche Person;
Hatt mich in Schlössern und auf Gassen
Nicht Schimpf noch Sprung verdrießen lassen
Und mit manch ungefügem Stoß
Mein' sauren Ruhm gezogen groß.
Doch, Undank ist der Welt ihr Lohn!
Seit war ich lang vergessen schon;
Verschlief nun in der Rumpelkammer
All Lebensnot und Erdenjammer;
Da haben sie mich über Nacht
Plötzlich wieder ans Licht gebracht.
Wollen ein alt brav Stück tragieren,
Drin meine Kunst noch tut florieren,
Ein Stück, darinnen sich von zwei
Nationen zeiget die Poesei!
Ein Engländer Shakespeare hat es ersonnen
– Hab sonst just nichts von ihm vernommen –,
Dann aber hat es Herr Gryphius,
Der gelahrte Poete und Syndikus,
In rechten Schick und Schlag gebracht
Und den deutschen Witz hineingemacht.
Da hört ihr, wie ein ernster Mann
Auch einmal feste spaßen kann.

Doch, Lieber, sag mir, wenn's gefällt
– Ich war so lang schon außen der Welt –,
Herr Professor Gottsched ist doch nicht zugegen? –
Ich gehe demselben gern aus den Wegen;
Er ist ein gar gewaltsamer Mann
Und hat mir übel Leids getan;
Meinen guten Vetter Hans Wursten hat er
Zu Leipzig gejaget vom Theater,

Weil er zu kräftiglich tät spaßen.
Hätte ja mit sich handeln lassen!
Wir – haben unsre Kurzweil auch;
Doch, Lieber, alles nach Fug und Brauch!
Denn sonders vor dem Frauenzimmer
Muß man subtile reden immer;
Sie zeuchen das Sacktuch sonst vors Gesicht,
Und da schauen sie die Komödia nicht.
Dies aber wär schad überaus;
Denn es ist ein ganzer Blumenstrauß!
Tulipanen und Rosmarin,
Auch Kaiserkronen sind darin;
Die Vergißmeinnichte, so es zieren,
Werden euch sanft das Herze rühren;
Mitunter ist dann auch etwan
Ein deutscher Kohl dazugetan;
Und sollt eine Saudistel drinnen sein,
Das wollt ihr mildiglich verzeihn!
Und nun, Lieber, hab guten Mut,
Und merke, was sich zutragen tut!
Denke: Ein Maul ist kein Rachen,
Eine Kröt ist kein Drachen,
Ein Fingerlein ist kein Maß –
Aber ein Spaß ist alleweil ein Spaß!

KNECHT RUPRECHT

Von drauß' vom Walde komm ich her;
Ich muß euch sagen, es weihnachtet sehr!
Allüberall auf den Tannenspitzen
Sah ich goldene Lichtlein sitzen;
Und droben aus dem Himmelstor
Sah mit großen Augen das Christkind hervor,
Und wie ich so strolcht durch den finstern Tann,
Da rief's mich mit heller Stimme an.
»Knecht Ruprecht«, rief es, »alter Gesell,
Hebe die Beine und spute dich schnell!
Die Kerzen fangen zu brennen an,
Das Himmelstor ist aufgetan,

Alt' und Junge sollen nun
Von der Jagd des Lebens einmal ruhn;
Und morgen flieg ich hinab zur Erden,
Denn es soll wieder Weihnachten werden!«
Ich sprach : »O lieber Herre Christ,
Meine Reise fast zu Ende ist;
Ich soll nur noch in diese Stadt,
Wo's eitel gute Kinder hat.«
– »Hast denn das Säcklein auch bei dir?«
Ich sprach: »Das Säcklein, das ist hier:
Denn Äpfel, Nuß und Mandelkern
Fressen fromme Kinder gern.«
– »Hast denn die Rute auch bei dir?«
Ich sprach: »Die Rute, die ist hier;
Doch für die Kinder nur, die schlechten,
Die trifft sie auf den Teil, den rechten.«
Christkindlein sprach: »So ist es recht;
So geh mit Gott, mein treuer Knecht!«
Von drauß' vom Walde komm ich her;
Ich muß euch sagen, es weihnachtet sehr!
Nun sprecht, wie ich's hier innen find!
Sind's gute Kind, sind's böse Kind?

EINER BRAUT AM POLTERABEND

Mit einem Album und dem Brautkranz

Ich bringe dir ein leeres weißes Buch,
Die Blätter drin noch ohne Bild und Spruch.

Sie sollen einst, wenn sie beschrieben sind,
Dir bringen ein Erinnern hold und lind;

An liebe Worte, die man zu dir sprach,
An treue Augen, die dir blickten nach. –

Drauf leg ich dir von dunklem Myrtenreis
Den grünen Kranz, der aller Kränze Preis.

Nimm ihn getrost! Denn muß ich auch gestehn,
Er wird wie alles Laub dereinst vergehn,

So weiß ich doch, wenn Tag um Tag verschwand,
Hältst du den Zweig mit Früchten in der Hand.

BLUMEN

Dem Augenarzt von seinen Kranken

Sie kommen aus dem Schoß der Nacht;
Doch wären unten sie geblieben,
Wenn nicht das Licht mit seiner Macht
Hinauf ins Leben sie getrieben.

Holdselig aus der Erde bricht's
Und blüht nun über alle Schranken;
Du bist der Freund des holden Lichts;
Laß dir des Lichtes Kinder danken!

MEIN JÜNGSTES KIND

Ich wanderte schon lange,
Da kamest du daher;
Nun gingen wir zusammen,
Ich sah dich nie vorher.

Noch eine kurze Strecke
– Das Herz wird mir so schwer –,
Du hast noch weit zu gehen,
Ich kann nicht weiter mehr.

EIN STÄNDCHEN

In lindem Schlaf schon lag ich hingestreckt,
Da hat mich jäh dein Geigenspiel erweckt.
Doch, wo das Menschenherz mir so begegnet,
Nacht oder Tag, die Stunde sei gesegnet!

DAS EDELFRÄULEIN SEUFZT

Es ist wohl wahr,
Die Menschen stammen von einem Paar!
Der doppelte Adam, so süß er wäre,
Ich halte ihn dennoch für eine Schimäre!

EIN STERBENDER

Am Fenster sitzt er, alt, gebrochnen Leibes,
Und trommelt müßig an die feuchten Scheiben;
Grau ist der Wintertag und grau sein Haar.
Mitunter auch besieht er aufmerksam
Der Adern Hüpfen auf der welken Hand.
Es geht zu Ende; ratlos irrt sein Aug
Von Tisch zu Tisch, drauf Schriftwerk aller Art,
Sein harrend, hoch und höher sich getürmt.
Vergebens! Was er täglich sonst bezwang,
Es ward ein Berg; er kommt nicht mehr hinüber.
Und dennoch, wenn auch trübe, lächelt er
Und sucht wie sonst noch mit sich selbst zu scherzen;
Ein Aktenstoß, in tücht'gen Stein gehauen,
Es dünket ihn kein übel Epitaph.
Doch streng aufs neue schließet sich sein Mund;
Er kehrt sich ab, und wieder mit den grellen
Pupillen starrt er in die öde Luft
Und trommelt weiter an die Fensterscheiben.

Da wird es plötzlich hell; ein bleicher Strahl
Der Wintersonne leuchtet ins Gemach
Und auf ein Bild genüber an der Wand.
Und aus dem Rahmen tritt ein Mädchenkopf,
Darauf wie Frühtau noch die Jugend liegt;
Aus großen, hold erstaunten Augen sprüht
Verheißung aller Erdenseligkeit.
Er kennt das Wort auf diesen roten Lippen,
Er nur allein. Erinnrung faßt ihn an;
Fata Morgana steigen auf betörend;
Lau wird die Luft – wie hold die Düfte wehen!

Mit Rosen ist der Garten überschüttet,
Auf allen Büschen liegt der Sonnenschein.
Die Bienen summen; und ein Mädchenlachen
Fliegt süß und silbern durch den Sommertag.
Sein Ohr ist trunken. »Oh, nur einmal noch!«
Er lauscht umsonst, und seufzend sinkt sein Haupt.
»Du starbst. – Wo bist du? – Gibt es eine Stelle
Noch irgendwo im Weltraum, wo du bist? –
Denn daß du mein gewesen, daß das Weib
Dem Manne gab der unbekannte Gott –
Ach dieser unergründlich süße Trunk,
Und süßer stets, je länger du ihn trinkst,
Er läßt mich zweifeln an Unsterblichkeit;
Denn alle Bitternis und Not des Lebens
Vergilt er tausendfach; und drüberhin
Zu hoffen, zu verlangen weiß ich nichts!«
In leere Luft ausstreckt er seine Arme:
»Hier diese Räume, wo du einst gelebt,
Erfüllt ein Schimmer deiner Schönheit noch;
Nur mir erkennbar? wenn auch meine Augen
Geschlossen sind, von keinem dann gesehn.«

Vor ihm mit dunklem Weine steht ein Glas,
Und zitternd langet seine Hand danach;
Er schlürft ihn langsam, aber auch der Wein
Erfreut nicht mehr sein Herz. Er stützt das Haupt.
»Einschlafen, fühl ich, will das Ding, die Seele,
Und näher kommt die rätselhafte Nacht!« – –
Ihm unbewußt entfliehen die Gedanken
Und jagen sich im unermeßnen Raum. –
Da steigt Gesang, als wollt's ihn aufwärts tragen;
Von drüben aus der Kirche schwillt der Chor.
Und mit dem innern Auge sieht er sie,
So Mann als Weib, am Stamm des Kreuzes liegen.
Sie blicken in die bodenlose Nacht;
Doch ihre Augen leuchten feucht verklärt,
Als sähen sie im Urquell dort des Lichts
Das Leben jung und rosig auferstehn.
»Sie träumen«, spricht er – leise spricht er es –
»Und diese bunten Bilder sind ihr Glück.

Ich aber weiß es, daß die Todesangst
Sie im Gehirn der Menschen ausgebrütet.«
Abwehrend streckt er seine Hände aus:
»Was ich gefehlt, des einen bin ich frei;
Gefangen gab ich niemals die Vernunft,
Auch um die lockendste Verheißung nicht;
Was übrig ist – ich harre in Geduld.«
Mit klaren Augen schaut der Greis umher;
Und während tiefer schon die Schatten fallen,
Erhebt er sich und schleicht von Stuhl zu Stuhl,
Und setzt sich noch einmal dort an den Tisch,
Wo ihm so manche Nacht die Lampe schien.
Noch einmal schreibt er; doch die Feder sträubt sich;
Sie, die bisher dem Leben nur gedient,
Sie will nicht gehen in den Dienst des Todes;
Er aber zwingt sie, denn sein Wille soll
So weit noch reichen, als er es vermag.

Die Wanduhr mißt mit hartem Pendelschlag,
Als dränge sie, die fliehenden Sekunden;
Sein Auge dunkelt; ungesehen naht,
Was ihm die Feder aus den Fingern nimmt.
Doch schreibt er mühsam noch in großen Zügen,
Und Dämmrung fällt wie Asche auf die Schrift:
»Auch bleib der Priester meinem Grabe fern;
Zwar sind es Worte, die der Wind verweht,
Doch will es sich nicht schicken, daß Protest
Gepredigt werde dem, was ich gewesen,
Indes ich ruh im Bann des ew'gen Schweigens.«

DER LUMP

Und bin ich auch ein rechter Lump,
So bin ich dessen unverlegen;
Ein frech Gemüt, ein fromm Gesicht,
Herzbruder, sind ein wahrer Segen!

Links nehm von Christi Mantel ich
Ein Zipfelchen, daß es mir diene,

Und rechts – du glaubst nicht, wie das deckt –,
Rechts von des Königs Hermeline.

SPRÜCHE

1

Der eine fragt: Was kommt danach?
Der andre fragt nur: Ist es recht?
Und also unterscheidet sich
Der Freie von dem Knecht.

2

Vom Unglück erst
Zieh ab die Schuld;
Was übrig ist,
Trag in Geduld!

GRÄBER IN SCHLESWIG

Nicht Kranz noch Kreuz; das Unkraut wuchert tief;
Denn die der Tod bei Idstedt einst entboten,
Hier schlafen sie, und deutsche Ehre schlief
Hier dreizehn Jahre lang bei diesen Toten.

Und dreizehn Jahre litten jung und alt,
Was leben blieb, des kleinen Feindes Tücken,
Und konnten nichts als, stumm die Faust geballt,
Den Schrei des Zorns in ihrer Brust ersticken.

Die Schmach ist aus; der ehrne Würfel fällt!
Jetzt oder nie! Erfüllet sind die Zeiten,
Des Dänenkönigs Totenglocke gellt;
Mir klinget es wie Osterglockenläuten!

Die Erde dröhnt; von Deutschland weht es her,
Mir ist, ich hör ein Lied im Winde klingen,
Es kommt heran schon wie ein brausend Meer,
Um endlich alle Schande zu verschlingen! – –

Törichter Traum! – Es klingt kein deutsches Lied,
Kein Vorwärts schallt von deutschen Bataillonen;
Wohl dröhnt der Grund, wohl naht es Glied an Glied;
Doch sind's die Reiter dänischer Schwadronen.

Sie kommen nicht. Das Londoner Papier,
Es wiegt zu schwer, sie wagen's nicht zu heben.
Die Stunde drängt. So helft, ihr Toten hier!
Ich rufe euch und hoffe nichts vom Leben.

Wacht auf, ihr Reiter! Schüttelt ab den Sand,
Besteigt noch einmal die gestürzten Renner!
Blast, blast, ihr Jäger! Für das Vaterland
Noch einen Strauß! Wir brauchen Männer, Männer!

Tambour, hervor aus deinem schwarzen Schrein!
Noch einmal gilt's, das Trommelfell zu schlagen;
Soll euer Grab in deutscher Erde sein,
So müßt ihr noch ein zweites Leben wagen! –

Ich ruf umsonst! ihr ruht auf ewig aus;
Ihr wurdet eine duldsame Gemeinde.
Ich aber schrei es in die Welt hinaus:
Die deutschen Gräber sind ein Spott der Feinde!

ES GIBT EINE SORTE

Es gibt eine Sorte im deutschen Volk,
Die wollen zum Volk nicht gehören;
Sie sind auch nur die Tropfen Gift,
Die uns im Blute gären.

Und weil der lebenskräftige Leib
Sie auszuscheiden trachtet,
So hassen sie nach Vermögen ihn
Und hätten ihn gern verachtet.

Und was für Zeichen am Himmel stehn,
Licht oder Wetterwolke,

Sie gehn mit dem Pöbel zwar,
Doch nimmer mit dem Volke.

DER BEAMTE

Er reibt sich die Hände: »Wir kriegen's jetzt!
Auch der frechste Bursche spüret
Schon bis hinab in die Fingerspitz',
Daß von oben er wird regieret.

Bei jeder Geburt ist künftig sofort
Der Antrag zu formulieren,
Daß die hohe Behörde dem lieben Kind
Gestatte zu existieren!«

WIR KÖNNEN AUCH DIE TROMPETE BLASEN

Wir können auch die Trompete blasen
Und schmettern weithin durch das Land;
Doch schreiten wir lieber in Maientagen,
Wenn die Primeln blühn und die Drosseln schlagen,
Still sinnend an des Baches Rand.

BEGINN DES ENDES

Ein Punkt nur ist es, kaum ein Schmerz,
Nur ein Gefühl, empfunden eben;
Und dennoch spricht es stets darein,
Und dennoch stört es dich zu leben.

Wenn du es andern klagen willst,
So kannst du's nicht in Worte fassen.
Du sagst dir selber: »Es ist nichts!«
Und dennoch will es dich nicht lassen.

So seltsam fremd wird dir die Welt,
Und leis verläßt dich alles Hoffen,

Bist du es endlich, endlich weißt,
Daß dich des Todes Pfeil getroffen.

TIEFE SCHATTEN

So komme, was da kommen mag!
Solang du lebest, ist es Tag.

Und geht es in die Welt hinaus,
Wo du mir bist, bin ich zu Haus.

Ich seh dein liebes Angesicht,
Ich sehe die Schatten der Zukunft nicht.

1

In der Gruft bei den alten Särgen
Steht nun ein neuer Sarg,
Darin vor meiner Liebe
Sich das süßeste Antlitz barg.

Den schwarzen Deckel der Truhe
Verhängen die Kränze ganz;
Ein Kranz von Myrtenreisern,
Ein weißer Syringenkranz.

Was noch vor wenig Tagen
Im Wald die Sonne beschien,
Das duftet nun hier unten:
Maililien und Buchengrün.

Geschlossen sind die Steine,
Nur oben ein Gitterlein;
Es liegt die geliebte Tote
Verlassen und allein.

Vielleicht im Mondenlichte,
Wenn die Welt zur Ruhe ging,
Summt noch um die weißen Blüten
Ein dunkler Schmetterling.

2

Mitunter weicht von meiner Brust,
Was sie bedrückt seit deinem Sterben;
Es drängt mich, wie in Jugendlust,
Noch einmal um das Glück zu werben.

Doch frag ich dann: Was ist das Glück?
So kann ich keine Antwort geben
Als die, daß du mir kämst zurück,
Um so wie einst mit mir zu leben.

Dann seh ich jenen Morgenschein,
Da wir dich hin zur Gruft getragen;
Und lautlos schlafen die Wünsche ein,
Und nicht mehr will ich das Glück erjagen.

3

Gleich jenem Luftgespenst der Wüste
Gaukelt vor mir
Der Unsterblichkeitsgedanke;
Und in den bleichen Nebel der Ferne
Täuscht er dein Bild.

Markverzehrender Hauch der Sehnsucht,
Betäubende Hoffnung befällt mich;
Aber ich raffe mich auf,
Dir nach, dir nach;
Jeder Tag, jeder Schritt ist zu dir.

Doch, unerbittliches Licht dringt ein;
Und vor mir dehnt es sich,
Öde, voll Entsetzen der Einsamkeit;
Dort in der Ferne ahn ich den Abgrund;
Darin das Nichts. –

Aber weiter und weiter
Schlepp ich mich fort;
Von Tag zu Tag,

Von Mond zu Mond,
Von Jahr zu Jahr;

Bis daß ich endlich,
Erschöpft an Leben und Hoffnung,
Werd hinstürzen am Weg
Und die alte ewige Nacht
Mich begräbt barmherzig,
Samt allen Träumen der Sehnsucht.

4

Weil ich ein Sänger bin, so frag ich nicht,
Warum die Welt so still nun meinem Ohr;
Die eine, die geliebte Stimme fehlt,
Für die nur alles andre war der Chor.

5

Und am Ende der Qual alles Strebens
Ruhig erwart ich, was sie beschert,
Jene dunkelste Stunde des Lebens;
Denn die Vernichtung ist auch was wert.

6

Der Geier Schmerz flog nun davon,
Die Stätte, wo er saß, ist leer;
Nur unten tief in meiner Brust
Regt sich noch etwas, dumpf und schwer.

Das ist die Sehnsucht, die mit Qual
Um deine holde Nähe wirbt,
Doch, eh sie noch das Herz erreicht,
Mutlos die Flügel senkt und stirbt.

WAISENKIND

Ich bin eine Rose, pflück mich geschwind!
Bloß liegen die Würzlein dem Regen und Wind.

Nein, geh nur vorüber und laß du mich los!
Ich bin keine Blume, ich bin keine Ros'.

Wohl wehet mein Röcklein, wohl faßt mich der Wind;
Ich bin nur ein vater- und mutterlos Kind.

VERIRRT

Ein Vöglein singt so süße
Vor mir von Ort zu Ort;
Weh, meine wunden Füße!
Das Vöglein singt so süße,
Ich wandre immerfort.

Wo ist nun hin das Singen?
Schon sank das Abendrot;
Die Nacht hat es verstecket,
Hat alles zugedecket –
Wem klag ich meine Not?

Kein Sternlein blinkt im Walde,
Weiß weder Weg noch Ort;
Die Blumen an der Halde,
Die Blumen in dem Walde,
Die blühn im Dunkeln fort.

SPRUCH DES ALTERS

1

Vergessen und Vergessenwerden! –
Wer lange lebt auf Erden,
Der hat wohl diese beiden
Zu lernen und zu leiden.

2

Dein jung Genoß in Pflichten
Nach dir den Schritt tät richten.

Da kam ein andrer junger Schritt,
Nahm deinen jung Genossen mit.

Sie wandern nach dem Glücke,
Sie schaun nicht mehr zurücke.

FRAUEN-RITORNELLE

Blühende Myrthe –
Ich hoffte süße Frucht von dir zu pflücken;
Die Blüte fiel; nun seh ich, daß ich irrte.

Schnell welkende Winden –
Die Spur von meinen Kinderfüßen sucht ich
An eurem Zaun, doch konnt ich sie nicht finden.

Muskathyazinthen –
Ihr blühtet einst in Urgroßmutters Garten;
Das war ein Platz, weltfern, weit, weit dahinten.

Dunkle Zypressen –
Die Welt ist gar zu lustig;
Es wird alles vergessen.

BEGRABE NUR DEIN LIEBSTES!

Begrabe nur dein Liebstes! Dennoch gilt's
Nun weiterleben; – und im Drang des Tages,
Dein Ich behauptend, stehst bald wieder du.
– So jüngst im Kreis der Freunde war es, wo
Hinreißend Wort zu lauter Rede schwoll;
Und nicht der Stillsten einer war ich selbst.
Der Wein schoß Perlen im kristallnen Glas,
Und in den Schläfen hämmerte das Blut; –
Da plötzlich in dem hellen Tosen hört ich
– Nicht Täuschung war's, doch wunderbar zu sagen –,
Aus weiter Ferne hört ich eine Stille;
Und einer Stimme Laut, wie mühsam zu mir ringend,

Sprach todesmüd, doch süß, daß ich erbebte:
»Was lärmst du so, und weißt doch, daß ich schlafe!«

VERLOREN

Was Holdes liegt mir in dem Sinn,
Das ich vor Zeit einmal besessen;
Ich weiß nicht, wo es kommen hin,
Auch, was es war, ist mir vergessen.
Vielleicht – am fernen Waldesrand,
Wo ich am lichten Junimorgen
– Die Kinder klein und klein die Sorgen –
Mit dir gesessen Hand in Hand,
Indes vom Fels die Quelle tropfte,
Die Amsel schallend schlug im Grund,
Mein Herz in gleichen Schlägen klopfte
Und glücklich lächelnd schwieg dein Mund;
In grünen Schatten lag der Ort –
Wenn nur der weite Raum nicht trennte,
Wenn ich nur dort hinüberkönnte,
Wer weiß! – vielleicht noch fänd ich's dort.

ES IST EIN FLÜSTERN

Es ist ein Flüstern in der Nacht,
Es hat mich ganz um den Schlaf gebracht;
Ich fühl's, es will sich was verkünden
Und kann den Weg nicht zu mir finden.

Sind's Liebesworte, vertrauet dem Wind,
Die unterwegs verwehet sind?
Oder ist's Unheil aus künftigen Tagen,
Das emsig drängt sich anzusagen?

AN KLAUS GROTH

Wenn't Abend ward,
Un still de Welt un still dat Hart;
Wenn möd up't Knee di liggt de Hand,
Un ut din Husklock an de Wand
Du hörst den Parpendikelslag,
De nich to Woort keem över Dag;
Wennt't Schummern in de Ecken liggt,
Un buten all de Nachtswulk flüggt;
Wenn denn noch eenmal kiekt de Sünn
Mit golden Schiin to't Finster rin,
Un, ehr de Slap kümmt un de Nacht,
Noch eenmal allens lävt und lacht –
Dat is so wat vör't Minschenhart,
Wenn't Abend ward.

ÜBER DIE HEIDE

Über die Heide hallet mein Schritt;
Dumpf aus der Erde wandert es mit.

Herbst ist gekommen, Frühling ist weit –
Gab es denn einmal selige Zeit?

Brauende Nebel geisten umher;
Schwarz ist das Kraut und der Himmel so leer

Wär ich hier nur nicht gegangen im Mai!
Leben und Liebe – wie flog es vorbei!

LYRISCHE FORM

Poeta laureatus:

Es sei die Form ein Goldgefäß,
In das man goldnen Inhalt gießt!

Ein anderer:

Die Form ist nichts als der Kontur,
Der den lebend'gen Leib beschließt.

GEH NICHT HINEIN

Im Flügel oben hinterm Korridor,
Wo es so jählings einsam worden ist
– Nicht in dem ersten Zimmer, wo man sonst
Ihn finden mochte, in die blasse Hand
Das junge Haupt gestützt, die Augen träumend
Entlang den Wänden streifend, wo im Laub
Von Tropenpflanzen ausgebälgt Getier
Die Flügel spreizte und die Tatzen reckte,
Halb Wunder noch, halb Wissensrätsel ihm
– Nicht dort; der Stuhl ist leer, die Pflanzen lassen
Verdürstend ihre schönen Blätter hängen;
Staub sinkt herab; – nein, nebenan die Tür,
In jenem hohen dämmrigen Gemach
– Beklommne Schwüle ist drin eingeschlossen –,
Dort hinterm Wandschirm auf dem Bette liegt
Etwas – geht nicht hinein! Es schaut dich fremd
Und furchtbar an.
Vor wenig Stunden noch
Auf jenen Kissen lag sein blondes Haupt;
Zwar bleich von Qualen, denn des Lebens Fäden
Zerrissen jäh; doch seine Augen sprachen
Noch zärtlich, und mitunter lächelt' er,
Als säh er noch in goldne Erdenferne.
Da plötzlich losch es aus; er wußt es plötzlich
– Und ein Entsetzen schrie aus seiner Brust,
Daß ratlos Mitleid, die am Lager saßen,
In Stein verwandelte –, er lag am Abgrund;
Bodenlos, ganz ohne Boden. – »Hilf!
Ach Vater, lieber Vater!« Taumelnd schlug
Er um sich mit den Armen; ziellos griffen
In leere Luft die Hände; noch ein Schrei –
Und dann verschwand er.
Dort, wo er gelegen,
Dort hinterm Wandschirm, stumm und einsam liegt
Jetzt etwas; – bleib, geh nicht hinein! Es schaut
Dich fremd und furchtbar an; für viele Tage
Kannst du nicht leben, wenn du es erblickt.

»Und weiter – du, der du ihn liebtest –, hast
Nichts weiter du zu sagen?«
Weiter nichts.

AN AGNES PRELLER

Als ich abends einen Rosenstrauß auf meinem Zimmer fand

Die Tage sind gezählt, vorüber bald
Ist alles, was das Leben einst versüßt;
Was will ich mehr, als daß vorm Schlafengehn
Die Jugend mich mit frischen Rosen grüßt!

DIE NEUEN FIEDELLIEDER

I

Lang und breit war ich gesessen
Überm schwarzen Kontrapunkt;
Auf ein Haar dem Stadttrompeter
Gaben sie mich zum Adjunkt.

Hei, da bin ich ausgerissen;
Schöne Welt, so nimm mich nun!
Durch die Städte will ich schweifen,
An den Quellen will ich ruhn.

Nur die Fiedel auf dem Rücken;
Vorwärts über Berg und Strom!
Schon durchschreit ich deine Hallen,
Hoher kühler Waldesdom.

Und ich streich die alte Geige,
Daß es hell im Wandern klingt;
Schaut der Fink vom Baum hernieder:
»Ei, Herr Vetter, wie das singt!«

Doch am Horizonte steiget
Eines Städtchens Turm empor! –

Welchen kleinen Lilienohren
Geig ich dort mein Stücklein vor?

2

Wenn mir unterm Fiedelbogen
Manche Saite auch zersprang,
Neue werden aufgezogen,
Und sie geben frischen Klang.

Auf dem Schützenplatz am Tore
Strich ich leis mein Spielwerk an;
Wie sie gleich die Köpfe wandten,
Da ich eben nur begann!

Und es tönt und schwillt und rauschet,
Wie im Sturz der Waldesbach
Meine Seele singt die Weise,
Meine Geige klingt sie nach.

Trotzig hadern noch die Burschen;
Bald doch wird es still im Kreis;
Erst ein Raunen, dann ein Schweigen,
Selbst die Bäume säuseln leis.

Zauber hat sie all befangen;
Und ich weiß, wie das geschah!
Dort im Kranz der blonden Frauen
Stehst du selbst, Frau Musika!

3

Glaubt ich doch, sie wär es selber
– Was nur das Gedanken sind! –,
Die Frau Musika vom Himmel;
Und nun ist's ein Erdenkind!

Gestern, da sie stand am Brunnen,
Zog ich flink den Hut zum Gruß;
Und sie nickt' und sprach in Züchten:
»Grüß dich Gott, Herr Musikus!«

Zwar ich wußt, Marannle heißt sie,
Und sie wohnt am Tore nah;
Doch ich hätt's nicht können lassen,
Sprach: »Grüß Gott, Frau Musika!«

Was sie da für Augen machte!
Und was da mit mir geschah!
Stets nun klingt's mir vor den Ohren:
Musikus und Musika!

4

In den Garten eingestiegen
Wär ich nun mit gutem Glück –
Wie die Fledermäuse fliegen!
Langsam weicht die Nacht zurück.

Doch indes am Feldessaume
Drüben kaum Aurora glimmt,
Hab ich unterm Lindenbaume
Hier die Fiedel schon gestimmt.

Sieh, dein Kammerfenster blinket
In dem ersten Morgenstrahl;
Heller wird's, die Nacht versinket;
Horch! Da schlug die Nachtigall!

Schlaf nicht mehr! Die Morgenlüfte
Rütteln schon an deiner Tür;
Rings erwacht sind Klang und Düfte,
Und mein Herz verlangt nach dir.

Zu des Gartens Schattendüster
Komm herab, geliebtes Kind!
Nur im Laub ein leis Geflüster –
Und verschwiegen ist der Wind.

5

Sind wir nun so jung beisammen
In der holden Morgenfruh,

Süßes, rosenrotes Mündchen,
Plaudre, plaudre immerzu!

Organiste sollt ich werden
An dem neuen Kirchlein hier? –
Kind! wer geigte dann den Finken
Feiertags im Waldrevier?

Doch du meinest, Amt und Würden,
Eigner Herd sei goldeswert! –
Machst du mich doch schier beklommen;
So was hab ich nie begehrt.

Was? Und auch der Stadttrompeter
Starb vergangne Woche nur?
Und du meinst, zu solchem Posten
Hätt ich just die Positur? –

Hei! Wie kräht der Hahn so grimmig!
Schatz, ade! Gedenk an mich!
Mach den Hahn zum Stadttrompeter!
Der kann's besser noch als ich!

6

Musikanten wollen wandern;
Ei, die hielte mich wohl fest!
Noch 'nen Trunk, Herr Wirt, vom Roten;
Dann ade, du trautes Nest!

Hoch das Glas! Zu neuen Liedern
Geb es Kraft und Herzenswonne!
Ha, wie lieblich in die Adern
Strömt der Geist der Heimatsonne! –

Wie dort hoch die Wolken ziehen!
durch die Saiten fährt der Wind;
Und er weht die leichten Lieder
In die weite Welt geschwind.

Musikanten wollen wandern!
Schon zur Neige ging der Wein;
Ziehn die Lieder in die Weite,
Muß der Spielmann hinterdrein.

7

Weiter geht's und immer weiter!
Sieh, da kommt auf müdem Fuß
Noch ein Wandrer mir entgegen.
»Bring dem Städtchen meinen Gruß!

Und am Tore, wenn des Zöllners
Blonde Tochter schaut herfür,
Bring ihr diese wilde Rose,
Grüß sie einmal noch von mir!« –

Weiter geht's und immer weiter!
Da schweigen alle Vögel bald
Vor mir stehn im Duft die Wälder,
Rückwärts brennt der Abendschein.

Einsam werden Weg' und Stege,
Ganz alleine wandr' ich bald;
Einen Falken seh ich kreisen –
Über mir schon rauscht der Wald.

8

Nun geht der Mond durch Wolkennacht,
Nun ist der Tag herum;
Ach, noch immer denk ich dein!
Im Walde um und um.

Die Heidelerch' noch oben singt
Ein Stück zu allerbest;
Die Amsel schlägt den letzten Ton
Und fliegt zu Nest, zu Nest.

Da nehm auch ich zu guter Nacht
Zur Hand die Geige mein;

Das ist ein klingend Nachtgebet
Und steigt zum Himmel ein.

9

Morgen wird's! Am Waldesrande
Sitz ich hier und spintisier;
Ach, jedweder meiner Schritte
Trug mich weiter fort von dir!

Vielen ging ich schon vorüber;
Nimmer wünscht ich mich zurück;
Warum flüstern heut die Lüfte:
Diesmal aber war's das Glück!

Von den Bäumen Tauestropfen
Fallen auf mein heiß Gesicht –
Sankt Cäcilia! Solch Paar Augen
Sah ich all mein Lebtag nicht!

Stadttrompeter, Organiste!
Wär's denn wirklich gar so dumm? –
Holla hoch, ihr jungen Beine,
Macht euch auf! Wir kehren um.

Ruf nur Kuckuck, dort im Walde!
Siehst so bald mich nun nicht mehr,
Denn in Puder und Manschetten
Schreit ich ehrenfest einher.

Golden spielt der Staub der Straßen –
Herz, Geduld! bald bist du da.
Hei! wie lieblich soll es klingen:
Musikus und Musika!

10

Am Markte bei der Kirchen,
Da steht ein klingend Haus;
Trompet und Geige tönen
Da mannigfalt heraus.

Der Lind'baum vor der Türe
Ist lust'ger Aufenthalt;
Vom Wald die Finken kommen
Und singen, daß es schallt.

Und auf der Bank darunter,
Die mit dem Kindlein da,
Das ist in alle Wege
Die blond' Frau Musika.

Der jung' frisch' Stadttrompeter
Bläst eben grad vom Turm;
Er bläst, daß nun vergangen
All Not und Wintersturm.

Die Schwalb ist heimgekommen,
Lind weht des Lenzen Hauch!
Das bläst er heut vom Turme
Nach altehrwürd'gem Brauch.

Herr Gott, die Saaten segne
Mit deiner reichen Hand,
Und gib uns Frieden, Frieden
Im lieben deutschen Land!

MÄRCHEN

Ich hab's gesehn und will's getreu berichten;
Beklagt euch nicht, wenn ich zuwenig sah!
Nur sommernachts passieren die Geschichten;
Kaum graut die Nacht, so rückt der Morgen nah,
Kaum daß den Wald die ersten Strahlen lichten,
Entflieht mit ihrem Hof Titania;
Auf Weg und Steg spazieren die Philister,
Das wohlbekannte leidige Register.

Kein Zauber wächst für fromme Bürgersleute,
Die tags nur wissen, wie die Glocke geht.
Die gründlich kennen gestern, morgen, heute,

Doch nicht die Zeit, die mittendrin besteht;
Ich aber hörte wohl das Waldgeläute,
Ein Sonntagskind ist immer der Poet;
So laßt euch denn in blanken Liederringen
Von Reim zu Reim ins Land der Märchen schwingen.

IN BULEMANNS HAUS

Es klippt auf den Gassen im Mondenschein;
Das ist die zierliche Kleine,
Die geht auf ihren Pantöffelein
Behend und mutterseelenallein
Durch die Gassen im Mondenscheine.

Sie geht in ein alt verfallenes Haus;
Im Flur ist die Tafel gedecket,
Da tanzt vor dem Monde die Maus mit der Maus,
Da setzt sich das Kind mit den Mäusen zu Schmaus,
Die Tellerlein werden gelecket.

Und leer sind die Schüsseln; die Mäuslein im Nu
Verrascheln in Mauer und Holze;
Nun läßt es dem Mägdlein auch länger nicht Ruh,
Sie schüttelt ihr Kleidchen, sie schnürt sich die Schuh,
Dann tritt sie einher mit Stolze.

Es leuchtet ein Spiegel aus goldnem Gestell,
Da schaut sie hinein mit Lachen;
Gleich schaut auch heraus ein Mägdelein hell,
Das ist ihr einziger Spielgesell;
Nun wolln sie sich lustig machen.

Sie nickt voll Huld, ihr gehört ja das Reich;
Da neigt sich das Spiegelkindlein,
Da neigt sich das Kind vor dem Spiegel zugleich,
Da neigen sich beide gar anmutreich,
Da lächeln die rosigen Mündlein.

Und wie sie lächeln, so hebt sich der Fuß,
Es rauschen die seidenen Röcklein,
Die Händchen werfen sich Kuß um Kuß,
Das Kind mit dem Kinde nun tanzen muß,
Es tanzen im Nacken die Löcklein.

Der Mond scheint voller und voller herein,
Auf dem Estrich gaukeln die Flimmer:
Im Takte schweben die Mägdelein,
Bald tauchen sie tief in die Schatten hinein,
Bald stehn sie in bläulichem Schimmer.

Nun sinken die Glieder, nun halten sie an
Und atmen aus Herzensgrunde;
Sie nahen sich schüchtern und beugen sich dann
Und knien voreinander und rühren sich an
Mit dem zarten unschuldigen Munde.

Doch müde werden die beiden allein
Von all der heimlichen Wonne;
Sehnsüchtig flüstert das Mägdelein:
»Ich mag nicht mehr tanzen im Mondenschein,
Ach, käme doch endlich die Sonne!«

Sie klettert hinunter ein Trepplein schief
Und schleicht hinab in den Garten.
Die Sonne schlief, und die Grille schlief.
»Hier will ich sitzen im Grase tief,
Und der Sonne will ich warten.«

Doch als nun morgens um Busch und Gestein
Verhuschet das Dämmergemunkel,
Da werden dem Kinde die Äugelein klein;
Sie tanzte zu lange bei Mondenschein,
Nun schläft sie bei Sonnengefunkel.

Nun liegt sie zwischen den Blumen dicht
Auf grünem, blitzendem Rasen;
Und es schauen ihr in das süße Gesicht

Die Nachtigall und das Sonnenlicht
Und die kleinen neugierigen Hasen.

TANNKÖNIG

1

Am Felsenbruch im wilden Tann
Liegt tot und öd ein niedrig Haus;
Der Efeu steigt das Dach hinan,
Waldvöglein fliegen ein und aus.

Und drin am blanken Eichentisch
Verzaubert schläft ein Mägdelein;
Die Wangen blühen ihr rosenfrisch,
Auf den Locken wallt ihr der Sonnenschein.

Die Bäume rauschen im Waldesdicht,
Eintönig fällt der Quelle Schaum;
Es lullt sie ein, es läßt sie nicht,
Sie sinket tief von Traum zu Traum.

Nur wenn im Arm die Zither klingt,
Da hell der Wind vorüberzieht,
Wenn gar zu laut die Drossel singt,
Zuckt manches Mal ihr Augenlid.

Dann wirft sie das blonde Köpfchen herum,
Daß am Hals das güldene Kettlein klingt;
Auf fliegen die Vögel, der Wald ist stumm,
Und zurück in den Schlummer das Mägdlein sinkt.

2

Hell reißt der Mond die Wolken auf,
Daß durch die Tannen bricht der Strahl;
Im Grunde wachen die Elfen auf,
Die Silberhörnlein rufen durchs Tal.

»Zu Tanz, zu Tanz am Felsenhang,
Am hellen Bach, im schwarzen Tann!

Schön Jungfräulein, was wird dir bang?
Wach auf und schlag die Saiten an!«

Schön Jungfräulein, die sitzt im Traum;
Tannkönig tritt zu ihr herein,
Und küßt ihr leis des Mundes Saum
Und nimmt vom Hals das Güldkettlein.

Da schlägt sie hell die Augen auf –
Was hilft ihr Weinen all und Flehn!
»Tannkönig, laß mich ziehn nach Haus,
Laß mich zu meinen Schwestern gehn.«

»In meinem Walde fing ich dich«,
Tannkönig spricht, »so bist du mein!
Was hattest du die Mess' versäumt?
Komm mit, komm mit zum Elfenreihn!« –

»Elf! Elf! das kling so wunderlich,
Elf! Elf! mir graut vor dem Elfenreihn;
Die haben gewiß kein Christentum,
Oh, laß mich zu Vater und Mutter mein!«

»Und denkst du an Vater und Mutter noch,
Sitz aber hundert Jahr allein!«
Die Elfen ziehn zu Tanz, zu Tanz;
Er hängt ihr um das Güldkettlein.

Zweites Buch

Ältere Gedichte

DIE HERRGOTTSKINDER

Von oben sieht der Herr darein;
Ihr dürft indes der Ruhe pflegen:
Er gibt der Arbeit das Gedeihn
Und träuft herab den Himmelssegen.
Und wenn dann in Blüte die Saaten stehn,
So läßt er die Lüftlein darüber gehn,
Auf daß sich die Halme zusammenbeugen
Und frisch aus der Blüte das Korn erzeugen,
Und hält am Himmel hoch die Sonne,
Daß alles reife in ihrer Wonne.
Gottvater hat auch seinen Teil daran;
Das alles in ihre Scheuern zu laden!
Gott Vater hat auch seinen Teil daran;
Den will er vergaben nach seinen Gnaden.
Da ruft er die jüngsten Kinder sein;
Die nährt er selbst aus seiner Hand,
Die Rehlein, die Häslein, die Würmlein klein
Und alles Getier in Luft und Land;
Das flattert herbei und kreucht und springt,
Ist fröhlich all zu Gottes Ehr
Und all genügsam, was er bringt.
Des freut sich der Herrgott mächtig sehr,
Er breitet weit die Arme aus
Und spricht in Liebe überaus:
»All, was da lebet, soll sich freun,
Seid alle von den Kindern mein;
Und will euch drum doch nicht vergessen,
Daß ihr nichts könnt als springen und fressen,
Hat jedes seinen eignen Ton!
Ihr sollt euch tummeln frisch im Grünen;
Doch mündig ist der Mensch, mein Sohn;
Drum mag er selbst sein Brot verdienen!«

KÄUZLEIN

Da sitzt der Kauz im Ulmenbaum
Und heult und heult im Ulmenbaum.
Die Welt hat für uns beide Raum!
Was heult der Kauz im Ulmenbaum
Von Sterben und von Sterben?

Und übern Weg die Nachtigall,
Genüber pfeift die Nachtigall.
O weh, die Lieb ist gangen all!
Was pfeift so süß die Nachtigall
Von Liebe und von Liebe?

Zur Rechten hell ein Liebeslied,
Zur Linken grell ein Sterbelied!
Ach, bleibt denn nichts, wenn Liebe schied,
Denn nichts als nur ein Sterbelied
Kaum wegbreit noch hinüber?

DAS MÄDCHEN MIT DEN HELLEN AUGEN

Das Mädchen mit den hellen Augen,
Die wollte keines Liebste sein;
Sie sprang und ließ die Zöpfe fliegen,
Die Freier schauten hindrein.

Die Freier standen ganz von ferne
In blanken Röcken lobesam.
»Frau Mutter, ach, so sprecht ein Wörtchen
Und macht das liebe Kindlein zahm!«

Die Mutter schlug die Händ' zusammen,
Die Mutter rief: »Du töricht Kind,
Greif zu, greif zu! Die Jahre kommen,
Die Freier gehen gar geschwind!«

Sie aber ließ die Zöpfe fliegen
Und lachte alle Weisheit aus;

Da sprang durch die erschrocknen Freier
Ein toller Knabe in das Haus.

Und wie sie bog das wilde Köpfchen,
Und wie ihr Füßchen schlug den Grund,
Er schloß sie fest in seine Arme
Und küßte ihren roten Mund.

Die Freier standen ganz von ferne,
Die Mutter rief vor Staunen schier:
»Gott schütz dich vor dem ungeschlachten,
Ohn Maßen groben Kavalier!«

AN DIE FREUNDE

Wieder einmal ausgeflogen,
Wieder einmal heimgekehrt;
Fand ich doch die alten Freunde
Und die Herzen unversehrt.

Wird uns wieder wohl vereinen
Frischer Ost und frischer West?
Auch die losesten der Vögel
Tragen allgemach zu Nest.

Immer schwerer wird das Päckchen,
Kaum noch trägt es sich allein;
Und in immer engre Fesseln
Schlinget uns die Heimat ein.

Und an seines Hauses Schwelle
Wird ein jeder festgebannt;
Aber Liebesfäden spinnen
Heimlich sich von Land zu Land.

MYRTEN

Sie brach ein Reis vom Hochzeitskranz
Und pflanzt' es gläubig ein:
»Nun trage mir ein Kränzlein grün
Fürs künftige Töchterlein!«

Sind sechzehn Jahre wohl herum;
Das Reislein wuchs heran,
Hier sitzt das wackre Töchterlein –
Fehlt nur der Freiersmann.

NELKEN

Ich wand ein Sträußlein morgens früh,
Das ich der Liebsten schickte;
Nicht ließ ich sagen ihr, von wem,
Und wer die Blumen pflückte.

Doch als ich abends kam zum Tanz
Und tat verstohlen und sachte,
Da trug sie die Nelken am Busenlatz,
Und schaute mich an und lachte.

DAMENDIENST

Die Schleppe will ich dir tragen,
Ich will deinem Wink mich weihn,
An Festen und hohen Tagen!
Sollst du meine Königin sein!

Deiner Launen geheimste und kühnste
Gehorsam erfüll ich dir;
Doch leid ich in diesem Dienste
Keinen andern neben mir.

Solang ich dir diene in Ehren,
Gehöret dein Lächeln mein;

Deinen Hofstaat will ich vermehren;
Doch der Erste will ich sein.

STÄNDCHEN

Weiße Mondesnebel schwimmen
Auf den feuchten Wiesenplanen;
Hörst du die Gitarre stimmen
In dem Schatten der Platanen?

Dreizehn Lieder sollst du hören,
Dreizehn Lieder, frisch gedichtet;
Alle sind, ich kann's beschwören,
Alle nur an dich gerichtet.

An dem zarten schlanken Leibchen
Bis zur Stirne auf und nieder,
Jedes Fünkchen, jedes Stäubchen,
Alles preisen meine Lieder.

Wahrlich, Kind, ich hab zuzeiten
Übermütige Gedanken!
Unermüdlich sind die Saiten,
Und der Mund ist ohne Schranken.

Vom geheimsten Druck der Hände
Bis zum nimmersatten Küssen!
Ja, ich selber weiß am Ende
Nicht, was du wirst hören müssen.

Laß dich warnen, laß mich schweigen,
Laß mich Lied um Liebe tauschen;
Denn die Blätter an den Zweigen
Wachen auf und wollen lauschen.

Weiße Mondesnebel schwimmen
Auf den feuchten Wiesenplanen;
Hörst du die Gitarre stimmen
In dem Schatten der Platanen?

ZUR SILBERNEN HOCHZEIT

Aus einem Festzuge

Gott Amor

Wieder führ ich heut den Zug
Wie beim ersten Feste;
Amor bleibt die Hauptperson
In der Zahl der Gäste.

In mein Antlitz bringt die Zeit
Fältchen nicht noch Falte;
Doch wie jung ich immer bin,
Bin ich doch der alte.

Zwei Kinder

Erstes

Wir sind zwei Kinder hier vom Haus
Und folgen mit Bedachte
Dem kleinen Gotte, der Mama
So unendlich glücklich machte.

Zweites

Ja, lachet nur! Wir kommen auch
In seinen Rosentempel.
Die älteste Schwester hat schon gezeigt,
Die Kinder nehmen Exempel.

Ein Bettelkind

Zürnt mir nicht, verehrte Frau,
Daß auch ich Euch gratuliere!
Armut ist ein schlechter Gast,
Furchtsam tret ich in die Türe.

Draußen stand ich, und ich sah
Alle Fenster hell erleuchtet;
Und ich dachte, wie so oft
Ihr mir milde Gabe reichtet.

Gönnt nur einen Augenblick,
Mich an Eurem Glück zu weiden!

Schwester weint zu Haus nach Brot –
Ach, wir haben wenig Freuden.

Der Bettelvogt
Zum Jubilar

Verzeihen Sie, Herr Bürgermeister!
So sehr man seine Pflichten kennt,
Das Bettelvolk wird immer dreister,
Sosehr man vigiliert und rennt.

Soeben sah ich solchen Rangen
Verdächtig schleichen an den Treppen;
Wenn es vergönnt, ihn einzufangen,
Werd ich ihn sacht zu Loche schleppen.

Der Narr

Der Narr macht seine Reverenz,
Der gute derbe Geselle!
Ihr hörtet wohl von weitem schon
Das Rauschen seiner Schelle.

Als alter Hausfreund bin ich ja
Notwendig bei dem Feste;
Denn hörtet ihr die Klapper nicht,
Euch fehlte doch das Beste.

Ein tücht'ger Kerl hat seinen Sparrn!
Das ist unwiderleglich;
Und hat das Haus nicht seinen Narrn,
So wird es öd und kläglich.

Hier war ich manchen guten Tag
Gastfreundlich aufgenommen;
Heil diesem vielbeglückten Haus,
Wo auch der Narr willkommen!

BETTLERLIEBE

O laß mich nur von ferne stehn
Und hangen stumm an deinem Blick;
Du bist so jung, du bist so schön,
Aus deinen Augen lacht das Glück.

Und ich so arm, so müde schon,
Ich habe nichts, was dich gewinnt.
O wär ich doch ein Königssohn
Und du ein arm verlornes Kind!

VIERZEILEN

1

Du weißt doch, was ein Kuß bekennt?
Sonst hör du auf zu küssen!
Ich dächt, er sei ein Sakrament,
Das alle Völker wissen.

2

Und weißt du, warum so trübe,
So schwer mir das Herz muß sein?
Du hast mich geküßt ohne Liebe,
Das wolle dir Gott verzeihn!

3

Die Lieb ist wie ein Wiegenlied;
Es lullt dich lieblich ein;
Doch schläfst du kaum, so schweigt das Lied,
Und du erwachst allein.

DAS HARFENMÄDCHEN

Das war noch im Vaterstädtchen;
Da warst du gar zierlich und jung,
Ein süß schwarzäugiges Dirnlein,
Zur Liebe verständig genung.

Und wenn dir die Mutter zu singen
Und Harfe zu spielen gebot,
So scheutest du dich vor den Leuten
Und klagtest mir heimlich die Not.

»Wann treff ich dich wieder und wo doch?« –
»Am Schlosse, wenn's dunkel ist.«
Und abends bin ich gekommen
Und habe dich fröhlich geküßt.

Sind sieben Jahr vergangen,
Daß ich dich nicht gesehn;
Wie bleich doch sind deine Wangen,
Und waren so blühend und schön!

Wie greifst du so keck in die Saiten
Und schaust und äugelst umher!
Das sind die kindlich scheuen,
Die leuchtenden Augen nicht mehr.

Doch kann ich den Blick nicht wenden,
Du einst so reizende Maid;
Mir ist, als schaut ich hinüber
Tief, tief in vergangene Zeit.

WEIHNACHTSABEND

An die hellen Fenster kommt er gegangen
Und schaut in des Zimmers Raum;
Die Kinder alle tanzten und sangen
Um den brennenden Weihnachtsbaum.

Da pocht ihm das Herz, daß es will zerspringen;
»Oh«, ruft er, »laßt mich hinein!
Was Frommes, was Fröhliches will ich euch singen
Zu dem hellen Kerzenschein.«

Und die Kinder kommen, die Kinder ziehen
Zur Schwelle den nächtlichen Gast;

Still grüßen die Alten, die Jungen umknien
Ihn scheu in geschäftiger Hast.

Und er singt: »Weit glänzen da draußen die Lande
Und locken den Knaben hinaus;
Mit klopfender Brust, im Reisegewande
Verläßt er das Vaterhaus.

Da trägt ihn des Lebens breitere Welle –
Wie war so weit die Welt!
Und es findet sich mancher gute Geselle,
Der's treulich mit ihm hält.

Tief bräunt ihm die Sonne die Blüte der Wangen,
Und der Bart umsprosset das Kinn;
Den Knaben, der blond in die Welt gegangen,
Wohl nimmer erkennet ihr ihn.

Aus goldenen und aus blauen Reben
Es mundet ihm jeder Wein;
Und dreister greift er in das Leben
Und in die Saiten ein.

Und für manche Dirne mit schwarzen Locken
Im Herzen findet er Raum; –
Da klingen durch das Land die Glocken,
Ihm war's wie ein alter Traum.

Wohin er kam, die Kinder sangen,
Die Kinder weit und breit;
Die Kerzen brannten, die Stimmlein klangen,
Das war die Weihnachtszeit.

Da fühlte er, daß er ein Mann geworden;
Hier gehörte er nicht dazu.
Hinter den blauen Bergen im Norden
Ließ ihm die Heimat nicht Ruh.

An die hellen Fenster kam er gegangen
Und schaut' in des Zimmers Raum;

Die Schwestern und Brüder tanzten und sangen
Um den brennenden Weihnachtsbaum.« –

Da war es, als würden lebendig die Lieder
Und nahe, der eben noch fern;
Sie blicken ihn an und blicken wieder;
Schon haben ihn alle so gern.

Nicht länger kann er das Herz bezwingen,
Er breitet die Arme aus:
»Oh, schließet mich ein in das Preisen und Singen,
Ich bin ja der Sohn vom Haus!«

JUNGE LIEBE

Aus eignem Herzen geboren,
Nie besessen, dennoch verloren.

Ihr Aug ist blau, nachtbraun ihr lockicht Haar,
Ein Schelmenmund, wie jemals einer war,
Ein launisch Kind; doch all ihr Widerstreben
Bezwingt ihr Herz, das mir so ganz ergeben.

Schon lange sitzt sie vor mir, träumerisch
Mit ihren Beinchen baumelnd, auf dem Tisch;
Nun springt sie auf; an meines Stuhles Lehne
Hängt sie sich, schmollend ob der stummen Szene.

»Ich liebe dich!« – »Du bist sehr interessant.«
»Ich liebe dich!« – »Ach, das ist längst bekannt!
Ich lieb Geschichten, neu und nicht erfunden –
Erzählst du nicht, ich bin im Nu verschwunden.« –

»So hör! Jüngst träumte mir« – – »Das ist nicht wahr!« –
»Wahr ist's! Mir träumt', ich sähe auf ein Haar
Dich selbst straßauf und -ab in Prachtgewändern
An eines Mannes Arm gemächlich schlendern;

Und dieser Mann« – – »der war?« – »der war nicht ich!« –
»Du lügst!« – »Mein Herz, ich sah dich sicherlich –
Ihr senktet Aug in Auge voll Entzücken,
Ich stand seitab, gleichgültig deinen Blicken.«

»Der Mutter sag ich's!« ruft das tolle Kind
Und springt zur Tür. Da hasch ich sie geschwind,
Und diese frevelhaften Lippen müssen,
Was sie verbrochen, ohne Gnade büßen.

DÄMMERSTUNDE

Im Nebenzimmer saßen ich und du;
Die Abendsonne fiel durch die Gardinen;
Die fleißigen Hände fügten sich der Ruh,
Von rotem Licht war deine Stirn beschienen.

Wir schwiegen beid'; ich wußte mir kein Wort,
Das in der Stunde Zauber mochte taugen;
Nur nebenan die Alten schwatzten fort –
Du sahst mich an mit deinen Märchenaugen.

FRAGE

Wenn einsam du im Kämmerlein gesessen,
Wenn dich der Schlummer floh die lange Nacht,
Dann hast du oft, so sprichst du, mein gedacht;
Doch, wenn die Sonne kommen unterdessen,
Wenn dir die Welt und jeglich Aug gelacht,
Hast du auch dann wohl jemals mein gedacht?

RECHENSTUNDE

Du bist so ein kleines Mädchen
Und hast schon so helle Augen;
Du bist so ein kleines Mädchen
Und hast schon so rote Lippen!

Nun schau mich nur an, du Kleine,
Auch ich hab helle Augen,
Und laß dir alles deuten –
Auch ich hab rote Lippen.

Nun rechne mir doch zusammen:
Vier Augen, die geben? – Blicke!
Und – mach mir keinen Fehler! –
Vier Lippen, die geben? – Küsse!

LETZTE EINKEHR

Noch wandert er; doch hinter ihm
Schon liegen längst die blauen Berge;
Kurz ist der Weg, der noch zu gehn,
Und tief am Ufer harrt der Ferge.

Doch blinket schon das Abendrot
Und glühet durch das Laub der Buchen;
So muß er denn auch heute noch
Wie sonst am Wege Herberg suchen.

Die liegt in grünen Ranken ganz
Und ganz von Abendschein umglommen;
Am Tore steht ein blondes Kind
Und lacht ihn an und sagt Willkommen.

Seitab am Ofen ist der Platz;
Schon kommt der Wirt mit blankem Kruge.
Das ist ein Wein! – So trank er ihn
Vor Jahren einst in vollem Zuge.

Und endlich schaut der Mond herein
Von draußen durch die dunkeln Zweige;
Es wird so still; der alte Mann
Schlürft träumerisch die letzte Neige.

Und bei des bleichen Sternes Schein
Gedenkt er ferner Sommertage,

Nur halb ein lauschend Ohr geneigt,
Ob jemand klopf' und nach ihm frage.

ABSCHIED

Mit Liedern

1

Was zu glücklich, um zu leben,
Was zu scheu, um Klang zu geben,
Was zu lieblich zum Entstehen,
Was geboren zum Vergehen,

Was die Monde nimmer bieten,
Rosen aus verwelkten Blüten,
Tränen dann aus jungem Leide
Und ein Klang verlorner Freude.

2

Du weißt es, alle, die da sterben
Und die für immer scheiden gehn,
Die müssen, wär's auch zum Verderben,
Die Wahrheit ohne Hehl gestehn.

So leg ich's denn in deine Hände,
Was immer mir das Herz bewegt;
Es ist die letzte Blumenspende,
Auf ein geliebtes Grab gelegt.

MIT EINER HANDLATERNE

Laterne, Laterne!
Sonne, Mond und Sterne,
Die doch sonst am Himmel stehn,
Lassen heut sich nimmer sehn;
Zwischen Wasserreih und Schloß
Ist die Finsternis so groß,
Gegen Löwen rennt man an,
Die man nicht erkennen kann!

Kleine freundliche Latern',
Sei du Sonne nun und Stern:
Sei noch oft der Lichtgenoß
Zwischen Wasserreih und Schloß
Oder – dies ist einerlei –
Zwischen Schloß und Wasserreih!

Gedichte

Zweiter Teil

Nachlese

AN EMMA

Willst mich meiden,
Grausam scheiden,
Nun Ade!
Ach kein Scherzen
Heilt die Schmerzen
Meines Weh!
Doch was sag ich,
Doch was klag ich
Denn um mich.
Gibt's nicht Rosen
G'nug zum Kosen
Ohne dich!
Heut führ Mine,
Morgen Line
Ich zum Tanz;
Flatterrose
Reich dir Lose
Ich zum Kranz!
Willst mich meiden,
Grausam scheiden,
Nun Ade!
Andrer Scherzen
Heilt die Schmerzen
Meines Weh!

AN EINEM SCHÖNEN SOMMERABENDE

Lieblich senkt die Sonne sich,
Alles freut sich wonniglich
In des Abends Kühle!
Du gibst jedem Freud und Rast,
Labst ihn nach des Tages Last
Und des Tages Schwüle.

Horch, es lockt die Nachtigall,
Und des Echos Widerhall
Doppelt ihre Lieder!
Und das Lämmchen hüpft im Tal,
Freude ist jetzt überall,
Wonne senkt sich nieder!

Wonne in des Menschen Brust,
Der der Freud ist sich bewußt,
Die ihm Gott gegeben,
Die du jedem Menschen schufst,
Den aus nichts hervor du rufst
Auf zum ew'gen Leben.

BALD IST UNSERS LEBENS TRAUM ZU ENDE

Bald ist unsers Lebens Traum zu Ende,
Schnell verfließt er in die Ewigkeit.
Reicht zum frohen Tanze euch die Hände!
Tut's geschwinde; sonst enteilt die Zeit!

VISION

Die Sterne funkeln durchs Blau der Nacht,
Die Eltern schlummern, mein Lieb nur wacht.
Sie schaut übers Meer in die dämmernde Fern',
Sie denket des treuen Buhlen so gern.

Leis wehet der Nachtwind mit spielendem Hauch
Und küßt ihr die quellende Träne vom Aug:
»Was schaust du so trüb in die freundlichen Stern',
Der Mann, den du liebest in weiter Fern,
Der schauet, wie du, über Land und Meer,
Das treue Auge von Tränen schwer.«

FÜR EINEN UNGELIEBTEN

Höre auf, dich zu betrüben,
Heitre deinen bangen Sinn!
Will denn keine dich mehr lieben,
Eile nur zum Echo hin.
Ruf nur laut: »Wer liebt denn mich?«
Und du hörst ein dreifach: »Ich!«

DIE FLÖHE UND DIE LÄUSE

Die Flöhe und die Läuse.
die hatten sich beim Schopf
Und kämpften gar gewaltig
Auf eines Buben Kopf.
Das nahm der Bube übel
Und haschte Floh und Laus
Und macht' mit seinem Nagel
Den Kämpfern den Garaus.
Ich und mein Lieb, wir kosten
Auf meines Nachbars Land –
Hätt bald der grobe Schlingel
Uns beide untergerannt.

FREIHEITSJUBEL

Laßt uns die Eiche der Freiheit erklimmen,
Baut ihren Tempel in strahlender Pracht,
Laßt den Funken der Gottheit erglimmen,
Rüstet euch eilig zur donnernden Schlacht!
Triumph und Sieg! Unser Wunsch ist erfüllt!
Wir haben die Freiheit – ein Nebelbild.

FREUNDCHEN, SAGE MIR'S DOCH AUCH

A.: Freundchen, sage mir's doch auch,
Den Grund, den möcht ich kennen,
Warum wir nicht nach altem Brauch
Die Mädchen Jungfraun nennen!
B.: Ist gar nicht mehr vonnöten!
Sie würden nur – erröten.

AN DIE ENTFERNTE M

Eilende Winde,
Wieget euch linde,
Säuselt mein Liedchen der Lieblichen vor;
Vögelein, singet,
Vögelein, bringet
Töne der Lust vor ihr lauschendes Ohr!
Öffne dich, Rose,
Schwellet, ihr Moose,
Reiht euch, ihr Blumen, zum duftigen Strauß;
Weilt ihr am Herzen,
Horcht ihren Scherzen,
Bannet den trübenden Kummer hinaus.
Schimmernde Sterne,
Strahlt aus der Ferne
Himmlischer Höhen ihr Freude und Lust,
Freundliche Sterne,
Wärt ihr nicht ferne,
Leuchtet ihr, tröstend die liebende Brust.

WICHTELMÄNNCHEN

Soll gar nicht recht geheuer sein
Dort drüben im alten Schloß,
Solln ziehn viel kleine Menscherlein
Umher in lärmendem Troß.

Ziehst du mit der jungen Frau erst ein
Dort drüben ins alte Schloß,
Da kommen ja noch mehr Kleine hinein –
Das wird ein gewaltiger Troß.

IN DAS STAMMBUCH FERDINAND RÖSES

Doch sieh, in nahen und in fernen Zeiten,
Viel schöne Bilder tauchen wechselnd auf.
Doch wie auch manche schon mein Herz erfüllten,
Sie kamen schnell und schwanden bald darauf.
Rasch flieht die Gunst der lustverträumten Stunden;
Mein Ideal ist nicht so leicht gefunden.

Doch wenn ich nun dies hohe Bild gefunden,
Das ich so oft im Traume schon geschaut,
Wenn ich die Wirklichkeit in festen Armen halte
Und ganz mein eigen ist die süße Braut,
Dann mag wohl froher meine Weise klingen,
Wenn Flur und Wald nur Glück und Liebe singen.

Jetzt reißt die Zeit dein freundlich Bild vorüber,
Das, schnell erkannt, nicht lange mich erfreut.
Du kennst mein Leid, mein Hoffen und mein Lieben,
Uns trennt das Leben nicht für alle Zeit.
Wenn Glück und Liebe auf mich niedertauen,
Dann komm zu mir, den Segen anzuschauen.

DER BAU DER MARIENKIRCHE ZU LÜBECK

Eine Sage

Im alten heiligen Lübeck
Ward eine Kirche gebaut
Zu Ehren der Jungfrau Maria,
Der hohen Himmelsbraut.

Doch als man den Bau begonnen,
Da hatt es der Teufel gesehn;

Der glaubte, an selbiger Stelle
Ein Weinhaus würde erstehn.

Draus hat er manch arme Seele
Sich abzuholen gedacht
Und drum das Werk gefördert
Ohn Rasten Tag und Nacht.

Die Maurer und der Teufel,
Die haben zusammen gebaut;
Doch hat ihn bei der Arbeit
Kein menschlich Aug geschaut.

Drum, wie sich die Kellen rührten,
Es mochte keiner verstehn,
Daß in so kurzen Tagen
So großes Werk geschehn.

Und als sich die Fenster wölben,
Der Teufel grinset und lacht,
Daß man in einer Schenke
So Tausende Scheiben macht.

Doch als sich die Bogen wölben,
Da hat es der Teufel durchschaut,
Daß man zu Gottes Ehren
Eine Kirche hier erbaut.

Da riß er in seinem Grimme
Einen Fels von Bergeswand
Und schwingt sich hoch in Lüften,
Von männiglich erkannt.

Schon holt er aus zum Wurfe
Aufs heilige Prachtgebäu; –
Da tritt ein Maurergeselle
Hervor getrost und frei:

»Herr Teufel, wollt nichts Dummes
Begehen in der Hast!

Man hat ja sonst vernommen,
Daß Ihr Euch handeln laßt!«

»So bauet«, schrie der Teufel,
»Ein Weinhaus nebenan,
Daß ich mein Werken und Mühen
Nicht schier umsonst getan.« –

Und als sie's ihm gelobet,
So schleudert er den Stein,
Auf daß sie dran gedächten,
Hart in den Grund hinein. –

Drauf, als der Teufel entfahren,
Ward manches liebe Jahr
Gebaut noch, bis die Kirche
Der Jungfrau fertig war.

Dann ist dem Teufel zu Willen
Der Ratsweinkeller erbaut,
Wie man ihn noch heutzutage
Dicht neben der Kirche schaut.

So stehen Kirch und Keller
In traulichem Verein;
Die frommen Herrn zu Lübeck,
Die gehen aus und ein.

Sie beten wohl da droben,
Da drunten trinken sie,
Und für des Himmels Gaben
Da droben danken sie.

Und trinken sie da drunten,
Sie denken wohl dabei:
Dem selbst der Teufel dienet,
Wer fröhlich, fromm und frei.

DIE MÖWE UND MEIN HERZ

Hin gen Norden zieht die Möwe,
Hin gen Norden zieht mein Herz;
Fliegen beide aus mitsammen,
Fliegen beide heimatwärts.

Ruhig, Herz! du bist zur Stelle;
Flogst gar rasch die weite Bahn –
Und die Möwe schwebt noch rudernd
Überm weiten Ozean.

DES ALTEN TRAUM

Ich träumte vergangene Zeiten,
Ich träumte verrauschten Traum –
Von goldig beschwingten Vögeln
Und goldner Wolken Saum.

Froh schwirrten die Vögel und sangen
Viel Klänge aus alter Zeit,
Es zogen die goldenen Wolken
Zu luftigen Bildern gereiht.

Zu Bildern der freundlichen Jugend
Verschwamm sich der spielende Schwarm,
Ich grüßte die kräftigen Freunde
Und wiegte mein Mädchen im Arm.

Hoch über uns wölbte aus Rosen
Sich lustig ein schimmerndes Dach. – –
Ich träumte so selig, da dröhnte
Die Abendglocke mich wach.

Auf schneeichten Wintergefilden
Sank leuchtend die Sonne herab. –
Noch einmal ins Land der Gesänge!
Dann, Sonne, mit dir ins Grab. –

IN DIE HEIMAT

In die Heimat, in die Heimat
Ziehen meiner Leier Töne;
An des Westmeers weitem Strande
Hauset meine Festkamöne.

Nach des Baumes goldnen Früchten
Werf ich hoch den Wanderstab;
Doch umsonst, nur leichte Blüten
Wehen leise Winde ab.

IM GOLDE, IM HERZEN

Ein Mädchen liebt ich so holde,
Ein Ringlein hatt ich von Golde;
Da nahm ich ein Eisen gar spitz und fein
Und grub in den Ring ihren Namen ein.

Doch schnell mehr Mädchen und Namen
Aufs goldene Ringlein kamen,
Daß bald ihrer neune gar wunderhold
Wie Perlen prangten im roten Gold.

Und als ich zum zehnten geliebet,
Da hat mich das Ringlein betrübet;
Denn ringsum, wie ich ihn besah,
Kein Plätzchen war zum Schreiben da.

Was nun, was nun beginnen!
Schwer mußt ich denken und sinnen.
Da schrieb ich den Namen der Liebsten mein
Ins eigne warme Herz hinein. –

Und, Perlen aus goldenen Banden,
Neun Namen vom Ringe verschwanden.
Doch wie auch die Perle vom Golde läßt,
Im Herzen die Schrift steht treu und fest.

MEIN SCHÖNES WUNDERLAND

Es schwimmt auf hohen Wogen
Ein schönes Wunderland;
Bald nah, bald wieder ferne,
Von wen'gen nur gekannt.

Ein Land, wo ew'ge Sonnen
Am Firmamente stehn,
Wo wunderschöne Menschen
In Rosen schlafen gehn.

Wo Märchenbilder rauschen
Durch laue Waldesnacht
Und Blumen Küsse tauschen
In tausendfarb'ger Pracht.

Wo Liebe, Götterfreiheit
Das reine Leben küßt;
Wo alles voller Wunder,
Wo alles glücklich ist. –

Ach, nur in Liedern weilet
Mein Land so schön und hehr;
Ich mag es hoffen, ahnen,
Doch schauen nimmermehr.

STÄNDCHEN

Hörst du die Zither klingen,
Liebchen, hörest du? –
Leise Töne wiegen
Dich in süße Ruh.

Leis in Märchenträume
Führt dich des Knaben Gesang,
Schlummre, mein Liebchen, schlummre
Träumend beim Zitherklang.

Schon hat der große Vater
Alles zur Ruhe gebracht;
Alle Blumen schlummern – –
Liebchen, gute Nacht!

TRÄUMEREI

Auf weichem Moose ruhten meine Glieder,
Und laue Schatten flossen um mich her,
Sanft rauscht der Wald, die Quellen klingen leise,
Hoch auf am Himmel wogt das Sternenmeer;
Rings auf der Wiesen schimmernd grünem Pfühle
Ergießt der Abend seine duft'ge Kühle.

Und wie das Dunkel so die Welt umschleiert,
Erblüht im Geiste eine neue Welt;
Die Blume, die der Abend eingeschläfert,
Die goldne Frucht, der Blume hohes Zelt
Erschaut das trunkne Aug mit einem Male
In milder Sonnen purpurlichtem Strahle.

Auf eines Wundersees bewegtem Rücken
Trägt mich ein Nachen durch die blaue Flut;
Und eingewiegt in leichte Wunderträume
Mein herzig Mädchen mir im Arme ruht.
Rings aus den Wogen Zaubertöne dringen,
Die ewig alt, doch ewig jung erklingen.

Um Mast und Ruder sprießen frische Rosen,
Die Segel glühn im roten Sonnenglanz;
Mein Mädchen lächelt, meine Rosen blühen,
Mein Nachen schwebt im leichten Wogentanz;
Durch Blüt' und Schilf im zaubrischen Getriebe
Singt leiser Hauch das Märchen von der Liebe. –

Und weiter schwankt die sanftgewiegte Barke
Vorbei an Tempeln, an smaragdnen Höhn;
An meiner Brust zwei milde Sonnen glühen,
Zwei milde Sonnen, die nicht untergehn.

Und weiter geht's mit Scherz und Kuß und Tränen,
Mit süßer Lust und niegestilltem Sehnen.

Da teilt ein Eiland die besonnten Küsten,
Ein voller Hafen winkt uns gastlich zu,
Geschmückte Tempel, reichbekränzte Hütten,
Am Ziel der schönen Fahrt auch süße Ruh. –
Voll warmer Lust die Herzen höher schlagen,
Als uns hinein die sanften Wellen tragen.

Die Barke ruht am heißersehnten Ziele,
Ein holder Taumel hat das Herz erfüllt;
Doch bald entweicht er – – meine Blicke suchen
Umsonst, umsonst das schöne Zauberbild.
Mein Lieb verblühet, meine Rosen bleichen,
Das Ufer füllen graue Riesenleichen.

In weiter Ferne nur ein leises Rauschen
Gemahnet an das schöne Wundermeer. – –
Da weckt mich Lautenklang aus schwerem Traume;
Am hohen Himmel zieht die Sonn' daher – –
Freu dich, mein Herz, schwer hat die Nacht gelogen,
Noch schwebst du froh auf reichen Wunderwogen.

AN MEINE KÜNFTIGE

Und bist du nur erst mein Bräutchen,
So bleibst du auf ewig mein,
Und solltest du von allen
Den Weibern ein Ausbund sein.

Ich weiß ein prächtig Mittel,
Das seine Dienste tut:
Die Eh', mein süßes Püppchen,
Die ist für alles gut.

Da mocht Lancasters Methode
Vor langer Zeit schon blühn:

Die Weiber müssen die Kinder.
Die Kinder die Weiber erziehn.

LIEBE

Goldne Töne im Herzen mir schliefen,
Goldne Töne in stiller Nacht;
Jetzt an der Liebe freundlichen Strahlen
Sind sie zu klingenden Liedern erwacht.

Naht sich die Liebe männlichen Herzen,
Reißt sich der Geist aus umfangender Haft,
Und in des Busens heiligen Tiefen
Regt sich des Nordens gewaltige Kraft.

LOSE MÄDCHEN

Mein Lieb hat diesen Winter
An einen andern gedacht;
Und dieses andern Mädchen
Hat's ebenso gemacht. –

Ihr beiden losen Mädchen,
Was habt ihr uns beid' so betrübt,
Daß du Lisettens Buhlen,
Lisette mich geliebt.

NEUER FRÜHLING

Sonett

Der liebe Frühling kommt mit hellem Klange
Und streuet seinen Schmelz auf Hain und Triften;
Viel tausend Vögel wiegen sich in Lüften
Und feiern ihn mit lautem Freudensange. –

Auch du, mein Herz, ihn freundlich zu empfangen,
Aus starrer Trauer mußt du dich erheben!

Was willst du noch der alten Liebe leben,
Da rings umher nur frische Rosen prangen.

Und konnt im Lenz die alte Lieb verglühen,
So mag die Trauer mit dem Winter schwinden;
Im neuen Lenz wird neue Lieb erblühen.

Es sind ja Blumen noch genug zu finden,
Der ganzen Flur ist neuer Schmuck verliehen!
Drum will auch ich aufs neu mir Kränze winden!

DER SÄNGER BEIM MAHLE

Romanze

Es schwelgt der Sohn im Ahnensaal
Bei lautem Becherklang:
»Zum alten Harfner schickt ich aus;
Was bleibt er mir so lang!«

Der Ritter leert den Goldpokal,
Der Sänger tritt herein. –
»Auf, Harfner, stimme uns ein Lied
Zu Becherklang und Wein!«

Der Harfner rührt das Saitenspiel;
Die Gäste allzumal
Verstummen bei des Alten Lied
Im hochgewölbten Saal.

Der Sänger singt, des Nordens Kraft
Braust durch die Saiten hin;
Die Harfe rauscht; dem Ritter dringt
Des Alten Lied zu Sinn.

Der Sänger singt aus grauer Zeit
Der Väter Sieg und Tod
Und klagt bei leisem Harfenlaut
Des Vaterlandes Not.

Und durch die hohe Halle tönt's
Wie ferner Schwerter Klang.
Der Alte schweigt; dem Ritter wird's
Um Herz und Sinnen bang.

Er flieht vom lauten Lustgelag,
Umgürtet sich das Schwert
Und zieht hinaus zu Kampf und Sieg,
Ein Sohn, der Väter wert.

DES KINDES GEBET

»Hu, wie mich friert! Die Kälte
Preßt mir die Lippen zu;
Kann noch nicht zu dir beten,
Du guter Vater, du!«

Und als es warm geworden,
Da schlief das Kindlein ein;
Und für die schlummernde Kleine
Still beten die Engelein.

LOCKENKÖPFCHEN

»Komm zu mir, mein Lockenköpfchen,
Setz auf meinen Schoß dich nieder,
Hörst ja gerne, wenn ich singe,
Hörst ja gern die alten Lieder!«

Freundlich lächelnd spricht die Kleine:
»Wart, ich will die Zither bringen;
Denn da klingt's noch mal so lustig!«
Und ich fange an zu singen:

Am grünen Teich
Der Knabe so bleich
Sang einsam seine Lieder.
Im Grunde so tief

Die Nixe schlief.
Da weckten die Klänge sie wieder.

Hinab, hinauf!
Im Strudellauf
Zerteilen sich die Wogen;
Bei Mondeslicht
Ein bleich Gesicht
Kommt still heraufgezogen.

»Lieb Knabe traut,
Es ruft die Braut!«
Leis hat die Nixe gesungen.
Ein Arm so weiß,
So kalt wie Eis,
Hat bald den Knaben umschlugen.

»Wie wohl, wie warm
In deinem Arm!
Lieb Knabe, laß uns scherzen!«
Die Nixe sang,
Dem Knaben drang
Der kalte Tod zum Herzen.

»Nun, was sagt mein kleines Liebchen? –
Doch du schweigst ja ganz erschrocken.
Graut dich so vor alten Märchen,
Daß dir Zung' und Pulse stocken?«

Und mit ihren zarten Armen
Hält sie ängstlich mich umschlungen:
»Wie so böse Lieder singst du!
Wie so traurig hat's geklungen!«

»Du, du bist der bleiche Knabe,
Und du singst die hellen Lieder.
Hüte dich, die böse Nixe
Zieht dich in die Fluten nieder! –«

»Bleib, o bleib! Was willst du unten
In dem kalten dunkeln Meere . . .«
Und mit tränenfeuchten Blicken
Starrt sie in des Zimmers Leere.

Doch ich küß die Purpurlippen,
Nehm die Zither heimlich leise,
Greife tändelnd in die Saiten
Und beginn die frohe Weise:

»Lockenköpfchen ist die Nixe,
Und sie hat mich fest umschlungen,
Daß dem armen bleichen Knaben
Fast das Herze ist zersprungen.«

AN EINE WEIBLICHE MASKE

Sprich, wer bist du, schlanke Gestalt in der flüchtigen Maske?
Zähl ich den Grazien dich, zähl ich den Musen dich bei! –
Aber die Göttinnen waren aus Erz und kaltem Gesteine,
Und in der marmornen Brust klopfte kein fühlendes Herz.

WALPURGISNACHT

Am Kreuzweg weint die verlassene Maid,
Sie weint um verlassene Liebe.
Die klagt den fliegenden Wolken ihr Leid,
Ruft Himmel und Hölle zu Hülfe. –
Da stürmt es heran durch die finstere Nacht,
Die Eiche zittert, die Fichte kracht,
Es flattern so krächzend die Raben.

Am Kreuzweg feiert der Böse sein Fest,
Mit Sang und Klang und Reigen:
Die Eule rafft sich vom heimlichen Nest
Und lädt viel luftige Gäste.
Die stürzen sich jach durch die Lüfte heran,

Geschmückt mit Distel und Drachenzahn,
Und grüßen den harrenden Meister.

Und über die Heide weit und breit
Erschallt es im wilden Getümmel.
»Wer bist du, du schöne, du lustige Maid?
Juchheisa, Walpurgis ist kommen!
Was zauderst du, Hexchen, komm, springe mit ein,
Sollst heute des Meisters Liebste sein,
Du schöne, du lustige Dirne!«

Der Nachtwind peitscht die tolle Schar
Im Kreis um die weinende Dirne,
Da packt sie der Meister am goldenen Haar
Und schwingt sie im sausenden Reigen,
Und wie im Zwielicht der Auerhahn schreit,
Da hat der Teufel die Dirne gefreit
Und hat sie nimmer gelassen.

MEIN TALISMAN

»Horch, wie heulet der Sturm, wie prasseln am Fenster die Schloßen!
Heut ist der erste Mai, die Nacht der Gespenster und Hexen.
Ist dir nicht bange, Geliebter, durch Nacht und Wetter zu reiten?
Bleib! ich wache bei dir; ich darf dich heute nicht lassen.«
Ängstlich sorgte mein Lieb, doch mahnte die Mutter zum Scheiden,
Und dem vernünftigen Wort der ernsten Mutter gehorchend,
Nahm ich den Abschiedskuß, und tröstend das zärtliche Mädchen,
Sprach ich: »Was sorgst du, mein Lieb, laß toben Gespenster und Hexen,
Wem ein Engel im Herzen wohnt, den fürchten die Teufel.«

ZUM WEIHNACHTEN

Mit Märchen

Mädchen, in die Kinderschuhe
Tritt noch einmal mir behend!
Folg mir durch des Abends Ruhe,
Wo der dunkle Taxus brennt.

Engel knien an der Schwelle,
Hütend bei dem frommen Schein;
Von den Lippen klingt es helle:
Nur die Kindlein gehen ein!

Doch du schaust mich an verwundert,
Sprichst: »Vertreten sind die Schuh;
Unter alt vergeßnem Plunder
Liegt die Puppe in der Truh'.«

Horch nur auf! Die alten Märchen
Ziehn dich in die alte Pracht!
Wie im Zauberwald das Pärchen
Schwatzen wir die ganze Nacht.

Von Schneewittchen bei den Zwergen,
Wo sie lebte unerkannt
Und war hinter ihren Bergen
Doch die Schönst' im ganzen Land.

Von Hans Bärlein, der im Streite
Einen Riesenritter schlug,
Der die Königstochter freite,
Endlich gar die Krone trug.

Von dem Dichter auch daheime,
Der ein Mädchen, groß und schlank,
Durch die Zauberkraft der Reime
Rückwärts in die Kindheit sang.

WESTERMÜHLEN

Die Heimat hier und hier dein erster Traum!
Das Mühlrad rauscht, so lustig stäubt der Schaum,
Und unten blinkt der Bach in tiefem Schweigen,
Ein Spiegelrund, drin blau der Himmel ruht.
Vom Ufer rings mit ihren dunklen Zweigen
Taucht sich die Erle in die klare Flut.
Horch, Peitschenknall und muntrer Pferdetrab!
Die Räder knirschen durch den feuchten Sand.
Halt an, halt an! Nun sacht den Berg hinab
Und durch den Bach zum andern Uferrand.
Dann wieder aufwärts links den Weg entlang
Hinauf zur Mühle mit des Kornes Last,
Wo von der Eiche unermüdlich klang
Der Stare fröhlich Plaudern hoch vom Ast.
Zehn Schritte noch, da steht im Schattengrunde
Der Linden halbversteckt das Müllerhaus;
Der Müller mit der Tabakspfeif' im Munde
Lehnt in der Tür und schaut behaglich aus.

WIE, NOCH IMMER

Wie, noch immer in den braunen
Locken dieses weiße Band? –
Denkst du noch, was meiner Launen
Buntes Gaukelspiel erfand?
Denkst du noch, wie wir verstohlen
Abends durch den Garten irrten,
Wenn die Dämmrungsvögel schwirrten
Um den Kelch der Nachtviolen?
Wie wir still zur Laube nieder
Schlichen an dem Bach entlang,
Wo ich meine leichten Lieder
Dir mit halber Stimme sang?
Wie du Lindenblüten pflücktest,
Wie du sie, zum Kranz verschlungen,
Lächelnd auf die Stirn mir drücktest
Für das Lied, das ich gesungen?

Denkst du noch, mein holdes Mädchen,
Wie du mir im Arm gesessen?
Sprich, mein wunderholdes Mädchen,
Hast du alles nicht vergessen? -
An mein Herz will ich sie drücken,
Die mein Herz gefesselt hält – – –
Und vor meinen offnen Blicken
Wimmelt eine fremde Welt. –

So wenn in des Bechers Runde
Perl' an Perle steigt und schäumt,
Spiegelnd aus dem goldnen Grunde,
Was das Herz des Zechers träumt.
Wohlbekannte Bilder grüßen
In das trunkne Aug hinein;
Doch die Lippen wollen küssen,
Und es flieht der holde Schein.

NUR EINE LOCKE

Nur eine Locke von deinem Haar
Gib mir, mein Lieb, für die kalte Ferne!
Still wie das ewige Licht der Sterne
Will ich sie bergen immerdar.

Nur eine Locke nach freundlicher Sitte
Gib mir zum Pfande in Leid und Lust,
Will sie ja bergen auf treuer Brust.
Gib mir, mein Lieb, ich bitte, bitte!

DAHIN!

Wie in stille Kammer
Heller Sonnenschein,
Schaut in stille Herzen
Mild die Lieb herein.

Kurz nur weilet die Sonne,
Schatten brechen herein,
Ach, wie so schnell entschwinden
Liebe und Sonnenschein.

KRANZWINDEN

Zusammen Bub und Mädchen,
Die wanden Kränzelein
Und flochten unversehens
Die Herzen mit hinein.

Die Blumen alle welkten,
Die Bänder lösten sich;
Die Herzen aber hielten
Zusammen ewiglich.

BRUTUS' GESPENST

»Sprich, wes Larve erschien bei Sardes dem herrlichen Brutus,
Als er mit trauerndem Sinn künftige Zeiten ermaß?
War es sein eigen Gespenst, Vorbote des nahen Geschickes,
Caesars Rächergestalt, schreckend zu nächtlicher Zeit?«
»Keins von beiden, es war der schwindende Schatten der Freiheit,
Die mit dem sterbenden Held Roma für immer erliegt.«

DIE RUHESTÖRERIN

Mein süßes Kind,
Wie ich dich liebe, frägst du oft,
Doch wie du meine Ruhe störst,
Das höre jetzt: Mein süßes Kind,
Wenn ich mein Aug zur heil'gen Jungfrau wende,
In frommer Andacht zu ihr wenden will,
So trägt die Heil'ge, die sich mir enthüllt,
Dein blaues Aug, dein hold Gesicht,

Dein glänzend Haar und deines Mundes Liebe,
Mein süßes Kind.
Will ich Gebete sprechen, eh der Schlaf mich faßt,
So ist's dein letzter Gruß,
Den meine Lippen lallen;
Und Andacht und Gebet ist hin;
Denn mächt'ger als die Andacht ist die Liebe,
Und mächt'ger als die Heilige bist du.
Dich denk ich nur, und dich nur bet ich an.
So steht's mit mir, und das hast du getan,
Du böses Kind!

IHR SIND MEINE LIEDER GEWIDMET

An frohverlebte Tage dacht ich wieder,
Und die Gedanken führten mich zu dir;
Ich hielt die leichten Blätter in den Händen,
Ich dacht an dich, und dachte: Send sie ihr!
Doch sah ich dann auf meine armen Lieder,
So riß es fast die süßen Träume nieder.
Ich dachte: Nein; – doch, wie ich immer bin,
Ein rascher Pulsschlag nur, und – nimm sie hin! –
Sieh! wie ich dein gedenke alle Zeit,
So haben ja nicht flüchtige Sekunden
Zu eigen meine Lieder dir geweiht;
Dein waren sie in ihren ersten Stunden. –
Wohl hab ich alte Märchen dir erzählet
Vom Königskinde, das in Ketten liegt,
Und von dem Drachen, der sie arg bewachet,
Und von dem Ritter, der das Tier besiegt.
Und wenn ich dir der Jungfrau Schmerzen malte,
Ich sah nur dich in jenen Ketten zagen;
Dann griff ich schwärmend zum gewicht'gen Schwerte
Und durft im Geist mein Leben für dich wagen.
Ich dachte dich, wenn ich die Blume nannte,
Die taubeglänzt im stillen Garten steht,
Ich dachte dich, wenn ich dem Engel dankte,
Der segnend still mit mir durchs Leben geht;
Und wie das Bild sich immer mocht entfalten,
Du warst es stets in ähnlichen Gestalten.

Dein bin ich ja mit meinem ganzen Sein:
O nimm mich auf! Die Lieder geb ich drein!

IN DER FREMDE

Andre Seen, andre Auen –
Längst verschwunden Strand und Meer,
Rings wohin die Augen schauen,
Auch kein Plätzchen kenn ich mehr.

Andre Menschen, andre Herzen,
Keiner gibt mir frohen Gruß,
Längst verschwunden Spiel und Scherzen,
Längst verschwunden Scherz und Kuß.

Aber wenn der Tag geschieden,
Dunkel liegen Tal und Höhn,
Bringt die Nacht mir stillen Frieden,
Wenn die Sterne aufergehn.

Schaun aus ihrer blauen Ferne
So vertraut herab zu mir! –
Gott und seine hellen Sterne
Sind doch ewig dort wie hier.

AUF WIEDERSEHEN

Das Mädchen spricht:

Auf Wiedersehn! Das ist ein trüglich Wort! –
O reiß dich nicht von meinem warmen Herzen!
Auf Wiedersehn! Das spricht von Seligkeit
Und bringt mir doch so tausend bittre Schmerzen.

Auf Wiedersehn! Das Wort ist für den Tod! –
Weißt du, wie über uns die Sterne stehen!
Noch schlägt mein Herz, und meine Lippe glüht –
Mein süßer Freund, ich will dich immer sehen.

Du schwurst mir ja, mein Aug bezaubre dich;
Schaut ich dich an, so könntst du nimmer gehen!
Mein bist du ja! – Erst wenn mein Auge bricht,
Dann küß mich sanft und sprich: Auf Wiedersehen!

DIE JULISONNE SCHIEN AUF IHRE LOCKEN

Die Julisonne schien auf ihre Locken,
Da sprang sie fort ins Dunkel der Syringen,
Daß rauschend um sie her die Blütenflocken
Sich wie zum Kranz um ihre Schläfe hingen.

BLUMENDUFT VOM NACHBARFENSTER

Blumenduft vom Nachbarfenster
Weht der Wind zu mir herein,
Und es scheint ein Gruß der Liebe
Aus der Ferne mir zu sein.

NACHTS

Schon Mitternacht! Mein Kopf ist wüst –
Zu Bett! Ich habe lang gewach;
Doch ob das Aug sich müde schließt,
Wann kennt das Herz wohl Tag und Nacht?

Das Herz, das Herz hat nimmer Ruh,
Das fliegt zu dir durch Zeit und Raum,
Im Traum mein süßes Leben du,
Im Leben du mein süßer Traum!

NACH FROHEN STUNDEN

Ich hab die Rose blühen sehn,
Mein ist ihr süßes Bild;

Und welkte sie zur Stunde schon
Und bliebe stets verhüllt! –

Wohl lebt ich manche frohe Zeit,
Manch schönen Augenblick;
Der stirbt in meiner Seele nicht,
Und kehrt' er nie zurück.

Das Leben trügt – Erinnerung
Allein bleibt ewig treu;
Die bringet nur geheilten Schmerz
Und nur gesühnte Reu'.

Doch stürmt um meine Brust die Zeit
Und weckt mein junges Blut;
Im Zweifel stärket sich die Treu'
Und in Gefahr der Mut.

Ich weiß, die Zeit ist nimmer schlecht,
Die Wahrheit schaut das Licht!
Ich weiß, die Liebe muß bestehn,
Der Himmel wankt ja nicht!

Doch schau ich in vergangne Zeit
Gar oft und lieb zurück –
Gedanken ziehen mild durchs Herz
Und Tränen vor den Blick.

ABENDS

Die Drossel singt, im Garten scheint der Mond;
Halb träumend schwankt im Silberschein die Rose.
Der Abendfalter schwingt sich sacht heran,
Im Flug zu ruhn an ihrem zarten Moose.

Nun schwirrt er auf – doch sieh! er muß zurück;
Die Rose zwingt ihn mit gefeitem Zügel.
An ihrem Kelche hängt der Schmetterling,
Vergessend sich und seine bunten Flügel. – –

Die Drossel singt, im Garten scheint der Mond;
Halb träumend wiegst du dich in meinen Armen.
O gönne mir der Lippen feuchte Glut,
Erschließ den Rosenkelch, den liebewarmen!

Du bist die Blume, die mich einzig reizt!
Dein heller Blick ist ein gefeiter Zügel!
An deinen Lippen hängt der Schmetterling,
Sich selbst vergessend und die bunten Flügel.

IN SEINEM GARTEN WANDELT ER ALLEIN

In seinem Garten wandelt er allein;
In alle Bäume gräbt er immer wieder
Gedankenschwer den einz'gen Namen ein,
Und in dem Namen klagen seine Lieder.

Sanft blaut der Himmel, milde Rosen webt
Die Sommerzeit durch mächt'ge Blättermassen.
Er schaut sie nicht; die Zeit, in der er lebt,
Ist alt, verblüht, von allen längst verlassen.

WAS FEHLT DIR, MUTTER?

In frischer Laube ruht ein blühend Weib,
Es glänzt das Laub, die vollen Zweige brechen;
Ein schöner Knabe schmiegt an ihren Leib;
Sie lacht und küßt und lehrt ihn Namen sprechen.

Und auch ein Name, wie sie leis ihn ruft,
Daß ihn der Knabe stammelnd nacherzähle,
Wehmütig zieht, wie abends Lilienduft,
Ein Jugendbild im Flug durch ihre Seele.

Die Träne macht das helle Aug ihr blind,
Versunkne Zeiten steigen auf vom Grabe. –
»Was fehlt dir, Mutter?« koste sie das Kind.
Sie hebt das Haupt: »Nichts, nichts! mein süßer Knabe!«

WAS IST EIN KUSS?

»Was ist ein Kuß?« – Was ist ein Becher Wein?
Und wie sich's reimt? Merk auf, und ich erzähle!
Der Becher ist die Form, der Wein ist seine Seele,
Und dieser Wein kann sehr verschieden sein.

So kannst du deinen Freund und Bruder küssen,
Die Base auch, und sonst, wer weiß, noch mehr.
Solch einen Kuß studiert ich just nicht sehr,
Und was drin liegt, das mag ein andrer wissen;

Doch schließt er eines Mädchens Liebe ein,
Solche einem Kuß sind andre zu vergleichen
Wie Gläser Wasser einem Becher Wein
Aus des Tokaiers sonnenheißen Reichen.

ALL MEINE LIEDER

All meine Lieder will ich,
Zum flammenden Herde tragen,
Da soll um sie die rote
Verzehrende Flamme schlagen,
Sie sind ja welke Blüten,
Die keine Früchte tragen –
Was sollen welke Blüten
In frischen Sommertagen.

GOLDRIEPEL

»Was scheust du, mein Gaul! Trag mich hinauf
Zum Schloß, das am gähen Abgrund liegt;
Zur Königsmaid, die der scheußliche Zwerg
In zaubertrüglichen Schlummer wiegt.« –

Doch wieder scheut er und flieget der Gaul;
Da knattern die Fichten, es berstet der Berg;

Zwei blitzende Hämmer in rußiger Faust,
Aus der Spalte wirbelt der scheußliche Zwerg.

»Reiß aus, reiß aus! Der Fels ist mein,
Und der Wald und das Schloß und die Dirne sind mein!
Reiß aus, reiß aus! und stör mich nicht auf,
Weil ich unten haue das Funkelgestein!

Das Funkelgestein und das klingende Gold,
Das schmeiß ich hinauf in den Schoß der Braut;
Drum liebt mich die Dirn, du eitler Gesell!
Goldriepel heiß ich! Jetzt wahr deine Haut!«

Da schwingt er die Hämmer; die blenden und sprühn,
Und der Ritter reißet das Schwert zur Hand:
»Mich schützet die Lieb, die ist teurer als Gold
Und härter und hell als der hellste Demant.«

Langarmige Fichten schlagen darein –
»Rasch an, mein Tier!« Da bäumt sich das Pferd
Hoch auf vor den Hämmern; die blenden und sprühn;
In die leeren Lüfte sauset das Schwert.

»Hei Ritter, mein' Hämmer, die spalten Demant!«
Hell kreischet der Helm. – »Hei, treffen sie gut?« –
Und der Ritter, verwundet, taumelt und wankt:
»O heilige Jungfrau, beschütze mein Blut!«

Da springen die Tore hoch oben im Schloß;
Draus quillt es und strömt es wie himmlischer Schein;
Und drinnen im zaubertrüglichen Schlaf
Ruht die Maid wie lebendiger Marmelstein.

»Mich schützet der Himmel, mich schützet die Lieb!«
Und die Sehnen füllt's ihm mit neuer Gewalt;
Nicht schaut er die Hämmer, die blenden und sprühn.
Hindonnert sein Schwert auf des Zwerges Gestalt.

Und er reißt ihn zum Abgrund und stürzt ihn hinab,
Wo die faule Woge das Scheusal begräbt. –

In des Ritters Armen erwachet die Maid;
Sie küßt ihm die Wunde, sie lächelt und lebt.

MORGENWANDERUNG

Im ersten Frühschein leuchtet schon die Gasse;
Noch ruht die Stadt, da ich das Haus verlasse.
Drei Stunden muß gewandert sein,
Mein Lieb, dann kehr ich bei dir ein!

Noch schläfst du wohl; im kleinen Heiligtume
Bescheint die Sonne ihre schönste Blume.
Der Frühschein streift dein süß Gesicht;
Du lächelst, doch erwachst du nicht.

Und hoch durchs Blau der Sonne Strahlen dringen;
Hoch schlägt mein Herz, und helle Lerchen singen.
Jetzt scheint auch dich die Sonne wach,
Und träumend schaust du in den Tag.

Was konnt die Nacht so Süßes dir bereiten? –
Wie durch die Hand die dunkeln Flechten gleiten,
So sprichst du sinnend Wort um Wort,
Und halbe Träume spinnst du fort.

Die liebe Sonn', was hat sie dir genommen?
Hast du geträumt, du sähst den Liebsten kommen?
– Wach auf, mein Lieb! Schleuß auf die Tür!
Der Traum ist aus, der Liebste hier.

REPOS D'AMOUR

Etude par Henselt

Laß ruhn die Hände! – Gib dich mir!
Schon Dämmer webet durchs Gemach;
Nur deiner Augen glänzend Licht
Ist über meinem Haupte wach.

O laß mich ruhn in deinem Arm!
Fernhin verstummt der wilde Tag –
Ich hör allein dein flüsternd Wort
Und deines Herzens lautern Schlag.

Laß schauernd deiner Blicke Graus
Durch meine tiefste Seele ziehn,
O gib dich mir, gib mir im Kuß,
Dein ganzes Leben gib mir hin!

Und alle bange, sel'ge Lust,
Was in dir lacht und weint und glüht,
Gib mir der Träne süßen Schmerz,
Die brennend durch die Wimper sprüht.

So bist du mein – ob auch der Tod
Zu früh dein blaues Auge bricht,
Du lebst in meiner tiefsten Brust,
Ein ewig liebliches Gedicht.

FRÜHLINGSLIED

Zu des Mädchens Wiegenfeste

Und als das Kind geboren ward,
Von dem ich heute singe,
Der Winter schüttelte den Bart:
»Was sind mir das für Dinge!
Wie kommt dies Frühlingsblümelein
In mein bereiftes Haus hinein?
Potz Wunder über Wunder!«

Doch klingeling! Ringsum im Kreis
Bewegt' sich's im geheimen;
Schneeglöckchen hob das Köpfchen weiß,
Maiblümchen stand im Keimen;
Und durch die Lüfte Tag für Tag,
Da ging ein süßer Lerchenschlag
Weit über Feld und Auen.

Herr Winter! greif Er nur zum Stab!
Das sind gar schlimme Dinge:
Sein weißes Kleid wird gar zu knapp,
Sein Ansehn zu geringe! –
Wie übern Berg die Lüfte wehn,
Da merk ich, was das Blümlein schön
Uns Liebliches bedeute.

LEBWOHL!

Lebwohl, lebwohl! Ich ruf es in die Leere;
Nicht zögernd sprech ich's aus in deinem Arm,
Kein pochend Herz, keine Auge tränenwarm,
Kein bittend Wort, daß ich dir wiederkehre.
Lebwohl, lebwohl! Dem Sturme ruf ich's zu,
Daß er den Gruß verwehe und verschlinge.
Es fände doch das arme Wort nicht Ruh –
Mir fehlt das Herz, das liebend es empfinge.

Als noch dein Lächeln ging durch meine Stunden,
Da kam's mir oft: »Wach auf! es ist ein Traum!«
Nicht fassen konnt ich's – jetzo faß ich's kaum,
Daß ich erwacht und daß ein Traum verschwunden.
Lebwohl, lebwohl! Es ist ein letztes Wort,
Kein teurer Mund wird mir ein andres geben.
Verweht ist alles, alle Lust ist fort –
»Die kurze Lieb, ach, war das ganze Leben!«

Mög deinen Weg ein milder Gott geleiten!
Fernab von mir ist nah vielleicht dem Glück.
Ins volle Leben du – ich bleib zurück
Und lebe still in den verlaßnen Zeiten.
Doch schlägt mein Herz so laut, so laut für dich,
Und Sehnsucht mißt die Räume der Sekunden –
Lebwohl, lebwohl! An mir erfüllen sich
Die schlimmen Lieder längst vergeßner Stunden.

SCHLUSSLIED

Warum ich traure alle Zeit
Und wandle allzeit stumm?
Ich trag im Herz ein stilles Leid
So schwer mit mir herum.

Was hilft's, daß ich dem Gram vertrau,
Der still mein Herze bricht,
Verstehen kannst du's nimmermehr,
Und helfen kannst du nicht.

Verstehen würdst du nimmermehr
Das Leid, das mir geschehn,
Ach, die mein Herz gebrochen hat,
Kann's selber nicht verstehn.

DAS IST DER HERBST

Das ist der Herbst; die Blätter fliegen,
Durch nackte Zweige fährt der Wind;
Es schwankt das Schiff, die Segel schwellen –
Leb wohl, du reizend Schifferkind! – –

Sie schaute mit den klaren Augen
Vom Bord des Schiffes unverwandt,
Und Grüße einer fremden Sprache
Schickte sie wieder und wieder ans Land.

Am Ufer standen wir und hielten
Den Segler mit den Augen fest –
Das ist der Herbst! wo alles Leben
Und alle Schönheit uns verläßt.

WEIT GEREIST VOM NORD ZUM SÜDEN

Weit gereist vom Nord zum Süden
Und zurück von Süd nach Norden;

Ach wie zierlich, wie manierlich,
Ja, der ist ein Mann geworden!
»Grüß Sie Gott!« – »Sie sind sehr freundlich,
Bitte lassen Sie sich nieder!«
Und ich setze mich, und denket!
Er erkannte gleich mich wieder.

JUNGES LEID

Und blieb dein Aug denn immer ohne Tränen?
Ergriff dich denn im kerzenhellen Saal,
Hinschleichend in des Tanzes Zaubertönen,
Niemals ein dunkler Schauer meiner Qual?

O fühltest du's! Nicht länger kann ich's tragen;
Du weißt, das ganze Leben bist du mir,
Die Seligkeit von allen künft'gen Tagen
Und meiner Jugend Zauber ruht auf dir.

In meiner Liebe bist du auferzogen;
Du bist mein Kind – ich habe dich geliebt,
Als fessellos noch deine Locken flogen,
Als deine Schönheit noch kein Aug getrübt.

Ob du dich nimmer nach dem Freunde sehntest,
Der abends dir die schönen Lieder sang,
Indes du stumm an seiner Schulter lehntest,
Andächtig lauschend in den vollen Klang?

O fühl es nimmer, wie Vergangnes quäle!
Doch wirst du's fühlen; weiß ich's doch gewiß
An jedem Funken deiner, meiner Seele,
Gott gab dich mir, als er dich werden hieß.

O kehr zurück, und wandle, was vergangen,
In dunkle Schmerzen der Erinnerung!
Noch blüht dein Mund, noch glühen deine Wangen,
Noch ist mein Herz wie deines stark und jung.

BEGEGNUNG

Das süße Lächeln starb dir im Gesicht,
Und meine Lippen zuckten wie im Fieber;
Doch schwiegen sie – auch grüßten wir uns nicht,
Wir sahn uns an und gingen uns vorüber.

ICH KANN DIR NICHTS, DIR GAR NICHTS GEBEN

Ich kann dir nichts, dir gar nichts geben,
Zu keinem Glück bedarfst du mein;
In fremden Landen wirst du leben,
In fremden Armen glücklich sein.

PECH BEI DER WIDERLEGUNG EINES MORALISTEN

Meine Gläubiger, nun die haben
Schon von selbst mit mir Geduld.
Aber leider steckt im Worte
Schuldner auch das Wörtchen Schuld.

DAS HOHELIED

Der Markt ist leer, die Bude steht verlassen,
Im Winde weht der bunte Trödelkram;
Und drinnen sitzt im Wirbelstaub der Gassen
Das schlanke Kind des Juden Abraham.
Sie stützt das Haupt in ihre weiße Hand,
Im Sturm des Busens bebt die leichte Hülle;
Man sieht's, an dieser Augen Sonnenbrand
Gedieh der Mund zu seiner Purpurfülle.
Die Lippe schweigt; die schwarzen Locken ranken
Sich um die Stirn wie schmachtende Gedanken. –
Sie liest vertieft in einem alten Buch
Von einem König, der die Harfe schlug
Und liebefordernd in den goldnen Klang
Manch zärtlich Lied an Zions Mädchen sang.

SONNTAG ABEND

Historie dozieret er morgen,
War noch nicht präpariert;
Es haben die alten Kumpane
Den jungen Doktor verführt.

Und morgen, da wunderte er sich sehr,
Wie er sprach von der Salamisschlacht,
Er meinte, er sollte erzählen
Die Geschichte der tollen Nacht.

DIE JUNGEN

Sieh, wie vor den alten Kanzlern und Räten
Die Leute sich bücken, gehorsamst betreten!
Pfui, wie sie den grämlichen Alten hofieren!
Will uns denn niemand respektieren? –
Das Haupt entblößt! Respekt, ihr Leut'!
Wir sind die Kanzler der werdenden Zeit.

DU BIST SO JUNG

Du bist so jung – sie nennen dich ein Kind –
Ob du mich liebst, du weißt es selber kaum.
Vergessen wirst du mich und diese Stunden,
Und wenn du aufschaust und ich bin verschwunden,
Es wird dir sein wie über Nacht ein Traum. –

Sei dir die Welt, sei dir das Leben mild,
Mög nie dein Aug gewesnes Glück bekunden!
Doch wenn dereinst mein halberloschnes Bild
Lieb oder Haß mit frischen Farben zeichnen,
Dann darfst du mich vor Menschen nicht verleugnen.

HÖRST DU?

Schlafe du! Wie wär ich gerne,
Wo dein träumend Antlitz glüht!
Schlafe du! Aus weiter Ferne
Lull dich ein mein Schlummerlied.

Schlafe du und schließ die müden,
Schließ die blauen Augen zu!
In des Herzens Kinderfrieden
Schlafe du, schlafe du!

Leb ich auch in weiter Ferne,
Durch die Träume geht das Lied –
Schlafe du! Wie wär ich gerne,
Wo dein träumend Antlitz glüht!

LIEGT EINE ZEIT ZURÜCK

Liegt eine Zeit zurück in meinem Leben –
Wie die verlaßne Heimat schaut sie aus –,
Wohin im Heimweh die Gedanken streben;
Du kennst sie wohl; auch du warst dort zu Haus.

O folge mir, und laß dich heimatwärts
Durch mein Gedicht zu lieben Stunden bringen,
Die alte Zeit mit neu erregten Schwingen
Noch einmal schlagen an dein friedlich Herz!

VIER ZEILEN

Leb wohl, du süße kleine Fee!
Ach, eh ich dich nun wiederseh,
Wieviel Paar Handschuh sind verbraucht,
Und wieviel Eau de Cologne verraucht!

*

Und wenn ich von dir, du süße Gestalt,
In ewiger Ferne bliebe,
Du bliebest mir nah, wie im Busen das Herz,
Wie im Herzen die klopfende Liebe!

*

Jetzt steht du und spielst mit dem Herzchen am Hals,
Rücksinnend vergangene Tage;
Aufleuchtend über dein Antlitz geht
Eine heimlich lächelnde Frage.

*

Entsündige mich! Ich bin voll Schuld,
Doch du bist rein, wie Engel sind;
Zu deinen Füßen sink ich hin,
Du lieblich jungfräuliches Kind!

*

Wer die Liebste sein verloren
Und die Liebe nicht zugleich,
Sucht umsonst an allen Toren
Sein verschwundnes Himmelreich.

*

Wolken am hohen Himmel,
Im Herzen ein tiefer Gram!
Die Sonne ist gegangen,
Noch eh der Abend kam.

*

Und wie du meine Lieder
In diesem Buch sollst finden?
Folg nur dem roten Faden,
Der wird sie dir verkünden.

*

Und so laßt von dieser Stund
Denn das alte Lieben,
Ist euch Herz und Hand und Mund
Übrig doch geblieben!

*

Die Judith konntest du so prächtig
Um ihre alte Keuschheit prellen,
Und wußtest mit der Genoveva
So platterdings nichts aufzustellen.

DURCH DIE LIND' INS KAMMERFENSTER

Durch die Lind' ins Kammerfenster
Steigt der fromme Mondenschein,
Will die rotgeweinten Äuglein
Bleichen wieder klar und rein.

Wieder blühn des Mägdleins Wangen;
Äuglein schlummern klar und still;
Und das Mündlein weiß nicht, ob es
Lächeln, ob es küssen will.

RITTER UND DAME

1

Zu den Füßen seiner Dame
Liebestrunken sitzt der Ritter;
Sprechend blitzen seine Augen,
Schweigend ruhen seine Lippen.

Am Balkone sitzt die Dame,
Eine goldne Schärpe wirkt sie;
Auf den Ritter blickt sie lächelnd,
Und mit hellem Klange spricht sie:

»Denket Ihr auf Tod und Schlachten,
Oder sinnt Ihr Minnelieder?
Wahrlich, Eure stumme Weise
Bleibt mir unerklärlich, Ritter!

Schwört Ihr erst in tausend Briefen,
Tausend unerhörte Dinge
Hättet Ihr für meine Ohren
Und das Herz sei voll zum Springen!

Fleht Ihr erst in tausend Briefen
Um ein heimlich einsam Stündchen!
Wohl, die Stunde ist gekommen –
Redet jetzt von tausend Dingen!«

Und der Ritter bricht das Schweigen:
»Zürnt mir nicht, o Wonnemilde;
Wisset, daß geheimer Zauber
Bleiern mir die Zunge bindet.

Nur ein Wink aus Euren Augen,
Nur ein Wort von Euren Lippen,
Nur Ihr selbst, o meine Herrin,
Könnt den argen Bann bezwingen.«

2

Und zum andern sitzt der Ritter
Seiner Herrin an der Seite;
Von der Schulter glänzt die Schärpe
Als ein freundlich Minnezeichen.

Sieghaft schlingt er seine Arme
Um den Leib des stolzen Weibes,
Unaufhaltsam süße Worte
Schwatzt er, und die Dame schweiget.

Will zu einem halben Wörtchen
Öffnen sie der Lippen Zeile,
Schließt er ihr den Mund mit Küssen,
Und die Dame lauscht und schweiget.

»Süße Herrin, unerklärlich
Bleibt mir Eure stumme Weise!
Wollen Eure roten Lippen
Gleiches zahlen mir mit Gleichem?

Oder lernten diese Lippen
Lieblicher die Zeit vertreiben?
Gar behäglich ist das Schwatzen;
Doch ein andres ist gescheiter.«

Draußen auf den Mandelblüten
Ruht die Nacht im Mondenscheine;
Unaufhaltsam schwatzt der Ritter,
Und die Dame lauscht und schweiget.

Gab sie hin des Blickes Zauber?
Sprach sie aus die Zauberweise?
Doch nicht fürder klagt die Dame
Über ihres Ritters Schweigen.

TRAUMLIEBCHEN

Nachts auf des Traumes Wogen
Kommt in mein Kämmerlein
Traumliebchen eingezogen,
Luftig wie Mondenschein.
Sie ruht auf meinem Kissen,
Sie stört mich auf mit Küssen
Und lullt mich wieder ein.

Glühend um meine Glieder
Flutet ihr dunkles Haar,
Auf meine Augenlider
Neigt sie der Lippen Paar.
»So küß mich, du blöder Schäfer!
Dein bin ich, du süßer Schläfer,
Dein heut und immerdar!«

»Fort, fort aus meinem Stübchen,
Gaukelndes Nachtgesicht!
Ich hab ein eigen Liebchen,
Ein andres küß ich nicht!«
Umsonst, ich blieb gefangen,

Bis auf des Morgens Wangen
Brannte das rosige Licht.

Da ist sie fortgezogen,
Schwindend wie Mondesschein,
Singend auf Traumeswogen
Schelmische Melodein:
»Traum, Traum ist alles Lieben!
Wann bist du treu geblieben?
Wie lang wohl wirst du's sein?«

GESTEH'S!

Gesteh's, es lebt schon einer,
Der dich heimlich geküßt einmal,
Der deinem Kindermunde
Der Lippen Zauber stahl.

Und gäbst du mir alle Liebe
Und liebt' ich dich noch so sehr,
Ich könnte dich nimmer umfangen
Und herzen dich nimmermehr.

Es zieht mich zu dir hinüber
So gewaltsam und liebewarm –
Was bist du so unwiderstehlich schön
Und doch so bettelarm!

HERBSTNACHMITTAG

Halbschläfrig sitz ich im Lehnstuhl;
Vor der Tür auf dem Treppenstein
Schwatzen die Mädchen und schauen
In den hellen Sonnenschein.

Die Braunen, das sind meine Schwestern,
Die Blond' ist die Liebste mein.

Sie nähen und stricken und sticken,
Als sollte schon Hochzeit sein. –

Von fern das Kichern und Plaudern
Und um mich her die Ruh,
In den Lüften ein Schwirren und Summen –
Mir fallen die Augen zu.

Und als ich wieder erwache,
Ist alles still und tot,
Und durch die Fensterscheiben
Schimmert das Abendrot.

Die Mädchen sitzen wieder
Am Tisch im stummen Verein;
Und legen zur Seite die Nadeln
Vor dem blendenden Abendschein.

ZUM 9. SEPTEMBER

Fragt mich einer: Was ist das für'n Mann?
Sechs Ellen Beine, keinen Bauch daran!
»Ach was, ach was!
Mein Onkel ist das!
Mein Onkel!«

Fragt mich ein andrer: Was ist das für'n Gauch?
Hasseldünne Beine und sechs Ellen Bauch!
»Ach was, ach was!
Mein Onkel ist das!
Mein Onkel!«

Rief ich selbst: »Das will ich euch schwörn!
Reden, reden müßt ihr ihn hörn!
Das ist erst was!
Mein Onkel ist das!
Mein Onkel!«

Und das sag ich, solang er tut leben und leiben,
Und viel länger noch soll er mein Onkel bleiben!
Das ist kein Spaß,
Das ist erst was!
Mein Onkel!

DUETT

Tenor und Alt

Mehr in der Töne Schwellen
Neigt sich die Seele dir;
Höher schlagen die Wellen,
Fluten die Pulse mir.

Fliehen und Wiederfinden,
Wechselnde Melodie!
Laß du die Seele schwinden,
Sterben in Harmonie.

Hörst du den Ruf erklingen,
Rührend dein träumend Ohr?
Weiße blendende Schwingen
Tragen dich wehend empor.

Selig, im Lichte zu schweben
Über den Wolken hoch!
Ließt du das süße Leben,
Kennst du die Erde noch?

Aber zum stillen Grunde
Zieht es hernieder schon;
Heimlich von Mund zu Munde
Wechselt ein leiser Ton.

Fernhin rauschen die Wogen,
Schütze mein pochend Herz!
Schon kommt die Nacht gezogen –
Fühlst du den süßen Schmerz?

RITORNELLE

Maienglocken,
Ich seh euch jetzt verlassen blühn im Garten.
Sonst hieltet ihr euch gern zu braunen Locken.

Blaue Veilchen,
Ich kenn euch, ich lieb euch, ich find euch;
Wartet nur ein Weilchen!

Braune Myrten,
Euch schaut ich an; doch wißt ihr auch,
Wohin die Gedanken irrten?

DEINE LIPPEN SIND ENTZAUBERT

Deine Lippen sind entzaubert,
Ich muß dich meiden von dieser Zeit,
Der zweite Kuß von Mädchenlippen
Besiegelt keine Ewigkeit.

WIR SASSEN VOR DER SONNE

Wir saßen vor der Sonne
Geschützt im schattig Grünen;
Du hieltest in den Händen
Die Blüte der Jasminen.

Du schautest vor dir nieder
Stumm lächelnd auf die Steige;
Dann warfst du mir hinüber
Das blühende Gezweige.

Und fort warst du gesprungen –
Wie ist mir doch geschehen?
So lang hab ich die Blume
Statt deiner nur gesehen? –

Nun hab ich rückgesendet,
Die ich so lang besessen.
Du solltest an der welken
Die lange Zeit ermessen.

Nun blühen die Büsche wieder,
Es drängt sich Dolde an Dolde.
Ich will keine Blätter und Blumen,
Ich will dich selber, die Holde.

AN THEODOR MOMMSEN

Die Welt ist voll von Sommerlüften,
Und ich plädiere im Gericht;
In Aktenstaub und Moderdüften
Versinkt das liebe Sonnenlicht.

So scheidet mich allaugenblicklich
Mein Amt aus dieser Sommerzeit –
Nicht jeder ist, mein Freund, so glücklich
Wie Sie in seiner Tätigkeit.

Wenn Sie in Bummelsehnsuchtsstillung
Sich wärmen nicht im Sonnenlicht,
So schaun Sie als Berufserfüllung
Den schmucken Dirnen ins Gesicht.

AN F. RÖSE

Du neuer Abu Seid, so hast du endlich
Dein eignes Wesen frei ans Licht gestellt
Und wandelst jedermann erkenntlich
Ein deutscher Pilger durch die Welt.

Du Philosoph, Chroniste und Poete,
Und was noch sonst – wohin du immer kannst,
Ich grüß in dir das Liebe, Alte, Stete,
Ich grüße dich, Magister Anton Wanst!

SO LANGE

So lange hab das Knösplein ich
Mit heißen Lippen gehalten,
Bis sich die Blättlein duftiglich
Zur Blume aufgespalten.
So lang hab ich das Kind geküßt,
Bis du ein Weib geworden bist!

INS LIEBE STÄDTLEIN UNVERSEHRT

Ins liebe Städtlein unversehrt
Sind nun die Störche eingekehrt
Und bauen um des Schornsteins Rand
Ihr Nest hoch über allem Land.
Du weißt ja, welch besonderes Heil
Durch solche Gäste wird zuteil.

Was ist auf unserm künft'gen Haus
Das Storchenpaar geblieben aus?
Errätst du wohl den tiefen Sinn? –
Ein Witwer einsam wohnt darin;
Doch denk ich, über Jahr und Tag
Gibt's lustig Klappern auf dem Dach.

AN AUGUSTE VON KROGH

So löst du denn, was früher du verbunden,
Und schließt aufs neu den innigsten Verein.
Nimm das zum Abschied: alle guten Stunden,
Die ich dir danke, sollen mit dir sein.
Doch darfst du nicht so leicht von hinnen gehen,
So leicht erwerben nicht dein neues Glück,
Den Himmel mußt du erst durch Tränen sehen,
Denn viele Liebe läßt du hier zurück.
O daß dir stets ein solcher Wechsel bliebe:
Von der Liebe scheiden, gehen zu der Liebe.

ZUM 5. MAI 1844

Tu auf, tu auf die Äugelein!
Dein Schatz will schauen mal hinein
Und durch die lieben Äugelein
Dir rufen tief ins Herze dein:
Ach wär ich heute bei der Süßen
Der allererste, sie zu grüßen,
Sie tausend-, tausendmal zu küssen
Und ihr zu sagen unausbleiblich,
Wie ich sie liebe unbeschreiblich;
Ach wär ich heute, heute,
Ach heute nur bei dir!

DIE ALTE LUST IST NEU ERSTANDEN

Die alte Lust ist neu erstanden,
Pfingstglocken läuten übers Feld,
Und neu erwacht aus Schlummerbanden
In Liebesschauer rings die Welt;
Und jugendsüße Träume weben
Wie Märchen auf dem alten Stern.
Warum, o mein geliebtes Leben,
O sprich, warum bist du so fern?

STÜND' ICH MIT DIR AUF BERGESHÖH'

Stünd ich mit dir auf Bergeshöh'
In dieser trüben Nacht,
Tief unten Todeseinsamkeit
Und droben Wolkenjagd!

Nur in den Schlünden schwatzte
Der Wind durch die Grabesruh,
Und droben in der wilden Nacht
Alleinzig ich und du! –

Ich wollte dich fest umschlingen
Und küssen aus Herzensgrund,
Und leben und vergehen
Tiefinnig Mund an Mund.

UND WIEDER HAT DAS LEBEN MICH VERWUNDET

Und wieder hat das Leben mich verwundet,
Und Schmerzen brennen in der Brust.
Komm, lege deine zarten Lippen,
Die vielgeliebten, auf mein brennend Aug –
Das kühlt wie junge, frische Rosen.
Darf ich, o du mein süßer Arzt,
An deinen lebensliebewarmen Busen
Die schwere Stirn anlehnen? Darf ich?
Oh, nur auf Augenblicke sollst du
Die unbequeme Last erdulden – küß mich!
O küsse mich und schließ mich fest
In deine jugendlichen treuen Arme
Und halt mich still an deiner jungen Brust,
Als wolltst du mich, wie einst vielleicht dein Kind,
Vor gift'gem Wind und rohen Händen schützen.

AUS SCHLESWIG-HOLSTEIN

(vom 30. Juli)

Das Banner hoch! die weiße Nessel!
Und hoch das blaue Löwenpaar!
Sie sind des Hauses heilig Zeichen
Und unverletzlich immerdar.

Und wo wir festlich uns vereinen,
Die blauen Löwen halten Wacht;
Zu Kränzen winden wir die Nessel
In unsrer Buchen Blätterpracht.

Doch tret getrost auf unsre Schwelle,
Wer uns vertraut und wer getreu;

Nicht brennen wird die weiße Nessel
Und brüllen nicht der blaue Leu.

Das Banner hoch! das Sonnenleuchten
In seine freien Schwingen fällt;
Und daß es rauschend sich entfalte
Und sichtbarlich vor aller Welt.

Vereinigt noch durch manch Jahrhundert
Soll das Geschwisterwappen wehn –
Das Banner hoch! damit wir fühlen,
Daß wir auf *eigner* Erde stehn.

DOCH DU BIST FERN

Doch du bist fern, und meine Jugend muß
Von dir vereinzelt in sich selbst verlodern;
Ich kann dir nicht, wie meine Brust begehrt,
Das Höchste geben und das Höchste fodern.

Kaum darf ich hoffen, daß die späte Zeit
Noch unsre welken Hände mög vereinen,
Damit wir das verlorne Jugendglück
Vereinigt, doch vergebens dann beweinen.

GLÜCKLICH WEM IN ERSTER LIEBE

Glücklich, wem in erster Liebe
Die Geliebte sich ergeben,
Wem sie in der ganzen Fülle
Gab das unberührte Leben.

Sicher wird sie ihn umschließen
In unwandelbarer Liebe,
Und ein Stern ihm wird sie bleiben,
Wird die Welt auch schwer und trübe.

Aber glücklicher sie selber,
Die das seltne Glück errungen,
Daß sie nie um Truggestalten
Zärtlich ihren Arm geschlungen.

Die den frommen Kinderglauben
Ihrer Liebe nicht zerstörte,
Die zugleich schon dem Geliebten
Und sich selber noch gehörte.

AUF DEM HOHEN KÜSTENSANDE

Auf dem hohen Küstensande
Wandre ich im Sonnenstrahl;
Über die beglänzten Lande
Bald zum Meere, bald zum Strande
Irrt mein Auge tausendmal.

Aber die Gedanken tragen
Durch des Himmels ewig Blau
Weiter, als die Wellen schlagen,
Als der kühnsten Augen Wagen,
Mich zur heißgeliebten Frau.

Und an ihre Türe klink ich,
Und es ruft so süß: Herein!
Und in ihre Arme sink ich,
Und von ihren Lippen trink ich,
Und aufs neue ist sie mein.

HEIL DIR, HEIL DIR, HOHER KÖNIG!

Heil dir, heil dir, hoher König!
Nimm den Gruß der Meereswogen!
Dir entgegen silbertönig
Sind wir rauschend hergezogen.

Luft'ge Träume, Zukunftschatten
Gleiten über unsre Wellen;
Schlanke, wuchtige Fregatten,
Die im Flug vorüberschnellen.

Gellend aus den schwanken Tauen
Klingen wunderbare Lieder,
Und von ihren Borden schauen
Helle Augen zu uns nieder.

Mähneschüttelnd, silberrändig
Tauchen auf die Wellenrosse,
Drunten wieder frisch lebendig
Wird es im kristallnen Schlosse.

Frohes, ahnungsvolles Leben,
An der Krone Glanz entzündet,
Freude hast du uns gegeben
Und aufs neu das Reich gegründet.

Rauschend sind wir hergezogen,
Dir entgegen, silbertönig.
Heil dir, heil dir, Meereskönig!

ICH LIEBE DICH

Ich liebe dich, ich treibe Kinderpossen,
Du lächelst nur, was dir so reizend läßt;
Ist denn das Märchenreich, das uns umschlossen,
Der Kindheit letzter, wunderbarer Rest?

NACHTS

Wie sanft die Nacht dich zwingt zur Ruh,
Stiller werden des Herzens Schläge;
Die lieben Augen fallen dir zu,
Heimlich nur ist die Sehnsucht rege.

Halbe Worte von süßem Bedeuten
Träumerisch über die Lippen gleiten.

ICH BIN MIR MEINER SEELE

Ich bin mir meiner Seele
In deiner nur bewußt,
Mein Herz kann nimmer ruhen
Als nur an deiner Brust!
Mein Herz kann nimmer schlagen
Als nur für dich allein.
Ich bin so ganz dein eigen,
So ganz auf immer dein. – –

DU HAST SIE, HERR, IN MEINE HAND GEGEBEN

Ich betete:
Du hast sie, Herr, in meine Hand gegeben,
Dies treue Herz an meine Brust gelegt,
Du hast ihr friedlich, kindlich heiteres Leben
Durch meines Lebens trüben Ernst bewegt.

Drum wolle, Herr, so viel des Glückes geben,
Daß nicht zu sehr die Sorge Raum gewinnt,
Daß der Geliebten anspruchsloses Leben
An meinem Herzen friedlich still verrinnt.

Der Herr sprach:
Ich wandle meiner Weisheit ew'ge Wege,
Von mir beschrieben ist jedwede Bahn;
Wie du gebeten, kann's erfüllt nicht werden,
Doch wie's erfüllt wird, ist es wohlgetan!

Du sollst verwehen wie die Spreu im Winde,
Und sie soll weinen, lang in bitterm Schmerz.
Doch auch verrinnen sollen diese Tränen,
In mild Vergessen tauchen sie ihr Herz.

Und wenn sie dann das matte Haupt erhebet,
Soll sie erblicken sanften Sonnenschein;
Zwei helle Augen will ich ihr entzünden
Und neuer Liebe herzlichen Verein. –

Wie du gebeten, kann's erfüllt nicht werden,
Doch wie's erfüllt wird, ist es wohlgetan.
Drum sorge nicht! Wenn lange du verschollen,
Bricht ihres Glückes später Morgen an.

LIEGST WOHL NOCH IM TRAUM BEFANGEN

Liegst wohl noch im Traum befangen,
Hast im Traume mein gedacht.
Denn so früh ist noch die Stunde,
Kaum entwich die lange Nacht.
Um mich her noch in der Kammer
Webt ein nächtlich Dämmergrau –
Oh, wie muß ich dein gedenken,
Süße, heißgeliebte Frau!

HAST DU MEIN HERBES WORT VERGEBEN?

Hast du mein herbes Wort vergeben?
Oh, schaue wieder lieb und hell!
An deinem Lächeln hängt mein Leben;
Du kannst mir Wohl und Wehe geben,
Dein Herz ist meines Lebens Quell!

ZUR SILBERNEN HOCHZEIT

Aus einem Festspiel

Er: Musik ist alles, alles um mich her!
Tautropfen schlüpfen leis von Blatt zu Blatt,
Und durch die Gräser streift ein zarter Laut,
Wie Harfensäuseln träumerisch und weich.
Durch jeden Strauch, durch alle Wipfel rieseln

Ungreifbar leise, halberwachte Stimmen,
Und schwinden hin, und tauchen wieder auf.
In tiefem Zauber sind wir rings befangen,
In Liebesträumen schauert die Natur,
Die Zeit steht still –

Sie: O wie du träumst, mein Freund!
Ich fühl den Nachtwind meine Locken streifen,
Und Rosendüfte schwimmen rasch vorüber;
Die Nachtigall verstummt, die Sterne wandeln,
Der Morgen dämmert – –

Er: O wie schön du bist!
Der Nachttau hängt in deinen braunen Locken,
Dein Auge leuchtet gleich dem Stern der Nacht!
Wie schön du bist! Kaum wag ich zu erkennen,
Ist es dein Antlitz, das so lieblich schaut,
Ist es die Seele – beide sind so gleich,
Daß eines nur das Spiegelbild des andern.
So bist du ewig!

Sie: Ewig bin ich dein!

SPRICH, BIST DU STARK

Sprich, bist du stark, wenn schon mein Leben brach
Und nur nicht scheiden kann von deinen Blicken,
Das Auge, das von deiner Liebe sprach,
Auf Nimmerwiedersehen zuzudrücken?

Und bist du stark, was sonst das Herz verführt,
Wenn es sich schmeichelnd, zwingend dargeboten,
Dir stets zu weigern fest und unberührt
Und jungfräulich zu hangen an dem Toten?

Und bist du stark, daß durch den trüben Flor,
Daß durch die Einsamkeit mühsel'ger Jahre
Wenn dein Gedächtnis schon mein Bild verlor,
Doch unsre Liebe noch dein Herz bewahre?

AN DIESEN BLÄTTERN MEINER LIEBE

An diesen Blättern meiner Liebe hangen
Deine süßen Augen mit Innigkeit –
Sprich! Bangt dir vor keiner Zeit,
Wo du sie weit,
Weit weg aus deiner Nähe könntst verlangen?
Wo du Vergessenheit,
Vergessenheit für alles könntst verlangen,
Was jetzt dir lieb?
Für diese Hand, die dir die Lieder schrieb,
Für diese Stunde, die dann längst vergangen?

DU HEISSERSEHNTE

Du Heißersehnte, gute Nacht!
Der Mond allein hält draußen Wacht;
Sonst schlummert alles in den ew'gen Räumen.

Mein einsam Bette ist gemacht –
Du Heißersehnte gute Nacht!
Wann kommt die Zeit, um Brust an Brust zu träumen?

GASEL

Du weißt es, wie mein ganzes Herz allein durch deine Milde
lebt,
Du weißt es, wie mein ganzes Herz allein in deinem Bilde
lebt;
Denn wie die Schönheit nimmer schön, die nicht der Seele
Atem kennt,
Wie durch des Lichtes Kraft allein der Zauber der Gefilde
lebt,
So ist das Leben nicht belebt als durch der Liebe Sakrament;
Das fühlet, wer die Liebe fühlt, wer unter ihrem Schilde lebt.
Ich aber, der die liebste Frau sein unverlierbar Eigen nennt,
Ich fühle, wie die ganze Welt allein in ihrem Bilde lebt.

JASMIN UND FLIEDER BLÜHEN

Jasmin und Flieder blühen,
Es ist die schönste Zeit,
Ich aber fühle schlimmer
Als je die Einsamkeit.

LASS MICH ZU DEINEN FÜSSEN LIEGEN

Laß mich zu deinen Füßen liegen,
Laß mich dich anschaun immerdar,
Laß mich in den geliebten Zügen
Mein Schicksal lesen mild und klar,
Damit ich fühle, daß auf Erden
Die Liebe noch zu finden ist,
Damit ich fühle, daß die Liebe
Um Liebe noch die Welt vergißt.

JUNI

Leichtherzig ist die Sommerzeit!
Getändelt wird, geküßt, gefreit,
Ein Kränzel auch wohl wird gemacht,
An Hochzeit nimmer gern gedacht.

NACHTS

Sternenschimmer, Schlummerleuchten
Hat nun rings die Welt umfangen;
Eingewiegt in tiefen Frieden
Schläft der Menschen Hast und Bangen.

Nur die seligen Engel wachen,
Leise durch den Himmel schwebend,
Alle, die hier unten schieden,
An die reinen Herzen hebend.

Und mir ist, als müßt ich einstens
Nach der letzten Not auf Erden
Tief befriedet, kinderselig
So von dir getragen werden.

FEBRUAR

O wär im Februar doch auch,
Wie's andrer Orten ist der Brauch,
Bei uns die Narrheit zünftig!
Denn wer, so lang das Jahr sich mißt,
Nicht einmal herzlich närrisch ist,
Wie wäre der zu andrer Frist
Wohl jemals ganz vernünftig.

WIE WENN DAS LEBEN WÄR NICHTS ANDRES

Natur, du kannst mich nicht vernichten,
Weil es dich selbst vernichten heißt.
Hebbel

Wie wenn das Leben wär nichts andres
Als das Verbrennen eines Lichts!
Verloren geht kein einzig Teilchen,
Jedoch wir selber gehn ins Nichts!

Denn was wir Leib und Seele nennen,
So fest in eins gestaltet kaum,
Es löst sich auf in Tausendteilchen
Und wimmelt durch den öden Raum.

Es waltet stets dasselbe Leben,
Natur geht ihren ew'gen Lauf;
In tausend neuerschaffnen Wesen
Stehn diese tausend Teilchen auf.

Das Wesen aber ist verloren,
Das nur durch ihren Bund bestand,

Wenn nicht der Zufall die verstäubten
Aufs neu zu einem Sein verband.

ROTE ROSEN

Wir haben nicht das Glück genossen
In indischer Gelassenheit;
In Qualen ist's emporgeschossen,
Wir wußten nichts von Seligkeit.

Verzehrend kam's in Sturm und Drange;
Ein Weh nur war es, keine Lust!
Es bleichte deine zarte Wange
Und brach den Atem meiner Brust.

Es schlang uns ein in wilde Fluten,
Es riß uns in den jähen Schlund;
Zerschmettert fast und im Verbluten
Lag endlich trunken Mund auf Mund.

Des Lebens Flamme war gesunken,
Des Lebens Feuerquell verrauscht,
Bis wir aufs neu den Götterfunken
Umfangend, selig eingetauscht.

MYSTERIUM

»Die letzte Nacht, bevor wir scheiden,
Dann, doch nicht eher, bin ich dein.
Gib mir die Hand! Du sollst nicht klagen,
Ich will nichts mehr für mich allein.«

Sie sprach's. Und endlich kam die Stunde,
Und nur die Sterne hielten Wacht;
Nur zweier Herzen tiefes Schlagen
Und nur der Atemzug der Nacht.

Kein Ungestüm und kein Verzagen;
Sie löste Gürtel und Gewand
Und gab sich feierlich und schweigend
Und hülflos in der Liebe Hand.

Er hielt berauscht an seinem Herzen
Die Rose ihres Angesichts.
»So laß mich nun die Welt beschließen!
Nach dieser Stunde gibt sie nichts.«

Sie aber weinte, daß in Tränen
Ihr leidenschaftlich Herz zerging;
Sie dachte nichts, als daß zum Scheiden
Sie jetzt in seinen Armen hing.

Sie bebte bei der Glocken Schlagen
Und schloß sich fest an seine Brust;
Und in den Schmerz der künft'gen Stunden
Warf sie des Augenblickes Lust.

Sie wußte nicht, es war vergessen,
Daß sie begehrt und hülfelos
Lag mit den jungfräulichen Gliedern
In des geliebten Mannes Schoß.

Als er ein Weib umarmen wollte,
Lag sanft entschlummert, atmend lind,
An seinem tiefbewegten Herzen
Ein blasses, müdgeweintes Kind.

ICH HAB AUF DEINE STIRN GEGOSSEN

Ich hab auf deine Stirn gegossen
Den milden Hauch der Poesie,
Und deine lieblichsten Gedanken,
Ich tauchte sie in Melodie.

Was suchst du auf der weiten Erde,
Was doch nur meine Brust dir gibt,

Wie könntest du es je vergessen,
Daß du den Dichter einst geliebt.

O schweife nicht ins Grenzenlose,
In meinem Herzen ruht der Schatz,
Und sieh, an deiner Schläfe dämmert
Der Schatten eines Efeublatts.

MAI

Die Kränze, die du dir als Kind gebunden,
Sie sind verwelkt und längst zu Staub verschwunden;
Doch blühn wie damals noch Jasmin und Flieder,
Und Kinder binden deine Kränze wieder.

DEN TEUREN NAMEN TRÄGT DIES BUCH

Den teuren Namen trägt dies Buch,
Für den jetzt unsre Herzen bangen.
Es kommt vielleicht zum letzten Mal,
Drum sei es gut von dir empfangen!
Von mir auch bringt's ein seltsam Stück,
Das ist aus Träumen ganz gesponnen,
Das hab ich in der Sommerzeit
Beim warmen Sonnenschein ersonnen.
Nun magst du, weil es Winter ist,
Den warmen Sitz am Ofen wählen,
Und wenn zu lesen du beginnst,
Beginn sofort ich zu erzählen.

AGNES

Die Türe klang, und sie erschien
Urplötzlich wie ein reizend Wunder;
Zum Gruß mir gab sie beide Hände hin
Und ließ sich dann den leichten Mädchenplunder
Stummlächelnd von den Schultern ziehn.

Ihr Bruder war gekommen über Nacht;
Der hatt ein golden Armband ihr gebracht!
Das war das erste, was sie mir erzählte.
Ich sah es wohl, getroffen war es just;
Sie strahlte ganz in frischer Kinderlust,
Ein lieblich Rätsel, das doch nichts verhehlte.
Sie plauderte; ich aber dachte immer:
Nur wissen möcht ich, wie sie fühlt,
Daß um ihr Antlitz solch ein Schimmer
Von unbewußter Anmut spielt.

VOM STAATSKALENDER

Gestern war er noch ein Lump,
Gestern lebt' er noch auf Pump;
Heute trägt er, frei von Kummer,
Eine Staatskalendernummer.

BEGEISTERUNG IST SCHÖN IN JUNGEN TAGEN

Begeisterung ist schön in jungen Tagen,
Und ohne sie ist Jugend trostlos öde;
Doch kann sie nicht euch bis ans Ende tragen,
So war es dennoch nur ein leer Gerede.

WO WARD EIN TRAUM ZUR WELT GEBOREN

Wo ward ein Traum zur Welt geboren,
Wie du verkörpert mir erschienst;
Wo gab, in solchen Reiz verloren,
Ein Herz sich in des andern Dienst!

So elfenhaft, so süß gegliedert
Ward noch kein irdisch Weib geschaut;
Mit solcher Stimme Klang erwidert
Hat nimmer eine Erdenbraut.

Und doch – an meinem Herzen hielt ich
Die Rose dieses Angesichts;
In meinem Arm gefangen fühlt ich
Dies Schwesterkind des Mondenlichts.

Wohl warnt mein Herz, es kann nicht dauern,
Dies Sternenglück, das dich gebracht;
Vergehen wird's in Morgenschauern
Wie Blumenduft der Sommernacht.

Und schlug die Stunde, wo auf Erden
Dein holdes Bildnis sich verlor,
Dann wird es niemals wieder werden,
So wie es niemals war zuvor.

IN SOPHIES ALBUM

Wär ich ein junges Mägdelein
Und hätte so ein lieb Gesicht,
Das Lieben wollt ich lernen,
Aber anderes nicht.

Das Lieben ist eine schwere Kunst,
Und sind so viele Pfuscher drin;
Nur wenn du sie mit Ernst studierst,
Wirst du in ihr zur Meisterin.

ES LIEGEN WALD UND HEIDE

Es liegen Wald und Heide
Im stillen Sonnenschein.
Wir hätten gerne Frieden;
Doch ist es nicht beschieden,
Gestritten soll es sein.

Nun gilt es zu marschieren
In festem Schritt und Tritt:
Der Krieg ist losgelassen,

Er schreitet durch die Gassen,
Er nimmt uns alle mit!

So leb denn wohl, lieb Mutter!
Die Trommel ruft ins Glied.
Mir aber in Herzensgrunde
Erklingt zu dieser Stunde
Ein deutsches Wiegenlied.

ICH HAB EIN TÖRICHT HERZE

Ich hab ein töricht Herze,
Es denkt: wenn noch so spät,
Es muß ein Wind sich heben,
Der wieder nach Hause weht;

Und spricht mein Kopf mit Seufzen,
Daß niemals das geschicht,
Ich hab ein töricht Herze,
Es glaubt dem Kopfe nicht.

ZUR ERZIEHUNG

1

Nimm nun, Pflaum' oder Pfirsich! Ich gebe dir gänzlich die Wahl; doch
Nimmst du den Pfirsich, paß auf, was dir zu Mittag geschieht!

2

Freilich nur nach Gewissen und gänzlich nach Überzeugung!
Riet' ich ein anderes dir, gut nicht wär es fürwahr.
Aber bedenk's, ich bin hier sehr – sehr anderer Meinung;
Und – daß du meiner bedarfst, hoffentlich weißt du es doch!

3

Also lasset uns nun die Kinder und Jungen erziehen,
Und sie werden gewiß paßlich für allerlei Dienst.

GEH SCHLAFEN, HERZ!

Geh schlafen, Herz! Sie kommt nicht mehr,
Dereinst wohl wäre sie gekommen;
Doch hat die Zeit, wie manches sonst,
Auch dieses mir dahingenommen.

15. SEPTEMBER 1857

Hab ich ein Leides dir getan,
Du klagst mich bei mir selber an;

Gibst dich, bis alles wieder gut,
In deines bösen Mannes Hut,

Und läßt mit stillem Wort nicht ab,
Bis ich gerecht gerichtet hab.

AN FRAU SCHLÜTER

Wer arme Brüder gern erquickt
Und wer Poeten Kuchen schickt,
Wird neben Liebe, Lenz und Wein
Von ihnen stets gefeiert sein.

GERN SCHLIESS ICH EINMAL MEINE TÜREN

Gern schließ ich einmal meine Türen,
Um auf des Nachbars Grund zu gehn;
Doch muß ich deutlich dort verspüren
Den Duft des Kräutleins »Gerngesehn«.

WIDMUNG

An Fritz Stuhr

Als der wackre Schulmeister zu Stapel einst
Kritisiert meine erste Prosa,
Da fiel auf dich, den Unschuldigen, auch
Ein Rutenhieb sub rosa.

Doch wir reiten nicht mehr auf den Jahrmarkt jetzt,
Wie wir in der Jugend taten;
Und ich werde nicht mehr ein idyllisches Glück
Im »Dithmarscher Boten« verraten.

Es ist vielleicht eine letzte Frucht,
Doch nimmer die erste Blüte,
Was ich aus altem Herzensdrang
In den wenigen Blättern dir biete.

Auch findet es schwerlich seinen Weg
In des Dorfschulmeisters Klause;
Man kennt mich hier außen besser jetzt
Als, leider Gottes, zu Hause.

DIE FREMDE SPRACHE

Die fremde Sprache schleicht von Haus zu Haus,
Und deutsches Wort und deutsches Lied löscht aus;
Trotz alledem – es muß beim alten bleiben:
Die Feinde handeln, und die Freunde schreiben.

UND HABEN WIR UNSER HERZOGLEIN

Und haben wir unser Herzoglein
Nur erst im Lande drinnen,
Dann wird, mir kribbelt schon die Faust,
Ein ander Stück beginnen.

Der Junker muß lernen den schweren Satz,
Daß der Adel in unsern Zeiten
Zwar allenfalls ein Privatpläsier,
Doch sonst nichts hat zu bedeuten.

Insonders lerne Hinz und Kunz
– Und das ist ein Stück, ein hartes –,
Daß diese hochhinschauenden Herrn
Sind keineswegs was Apartes.

Denn lernen Hinz und Kunz das nicht,
So wird's beim alten bleiben;
Nur wenn kein Mensch daran mehr glaubt,
Läßt sich der Spuk vertreiben.

1864

Ein Raunen erst und dann ein Reden;
Von allen Seiten kam's herbei,
Des Volkes Mund ward laut und lauter,
Die Luft schlug Wellen von Geschrei.

Und die sich stets entgegenstemmen
Dem Geist, der größer ist als sie,
Sie waren in den Kampf gerissen
Und wußten selber kaum noch wie.

Sie standen an den deutschen Marken
Dem Feind entgegen unverwandt,
Und waren, eh sie es bedachten,
Das Schwert in ihres Volkes Hand.

ANTWORT

Nun ist geworden, was du wolltest;
Warum denn schweigest du jetztund?
– Berichten mag es die Geschichte,
Doch keines Dichters froher Mund.

EIN LEIB UND EINE SEELE

Ein Leib und eine Seele, die wir waren,
Kann ich von deinem Tode nicht genesen;
Wie du zerfällst einsam in deinem Grabe,
So fühl ich mich, mein Leben, mit verwesen.

GRÖSSER WERDEN DIE MENSCHEN NICHT

Größer werden die Menschen nicht;
Doch unter den Menschen
Größer und größer wächst
Die Welt des Gedankens.
Strengeres fodert jeglicher Tag
Von den Lebenden.
Und so sehen es alle,
Die zu sehen verstehn,
Aus dem seligen Glauben des Kreuzes
Bricht ein andrer hervor,
Selbstloser und größer.
Dessen Gebot wird sein:
Edel lebe und schön,
Ohne Hoffnung künftigen Seins
Und ohne Vergeltung,
Nur um der Schönheit des Lebens willen.

IN DAS PILGERBUCH DES PFARRERS PETER OHLHUES

Ein gut Stück gingen wir zusammen,
Dann trennten unsre Wege sich.
Und wie ich dieses Buch durchblättre,
Unheimlich dünket die Gesellschaft mich;

Und dennoch heimelt es mich an
Hier im Bezirke deiner Wände,
Drum tue jeder, was er kann,
Und alte Jugendfreundschaft bis ans Ende!

WELT-LAUF

Wer der Gewalt genüber steht
In Sorgen für der Liebsten Leben,
Der wird zuletzt von seinem Ich
Ein Teil und noch ein Teilchen geben.
Und dürstet er nach reinster Luft,
Er wird zuletzt ein halber Schuft.

DEM HOFE ATTACHIERT

Sie soll nun in den Himmel gehn
Und bei den Engeln wohnen.
»Entfernt nun«, haucht sie, »alles mir
Aus niedern Regionen!
Legt mir aufs Herz den alten Strumpf,
Der mich fünfzig Jahre beglückt hat,
Den einst, unglaublich, aber wahr,
Ihro Durchlaucht selber gestrickt hat.«

NACHTGEBET

Min Oogen will ick sluten,
De Welt lat ick dabuten;
Und dat ick nich alleene si,
Min leeve Gott, komm Du to mi!

AM FENSTER LEHN ICH

Am Fenster lehn ich, müd verwacht.
Da ruft es so weithin durch die Nacht. –

Hoch oben hinter Wolkenflug
Hinschwimmt ein Wandervogelzug.

Sie fahren dahin mit hellem Schrei
Hoch unter den Sternen in Lüften frei.

Sie sehn von fern den Frühling blühn,
Wild rauschen sie über die Lande hin.

O Herz, was ist's denn, das dich hält?
Flieg mit, hoch über der schönen Welt!

Dem wilden Schwarm gesell dich zu;
Vielleicht siehst auch den Frühling du!

Dann gib noch einmal aus Herzensdrang
Einen Laut, ein Lied, wie es einstens klang!

WAS FÜR MEIN KURZES ERDENLEBEN

Was für mein kurzes Erdenleben
An Liebe beschieden mir,
Das ist, so wie es einst gekommen,
Verschwunden auch mit dir.

AN EMILIE PETERSEN

Die jungen Rosen sind gewiß
Meine jungen Freundinnen beide,
In voller Blüte stehen sie
Und leuchten ganz in Freude.

Die weiße, die im Schatten liegt,
Möcht ich für mich erlosen,
Schimmert es hold herüber doch
Von den jungen roten Rosen.

CONSTANZE

I

Längst in das sichere Land der Vergangenheit warst du geschieden;
Nun, wie so viele zuvor, dämmerte wieder ein Tag.

Laut schon sangen die Schwalben; da neben mir krachte das
Bettchen,
Und aus dem rosigen Schlaf hob sich ein Köpfchen empor.
»Ebbe!« so rief ich, »klein Ebbe!« – Da kniete sie schon in den
Kissen;
Aber geheimnisvoll blickten die Augen mich an.
»Ebbe?« frug sie zurück, und leis aus innerstem Herzen
Klang's wie ein Lachen herauf: »Elschen hieß ich ja sonst!
Wer doch nannte mich Elschen?« Da plötzlich fiel es wie
Schatten
Über das Kindergesicht; trüb sich umflorte das Aug.
»Ja, wer nannte dich so?« – Und zögernd kamen die Worte:
»Meine Mutter.« Und still senkte das Köpfchen sich nun.
Lange kniete sie so. Den sterblichen Augen unfaßbar –
War sie dem Kinde genaht, die mich so lange beglückt?

2

Nicht dem Geliebten allein, wie vielen warst du entrissen!
Glaubten die Freunde doch kaum, ohne dich blühe die Welt. –
Deine geliebten Rosen, ach, dreimal blühten sie wieder,
Und deinen Namen wie lang hab ich von keinem gehört.
Rastlos wandert die Zeit, in den Augen der Kinder verdämmert
Mählich dein Bild, und bald – wer noch wüßte von dir!
Denn so schwindet der Menschen Gedächtnis: Siehe, noch
einmal,
Höher als je zuvor, hebt es die spiegelnde Flut;
Scheidender Abendstrahl der Sonne verklärt es noch einmal;
Doch wie die Welle verrauscht, nimmt und begräbt es die Nacht.

NUR HEUTE IST

Nur heute ist, und morgen ist zu spät!
Hast du ein Weib, so nimm sie in den Arm
Und hauch's ihr ein, daß sie es auch versteht.

Fällt auf ihr Antlitz dann des Abgrunds Schein,
Der heut noch oder morgen euch begräbt,
Getrost! nur um so schöner wird sie sein.

Und bebt ihr Herz, dann halte sie so fest,
Daß ihr zusammen in die Tiefe stürzt.
Was wollt ihr mehr! – Und Schweigen ist der Rest.

CORNUS SUECICA

Eine andre Blume hatt ich gesucht –
Ich konnte sie nimmer finden;
Nur da, wo zwei beisammen sind,
Taucht sie empor aus den Gründen.

WIEDERKOMMEN BRINGT FREUD

»Wiederkommen bringt Freud« –
So schrieb in längst erblühtem Mai,
Du kannst es lesen, es steht dabei,
Eine Braut ihrem Bräutigam.

Die Braut nicht wurde sein Weib –
Er hat gelebt, ein einsamer Mann.
Aus seinem Nachlaß kaufte ich dann
Das Buch mit dem hoffenden Wort.

Nun geb ich's dir, mein Kind –
Es trägt dies Blatt ein Menschengeschick;
Wir aber hoffen noch auf Glück –
Ja, Wiederkommen bringt Freud.

AN ERICH SCHMIDT

Ich habe deine Hand gefaßt
Und werde suchen sie zu halten;
Mein junger Freund, ich hoffe fest,
Du wirst noch einer von den alten.

ZU MUTTERS GEBURTSTAG

Mit einem Rosenstrauß

Du und dein Sohn,
Sie sind beide schon alt;
Doch blühen noch Rosen,
Und das Herz ist nicht kalt.

FRIEDLOS BIST DU

Friedlos bist du, mein armer Sohn,
Und auch friedlos bin ich durch dich.
Wären wir, wo deine Mutter ist,
Wir wären geborgen, du und ich.

Sie legte wohl um ihr verirrtes Kind
– Wenn die Toten nicht Schatten bloß –
Schützend und warm ihren Mutterarm
Und nähme dein Haupt in den Schoß.

AN HANS

Bald schon liegt die Jugend weit,
Komm zurück, o noch ist's Zeit!
Seitab wartend steht das Glück –
Noch ist's Zeit, o komm zurück!

DIE LIEBE

Die Liebe,
Welch lieblicher Dunst;
Doch in der Ehe,
Da steckt die Kunst.

DER WEG WIE WEIT!

Der Weg wie weit! Doch labend
Daheim die Ruh!
Und zwischen Nacht und Abend
Geliebte du!

WAS LIEBE NUR GEFEHLET

Was Liebe nur gefehlet,
Das bleibt wohl ungezählet;
Das ist uns nicht gefehlt.

WIDMUNG

An Frau Do

Du fragst: »Warum? – Was uns zusammenhält,
Was soll damit, was kümmert das die Welt?«
– »Ich denke: nichts, und doch, die Lust fühlt ich entbrennen,
Den lieben Namen laut vor ihr zu nennen.«

WIDMUNG

An Erich Schmidt

Du gehst im Morgen-, ich im Abendlicht –
Laß mich dies Buch in deine Hände legen;
Und konnt ich jemals dir das Herz bewegen,
Vergiß es nicht.

INSCHRIFT

zu meinem Buch »Vor Zeiten«

Das war zu Odysseus' Tagen,
Da tat es ein Hammel gut;
Sollen itzt sie dir Rede schenken,

Du mußt sie wahrhaftig tränken
Mit deinem eigenen Blut.

ES KOMMT DAS LEID

Es kommt das Leid,
Es geht die Freud;
Es kommt die Freud,
Da geht das Leid –
Die Tage sind nimmer dieselben.

IM VOLKSTON

Ein schwarzbraunes Mädel,
So flink wie 'ne Katz,
Das hätt gern ein jeder,
Doch keiner noch hat's.

Ei, lauf nur! Die Zeit
Folgt dir doch auf den Fuß,
Wo du denkst, daß ein jedes
Gehabt werden muß.

AN WILHELM JENSEN

Es ist der Wind, der alte Heimatslaut,
Nach dem das Kind mit großen Augen schaut,

Bei dem es einschläft, wenn er weitersummt,
Der es erweckt, wenn jählings er verstummt;

Bei dessen Schauern Baum und Strauch erbebt
Und tiefer in den Grund die Wurzeln gräbt –

Was bist du anders denn als Baum und Strauch?
Du keimst, du blühst und du verwelkest auch!

IN SCHWERER KRANKHEIT

Nun schließ auch du die Augen zu,
Geh Phantasie und Herz zur Ruh!
Ein Licht lischt nach dem andern aus –
Hier stand vordem ein Schauspielhaus.

EIN LEICHENSTEIN

darauf der Tod mit stark gezahnten Kiefern

Dat is de Dod, de allens fritt,
Nimmt Kunst un Wetenschop di mit;
De kloke Mann is nu vergahn –
Gott gäw' em selig Uperstahn!

HALBE ARBEIT

Leibeigenschaft war nur der Rumpf,
Nur halb erlegte man den Drachen,
Der noch aus dem feudalen Sumpf
Zu uns herüberreckt den Rachen;
Behalten blieb es bessern Tagen,
Das freche Haupt herabzuschlagen.

BEIM PFÄNDERSPIEL

»A vous, comtesse!« Sie schien es nicht zu hören.
Vom Staube unserer Geselligkeit
War offenbar ihr Geist seit langer Zeit
Entflohn zu höheren Gesellschaftssphären. –
Als sie sich wiederfand bei unsern Spielen,
Stand unverkennbar in den matten Zügen
Das rein aristokratische Vergnügen,
Sich mitten im plaisir toute déplacée zu fühlen.

Märchen
und unheimliche Geschichten

Der kleine Häwelmann
Ein Kindermärchen

Es war einmal ein kleiner Junge, der hieß Häwelmann. Des Nachts schlief er in einem Rollenbett und auch des Nachmittags, wenn er müde war; wenn er aber nicht müde war, so mußte seine Mutter ihn darin in der Stube umherfahren, und davon konnte er nie genug bekommen.

Nun lag der kleine Häwelmann eines Nachts in seinem Rollenbett und konnte nicht einschlafen; die Mutter aber schlief schon lange neben ihm in ihrem großen Himmelbett. »Mutter«, rief der kleine Häwelmann, »ich will fahren!« Und die Mutter langte im Schlaf mit dem Arm aus dem Bett und rollte die kleine Bettstelle hin und her, und wenn ihr der Arm müde werden wollte, so rief der kleine Häwelmann: »Mehr, mehr!«, und dann ging das Rollen wieder von vorne an. Endlich aber schlief sie gänzlich ein; und soviel Häwelmann auch schreien mochte, sie hörte es nicht; es war rein vorbei. – – Da dauerte es nicht lange, so sah der Mond in die Fensterscheiben, der gute alte Mond, und was er da sah, war so possierlich, daß er sich erst mit seinem Pelzärmel über das Gesicht fuhr, um sich die Augen auszuwischen; so etwas hatte der alte Mond all sein Lebtage nicht gesehen. Da lag der kleine Häwelmann mit offenen Augen in seinem Rollenbett und hielt das eine Beinchen wie einen Mastbaum in die Höhe. Sein kleines Hemd hatte er ausgezogen und hängte es wie ein Segel an seiner kleinen Zehe auf; dann nahm er ein Hemdzipfelchen in jede Hand und fing mit beiden Backen an zu blasen. Und allmählich, leise, leise, fing es an zu rollen, über den Fußboden, dann die Wand hinauf, dann kopfüber die Decke entlang und dann die andere Wand wieder hinunter. »Mehr, mehr!« schrie Häwelmann, als er wieder auf dem Boden war; und dann blies er wieder seine Backen auf, und dann ging es wieder kopfüber und kopfunter. Es war ein großes Glück für den kleinen Häwelmann, daß es gerade Nacht war und die Erde auf dem Kopf stand; sonst hätte er doch gar zu leicht den Hals brechen können.

Als er dreimal die Reise gemacht hatte, guckte der Mond ihm plötzlich ins Gesicht. »Junge«, sagte er, »hast du noch nicht genug?« – »Nein«, schrie Häwelmann, »mehr, mehr! Mach mir die

Tür auf! Ich will durch die Stadt fahren; alle Menschen sollen mich fahren sehen.« – »Das kann ich nicht«, sagte der gute Mond; aber er ließ einen langen Strahl durch das Schlüsselloch fallen; und darauf fuhr der kleine Häwelmann zum Hause hinaus.

Auf der Straße war es ganz still und einsam. Die hohen Häuser standen im hellen Mondschein und glotzten mit ihren schwarzen Fenstern recht dumm in die Stadt hinaus; aber die Menschen waren nirgends zu sehen. Es rasselte recht, als der kleine Häwelmann in seinem Rollenbette über das Straßenpflaster fuhr; und der gute Mond ging immer neben ihm und leuchtete. So fuhren sie Straßen aus, Straßen ein; aber die Menschen waren nirgends zu sehen. Als sie bei der Kirche vorbeikamen, da krähte auf einmal der große goldene Hahn auf dem Glockenturme. Sie hielten still. »Was machst du da?« rief der kleine Häwelmann hinauf. – »Ich krähe zum erstenmal!« rief der goldene Hahn herunter. – »Wo sind denn die Menschen?« rief der kleine Häwelmann hinauf. – »Die schlafen«, rief der goldene Hahn herunter, »wenn ich zum drittenmal krähe, dann wacht der erste Mensch auf.« – »Das dauert mir zu lange«, sagte Häwelmann, »ich will in den Wald fahren, alle Tiere sollen mich fahren sehen!« – »Junge«, sagte der gute alte Mond, »hast du noch nicht genug?« – »Nein«, schrie Häwelmann, »mehr, mehr! Leuchte, alter Mond, leuchte!« Und damit blies er die Backen auf, und der gute alte Mond leuchtete, und so fuhren sie zum Stadttor hinaus und übers Feld und in den dunkeln Wald hinein. Der gute Mond hatte große Mühe, zwischen den vielen Bäumen durchzukommen; mitunter war er ein ganzes Stück zurück, aber er holte den kleinen Häwelmann doch immer wieder ein.

Im Walde war es still und einsam; die Tiere waren nicht zu sehen; weder die Hirsche noch die Hasen, auch nicht die kleinen Mäuse. So fuhren sie immer weiter, durch Tannen- und Buchenwälder, bergauf und bergab. Der gute Mond ging nebenher und leuchtete in alle Büsche; aber die Tiere waren nicht zu sehen; nur eine kleine Katze saß oben in einem Eichbaum und funkelte mit den Augen. Da hielten sie still. »Das ist der kleine Hinze!« sagte Häwelmann, »ich kenne ihn wohl; er will die Sterne nachmachen.« Und als sie weiterfuhren, sprang die kleine Katze mit von Baum zu Baum. »Was machst du da?« rief der kleine Häwelmann hinauf. – »Ich illuminiere!« rief die kleine Katze herunter. – »Wo sind denn die andern Tiere?« rief der kleine Häwelmann hinauf. – »Die schlafen«, rief die kleine Katze herunter und sprang wieder einen Baum weiter; »horch nur, wie sie schnarchen!« – »Junge«, sagte der gute alte Mond, »hast du noch nicht genug?« – »Nein«, schrie Häwelmann, »mehr, mehr! Leuchte, alter Mond, leuchte!« Und dann blies er die Backen auf, und der gute alte Mond leuchtete; und so fuhren sie zum Walde hinaus und dann über die Heide bis ans Ende der Welt, und dann gerade in den Himmel hinein.

Hier war es lustig; alle Sterne waren wach und hatten die Augen auf und funkelten, daß der ganze Himmel blitzte. »Platz da!« schrie Häwelmann und fuhr in den hellen Haufen hinein, daß die Sterne links und rechts vor Angst vom Himmel fielen. – »Junge«, sagte der gute alte Mond, »hast du noch nicht genug?« –»Nein!« schrie der kleine Häwelmann, »mehr, mehr!« Und – hast du nicht gesehen! fuhr er dem alten guten Mond quer über die Nase, daß er ganz dunkelbraun im Gesicht wurde. »Pfui!« sagte der Mond und nieste dreimal. »Alles mit Maßen!« Und damit putzte er seine Laterne aus, und alle Sterne machten die Augen zu. Da wurde es im ganzen Himmel auf einmal so dunkel, daß man es ordentlich mit Händen greifen konnte. »Leuchte, alter Mond, leuchte!« schrie Häwelmann, aber der Mond war nirgends zu sehen, und auch die Sterne nicht; sie waren schon alle zu Bett gegangen. Da fürchtete der kleine Häwelmann sich sehr, weil er so allein im Himmel war. Er nahm seine Hemdzipfelchen in die Hände und blies die Backen auf; aber er wußte weder aus noch ein, er fuhr kreuz und quer, hin und her, und niemand sah ihn fahren, weder die Menschen noch die Tiere, noch auch die lieben Sterne.

Da guckte endlich unten, ganz unten am Himmelsrande ein rotes rundes Gesicht zu ihm herauf, und der kleine Häwelmann meinte, der Mond sei wieder aufgegangen. »Leuchte, alter Mond, leuchte!« rief er. Und dann blies er wieder die Backen auf und fuhr quer durch den ganzen Himmel und gerade drauflos. Es war aber die Sonne, die gerade aus dem Meere heraufkam. »Junge«, rief sie und sah ihm mit ihren glühenden Augen ins Gesicht, »was machst du hier in meinem Himmel?« Und – eins, zwei, drei! nahm sie den kleinen Häwelmann und warf ihn mitten in das große Wasser. Da konnte er schwimmen lernen.

Und dann?

Ja und dann? Weißt du nicht mehr? Wenn ich und du nicht gekommen wären und den kleinen Häwelmann in unser Boot genommen hätten, so hätte er doch leicht ertrinken können!

Am Kamin

1

»Ich werde Gespenstergeschichten erzählen! – Ja, da klatschen die jungen Damen schon alle in die Hände.«
»Wie kommen Sie denn zu Gespenstergeschichten, alter Herr?«
»Ich? – das liegt in der Luft. Hören Sie nur, wie draußen der Oktoberwind in den Tannen fegt! Und dann hier drinnen dies helle Kienäpfelfeuerchen!«
»Aber ich dächte, die Spukgeschichten gehörten gänzlich zum Rüstzeug der Reaktion?«
»Nun, gnädige Frau, unter Ihrem Vorsitz wollen wir es immer darauf wagen.«
»Machen Sie nicht solche Augen, alter Herr!«
»Ich mache gar keine Augen. Aber wir wollen Stühle um den Kamin setzen. – So! die Chaiselongue kann stehenbleiben. – Nein, Klärchen, nicht die Lichter ausputzen! Da merkt man Absicht, und ... et cetera.«
»So fang denn endlich einmal an!«
»In meiner Vaterstadt ...«
»Wart noch; ich will mich vor dem Kamin auf den Teppich legen und Kienäpfel zuwerfen.«
»Tu das! – Also, ein Arzt in meiner Vaterstadt hatte einen vierjährigen Knaben, welcher Peter hieß.«
»Das fängt sehr trocken an!«
»Klärchen, paß auf deine Kienäpfel! – Dem kleinen Peter träumte eines Nachts – –«
»Ach – – Träumen!«
»Was Träumen? Meine Damen, ich muß dringend bitten. Soll ich an einer zurückgetretenen Spukgeschichte ersticken?«
»Das ist keine Spukgeschichte; Träumen ist nicht Spuken.«
»Halt den Mund, liebes Klärchen! – Wo war ich denn?«
»Du warst noch nicht weit.«
»Sßt! – Der Vater erwachte eines Nachts – still, Klärchen! – von dem ängstlichen Geschrei des Jungen, welcher neben seinem Bette schlief. Er nahm ihn zu sich und suchte ihn zu ermuntern, aber das Kind war gar nicht zu beruhigen. – ›Was fehlt dir, Junge?‹ – ›Es war ein großer Wolf da, er war hinter mir, er

wollte mich fressen.‹ – ›Du träumst ja, mein Kind!‹ – ›Nein, nein, Papa, es war ein wirklicher Wolf; seine rauhen Haare sind an mein Gesicht gekommen.‹ – Er begrub den Kopf an seines Vaters Brust und wollte nicht wieder in sein Korbbettchen zurück. So schlief er endlich ein. Draußen vom Turme hörte der Doktor nach einiger Zeit eins schlagen.

Im Hause des Arztes lebte eine ältliche Schwester desselben, welche den kleinen Peter ganz besonders in ihr Herz geschlossen hatte. – Es war eigentlich eine Range, der Junge; in einer Abendgesellschaft bei seinen Eltern hatte er uns einmal alle Sardellen von den Butterbröten weggefressen. Aber das tat der Liebe der Tante keinen Eintrag.

Am andern Morgen, als der Doktor aus seinem Schlafzimmer trat, war sie die erste, die ihm begegnete. ›Denke dir, Karl, was mit geträumt hat!‹ – ›Nun?‹ – ›Ich hatte mich in einen Wolf verwandelt und wollte den kleinen Peter fressen; ich trabte auf allen vieren, während der Junge schreiend vor mir herlief.‹ – ›Hu! – Weißt du nicht, wieviel Uhr es gewesen?‹ – ›Es muß nach Mitternacht gewesen sein; genauer kann ich es nicht bestimmen.‹«

– – – – – – – – – – – – – – – – – –

»Nun, und weiter, alter Herr?«

»Nichts weiter; damit ist die Geschichte aus.«

»Pfui! Die Tante ist ein Werwolf gewesen!«

»Ich kann versichern, daß sie eine vortreffliche Dame war. Aber, Klärchen, leg einmal Kienäpfel auf!«

»Ja – aber Träumen ist doch nicht Spuken –«

»Ärgere den alten Herrn nicht! Siehst du, ich weiß besser mit ihm umzugehen. Da erscheint der Trank, bei dem der selige Hoffmann seine Serapionsgeschichten erzählte. – Setzen Sie die Bowle vor den Kamin, Martin! – Es ist auch eine halbe Flasche Maraschino dazu, alter Herr!«

»Ich küsse Ihnen die Hand, gnädige Frau.«

»Das verstehen Sie ja gar nicht!«

»Ich kann das eigentlich nicht bestreiten. In meiner Heimat tut man nicht dergleichen; indessen, ich beginne wenigstens schon davon zu reden.«

»Trinken Sie lieber einmal! – Klärchen, damit du was zu tun hast, schenk einmal die Gläser voll!«

– – – – – – – – – – – – – – – – – –

»Ich weiß nicht, meine Damen, ob Sie jemals durch die Marsch gefahren sind! Im Herbst und bei Regenwetter will ich es Ihnen nicht gewünscht haben; in trockner Sommerzeit aber kann es keinen besseren Weg geben, der feine graue Ton, aus welchem der Boden besteht, ist dann fest und eben, und der Wagen geht sanft und leicht darüber hin. Vor einigen Jahren führten mich Geschäfte nach der kleinen Stadt T. im nördlichen Schleswig, welche mitten in der nach ihr benannten Marsch liegt. Am Abend war ich in der Familie des dortigen Landschreibers. Nach dem Essen, als die Zigarren angezündet waren, gerieten wir unversehens in die Spukgeschichten, was dort eben nicht schwer ist; denn die alte Stadt ist ein wahres Gespensternest und noch voll von Heidenglauben. Nicht allein, daß allezeit ein Storch auf dem Kirchturm steht, wenn ein Ratsherr sterben soll; es geht auch nachts ein altes glasäugiges dreibeiniges Pferd durch die Straßen, und wo es stehenbleibt und in die Fenster guckt, wird bald ein Sarg herausgetragen. ›De Hel‹ nennen es die Leute, ohne zu ahnen, daß es das Roß ihrer alten Todesgöttin ist, welche selbst zugunsten des Klapperbeins seit lange den Dienst hat quittieren müssen. Von den mancherlei derartigen Gesprächen und Erzählungen jenes Abends ist mir indessen nur eine einfache Geschichte im Gedächtnis geblieben.

»Es war vor etwa zehn Jahren« – so erzählte unser Wirt –, »als ich mit einem jungen Kaufmann und einigen anderen Bekannten eine Lustfahrt nach einem Hofe machte, welcher dem Vater des ersteren gehörte und durch einen sogenannten Hofmann verwaltet wurde. Es war das schönste Sommerwetter; das Gras auf den Fennen funkelte nur so in der Sonne, und die Stare mit ihrem lustigen Geschrei flogen in ganzen Scharen zwischen dem weidenden Vieh umher. Die Gesellschaft im Wagen, der sanft über den ebenen Marschweg dahinrollte, befand sich in der heitersten Laune; niemand mehr als unser junger kaufmännischer Freund. Plötzlich aber, als wir eben an einem blühenden Rapsfelde vorüberfuhren, verstummte er mitten im lebhaftesten Gespräch, und seine Augen nahmen einen so seltsamen glasigen Ausdruck an, wie ich ihn nie zuvor an einem lebenden Menschen gesehen hatte. Ich, der ich ihm gegenübersaß, ergriff seinen Arm und schüttelte ihn. ›Fritz, Fritz, was fehlt dir?‹ fragte ich. Er atmete tief auf; dann sagte er, ohne mich anzusehen: ›Das war mal eine schlimme Stelle!‹ – ›Eine schlimme Stelle? Es geht ja wie auf der Diele!‹ – ›Ja‹, entgegnete er, noch immer wie im Traum, ›es war doch nicht gut darüber wegzukommen.‹ – Allmählich ermunterte er sich, und sein Gesicht erhielt wieder Leben und Ausdruck; aber er wußte auf unsre Fragen keine andre Antwort zu geben. Dieses kleine Ereignis, was allerdings für den Augenblick die Stimmung etwas herabdrückte, war indessen, nachdem wir den Hof erreicht hatten, durch die Heiterkeit der Umgebung und unsre eigne Jugend bald vergessen. Wir ließen uns durch die alte Wirtschafterin den Kaffee in der Gartenlaube anrichten, wir gingen auf die Fennen, um die Ochsen zu besehen, und nachdem abends die mitgebrachten Flaschen in Gesellschaft des alten Hofmannes geleert waren, fuhren wir alle vergnügt, wie wir ausgefahren waren, wieder heim.

Acht Tage später war unser Freund des Nachmittags im Auftrage seines Vaters nach dem Hofe hinausgeritten. Am Abend kam sein Pferd allein zurück. Der alte Herr, der eben aus seinem L'hombre-Klub nach Hause gekommen war, machte sich sogleich mit allen seinen Leuten auf, um nach seinem einzigen Sohn zu suchen. Als sie mit ihren Handlaternen an jenes blühende Rapsfeld kamen, fanden sie ihn tot am Wege liegen. Was die Ursache seines Todes gewesen, vermag ich nicht mehr anzugeben.«

– – – – – – – – – – – – – – – – –

Und geht es noch so rüstig
Hin über Stein und Steg,
Es ist eine Stelle im Wege,
Du kommst darüber nicht weg.

»Aha! Unser poetischer Freund improvisiert.«

»Das nicht, Herr Assessor; der Vers ist schon gedruckt. Aber Klärchen scheint wieder mit meiner Geschichte nicht zufrieden zu sein; sie rührt mir gar zu ungeduldig in der Bowle.«

»Ich? – Da hast du ein Glas Punsch! – Ich sage schon gar nichts mehr.«

»Nun, so höre!«

»Mein Barbier – von dem hab ich diese Geschichte – ist der Sohn eines Tuchmachers. Als der Vater noch jung war, kam er eines Abends auf seiner Gesellenwanderung in eine kleine schlesische Stadt. Auf der Herberge erfuhr er, daß er bei einem der ältesten Meister in Arbeit treten könne. – ›Will nur hoffen, daß es mit dir Bestand haben wird‹, setzte der Herbergswirt hinzu. – ›Mit

Gunst, Herr Vater‹, entgegnete der Gesell, ›traut Ihr mir nicht, oder fehlt's da wo im Hause bei den Meistersleuten?‹ – Der Wirt schüttelte den Kopf. – ›Was denn aber, Herr Vater?‹ – ›Es ist nur‹, sagte der Alte, ›seit die da drei Gesellen haben wollen, ist der dritte nach Monatsfrist allzeit wieder fremd geworden.«

Unser Geselle ließ sich das nicht anfechten, sondern ging noch an demselben Abend zu seinem neuen Meister. Er fand ein paar alte Leute, die ihn freundlich ansprachen, und zur Stärkung nach der Wanderung ein solides bürgerliches Abendbrot. Als es Schlafenszeit war, führte der Meister ihn selbst durch einen langen Gang des Hintergebäudes in das obere Stockwert und wies ihm dort seine Schlafkammer an. Das Gelaß für die beiden andern Gesellen befinde sich unten; es sei aber darin nicht Platz für ein drittes Bett.

Als der Meister ihm gute Nacht gewünscht, stand der junge Mann noch einen Augenblick und horchte, wie sich die Schritte des Alten über die Treppe hinab entfernten und dann unten in dem langen Gange allmählich verloren. Hierauf besah er sich sein neues Quartier. – Es war eine lange, äußerst schmale Kammer mit kahlen weißen Wänden; unten, die ganze Breite der Querwand einnehmend, stand das Bett; daneben ein kleiner Tisch und ein kleiner Stuhl aus Föhrenholz; das war die ganze Ausstattung. Das einzige, sehr hohe Fenster mit kleinen, in Blei gefaßten Scheiben schien, soviel er bei dem Mondschein draußen erkennen konnte, nach einem großen Garten hinaus zu liegen. – Aber er hatte das alles mit schon träumenden Augen angesehen, und nachdem er sich unter das derbe Deckbett gestreckt und das Licht ausgelöscht hatte, fiel er bald in einen tiefen Schlaf.

Wie lange derselbe gedauert, konnte er später nicht angeben; er wußte nur, daß er durch ein Geräusch, das mit ihm in der Kammer war, auf eine jähe Art erweckt worden sei. Und bald hörte er deutlich ein Kehren wie mit einem scharfen Reisbesen, das von der Richtung des Fensters her allmählich sich nach der Tiefe der Kammer zu bewegte. Er richtete sich auf und blickte mit aufgerissenen Augen vor sich hin; die Kammer war fast helle vom Mondschein; die eine Wand war ganz davon beleuchtet; aber er vermochte nichts zu sehen als den völlig leeren Raum.

Plötzlich, und ehe es noch ganz in seine Nähe gekommen, war alles wieder still. Er horchte noch eine Weile und suchte sich

vergebens einen Vers darauf zu machen; endlich, ermüdet wie er war, fiel er aufs neue in einen festen Schlaf.
Am andern Morgen, als zwischen ihm und dem Meister die Sache zur Sprache kam, erfuhr er von diesem, daß allerdings einzelne, welche vor ihm in der Kammer geschlafen, ein Ähnliches dort gehört haben wollten; es sei indes immer nur zur Zeit des Vollmonds gewesen und übrigens niemandem etwas dadurch zu nahe geschehen. – Der junge Tuchmacher ließ sich beruhigen; und in den Nächten, die nun folgten, wurde auch sein Schlaf durch nichts gestört. Dabei ging ihm im Hause alles nach Wunsch; Arbeit und Verdienst war regulär, und auch mit seinen beiden Nebengesellen hatte er sich auf guten Fuß gestellt.
So ging ein Tag nach dem andern hin, bis endlich wieder die Zeit des Vollmonds herangekommen war. Aber er hatte nicht darauf geachtet, denn es war schwere, bedeckte Luft, und kein Schein fiel in die Kammer, als er sich am Abend schlafen legte. – Da plötzlich erweckte ihn wieder jener schon halbvergessene Ton. Eifriger noch und schärfer, so dünkte es ihn, als das erstemal kehrte und fegte es bei ihm in der Kammer, und seltsamerweise, jetzt, wo es fast dunkel war, meinte er gegen das Fenster hin einen sich bewegenden Schatten zu sehen. Aber, wie zuerst, wurde auch jetzt nach einer Weile alles wieder still, ohne daß es sein Bett erreicht oder daß er etwas Genaueres zu erkennen vermocht hätte. Er konnte indessen diesmal den Schlaf so bald nicht wiederfinden und hörte vom Kirchturm eine Stunde nach der andern schlagen; endlich brach draußen der Mond durch die Wolken und schien in die Kammer, aber er beleuchtete nur die nackten Wände.
Der Gesell, so wenig angenehm ihm diese Dinge waren, beschloß bei sich, gegen jedermann zu schweigen, am wenigsten aber sich von jenem Unheimlichen vom Platze verdrängen zu lassen. – Wie gewöhnlich, gingen auch die nun folgenden Nächte ohne Störung vorüber. – Nach Verlauf eines Monats kehrte er spät in der Nacht von einem benachbarten Orte zurück, wohin ihn sein Meister mit einem Geschäftsauftrage gesandt hatte. Er ging, als die Stadt erreicht war, nicht durch die Straßen, sondern an der Stadtmauer entlang, um durch den Garten in das Hinterhaus zu gelangen, wozu er den Schlüssel von seinem Meister erhalten hatte. Es war heller Mondschein. Schon in der Nähe des Hauses, während er zwischen den Rabatten auf dem geraden

Steige des Gartens entlangging, warf er zufällig einen Blick nach dem Fenster seiner Kammer hinauf. – Da saß oben ein Ding, ungestaltig und molkig, und guckte durch die Scheiben in den Garten hinab.

Der junge Mann verlor plötzlich die Lust, mit solcher Gesellschaft noch länger in Quartier zu liegen. Er kehrte um und suchte sich für diese Nacht ein Unterkommen in der Herberge. Am andern Morgen aber – so erzählte mir sein Sohn – nahm er seinen Abschied und verließ die Stadt, ohne jemals erfahren zu haben, womit er so lange in einer Kammer gehaust habe.«

»Kann ich mir auch nichts bei denken.«

»Geht mir ebenso, alter Herr.«

»Ich dächte doch, das wäre eine echte rechte Spukgeschichte; oder was fehlt denn noch daran?«

»Sie hat keine Pointe.«

»So? – – Aber ein Teil dieser Geschichten tritt eben mit dem Reiz des Rätsels an uns heran und drängt uns, den Dingen nachzuspüren, die, wenngleich selber längst vergangen, noch solche Schatten aus dem leeren Raume fallen lassen.«

»Nun, und Ihre Geschichte?«

»Will ich ganz dem Scharfsinn der Damen überlassen und Ihnen lieber etwas anderes erzählen, wo ein solcher Zusammenhang sich von selbst ergibt, indem der Reflex der Begebenheit mit dieser selbst scheinbar in einen Moment zusammenfällt.

Auf dem Gymnasium zu H. hatte ich einen Schulkameraden, einen fleißigen und geschickten Menschen, mit welchem ich, da er in meiner Nachbarschaft wohnte, in fast täglichem Verkehr lebte. Als er eben in Sekunda eingetreten war, starb der Vater, welcher ein kleines städtisches Amt bekleidet hatte, und hinterließ Sohn und Witwe in den bedrängtesten Umständen. – Mit Hülfe von Stipendien, deren es dort viele gab, hätte mein Freund dessenungeachtet wohl seinen Plan, die Rechte zu studieren, durchführen können; aber der lebhafte Wunsch, schon jetzt etwas zu verdienen und dadurch die letzten Jahre seiner alternden Mutter zu erleichtern, veranlaßte ihn, vom Gymnasium abzugehen und auf dem dortigen Amtshause als Lohnschreiber einzutreten. Unser Umgang wurde dadurch nicht unterbrochen; wir machten wie sonst des Mittags unsern gemeinschaftlichen Spaziergang, und abends, wenn er aus seiner Kanzlei nach Hause gekommen war, saßen wir in dem von ihm und seiner Mutter gemeinschaftlich bewohnten Zimmer und nahmen miteinander die Lektionen durch, welche am folgenden Tage in der Schule vorkommen sollten; denn er hatte seine Lebenspläne keineswegs gänzlich aufgegeben, und wo der Abend nicht reichte, nahm er unbedenklich die Nacht zu Hülfe. So habe ich manche Stunde dort verbracht in gemeinsamer Arbeit oder in gemütlichem Gespräch. Die Mutter pflegte mit ihrem Strickzeug neben uns vor der kleinen Lampe zu sitzen. Ich sehe noch das stille, etwas kränkliche Gesicht, wenn sie mitunter von der Arbeit aufblickte und mit einem Ausdruck der Sorge und der zärtlichsten Verehrung die Augen auf ihrem einzigen Kinde ruhen ließ. Er nahm dann wohl, wenn er es bemerkte, ihre blasse Hand und hielt sie fest in der seinigen, während er in dem vor ihm liegenden Buche weiterlas. Aber es ging dann nicht wie sonst, es war, als wenn die Zärtlichkeit für seine Mutter ihm die Gedanken zerstreute, und ich erinnere mich noch, wie ihm bei solchem Anlaß plötzlich die Tränen aus den Augen sprangen und er dann mit einem Lächeln und einem kurzen Blick auf sie ihre Hand sanft in ihren Schoß zurücklegte. Es war eine Luft des Friedens und der Stille in diesem Zimmer, wie ich sie nirgend sonst empfunden habe. An der einen Wand stand ein altes dürftiges Klavier; mitunter sangen wir daran; dann legte die alte Frau ihr Strickzeug in den Schoß, und war es zufällig eine Melodie aus ihrer Jugend, so stand sie auch wohl auf und ging mit unhörbaren Schritten und leise vor sich hinsummend im Zimmer auf und ab. Wenn es aber an der Wand auf der kleinen Schwarzwälder Uhr zehn geschlagen hatte, begann sie allmählich einen unruhigen Blick auf die große dunkle Gardinenbettstelle zu werfen, die im Hintergrunde des geräumigen Zimmers stand. Dann nahmen wir unsre Bücher, sagten ihr gute Nacht und gingen eine Treppe tiefer in die kleine Schlafkammer ihres Sohnes, wo wir noch einige Stunden unsre Studien fortzusetzen pflegten. Sie mochte dann schon ruhig in dem oberen Zimmer schlummern; denn es lag nach einem inneren Hofe, wo die nächtliche Ruhe durch nichts gestört wurde.

Aber dieses Leben mit seinem bescheidenen Glücke sollte nach einigen Jahren sein Ende erreichen. Kurz vor meinem Abgang zur Universität erkrankte die Mutter. Es war der Keim des Todes, der lange schon in ihr gelegen und nun zur Entfaltung kam; weder sie noch ihr Sohn verkannten das. Auf ihren Wunsch be-

suchte ich sie noch einmal, ehe ich abreiste. Das sonst so freundliche Zimmer war jetzt düster und öde, die Fenster tief verhangen, und aus den Kissen unter dem dunklen Betthimmel sah das leidende Gesicht der guten Frau. Während ihre magere Hand die meinige ergriff, sagte sie nur: ›So leben Sie denn recht wohl!‹ Aber wir fühlten beide, daß das ein Abschied für das Leben sei.
Was nun folgt, habe ich später aus dem Munde meines Freundes gehört; denn ich selbst verließ schon am Tage darauf die Stadt. – Er hatte sich, als die Schwäche der Mutter plötzlich in ungewöhnlicher Art zugenommen, die Erlaubnis ausgewirkt, seine Arbeiten im Hause zu fertigen, und saß nun im Krankenzimmer an dem entlegensten Fenster, von dem er ein wenig die Gardine zurückgeschlagen, bald emsig schreibend, bald einen sorglichen Blick nach den dunklen Vorhängen des Bettes hinüberwerfend. Wenn die Mutter wachte, saß er in dem alten Lehnstuhl vor ihrem Bett und sprach leise zu ihr oder las ihr aus der Bibel vor; oder er war nur bei ihr, daß ihre Augen zärtlich auf ihm ruhen konnten. Dort blieb er auch des Nachts sitzen, und wenn die Kranke im Anschauen seines blassen, überwachten Antlitzes ihn bat: ›Georg, leg dich schlafen! Georg, du hältst es ja nicht aus!‹ oder wenn sie ihm versicherte: ›Geh nur; gewiß, es hat heut nacht noch nicht Gefahr‹, so faßte er nur um so fester die heiße Hand der Mutter, als müsse sie gerade jetzt, wenn er sich entfernen wollte, ihm entrissen werden.
Eines Nachts aber, da eine Linderung der Schmerzen eingetreten war und da er sich kaum mehr aufrecht zu halten vermochte, hatte er sich dennoch überreden lassen. – Unten in seiner Kammer lag er unausgekleidet auf seinem Bette; traumlos, in tiefem, bleiernem Schlaf. Oben beim Schein der Nachtlampe in sanftem Schlummer hatte er die Mutter zurückgelassen. Währenddes verging die Nacht, und der Tag fing eben an zu grauen, da wurde er plötzlich wie mit sanfter Gewalt aus dem Schlaf emporgezogen. Als er aufblickte, sah er die Tür der Kammer geöffnet und eine Hand, die mit einem weißen Tuch zu ihm hereinwehte. Unwillkürlich sprang er vom Bett auf; aber er hatte sich geirrt, die Tür seiner Kammer war eingeklinkt, wie er in der Nacht sie aus der Hand gelassen. Fast ohne Gedanken ging er die Treppe zu dem Krankenzimmer hinauf. – Es war still drinnen, die Nachtlampe war herabgebrannt, und unter dem dunklen Betthimmel fand er beim trüben Schein der Dämmerung die Leiche seiner

Mutter. Als er sich bückte, um die Hand der Toten an seinen Mund zu drücken, die über den Rand des Bettes herabhing, faßte er zugleich ihr weißes Schnupftuch, das sie zwischen den geschlossenen Fingern hielt.«

– – – – – – – – – – – – – – –

»Und Ihr Freund? – Wie ist es dem ergangen?«

»Es ist ihm gut ergangen; denn er hat nach mancher Not und schweren Arbeit seinen Lebensplan verwirklicht; und er lebt noch jetzt wie unter den Augen und in der Gegenwart seiner Mutter; ihre Liebe, die sie so ohne Rückhalt ihm im Leben gab, ist ihm ein Kapital geworden, das auch in den schwersten Stunden ihn nicht hat darben lassen.

»Aber Klärchen, was hältst du denn die Hände vor den Augen?«

»Oh – mir graut nicht.«

»Aber du weinst ja!«

»Ich? – – Warum erzählst du auch so dumme Geschichten!«

»Nun! So mag es denn die letzte sein; ich wüßte für heute auch nichts Besseres zu erzählen.«

2

»Aber es ist noch einmal wieder Sommer geworden, alter Herr! Wo bleiben da unsre Geschichten? Ein Kaminfeuer läßt sich doch bei sechzehn Grad Wärme nicht anzünden!«

»Gnädige Frau, wenn es auch wetterleuchtet draußen, wir sind immerhin schon dicht an den November. Der Teetisch tut es auch für heute; lassen Sie nur den Kessel sausen, ich meinerseits bin mit dem Akkompagnement zufrieden. Freilich –«

»Was denn freilich?«

»Wenn der Teekessel ein Vertreter des häuslichen Herdes sein soll, so muß er unbedingt auf einem Kohlenbecken kochen; und zwar auf Torfkohlen, gehörig durchgeglühten. Das hält auch besser Dauer als jene ungemütliche Maschinerie.«

»Nun, alter Herr, es soll mir auf ein Kännchen Sprit nicht ankommen!«

»Bleibt aber doch immerhin die Apothekerflamme der Berzeliuslampe! – Indessen, da es hierorts weder einen Torf noch einen Teekomfort gibt – Sie kennen das Ding wohl nicht einmal? –, so akzeptiere ich das Kännchen Sprit.«

»Nun, so tun Sie Ihre Mauskiste auf. Was haben Sie zu erzählen?«

»Ich habe heute, da ich an einem neueröffneten Putzladen vorbeiging, lebhaft einer alten Freundin in der Heimat gedenken müssen. Sie war die Tochter eines Handwerkers aus einem Nachbarstädtchen und wohnte längere Zeit in einem meinen Eltern gehörigen Häuschen, dessen Hof an den Garten unsres Wohnhauses grenzte. Sehr gegen ihre Neigung suchte sie ihren Unterhalt durch Putzarbeiten zu erwerben, die sie für die weibliche Bevölkerung der Umgegend verfertigte. Auch verhehlte sie sich keineswegs, daß ihr die Sache ziemlich übel von der Hand ging; und wenn sie nur irgend Feierabend machen konnte, schloß sie die verhaßte Arbeit in die Kommodenschublade und nahm statt dessen eins ihrer geliebten Bücher zur Hand, oder sie griff auch wohl selbst zur Feder und brachte eine kleine Geschichte oder irgendeinen sinnigen Gedanken zu Papier. Die Beschränktheit ihrer Lebensverhältnisse, verbunden mit dem Drang, allerlei feingeistige Nahrung zu sich zu nehmen – denn Rahels Briefe waren ihre Lieblingskost –, hatten eine seltsame, aber nicht uninteressante Auffassung der Dinge bei ihr hervorgebracht; und wir haben über das Gartenstaket hinweg manch kurzweiliges Plauderstündchen miteinander abgehalten.«

»Hans!«

»Was denn, Frau?«

»Du verdunkelst da etwas. – Durch jenes Häuschen führte ein Richtweg nach der Hauptstraße; und neben dem Wege war das Stübchen der Putzmacherin. Gesteh es nur, Hans; dort hast du gesessen, zwischen Lilien und Rosen!«

»Aber, meine Damen, meine Freundin war keineswegs eine Sandsche Geneviève, sondern eine gesetzte, hagere Person von fünfundvierzig Jahren!«

»Aber sie hatte noch sehr blanke, braune Augen, Hans, und die lebhafte Röte ihres Angesichts zeugte von der Erregbarkeit ihres Herzens, und wenn sie mir damals auch in gewählten Worten ihre Freude über unsre Verlobung aussprach, weil der böse Leumund die Besuche des jungen Mannes nun nicht mehr mißdeuten könnte, so habe ich doch darin das verhüllte Bekenntnis gegenseitiger Neigung nicht verkennen können.«

»Ich will unsre beiderseitige Zuneigung keineswegs herabsetzen. Jene Äußerung meiner Freundin aber dürfte wohl nur von einer

übermäßigen Jungfräulichkeit herrühren, wie sie durch ein zu langes Verweilen im ledigen Stande mitunter hervorgetrieben wird. Denn als sie später dennoch sich verheiratete und zum Erstaunen der Welt eines tüchtigen Knaben genas, hat sie sich anfänglich nicht überwinden können, den Jungen an die Brust zu legen, weil, wie sie sich ausdrückte, das Kind andern Geschlechts sei.«
»Hans! – – Du lügst ja; sie hat sich ja gar nicht verheiratet.«
»Nicht? – Nun, da verwechsle ich die Geschichte. Sei dem, wie ihm wolle, diese meine Freundin, der ich ein treues Gedächtnis bewahre, war im Heimlichen wie im Unheimlichen sehr zu Hause. Von ihren mancherlei Geschichten ist mir indessen – verzeih, Klärchen! – nur ein Traum im Gedächtnis geblieben!
– Es existierte –, so erzählte sie mir, – vorzeiten in unserer Gegend eine reiche holländische Familie, welche allmählich fast alle großen Höfe in der Nähe meiner Vaterstadt in Besitz bekommen hatte – vorzeiten, sage ich; denn das Glück der van A . . . hatte nicht standgehalten. In meiner Kindheit lebte von der ganzen Familie nur noch eine alte Dame, die Witwe des längst verstorbenen Pfenningmeisters van A . . ., die übrigen Glieder der Familie waren gestorben, zum Teil auf seltsame und gewalttätige Weise ums Leben gekommen; und von den ungeheuren Besitzungen war nur noch ein altes Giebelhaus in der Stadt zurückgeblieben, in welchem die Letzte dieses Namens den Rest ihrer Tage in Einsamkeit verlebte. Ich habe sie damals oft gesehen, das schmale, scharfgeschnittene Gesicht von dem dichten Haubenstriche eingefaßt; aber wir Kinder hatten Scheu vor ihr, es lag etwas in ihren Augen, das uns erschreckte. Auch ging allerlei unheimliches Gerede, nicht allein über den Erwerb des Vermögens in früherer Zeit, sondern auch über die Mittel, durch welche der verstorbene Pfenningmeister den Ruin desselben aufzuhalten versucht habe. Ob es ein Mißbrauch seines Amtes oder was es sonst gewesen sein sollte, erinnere ich mich nicht mehr; wohl aber, daß man die überlebende Witwe als die eigentliche Urheberin davon betrachtete. Gleichwohl war es immer eine Art Fest für mich, wenn ich, wie dies wohl bei einer Bestellung für meine Eltern geschah, einige Minuten in ihrem hohen, mit altmodischen Seltsamkeiten angefüllten Zimmer verweilen durfte. Ich sehe sie noch vor mir, wie sie neben dem Glasschrank strack und steif in ihrem Lehnstuhl saß, zwischen Schriften und Rechnungsbüchern umhertastend oder ein großes Strickzeug mit ihren hageren Fin-

gern bewegend. Nur einmal habe ich einen andern Menschen als ihre alte Magd bei ihr angetroffen; und die kurze Szene, von der ich damals Augenzeuge wurde, machte auf mich einen tiefen Eindruck, ohne daß ich mir über die Bedeutung derselben klarzuwerden vermocht hätte. Es war ein zerlumptes Weib aus der Stadt, das vor der alten Dame stand. Bei meinem Eintritt warf sie ihr einen harten Speziestaler vor die Füße und ging dann unter höhnenden, leidenschaftlichen Worten zur Tür hinaus. Die Frau van A..., die nichts darauf erwidert hatte, stand jetzt von ihrem Lehnstuhl auf und ging, ohne von mir Notiz zu nehmen, eine lange Weile im Zimmer auf und ab, indem sie die Hände umeinanderwand und halblaute klagende Worte hervorstieß. – Plötzlich eines Morgens hieß es, daß sie gestorben sei, und schon am Nachmittag wußte ich mich in das Sterbehaus zu schleichen und betrachtete durch das Fenster der Stubentür mit einem aus Grauen und Neugier gemischten Gefühle das wachsbleiche Gesicht, das aus dem weißen Kissen der Alkovenbettstelle hervorragte. Dann nach einigen Tagen kam die Begräbnisfeier; ich verspeiste mit großem Appetit die leckeren Butterkringel, die beim Leichenschmaus in der Nachbarschaft verteilt wurden, und sah von unsern Treppensteinen aus den mit schwarzem Tuch bezogenen Sarg aus dem alten Hause hinaus- und die lange Straße hinabtragen.

Einige Wochen später träumte mir, daß ich in der Dämmerung auf unserm langen Hausflur spielte. Bei der immer stärker hereinbrechenden Dunkelheit überfiel mich mit einem Male ein Gefühl von Einsamkeit, und ich wollte eben in die Stube zu meiner Mutter gehen, als ich die Haustürglocke schellen und die alte Frau van A... hereintreten sah. Ich war mir vollständig bewußt, daß sie tot sei, und schlüpfte, da sie näher kam, nur kaum an ihr vorbei in die Wohnstube, wo meine Mutter eben das Licht angezündet hatte. Während ich zu ihr lief und mich an ihrer Schürze festhielt, bemerkte ich, daß die Verstorbene in eine bunte Nachtjacke und einen weißen wollenen Unterrock gekleidet war, wie ich sie in frühen Morgenstunden wohl mitunter gesehen hatte. Sie ging auf den kleinen, in die Wand gemauerten Beilegeofen zu und streichelte mit zitternden Händen die daran befindlichen Messingknöpfe; dabei wandte sie den Kopf zu meiner Mutter und sagte mit einer traurigen Stimme: ›Ach, Frau Nachbarin, darf ich mich wohl ein bißchen wärmen? Mich friert so sehr!‹ Und als sie, leise vor sich hin seufzend, noch eine Weile stehenblieb, bemerkte ich, daß unten der Saum ihres wollenen Rockes an mehreren Stellen angebrannt war. – – Wie der Traum ausgegangen, weiß ich nicht; ich dachte am andern Morgen nicht eben lange daran und sagte auch niemandem davon. Aber er erneuerte sich. – Einige Nächte darauf träumt mir, daß ich abends wie gewöhnlich mit meiner Näharbeit neben meiner Mutter in der Stube sitze, da schellte es draußen an der Haustür. ›Sieh zu, wer da ist!‹ sagte meine Mutter; und als ich die Tür öffne, um hinauszusehen, steht wieder die Frau van A . . . vor mir, in derselben Kleidung, wie ich sie das vorige Mal gesehen. Von dem entsetzlichsten Grauen befallen, springe ich zurück und krieche längs der Wand unter den großen Tisch, welcher in der Ecke am Fenster stand. Wie das erste Mal ging die Frau, leise vor sich hin jammernd, an den Ofen. ›Mich friert, ach, wie mich friert!‹ sagte sie, und ich hörte deutlich, wie ihre Zähne aufeinanderschlugen. Bei dem Schein des auf dem Tische stehenden Lichtes bemerkte ich jetzt auch, daß sie bloße Füße hatte, aber seltsamerweise, es waren große Brandwunden an denselben, und auch der wollene Rock war heute weit mehr verbrannt als in der vorigen Nacht. Und dabei stand sie fortwährend und klammerte sich mit den Händen an den Ofen, nur mitunter einen Seufzer oder ein tiefes Stöhnen ausstoßend.

Der Traum wollte mich diesmal am Morgen nicht wieder verlassen. Während des Frühstücks duldete mein Vater nicht, daß irgend etwas Aufregendes oder Unangenehmes von uns vorgebracht wurde. Als aber später meine Mutter aufstand und in die Küche ging, folgte ich ihr und erzählte ihr dort genau, was mir in den beiden Nächten geträumt hatte. Ich sehe noch die Bestürzung, die sich während meiner Erzählung in ihrem Gesicht ausdrückte. Ich hatte kaum geendet, als sie die Hände über dem Kopf zusammenschlug und in ihrer plattdeutschen Mundart ausrief: ›Herr Gott im Himmel, ganz min egen Droom!‹ – Dann erzählte sie mir, wie sie in denselben Nächten im Traum genau dasselbe erlebt hatte wie ich. – – Später hat sich indessen der Traum bei uns nicht wiederholt. –«

– – – – – – – – – – – – –

»Woher ist die tote Frau gekommen?«

»Ich kann Ihnen hierauf leider keine Antwort geben.

Aber zwei andre Fragen treten bei dieser Geschichte, an deren

Wahrheit ich keinen Grund zu zweifeln habe, wenigstens an mich noch näher heran. War der eine Traum nur die Quelle des andern, wie das bei dem Wolfe so augenscheinlich der Fall zu sein scheint, oder gab es noch ein Drittes, worin dieselben ihren gemeinsamen Ursprung hatten? –

Lassen Sie mich Ihnen indessen sogleich noch einen andern Vorfall erzählen.

Vor einigen Jahren verlebte ich, wie Sie wissen, mit meiner Frau ein paar Wochen auf dem Gute meines Bruders. Wenn wir des Tags zwischen Wiesen und Kornfeldern umhergeschlendert oder auch wohl mit den Kindern in den nahen Wald gefahren waren, so stand abends im Hause ein sehr behaglicher Teetisch für uns bereit, an dem sich auch wohl der eine oder andre von den benachbarten Hofbesitzern einzufinden pflegte. Bei solcher Veranlassung beklagte sich eines Abends mein Bruder gegen seinen nächsten Gutsnachbar, einen Mann, mit dem es sich sehr angenehm plauderte, daß ihm seit einiger Zeit fortwährend kleine Quantitäten Frucht von seinem Boden abhanden gekommen, ohne daß er den Dieb zu entdecken vermocht hätte. Nachdem alles durchgesprochen war, was etwa zur Aufklärung der Sache dienen mochte, sagte Herr B . . r: ›Mir selbst ist es in einem ähnlichen Falle nach dem Sprichwort ergangen: Gott gibt's den Trägen im Schlaf.‹ – Auf näheres Befragen erzählte er dann folgendes:

– Wie Sie wissen, pflegte ich die zu meinem Haferboden führende Falltür jeden Abend mit einem Vorlegeschloß zu verschließen und den Schlüssel beim Zubettgehen mit in meine Schlafkammer zu nehmen. So habe ich es schon seit vielen Jahren gehalten. In dem Herbste, ehe Sie im Frühjahr darauf in unsre Nachbarschaft kamen, bemerkte ich mehrfach, wenn ich des Morgens auf den Boden kam, daß in der Nacht jemand, und zwar in scheinbarer Hast, über dem Hafer gewesen sei. Denn es war an dem einen, bald an dem andern Ende des Haufens darin gewühlt, und eine Menge Körner lagen unordentlich über die Dielen zerstreut, was ich an den Abenden vorher, wo ich zufällig auch dort gewesen war, nicht bemerkt hatte. Mein erster Gedanke war, daß mein Kutscher, dem ich seit einiger Zeit, zu seinem großen Ärger, die Rationen für die Pferde etwas beschränkt hatte, aus Liebe zu dem armen Viehzeug zum Spitzbuben geworden sei. Allein aus verschiedenen Gründen mußte ich den Verdacht aufgeben.

Da träumte mir eines Nachts, ich stehe im Mondschein auf dem Haferboden am Fenster. Wie ich dahin gelangt sein sollte, wußte ich nicht anzugeben; denn es war mir sehr wohl bewußt, daß die Falltür verschlossen sei. Plötzlich höre ich unter derselben einen Schlüssel in dem Vorlegeschloß umdrehen; gleich darauf hebt sich die Tür, und ich sehe bei der in dem Raume herrschenden Mondhelle das Gesicht eines Menschen von der Treppe her auftauchen, in dem ich deutlich einen alten Arbeiter erkannte, der schon seit vielen Jahren bei mir gearbeitet und den ich in keiner Weise in Verdacht gehabt hatte. Während er noch mit dem Arm die Tür zurückdrängt, scheint auch er mich gewahr zu werden, denn die Tür fällt wieder zu, und ich sehe nichts mehr.

Aber ich erwache. Das Gesicht war so lebhaft gewesen, daß mir das Herz klopfte, und dabei schien der Mond so grell in die Kammer; gerade wie ich es im Traum gesehen. Ich wollte aufstehen und die Sache sogleich untersuchen, aber ich schalt mich einen Narren; auch war es kalt draußen, über den Hof zu gehen, und das Bett war so behaglich warm. Mit einem Wort, ich konnte mich nicht überwinden und schlief endlich wieder ein.

Am andern Morgen, als ich beim Frühstück saß, trat der alte Martin zu mir in die Stube. Er sah verstört aus, drehte seine Mütze in den Händen und stand eine ganze Weile vor mir, ohne ein Wort hervorbringen zu können. ›Jagen Sie mich nicht fort, Herr‹, sagte er endlich, ›es ist aus großer Not geschehen.‹ – ›Wie meint Er das, Martin?‹ fragte ich. – Er sah mich an. ›Ich wollte auch schon sogleich auf den Boden zurück‹, sagte er dann, ›aber ich war so sehr erschrocken, als ich Sie da so am Fenster stehen sah.‹ – Während ich in diesem Augenblick vielleicht nicht weniger erschrak, erfuhr ich nach und nach die näheren Umstände des Diebstahls und die unglücklichen Verhältnisse, die den bisher ehrlichen Mann zum Verbrecher gemacht hatten. –

– –

Hier schwieg der Erzähler. Von meinem Bruder erfuhr ich später, daß er dem alten Martin damals gründlich geholfen und ihn auch bis zu dessen Tode auf dem Hofe behalten hat. – – Da hätten wir also eine Geschichte, wo der Wachende durch den Träumenden zum Visionär wird. – »Aber der Tee dürfte indessen fertig sein; vielleicht ist Klärchen so gütig?«

»Aber was sehen Sie denn so in die Tasse, alter Herr? Er ist vorschriftsmäßig präpariert.«

»O der! Der prophezeit aus der Teetasse oder vielmehr aus der Tasse Tee wie die Hexe aus dem Kaffeesatz. Nämlich nicht etwa das Schicksal, sondern den Bildungsgrad der Familie, in der die Tasse präsentiert wird; und wenn wir hier nicht so ganz unzweifelhaft gebildete Leute wären, ich glaube, er wäre imstande, mitunter daran zu zweifeln.«

»Was ist das, alter Herr! Verteidigen Sie sich, oder – prophezeien Sie lieber einmal; Sie haben die Tasse ja in Händen.«

»Meine gnädigste Frau, Sie werden mir zugeben, daß, so wie das Bier der Feind, so der Tee der Freund der denkenden Menschen ist; und es dürfte daher die Art, wie dieser Freund in einem Hause be- respektive mißhandelt, wie er serviert und genossen wird, zu allerlei nicht gar zu fehltreffenden Schlußfolgerungen in der angedeuteten Beziehung berechtigen.«

»Das ist ja aber eine ganz unverschämte Theorie!«

»Ich will mich schlafen legen; denn jetzt folgt das ganze Rezept der Teebereitung.«

»Nein, Kläre, es folgt nicht, obgleich so etwas von einem Küstenmenschen zu hören euch hier nur ersprießlich sein könnte.«

»Seien Sie nicht so grob, alter Herr!«

»Ich bestrafe mich durch Schweigen. Aber Herr T. wird Ihnen die Geschichte erzählen, die ich ihm schon seit lange am Gesichte angesehen habe.«

»Sie haben nicht fehlgeschlagen; es ist mir allerdings etwas eingefallen, das sich dem vorhin Erzählten anschließt, nur daß es noch um einen Schritt darüber hinausgeht.«

»Wir sind bereit zu hören.«

»Als ich vor einigen Jahren, es war um Ostern, in B. in Garnison stand – so erzählte mir der Hauptmann von K. –, wollten die dortigen Offiziere einer schönen Fremden einen Abschiedsball geben, mit der wir den Winter über viel und gern getanzt hatten. Eine unumgängliche Reparatur war Veranlassung, daß wir auf den Saal des Kasinos verzichteten und uns nach einem andern Lokal umtun mußten. Das hatte indessen in B., das an dergleichen Räumlichkeiten etwa nicht reich ist, seine Schwierigkeiten. Es wurde ein Komitee von vier Festordnern niedergesetzt, zu denen auch ich gehörte, und demselben das ganze Arrangement der Sache, vor allem aber die Aufspürung des Ballsaales, aufgetragen. Endlich nach vielen Bemühungen war er gefunden; in einem großen, ziemlich baufälligen Hause der Vorstadt, das in

früheren Jahren, als B. noch Universitätsstadt war, zum öffentlichen Tanzlokale gedient hatte. Jetzt wurde es in seinen oberen Räumlichkeiten als Kornspeicher benutzt; der ungeheure Saal selbst stand gegenwärtig leer und ungebraucht. Aber mochte er schon in seinen besten Zeiten sich nur einer bescheidenen Ausrüstung erfreut haben, jetzt, mit den vor Feuchtigkeit triefenden Wänden, mit der dumpfen Luft hinter den geschlossenen Fensterläden dünkte er mich beim ersten Eintritt in der Tat wie eine große Gruft. Desto mehr gab es für uns zu tun; denn wodurch ließe sich ein tanzlustiges Offizierskorps wohl entmutigen. Es gab indessen ein neues Hindernis zu überwinden. Der Pächter des Hauses hatte eben eine Quantität Korn gekauft, welche in den nächsten Tagen auf dem Saal gelagert werden sollte, da die Böden so gut wie besetzt waren. Wir ließen uns auch das nicht anfechten; wir gingen zu dem Herrn Agenten, wir plauderten mit ihm, wir machten uns liebenswürdig und brachten es auch wirklich dahin, daß der nachgiebige Mann, augenscheinlich wider bessere Einsicht, das Korn in den oberen Räumen des Gebäudes unterbringen ließ. Dann wurden Maurer, Tischler, Tapezierer in Arbeit gesetzt; in dem alten Saale wurde gelüftet, gehämmert, drapiert und gestrichen; und täglich ging einer oder der andre von uns da hin, um die Arbeiten zu beaufsichtigen und anzuordnen. – Plötzlich, zu meinem großen Bedauern, wurde ich nach H. abkommandiert. Da war kein Ausweg, ich mußte auf den Ball verzichten. An meiner Stelle trat auf meinen Vorschlag der Hauptmann von L. in das Festkomitee, mein ältester und intimster Jugendfreund.
Ein paar Tage nachdem ich meinen neuen Bestimmungsort erreicht hatte, saß ich eines Nachmittags, mit Briefschreiben beschäftigt, auf meinem Zimmer. Ich schrieb an L., den ich um die Nachsendung einiger Effekten und die Bezahlung einiger kleiner Schulden ersuchen wollte. Ich hatte auch sonst noch so manches auf dem Herzen, was ich dem Freunde mitteilen mußte. So saß ich, ganz in meinen Brief vertieft. Als ich aber zufällig einmal die Augen aufschlage, sehe ich zu meiner Verwunderung L. selbst in der Ecke des Zimmers stehen und mit sonderbar ausdruckslosen Augen nach mir hinstarren. Er sprach nicht; aber er führte mit einer schwerfälligen Gebärde die Hand an die Lippen und schien sich damit etwas aus dem Munde zu ziehen. Es kam mir vor, als ob es Getreidekörner seien. Indem ich aber die Augen

anstrengte, um schärfer zu sehen, wurde die Gestalt undeutlich, und bald sah ich nichts mehr als die nackten Wände. Erst jetzt, als ich mich in dem hellen Zimmer wieder allein fand, überkam mich das Gefühl des Unheimlichen; ich stand auf und verschloß den angefangenen Brief in meinen Sekretär, ich konnte mich nicht überwinden, ihn zu Ende zu schreiben.

Einige Tage darauf erhielt ich von einem andern Kameraden die Nachricht, daß an jenem Vormittage der mit Getreide überlastete Boden oberhalb des Saales eingestürzt sei. Als man das Korn hinweggeräumt, hatte man unter demselben die Leiche des Hauptmanns von L. gefunden, der, da die Arbeiter zum Mittagessen fortgegangen waren, sich zur Zeit des Unfalls allein in dem schon fast vollendet umgestalteten Festlokale aufgehalten hatte.«

– – – – – – – – –

»Horatio sagt, es sei nur Einbildung!«

»Wer sprach da? – Du, Alexius? Endlich?«

»Ich habe schon zu Anfang eurer Geschichte hier an der Portiere gestanden und zugehört, wie ihr von den Träumenden auf den Sterbenden gekommen seid. Es bleibt nun noch eins übrig; und wenn ihr hören wollt, so werde ich mich nicht scheuen, diesen letzten Schritt zu tun. – Nein, bleibt nur ruhig sitzen! Es läßt sich auch von hier aus erzählen.

Ich habe diese seltsame Geschichte von einem nahen Verwandten, der sie zum Teil selbst erlebt, teils später aus nächster Quelle erfahren hat. Er hielt sich vor mehreren Jahren vorübergehend in B. auf, wo derzeit auch der in wissenschaftlichen und künstlerischen Kreisen bekannte Geheime Medizinalrat W... lebte. Eines Abends, da er in Gesellschaft mit demselben zusammentraf, geriet die Unterhaltung in Veranlassung eines soeben erschienenen Buches, ›Über das Leben der Seele‹, unmerklich in jene dunkle Region, wo wir so gern mit unsicherem Finger umhertasten. Man besprach die Fortexistenz der Seele nach dem Vergehen des Körpers und endlich auch die Möglichkeit einer Einwirkung der Toten auf die Lebendigen. Der alte Medizinalrat hatte bei dieser letzten Wendung des Gesprächs schweigend in seinem Lehnstuhl gesessen. Nun erhob er den weißgepuderten Kopf und sagte: ›Meine verehrten Herrschaften, wenn dergleichen möglich wäre, so würde ich es ohne Zweifel an mir erfahren haben; ich will auch nicht leugnen, daß mir mitunter die Gedanken so gekommen sind; jedoch geschehen ist mir niemals etwas.‹

Auf näheres Andringen fuhr er dann fort: ›Es ist kein Hehl dabei, ich kann es in diesem vertrauten Kreise wohl mitteilen, zumal Sie den, welchen es betrifft, gekannt und auch wohl wertgehalten haben. Ich meine unsern verstorbenen Freund, den Justizrat Z. Sie werden sich erinnern, daß er jahrelang an einem Herzleiden kränkelte, bis es endlich seinem tätigen Leben ein plötzliches Ziel setzte. Der Zustand des Kranken war derart, daß darüber die differentesten Meinungen bei den zu Rate gezogenen Ärzten herrschten. – Während der letzten Monate hatte ich mit diesem werten Freunde, der sich rücksichtlich des annahenden Todes keineswegs einer Täuschung hingab, vielfache Gespräche gepflogen, wie wir sie heute abend hier gehört haben; namentlich liebte er es, sich hypothetischen Grübeleien über einen notwendigen Zusammenhang des Körpers mit der Seele hinzugeben. Nur daraus vermag ich es zu erklären, daß der sonst so verständige Mann von einer fast unbegreiflichen Angst vor einer demnächstigen Sektion seiner Leiche heimgesucht wurde, welche er andererseits von der wissenschaftlichen Neugier meiner Herren Kollegen mit gutem Grund erwarten konnte.

So kam es eines Abends, daß ich, der ich ihn mit jeweiliger Zuziehung des Professors X. in den letzten Jahren behandelt hatte, ihm auf sein dringendes Verlangen das feierliche Versprechen gab, bei Eintritt des Todes die Eröffnung seiner Leiche unter jeder Bedingung zu verhindern. – Kurz ehe dieser erfolgte, mußte ich in Veranlassung einer amtlichen Kommission die Stadt verlassen, nachdem ich die Sorge für diesen wie für meine andern Kranken dem Professor X. übertragen hatte. – Ich kehrte erst nach mehrtägiger Abwesenheit in die Stadt zurück. Es war schon dunkel. Als ich an dem Hause des Justizrats Z. vorüberfuhr, sah ich mit Verwunderung, daß die beiden Wohnzimmer desselben hell erleuchtet waren; das fiel mir auf, denn die Fenster des Krankenzimmers lagen nach dem Hofe hinaus. Ich ließ den Kutscher halten und begab mich nun unmittelbar aus dem Wagen in das Haus. Bei meinem Eintritt in das erste Zimmer blinkten mir von seiner Kommode die Skalpelle und sonstige Gerätschaften entgegen; dabei der für einen Anatomen unverkennbare signifikante Geruch. Aus der angrenzenden Stube hörte ich die diktierende Stimme des Professors X.; ich brauchte nichts weiter zu erfahren, ich wußte alles, was geschehen war. – Als ich die zweite Tür öffnete, sah ich den Leichnam meines Freundes auf dem Ti-

sche liegen; er war schon geöffnet, die Intestina zum Teil herausgenommen, die Sektion in vollem Gange. Ich war heftig bewegt – und statt auf die gelehrten Auseinandersetzungen des Professors X. und des ihm assistierenden Arztes einzugehen, teilte ich ihnen meine dem Toten gegebene feierliche Zusage mit. Die Herren wollten dieselbe zwar nur als ein Beruhigungsmittel gelten lassen, wie solches dem Kranken wohl ohne weitere Absicht gegeben wird, indessen schließlich mußten sie mir dennoch versprechen, von weiterem Verfahren abzustehen und die herausgenommenen Teile in den Körper zurückzulegen. Ich verließ sie dann und fuhr nach meiner Wohnung; ermüdet von der Reise, voll Schmerz um den Tod des Freundes und belastet mit einer unheimlichen Trauer, daß ich ihm das gegebene Wort nun dennoch nicht hatte halten können. – Es ist nun fast ein Jahr vergangen, aber gleichwohl – ich bin niemals gemahnt worden.‹
Der Medizinalrat schwieg, und es entstand eine augenblickliche Stille in der Gesellschaft, die wohl dem Andenken des Verstorbenen gelten mochte. Mit einem Male aber richteten sich die Blicke der Anwesenden wieder auf den Erzähler, der seinen Lehnstuhl verlassen hatte und mit vorgestreckten Händen in der Stellung eines Horchenden dastand. In dem faltenreichen alten Gesicht war der Ausdruck der höchsten Spannung, ja der Bestürzung nicht zu verkennen. Nach einer Weile hörte man ihn halblaut, wie zu sich selber, sagen: ›Das ist entsetzlich!‹ Als hierauf der Herr des Hauses, einer seiner ältesten Freunde, ihn sanft bei der Hand ergriff, richtete er sich langsam auf und blickte in der Gesellschaft umher, als wolle er gewiß werden, wo er sich befinde. ›Meine verehrten Herrschaften‹, sagte er dann, ›ich habe soeben etwas erfahren – was und woher, erlassen Sie mir, Ihnen mitzuteilen. Nur so viel mag ich sagen, daß meine vorhin geäußerten Ansichten dadurch im wesentlichen berichtigt werden dürften. – Zugleich muß ich bitten, mich für heute abend zu entlassen; ich habe einen notwendigen Gang zu tun.‹ – – Der Medizinalrat nahm Hut und Stock und verließ die Gesellschaft. Als er draußen war, ging er quer über den Markt nach der Wohnung des Professors X., den er in seinem Studierzimmer antraf. Er redete ihn ohne weiteres an: ›Sie erinnern sich noch des Justizrats, Herr Professor, und der von Ihnen geleiteten Sektion seiner Leiche?‹ – ›Gewiß, Herr Medizinalrat.‹ – ›Auch des mir bei dieser Gelegenheit gegebenen Versprechens?‹ – ›Auch dessen.‹ –

›Aber Sie haben mich getäuscht, Herr Kollege!‹ – ›Ich verstehe Sie nicht, Herr Kollege.‹ – ›Sie werden mich schon verstehen, wenn Sie mir nur erlauben wollen, dort einige Bücher in dem dritten Fach Ihres Repositoriums hinwegzuräumen!‹ – Und ehe der andre noch zu antworten vermochte, war der aufgeregte Greis schon herangetreten, und nachdem er mit zitternden Händen einige Bände beiseite gelegt, holte er aus der Ecke des Faches einen Glashafen hervor, in welchem sich ein Präparat in Spiritus befand. Es war ein ungewöhnlich großes menschliches Herz. – ›Es ist das Herz meines Freundes‹, sagte er, das Glas mit beiden Händen fassend, ›ich weiß es, aber der Tote muß es wiederhaben; noch heute, diese Nacht noch!‹ – Der Professor wurde bestürzt; er war überzeugt, daß kein Mensch dem Medizinalrate seinen heimlichen Besitz verraten haben konnte. Aber er gestand demselben, daß in der Tat an jenem Abend das anatomische Gelüste über seine Gewissenhaftigkeit den Sieg davongetragen habe. – – Das Herz des Toten wurde noch in derselben Nacht zu ihm in den Sarg gelegt.«

– – – – – – – – –

»Pfui! Wer befreit mich von diesem Schauder?«

»Schauder? Du sprichst ja wie ein moderner Literarhistoriker.«

»Ich? Weshalb?«

»Weil du in dem Grauen nur die Gänsehaut siehst.«

»Nun, und was wäre es denn anders?«

»Was es anders wäre? – – Wenn wir uns recht besinnen, so lebt doch die Menschenkreatur, jede für sich, in fürchterlicher Einsamkeit; ein verlorener Punkt in dem unermessenen und unverstandenen Raum. Wir vergessen es; aber mitunter dem Unbegreiflichen und Ungeheuren gegenüber befällt uns plötzlich das Gefühl davon; und das, dächte ich, wäre etwas von dem, was wir Grauen zu nennen pflegen.«

»Unsinn! Grauen ist, wenn einem nachts ein Eimer mit Gründlingen ins Bett geschüttet wird; das hab ich schon gewußt, als meine Schuhe noch drei Heller kosteten.«

»Hast recht, Klärchen! Oder wenn man abends vorm Schlafengehen unter alle Betten und Kommoden leuchtet, und ich weiß eine, die das sehr eifrig ins Werk setzen wird. Es könnte sogar sehr bald geschehen, denn es ist spät, meine Herrschaften; Bürger-Bettzeit, wie ich fast in dieser auserwählten Gesellschaft gesagt hätte.«

Die Regentrude

Einen so heißen Sommer, wie nun vor hundert Jahren, hat es seitdem nicht wieder gegeben. Kein Grün fast war zu sehen; zahmes und wildes Getier lag verschmachtet auf den Feldern.

Es war an einem Vormittag. Die Dorfstraßen standen leer; was nur konnte, war ins Innerste der Häuser geflüchtet; selbst die Dorfkläffer hatten sich verkrochen. Nur der dicke Wiesenbauer stand breitspurig in der Torfahrt seines stattlichen Hauses und rauchte im Schweiße seines Angesichts aus seinem großen Meerschaumkopfe. Dabei schaute er schmunzelnd einem mächtigen Fuder Heu entgegen, das eben von seinen Knechten auf die Diele gefahren wurde. – Er hatte vor Jahren eine bedeutende Fläche sumpfigen Wiesenlandes um geringen Preis erworben, und die letzten dürren Jahre, welche auf den Feldern seiner Nachbarn das Gras versengten, hatten ihm die Scheuern mit duftendem Heu und den Kasten mit blanken Krontalern gefüllt.

So stand er auch jetzt und rechnete, was bei den immer steigenden Preisen der Überschuß der Ernte für ihn einbringen könne. »Sie kriegen alle nichts«, murmelte er, indem er die Augen mit der Hand beschattete und zwischen den Nachbarsgehöften hindurch in die flimmernde Ferne schaute; »es gibt gar keinen Regen mehr in der Welt.« Dann ging er an den Wagen, der eben abgeladen wurde; er zupfte eine Handvoll Heu heraus, führte es an seine breite Nase und lächelte so verschmitzt, als wenn er aus dem kräftigen Duft noch einige Krontaler mehr herausriechen könne.

In demselben Augenblicke war eine etwa funfzigjährige Frau ins Haus getreten. Sie sah blaß und leidend aus, und bei dem schwarzseidenen Tuche, das sie um den Hals gesteckt trug, trat der bekümmerte Ausdruck ihres Gesichtes nur noch mehr hervor.

»Guten Tag, Nachbar«, sagte sie, indem sie dem Wiesenbauer die Hand reichte, »ist das eine Glut; die Haare brennen einem auf dem Kopfe!«

»Laß brennen, Mutter Stine, laß brennen«, erwiderte er, »seht nur das Fuder Heu da! Mir kann's nicht zu schlimm werden!«

»Ja, ja, Wiesenbauer, Ihr könnt schon lachen; aber was soll aus uns andern werden, wenn das so fortgeht!«

Der Bauer drückte mit dem Daumen die Asche in seinen Pfeifenkopf und stieß ein paar mächtige Dampfwolken in die Luft.

»Seht Ihr«, sagte er, »das kommt mit der Überklugheit. Ich hab's ihm immer gesagt; aber Euer Seliger hat's alleweg besser verstehen wollen. Warum mußte er all sein Tiefland vertauschen! Nun sitzt Ihr da mit den hohen Feldern, wo Eure Saat verdorrt und Euer Vieh verschmachtet.«

Die Frau seufzte.

Der dicke Mann wurde plötzlich herablassend. »Aber, Mutter Stine«, sagte er, »ich merke schon, Ihr seid nicht von ungefähr hiehergekommen; schießt nur immer los, was Ihr auf dem Herzen habt!«

Die Witwe blickte zu Boden. »Ihr wißt wohl«, sagte sie, »die funfzig Taler, die Ihr mir geliehen, ich soll sie auf Johanni zurückzahlen, und der Termin ist vor der Tür.«

Der Bauer legte seine fleischige Hand auf ihre Schulter. »Nun macht Euch keine Sorge, Frau! Ich brauche das Geld nicht; ich bin nicht der Mann, der aus der Hand in den Mund lebt. Ihr könnt mir Eure Grundstücke dafür zum Pfande einsetzen; sie sind zwar nicht von den besten, aber mir sollen sie diesmal gut genug sein. Auf den Sonnabend könnt Ihr mit mir zum Gerichtshalter fahren.«

Die bekümmerte Frau atmete auf. »Es macht zwar wieder Kosten«, sagte sie, »aber ich danke Euch doch dafür.«

Der Wiesenbauer hatte seine kleinen klugen Augen nicht von ihr gelassen. »Und«, fuhr er fort, »weil wir hier einmal beisammen sind, so will ich Euch auch sagen, der Andrees, Euer Junge, geht nach meiner Tochter!«

»Du lieber Gott, Nachbar, die Kinder sind ja miteinander aufgewachsen!«

»Das mag sein, Frau; wenn aber der Bursche meint, er könne sich hier in die volle Wirtschaft einfreien, so hat er seine Rechnung ohne mich gemacht!«

Die schwache Frau richtete sich ein wenig auf und sah ihn mit fast zürnenden Augen an. »Was habt Ihr denn an meinem Andrees auszusetzen?« fragte sie.

»Ich an Eurem Andrees, Frau Stine? – Auf der Welt gar nichts! Aber« – und er strich sich mit der Hand über die silbernen Knöpfe seiner roten Weste – »meine Tochter ist eben meine Tochter, und des Wiesenbauers Tochter kann es besser belaufen.«

»Trotzt nicht zu sehr, Wiesenbauer«, sagte die Frau milde, »ehe die heißen Jahre kamen –!«

»Aber sie sind gekommen und sind noch immer da, und auch für dies Jahr ist keine Aussicht, daß Ihr eine Ernte in die Scheuer bekommt. Und so geht's mit Eurer Wirtschaft immer weiter rückwärts.«

Die Frau war in tiefes Sinnen versunken; sie schien die letzten Worte kaum gehört zu haben. »Ja«, sagte sie, »Ihr mögt leider recht behalten, die Regentrude muß eingeschlafen sein; aber – sie kann geweckt werden!«

»Die Regentrude?« wiederholte der Bauer hart. »Glaubt Ihr auch an das Gefasel?«

»Kein Gefasel, Nachbar!« erwiderte sie geheimnisvoll. »Meine Urahne, da sie jung gewesen, hat sie selber einmal aufgeweckt. Sie wußte auch das Sprüchlein noch und hat es mir öfters vorgesagt; aber ich habe es seither längst vergessen.«

Der dicke Mann lachte, daß ihm die silbernen Knöpfe auf seinem Bauche tanzten. »Nun, Mutter Stine, so setzt Euch hin und besinnt Euch auf Euer Sprüchlein. Ich verlasse mich auf mein Wetterglas, und das steht seit acht Wochen auf beständig Schön!«

»Das Wetterglas ist ein totes Ding, Nachbar; das kann doch nicht das Wetter machen!«

»Und Eure Regentrude ist ein Spukeding, ein Hirngespinst, ein Garnichts!«

»Nun, Wiesenbauer«, sagte die Frau schüchtern, »Ihr seid einmal einer von den Neugläubigen!«

Aber der Mann wurde immer eifriger. »Neu- oder altgläubig!« rief er, »geht hin und sucht Eure Regenfrau und sprecht Euer Sprüchlein, wenn Ihr's noch beisammenkriegt! Und wenn Ihr binnen heut und vierundzwanzig Stunden Regen schafft, dann – !« Er hielt inne und paffte ein paar dicke Rauchwolken vor sich hin.

»Was dann, Nachbar?« fragte die Frau.

»Dann – – dann – zum Teufel, ja, dann soll Euer Andrees meine Maren freien!«

In diesem Augenblick öffnete sich die Tür des Wohnzimmers, und ein schönes schlankes Mädchen mit rehbraunen Augen trat zu ihnen auf die Durchfahrt hinaus. »Topp, Vater«, rief sie, »das soll gelten!« Und zu einem ältlichen Mann gewandt, der eben von der Straße her ins Haus trat, fügte sie hinzu: »Ihr habt's gehört, Vetter Schulze!«

»Nun, nun, Maren«, sagte der Wiesenbauer, »du brauchst keine Zeugen gegen deinen Vater aufzurufen; von meinem Wort, da beißt dir keine Maus auch nur ein Titelchen ab.«

Der Schulze schaute indes, auf seinen langen Stock gestützt, eine Weile in den freien Tag hinaus; und hatte nun sein schärferes Auge in der Tiefe des glühenden Himmels ein weißes Pünktchen schwimmen sehen oder wünschte er es nur und glaubte es deshalb gesehen zu haben, aber er lächelte hinterhältig und sagte: »Mög's Euch bekommen, Vetter Wiesenbauer, der Andrees ist allewege ein tüchtiger Bursch!«

Bald darauf, während der Wiesenbauer und der Schulze in dem Wohnzimmer des erstern über allerlei Rechnungen beisammensaßen, trat Maren an der andern Seite der Dorfstraße mit Mutter Stine in deren Stübchen.

»Aber Kind«, sagte die Witwe, indem sie ihr Spinnrad aus der Ecke holte, »weißt du denn das Sprüchlein für die Regenfrau?«

»Ich?« fragte das Mädchen, indem sie erstaunt den Kopf zurückwarf.

»Nun, ich dachte nur, weil du so keck dem Vater vor die Füße tratst.«

»Nicht doch, Mutter Stine, mir war nur so ums Herz, und ich dachte auch, Ihr selber würdet's wohl noch beisammenbekommen. Räumt nur ein bissel auf in Eurem Kopfe; es muß ja noch irgendwo verkramet liegen!«

Frau Stine schüttelte den Kopf. »Die Urahne ist mir früh gestorben. Das aber weiß ich noch wohl, wenn wir damals große Dürre hatten, wie eben jetzt, und uns dabei mit der Saat oder dem Viehzeug Unheil zuschlug, dann pflegte sie wohl ganz heimlich zu sagen: ›Das tut der Feuermann uns zum Schabernack, weil ich einmal die Regenfrau geweckt habe!‹«

»Der Feuermann?« fragte das Mädchen, »wer ist denn das nun wieder?« Aber ehe sie noch eine Antwort erhalten konnte, war sie schon ans Fenster gesprungen und rief: »Um Gott, Mutter, da kommt der Andrees; seht nur, wie verstürzt er aussieht!«

Die Witwe erhob sich von ihrem Spinnrade. »Freilich, Kind«, sagte sie niedergeschlagen, »siehst du denn nicht, was er auf dem Rücken trägt? Da ist schon wieder eins von den Schafen verdurstet.«

Bald darauf trat der junge Bauer ins Zimmer und legte das tote

Tier vor den Frauen auf den Estrich. »Da habt ihr's!« sagte er finster, indem er sich mit der Hand den Schweiß von der heißen Stirn strich.
Die Frauen sahen mehr in sein Gesicht als auf die tote Kreatur. »Nimm dir's nicht so zu Herzen, Andrees!« sagte Maren. »Wir wollen die Regenfrau wecken, und dann wird alles wieder gut werden.«
»Die Regenfrau!« wiederholte er tonlos. »Ja, Maren, wer die wecken könnte! – Es ist aber auch nicht wegen dem allein; es ist mir etwas widerfahren draußen.« –
Die Mutter faßte zärtlich seine Hand. »So sag es von dir, mein Sohn«, ermahnte sie, »damit es dich nicht siech mache!«
»So hört denn!« erwiderte er. – »Ich wollte nach unsern Schafen sehen und ob das Wasser, das ich gestern abend für sie hinaufgetragen, noch nicht verdunstet sei. Als ich aber auf den Weideplatz kam, sah ich sogleich, daß es dort nicht seine Richtigkeit habe; der Wasserzuber war nicht mehr, wo ich ihn hingestellt, und auch die Schafe waren nicht zu sehen. Um sie zu suchen, ging ich den Rain hinab bis an den Riesenhügel. Als ich auf die andere Seite kam, da sah ich sie alle liegen, keuchend, die Hälse lang auf die Erde gestreckt; die arme Kreatur hier war schon krepiert. Daneben lag der Zuber umgestürzt und schon gänzlich ausgetrocknet. Die Tiere konnten das nicht getan haben; hier mußte eine böswillige Hand im Spiele sein.«
»Kind, Kind«, unterbrach ihn die Mutter, »wer sollte einer armen Witwe Leides zufügen!«
»Hört nur zu, Mutter, es kommt noch weiter. Ich stieg auf den Hügel und sah nach allen Seiten über die Ebene hin; aber kein Mensch war zu sehen, die sengende Glut lag wie alle Tage lautlos über den Feldern. Nur neben mir auf einem der großen Steine, zwischen denen das Zwergenloch in den Hügel hinabgeht, saß ein dicker Molch und sonnte seinen häßlichen Leib. Als ich noch so halb ratlos, halb ingrimmig um mich her starrte, höre ich auf einmal hinter mir von der andern Seite des Hügels her ein Gemurmel, wie wenn einer eifrig mit sich selber redet, und als ich mich umwende, sehe ich ein knorpsiges Männlein im feuerroten Rock und roter Zipfelmütze unten zwischen dem Heidekraute auf und ab stapfen. – Ich erschrak mich, denn wo war es plötzlich hergekommen! – Auch sah es gar so arg und mißgeschaffen aus. Die großen braunroten Hände hatte es auf dem

Rücken gefaltet, und dabei spielten die krummen Finger wie Spinnenbeine in der Luft. – Ich war hinter den Dornbusch getreten der neben den Steinen aus dem Hügel wächst, und konnte von hier aus alles sehen, ohne selbst bemerkt zu werden. Das Unding drunten war noch immer in Bewegung; es bückte sich und riß ein Bündel versengten Grases aus dem Boden, daß ich glaubte, es müsse mit seinem Kürbiskopf vorüber schießen; aber es stand schon wieder auf seinen Spindelbeinen, und indem es das dürre Kraut zwischen seinen großen Fäusten zu Pulver rieb, begann es so entsetzlich zu lachen, daß auf der andern Seite des Hügels die halbtoten Schafe aufsprangen und in wilder Flucht an dem Rain hinunterjagten. Das Männlein aber lachte noch gellender, und dabei begann es von einem Bein aufs andere zu springen, daß ich fürchtete, die dünnen Stäbchen müßten unter seinem klumpigen Leibe zusammenbrechen. Es war grausenvoll anzusehen, denn es funkte ihm dabei ordentlich aus seinen kleinen schwarzen Augen.«

Die Witwe hatte leise des Mädchens Hand gefaßt.

»Weißt du nun, wer der Feuermann ist?« sagte sie. Maren nickte.

»Das Allergrausenhafteste aber«, fuhr Andrees fort, »war seine Stimme. ›Wenn sie es wüßten, wenn sie es wüßten!‹ schrie er, ›die Flegel, die Bauerntölpel!‹ Und dann sang er mit seiner schnarrenden, quäkenden Stimme ein seltsames Sprüchlein; immer von vorn nach hinten, als könne er sich gar daran nicht ersättigen. Wartet nur, ich bekomm's wohl noch beisammen!«

Und nach einigen Augenblicken fuhr er fort:

»Dunst ist die Welle,
Staub ist die Quelle!«

Die Mutter ließ plötzlich ihr Spinnrad stehen, das sie während der Erzählung eifrig gedreht hatte, und sah ihren Sohn mit gespannten Augen an. Der aber schwieg wieder und schien sich zu besinnen.

»Weiter!« sagte sie leise.

»Ich weiß nicht weiter, Mutter; es ist fort, und ich hab's mir unterwegs doch wohl hundertmal vorgesagt.«

Als aber Frau Stine mit unsicherer Stimme selbst fortfuhr:

»Stumm sind die Wälder,
Feuermann tanzet über die Felder!«,

da setzte er rasch hinzu:

»Nimm dich in acht!
Eh du erwacht,
Holt dich die Mutter
Heim in die Nacht!«

»Das ist das Sprüchlein der Regentrude!« rief Frau Stine; »und nun rasch noch einmal! Und du, Maren, merk wohl auf, damit es nicht wiederum verlorengeht!«
Und nun sprachen Mutter und Sohn noch einmal zusammen und ohne Anstoß:

»Dunst ist die Welle,
Staub ist die Quelle!
Stumm sind die Wälder,
Feuermann tanzet über die Felder!

Nimm dich in acht!
Eh du erwacht,
Holt dich die Mutter
Heim in die Nacht!«

»Nun hat alle Not ein Ende!« rief Maren; »nun wecken wir die Regentrude; morgen sind alle Felder wieder grün, und übermorgen gibt's Hochzeit!« Und mit fliegenden Worten und glänzenden Augen erzählte sie ihrem Andrees, welches Versprechen sie dem Vater abgewonnen habe.
»Kind«, sagte die Witwe wieder, »weißt du denn auch den Weg zur Regentrude?«
»Nein, Mutter Stine; wißt Ihr denn auch den Weg nicht mehr?«
»Aber, Maren, es war ja die Urahne, die bei der Regentrude war; von dem Wege hat sie mir niemals was erzählt.«
»Nun, Andrees«, sagte Maren und faßte den Arm des jungen Bauern, der währenddes mit gerunzelter Stirn vor sich hin gestarrt hatte, »so sprich du! Du weißt ja sonst doch immer Rat!«
»Vielleicht weiß ich auch jetzt wieder einen!« entgegnete er be-

dächtig. »Ich muß heute mittag den Schafen noch Wasser hinauftragen. Vielleicht daß ich den Feuermann noch einmal hinter dem Dornbusch belauschen kann! Hat er das Sprüchlein verraten, wird er auch noch den Weg verraten; denn sein dicker Kopf scheint überzulaufen von diesen Dingen.«
Und bei diesem Entschluß blieb es. Soviel sie auch hin und wider redeten, sie wußten keinen bessern aufzufinden.

Bald darauf befand sich Andrees mit seiner Wassertracht droben auf dem Weideplatze. Als er in die Nähe des Riesenhügels kam, sah er den Kobold schon von weitem auf einem der Steine am Zwergenloch sitzen. Er strählte sich mit seinen fünf ausgespreizten Fingern den roten Bart; und jedesmal wenn er die Hand herauszog, löste sich ein Häufchen feuriger Flocken ab und schwebte in dem grellen Sonnenschein über die Felder dahin.
›Da bist du zu spät gekommen‹, dachte Andrees, ›heute wirst du nichts erfahren‹, und wollte seitwärts, als habe er gar nichts gesehen, nach der Stelle abbiegen, wo noch immer der umgestürzte Zuber lag. Aber er wurde angerufen. »Ich dachte, du hättst mit mir zu reden!« hörte er die Quäkstimme des Kobolds hinter sich.
Andrees kehrte sich um und trat ein paar Schritte zurück. »Was hätte ich mit Euch zu reden«, erwiderte er; »ich kenne Euch ja nicht.«
»Aber du möchtest den Weg zur Regentrude wissen?«
»Wer hat Euch denn das gesagt?«
»Mein kleiner Finger, und der ist klüger als mancher große Kerl.«
Andrees nahm all seinen Mut zusammen und trat noch ein paar Schritte näher zu dem Unding an den Hügel hinauf. »Euer kleiner Finger mag schon klug sein«, sagte er, »aber den Weg zur Regenfrau wird er doch nicht wissen, denn den wissen auch die allerklügsten Menschen nicht.«
Der Kobold blähte sich wie eine Kröte und fuhr ein paarmal mit seiner Klaue durch den Feuerbart, daß Andrees vor der herausströmenden Glut einen Schritt zurücktaumelte. Plötzlich aber den jungen Bauer mit dem Ausdrucke eines überlegenen Hohns aus seinen bösen kleinen Augen anstarrend, schnarrte er ihn an: »Du bist zu einfältig, Andrees; wenn ich dir auch sagte, daß die Regentrude hinter dem großen Walde wohnt, so würdest du doch nicht wissen, daß hinter dem Walde eine hohle Weide steht!«

›Hier gilt's den Dummen spielen!‹ dachte Andrees; denn obschon er sonst ein ehrlicher Bursche war, so hatte er doch auch seine gute Portion Bauernschlauheit mit auf die Welt bekommen. »Da habt Ihr recht«, sagte er und riß den Mund auf, »das würde ich freilich nicht wissen!«
»Und«, fuhr der Kobold fort, »wenn ich dir auch sagte, daß hinter dem Walde die hohle Weide steht, so würdest du doch nicht wissen, daß in dem Baum eine Treppe zum Garten der Regenfrau hinabführt.«
»Wie man sich doch verrechnen kann!« rief Andrees. »Ich dachte, man könnte nur so gradeswegs hineinspazieren.«
»Und wenn du auch gradeswegs hineinspazieren könntest«, sagte der Kobold, »so würdest du immer noch nicht wissen, daß die Regentrude nur von einer reinen Jungfrau geweckt werden kann.«
»Nun freilich«, meinte Andrees, »da hilft's mir nichts; da will ich mich nur gleich wieder auf den Heimweg machen.«
Ein arglistiges Lächeln verzog den breiten Mund des Kobolds. »Willst du nicht erst dein Wasser in den Zuber gießen?« fragte er; »das schöne Viehzeug ist ja schier verschmachtet.«
»Da habt Ihr zum vierten Male recht!« erwiderte der Bursche und ging mit seinen Eimern um den Hügel herum. Als er aber das Wasser in den heißen Zuber goß, schlug es zischend empor und verprasselte in weißen Dampfwolken in die Luft. ›Auch gut!‹ dachte er, ›meine Schafe treibe ich mit mir heim, und morgen mit dem frühesten geleite ich Maren zu der Regentrude. Die soll sie schon erwecken!‹
Auf der andern Seite des Hügels aber war der Kobold von seinen Steinen aufgesprungen. Er warf seine rote Mütze in die Luft und kollerte sich mit wieherndem Gelächter den Berg hinab. Dann sprang er wieder auf seine dürren Spindelbeine, tanzte wie toll umher und schrie dabei mit seiner Quäkstimme einmal übers andere: »Der Kindskopf, der Bauernlümmel dachte mich zu übertölpeln und weiß noch nicht, daß die Trude sich nur durch das rechte Sprüchlein wecken läßt. Und das Sprüchlein weiß keiner als Eckeneckepenn, und Eckeneckepenn, das bin ich!« – Der böse Kobold wußte nicht, daß er am Vormittag das Sprüchlein selbst verraten hatte.

Auf die Sonnenblumen, die vor Marens Kammer im Garten

standen, fiel eben der erste Morgenstrahl, als sie schon das Fenster aufstieß und ihren Kopf in die frische Luft hinaussteckte. Der Wiesenbauer, welcher nebenan im Alkoven des Wohnzimmers schlief, mußte davon erwacht sein; denn sein Schnarchen, das noch eben durch alle Wände drang, hatte plötzlich aufgehört. »Was treibst du, Maren?« rief er mit schläfriger Stimme. »Fehlt's dir denn wo?«

Das Mädchen fuhr sich mit dem Finger an die Lippen; denn sie wußte wohl, daß der Vater, wenn er ihr Vorhaben erführe, sie nicht aus dem Hause lassen würde. Aber sie faßte sich schnell. »Ich habe nicht schlafen können, Vater«, rief sie zurück, »ich will mit den Leuten auf die Wiesen; es ist so hübsch frisch heute morgen.«

»Hast das nicht nötig, Maren«, erwiderte der Bauer, »meine Tochter ist kein Dienstbot'.« Und nach einer Weile fügte er hinzu: »Na, wenn's dir Pläsier macht! Aber sei zur rechten Zeit wieder heim, eh die große Hitze kommt. Und vergiß mein Warmbier nicht!« Damit warf er sich auf die andere Seite, daß die Bettstelle krachte, und gleich darauf hörte auch das Mädchen wieder das wohlbekannte abgemessene Schnarchen.

Behutsam drückte sie ihre Kammertür auf. Als sie durch die Torfahrt ins Freie ging, hörte sie eben den Knecht die beiden Mägde wecken. ›Es ist doch schnöd‹, dachte sie, ›daß du so hast lügen müssen, aber‹ – und sie seufzte dabei ein wenig – ›was tut man nicht um seinen Schatz.‹

Drüben in seinem Sonntagsstaat stand schon Andrees ihrer wartend. »Weißt du dein Sprüchlein noch?« rief er ihr entgegen.

»Ja, Andrees! Und weißt du noch den Weg?«

Er nickte nur.

»So laß uns gehen!« – Aber eben kam noch Mutter Stine aus dem Hause und steckte ihrem Sohne ein mit Met gefülltes Fläschchen in die Tasche. »Der ist noch von der Urahne«, sagte sie, »sie tat allezeit sehr geheim und kostbar damit, der wird euch guttun in der Hitze!«

Dann gingen sie im Morgenschein die stille Dorfstraße hinab, und die Witwe stand noch lange und schaute nach der Richtung, wo die jungen kräftigen Gestalten verschwunden waren.

Der Weg der beiden führte hinter der Dorfmark über eine weite Heide. Danach kamen sie in den großen Wald. Aber die Blätter des Waldes lagen meist verdorrt am Boden, so daß die Sonne überall hindurchblitzte; sie wurden fast geblendet von den wechselnden Lichtern. – Als sie eine geraume Zeit zwischen den hohen Stämmen der Eichen und Buchen fortgeschritten waren, faßte das Mädchen die Hand des jungen Mannes.

»Was hast du, Maren?« fragte er.

»Ich hörte unsere Dorfuhr schlagen, Andrees.«

»Ja, mir war es auch so.«

»Es muß sechs Uhr sein!« sagte sie wieder. »Wer kocht denn dem Vater nur sein Warmbier? Die Mägde sind alle auf dem Felde.«

»Ich weiß nicht, Maren; aber das hilft nun doch weiter nicht!«

»Nein«, sagte sie, »das hilft nun weiter nicht. Aber weißt du denn auch noch unser Sprüchlein?«

»Freilich, Maren!

Staub ist die Quelle!
Dunst ist die Welle«,

Und als er einen Augenblick zögerte, sagte sie rasch:

»Stumm sind die Wälder,
Feuermann tanzet über die Felder!«

»Oh«, rief sie, »wie brannte die Sonne!«

»Ja«, sagte Andrees und rieb sich die Wange, »es hat auch mir ordentlich einen Stich gegeben.«

Endlich kamen sie aus dem Walde, und dort, ein paar Schritte vor ihnen, stand auch schon der alte Weidenbaum. Der mächtige Stamm war ganz gehöhlt, und das Dunkel, das darin herrschte, schien tief in den Abgrund der Erde zu führen. Andrees stieg zuerst allein hinab, während Maren sich auf die Höhlung des Baumes lehnte und ihm nachzublicken suchte. Aber bald sah sie nichts mehr von ihm, nur das Geräusch des Hinabsteigens schlug noch an ihr Ohr. Ihr begann angst zu werden, oben um sie her war es so einsam, und von unten hörte sie endlich auch keinen Laut mehr. Sie steckte den Kopf tief in die Höhlung und rief: »Andrees, Andrees!« Aber es blieb alles still, und noch einmal rief sie: »Andrees!« – Da nach einiger Zeit war es ihr, als höre sie es von unten wieder heraufkommen, und allmählich erkannte sie auch die Stimme des jungen Mannes, der ihren Namen rief,

und faßte seine Hand, die er ihr entgegenstreckte. »Es führt eine Treppe hinab«, sagte er, »aber sie ist steil und ausgebröckelt, und wer weiß, wie tief nach unten zu der Abgrund ist!«
Maren erschrak. »Fürchte dich nicht«, sagte er, »ich trage dich; ich habe einen sichern Fuß.« Dann hob er das schlanke Mädchen auf seine breite Schulter; und als sie die Arme fest um seinen Hals gelegt hatte, stieg er behutsam mit ihr in die Tiefe. Dichte Finsternis umgab sie; aber Maren atmete doch auf, während sie so Stufe um Stufe wie in einem gewundenen Schneckengange hinabgetragen wurde; denn es war kühl hier im Innern der Erde. Kein Laut von oben drang zu ihnen herab; nur einmal hörten sie dumpf aus der Ferne die unterirdischen Wasser brausen, die vergeblich zum Lichte emporarbeiteten.
»Was war das?« flüsterte das Mädchen.
»Ich weiß nicht, Maren.«
»Aber hat's denn noch kein Ende?«
»Es scheint fast nicht.«
»Wenn dich der Kobold nur nicht betrogen hat!«
»Ich denke nicht, Maren.«
So stiegen sie tiefer und tiefer. Endlich spürten sie wieder den Schimmer des Sonnenlichts unter sich, das mit jedem Tritte leuchtender wurde; zugleich aber drang auch eine erstickende Hitze zu ihnen herauf.
Als sie von der untersten Stufe ins Freie traten, sahen sie eine gänzlich unbekannte Gegend vor sich. Maren sah befremdet umher. »Die Sonne scheint aber doch dieselbe zu sein!« sagte sie endlich.
»Kälter ist sie wenigstens nicht«, meinte Andrees, indem er das Mädchen zur Erde hob.
Von dem Platze, wo sie sich befanden, auf einem breiten Steindamm, lief eine Allee von alten Weiden in die Ferne hinaus. Sie bedachten sich nicht lange, sondern gingen, als sei ihnen der Weg gewiesen, zwischen den Reihen der Bäume entlang. Wenn sie nach der einen oder andern Seite blickten, so sahen sie in ein ödes, unabsehbares Tiefland, das so von aller Art Rinnen und Vertiefungen zerrissen war, als bestehe es nur aus einem endlosen Gewirre verlassener See- und Strombetten. Dies schien auch dadurch bestätigt zu werden, daß ein beklemmender Dunst, wie von vertrocknetem Schilf, die Luft erfüllte. Dabei lagerte zwischen den Schatten der einzeln stehenden Bäume eine solche Glut,

daß es den beiden Wanderern war, als sähen sie kleine weiße Flammen über den staubigen Weg dahinfliegen. Andrees mußte an die Flocken aus dem Feuerbarte des Kobolds denken. Einmal war es ihm sogar, als sähe er zwei dunkle Augenringe in dem grellen Sonnenschein; dann wieder glaubte er deutlich neben sich das tolle Springen der kleinen Spindelbeine zu hören. Bald war es links, bald rechts an seiner Seite. Wenn er sich aber wandte, vermochte er nichts zu sehen; nur die glutheiße Luft zitterte flirrend und blendend vor seinen Augen. ›Ja‹, dachte er, indem er des Mädchens Hand erfaßte und beide mühsam vorwärts schritten, ›sauer machst du's uns; aber recht behältst du heute nicht!‹

Weiter und weiter gingen sie, der eine nur auf das immer schwerere Atmen des andern hörend. Der einförmige Weg schien kein Ende zu nehmen; neben ihnen unaufhörlich die grauen, halb entblätterten Weiden, seitwärts hüben und drüben unter ihnen die unheimlich dunstende Niederung.

Plötzlich blieb Maren stehen und lehnte sich mit geschlossenen Augen an den Stamm einer Weide. »Ich kann nicht weiter«, murmelte sie; »die Luft ist lauter Feuer.«

Da gedacht Andrees des Metfläschchens, das sie bis dahin unberührt gelassen hatten. – Als er den Stöpsel abgezogen, verbreitete sich ein Duft, als seien die Tausende von Blumen noch einmal zur Blüte auferstanden, aus deren Kelchen vor vielleicht mehr als hundert Jahren die Bienen den Honig zu diesem Tranke zusammengetragen hatten. Kaum hatten die Lippen des Mädchens den Rand der Flasche berührt, so schlug sie schon die Augen auf. »Oh«, rief sie, »auf welcher schönen Wiese sind wir denn?«

»Auf keiner Wiese, Maren; aber trink nur, es wird dich stärken!«

Als sie getrunken hatte, richtete sie sich auf und schaute mit hellen Augen um sich her. »Trink auch einmal, Andrees«, sagte sie; »ein Frauenzimmer ist doch nur ein elendiglich Geschöpf!«

»Aber das ist ein echter Tropfen!« rief Andrees, nachdem er auch gekostet hatte. »Mag der Himmel wissen, woraus die Urahne den gebraut hat!«

Dann gingen sie gestärkt und lustig plaudernd weiter. Nach einer Weile aber blieb das Mädchen wieder stehen. »Was hast du, Maren?« fragte Andrees.

»Oh, nichts; ich dachte nur –«

»Was denn, Maren?«

»Siehst du, Andrees! Mein Vater hat noch sein halbes Heu draußen auf den Wiesen; und ich gehe da aus und will Regen machen!«

»Dein Vater ist ein reicher Mann, Maren; aber wir andern haben unser Fetzchen Heu schon längst in der Scheuer und unsere Frucht noch alle auf den dürren Halmen.«

»Ja, ja, Andrees, du hast wohl recht; man muß auch an die andern denken!« Im stillen bei sich selber aber setzte sie nach einer Weile hinzu: ›Maren, Maren, mach dir keine Flausen vor; du tust ja doch alles nur von wegen deinem Schatz!‹

So waren sie wieder eine Zeitlang fortgegangen, als das Mädchen plötzlich rief: »Was ist denn das? Wo sind wir denn? Das ist ja ein großer, ungeheuerer Garten!«

Und wirklich waren sie, ohne zu wissen wie, aus der einförmigen Weidenallee in einen großen Park gelangt. Aus der weiten, jetzt freilich versengten Rasenfläche erhoben sich überall Gruppen hoher prachtvoller Bäume. Zwar war ihr Laub zum Teil gefallen oder hing dürr oder schlaff an den Zweigen, aber der kühne Bau ihrer Äste strebte noch in den Himmel, und die mächtigen Wurzeln griffen noch weit über die Erde hinaus. Eine Fülle von Blumen, wie die beiden sie nie zuvor gesehen, bedeckte hier und da den Boden; aber alle diese Blumen waren welk und düftelos und schienen mitten in der höchsten Blüte von der tödlichen Glut getroffen zu sein.

»Wir sind am rechten Orte, denk ich!« sagte Andrees.

Maren nickte. »Du mußt nun hier zurückbleiben, bis ich wiederkomme.«

»Freilich«, erwiderte er, indem er sich in dem Schatten einer großen Eiche ausstreckte. »Das übrige ist nun deine Sach'! Halt nur das Sprüchlein fest und verred dich nicht dabei!« – –

So ging sie denn allein über den weiten Rasen und unter den himmelhohen Bäumen dahin, und bald sah der Zurückbleibende nichts mehr von ihr. Sie aber schritt weiter und weiter durch die Einsamkeit. Bald hörten die Baumgruppen auf, und der Boden senkte sich. Sie erkannte wohl, daß sie in dem ausgetrockneten Bette eines Gewässers ging; weißer Sand und Kiesel bedeckten den Boden, dazwischen lagen tote Fische und blinkten mit ihren Silberschuppen in der Sonne. In der Mitte des Beckens sah sie einen grauen fremdartigen Vogel stehen; er schien ihr einem Reiher ähnlich zu sein, doch war er von solcher Größe, daß sein Kopf, wenn er ihn aufrichtete, über den eines Menschen hinwegragen mußte; jetzt hatte er den langen Hals zwischen den Flügeln zurückgelegt und schien zu schlafen. Maren fürchtete sich. Außer dem regungslosen unheimlichen Vogel war kein lebendes Wesen sichtbar, nicht einmal das Schwirren einer Fliege unterbrach hier die Stille; wie ein Entsetzen lag das Schweigen über diesem Orte. Einen Augenblick trieb sie die Angst, nach ihrem Geliebten zu rufen, aber sie wagte es wiederum nicht; denn den Laut ihrer eigenen Stimme in dieser Öde zu hören dünkte sie noch schauerlicher als alles andere.

So richtete sie denn ihre Augen fest in die Ferne, wo sich wieder dichte Baumgruppen über den Boden zu erheben schienen, und schritt weiter, ohne rechts oder links zu sehen. Der große Vogel rührte sich nicht, als sie mit leisem Tritt an ihm vorüberging, nur für einen Augenblick blitzte es schwarz unter der weißen Augenhaut hervor. – Sie atmete auf. – Nachdem sie noch eine weite Strecke hingeschritten, verengte sich das Seebette zu der Rinne eines mäßigen Baches, der unter einer breiten Lindengruppe durchführte. Das Geäste dieser mächtigen Bäume war so dicht, daß ungeachtet des mangelhaften Laubes kein Sonnenstrahl hindurchdrang. Maren ging in dieser Rinne weiter; die plötzliche Kühle um sie her, das hohe dunkle Gewölbe der Wipfel über ihr; es schien ihr fast, als gehe sie durch eine Kirche. Plötzlich aber wurden ihre Augen von einem blendenden Licht getroffen; die Bäume hörten auf, und vor ihr erhob sich ein graues Gestein, auf das die grellste Sonne niederbrannte.

Maren selbst stand in einem leeren sandigen Becken, in welches sonst ein Wasserfall über die Felsen hinabgestürzt sein mochte, der dann unterhalb durch die Rinne seinen Abfluß in den jetzt verdunsteten See gehabt hatte. Sie suchte mit den Augen, wo wohl der Weg zwischen den Klippen hinaufführe. Plötzlich aber schrak sie zusammen. Denn das dort auf der halben Höhe des Absturzes konnte nicht zum Gestein gehören; wenn es auch ebenso grau war und starr wie dieses in der regungslosen Luft lag, so erkannte sie doch bald, daß es ein Gewand sei, welches in Falten eine ruhende Gestalt bedeckte. – Mit verhaltenem Atem stieg sie näher. Da sah sie es deutlich; es war eine schöne mächtige Frauengestalt. Der Kopf lag tief aufs Gestein zurückgesunken; die blonden Haare, die bis zur Hüfte hinabflossen, waren voll Staub und dürren Laubes. Maren betrachtete sie aufmerksam. ›Sie muß sehr schön gewesen sein‹, dachte sie, ›ehe diese Wangen so schlaff und diese Augen so eingesunken waren. Ach, und wie bleich ihre Lippen sind! Ob es denn wohl die Regentrude sein mag? – Aber die da schläft nicht; das ist eine Tote! Oh, es ist entsetzlich einsam hier!‹

Das kräftige Mädchen hatte sich indessen bald gefaßt. Sie trat ganz dicht herzu, und niederkniend und zu ihr hingebeugt, legte sie ihre frischen Lippen an das marmorblasse Ohr der Ruhenden. Dann, all ihren Mut zusammennehmend, sprach sie laut und deutlich:

»Dunst ist die Welle,
Staub ist die Quelle!
Stumm sind die Wälder,
Feuermann tanzet über die Felder!«

Da rang sich ein tiefer klagender Laut aus dem bleichen Munde hervor; doch das Mädchen sprach immer stärker und eindringlicher:

»Nimm dich in acht!
Eh du erwacht,
Holt dich die Mutter
Heim in die Nacht!«

Da rauschte es sanft durch die Wipfel der Bäume, und in der Ferne donnerte es leise wie von einem Gewitter. Zugleich aber und, wie es schien, von jenseits des Gesteins kommend, durchschnitt ein greller Ton die Luft, wie der Wutschrei eines bösen Tieres. Als Maren emporsah, stand die Gestalt der Trude hoch aufgerichtet vor ihr. »Was willst du?« fragte sie.

»Ach, Frau Trude«, antwortete das Mädchen noch immer kniend. »Ihr habt so grausam lang geschlafen, daß alles Laub und alle Kreatur verschmachten will!«

Die Trude sah sie mit weit aufgerissenen Augen an, als mühe sie sich, aus schweren Träumen zu kommen.

Endlich fragte sie mit tonloser Stimme: »Stürzt denn der Quell nicht mehr?«

»Nein, Frau Trude«, erwiderte Maren.

»Kreist denn mein Vogel nicht mehr über dem See?«
»Er steht in der heißen Sonne und schläft.«
»Weh!« wimmerte die Regenfrau. »So ist es hohe Zeit. Steh auf und folge mir, aber vergiß nicht den Krug, der dort zu deinen Füßen liegt!«
Maren tat, wie ihr geheißen, und beide stiegen nun an der Seite des Gesteins hinauf. – Noch mächtigere Baumgruppen, noch wunderbarere Blumen waren hier der Erde entsprossen, aber auch hier war alles welk und düftelos. – Sie gingen an der Rinne des Baches entlang, der hinter ihnen seinen Abfall vom Gestein gehabt hatte. Langsam und schwankend schritt die Trude dem Mädchen voran, nur dann und wann die Augen traurig umherwendend. Dennoch meinte Maren, es bleibe ein grüner Schimmer auf dem Rasen, den ihr Fuß betreten, und wenn die grauen Gewänder über das dürre Gras schleppten, da rauschte es so eigen, daß sie immer darauf hinhören mußte. »Regnet es denn schon, Frau Trude?« fragte sie.
»Ach nein, Kind, erst mußt du den Brunnen aufschließen!«
»Den Brunnen? Wo ist denn der?«
Sie waren eben aus einer Gruppe von Bäumen herausgetreten. »Dort!« sagte die Trude, und einige tausend Schritte vor ihnen sah Maren einen ungeheueren Bau emporsteigen. Er schien von grauem Gestein zackig und unregelmäßig aufgetürmt; bis in den Himmel, meinte Maren, denn nach oben hinauf war alles wie in Duft und Sonnenglanz zerflossen. Am Boden aber wurde die in riesenhaften Erkern vorspringende Front überall von hohen spitzbogigen Tor- und Fensterhöhlen durchbrochen, ohne daß jedoch von Fenstern oder Torflügeln selbst etwas zu sehen gewesen wäre.
Eine Weile schritten sie gerade darauf zu, bis sie durch den Uferabsturz eines Stromes aufgehalten wurden, der den Bau rings zu umgeben schien. Auch hier war jedoch das Wasser bis auf einen schmalen Faden, der noch in der Mitte floß, verdunstet; ein Nachen lag zerborsten auf der trockenen Schlammdecke des Strombettes.
»Schreite hindurch!« sagte die Trude. »Über dich hat er keine Gewalt. Aber vergiß nicht, von dem Wasser zu schöpfen; du wirst es bald gebrauchen!«
Als Maren, dem Befehl gehorchend, von dem Ufer herabtrat, hätte sie fast den Fuß zurückgezogen, denn der Boden war hier

so heiß, daß sie die Glut durch ihre Schuhe fühlte. ›Ei was, mögen die Schuhe verbrennen!‹ dachte sie und schritt rüstig mit ihrem Kruge weiter. Plötzlich aber blieb sie stehen; der Ausdruck des tiefsten Entsetzens trat in ihre Augen. Denn neben ihr zerriß die trockene Schlammdecke, und eine große braunrote Faust mit krummen Fingern fuhr daraus hervor und griff nach ihr.

»Mut!« hörte sie die Stimme der Trude hinter sich vom Ufer her.

Da erst stieß sie einen lauten Schrei aus, und der Spuk verschwand.

»Schließe die Augen!« hörte sie wiederum die Trude rufen. – Da ging sie mit geschlossenen Augen weiter; als sie aber das Wasser ihren Fuß berühren fühlte, bückte sie sich und füllte ihren Krug. Dann stieg sie leicht und ungefährdet am andern Ufer wieder hinauf.

Bald hatte sie das Schloß erreicht und trat mit klopfendem Herzen durch eines der großen offenen Tore. Drinnen aber blieb sie staunend an dem Eingange stehen. Das ganze Innere schien nur ein einziger unermeßlicher Raum zu sein. Mächtige Säulen von Tropfstein trugen in beinahe unabsehbarer Höhe eine seltsame Decke; fast meinte Maren, es seien nichts als graue riesenhafte Spinngewebe, die überall in Bauschen und Spitzen zwischen den Knäufen der Säulen herabhingen. Noch immer stand sie wie verloren an derselben Stelle und blickte bald vor sich hin, bald nach einer und der andern Seite, aber diese ungeheueren Räume schienen außer nach der Front zu, durch welche Maren eingetreten war, ganz ohne Grenzen zu sein; Säule hinter Säule erhob sich, und wie sehr sie sich auch anstrengte, sie konnte nirgends ein Ende absehen. Da blieb ihr Auge an einer Vertiefung des Bodens haften. Und siehe! Dort, unweit von ihr, war der Brunnen; auch den goldenen Schlüssel sah sie auf der Falltür liegen.

Während sie darauf zuging, bemerkte sie, daß der Fußboden nicht etwa, wie sie es in ihrer Dorfkirche gesehen, mit Steinplatten, sondern überall mit vertrockneten Schilf- und Wiesenpflanzen bedeckt war. Aber es nahm sie jetzt schon nichts mehr wunder.

Nun stand sie am Brunnen und wollte eben den Schlüssel ergreifen; da zog sie rasch die Hand zurück. Denn deutlich hatte sie es erkannt: der Schlüssel, der ihr in dem grellen Licht eines von

außen hereinfallenden Sonnenstrahls entgegenleuchtete, war von Glut und nicht von Golde rot. Ohne Zaudern goß sie ihren Krug darüber aus, daß das Zischen des verdampfenden Wassers in den weiten Räumen widerhallte. Dann schloß sie rasch den Brunnen auf. Ein frischer Duft stieg aus der Tiefe, als sie die Falltür zurückgeschlagen hatte, und erfüllte bald alles mit einem feinen feuchten Staube, der wie ein zartes Gewölk zwischen den Säulen emporstieg.
Sinnend und in der frischen Kühle aufatmend, ging Maren umher. Da begann zu ihren Füßen ein neues Wunder. Wie ein Hauch rieselte ein lichtes Grün über die verdorrte Pflanzendecke, die Halme richteten sich auf, und bald wandelte das Mädchen durch eine Fülle sprießender Blätter und Blumen. Am Fuße der Säulen wurde es blau von Vergißmeinnicht; dazwischen blühten gelbe und braunviolette Iris auf und verhauchten ihren zarten Duft. An den Spitzen der Blätter klommen Libellen empor, prüften ihre Flügel und schwebten dann schillernd und gaukelnd über den Blumenkelchen, während der frische Duft, der fortwährend aus dem Brunnen stieg, immer mehr die Luft erfüllte und wie Silberfunken in den hereinfallenden Sonnenstrahlen tanzte.
Indessen Maren noch des Entzückens und Bestaunens kein Ende finden konnte, hörte sie hinter sich ein behagliches Stöhnen wie von einer süßen Frauenstimme. Und wirklich, als sie ihre Augen nach der Vertiefung des Brunnens wandte, sah sie auf dem grünen Moosrande, der dort emporgekeimt war, die ruhende Gestalt einer wunderbar schönen blühenden Frau. Sie hatte ihren Kopf auf den nackten glänzenden Arm gestützt, über den das blonde Haar wie in seidenen Wellen herabfiel, und ließ ihre Augen oben zwischen den Säulen an der Decke wandern.
Auch Maren blickte unwillkürlich hinauf. Da sah sie nun wohl, daß das, was sie für große Spinngewebe gehalten, nichts anderes sei als die zarten Florgewebe der Regenwolken, die durch den aus dem Brunnen aufsteigenden Duft gefüllt und schwer und schwerer wurden. Eben hatte sich ein solches Gewölk in der Mitte der Decke abgelöst und sank leise schwebend herab, so daß Maren das Gesicht der schönen Frau am Brunnen nur noch wie durch einen grauen Schleier leuchten sah. Da klatschte diese in die Hände, und sogleich schwamm die Wolke der nächsten Fensteröffnung zu und floß durch dieselbe ins Freie hinaus.

»Nun!« rief die schöne Frau, »Wie gefällt dir das?« Und dabei lächelte ihr roter Mund, und ihre weißen Zähne blitzten.
Dann winkte sie Maren zu sich, und diese mußte sich neben ihr ins Moos setzen; und als eben wieder ein Duftgewebe von der Decke niedersank, sagte sie: »Nun klatsch in deine Hände!« Und als Maren das getan und auch diese Wolke, wie die erste, ins Freie hinausgezogen war, rief sie: »Siehst du wohl, wie leicht das ist! Du kannst es besser noch als ich!«
Maren betrachtete verwundert die schöne übermütige Frau. »Aber«, fragte sie, »wer seid Ihr denn so eigentlich?«
»Wer ich bin? Nun, Kind, bist du aber einfältig!«
Das Mädchen sah sie noch einmal mit ungewissen Augen an; endlich sagte sie zögernd: »Ihr seid doch nicht gar die Regentrude?«
»Und wer sollte ich denn anders sein?«
»Aber verzeiht! Ihr seid ja so schön und lustig jetzt!«
Da wurde die Trude plötzlich ganz still. »Ja«, rief sie, »ich muß dir dankbar sein. Wenn du mich nicht geweckt hättest, wäre der Feuermann Meister geworden, und ich hätte wieder hinabmüssen zu der Mutter unter die Erde.« Und indem sie ein wenig wie vor innerem Grauen die weißen Schultern zusammenzog, setzte sie hinzu: »Und es ist ja doch so schön und grün hier oben!«
Dann mußte Maren erzählen, wie sie hiehergekommen, und die Trude legte sich ins Moos zurück und hörte zu. Mitunter pflückte sie eine der Blumen, die neben ihr emporsproßten, und steckte sie sich oder dem Mädchen ins Haar. Als Maren von dem mühseligen Gange auf dem Weidendamme berichtete, seufzte die Trude und sagte: »Der Damm ist einst von euch Menschen selbst gebaut worden; aber es ist schon lange, lange her! Solche Gewänder, wie du sie trägst, sah ich nie bei ihren Frauen. Sie kamen damals öfters zu mir, ich gab ihnen Keime und Körner zu neuen Pflanzen und Getreiden, und sie brachten mir zum Dank von ihren Früchten. Wie sie meiner nicht vergaßen, so vergaß ich ihrer nicht, und ihre Felder waren niemals ohne Regen. Seit lange aber sind die Menschen mir entfremdet, es kommt niemand mehr zu mir. Da bin ich denn vor Hitze und lauter Langerweile eingeschlafen, und der tückische Feuermann hätte fast den Sieg erhalten.«
Maren hatte sich währenddessen ebenfalls mit geschlossenen Augen auf das Moos zurückgelegt, es taute so sanft um sie her, und die Stimme der schönen Trude klang so süß und traulich.

»Nur einmal«, fuhr diese fort, »aber das ist auch schon lange her, ist noch ein Mädchen gekommen, sie sah fast aus wie du und trug fast ebensolche Gewänder. Ich schenkte ihr von meinem Wiesenhonig, und das war die letzte Gabe, die ein Mensch aus meiner Hand empfangen hat.«

»Seht nur«, sagte Maren, »das hat sich gut getroffen! Jenes Mädchen muß die Urahne von meinem Schatz gewesen sein, und der Trank, der mich heute so gestärkt hat, war gewiß von Eurem Wiesenhonig!«

Die Regenfrau dachte wohl noch an ihre junge Freundin von damals; denn sie fragte: »Hat sie denn noch so schöne braune Löckchen an der Stirn?«

»Wer denn, Frau Trude?«

»Nun, die Urahne, wie du sie nennst!«

»O nein, Frau Trude«, erwiderte Maren, und sie fühlte sich in diesem Augenblick ihrer mächtigen Freundin fast ein wenig überlegen – »die Urahne ist ja ganz steinalt geworden!«

»Alt?« fragte die schöne Frau. Sie verstand das nicht, denn sie kannte nicht das Alter.

Maren hatte große Mühe, ihr es zu erklären. »Merket nur«, sagte sie endlich, »graues Haar und rote Augen und häßlich und verdrießlich sein! Seht, Frau Trude, das nennen wir alt!«

»Freilich«, erwiderte diese, »ich entsinne mich nun; es waren auch solche unter den Frauen der Menschen; aber die Urahne soll zu mir kommen, ich mache sie wieder froh und schön.«

Maren schüttelte den Kopf. »Das geht ja nicht, Frau Trude«, sagte sie, »die Urahne ist ja längst unter der Erde.«

Die Trude seufzte. »Arme Urahne.«

Hierauf schwiegen beide, während sie noch immer behaglich ausgestreckt im weichen Moose lagen. »Aber Kind!« rief plötzlich die Trude, »da haben wir über all dem Geplauder ja ganz das Regenmachen vergessen. Schlag doch nur die Augen auf! Wir sind ja unter lauter Wolken ganz begraben; ich sehe dich schon gar nicht mehr!«

»Ei, da wird man ja naß wie eine Katze!« rief Maren, als sie die Augen aufgeschlagen hatte.

Die Trude lachte. »Klatsch nur ein wenig in die Hände, aber nimm dich in acht, daß du die Wolken nicht zerreißt!«

So begannen beide leise in die Hände zu klopfen; und alsbald entstand ein Gewoge und Geschiebe, die Nebelgebilde drängten

sich nach den Öffnungen und schwammen, eins nach dem andern, ins Freie hinaus. Nach kurzer Zeit sah Maren schon wieder den Brunnen vor sich und den grünen Boden mit den gelben und violetten Irisblüten. Dann wurden auch die Fensterhöhlen frei, und sie sah weithin über den Bäumen des Gartens die Wolken den ganzen Himmel überziehen. Allmählich verschwand die Sonne. Noch ein paar Augenblicke, und sie hörte es draußen wie einen Schauer durch die Blätter der Bäume und Gebüsche wehen, und dann rauschte es hernieder, mächtig und unablässig.
Maren saß aufgerichtet mit gefalteten Händen. »Frau Trude, es regnet«, sagte sie leise.
Diese nickte kaum merklich mit ihrem schönen blonden Kopfe; sie saß wie träumend.
Plötzlich aber entstand draußen ein lautes Prasseln und Heulen, und als Maren erschrocken hinausblickte, sah sie aus dem Bette des Umgebungsstromes, den sie kurz vorher überschritten hatte, sich ungeheure weiße Dampfwolken stoßweise in die Luft erheben. In demselben Augenblicke fühlte sie sich auch von den Armen der schönen Regenfrau umfangen, die sich zitternd an das neben ihr ruhende junge Menschenkind schmiegte. »Nun gießen sie den Feuermann aus«, flüsterte sie, »horch nur, wie er sich wehrt! Aber es hilft ihm doch nichts mehr.«
Eine Weile hielten sie sich so umschlossen; da wurde es stille draußen, und es war nun nichts zu hören als das sanfte Rauschen des Regens. – Da standen sie auf, und die Trude ließ die Falltür des Brunnens herab und verschloß sie.
Maren küßte ihre weiße Hand und sagte: »Ich danke Euch, liebe Frau Trude, für mich und alle Leute in unserm Dorfe! Und« – setzte sie ein wenig zögernd hinzu –»nun möchte ich wieder heimgehen!«
»Schon gehen?« fragte die Trude.
»Ihr wißt es ja, mein Schatz wartet auf mich; er mag schon wakker naß geworden sein.«
Die Trude erhob den Finger. »Wirst du ihn auch später niemals warten lassen?«
»Gewiß nicht, Frau Trude!«
»So geh, mein Kind; und wenn du heimkommst, so erzähle den andern Menschen von mir, daß sie meiner fürder nicht vergessen. – Und nun komm! Ich werde dich geleiten.«
Draußen unter dem frischen Himmelstau war schon überall das

Grün des Rasens und an Baum und Büschen das Laub hervorgesprossen. – Als sie an den Strom kamen, hatte das Wasser sein ganzes Bette wieder ausgefüllt, und als erwarte er sie, ruhte der Kahn, wie von unsichtbarer Hand wiederhergestellt, schaukelnd an dem üppigen Grase des Uferrandes. Sie stiegen ein, und leise glitten sie hinüber, während die Tropfen spielend und klingend in die Flut fielen. Da, als sie eben an das andere Ufer traten, schlugen neben ihnen die Nachtigallen ganz laut aus dem Dunkel des Gebüsches. »Oh«, sagte die Trude und atmete so recht aus Herzensgrunde, »es ist noch Nachtigallenzeit, es ist noch nicht zu spät!«

Da gingen sie an dem Bach entlang, der zu dem Wasserfalle führte. Der stürzte sich schon wieder tosend über die Felsen und floß dann strömend in der breiten Rinne unter den dunkeln Linden fort. Sie mußten, als sie hinabgestiegen waren, an der Seite unter den Bäumen hingehen. Als sie wieder ins Freie traten, sah Maren den fremden Vogel in großen Kreisen über einem See schweben, dessen weites Becken sich zu ihren Füßen dehnte. Bald gingen sie unten längs dem Ufer hin, fortwährend die süßesten Düfte atmend und auf das Anrauschen der Wellen horchend, die über glänzende Kiesel an dem Strande hinaufströmten. Tausende von Blumen blühten überall, auch Veilchen und Maililien bemerkte Maren und andere Blumen, deren Zeit eigentlich längst vorüber war, die aber wegen der bösen Glut nicht hatten zur Entfaltung kommen können. »Die wollen auch nicht zurückbleiben«, sagte die Trude, »das blüht nun alles durcheinander hin.« Mitunter schüttelte sie ihr blondes Haar, daß die Tropfen wie Funken um sie her sprühten, oder sie schränkte ihre Hände zusammen, daß von ihren vollen weißen Armen das Wasser wie in eine Muschel hinabfloß. Dann wieder riß sie die Hände auseinander, und wo die hingesprühten Tropfen die Erde berührten, da stiegen neue Düfte auf, und ein Farbenspiel von frischen, nie gesehenen Blumen drängte sich leuchtend aus dem Rasen.

Als sie um den See herum waren, blickte Maren noch einmal auf die weite, bei dem niederfallenden Regen kaum übersehbare Wasserfläche zurück; es schauerte sie fast bei dem Gedanken, daß sie am Morgen trockenen Fußes durch die Tiefe gegangen sei. Bald mußten sie dem Platze nahe sein, wo sie ihren Andrees zurückgelassen hatte. Und richtig! Dort unter den hohen Bäumen lag er mit aufgestütztem Arm; er schien zu schlafen. Als aber

Maren auf die schöne Trude blickte, wie sie mit dem roten lächelnden Munde so stolz neben ihr über den Rasen schritt, erschien sie sich plötzlich in ihren bäuerischen Kleidern so plump und häßlich, daß sie dachte: ›Ei, das tut nicht gut, die braucht der Andrees nicht zu sehen!‹ Laut aber sprach sie: »Habt Dank für Euer Geleite, Frau Trude, ich finde mich nun schon selber!«
»Aber ich muß doch deinen Schatz noch sehen!«
»Bemüht Euch nicht, Frau Trude«, erwiderte Maren, »es ist eben ein Bursch wie die andern auch und just gut genug für ein Mädel vom Dorf.«
Die Trude sah sie mit durchdringenden Augen an. »Schön bist du, Närrchen!« sagte sie und erhob drohend ihren Finger. »Bist du denn aber auch in deinem Dorf die Allerschönste?«
Da stieg dem hübschen Mädchen das Blut ins Gesicht, daß ihr die Augen überliefen. Die Trude aber lächelte schon wieder. »So merk denn auf!« sagte sie; »weil nun doch alle Quellen wieder springen, so könnt ihr einen kürzern Weg haben. Gleich unten links am Weidendamm liegt ein Nachen. Steigt getrost hinein; er wird euch rasch und sicher in eure Heimat bringen! – Und nun leb wohl!« rief sie und legte ihren Arm um den Nacken des Mädchens und küßte sie. »Oh, wie süß frisch schmeckt doch solch ein Menschenmund!«
Dann wandte sie sich und ging unter den fallenden Tropfen über den Rasen dahin. Dabei hub sie an zu singen; das klang süß und eintönig; und als die schöne Gestalt zwischen den Bäumen verschwunden war, da wußte Maren nicht, hörte sie noch immer aus der Ferne den Gesang, oder war es nur das Rauschen des niederfallenden Regens.
Eine Weile noch blieb das Mädchen stehen; dann, wie in plötzlicher Sehnsucht, streckte sie die Arme aus. »Lebt wohl, schöne, liebe Regentrude, lebt wohl!« rief sie. – Aber keine Antwort kam zurück; sie erkannte es nun deutlich, es war nur noch der Regen, der herniederrauschte.
Als sie hierauf langsam dem Eingange des Gartens zuschritt, sah sie den jungen Bauer hoch aufgerichtet unter den Bäumen stehen.
»Wonach schaust du denn so?« fragte sie als sie näher gekommen war.
»Alle Tausend, Maren!« rief Andrees, »was war denn das für ein sauber Weibsbild?«
Das Mädchen aber ergriff den Arm des Burschen und drehte ihn

mit einem derben Ruck herum. »Guck dir nur nicht die Augen aus!« sagte sie, »das ist keine für dich; das war die Regentrude!«
Andrees lachte. »Nun, Maren«, erwiderte er, »daß du sie richtig aufgeweckt hattest, das hab ich hier schon merken können; denn so naß, mein ich, ist der Regen noch nimmer gewesen, und so etwas von Grünwerden hab ich auch all mein Lebtag noch nicht gesehen! – Aber nun komm! Wir wollen heim, und dein Vater soll uns sein Wort einlösen.«
Unten am Weidendamm fanden sie den Nachen und stiegen ein. Das ganze weite Tiefland war schon überflutet, auf dem Wasser und in der Luft lebte es von aller Art Gevögel; die schlanken Seeschwalben schossen schreiend über ihnen hin und tauchten die Spitzen ihrer Flügel in die Flut, während die Silbermöwe majestätisch neben ihrem fortschießenden Kahn dahinschwamm; auf den grünen Inselchen, an denen sie hier und dort vorbeikamen, sahen sie die Bruushähne mit den goldenen Kragen ihre Kampfspiele halten.
So glitten sie rasch dahin. Noch immer fiel der Regen, sanft, doch unablässig. Jetzt aber verengte sich das Wasser, und bald war es nur noch ein mäßig breiter Bach.
Andrees hatte schon eine Zeitlang mit der Hand über den Augen in die Ferne geblickt. »Sieh doch, Maren«, rief er, »ist das nicht meine Roggenkoppel?«
»Freilich, Andrees; und prächtig grün ist sie geworden! Aber siehst du denn nicht, daß es unser Dorfbach ist, auf dem wir fahren?«
»Richtig, Maren; aber was ist denn das dort? Das ist ja alles überflutet!«
»Ach, du lieber Gott!« rief Maren, »das sind ja meines Vaters Wiesen! Sieh nur, das schöne Heu, es schwimmt ja alles.«
Andrees drückte dem Mädchen die Hand. »Laß nur, Maren!« sagte er, »der Preis ist, denk ich, nicht zu hoch, und meine Felder tragen ja nun um desto besser.«
Bei der Dorflinde legte der Nachen an. Sie traten ans Ufer, und bald gingen sie Hand in Hand die Straße hinab. Da wurde ihnen von allen Seiten freundlich zugenickt; denn Mutter Stine mochte in ihrer Abwesenheit doch ein wenig geplaudert haben.
»Es regnet!« riefen die Kinder, die unter den Tropfen durch über die Straße liefen. »Es regnet!« sagte der Vetter Schulze, der be-

haglich aus seinem offenen Fenster schaute und den beiden mit kräftigem Drucke die Hand schüttelte. »Ja, ja, es regnet!« sagte auch der Wiesenbauer, der wieder mit der Meerschaumpfeife in der Torfahrt seines stattlichen Hauses stand. »Und du, Maren, hast mich heute morgen wacker angelogen. Aber kommt nur herein, ihr beiden! Der Andrees, wie der Vetter Schulze sagt, ist allewege ein guter Bursch, seine Ernte wird heuer auch noch gut, und wenn es etwan wieder drei Jahre Regen geben sollte, so ist es am Ende doch so übel nicht, wenn Höhen und Tiefen beieinanderkommen. Drum geht hinüber zu Mutter Stine, da wollen wir die Sache allfort in Richtigkeit bringen!«

Mehrere Wochen waren seitdem vergangen. Der Regen hatte längst wieder aufgehört, und die letzten schweren Erntewagen waren mit Kränzen und flatternden Bändern in die Scheuern eingefahren; da schritt im schönsten Sonnenschein ein großer Hochzeitszug der Kirche zu. Maren und Andrees waren die Brautleute; hinter ihnen gingen Hand in Hand Mutter Stine und der Wiesenbauer. Als sie fast bei der Kirchtür angelangt waren, daß sie schon den Choral vernahmen, den drinnen zu ihrem Empfang der alte Kantor auf der Orgel spielte, zog plötzlich ein weißes Wölkchen über ihnen am blauen Himmel auf, und ein paar leichte Regentropfen fielen der Braut in ihren Kranz. – »Das bedeutet Glück!« riefen die Leute, die auf dem Kirchhof standen. »Das war die Regentrude!« flüsterten Braut und Bräutigam und drückten sich die Hände.

Dann trat der Zug in die Kirche; die Sonne schien wieder, die Orgel aber schwieg, und der Priester verrichtete sein Werk.

Bulemanns Haus

In einer norddeutschen Seestadt, in der sogenannten Düsternstraße, steht ein altes verfallenes Haus. Es ist nur schmal, aber drei Stockwerke hoch; in der Mitte desselben, vom Boden bis fast in die Spitze des Giebels, springt die Mauer in einem erkerartigen Ausbau vor, welcher für jedes Stockwerk nach vorne und an den Seiten mit Fenstern versehen ist, so daß in hellen Nächten der Mond hindurchscheinen kann.

Seit Menschengedenken ist niemand in dieses Haus hinein- und niemand herausgegangen; der schwere Messingklopfer an der Haustür ist fast schwarz von Grünspan, zwischen den Ritzen der Treppensteine wächst jahraus, jahrein das Gras. – Wenn ein Fremder fragt: »Was ist denn das für ein Haus?«, so erhält er gewiß zur Antwort: »Es ist Bulemanns Haus«; wenn er aber weiterfragt: »Wer wohnt denn darin?«, so antworten sie ebenso gewiß: »Es wohnt so niemand darin.« – Die Kinder auf den Straßen und die Ammen an der Wiege singen:

In Bulemanns Haus,
In Bulemanns Haus,
Da gucken die Mäuse
Zum Fenster hinaus.

Und wirklich wollen lustige Brüder, die von nächtlichen Schmäusen dort vorbeigekommen, ein Gequieke wie von unzähligen Mäusen hinter den dunkeln Fenstern gehört haben. Einer, der im Übermut den Türklopfer anschlug, um den Widerhall durch die öden Räume schollern zu hören, behauptet sogar, er habe drinnen auf den Treppen ganz deutlich das Springen großer Tiere gehört. »Fast«, pflegt er, dies erzählend, hinzuzusetzen, »hörte es sich an wie die Sprünge der großen Raubtiere, welche in der Menageriebude auf dem Rathausmarkte gezeigt wurden.«

Das gegenüberstehende Haus ist um ein Stockwerk niedriger, so daß nachts das Mondlicht ungehindert in die oberen Fenster des alten Hauses fallen kann. Aus einer solchen Nacht hat auch der Wächter etwas zu erzählen; aber es ist nur ein kleines altes Menschenantlitz mit einer bunten Zipfelmütze, das er droben hinter den runden Erkerfenstern gesehen haben will. Die Nachbarn dagegen meinen, der Wächter sei wieder einmal betrunken gewesen; sie hätten drüben an den Fenstern niemals etwas gesehen, das einer Menschenseele gleich gewesen.

Am meisten Auskunft scheint noch ein alter, in einem entfernten Stadtviertel lebender Mann geben zu können, der vor Jahren Organist an der St.-Magdalenen-Kirche gewesen ist. »Ich entsinne mich«, äußerte er, als er einmal darüber befragt wurde, »noch sehr wohl des hagern Mannes, der während meiner Knabenzeit allein mit einer alten Weibsperson in jenem Hause wohnte. Mit meinem Vater, der ein Trödler gewesen ist, stand er ein paar Jahre lang in lebhaftem Verkehr, und ich bin derzeit manches Mal mit Bestellungen an ihn geschickt worden. Ich weiß auch noch, daß ich nicht gern diese Wege ging und oft allerlei Ausflucht suchte; denn selbst bei Tage fürchtete ich mich, dort die schmalen dunkeln Treppen zu Herrn Bulemanns Stube im dritten Stockwerk hinaufzusteigen. Man nannte ihn unter den Leuten den ›Seelenverkäufer‹; und schon dieser Name erregte mir Angst, zumal daneben allerlei unheimlich Gerede über ihn im Schwange ging. Er war, ehe er nach seines Vaters Tode das alte Haus bezogen, viele Jahre als Superkargo auf Westindien gefahren. Dort sollte er sich mit einer Schwarzen verheiratet haben; als er aber heimgekommen, hatte man vergebens darauf gewartet, eines Tages auch jene Frau mit einigen dunkeln Kindern anlangen zu sehen. Und bald hieß es, er habe auf der Rückfahrt ein Sklavenschiff getroffen und an den Kapitän desselben sein eigen Fleisch und Blut nebst ihrer Mutter um schnödes Gold verkauft. – Was Wahres an solchen Reden gewesen, vermag ich nicht zu sagen«, pflegte der Greis hinzuzusetzen; »denn ich will auch einem Toten nicht zu nahetreten; aber soviel ist gewiß, ein geiziger und menschenscheuer Kauz war es; und seine Augen blickten auch, als hätten sie bösen Taten zugesehen. Kein Unglücklicher und Hülfesuchender durfte seine Schwelle betreten; und wann immer ich damals dort gewesen, stets war von innen die eiserne Kette vor die Tür gelegt. – Wenn ich dann den schweren Klopfer wiederholt hatte anschlagen müssen, so hörte ich wohl von der obersten Treppe herab die scheltende Stimme des Hausherrn: ›Frau Anken! Frau Anken! Ist Sie taub? Hört Sie nicht, es hat geklopft!‹ Alsbald ließen sich aus dem Hinterhause über Pesel und Korridor die schlurfenden Schritte des alten Weibes vernehmen. Bevor sie aber öffnete, fragte sie hüstelnd: ›Wer ist es denn?‹ Und erst wenn ich geantwortet hatte: ›Es ist der Leberecht!‹, wurde die Kette drinnen abgehakt. Wenn ich dann hastig die siebenundsiebzig Treppenstufen – denn ich habe sie einmal gezählt – hinaufgestiegen war, pflegte Herr Bulemann auf dem kleinen dämmerigen Flur vor seinem Zimmer schon auf mich zu warten; in dieses selbst hat er mich nie hineingelassen. Ich sehe ihn noch, wie er in seinem gelbgeblümten Schlafrock mit der spitzen Zipfelmütze vor mir stand, mit der einen Hand rücklings die Klinke seiner Zimmertür haltend. Während ich mein Gewerbe bestellte, pflegte er mich mit seinen grellen runden Augen ungeduldig anzusehen und mich darauf hart und kurz abzufertigen. Am meisten erregten damals meine Aufmerksamkeit ein paar ungeheure Katzen, eine gelbe und eine schwarze, die sich mitunter hinter ihm aus seiner Stube drängten und ihre dicken Köpfe an seinen Knien rieben. – Nach einigen Jahren hörte indessen der Verkehr mit meinem Vater auf, und ich bin nicht mehr dort gewesen. – Dies alles ist nun über siebzig Jahre her, und Herr Bulemann muß längst dahin getragen sein, von wannen niemand wiederkehrt.« – – Der Mann irrte sich, als er so sprach. Herr Bulemann ist nicht aus seinem Hause getragen worden; er lebt darin noch jetzt.

Das aber ist so zugegangen.

Vor ihm, dem letzten Besitzer, noch um die Zopf- und Haarbeutelzeit, wohnte in jenem Hause ein Pfandverleiher, ein altes verkrümmtes Männchen. Da er sein Gewerbe mit Umsicht seit über fünf Jahrzehnten betrieben hatte und mit einem Weibe, das ihm seit dem Tode seiner Frau die Wirtschaft führte, aufs spärlichste lebte, so war er endlich ein reicher Mann geworden. Dieser Reichtum bestand aber zumeist in einer fast unübersehbaren Menge von Pretiosen, Geräten und seltsamstem Trödelkram, was er alles von Verschwendern oder Notleidenden im Lauf der Jahre als Pfand erhalten hatte und das dann, da die Rückzahlung des darauf gegebenen Darlehns nicht erfolgte in seinem Besitz zurückgeblieben war. – Da er bei einem Verkauf dieser Pfänder, welcher gesetzlich durch die Gerichte geschehen mußte, den Überschuß des Erlöses an die Eigentümer hätte herausgeben müssen, so häufte er sie lieber in den großen Nußbaumschränken auf, mit denen zu diesem Zwecke nach und nach die Stuben des ersten und endlich auch des zweiten Stockwerks besetzt wurden. Nachts aber, wenn Frau Anken im Hinterhause in ihrem einsamen Kämmerchen schnarchte und die schwere Kette vor der Haustür lag, stieg er oft mit leisem Tritt die Treppen auf und ab. In seinen hechtgrauen Rockelor eingeknöpft, in der einen Hand die Lampe, in der andern das Schlüsselbund, öffnete er bald im ersten, bald im zweiten Stockwerk die Stuben- und die Schranktüren, nahm hier eine goldene Repetieruhr, dort eine emaillierte Schnupftabaksdose aus dem Versteck hervor und berechnete bei sich die Jahre ihres Besitzes und ob die ursprünglichen Eigentümer dieser Dinge wohl verkommen und verschollen seien oder ob sie noch einmal mit dem Gelde in der Hand wiederkehren und ihre Pfänder zurückfordern könnten. – –

Der Pfandleiher war endlich im äußersten Greisenalter von seinen Schätzen weggestorben und hatte das Haus nebst den vollen Schränken seinem einzigen Sohne hinterlassen müssen, den er während seines Lebens auf jede Weise daraus fernzuhalten gewußt hatte.

Dieser Sohn war der von dem kleinen Leberecht so gefürchtete Superkargo, welcher eben von einer überseeischen Fahrt in seine Vaterstadt zurückgekehrt war. Nach dem Begräbnis des Vaters gab er seine früheren Geschäfte auf und bezog dessen Zimmer im dritten Stock des alten Erkerhauses, wo nun statt des verkrümmten Männchens im hechtgrauen Rockelor eine lange hagere Gestalt im gelbgeblümten Schlafrock und bunter Zipfelmütze auf und ab wandelte oder rechnend an dem kleinen Pulte des Verstorbenen stand. – Auf Herrn Bulemann hatte sich indessen das Behagen des alten Pfandverleihers an den aufgehäuften Kostbarkeiten nicht vererbt. Nachdem er bei verriegelten Türen den Inhalt der großen Nußbaumschränke untersucht hatte, ging er mit sich zu Rate, ob er den heimlichen Verkauf dieser Dinge wagen solle, die immer noch das Eigentum anderer waren und an deren Wert er nur auf Höhe der ererbten und, wie die Bücher ergaben, meist sehr geringen Darlehnsforderung einen Anspruch hatte. Aber Herr Bulemann war keiner von den Unentschlossenen. Schon in wenigen Tagen war die Verbindung mit einem in der äußersten Vorstadt wohnenden Trödler angeknüpft, und nachdem man einige Pfänder aus den letzten Jahren zurückgesetzt hatte, wurde heimlich und vorsichtig der bunte Inhalt der großen Nußbaumschränke in gediegene Silbermünzen umgewandelt. Das war die Zeit, wo der Knabe Leberecht ins Haus gekommen war. – Das gelöste Geld tat Herr Bulemann in große eisenbeschlagene Kasten, welche er nebeneinander in seine Schlafkammer setzen ließ; denn bei der Rechtlosigkeit seines Besitzes wagte er nicht, es auf Hypotheken auszutun oder sonst öffentlich anzulegen.

Als alles verkauft war, machte er sich daran, sämtliche für die mögliche Zeit seines Lebens denkbare Ausgaben zu berechnen. Er nahm dabei ein Alter von neunzig Jahren in Ansatz und teilte dann das Geld in einzelne Päckchen je für eine Woche, indem er auf jedes Quartal noch ein Röllchen für unvorhergesehene Ausgaben dazulegte. Dieses Geld wurde für sich in einen Kasten gelegt, welcher nebenan in dem Wohnzimmer stand; und alle Sonnabendmorgen erschien Frau Anken, die alte Wirtschafterin, die er aus der Verlassenschaft seines Vaters mitübernommen hatte, um ein neues Päckchen in Empfang zu nehmen und über die Verausgabung des vorigen Rechenschaft zu geben.

Wie schon erzählt, hatte Herr Bulemann Frau und Kinder nicht mitgebracht; dagegen waren zwei Katzen von besonderer Größe, eine gelbe und eine schwarze, am Tage nach der Beerdigung des alten Pfandverleihers durch einen Matrosen in einem fest zugebundenen Sack vom Bord des Schiffes ins Haus getragen worden. Diese Tiere waren bald die einzige Gesellschaft ihres Herrn. Sie erhielten mittags ihre eigene Schüssel, die Frau Anken unter verbissenem Ingrimm tagsaus und -ein für sie bereiten mußte; nach dem Essen, während Herr Bulemann sein kurzes Mittagsschläfchen abtat, saßen sie gesättigt neben ihm auf dem Kanapee, ließen ein Läppchen Zunge hervorhängen und blinzelten ihn schläfrig aus ihren grünen Augen an. Waren sie in den unteren Räumen des Hauses auf der Mausjagd gewesen, was ihnen indessen immer einen heimlichen Fußtritt von dem alten Weibe eintrug, so brachten sie gewiß die gefangenen Mäuse zuerst ihrem Herrn im Maule hergeschleppt und zeigten sie ihm, ehe sie unter das Kanapee krochen und sie verzehrten. War dann die Nacht gekommen und hatte Herr Bulemann die bunte Zipfelmütze mit einer weißen vertauscht, so begab er sich mit seinen beiden Katzen in das große Gardinenbett im Nebenkämmerchen, wo er sich durch das gleichmäßige Spinnen der zu seinen Füßen eingewühlten Tiere in den Schlaf bringen ließ.

Dieses friedliche Leben war indes nicht ohne Störung geblieben. Im Lauf der ersten Jahre waren dennoch einzelne Eigentümer der verkauften Pfänder gekommen und hatten gegen Rückzahlung des darauf erhaltenen Sümmchens die Auslieferung ihrer Pretiosen verlangt. Und Herr Bulemann, aus Furcht vor Prozessen, wodurch sein Verfahren in die Öffentlichkeit hätte kommen können, griff in seine großen Kasten und erkaufte sich durch größere oder kleinere Abfindungssummen das Schweigen der Beteiligten. Das machte ihn noch menschenfeindlicher und verbissener. Der Verkehr mit dem alten Trödler hatte längst aufgehört; einsam saß er auf seinem Erkerstübchen mit der Lösung eines schon oft gesuchten Problems, der Berechnung eines sicheren Lotteriegewinnes, beschäftigt, wodurch er dermaleinst seine Schätze ins unermeßliche zu vermehren dachte. Auch Graps und Schnores, die beiden großen Kater, hatten jetzt unter seiner Laune zu leiden. Hatte er sie in dem einen Augenblick mit seinen langen Fingern getätschelt, so konnten sie sich im andern, wenn etwa die Berechnung auf den Zahlentafeln nicht stimmen wollte, eines Wurfs mit dem Sandfaß oder der Papierschere versehen, so daß sie heulend in die Ecke hinkten.

Herr Bulemann hatte eine Verwandte, eine Tochter seiner Mutter aus erster Ehe, welche indessen schon bei dem Tode dieser wegen ihrer Erbansprüche abgefunden war und daher an die von ihm ererbten Schätze keine Ansprüche hatte. Er kümmerte sich jedoch nicht um diese Halbschwester, obgleich sie in einem Vorstadtviertel in den dürftigsten Verhältnissen lebte; denn noch weniger als mit andern Menschen liebte Herr Bulemann den Verkehr mit dürftigen Verwandten. Nur einmal, als sie kurz nach dem Tode ihres Mannes in schon vorgerücktem Alter ein kränkliches Kind geboren hatte, war sie hülfesuchend zu ihm gekommen. Frau Anken, die sie eingelassen, war horchend unten auf der Treppe sitzen geblieben, und bald hatte sie von oben die scharfe Stimme ihres Herrn gehört, bis endlich die Tür aufgerissen worden und die Frau weinend die Treppe herabgekommen war. Noch an demselben Abend hatte Frau Anken die strenge Weisung erhalten, die Kette fürderhin nicht von der Haustür zu ziehen, falls etwa die Christine noch einmal wiederkommen sollte.

Die Alte begann sich immer mehr vor der Hakennase und den greilen Eulenaugen ihres Herrn zu fürchten. Wenn er oben am Treppengeländer ihren Namen rief oder auch, wie er es vom Schiffe hergewohnt war, nur einen schrillen Pfiff auf seinen Fingern tat, so kam sie gewiß, in welchem Winkel sie auch sitzen mochte, eiligst hervorgekrochen und stieg stöhnend, Schimpf- und Klageworte vor sich her plappernd, die schmalen Treppen hinauf.

Wie aber in dem dritten Stockwerk Herr Bulemann, so hatte in den unteren Zimmern Frau Anken ihre ebenfalls nicht ganz rechtlich erworbenen Schätze aufgespeichert. – Schon in dem ersten Jahre ihres Zusammenlebens war sie von einer Art kindischer Angst befallen worden, ihr Herr könne einmal die Verausgabung des Wirtschaftsgeldes selbst übernehmen und sie werde dann bei dem Geize desselben noch auf ihre alten Tage Not zu leiden haben. Um dieses abzuwenden, hatte sie ihm vorgelogen, der Weizen sei aufgeschlagen, und demnächst die entsprechende Mehrsumme für den Brotbedarf gefordert. Der Superkargo, der eben seine Lebensrechnung begonnen, hatte scheltend seine Papiere zerrissen und darauf seine Rechnung von vorn wieder aufgestellt und den Wochenrationen die verlangte Summe zugesetzt. – Frau Anken aber, nachdem sie ihren Zweck erreicht, hatte, zur Schonung ihres Gewissens und des Sprichworts gedenkend: »Geschleckt ist nicht gestohlen«, nun nicht die überschüssig empfangenen Schillinge, sondern regelmäßig nur die dafür gekauften Weizenbrötchen unterschlagen, mit denen sie, da Herr Bulemann niemals die unteren Zimmer betrat, nach und nach die ihres kostbarsten Inhalts beraubten großen Nußbaumschränke anfüllte.

So mochten etwa zehn Jahre verflossen sein. Herr Bulemann wurde immer hagerer und grauer, sein gelbgeblümter Schlafrock immer fadenscheiniger. Dabei vergingen oft Tage, ohne daß er den Mund zum Sprechen geöffnet hätte; denn er sah keine lebenden Wesen als die beiden Katzen und seine alte, halb kindische Haushälterin. Nur mitunter, wenn er hörte, daß unten die Nachbarskinder auf den Prellsteinen vor seinem Hause ritten, steckte er den Kopf ein wenig aus dem Fenster und schalt mit seiner scharfen Stimme in die Gasse hinab. – »Der Seelenverkäufer, der Seelenverkäufer!« schrien dann die Kinder und stoben auseinander. Herr Bulemann aber fluchte und schimpfte noch ingrimmiger, bis er endlich schmetternd das Fenster zuschlug und drinnen Graps und Schnores seinen Zorn entgelten ließ.

Um jede Verbindung mit der Nachbarschaft auszuschließen, mußte Frau Anken schon seit geraumer Zeit ihre Wirtschaftseinkäufe in entlegenen Straßen machen. Sie durfte jedoch erst

mit dem Eintritt der Dunkelheit ausgehen und mußte dann die Haustür hinter sich verschließen.
Es mochte acht Tage vor Weihnachten sein, als die Alte wiederum eines Abends zu solchem Zwecke das Haus verlassen hatte. Trotz ihrer sonstigen Sorgfalt mußte sie sich indessen diesmal einer Vergessenheit schuldig gemacht haben. Denn als Herr Bulemann eben mit dem Schwefelholz sein Talglicht angezündet hatte, hörte er zu seiner Verwunderung es draußen auf den Stiegen poltern, und als er mit vorgehaltenem Licht auf den Flur hinaustrat, sah er seine Halbschwester mit einem bleichen Knaben vor sich stehen.
»Wie seid ihr ins Haus gekommen?« herrschte er sie an, nachdem er sie einen Augenblick erstaunt und ingrimmig angestarrt hatte.
»Die Tür war offen unten«, sagte die Frau schüchtern.
Er murmelte einen Fluch auf seine Wirtschafterin zwischen den Zähnen. »Was willst du?« fragte er dann.
»Sei doch nicht so hart, Bruder«, bat die Frau, »ich habe sonst nicht den Mut, zu dir zu sprechen.«
»Ich wüßte nicht, was du mit mir zu sprechen hättest; du hast dein Teil bekommen; wir sind fertig miteinander.«
Die Schwester stand schweigend vor ihm und suchte vergebens nach dem rechten Worte. – Drinnen wurde wiederholt ein Kratzen an der Stubentür vernehmbar. Als Herr Bulemann zurückgelangt und die Tür geöffnet hatte, sprangen die beiden großen Katzen auf den Flur hinaus und strichen spinnend an dem blassen Knaben herum, der sich furchtsam vor ihnen an die Wand zurückzog. Ihr Herr betrachtete ungeduldig die noch immer schweigend vor ihm stehende Frau. »Nun, wird's bald?« fragte er.
»Ich wollte dich um etwas bitten, Daniel«, hub sie endlich an. »Dein Vater hat ein paar Jahre vor seinem Tode, da ich in bitterster Not war, ein silbern Becherlein von mir in Pfand genommen.«
»Mein Vater von dir?« fragte Herr Bulemann.
»Ja, Daniel, dein Vater; der Mann von unser beider Mutter. Hier ist der Pfandschein; er hat mir nicht zuviel darauf gegeben.«
»Weiter!« sagte Herr Bulemann, der mit raschem Blick die leeren Hände seiner Schwester gemustert hatte.

»Vor einiger Zeit«, fuhr sie zaghaft fort, »träumte mir, ich gehe mit meinem kranken Kinde auf dem Kirchhof. Als wir an das Grab unserer Mutter kamen, saß sie auf ihrem Grabstein unter einem Busch voll blühender weißer Rosen. Sie hatte jenen kleinen Becher in der Hand, den ich einst als Kind von ihr geschenkt erhalten; als wir aber näher gekommen waren, setzte sie ihn an die Lippen; und indem sie dem Knaben lächelnd zunickte, hörte ich sie deutlich sagen: ›Zur Gesundheit!‹ – Es war ihre sanfte Stimme, Daniel, wie im Leben; und diesen Traum habe ich drei Nächte nacheinander geträumt.«

»Was soll das?« fragte Herr Bulemann.

»Gib mir den Becher zurück, Bruder! Das Christfest ist nahe; leg ihn dem kranken Kinde auf seinen leeren Weihnachtsteller!«

Der hagere Mann in seinem gelbgeblümten Schlafrock stand regungslos vor ihr und betrachtete sie mit seinen grellen runden Augen. »Hast du das Geld bei dir?« fragte er. »Mit Träumen löst man keine Pfänder ein.«

»O Daniel!« rief sie, »glaub unserer Mutter! Er wird gesund, wenn er aus dem kleinen Becher trinkt. Sei barmherzig; er ist ja doch von deinem Blute!«

Sie hatte die Hände nach ihm ausgestreckt; aber er trat einen Schritt zurück. »Bleib mir vom Leibe«, sagte er. Dann rief er nach seinen Katzen. »Graps, alte Bestie! Schnores, mein Söhnchen!« Und der große gelbe Kater sprang mit einem Satz auf den Arm seines Herrn und klauete mit seinen Krallen in der bunten Zipfelmütze, während das schwarze Tier mauzend an seinen Knien hinaufstrebte.

Der kranke Knabe war näher geschlichen. »Mutter«, sagte er, indem er sie heftig an dem Kleide zupfte, »ist das der böse Ohm, der seine schwarzen Kinder verkauft hat?«

Aber in demselben Augenblick hatte auch Herr Bulemann die Katze herabgeworfen und den Arm des aufschreienden Knaben ergriffen. »Verfluchte Bettelbrut«, rief er, »pfeifst du auch das tolle Lied!«

»Bruder, Bruder!« jammerte die Frau. – Doch schon lag der Knabe wimmernd drunten auf dem Treppenabsatz. Die Mutter sprang ihm nach und nahm ihn sanft auf ihren Arm; dann aber richtete sie sich hoch auf, und den blutenden Kopf des Kindes an ihrer Brust, erhob sie die geballte Faust gegen ihren Bruder,

der zwischen seinen spinnenden Katzen droben am Treppengeländer stand. »Verruchter, böser Mann!« rief sie. »Mögest du verkommen bei deinen Bestien!«

»Fluche, soviel du Lust hast!« erwiderte der Bruder; »aber mach, daß du aus dem Hause kommst.«

Dann, während das Weib mit dem weinenden Knaben die dunkeln Treppen hinabstieg, lockte er seine Katzen und klappte die Stubentür hinter sich zu. – Er bedachte nicht, daß die Flüche der Armen gefährlich sind, wenn die Hartherzigkeit der Reichen sie hervorgerufen hat.

Einige Tage später trat Frau Anken, wie gewöhnlich, mit dem Mittagessen in die Stube ihres Herrn. Aber sie kniff heute noch mehr als sonst mit den dünnen Lippen, und ihre kleinen blöden Augen leuchteten vor Vergnügen. Denn sie hatte die harten Worte nicht vergessen, die sie wegen ihrer Nachlässigkeit an jenem Abend hatte hinnehmen müssen, und sie dachte sie ihm jetzt mit Zinsen wieder heimzuzahlen.

»Habt Ihr's denn auf St. Magdalenen läuten hören?« fragte sie.

»Nein«, erwiderte Herr Bulemann kurz, der über seinen Zahlentafeln saß.

»Wißt Ihr denn wohl wofür es geläutet hat?« fragte die Alte weiter.

»Dummes Geschwätz! Ich höre nicht nach dem Gebimmel.«

»Es war aber doch für Euren Schwestersohn!«

Herr Bulemann legte die Feder hin. »Was schwatzest du, Alte?«

»Ich sage«, erwiderte sie, »daß sie soeben den kleinen Christoph begraben haben.«

Herr Bulemann schrieb schon wieder weiter. »Warum erzählst du mir das? Was geht mich der Junge an?«

»Nun, ich dachte nur; man erzählt ja wohl, was Neues in der Stadt passiert.« – –

Als sie gegangen war, legte aber doch Herr Bulemann die Feder wieder fort und schritt, die Hände auf dem Rücken, eine lange Zeit in seinem Zimmer auf und ab. Wenn unten auf der Gasse ein Geräusch entstand, trat er hastig ans Fenster, als erwarte er schon den Stadtdiener eintreten zu sehen, der ihn wegen der Mißhandlung des Knaben vor den Rat zitieren solle. Der schwarze Graps, der mauzend seinen Anteil an der aufgetragenen Speise

verlangte, erhielt einen Fußtritt, daß er schreiend in die Ecke flog. Aber, war es nun der Hunger, oder hatte sich unversehens die sonst so unterwürfige Natur des Tieres verändert, er wandte sich gegen seinen Herrn und fuhr fauchend und prustend auf ihn los. Herr Bulemann gab ihm einen zweiten Fußtritt. »Freßt«, sagte er. »Ihr braucht nicht auf mich zu warten.«
Mit einem Satz waren die beiden Katzen an der vollen Schüssel, die er ihnen auf den Fußboden gesetzt hatte.
Dann aber geschah etwas Seltsames.
Als der gelbe Schnores, der zuerst seine Mahlzeit beendet hatte, nun in der Mitte des Zimmers stand, sich reckte und buckelte, blieb Herr Bulemann plötzlich vor ihm stehen; dann ging er um das Tier herum und betrachtete es von allen Seiten. »Schnores, alter Halunke, was ist denn das?« sagte er, den Kopf des Katers krauend. »Du bist ja noch gewachsen in deinen alten Tagen!« – In diesem Augenblick war auch die andere Katze hinzugesprungen. Sie sträubte ihren glänzenden Pelz und stand dann hoch auf ihren schwarzen Beinen. Herr Bulemann schob sich die bunte Zipfelmütze aus der Stirn. »Auch der!« murmelte er. »Seltsam, es muß in der Sorte liegen.«
Es war indes dämmerig geworden, und da niemand kam und ihn beunruhigte, so setzte er sich zu den Schüsseln, die auf dem Tische standen. Endlich begann er sogar seine großen Katzen, die neben ihm auf dem Kanapee saßen, mit einem gewissen Behagen zu beschauen. »Ein Paar stattliche Burschen seid ihr!« sagte er, ihnen zunickend. »Nun soll euch das alte Weib unten auch die Ratten nicht mehr vergiften!« – Als er aber abends nebenan in seine Schlafkammer ging, ließ er sie nicht, wie sonst, zu sich herein; und als er sie nachts mit den Pfoten gegen die Kammertür fallen und mauzend daran herunterrutschen hörte, zog er sich das Deckbett über beide Ohren und dachte: ›Mauzt nur zu, ich habe eure Krallen gesehen.‹ –
Dann kam der andere Tag, und als es Mittag geworden, geschah dasselbe, was tags zuvor geschehen war. Von der geleerten Schüssel sprangen die Katzen mit einem schweren Satz mitten ins Zimmer hinein, reckten und streckten sich; und als Herr Bulemann, der schon wieder über seinen Zahlentafeln saß, einen Blick zu ihnen hinüberwarf, stieß er entsetzt seinen Drehstuhl zurück und blieb mit ausgerecktem Halse stehen. Dort, mit leisem Winseln, als wenn ihnen ein Widriges angetan würde, stan-

den Graps und Schnores zitternd mit geringelten Schwänzen, das Haar gesträubt; er sah es deutlich, sie dehnten sich, sie wurden groß und größer.
Noch einen Augenblick stand er, die Hände an den Tisch geklammert; dann plötzlich schritt er an den Tieren vorbei und riß die Stubentür auf. »Frau Anken, Frau Anken!« rief er; und da sie nicht gleich zu hören schien, tat er einen Pfiff auf seinen Fingern, und bald schlurfte auch die Alte unten aus dem Hinterhause hervor und keuchte eine Treppe nach der andern herauf.
»Sehe Sie sich einmal die Katzen an!« rief er, als sie ins Zimmer getreten war.
»Die hab ich schon oft gesehen, Herr Bulemann.«
»Sieht Sie daran denn nichts?«
»Daß ich nicht wüßte, Herr Bulemann!« erwiderte sie, mit ihren blöden Augen um sich blinzelnd.
»Was sind denn das für Tiere? Das sind ja gar keine Katzen mehr!« – Er packte die Alte an den Armen und rannte sie gegen die Wand. »Rotäugige Hexe!« schrie er, »bekenne, was hast du meinen Katzen eingebraut!«
Das Weib klammerte ihre knöchernen Hände ineinander und begann unverständliche Gebete herzuplappern. Aber die furchtbaren Katzen sprangen von rechts und links auf die Schultern ihres Herrn und leckten ihn mit ihren scharfen Zungen ins Gesicht. Da mußte er die Alte loslassen.
Fortwährend plappernd und hüstelnd, schlich sie aus dem Zimmer und kroch die Treppen hinab. Sie war wie verwirrt; sie fürchtete sich, ob mehr vor ihrem Herrn oder vor den großen Katzen, das wußte sie selber nicht. So kam sie hinten in ihre Kammer. Mit zitternden Händen holte sie einen mit Geld gefüllten wollenen Strumpf aus ihrem Bett hervor; dann nahm sie aus einer Lade eine Anzahl alter Röcke und Lumpen und wikkelte sie um ihren Schatz herum, so daß es endlich ein großes Bündel gab. Denn sie wollte fort, um jeden Preis fort; sie dachte an die arme Halbschwester ihres Herrn draußen in der Vorstadt; die war immer freundlich gegen sie gewesen, zu der wollte sie. Freilich, es war ein weiter Weg, durch viele Gassen, über viele schmale und lange Brücken, welche über dunkle Gräben und Fleten hinwegführten, und draußen dämmerte schon der Winterabend. Es trieb sie dennoch fort. Ohne an ihre Tausende von

Weizenbrötchen zu denken, die sie in kindischer Fürsorge in den großen Nußbaumschränken aufgehäuft hatte, trat sie mit ihrem schweren Bündel auf dem Nacken aus dem Hause. Sorgfältig mit dem großen krausen Schlüssel verschloß sie die schwere eichene Tür, steckte ihn in ihre Ledertasche und ging dann keuchend in die finstere Stadt hinaus. – –

Frau Anken ist niemals wiedergekommen, und die Tür von Bulemanns Haus ist niemals wieder aufgeschlossen worden.

Noch an demselben Tage aber, da sie fortgegangen, hat ein junger Taugenichts, der, den Knecht Ruprecht spielend, in den Häusern umherlief, mit Lachen seinen Kameraden erzählt, da er in seinem rauhen Pelz über die Kreszentiusbrücke gegangen sei, habe er ein altes Weib dermaßen erschreckt, daß sie mit ihrem Bündel wie toll in das schwarze Wasser hinabgesprungen sei. – Auch ist in der Frühe des andern Tages in der äußersten Vorstadt die Leiche eines alten Weibes, welche an einem großen Bündel festgebunden war, von den Wächtern aufgefischt und bald darauf, da niemand sie gekannt hat, auf dem Armenviertel des dortigen Kirchhofs in einem platten Sarge eingegraben worden.

Dieser andere Morgen war der Morgen des Weihnachtsabends. – Herr Bulemann hatte eine schlechte Nacht gehabt; das Kratzen und Arbeiten der Tiere gegen seine Kammertür hatte ihm diesmal keine Ruhe gelassen; erst gegen die Morgendämmerung war er in einen langen, bleiernen Schlaf gefallen. Als er endlich seinen Kopf mit der Zipfelmütze in das Wohnzimmer hineinsteckte, sah er die beiden Katzen laut schnurrend mit unruhigen Schritten umeinander hergehen. Es war schon nach Mittag; die Wanduhr zeigte auf eins. »Sie werden Hunger haben, die Bestien«, murmelte er. Dann öffnete er die Tür nach dem Flur und pfiff nach der Alten. Zugleich aber drängten die Katzen sich hinaus und rannten die Treppe hinab, und bald hörte er von unten aus der Küche herauf Springen und Tellergeklapper. Sie mußten auf den Schrank gesprungen sein, auf den Frau Anken die Speisen für den andern Tag zurückzusetzen pflegte.

Herr Bulemann stand oben an der Treppe und rief laut und scheltend nach der Alten; aber nur das Schweigen antwortete ihm oder von unten herauf aus den Winkeln des alten Hauses ein schwacher Widerhall. Schon schlug er die Schöße seines geblümten Schlafrocks übereinander und wollte selbst hinabsteigen, da polterte es drunten auf den Stiegen, und die beiden Katzen kamen wieder heraufgerannt. Aber das waren keine Katzen mehr; das waren zwei furchtbare, namenlose Raubtiere. Die stellten sich gegen ihn, sahen ihn mit ihren glimmenden Augen an und stießen ein heiseres Geheul aus. Er wollte an ihnen vorbei, aber ein Schlag mit der Tatze, der ihm einen Fetzen aus dem Schlafrock riß, trieb ihn zurück. Er lief ins Zimmer; er wollte ein Fenster aufreißen, um die Menschen auf der Gasse anzurufen; aber die Katzen sprangen hinterdrein und kamen ihm zuvor. Grimmig schnurrend, mit erhobenem Schweif, wanderten sie vor den Fenstern auf und ab. Herr Bulemann rannte auf den Flur hinaus und warf die Zimmertür hinter sich zu; aber die Katzen schlugen mit der Tatze auf die Klinke und standen schon vor ihm an der Treppe. – Wieder floh er ins Zimmer zurück, und wieder waren die Katzen da.

Schon verschwand der Tag, und die Dunkelheit kroch in alle Ecken. Tief unten von der Gasse herauf hörte er Gesang; Knaben und Mädchen zogen von Haus zu Haus und sangen Weihnachtslieder. Sie gingen in alle Türen; er stand und horchte. Kam denn niemand in seine Tür? – – Aber er wußte es ja, er hatte sie selber alle fortgetrieben; es klopfte niemand, es rüttelte niemand an der verschlossenen Haustür. Sie zogen vorüber; und allmählich ward es still, totenstill auf der Gasse. Und wieder suchte er zu entrinnen; er wollte Gewalt anwenden; er rang mit den Tieren, er ließ sich Gesicht und Hände blutig reißen. Dann wieder wandte er sich zur List; er rief sie mit den alten Schmeichelnamen, er strich ihnen die Funken aus dem Pelz und wagte es sogar, ihren flachen Kopf mit den großen weißen Zähnen zu krauen. Sie warfen sich auch vor ihm hin und wälzten sich schnurrend zu seinen Füßen; aber wenn er den rechten Augenblick gekommen glaubte und aus der Tür schlüpfte, so sprangen sie auf und standen, ihr heiseres Geheul ausstoßend, vor ihm. – So verging die Nacht, so kam der Tag, und noch immer rannte er zwischen der Treppe und den Fenstern seines Zimmers hin und wider, die Hände ringend, keuchend, das graue Haar zerzaust.

Und noch zweimal wechselten Tag und Nacht; da endlich warf er sich, gänzlich erschöpft, an allen Gliedern zuckend, auf das

Kanapee. Die Katzen setzten sich ihm gegenüber und blinzelten ihn schläfrig aus halbgeschlossenen Augen an. Allmählich wurde das Arbeiten seines Leibes weniger, und endlich hörte es ganz auf. Eine fahle Blässe überzog unter den Stoppeln des grauen Bartes sein Gesicht; noch einmal aufseufzend, streckte er die Arme und spreizte die langen Finger über die Knie; dann regte er sich nicht mehr.

Unten in den öden Räumen war es indessen nicht ruhig gewesen. Draußen an der Tür des Hinterhauses, die auf den engen Hof hinausführt, geschah ein emsiges Nagen und Fressen. Endlich entstand über der Schwelle eine Öffnung, die größer und größer wurde; ein grauer Mauskopf drängte sich hindurch, dann noch einer, und bald huschte eine ganze Schar von Mäusen über den Flur und die Treppe hinauf in den ersten Stock. Hier begann das Arbeiten aufs neue an der Zimmertür, und als diese durchnagt war, kamen die großen Schränke dran, in denen Frau Ankens hinterlassene Schätze aufgespeichert lagen. Da war ein Leben wie im Schlaraffenland; wer durchwollte, mußte sich durchfressen. Und das Geziefer füllte sich den Wanst; und wenn es mit dem Fressen nicht mehr fortwollte, rollte es die Schwänze auf und hielt sein Schläfchen in den hohlgefressenen Weizenbrötchen. Nachts kamen sie hervor, huschten über die Dielen oder saßen, ihre Pfötchen leckend, vor dem Fenster und schauten, wenn der Mond schien, mit ihren kleinen blanken Augen in die Gasse hinab.

Aber diese behagliche Wirtschaft sollte bald ihr Ende erreichen. In der dritten Nacht, als eben droben Herr Bulemann seine Augen zugetan hatte, polterte es draußen auf den Stiegen. Die großen Katzen kamen herabgesprungen, öffneten mit einem Schlag ihrer Tatze die Tür des Zimmers und begannen ihre Jagd. Da hatte alle Herrlichkeit ein Ende. Quieksend und pfeifend rannten die fetten Mäuse umher und strebten ratlos an den Wänden hinauf. Es war vergebens; sie verstummten eine nach der andern zwischen den zermalmenden Zähnen der beiden Raubtiere.

Dann wurde es still, und bald war in dem ganzen Hause nichts vernehmbar als das leise Spinnen der großen Katzen, die mit ausgestreckten Tatzen droben vor dem Zimmer ihres Herrn lagen und sich das Blut aus den Bärten leckten.

Unten in der Haustür verrostete das Schloß, den Messingklopfer überzog der Grünspan, und zwischen den Treppensteinen begann das Gras zu wachsen.

Draußen aber ging die Welt unbekümmert ihren Gang. – Als der Sommer gekommen war, stand auf dem St.-Magdalenen-Kirchhof auf dem Grabe des kleinen Christoph ein blühender weißer Rosenbusch; und bald lag auch ein kleiner Denkstein unter demselben. Den Rosenbusch hatte seine Mutter ihm gepflanzt; den Stein freilich hatte sie nicht beschaffen können. Aber Christoph hatte einen Freund gehabt; es war ein junger Musikus, der Sohn eines Trödlers, der in dem Hause ihnen gegenüber wohnte. Zuerst hatte er sich unter sein Fenster geschlichen, wenn der Musiker drinnen am Klavier saß; später hatte dieser ihn zuweilen in die Magdalenenkirche genommen, wo er sich nachmittags im Orgelspiel zu üben pflegte. – Da saß denn der blasse Knabe auf einem Schemelchen zu seinen Füßen, lehnte lauschend den Kopf an die Orgelbank und sah, wie die Sonnenlichter durch die Kirchenfenster spielten. Wenn der junge Musikus dann, von der Verarbeitung seines Themas fortgerissen, die tiefen mächtigen Register durch die Gewölbe brausen ließ oder wenn er mitunter den Tremulanten zog und die Töne wie zitternd vor der Majestät Gottes dahinfluteten so konnte es wohl geschehen, daß der Knabe in stilles Schluchzen ausbrach und sein Freund ihn nur schwer zu beruhigen vermochte. Einmal auch sagte er bittend: »Es tut mir weh, Leberecht; spiele nicht so laut!«
Der Orgelspieler schob auch sogleich die großen Register wieder ein und nahm die Flöten- und andere sanfte Stimmen; und süß und ergreifend schwoll das Lieblingslied des Knaben durch die stille Kirche: »Befiehl du deine Wege.« – Leise mit seiner kränklichen Stimme hub er an mitzusingen. »Ich will auch spielen lernen«, sagte er, als die Orgel schwieg; »willst du mich es lehren, Leberecht?«
Der junge Musikus ließ seine Hand auf den Kopf des Knaben fallen, und ihm das gelbe Haar streichelnd, erwiderte er: »Werde nur erst recht gesund, Christoph; dann will ich dich es gern lehren.«
Aber Christoph war nicht gesund geworden. – Seinem kleinen Sarge folgte neben der Mutter auch der junge Orgelspieler. Sie sprachen hier zum ersten Mal zusammen; und die Mutter er-

zählte ihm jenen dreimal geträumten Traum von dem kleinen silbernen Erbbecher.
»Den Becher«, sagte Leberecht, »hätte ich Euch geben können; mein Vater, der ihn vor Jahren mit vielen andern Dingen von Euerm Bruder erhandelte, hat mir das zierliche Stück einmal als Weihnachtsgeschenk gegeben.«
Die Frau brach in die bittersten Klagen aus. »Ach«, rief sie immer wieder, »er wäre ja gewiß gesund geworden!«
Der junge Mann ging eine Weile schweigend neben ihr her. Den Becher soll unser Christoph dennoch haben«, sagte er endlich.
Und so geschah es. Nach einigen Tagen hatte er den Becher an einen Sammler solcher Pretiosen um einen guten Preis verhandelt; von dem Gelde aber ließ er den Denkstein für das Grab des kleinen Christoph machen. Er ließ eine Marmortafel darin einlegen, auf welcher das Bild des Bechers ausgemeißelt wurde. Darunter standen die Worte eingegraben: »Zur Gesundheit!« – Noch viele Jahre hindurch, mochte der Schnee auf dem Grabe liegen oder mochte in der Junisonne der Busch mit Rosen überschüttet sein, kam oft eine blasse Frau und las andächtig und sinnend die beiden Worte auf dem Grabstein. – Dann eines Sommers ist sie nicht mehr gekommen; aber die Welt ging unbekümmert ihren Gang.
Nur noch einmal, nach vielen Jahren, hat ein sehr alter Mann das Grab besucht, er hat sich den kleinen Denkstein angesehen und eine weiße Rose von dem alten Rosenbusch gebrochen. Das ist der emeritierte Organist von St. Magdalenen gewesen.

Aber wir müssen das friedliche Kindergrab verlassen und, wenn der Bericht zu Ende geführt werden soll, drüben in der Stadt noch einen Blick in das alte Erkerhaus der Düsternstraße werfen. – Noch immer stand es schweigend und verschlossen. Während draußen das Leben unablässig daran vorüberflutete, wucherte drinnen in den eingeschlossenen Räumen der Schwamm aus den Dielenritzen, löste sich der Gips an den Decken und stürzte herab, in einsamen Nächten ein unheimliches Echo über Flur und Stiege jagend. Die Kinder, welche an jenem Christabend auf der Straße gesungen hatten, wohnten jetzt als alte Leute in den Häusern, oder sie hatten ihr Leben schon abgetan und waren gestorben; die Menschen, die jetzt auf der Gasse gingen, trugen andere Gewänder, und draußen auf dem Vorstadtskirchhof war der schwarze Nummerpfahl auf Frau Ankens namenlosem Grabe schon längst verfault. Da schien eines Nachts wieder einmal, wie schon so oft, über das Nachbarhaus hinweg der Vollmond in das Erkerfenster des dritten Stockwerks und malte mit seinem bläulichen Lichte die kleinen runden Scheiben auf den Fußboden. Das Zimmer war leer; nur auf dem Kanapee zusammengekauert saß eine kleine Gestalt von der Größe eines jährigen Kindes, aber das Gesicht war alt und bärtig und die magere Nase unverhältnismäßig groß; auch trug sie eine weit über die Ohren fallende Zipfelmütze und einen langen, augenscheinlich für einen ausgewachsenen Mann bestimmten Schlafrock, auf desen Schoß sie die Füße heraufgezogen hatte.

Diese Gestalt war Herr Bulemann. – Der Hunger hatte ihn nicht getötet, aber durch den Mangel an Nahrung war sein Leib verdorrt und eingeschwunden, und so war er im Lauf der Jahre kleiner und kleiner geworden. Mitunter in Vollmondnächten, wie diese, war er erwacht und hatte, wenn auch mit immer schwächerer Kraft, seinen Wächtern zu entrinnen gesucht. War er, von den vergeblichen Anstrengungen erschöpft aufs Kanapee gesunken oder zuletzt hinaufgekrochen und hatte dann der bleierne Schlaf ihn wieder befallen, so streckten Graps und Schnores sich draußen vor der Treppe hin, peitschten mit ihrem Schweif den Boden und horchten, ob Frau Ankens Schätze neue Wanderzüge von Mäusen in das Haus gelockt hätten.

Heute war es anders; die Katzen waren weder im Zimmer noch draußen auf dem Flur. Als das durch das Fenster fallende Mondlicht über den Fußboden weg und allmählich an der kleinen Gestalt hinaufrückte, begann sie sich zu regen; die großen runden Augen öffneten sich, und Herr Bulemann starrte in das leere Zimmer hinaus. Nach einer Weile rutschte er, die langen Ärmel mühsam zurückschlagend, von dem Kanapee herab und schritt langsam der Tür zu, während die breite Schleppe des Schlafrocks hinter ihm herfegte. Auf den Fußspitzen nach der Klinke greifend, gelang es ihm, die Stubentür zu öffnen und draußen bis an das Geländer der Treppe vorzuschreiten. Eine Weile blieb er keuchend stehen; dann streckte er den Kopf vor und mühte sich zu rufen: »Frau Anken, Frau Anken!« Aber seine Stimme war nur wie das Wispern eines kranken Kindes. »Frau Anken, mich hungert; so höre Sie doch!«

Alles blieb still; nur die Mäuse quieksten jetzt heftig in den unteren Zimmern.

Da wurde er zornig: »Hexe, verfluchte, was pfeift Sie denn?« und ein Schwall unverständlich geflüsterter Schimpfworte sprudelte aus seinem Munde, bis ein Stickhusten ihn befiel und seine Zunge lähmte.

Draußen, unten an der Haustür, wurde der schwere Messingklopfer angeschlagen, daß der Hall bis in die Spitze des Hauses hinaufdrang. Es mochte jener nächtliche Geselle sein, von dem im Anfang dieser Geschichte die Rede gewesen ist.

Herr Bulemann hatte sich wieder erholt. »So öffne Sie doch!« wisperte er; »es ist der Knabe, der Christoph; er will den Becher holen.«

Plötzlich wurden von unten herauf zwischen dem Pfeifen der Mäuse die Sprünge und das Knurren der beiden großen Katzen vernehmbar. Er schien sich zu besinnen; zum ersten Mal bei seinem Erwachen hatten sie das oberste Stockwerk verlassen und ließen ihn gewähren. – Hastig, den langen Schlafrock nach sich schleppend, stapfte er in das Zimmer zurück.

Draußen aus der Tiefe der Gasse hörte er den Wächter rufen. »Ein Mensch, ein Mensch!« murmelte er; »die Nacht ist so lang, sovielmal bin ich aufgewacht, und noch immer scheint der Mond.«

Er kletterte auf den Polsterstuhl, der in dem Erkerfenster stand. Emsig arbeitete er mit den kleinen dürren Händen an dem Fensterhaken; denn drunten auf der mondhellen Gasse hatte er den Wächter stehen sehen. Aber die Haspen waren festgerostet; er mühte sich vergebens, sie zu öffnen. Da sah er den Mann, der eine Weile hinaufgestarrt hatte, in den Schatten der Häuser zurücktreten.

Ein schwacher Schrei brach aus seinem Munde; zitternd, mit geballten Fäusten schlug er gegen die Fensterscheiben; aber seine Kraft reichte nicht aus, sie zu zertrümmern. Nun begann er Bitten und Versprechungen durcheinanderzuwispern; allmählich, während die Gestalt des unten gehenden Mannes sich immer mehr entfernte; wurde sein Flüstern zu einem erstickten heisern Gekrächze; er wollte seine Schätze mit ihm teilen; wenn er nur hören wollte, er sollte alles haben, er selber wollte nichts, gar nichts für sich behalten; nur den Becher, der sei das Eigentum des kleinen Christoph.

Aber der Mann ging unten unbekümmert seinen Gang, und bald war er in einer Nebengasse verschwunden. – Von allen Worten, die Herr Bulemann in jener Nacht gesprochen, ist keines von einer Menschenseele gehört worden.
Endlich nach aller vergeblichen Anstrengung kauerte sich die kleine Gestalt auf dem Polsterstuhl zusammen, rückte die Zipfelmütze zurecht und schaute, unverständliche Worte murmelnd, in den leeren Nachthimmel hinauf.
So sitzt er noch jetzt und erwartet die Barmherzigkeit Gottes.

Novellen

Marthe und ihre Uhr

Während der letzten Jahre meines Schulbesuchs wohnte ich in einem kleinen Bürgerhause der Stadt, worin aber von Vater, Mutter und vielen Geschwistern nur eine alternde unverheiratete Tochter zurückgeblieben war. Die Eltern und zwei Brüder waren gestorben, die Schwestern bis auf die jüngste, welche einen Arzt am selbigen Ort geheiratet hatte, ihren Männern in entfernte Gegenden gefolgt. So blieb denn Marthe allein in ihrem elterlichen Hause, worin sie sich durch das Vermieten des früheren Familienzimmers und mit Hülfe einer kleinen Rente spärlich durchs Leben brachte. Doch kümmerte es sie wenig, daß sie nur sonntags ihren Mittagstisch decken konnte; denn ihre Ansprüche an das äußere Leben waren fast keine; eine Folge der strengen und sparsamen Erziehung, welche der Vater sowohl aus Grundsatz als auch in Rücksicht seiner beschränkten bürgerlichen Verhältnisse allen seinen Kindern gegeben hatte. Wenn aber Marthen in ihrer Jugend nur die gewöhnliche Schulbildung zuteil geworden war, so hatte das Nachdenken ihrer späteren einsamen Stunden, vereinigt mit einem behenden Verstande und dem sittlichen Ernst ihres Charakters, sie doch zu der Zeit, in welcher ich sie kennenlernte, auf eine für Frauen, namentlich des Bürgerstandes, ungewöhnlich hohe Bildungsstufe gehoben. Freilich sprach sie nicht immer grammatisch richtig, obgleich sie viel und mit Aufmerksamkeit las, am liebsten geschichtlichen oder poetischen Inhalts; aber sie wußte sich dafür meistens über das Gelesene ein richtiges Urteil zu bilden und, was so wenigen gelingt, selbständig das Gute vom Schlechten zu unterscheiden. Mörikes »Maler Nolten«, welcher damals erschien, machte großen Eindruck auf sie, so daß sie ihn immer wieder las; erst das Ganze, dann diese oder jene Partie, wie sie ihr eben zusagte. Die Gestalten des Dichters wurden für sie selbstbestimmende lebende Wesen, deren Handlungen nicht mehr an die Notwendigkeit des dichterischen Organismus gebunden waren; und sie konnte stundenlang darüber nachsinnen, auf welche Weise das hereinbrechende Verhängnis von so vielen geliebten Menschen dennoch hätte abgewandt werden können.

Die Langeweile drückte Marthen in ihrer Einsamkeit nicht, wohl aber zuweilen ein Gefühl der Zwecklosigkeit ihres Lebens nach außen hin; sie bedurfte jemandes, für den sie hätte arbeiten und sorgen können. Bei dem Mangel näher Befreundeter kam dieser löbliche Trieb ihren jeweiligen Mietern zugute, und auch ich habe manche Freundlichkeit und Aufmerksamkeit von ihrer Hand erfahren. – An Blumen hatte sie eine große Freude, und es schien mir ein Zeichen ihres anspruchslosen und resignierten Sinnes, daß sie unter ihnen die weißen und von diesen wieder die einfachen am liebsten hatte. Es war immer ihr erster Festtag im Jahre, wenn ihr die Kinder der Schwester aus deren Garten die ersten Schneeglöckchen und Märzblumen brachten; dann wurde ein kleines Porezllankörbchen aus dem Schrank herabgenommen, und die Blumen zierten unter ihrer sorgsamen Pflege wochenlang die kleine Kammer.

Da Marthe seit dem Tode ihrer Eltern wenig Menschen um sich sah und namentlich die langen Winterabende fast immer allein zubrachte, so lieh die regsame und gestaltende Phantasie, welche ihr ganz besonders eigen war, den Dingen um sie her eine Art von Leben und Bewußtsein. Sie borgte Teilchen ihrer Seele aus an die alten Möbel ihrer Kammer, und die alten Möbel erhielten so die Fähigkeit, sich mit ihr zu unterhalten; meistens freilich war diese Unterhaltung eine stumme, aber sie war dafür desto inniger und ohne Mißverständnis. Ihr Spinnrad, ihr braungeschnitzter Lehnstuhl waren gar sonderbare Dinge, die oft die eigentümlichsten Grillen hatten, vorzüglich war dies aber der Fall mit einer altmodischen Stutzuhr, welche ihr verstorbener Vater vor über funfzig Jahren, auch damals schon als ein uraltes Stück, auf dem Trödelmarkt zu Amsterdam gekauft hatte. Das Ding sah freilich seltsam genug aus: zwei Meerweiber, aus Blech geschnitten und dann übermalt, lehnten zu jeder Seite ihr langhaariges Antlitz an das vergilbte Zifferblatt; die schuppigen Fischleiber, welche von einstiger Vergoldung zeugten, umschlossen dasselbe nach unten zu; die Weiser schienen dem Schwanze eines Skorpions nachgebildet zu sein. Vermutlich war das Räderwerk durch langen Gebrauch verschlissen; denn der Perpendikelschlag war hart und ungleich, und die Gewichte schossen zuweilen mehrere Zoll mit einem Mal hinunter. –

Diese Uhr war die beredteste Gesellschaft ihrer Besitzerin; sie mischte sich aber auch in alle ihre Gedanken. Wenn Marthe in ein Hinbrüten über ihre Einsamkeit verfallen wollte, dann ging der Perpendikel tick, tack! tick, tack! immer härter, immer eindringlicher; er ließ ihr keine Ruh, er schlug immer mitten in ihre Gedanken hinein. Endlich mußte sie aufsehen; – da schien die Sonne so warm in die Fensterscheiben, die Nelken auf dem Fensterbrett dufteten so süß; draußen schossen die Schwalben singend durch den Himmel. Sie mußte wieder fröhlich sein, die Welt um sie her war gar zu freundlich.

Die Uhr hatte aber auch wirklich ihren eigenen Kopf; sie war alt geworden und kehrte sich nicht mehr so gar viel an die neue Zeit; daher schlug sie oft sechs, wenn sie zwölf schlagen sollte, und ein andermal, um es wiedergutzumachen, wollte sie nicht aufhören zu schlagen, bis Marthe das Schlaglot von der Kette nahm. Das wunderlichste war, daß sie zuweilen gar nicht dazu kommen konnte; dann schnurrte und schnurrte es zwischen den Rädern, aber der Hammer wollte nicht ausholen; und das geschah meistens mitten in der Nacht. Marthe wurde jedesmal wach; und mochte es im klingendsten Winter und in der dunkelsten Nacht sein, sie stand auf und ruhte nicht, bis sie die alte Uhr aus ihren Nöten erlöst hatte. Dann ging sie wieder zu Bette und dachte sich allerlei, warum die Uhr sie wohl geweckt habe, und fragte sich, ob sie in ihrem Tagewerk auch etwas vergessen, ob sie es auch mit guten Gedanken beschlossen habe.

Nun war es Weihnachten. Den Christabend, da ein übermäßiger Schneefall mir den Weg zur Heimat versperrte, hatte ich in einer befreundeten kinderreichen Familie zugebracht; der Tannenbaum hatte gebrannt, die Kinder waren jubelnd in die lang verschlossene Weihnachtsstube gestürzt; nachher hatten wir die unerläßlichen Karpfen gegessen und Bischof dazu getrunken; nichts von der herkömmlichen Feierlichkeit war versäumt worden. – Am andern Morgen trat ich zu Marthe in die Kammer, um ihr den gebräuchlichen Glückwunsch zum Feste abzustatten. Sie saß mit untergestütztem Arm am Tische; ihre Arbeit schien längst geruht zu haben.

»Und wie haben Sie denn gestern Ihren Weihnachtsabend zugebracht?« fragte ich.

Sie sah zu Boden und antwortete: »Zuhause.«

»Zuhause? Und nicht bei Ihren Schwesterkindern?«

»Ach«, sagte sie, »seit meine Mutter gestern vor zehn Jahren hier in diesem Bette starb, bin ich am Weihnachtsabend nicht ausgegangen. Meine Schwester schickte gestern wohl zu mir, und als es dunkel wurde, dachte ich wohl daran, einmal hinzugehen;

aber – die alte Uhr war auch wieder so drollig; es war akkurat, als wenn sie immer sagte: Tu es nicht, tu es nicht! Was willst du da? Deine Weihnachtsfeier gehört ja nicht dahin!«

Und so blieb sie denn zuhaus in dem kleinen Zimmer, wo sie als Kind gespielt, wo sie später ihren Eltern die Augen zugedrückt hatte und wo die alte Uhr pickte ganz wie dazumalen. Aber jetzt, nachdem sie ihren Willen bekommen und Marthe das schon hervorgezogene Festkleid wieder in den Schrank verschlossen hatte, pickte sie so leise, ganz leise und immer leiser, zuletzt unhörbar. Marthe durfte sich ungestört der Erinnerung aller Weihnachtsabende ihres Lebens überlassen: Ihr Vater saß wieder in dem braungeschnitzten Lehnstuhl; er trug das feine Sammetkäppchen und den schwarzen Sonntagsrock; auch blickten seine ernsten Augen hatte so freundlich; denn es war Weihnachtsabend. Weihnachtsabend vor – ach, vor sehr, sehr vielen Jahren! Ein Weihnachtsbaum zwar brannte nicht auf dem Tisch – das war ja nur für reiche Leute –; aber statt dessen zwei hohe dicke Lichter; und davon wurde das kleine Zimmer so hell, daß die Kinder ordentlich die Hand vor die Augen halten mußten, als sie aus der dunkeln Vordiele hineintreten durften. Dann gingen sie an den Tisch, aber nach der Weise des Hauses ohne Hast und laute Freudenäußerung, und betrachteten, was ihnen das Christkind einbeschert hatte. Das waren nun freilich keine teuern Spielsachen, auch nicht einmal wohlfeile, sondern lauter nützliche und notwendige Dinge, ein Kleid, ein Paar Schuhe, eine Rechentafel, ein Gesangbuch und dergleichen mehr; aber die Kinder waren gleichwohl glücklich mit ihrer Rechentafel und ihrem neuen Gesangbuch, und sie gingen eins ums andere, dem Vater die Hand zu küssen, der währenddessen zufrieden lächelnd in seinem Lehnstuhl geblieben war. Die Mutter mit ihrem milden freundlichen Gesicht unter dem eng anliegenden Scheiteltuch band ihnen die neue Schürze vor und malte ihnen Zahlen und Buchstaben zum Nachschreiben auf die neue Tafel. Doch sie hatte nicht gar lange Zeit, sie mußte in die Küche und Apfelkuchen backen; denn das war für die Kinder eine Hauptbescherung am Weihnachtsabend; die mußten notwendig gebacken werden. Da schlug der Vater das neue Gesangbuch auf und stimmte mit seiner klaren Stimme an: »Frohlocket, lobsinget Gott«; die Kinder aber, die alle Melodien kannten, stimmten ein: »Der Heiland ist gekommen«; und so sangen sie den Gesang zu Ende, indem sie alle um des

Vaters Lehnstuhl herumstanden. Nur in den Pausen hörte man in der Küche das Hantieren der Mutter und das Prasseln der Apfelkuchen. – –

Tick, tack! ging es wieder; tick, tack! immer härter und eindringlicher. Marthe fuhr empor; da war es fast dunkel um sie her, draußen auf dem Schnee nur lag trüber Mondschein. Außer dem Pendelschlag der Uhr war es totenstill im Hause. Keine Kinder sangen in der kleinen Stube, kein Feuer prasselte in der Küche. Sie war ja ganz allein zurückgeblieben; die andern waren alle, alle fort. – Aber was wollte die alte Uhr denn wieder? – Ja, da warnte es auf elf – und ein anderer Weihnachtsabend tauchte in Marthes Erinnerung auf, ach! ein ganz anderer; viele, viele Jahre später! Der Vater und die Brüder waren tot, die Schwestern verheiratet; die Mutter, welche nun mit Marthen allein geblieben war, hatte schon längst des Vaters Platz im braunen Lehnstuhl eingenommen und ihrer Tochter die kleinen Wirtschaftssorgen übertragen; denn sie kränkelte seit des Vaters Tode, ihr mildes Antlitz wurde immer blässer, und ihre freundlichen Augen blickten immer matter; endlich mußte sie auch den Tag über im Bette bleiben. Das war schon über drei Wochen, und nun war es Weihnachtsabend. Marthe saß an ihrem Bett und horchte auf den Atem der Schlummernden; es war totenstill in der Kammer, nur die Uhr pickte. Da warnte es auf elf, die Mutter schlug die Augen auf und verlangte zu trinken. »Marthe«, sagte sie, »wenn es erst Frühling wird und ich wieder zu Kräften gekommen bin, dann wollen wir deine Schwester Hanne besuchen; ich habe ihre Kinder eben im Traume gesehen – du hast hier gar zuwenig Vergnügen.« – Die Mutter hatte ganz vergessen, daß Schwester Hannes Kinder im Spätherbst gestorben waren; Marthe erinnerte sie auch nicht daran, sie nickte schweigend mit dem Kopf und faßte ihre abgefallenen Hände. Die Uhr schlug elf. –

Auch jetzt schlug sie elf – aber leise, wie aus weiter, weiter Ferne. –

Da hörte Marthe einen tiefen Atemzug; sie dachte, die Mutter wolle wieder schlafen. So blieb sie sitzen, lautlos, regungslos, die Hand der Mutter noch immer in der ihren; am Ende verfiel sie in einen schlummerähnlichen Zustand. Es mochte so eine Stunde vergangen sein; da schlug die Uhr zwölf! – Das Licht war ausgebrannt, der Mond schien hell ins Fenster; aus den Kissen sah das bleiche Gesicht der Mutter. Marthe hielt eine kalte Hand in der ihrigen. Sie ließ diese kalte Hand nicht los, sie saß die ganze Nacht bei der toten Mutter. –

So saß sie jetzt bei ihren Erinnerungen in derselben Kammer, und die alte Uhr pickte bald laut, bald leise; sie wußte von allem, sie hatte alles miterlebt, sie erinnerte Marthe an alles, an ihre Leiden an ihre kleinen Freuden. –

Ob es noch so gesellig in Marthens einsamer Kammer ist? Ich weiß es nicht; es sind viele Jahre her, seit ich in ihrem Hause wohnte, und jene kleine Stadt liegt weit von meiner Heimat. – Was Menschen, die das Leben lieben, nicht auszusprechen wagen, pflegte sie laut und ohne Scheu zu äußern: »Ich bin niemals krank gewesen; ich werde gewiß sehr alt werden.«

Ist ihr Glaube ein richtiger gewesen und sollten diese Blätter den Weg in ihre Kammer finden, so möge sie sich beim Lesen auch meiner erinnern. Die alte Uhr wird helfen; sie weiß ja von allem Bescheid.

Im Saal

Am Nachmittag war Kindtaufe gewesen; nun war es gegen Abend. Die Eltern des Täuflings saßen mit den Gästen im geräumigen Saal, unter ihnen die Großmutter des Mannes; die andern waren ebenfalls nahe Verwandte, junge und alte, die Großmutter aber war ein ganzes Geschlecht älter als die ältesten von diesen. Das Kind war nach ihr »Barbara« getauft worden; doch hatte es auch noch einen schöneren Namen erhalten, denn Barbara allein klang doch gar zu altfränkisch für das hübsche kleine Kind. Dennoch sollte es mit diesem Namen gerufen werden; so wollten es beide Eltern, wieviel auch die Freunde dagegen einzuwenden hatten. Die alte Großmutter aber erfuhr nichts davon, daß die Brauchbarkeit ihres langbewährten Namens in Zweifel gezogen war.

Der Prediger hatte nicht lange nach Verrichtung seines Amtes den Familientisch sich selbst überlassen; nun wurden alte, liebe, oft erzählte Geschichten hervorgeholt und nicht zum letzten Male wiedererzählt. Sie kannten sich alle; die Alten hatten die Jungen aufwachsen, die Ältesten die Alten grau werden sehen; von allen wurden die anmutigsten und spaßhaftesten Kindergeschichten erzählt; wo kein anderer sie wußte, da erzählte die Großmutter. Von ihr allein konnte niemand erzählen; ihre Kinderjahre lagen hinter der Geburt aller andern; die außer ihr selbst etwas davon wissen konnten, hätten weit über jedes Menschenalter hinaus sein müssen. – Unter solchen Gesprächen war es abendlich geworden. Der Saal lag gegen Westen, ein roter Schimmer fiel durch die Fenster noch auf die Gipsrosen an den weißen, mit Stukkaturarbeit gezierten Wänden; dann verschwand auch der. Aus der Ferne konnte man ein dumpfes eintöniges Rauschen in der jetzt eingetretenen Stille vernehmen. Einige der Gäste horchten auf.

»Das ist das Meer«, sagte die junge Frau.

»Ja«, sagte die Großmutter, »ich habe es oft gehört; es ist schon lange so gewesen.«

Dann sprach wieder niemand; draußen vor den Fenstern in dem schmalen Steinhof stand eine große Linde, und man hörte, wie die Sperlinge unter den Blättern zur Ruhe gingen. Der Hauswirt hatte die Hand seiner Frau gefaßt, die still an seiner Seite saß, und heftete die Augen an die krause altertümliche Gipsdecke.

»Was hast du?« fragte ihn die Großmutter.

»Die Decke ist gerissen«, sagte er, »die Simse sind auch gesunken. Der Saal wird alt, Großmutter, wir müssen ihn umbauen.«

»Der Saal ist noch nicht so alt«, erwiderte sie, »ich weiß noch wohl, als er gebaut wurde.«

»Gebaut? Was war denn früher hier?«

»Früher?« wiederholte die Großmutter; dann verstummte sie eine Weile und saß da wie ein lebloses Bild; ihre Augen sahen rückwärts in eine vergangene Zeit, ihre Gedanken waren bei den Schatten der Dinge, deren Wesen lange dahin war. Dann sagte sie: »Es ist achtzig Jahre her; dein Großvater und ich, wir haben es uns oft nachher erzählt – die Saaltür führte dazumal nicht in einen Hausraum, sondern aus dem Hause hinaus in einen kleinen Ziergarten; es ist aber nicht mehr dieselbe Tür, die alte hatte Glasscheiben, und man sah dadurch gerade in den Garten hinunter, wenn man zur Haustür hereintrat. Der Garten lag drei Stufen tiefer, die Treppe war an beiden Seiten mit buntem chinesischem Geländer versehen. Zwischen zwei von niedrigem Buchs eingefaßten Rabatten führte ein breiter, mit weißen Muscheln ausgestreuter Steig nach einer Lindenlaube, davor zwischen zweien Kirschbäumen hing eine Schaukel; zu beiden Seiten der Laube an der hohen Gartenmauer standen sorgfältig aufgebundene Aprikosenbäume. – Hier konnte man sommers in der Mittagsstunde deinen Urgroßvater regelmäßig auf und ab gehen sehen, die Aurikeln und holländischen Tulpen auf den Rabatten ausputzend oder mit Bast an weiße Stäbchen bindend. Er war ein strenger, akkurater Mann mit militärischer Haltung, und seine schwarzen Augbrauen gaben ihm bei den weißgepuderten Haaren ein vornehmes Ansehen.

So war es einmal an einem Augustnachmittage, als dein Großvater die kleine Gartentreppe herabkam; aber dazumalen war er noch weit vom Großvater entfernt. – Ich sehe es noch vor meinen alten Augen, wie er mit schlankem Tritt auf deinen Urgroßvater zuging. Dann nahm er ein Schreiben aus einer sauber gestickten Brieftasche und überreichte es mit einer anmutigen Verbeugung. Er war ein feiner junger Mensch mit sanften freundlichen Augen, und der schwarze Haarbeutel stach angenehm bei den lebhaften Wangen und dem perlgrauen Tuchrocke ab. – Als dein Urgroßvater das Schreiben gelesen hatte, nickte er und schüttelte deinem Großvater die Hand. Er mußte ihm schon gut sein; denn er tat selten dergleichen. Dann wurde er ins Haus gerufen, und dein Großvater ging in den Garten hinab.

In der Schaukel vor der Laube saß ein achtjähriges Mädchen; sie hatte ein Bilderbuch auf dem Schoß, worin sie eifrig las; die klaren goldnen Locken hingen ihr über das heiße Gesichtchen herab, der Sonnenschein lag brennend darauf.

›Wie heißt du?‹ fragte der junge Mann.

Sie schüttelte das Haar zurück und sagte: ›Barbara.‹

›Nimm dich in acht, Barbara; deine Locken schmelzen ja in der Sonne.‹

Die Kleine fuhr mit der Hand über das heiße Haar, der junge Mann lächelte – und es war ein sehr sanftes Lächeln. – – ›Es hat nicht Not‹, sagte er; ›komm, wir wollen schaukeln.‹

Sie sprang heraus: ›Wart, ich muß erst mein Buch verwahren.‹ Dann brachte sie es in die Laube. Als sie wiederkam, wollte er sie hineinheben. ›Nein‹, sagte sie, ›ich kann ganz allein.‹ Dann stellte sie sich auf das Schaukelbrett und rief: ›Nur zu!‹ – Und nun zog dein Großvater, daß ihm der Haarbeutel bald rechts, bald links um die Schultern tanzte; die Schaukel mit dem kleinen Mädchen ging im Sonnenschein auf und nieder, die klaren Locken wehten ihr frei von den Schläfen. Und immer ging es ihr nicht hoch genug. Als aber die Schaukel rauschend in die Lindenzweige flog, fuhren die Vögel zu beiden Seiten aus den Spalieren, daß die überreifen Aprikosen auf die Erde herabrollten.

›Was war das?‹ sagte er und hielt die Schaukel an.

Sie lachte, wie er so fragen könne. ›Das war der Iritsch‹, sagte sie, ›er ist sonst gar nicht so bange.‹

Er hob sie aus der Schaukel, und sie gingen zu den Spalieren; da lagen die dunkelgelben Früchte zwischen dem Gesträuch. ›Dein Iritsch hat dich traktiert!‹ sagte er. Sie schüttelte mit dem Kopf und legte eine schöne Aprikose in seine Hand. ›Dich!‹ sagte sie leise.

Nun kam dein Urgroßvater wieder in den Garten zurück. ›Nehm Er sich in acht‹, sagte er lächelnd. ›Er wird sie sonst nicht wieder los.‹ Dann sprach er von Geschäftssachen, und beide gingen ins Haus.

Am Abend durfte die kleine Barbara mit zu Tisch sitzen; der junge freundliche Mann hatte für sie gebeten. – So ganz, wie sie es gewünscht hatte, kam es freilich nicht; denn der Gast saß oben an ihres Vaters Seite; sie aber war nur noch ein kleines Mädchen und mußte ganz unten bei dem allerjüngsten Schreiber sitzen. Darum war sie auch so bald mit dem Essen fertig; dann stand sie auf und schlich sich an den Stuhl ihres Vaters. Der aber sprach mit dem jungen Mann so eifrig über Konto und Diskonto, daß dieser für die kleine Barbara gar keine Augen hatte. – Ja, ja, es ist achtzig Jahre her; aber die alte Großmutter denkt es noch wohl, wie die kleine Barbara damals recht sehr ungeduldig wurde und auf ihren guten Vater gar nicht zum besten zu sprechen war. Die Uhr schlug zehn, und nun mußte sie gute Nacht sagen. Als sie zu deinem Großvater kam, fragte er sie: ›Schaukeln wir morgen?‹, und die kleine Barbara wurde wieder ganz vergnügt. – ›Er ist ja ein alter Kindernarr, Er!‹ sagte der Urgroßvater, aber eigentlich war er selbst recht unvernünftig in sein kleines Mädchen verliebt.

Am andern Tage gegen Abend reiste dein Großvater fort.

Dann gingen acht Jahre hin. Die kleine Barbara stand oft zur Winterzeit an der Glastür und hauchte die gefrorenen Scheiben an; dann sah sie durch das Guckloch in den beschneiten Garten hinab und dachte an den schönen Sommer, an die glänzenden Blätter und an den warmen Sonnenschein, an den Iritsch, der immer in den Spalieren nistete, und wie einmal die reifen Aprikosen zur Erde gerollt waren, und dann dachte sie an einen Sommertag und zuletzt immer nur an diesen einen Sommertag, wenn sie an den Sommer dachte. – So gingen die Jahre hin; die kleine Barbara war nun doppelt so alt und eigentlich gar nicht mehr die kleine Barbara; aber der eine Sommertag stand noch immer als ein heller Punkt in ihrer Erinnerung. – Dann war er endlich eines Tages wirklich wieder da.«

»Wer?« fragte lächelnd der Enkel, »der Sommertag?«

»Ja«, sagte die Großmutter, »ja, dein Großvater. Es war ein rechter Sommertag.«

»Und dann?« fragte er wieder.

»Dann«, sagte die Großmutter, »gab es ein Brautpaar, und die kleine Barbara wurde deine Großmutter, wie sie hier unter euch sitzt und die alten Geschichten erzählt. – Soweit war's aber noch nicht. Erst gab es eine Hochzeit, und dazu ließ dein Urgroßvater den Saal bauen. Mit dem Garten und den Blumen war's nun wohl vorbei; es hatte aber nicht Not, er bekam bald lebendige

Blumen zur Unterhaltung in seinen Mittagsstunden. Als der Saal fertig war, wurde die Hochzeit gehalten. Es war eine lustige Hochzeit, und die Gäste sprachen noch lange nachher davon. – Ihr, die ihr hier sitzt und die ihr jetzt allenthalben dabeisein müßt, ihr waret freilich nicht dabei; aber eure Väter und Großväter, eure Mütter und Großmütter, und das waren auch Leute, die ein Wort mitzusprechen wußten. Es war damals freilich noch eine stille, bescheidene Zeit; wir wollten noch nicht alles besser wissen als die Majestäten und ihre Minister; und wer seine Nase in die Politik steckte, den hießen wir einen Kannegießer, und war's ein Schuster, so ließ man die Stiefel bei seinem Nachbarn machen. Die Dienstmädchen hießen noch alle Trine und Stine, und jeder trug den Rock nach seinem Stande. Jetzt tragt ihr sogar Schnurrbärte wie Junker und Kavaliere. Was wollt ihr denn? Wollt ihr alle mitregieren?«

»Ja, Großmutter«, sagte der Enkel.

»Und der Adel und die hohen Herrschaften, die doch dazu geboren sind, was soll aus denen werden?«

»Oh – – Adel – –« sagte die junge Mutter und sah mit stolzen, liebevollen Augen zu ihrem Mann hinauf.

Der lächelte und sagte: »Streichen, Großmutter; oder wir werden alle Freiherrn, ganz Deutschland mit Mann und Maus. Sonst seh ich keinen Rat.«

Die Großmutter erwiderte nichts darauf; sie sagte nur: »Auf meiner Hochzeit wurde nichts von Staatsgeschichten geredet; die Unterhaltung ging ihren ebenen Tritt, und wir waren ebenso vergnügt dabei als ihr in euren neumodischen Gesellschaften. Bei Tische wurden spaßhafte Rätsel aufgegeben und Leberreime gemacht, beim Dessert wurde gesungen: ›Gesundheit, Herr Nachbar, das Gläschen ist leer!‹ und alle die andern hübschen Lieder, die nun vergessen sind; dein Großvater mit seiner hellen Tenorstimme war immer herauszuhören. – Die Menschen waren damals noch höflicher gegeneinander; das Disputieren und Schreien galt in einer feinen Gesellschaft für sehr unziemlich. – Nun, das ist alles anders geworden; – aber dein Großvater war ein sanfter, friedlicher Mann. Er ist schon lange nicht mehr auf dieser Welt; er ist mir weit vorausgegangen; es wird wohl Zeit, daß ich nachkomme.«

Die Großmutter schwieg einen Augenblick, und es sprach niemand. Nur ihre Hände fühlte sie ergriffen; sie wollten sie alle noch behalten. Ein friedliches Lächeln glitt über das alte liebe Gesicht; dann sah sie auf ihren Enkel und sagte: »Hier im Saal stand auch seine Leiche; du warst damals erst sechs Jahre alt und standest am Sarg zu weinen. Dein Vater war ein strenger, rücksichtsloser Mann. »Heule nicht, Junge«, sagte er und hob dich auf den Arm. »Sieh her, so sieht ein braver Mann aus, wenn er gestorben ist.« Dann wischte er sich heimlich selbst eine Träne vom Gesicht. Er hatte immer eine große Verehrung für deinen Großvater gehabt. Jetzt sind sie alle hinüber; – und heute hab ich hier im Saal meine Urenkelin aus der Taufe gehoben, und ihr habt ihr den Namen eurer alten Großmutter gegeben. Möge der liebe Gott sie ebenso glücklich und zufrieden zu meinen Tagen kommen lassen!«

Die junge Mutter fiel vor der Großmutter auf die Knie und küßte ihre feinen Hände.

Der Enkel sagte: »Großmutter, wir wollen den alten Saal ganz umreißen und wieder einen Ziergarten pflanzen; die kleine Barbara ist auch wieder da. Die Frauen sagen ja, sie ist dein Ebenbild; sie soll wieder in der Schaukel sitzen, und die Sonne soll wieder auf goldene Kinderlocken scheinen; vielleicht kommt dann auch eines Sommernachmittags der Großvater wieder die kleine chinesische Treppe herab, vielleicht – –«

Die Großmutter lächelte. »Du bist ein Phantast«, sagte sie; »dein Großvater war es auch.«

Immensee

DER ALTE

An einem Spätherbstnachmittage ging ein alter wohlgekleideter Mann langsam die Straße hinab. Er schien von einem Spaziergange nach Hause zurückzukehren; denn seine Schnallenschuhe, die einer vorübergegangenen Mode angehörten, waren bestäubt. Den langen Rohrstock mit goldenem Knopf trug er unter dem Arm; mit seinen dunkeln Augen, in welche sich die ganze verlorene Jugend gerettet zu haben schien und welche eigentümlich von den schneeweißen Haaren abstachen, sah er ruhig umher oder in die Stadt hinab, welche im Abendsonnendufte vor ihm lag. – Er schien fast ein Fremder; denn von den Vorübergehenden grüßten ihn nur wenige, obgleich mancher unwillkürlich in diese ernsten Augen zu sehen gezwungen wurde. Endlich stand er vor einem hohen Giebelhause still, sah noch einmal in die Stadt hinaus und trat dann in die Hausdiele. Bei dem Schall der Türglocke wurde drinnen in der Stube von einem Guckfenster, welches nach der Diele hinausging, der grüne Vorhang weggeschoben und das Gesicht einer alten Frau dahinter sichtbar. Der Mann winkte ihr mit seinem Rohrstock. »Noch kein Licht!« sagte er in einem etwas südlichen Akzent; und die Haushälterin ließ den Vorhang wieder fallen. Der Alte ging nun über die weite Hausdiele, dann durch einen Pesel, wo große Eichschränke mit Porzellanvasen an den Wänden standen; durch die gegenüberstehende Tür trat er in einen kleinen Flur, von wo aus eine enge Treppe zu den oberen Zimmern des Hinterhauses führte. Er stieg sie langsam hinauf, schloß oben eine Tür auf und trat dann in ein mäßig großes Zimmer. Hier war es heimlich und still; die eine Wand war fast mit Repositorien und Bücherschränken bedeckt; an der andern hingen Bilder von Menschen und Gegenden; vor einem Tische mit grüner Decke, auf dem einzelne aufgeschlagene Bücher umherlagen, stand ein schwerfälliger Lehnstuhl mit rotem Sammetkissen. – Nachdem der Alte Hut und Stock in die Ecke gestellt hatte, setzte er sich in den Lehnstuhl und schien mit gefalteten Händen von seinem Spaziergange auszuruhen. – Wie er so saß, wurde es allmählich dunkler; endlich fiel ein Mondstrahl durch die Fensterscheiben auf die Gemälde an der Wand, und wie der helle Streif langsam weiterrückte, folgten die Augen des Mannes unwillkürlich. Nun trat er über ein kleines Bild in schlichtem schwarzem Rahmen. »Elisabeth!« sagte der Alte leise; und wie er das Wort gesprochen, war die Zeit verwandelt – er war in seiner Jugend.

DIE KINDER

Bald trat die anmutige Gestalt eines kleinen Mädchens zu ihm. Sie hieß Elisabeth und mochte fünf Jahre zählen; er selbst war doppelt so alt. Um den Hals trug sie ein rotseidenes Tüchelchen das ließ ihr hübsch zu den braunen Augen.

»Reinhard«, rief sie, »wir haben frei, frei! Den ganzen Tag keine Schule, und morgen auch nicht.«

Reinhard stellte die Rechentafel, die er schon unterm Arm hatte, flink hinter die Haustür, und dann liefen beide Kinder durchs Haus in den Garten und durch die Gartenpforte hinaus auf die Wiese. Die unverhofften Ferien kamen ihnen herrlich zustatten. Reinhard hatte hier mit Elisabeths Hülfe ein Haus aus Rasenstücken aufgeführt; darin wollten sie die Sommerabende wohnen; aber es fehlte noch die Bank. Nun ging er gleich an die Arbeit; Nägel, Hammer und die nötigen Bretter lagen schon bereit. Währenddessen ging Elisabeth an dem Wall entlang und sammelte den ringförmigen Samen der wilden Malve in ihre Schürze; davon wollte sie sich Ketten und Halsbänder machen; und als Reinhard endlich trotz manches krummgeschlagenen Nagels seine Bank dennoch zustande gebracht hatte und nun wieder in die Sonne hinaustrat, ging sie schon weit davon am andern Ende der Wiese.

»Elisabeth!« rief er, »Elisabeth!« Und da kam sie, und ihre Locken flogen. »Komm«, sagte er, »nun ist unser Haus fertig. Du bist ja ganz heiß geworden; komm herein, wir wollen uns auf die neue Bank setzen. Ich erzähl dir etwas.«

Dann gingen sie beide hinein und setzten sich auf die neue Bank. Elisabeth nahm ihre Ringelchen aus der Schürze und zog sie auf lange Bindfäden; Reinhard fing an zu erzählen: »Es waren einmal drei Spinnfrauen – –«

»Ach«, sagte Elisabeth, »daß weiß ich ja auswendig; du mußt auch nicht immer dasselbe erzählen.«

Da mußte Reinhard die Geschichte von den drei Spinnfrauen

steckenlassen, und statt dessen erzählte er die Geschichte von dem armen Mann, der in die Löwengrube geworfen war.
»Nun war es Nacht«, sagte er, »weißt du? ganz finstere, und die Löwen schliefen. Mitunter aber gähnten sie im Schlaf und reckten die roten Zungen aus; dann schauderte der Mann und meinte, daß der Morgen komme. Da warf es um ihn her auf einmal einen hellen Schein, und als er aufsah, stand ein Engel vor ihm. Der winkte ihm mit der Hand und ging dann gerade in die Felsen hinein.«
Elisabeth hatte aufmerksam zugehört. »Ein Engel?« sagte sie. »Hatte er denn Flügel?«
»Es ist nur so eine Geschichte«, antwortete Reinhard; »es gibt ja gar keine Engel.«
»O pfui, Reinhard!« sagte sie und sah ihm starr ins Gesicht. Als er sie aber finster anblickte, fragte sie ihn zweifelnd: »Warum sagen sie es denn immer? Mutter und Tante und auch in der Schule?«
»Das weiß ich nicht«, antwortete er.
»Aber du«, sagte Elisabeth, »gibt es denn auch keine Löwen?«
»Löwen? Ob es Löwen gibt! In Indien; da spannen die Götzenpriester sie vor den Wagen und fahren mit ihnen durch die Wüste. Wenn ich groß bin, will ich einmal selber hin. Da ist es vieltausendmal schöner als hier bei uns; da gibt es gar keinen Winter. Du mußt auch mit mir. Willst du?«
»Ja«, sagte Elisabeth; »aber Mutter muß dann auch mit, und deine Mutter auch.«
»Nein«, sagte Reinhard, »die sind dann zu alt, die können nicht mit.«
»Ich darf aber nicht allein.«
»Du sollst schon dürfen; du wirst dann wirklich meine Frau, und dann haben die andern dir nichts zu befehlen.«
»Aber meine Mutter wird weinen.«
»Wir kommen ja wieder«, sagte Reinhard heftig; »sag es nur gradeheraus: willst du mit mir reisen? Sonst geh ich allein; und dann komme ich nimmer wieder.«
Der Kleinen kam das Weinen nahe. »Mach nur nicht so böse Augen«, sagte sie; »ich will ja mit nach Indien.«
Reinhard faßte sie mit ausgelassener Freude bei beiden Händen und zog sie hinaus auf die Wiese. »Nach Indien, nach Indien!« sang er und schwenkte sich mit ihr im Kreise, daß ihr das rote

Tüchelchen vom Halse flog. Dann aber ließ er sie plötzlich los und sagte ernst: »Es wird doch nichts daraus werden; du hast keine Courage.«

– – »Elisabeth! Reinhard!« rief es jetzt von der Gartenpforte. »Hier! Hier!« antworteten die Kinder und sprangen Hand in Hand nach Hause.

IM WALDE

So lebten die Kinder zusammen; sie war ihm oft zu still, er war ihr oft zu heftig, aber sie ließen deshalb nicht voneinander; fast alle Freistunden teilten sie, winters in den beschränkten Zimmern ihrer Mütter, sommers in Busch und Feld. – Als Elisabeth einmal in Reinhards Gegenwart von dem Schullehrer gescholten wurde, stieß er seine Tafel zornig auf den Tisch, um den Eifer des Mannes auf sich zu lenken. Es wurde nicht bemerkt. Aber Reinhard verlor alle Aufmerksamkeit an den geographischen Vorträgen; statt dessen verfaßte er ein langes Gedicht; darin verglich er sich selbst mit einem jungen Adler, den Schulmeister mit einer grauen Krähe, Elisabeth war die weiße Taube; der Adler gelobte, an der grauen Krähe Rache zu nehmen, sobald ihm die Flügel gewachsen sein würden. Dem jungen Dichter standen die Tränen in den Augen; er kam sich sehr erhaben vor. Als er nach Hause gekommen war, wußte er sich einen kleinen Pergamentband mit vielen weißen Blättern zu verschaffen; auf die ersten Seiten schrieb er mit sorgsamer Hand sein erstes Gedicht. – Bald darauf kam er in eine andere Schule; hier schloß er manche neue Kameradschaft mit Knaben seines Alters; aber sein Verkehr mit Elisabeth wurde dadurch nicht gestört. Von den Märchen, welche er ihr sonst erzählt und wieder erzählt hatte, fing er jetzt an, die, welche ihr am besten gefallen hatten, aufzuschreiben; dabei wandelte ihn oft die Lust an, etwas von seinen eigenen Gedanken hineinzudichten; aber, er wußte nicht weshalb, er konnte immer nicht dazu gelangen. So schrieb er sie genau auf, wie er sie selber gehört hatte. Dann gab er die Blätter an Elisabeth, die sie in einem Schubfach ihrer Schatulle sorgfältig aufbewahrte; und es gewährte ihm eine anmutige Befriedigung, wenn er sie mitunter abends diese Geschichten in seiner Gegenwart aus den von ihm geschriebenen Heften ihrer Mutter vorlesen hörte.

Sieben Jahre waren vorüber. Reinhard sollte zu seiner weiteren

Ausbildung die Stadt verlassen. Elisabeth konnte sich nicht an den Gedanken finden, daß es nun eine Zeit ganz ohne Reinhard geben werde. Es freute sie, als er ihr eines Tages sagte, er werde, wie sonst, Märchen für sie aufschreiben; er wolle sie ihr mit den Briefen an seine Mutter schicken; sie müsse ihm dann wieder schreiben, wie sie ihr gefallen hätten. Die Abreise rückte heran; vorher aber kam noch mancher Reim in den Pergamentband. Das allein war für Elisabeth ein Geheimnis, obgleich sie die Veranlassung zu dem ganzen Buche und zu den meisten Liedern war, welche nach und nach fast die Hälfte der weißen Blätter gefüllt hatten.

Es war im Juni; Reinhard sollte am andern Tage reisen. Nun wollte man noch einmal einen festlichen Tag zusammen begehen. Dazu wurde eine Landpartie nach einer der nahe belegenen Holzungen in größerer Gesellschaft veranstaltet. Der stundenlange Weg bis an den Saum des Waldes wurde zu Wagen zurückgelegt; dann nahm man die Proviantkörbe herunter und marschierte weiter. Ein Tannengehölz mußte zuerst durchwandert werden; es war kühl und dämmerig und der Boden überall mit feinen Nadeln bestreut. Nach halbstündigem Wandern kam man aus dem Tannendunkel in eine frische Buchenwaldung; hier war alles licht und grün, mitunter brach ein Sonnenstrahl durch die blätterreichen Zweige; ein Eichkätzchen sprang über ihren Köpfen von Ast zu Ast. – Auf einem Platze, über welchem uralte Buchen mit ihren Kronen zu einem durchsichtigen Laubgewölbe zusammenwuchsen, machte die Gesellschaft halt. Elisabeths Mutter öffnete einen der Körbe; ein alter Herr warf sich zum Proviantmeister auf. »Alle um mich herum, ihr jungen Vögel!« rief er. »Und merket genau, was ich euch zu sagen habe. Zum Frühstück erhält jetzt ein jeder von euch zwei trockene Wecken; die Butter ist zu Hause geblieben, die Zukost müßt ihr euch selber suchen. Es stehen genug Erdbeeren im Walde, das heißt, für den, der sie zu finden weiß. Wer ungeschickt ist, muß sein Brot trocken essen; so geht es überall im Leben. Habt ihr meine Rede begriffen?«

»Jawohl!« riefen die Jungen.

»Ja, seht«, sagte der Alte, »sie ist aber noch nicht zu Ende. Wir Alten haben uns im Leben schon genug umhergetrieben; darum bleiben wir jetzt zu Haus, das heißt, hier unter diesen breiten Bäumen, und schälen die Kartoffeln und machen Feuer und rüsten die Tafel, und wenn die Uhr zwölf ist, sollen auch die Eier gekocht werden. Dafür seid ihr uns von euren Erdbeeren die Hälfte schuldig, damit wir auch einen Nachtisch servieren können. Und nun geht nach Ost und West und seid ehrlich!«

Die Jungen machten allerlei schelmische Gesichter. »Halt!« rief der alte Herr noch einmal. »Das brauche ich euch wohl nicht zu sagen: wer keine findet, braucht auch keine abzuliefern; aber das schreibt euch wohl hinter eure feinen Ohren, von uns Alten bekommt er auch nichts. Und nun habt ihr für diesen Tag gute Lehren genug; wenn ihr nun noch Erdbeeren dazu habt, so werdet ihr für heute schon durchs Leben kommen.«

Die Jungen waren derselben Meinung und begannen sich paarweise auf die Fahrt zu machen.

»Komm, Elisabeth«, sagte Reinhard, »ich weiß einen Erdbeerenschlag, du sollst kein trockenes Brot essen.«

Elisabeth knüpfte die grünen Bänder ihres Strohhutes zusammen und hängte ihn über den Arm. »So komm«, sagte sie, »der Korb ist fertig.«

Dann gingen sie in den Wald hinein, tiefer und tiefer; durch feuchte undurchdringliche Baumschatten, wo alles still war, nur unsichtbar über ihnen in den Lüften das Geschrei der Falken; dann wieder durch dichtes Gestrüpp, so dicht, daß Reinhard vorangehen mußte, um einen Pfad zu machen, hier einen Zweig zu knicken, dort eine Ranke beiseite zu biegen. Bald aber hörte er hinter sich Elisabeth seinen Namen rufen. Er wandte sich um. »Reinhard!« rief sie, »warte doch, Reinhard!« Er konnte sie nicht gewahr werden; endlich sah er sie in einiger Entfernung mit den Sträuchern kämpfen; ihr feines Köpfchen schwamm nur kaum über den Spitzen der Farrenkräuter. Nun ging er noch einmal zurück und führte sie durch das Wirrnis der Kräuter und Stauden auf einen freien Platz hinaus, wo blaue Falter zwischen den einsamen Waldblumen flatterten. Reinhard strich ihr die feuchten Haare aus dem erhitzten Gesichtchen; dann wollte er ihr den Strohhut aufsetzen, und sie wollte es nicht leiden; dann aber bat er sie, und dann ließ sie es doch geschehen.

»Wo bleiben denn aber deine Erdbeeren?« fragte sie endlich, indem sie stehenblieb und einen tiefen Atemzug tat.

»Hier haben sie gestanden«, sagte er, »aber die Kröten sind uns zuvorgekommen, oder die Marder, oder vielleicht die Elfen.«

»Ja«, sagte Elisabeth, »die Blätter stehen noch da; aber sprich hier nicht von Elfen. Komm nur, ich bin noch gar nicht müde; wir wollen weitersuchen.«

Vor ihnen war ein kleiner Bach, jenseits wieder der Wald. Reinhard hob Elisabeth auf seine Arme und trug sie hinüber. Nach einer Weile traten sie aus dem schattigen Laube wieder in eine weite Lichtung hinaus. »Hier müssen Erdbeeren sein«, sagte das Mädchen, »es duftet so süß.«

Sie gingen suchend durch den sonnigen Raum; aber sie fanden keine. »Nein«, sagte Reinhard, »es ist nur der Duft des Heidekrautes.«

Himbeerbüsche und Hülsendorn standen überall durcheinander; ein starker Geruch von Heidekräutern, welche abwechselnd mit kurzem Grase die freien Stellen des Bodens bedeckten, erfüllte die Luft. »Hier ist es einsam«, sagte Elisabeth; »wo mögen die andern sein?«

An den Rückweg hatte Reinhard nicht gedacht. »Warte nur; woher kommt der Wind?« sagte er und hob seine Hand in die Höhe. Aber es kam kein Wind.

»Still«, sagte Elisabeth, »mich dünkt, ich hörte sie sprechen. Rufe einmal dahinunter.«

Reinhard rief durch die hohle Hand: »Kommt hieher!« – »Hieher!« rief es zurück.

»Sie antworten!« sagte Elisabeth und klatschte in die Hände.

»Nein, es war nichts, es war nur der Widerhall.«

Elisabeth faßte Reinhards Hand. »Mir graut!« sagte sie.

»Nein«, sagte Reinhard, »das muß es nicht. Hier ist es prächtig. Setz dich dort in den Schatten zwischen die Kräuter. Laß uns eine Weile ausruhen; wir finden die andern schon.«

Elisabeth setzte sich unter eine überhängende Buche und lauschte aufmerksam nach allen Seiten; Reinhard saß einige Schritte davon auf einem Baumstumpf und sah schweigend nach ihr hinüber. Die Sonne stand gerade über ihnen; es war glühende Mittagshitze; kleine goldglänzende, stahlblaue Fliegen standen flügelschwingend in der Luft; rings um sie her ein feines Schwirren und Summen, und manchmal hörte man tief im Walde das Hämmern der Spechte und das Kreischen der andern Waldvögel.

»Horch!« sagte Elisabeth. »Es läutet.«

»Wo?« fragte Reinhard.

»Hinter uns. Hörst du? Es ist Mittag.«

»Dann liegt hinter uns die Stadt; und wenn wir in dieser Richtung gradedurch gehen, so müssen wir die andern treffen.«
So traten sie ihren Rückweg an; das Erdbeersuchen hatten sie aufgegeben, denn Elisabeth war müde geworden. Endlich klang zwischen den Bäumen hindurch das Lachen der Gesellschaft; dann sahen sie auch ein weißes Tuch am Boden schimmern, das war die Tafel, und darauf standen Erdbeeren in Hülle und Fülle. Der alte Herr hatte eine Serviette im Knopfloch und hielt den Jungen die Fortsetzung seiner moralischen Reden, während er eifrig an einem Braten herumtranchierte.
»Da sind die Nachzügler«, riefen die Jungen, als sie Reinhard und Elisabeth durch die Bäume kommen sahen.
»Hieher!« rief der alte Herr. »Tücher ausgeleert, Hüte umgekehrt! Nun zeigt her, was ihr gefunden habt.«
»Hunger und Durst!« sagte Reinhard.
»Wenn das alles ist«, erwiderte der Alte und hob ihnen die volle Schüssel entgegen, »so müßt ihr es auch behalten. Ihr kennt die Abrede; hier werden keine Müßiggänger gefüttert.« Endlich ließ er sich aber doch erbitten, und nun wurde Tafel gehalten; dazu schlug die Drossel aus den Wacholderbüschen.
So ging der Tag hin. – Reinhard hatte aber doch etwas gefunden; waren es keine Erdbeeren, so war es doch auch im Walde gewachsen. Als er nach Hause gekommen war, schrieb er in seinen alten Pergamentband:

Hier an der Bergeshalde
Verstummet ganz der Wind;
Die Zweige hängen nieder,
Darunter sitzt das Kind.

Sie sitzt in Thymiane,
Sie sitzt in lauter Duft;
Die blauen Fliegen summen
Und blitzen durch die Luft.

Es steht der Wald so schweigend,
Sie schaut so klug darein;
Um ihre braunen Locken
Hinfließt der Sonnenschein.

Der Kuckuck lacht von ferne,
es geht mir durch den Sinn:
Sie hat die goldnen Augen
Der Waldeskönigin.

So war sie nicht allein sein Schützling; sie war ihm auch der Ausdruck für alles Liebliche und Wunderbare seines aufgehenden Lebens.

DA STAND DAS KIND AM WEGE

Weihnachtabend kam heran. – Es war noch nachmittags, als Reinhard mit andern Studenten im Ratskeller am alten Eichentisch zusammensaß. Die Lampen an den Wänden waren angezündet, denn hier unten dämmerte es schon; aber die Gäste waren sparsam versammelt, die Kellner lehnten müßig an den Mauerpfeilern. In einem Winkel des Gewölbes saßen ein Geigenspieler und ein Zithermädchen mit feinen zigeunerhaften Zügen; sie hatten ihre Instrumente auf dem Schoße liegen und schienen teilnahmslos vor sich hinzusehen.
Am Studententische knallte ein Champagnerpfropfen. »Trinke, mein böhmisch Liebchen!« rief ein junger Mann von junkerhaftem Äußern, indem er ein volles Glas zu dem Mädchen hinüberreichte.
»Ich mag nicht«, sagte sie, ohne ihre Stellung zu verändern.
»So singe!« rief der Junker und warf ihr eine Silbermünze in den Schoß. Das Mädchen strich sich langsam mit den Fingern durch ihr schwarzes Haar, während der Geigenspieler ihr ins Ohr flüsterte; aber sie warf den Kopf zurück und stützte das Kinn auf ihre Zither. »Für den spiel ich nicht«, sagte sie.
Reinhard sprang mit dem Glase in der Hand auf und stellte sich vor sie.
»Was willst du?« fragte sie trotzig.
»Deine Augen sehn.«
»Was gehn dich meine Augen an?«
Reinhard sah funkelnd auf sie nieder. »Ich weiß wohl, sie sind falsch!« – Sie legte ihre Wange in die flache Hand und sah ihn lauernd an. Reinhard hob sein Glas an den Mund. »Auf deine schönen, sündhaften Augen!« sagte er und trank.
Sie lachte und warf den Kopf herum. »Gib!« sagte sie, und indem sie ihre schwarzen Augen in die seinen heftete, trank sie

langsam den Rest. Dann griff sie einen Dreiklang und sang mit tiefer, leidenschaftlicher Stimme:

Heute, nur heute
Bin ich so schön;
Morgen, ach morgen
Muß alles vergehn!
Nur diese Stunde
bist du noch mein;
Sterben, ach sterben
Soll ich allein.

Während der Geigenspieler in raschem Tempo das Nachspiel einsetzte, gesellte sich ein neuer Ankömmling zu der Gruppe.
»Ich wollte dich abholen, Reinhard«, sagte er. »Du warst schon fort; aber das Christkind war bei dir eingekehrt.«
»Das Christkind?« sagte Reinhard, »das kommt nicht mehr zu mir.«
»Ei was! Dein ganzes Zimmer roch nach Tannenbaum und braunen Kuchen.«
Reinhard setzte das Glas aus der Hand und griff nach seiner Mütze.
»Was willst du?« fragte das Mädchen.
»Ich komme schon wieder.«
Sie runzelte die Stirn. »Bleib!« rief sie leise und sah ihn vertraulich an.
Reinhard zögerte. »Ich kann nicht«, sagte er.
Sie stieß ihn lachend mit der Fußspitze. »Geh!« sagte sie. »Du taugst nichts; ihr taugt alle miteinander nichts.« Und während sie sich abwandte, stieg Reinhard langsam die Kellertreppe hinauf.
Draußen auf der Straße war es tiefe Dämmerung; er fühlte die frische Winterluft an seiner heißen Stirn. Hie und da fiel der helle Schein eines brennenden Tannenbaums aus den Fenstern, dann und wann hörte man von drinnen das Geräusch von kleinen Pfeifen und Blechtrompeten und dazwischen jubelnde Kinderstimmen. Scharen von Bettelkindern gingen von Haus zu Haus oder stiegen auf die Treppengeländer und suchten durch die Fenster einen Blick in die versagte Herrlichkeit zu gewinnen. Mitunter wurde auch eine Tür plötzlich aufgerissen, und scheltende Stimmen trieben einen ganzen Schwarm solcher kleinen

Gäste aus dem hellen Hause auf die dunkle Gasse hinaus; anderswo wurde auf dem Hausflur ein altes Weihnachtslied gesungen; es waren klare Mädchenstimmen darunter. Reinhard hörte sie nicht, er ging rasch an allem vorüber, aus einer Straße in die andere. Als er an seine Wohnung gekommen, war es fast völlig dunkel geworden; er stolperte die Treppe hinauf und trat in seine Stube. Ein süßer Duft schlug ihm entgegen; das heimelte ihn an, das roch wie zu Haus der Mutter Weihnachtsstube. Mit zitternder Hand zündete er sein Licht an; da lag ein mächtiges Paket auf dem Tisch, und als er es öffnete, fielen die wohlbekannten braunen Festkuchen heraus; auf einigen waren die Anfangsbuchstaben seines Namens in Zucker gestreut, das konnte niemand anders als Elisabeth getan haben. Dann kam ein Päckchen mit feiner gestickter Wäsche zum Vorschein, Tücher und Manschetten, zuletzt Briefe von der Mutter und von Elisabeth. Reinhard öffnete zuerst den letzteren; Elisabeth schrieb:

»Die schönen Zuckerbuchstaben können Dir wohl erzählen, wer bei den Kuchen mitgeholfen hat; dieselbe Person hat die Manschetten für Dich gestickt. Bei uns wird es nun Weihnachtabend sehr still werden; meine Mutter stellt immer schon um halb zehn ihr Spinnrad in die Ecke; es ist gar so einsam diesen Winter, wo Du nicht hier bist. Nun ist auch vorigen Sonntag der Hänfling gestorben, den Du mir geschenkt hattest; ich habe sehr geweint, aber ich hab ihn doch immer gut gewartet. Der sang sonst immer nachmittags, wenn die Sonne auf sein Bauer schien; Du weißt, die Mutter hängte oft ein Tuch über, um ihn zu geschweigen, wenn er so recht aus Kräften sang. Da ist es nun noch stiller in der Kammer, nur daß Dein alter Freund Erich uns jetzt mitunter besucht. Du sagtest einmal, er sähe seinem braunen Überrock ähnlich. Daran muß ich nun immer denken, wenn er zur Tür hereinkommt, und es ist gar zu komisch; sag es aber nicht zur Mutter, sie wird dann leicht verdrießlich. – Rat, was ich Deiner Mutter zu Weihnachten schenke! Du rätst es nicht? Mich selber! Der Erich zeichnet mich in schwarzer Kreide; ich habe ihm schon dreimal sitzen müssen, jedesmal eine ganze Stunde. Es war mir recht zuwider, daß der fremde Mensch mein Gesicht so auswendig lernte. Ich wollte auch nicht, aber die Mutter redete mir zu; sie sagte, es würde der guten Frau Werner eine gar große Freude machen.

Aber Du hältst nicht Wort, Reinhard. Du hast keine Märchen ge-

schickt. Ich habe Dich oft bei Deiner Mutter verklagt; sie sagt dann immer, Du habest jetzt mehr zu tun als solche Kindereien. Ich glaub es aber nicht; es ist wohl anders.«
Nun las Reinhard auch den Brief seiner Mutter, und als er beide Briefe gelesen und langsam wieder zusammengefaltet und weggelegt hatte, überfiel ihn unerbittliches Heimweh. Er ging eine Zeitlang in seinem Zimmer auf und nieder; er sprach leise und dann halb verständlich zu sich selbst:

Er wäre fast verirret
Und wußte nicht hinaus;
Da stand das Kind am Wege
Und winkte ihm nach Haus!

Dann trat er an sein Pult, nahm einiges Geld heraus und ging wieder auf die Straße hinab. – Hier war es mittlerweile stiller geworden; die Weihnachtsbäume waren ausgebrannt, die Umzüge der Kinder hatten aufgehört. Der Wind fegte durch die einsamen Straßen; Alte und Junge saßen in ihren Häusern familienweise zusammen; der zweite Abschnitt des Weihnachtsabends hatte begonnen. –
Als Reinhard in die Nähe des Ratskellers kam, hörte er aus der Tiefe herauf Geigenstrich und den Gesang des Zithermädchens; nun klingelte unten die Kellertür, und eine dunkle Gestalt schwankte die breite, matt erleuchtete Treppe herauf. Reinhard trat in den Häuserschatten und ging dann rasch vorüber. Nach einer Weile erreichte er den erleuchteten Laden eines Juweliers; und nachdem er hier ein kleines Kreuz von roten Korallen eingehandelt hatte, ging er auf demselben Wege, den er gekommen war, wieder zurück.
Nicht weit von seiner Wohnung bemerkte er ein kleines, in klägliche Lumpen gehülltes Mädchen an einer hohen Haustür stehen, in vergeblicher Bemühung, sie zu öffnen. »Soll ich dir helfen?« sagte er. Das Kind erwiderte nichts, ließ aber die schwere Türklinke fahren. Reinhard hatte schon die Tür geöffnet. »Nein«, sagte er, »sie könnten dich hinausjagen; komm mit mir! Ich will dir Weihnachtskuchen geben.« Dann machte er die Tür wieder zu und faßte das kleine Mädchen an der Hand, das stillschweigend mit ihm in seine Wohnung ging.
Er hatte das Licht beim Weggehen brennen lassen. »Hier hast du

Kuchen«, sagte er und gab ihr die Hälfte seines ganzen Schatzes in ihre Schürze, nur keine mit den Zuckerbuchstaben. »Nun geh nach Hause, und gib deiner Mutter auch davon.« Das Kind sah mit einem scheuen Blick zu ihm hinauf; es schien solcher Freundlichkeit ungewohnt und nichts darauf erwidern zu können. Reinhard machte die Tür auf und leuchtete ihr, und nun flog die Kleine wie ein Vogel mit ihren Kuchen die Treppe hinab und zum Hause hinaus.

Reinhard schürte das Feuer in seinem Ofen an und stellte das bestaubte Dintenfaß auf seinen Tisch; dann setzte er sich hin und schrieb, und schrieb die ganze Nacht Briefe an seine Mutter, an Elisabeth. Der Rest der Weihnachtskuchen lag unberührt neben ihm; aber die Manschetten von Elisabeth hatte er angeknüpft, was sich gar wunderlich zu seinem weißen Flausrock ausnahm. So saß er noch, als die Wintersonne auf die gefrorenen Fensterscheiben fiel und ihm gegenüber im Spiegel ein blasses, ernstes Antlitz zeigte.

DAHEIM

Als es Ostern geworden war, reiste Reinhard in die Heimat. Am Morgen nach seiner Ankunft ging er zu Elisabeth. »Wie groß du geworden bist!« sagte er, als das schöne schmächtige Mädchen ihm lächelnd entgegenkam. Sie errötete, aber sie erwiderte nichts; ihre Hand, die er beim Willkommen in die seine genommen, suchte sie ihm sanft zu entziehen. Er sah sie zweifelnd an; das hatte sie früher nicht getan; nun war es, als träte etwas Fremdes zwischen sie. – Das blieb auch, als er schon länger dagewesen und als er Tag für Tag immer wiedergekommen war. Wenn sie allein zusammensaßen, entstanden Pausen, die ihm peinlich waren und denen er dann ängstlich zuvorzukommen suchte. Um während der Ferienzeit eine bestimmte Unterhaltung zu haben, fing er an, Elisabeth in der Botanik zu unterrichten, womit er sich in den ersten Monaten seines Universitätslebens angelegentlich beschäftigt hatte. Elisabeth, die ihm in allem zu folgen gewohnt und überdies lehrhaft war, ging bereitwillig darauf ein. Nun wurden mehrere Male in der Woche Exkursionen ins Feld oder in die Heiden gemacht; und hatten sie dann mittags die grüne Botanisierkapsel voll Kraut und Blumen nach Hause gebracht, so kam Reinhard einige Stunden später wieder, um mit Elisabeth den gemeinschaftlichen Fund zu teilen.

In solcher Absicht trat er eines Nachmittags ins Zimmer, als Elisabeth am Fenster stand und ein vergoldetes Vogelbauer, das er sonst nicht dort gesehen, mit frischem Hühnerschwarm besteckte. Im Bauer saß ein Kanarienvogel, der mit den Flügeln schlug und kreischend nach Elisabeths Finger pickte. Sonst hatte Reinhards Vogel an dieser Stelle gehangen. »Hat mein armer Hänfling sich nach seinem Tode in einen Goldfinken verwandelt?« fragte er heiter.

»Das pflegen die Hänflinge nicht«, sagte die Mutter, welche spinnend im Lehnstuhle saß. »Ihr Freund Erich hat ihn heut mittag für Elisabeth von seinem Hofe hereingeschickt.«

»Von welchem Hofe?«

»Das wissen Sie nicht?«

»Was denn?«

»Daß Erich seit einem Monat den zweiten Hof seines Vaters am Immensee angetreten hat?«

»Aber Sie haben mir kein Wort davon gesagt.«

»Ei«, sagte die Mutter, »sie haben sich auch noch mit keinem Worte nach Ihrem Freunde erkundigt. Er ist ein gar lieber, verständiger junger Mann.«

Die Mutter ging hinaus, um den Kaffee zu besorgen; Elisabeth hatte Reinhard den Rücken zugewandt und war noch mit dem Bau ihrer kleinen Laube beschäftigt. »Bitte, nur ein kleines Weilchen«, sagte sie; »gleich bin ich fertig.« – Da Reinhard wider seine Gewohnheit nicht antwortete, so wandte sie sich um. In seinen Augen lag ein plötzlicher Ausdruck von Kummer, den sie nie darin gewahrt hatte. »Was fehlt dir, Reinhard?« fragte sie, indem sie nahe zu ihm trat.

»Mir?« fragte er gedankenlos und ließ seine Augen träumerisch in den ihren ruhen.

»Du siehst so traurig aus.«

»Elisabeth«, sagte er, »ich kann den gelben Vogel nicht leiden.«

Sie sah ihn staunend an; sie verstand ihn nicht. »Du bist so sonderbar«, sagte sie.

Er nahm ihre beiden Hände, die sie ruhig in den seinen ließ. Bald trat die Mutter wieder herein.

Nach dem Kaffee setzte diese sich an ihr Spinnrad; Reinhard und Elisabeth gingen ins Nebenzimmer, um ihre Pflanzen zu ordnen. Nun wurden Staubfäden gezählt, Blätter und Blüten sorgfältig ausgebreitet und von jeder Art zwei Exemplare zum

Trocknen zwischen die Blätter eines großen Folianten gelegt. Es war sonnige Nachmittagsstille; nur nebenan schnurrte der Mutter Spinnrad, und von Zeit zu Zeit wurde Reinhards gedämpfte Stimme gehört, wenn er die Ordnungen und Klassen der Pflanzen nannte oder Elisabeths ungeschickte Aussprache der lateinischen Namen korrigierte.

»Mir fehlt noch von neulich die Maiblume«, sagte sie jetzt, als der ganze Fund bestimmt und geordnet war.

Reinhard zog einen kleinen weißen Pergamentband aus der Tasche. »Hier ist ein Maiblumenstengel für dich«, sagte er, indem er die halbgetrocknete Pflanze herausnahm.

Als Elisabeth die beschriebenen Blätter sah, fragte sie: »Hast du wieder Märchen gedichtet?«

»Es sind keine Märchen«, antwortete er und reichte ihr das Buch.

Es waren lauter Verse, die meisten füllten höchstens eine Seite. Elisabeth wandte ein Blatt nach dem andern um; sie schien nur die Überschriften zu lesen: »Als sie vom Schulmeister gescholten war«. »Als sie sich im Walde verirrt hatten«. »Mit dem Ostermärchen«. »Als sie mir zum erstenmal geschrieben hatte«; in der Weise lauteten fast alle. Reinhard blickte forschend zu ihr hin, und indem sie immer weiter blätterte, sah er, wie zuletzt auf ihrem klaren Antlitz ein zartes Rot hervorbrach und es allmählich ganz überzog. Er wollte ihre Augen sehen; aber Elisabeth sah nicht auf und legte das Buch am Ende schweigend vor ihm hin.

»Gib es mir nicht so zurück!« sagte er.

Sie nahm ein braunes Reis aus der Blechkapsel. »Ich will dein Lieblingskraut hineinlegen«, sagte sie und gab ihm das Buch in seine Hände. – –

Endlich kam der letzte Tag der Ferienzeit und der Morgen der Abreise. Auf ihre Bitte erhielt Elisabeth von der Mutter die Erlaubnis, ihren Freund an den Postwagen zu begleiten, der einige Straßen von ihrer Wohnung seine Station hatte. Als sie vor die Haustür traten, gab Reinhard ihr den Arm; so ging er schweigend neben dem schlanken Mädchen her. Je näher sie ihrem Ziele kamen, desto mehr war es ihm, er habe ihr, ehe er auf so lange Abschied nehme, etwas Notwendiges mitzuteilen – etwas, wovon aller Wert und alle Lieblichkeit seines künftigen Lebens abhänge, und doch konnte er sich es erlösenden Wortes nicht bewußt werden. Das ängstigte ihn; er ging immer langsamer.

»Du kommst zu spät«, sagte sie, »es hat schon zehn geschlagen auf St. Marien.«

Er ging aber darum nicht schneller. Endlich sagte er stammelnd: »Elisabeth, du wirst mich nun in zwei Jahren gar nicht sehen – – wirst du mich wohl noch ebenso liebhaben wie jetzt, wenn ich wieder da bin?«

Sie nickte und sah ihm freundlich ins Gesicht. – »Ich habe dich auch verteidigt«, sagte sie nach einer Pause.

»Mich? Gegen wen hattest du das nötig?«

»Gegen meine Mutter. Wir sprachen gestern abend, als du weggegangen warst, noch lange über dich. Sie meinte, du seist nicht mehr so gut, wie du gewesen.«

Reinhard schwieg einen Augenblick; dann aber nahm er ihre Hand in die seine, und indem er ihr ernst in ihre Kinderaugen blickte, sagte er: »Ich bin noch ebenso gut, wie ich gewesen bin; glaube du das nur fest! Glaubst du es, Elisabeth?«

»Ja«, sagte sie. Er ließ ihre Hand los und ging rasch mit ihr durch die letzte Straße. Je näher ihm der Abschied kam, desto freudiger ward sein Gesicht; er ging ihr fast zu schnell.

»Was hast du, Reinhard?« fragte sie.

»Ich habe ein Geheimnis, ein schönes!« sagte er und sah sie mit leuchtenden Augen an. »Wenn ich nach zwei Jahren wieder da bin, dann sollst du es erfahren.«

Mittlerweile hatten sie den Postwagen erreicht; es war noch eben Zeit genug. Noch einmal nahm Reinhard ihre Hand. »Leb wohl!« sagte er, »leb wohl, Elisabeth. Vergiß es nicht.«

Sie schüttelte mit dem Kopf. »Leb wohl!« sagte sie. Reinhard stieg hinein, und die Pferde zogen an.

Als der Wagen um die Straßenecke rollte, sah er noch einmal ihre liebe Gestalt, wie sie langsam den Weg zurückging.

EIN BRIEF

Fast zwei Jahre nachher saß Reinhard vor seiner Lampe zwischen Büchern und Papieren in Erwartung eines Freundes, mit welchem er gemeinschaftliche Studien übte. Man kam die Treppe herauf. »Herein!« – Es war die Wirtin. »Ein Brief für Sie, Herr Werner!« Dann entfernte sie sich wieder.

Reinhard hatte seit seinem Besuch in der Heimat nicht an Elisabeth geschrieben und von ihr keinen Brief mehr erhalten. Auch

dieser war nicht von ihr; es war die Hand seiner Mutter. Reinhard brach und las, und bald las er folgendes:
»In Deinem Alter, mein liebes Kind, hat noch fast jedes Jahr sein eigenes Gesicht; denn die Jugend läßt sich nicht ärmer machen. Hier ist auch manches anders geworden, was Dir wohl erstan weh tun wird, wenn ich Dich sonst recht verstanden habe. Erich hat sich gestern endlich das Jawort von Elisabeth geholt, nachdem er in dem letzten Vierteljahr zweimal vergebens angefragt hatte. Sie hat sich immer nicht dazu entschließen können; nun hat sie es endlich doch getan; sie ist auch noch gar so jung. Die Hochzeit soll bald sein, und die Mutter wird dann mit ihnen fortgehen.«

IMMENSEE

Wiederum waren Jahre vorüber. – Auf einem abwärts führenden schattigen Waldwege wanderte an einem warmen Frühlingsnachmittage ein junger Mann mit kräftigem, gebräuntem Antlitz. Mit seinen ernsten grauen Augen sah er gespannt in die Ferne, als erwarte er endlich eine Veränderung des einförmigen Weges, die jedoch immer nicht eintreten wollte. Endlich kam ein Karrenfuhrwerk langsam von unten herauf. »Holla! guter Freund«, rief der Wanderer dem nebengehenden Bauer zu, »geht's hier recht nach Immensee?«
»Immer gradaus«, antwortete der Mann und rückte an seinem Rundhute.
»Hat's denn noch weit bis dahin?«
»Der Herr ist dicht davor. Keine halbe Pfeif Tobak, so haben S' den See; das Herrenhaus liegt hart daran.«
Der Bauer fuhr vorüber; der andere ging eiliger unter den Bäumen entlang. Nach einer Viertelstunde hörte ihm zur Linken plötzlich der Schatten auf; der Weg führte an einem Abhang, aus dem die Gipfel hundertjähriger Eichen nur kaum hervorragten. Über sie hinweg öffnete sich eine weite, sonnige Landschaft. Tief unten lag der See, ruhig, dunkelblau, fast ringsum von grünen, sonnbeschienenen Wäldern umgeben; nur an einer Stelle traten sie auseinander und gewährten eine tiefe Fernsicht, bis auch diese durch blaue Berge geschlossen wurde. Quer gegenüber, mitten in dem grünen Laub der Wälder, lag es wie Schnee darüber her; das waren blühende Obstbäume, und daraus hervor auf dem hohen Ufer erhob sich das Herrenhaus, weiß mit

roten Ziegeln. Ein Storch flog vom Schornstein auf und kreiste langsam über dem Wasser. – »Immensee!« rief der Wanderer. Es war fast, als hätte er jetzt das Ziel seiner Reise erreicht; denn er stand unbeweglich und sah über die Gipfel der Bäume zu seinen Füßen hinüber ans andere Ufer, wo das Spiegelbild des Herrenhauses leise schaukelnd auf dem Wasser schwamm. Dann setzte er plötzlich seinen Weg fort.

Es ging jetzt fast steil den Berg hinab, so daß die untenstehenden Bäume wieder Schatten gewährten, zugleich aber die Aussicht auf den See verdeckten, der nur zuweilen zwischen den Lücken der Zweige hindurchblitzte. Bald ging es wieder sanft empor, und nun verschwand rechts und links die Holzung; statt dessen streckten sich dichtbelaubte Weinhügel am Wege entlang; zu beiden Seiten desselben standen blühende Obstbäume voll summender, wühlender Bienen. Ein stattlicher Mann in braunem Überrock kam dem Wanderer entgegen. Als er ihn fast erreicht hatte, schwenkte er seine Mütze und rief mit heller Stimme: »Willkommen, willkommen, Bruder Reinhard! Willkommen auf Gut Immensee!«

»Gott grüß dich, Erich, und Dank für dein Willkommen!« rief ihm der andere entgegen.

Dann waren sie zueinander gekommen und reichten sich die Hände. »Bist du es denn aber auch?« sagte Erich, als er so nahe in das ernste Gesicht seines alten Schulkameraden sah.

»Freilich bin ich's, Erich, und du bist es auch; nur siehst du noch fast heiterer aus, als du schon sonst immer getan hast.«

Ein frohes Lächeln machte Erichs einfache Züge bei diesen Worten noch um vieles heiterer. »Ja, Bruder Reinhard«, sagte er, diesem noch einmal seine Hand reichend, »ich habe aber auch seitdem das Große Los gezogen, du weißt es ja.« Dann rieb er sich die Hände und rief vergnügt: »Das wird eine Überraschung! Den erwartet sie nicht, in alle Ewigkeit nicht!«

»Eine Überraschung?« fragte Reinhard. »Für wen denn?«

»Für Elisabeth.«

»Elisabeth! Du hast ihr nicht von meinem Besuch gesagt?«

»Kein Wort, Bruder Reinhard; sie denkt nicht an dich, die Mutter auch nicht. Ich hab dich ganz im geheim verschrieben, damit die Freude desto größer sei. Du weißt, ich hatte immer so meine stillen Plänchen.«

Reinhard wurde nachdenklich; der Atem schien ihm schwer zu

werden, je näher sie dem Hofe kamen. An der linken Seite des Weges hörten nun auch die Weingärten auf und machten einem weitläufigen Küchengarten Platz, der sich bis fast an das Ufer des Sees hinabzog. Der Storch hatte sich mittlerweile niedergelassen und spazierte gravitätisch zwischen den Gemüsebeeten umher. »Holla!« rief Erich, in die Hände klatschend, »stiehlt mir der hochbeinige Ägypter schon wieder meine kurzen Erbsenstangen!« Der Vogel erhob sich langsam und flog auf das Dach eines neuen Gebäudes, das am Ende des Küchengartens lag und dessen Mauern mit aufgebundenen Pfirsich- und Aprikosenbäumen überzweigt waren. »Das ist die Spritfabrik«, sagte Erich; »ich habe sie erst vor zwei Jahren angelegt. Die Wirtschaftsgebäude hat mein Vater selig neu aufsetzen lassen; das Wohnhaus ist schon von meinem Großvater gebaut worden. So kommt man immer ein bißchen weiter.«

Sie waren bei diesen Worten auf einen geräumigen Platz gekommen, der an den Seiten durch die ländlichen Wirtschaftsgebäude, im Hintergrunde durch das Herrenhaus begrenzt wurde, an dessen beide Flügel sich eine hohe Gartenmauer anschloß; hinter dieser sah man die Züge dunkler Taxuswände, und hin und wieder ließen Syringenbäume ihre blühenden Zweige in den Hofraum hinunterhängen. Männer mit sonnen- und arbeitsheißen Gesichtern gingen über den Platz und grüßten die Freunde, während Erich dem einen und dem andern einen Auftrag oder eine Frage über ihr Tagewerk entgegenrief. – Dann hatten sie das Haus erreicht. Ein hoher, kühler Hausflur nahm sie auf, an dessen Ende sie links in einen etwas dunkleren Seitengang einbogen. Hier öffnete Erich eine Tür, und sie traten in einen geräumigen Gartensaal, der durch das Laubgedränge, welches die gegenüberliegenden Fenster bedeckte, zu beiden Seiten mit grüner Dämmerung erfüllt war; zwischen diesen aber ließen zwei hohe, weit geöffnete Flügeltüren den vollen Glanz der Frühlingssonne hereinfallen und gewährten die Aussicht in einen Garten mit gezirkelten Blumenbeeten und hohen steilen Laubwänden, geteilt durch einen graden breiten Gang, durch welchen man auf den See und weiter auf die gegenüberliegenden Wälder hinaussah. Als die Freunde hineintraten, trug die Zugluft ihnen einen Strom von Duft entgegen.

Auf einer Terrasse vor der Gartentür saß eine weiße, mädchenhafte Frauengestalt. Sie stand auf und ging den Eintretenden entgegen; aber auf halbem Wege blieb sie wie angewurzelt stehen und starrte den Fremden unbeweglich an. Er streckte ihr lächelnd die Hand entgegen. »Reinhard!« rief sie, »Reinhard! Mein Gott, du bist es! – Wir haben uns lange nicht gesehen.«

»Lange nicht«, sagte er und konnte nichts weiter sagen; denn als er ihre Stimme hörte, fühlte er einen feinen körperlichen Schmerz am Herzen, und wie er zu ihr aufblickte, stand sie vor ihm, dieselbe leichte zärtliche Gestalt, der er vor Jahren in seiner Vaterstadt Lebewohl gesagt hatte.

Erich war mit freudestrahlendem Antlitz an der Tür zurückgeblieben. »Nun, Elisabeth«, sagte er, »gelt! den hättest du nicht erwartet, den in alle Ewigkeit nicht!«

Elisabeth sah ihn mit schwesterlichen Augen an. »Du bist so gut, Erich!« sagte sie.

Er nahm ihre schmale Hand liebkosend in die seinen. »Und nun wir ihn haben«, sagte er, »nun lassen wir ihn so bald nicht wieder los. Er ist so lange draußen gewesen, wir wollen ihn wieder heimisch machen. Schau nur, wie fremd und vornehm er aussehen worden ist.«

Ein scheuer Blick Elisabeths streifte Reinhards Antlitz. »Es ist nur die Zeit, die wir nicht beisammen waren«, sagte er.

In diesem Augenblick kam die Mutter mit einem Schlüsselkörbchen am Arm zur Tür herein. »Herr Werner«, sagte sie, als sie Reinhard erblickte, »ei, ein ebenso lieber als unerwarteter Gast.« – Und nun ging die Unterhaltung in Fragen und Antworten ihren ebenen Tritt. Die Frauen setzten sich zu ihrer Arbeit, und während Reinhard die für ihn bereiteten Erfrischungen genoß, hatte Erich seinen soliden Meerschaumkopf angebrannt und saß dampfend und diskutierend an seiner Seite.

Am andern Tage mußte Reinhard mit ihm hinaus; auf die Äkker, in die Weinberge, in den Hopfengarten, in die Spritfabrik. Es war alles wohl bestellt: die Leute, welche auf dem Felde und bei den Kesseln arbeiteten, hatten alle ein gesundes und zufriedenes Aussehen. Zu Mittag kam die Familie im Gartensaal zusammen, und der Tag wurde dann, je nach der Muße der Wirte, mehr oder minder gemeinschaftlich verlebt. Nur die Stunden vor dem Abendessen, wie die ersten des Vormittags, blieb Reinhard arbeitend auf seinem Zimmer. Er hatte seit Jahren, wo er deren habhaft werden konnte, die im Volke lebenden Reime und Lieder gesammelt und ging nun daran, seinen Schatz zu ordnen und wo möglich mit neuen Aufzeichnungen aus der Umgegend zu vermehren. – Elisabeth war zu allen Zeiten sanft und freundlich; Erichs immer gleichbleibende Aufmerksamkeit nahm sie mit einer fast demütigen Dankbarkeit auf, und Reinhard dachte mitunter, das heitere Kind von ehedem habe wohl eine weniger stille Frau versprochen.

Seit dem zweiten Tage seines Hierseins pflegte er abends einen Spaziergang an dem Ufer des Sees zu machen. Der Weg führte hart unter dem Garten vorbei. Am Ende desselben, auf einer vorspringenden Bastei, stand eine Bank unter hohen Birken; die Mutter hatte sie die Abendbank getauft, weil der Platz gegen Abend lag und des Sonnenuntergangs halber um diese Zeit am meisten benutzt wurde. – Von einem Spaziergange auf diesem Wege kehrte Reinhard eines Abends zurück, als er vom Regen überrascht wurde. Er suchte Schutz unter einer am Wasser stehenden Linde; aber die schweren Tropfen schlugen bald durch die Blätter. Durchnäßt, wie er war, ergab er sich darein und setzte langsam seinen Rückweg fort. Es war fast dunkel; der Regen fiel immer dichter. Als er sich der Abendbank näherte, glaubte er zwischen den schimmernden Birkenstämmen eine weiße Frauengestalt zu unterscheiden. Sie stand unbeweglich und, wie er beim Näherkommen zu erkennen meinte, zu ihm hingewandt, als wenn sie jemanden erwarte. Er glaubte, es sei Elisabeth. Als er aber rascher zuschritt, um sie zu erreichen und dann mit ihr zusammen durch den Garten ins Haus zurückzukehren, wandte sie sich langsam ab und verschwand in die dunkeln Seitengänge. Er konnte das nicht reimen; er war aber fast zornig auf Elisabeth, und dennoch zweifelte er, ob sie es gewesen sei; aber er scheute sich, sie danach zu fragen; ja, er ging bei seiner Rückkehr nicht in den Gartensaal, nur um Elisabeth nicht etwa durch die Gartentür hereintreten zu sehen.

MEINE MUTTER HAT'S GEWOLLT

Einige Tage nachher, es ging schon gegen Abend, saß die Familie wie gewöhnlich um diese Zeit, im Gartensaal zusammen. Die Türen standen offen; die Sonne war schon hinter den Wäldern jenseit des Sees.

Reinhard wurde um die Mitteilung einiger Volkslieder gebeten, welche er am Nachmittage von einem auf dem Lande wohnenden Freunde geschickt bekommen hatte. Er ging auf sein Zimmer und kam gleich darauf mit einer Papierrolle zurück, welche aus einzelnen sauber geschriebenen Blättern zu bestehen schien.

Man setzte sich an den Tisch, Elisabeth an Reinhards Seite. »Wir lesen auf gut Glück«, sagte er, »ich habe sie selber noch nicht durchgesehen.«

Elisabeth rollte das Manuskript auf. »Hier sind Noten«, sagte sie, »das mußt du singen, Reinhard.«

Und dieser las nun zuerst einige Tiroler Schnaderhüpferl, indem er beim Lesen jezuweilen die lustige Melodie mit halber Stimme anklingen ließ. Eine allgemeine Heiterkeit bemächtigte sich der kleinen Gesellschaft. »Wer hat doch aber die schönen Lieder gemacht?« fragte Elisabeth.

»Ei«, sagte Erich, »das hört man den Dingern schon an; Schneidergesellen und Friseure und derlei luftiges Gesindel.«

Reinhard sagte: »Sie werden gar nicht gemacht; sie wachsen, sie fallen aus der Luft, sie fliegen über Land wie Mariengarn, hierhin dorthin, und werden an tausend Stellen zugleich gesungen. Unser eigenstes Tun und Leiden finden wir in diesen Liedern; es ist, als ob wir alle an ihnen mitgeholfen hätten.«

Er nahm ein anderes Blatt: »Ich stand auf hohen Bergen . . .«

»Das kenne ich!« rief Elisabeth. »Stimme nur an, Reinhard, ich will dir helfen.« Und nun sangen sie jene Melodie, die so rätselhaft ist, daß man nicht glauben kann, sie sei von Menschen erdacht worden; Elisabeth mit ihrer etwas verdeckten Altstimme dem Tenor sekundierend.

Die Mutter saß inzwischen emsig an ihrer Näherei. Erich hatte die Hände ineinandergelegt und hörte andächtig zu. Als das Lied zu Ende war, legte, Reinhard das Blatt schweigend beiseite. – Vom Ufer des Sees herauf kam durch die Abendstille das Geläute der Herdenglocken; sie horchten unwillkürlich; da hörten sie eine klare Knabenstimme singen:

Ich stand auf hohen Bergen
Und sah ins tiefe Tal . . .

Reinhard lächelte: »Hört ihr es wohl? So geht's von Mund zu Mund.«

»Es wird oft in dieser Gegend gesungen«, sagte Elisabeth.

»Ja«, sagte Erich, »es ist der Hirtenkaspar; er treibt die Starken heim.«

Sie horchten noch eine Weile, bis das Geläute oben hinter den Wirtschaftsgebäuden verschwunden war. »Das sind Urtöne«, sagte Reinhard; »sie schlafen in Waldesgründen; Gott weiß, wer sie gefunden hat.«

Er zog ein neues Blatt heraus.

Es war schon dunkler geworden; ein roter Abendschein lag wie Schaum auf den Wäldern jenseit des Sees. Reinhard rollte das Blatt auf, Elisabeth legte an der einen Seite ihre Hand darauf und sah mit hinein. Dann las Reinhard:

Meine Mutter hat's gewollt,
Den andern ich nehmen sollt;
Was ich zuvor besessen,
Mein Herz sollt es vergessen;
Das hat es nicht gewollt.

Meine Mutter klag ich an,
Sie hat nicht wohlgetan;
Was sonst in Ehren stünde,
Nun ist es worden Sünde.
Was fang ich an!

Für all mein Stolz und Freud
Gewonnen hab ich Leid.
Ach, wär das nicht geschehen,
Ach, könnt ich betteln gehen
Über die braune Heid!

Während des Lesens hatte Reinhard ein unmerkliches Zittern des Papiers empfunden; als er zu Ende war, schob Elisabeth leise ihren Stuhl zurück und ging schweigend in den Garten hinab. Ein Blick der Mutter folgte ihr. Erich wollte nachgehen; doch die Mutter sagte: »Elisabeth hat draußen zu tun.« So unterblieb es.

Draußen aber legte sich der Abend mehr und mehr über Garten und See, die Nachtschmetterlinge schossen surrend an den offenen Türen vorüber, durch welche der Duft der Blumen und Gesträuche immer stärker hereindrang; vom Wasser herauf kam das Geschrei der Frösche, unter den Fenstern schlug eine Nachtigall, tiefer im Garten eine andere; der Mond sah über die Bäume. Reinhard blickte noch eine Weile auf die Stelle, wo Elisabeths feine Gestalt zwischen den Laubgängen verschwunden war; dann rollte er sein Manuskript zusammen, grüßte die Anwesenden und ging durchs Haus an das Wasser hinab.

Die Wälder standen schweigend und warfen ihr Dunkel weit auf den See hinaus, während die Mitte desselben in schwüler Mondesdämmerung lag. Mitunter schauerte ein leises Säuseln durch die Bäume; aber es war kein Wind, es war nur das Atmen der Sommernacht. Reinhard ging immer am Ufer entlang. Einen Steinwurf vom Lande konnte er eine weiße Wasserlilie erkennen. Auf einmal wandelte ihn die Lust an, sie in der Nähe zu sehen; er warf seine Kleider ab und stieg ins Wasser. Es war flach, scharfe Pflanzen und Steine schnitten ihn an den Füßen, und er kam immer nicht in die zum Schwimmen nötige Tiefe. Dann war es plötzlich unter ihm weg, die Wasser quirlten über ihm zusammen, und es dauerte eine Zeitlang, ehe er wieder auf die Oberfläche kam. Nun regte er Hand und Fuß und schwamm im Kreise umher, bis er sich bewußt geworden, von wo er hineingegangen war. Bald sah er auch die Lilie wieder; sie lag einsam zwischen den großen blanken Blättern. – Er schwamm langsam hinaus und hob mitunter die Arme aus dem Wasser, daß die herabrieselnden Tropfen im Mondlicht blitzten; aber es war, als ob die Entfernung zwischen ihm und der Blume dieselbe bliebe; nur das Ufer lag, wenn er sich umblickte, in immer ungewisserem Dufte hinter ihm. Er gab indes sein Unternehmen nicht auf, sondern schwamm rüstig in derselben Richtung fort. Endlich war er der Blume so nahe gekommen, daß er die silbernen Blätter deutlich im Mondlicht unterscheiden konnte; zugleich aber fühlte er sich wie in einem Netze verstrickt; die glatten Stengel langten vom Grunde herauf und rankten sich an seine nackten Glieder. Das unbekannte Wasser lag so schwarz um ihn her, hinter sich hörte er das Springen eines Fisches; es wurde ihm plötzlich so unheimlich in dem fremden Elemente, daß er mit Gewalt das Gestrick der Pflanzen zerriß und in atemloser Hast dem Lande zuschwamm. Als er von hier auf den See zurückblickte, lag die Lilie wie zuvor fern und einsam über der dunkeln Tiefe. – Er kleidete sich an und ging langsam nach Hause zurück. Als er aus dem Garten in den Saal trat, fand er Erich und die Mutter in den Vorbereitungen einer kleinen Geschäftsreise, welche am andern Tage vor sich gehen sollte.

»Wo sind denn Sie so spät in der Nacht gewesen?« rief ihm die Mutter entgegen.

»Ich?« erwiderte er, »ich wollte die Wasserlilie besuchen; es ist aber nichts daraus geworden.«

»Das versteht wieder einmal kein Mensch!« sagte Erich. »Was Tausend hattest du denn mit der Wasserlilie zu tun?«

»Ich habe sie früher einmal gekannt«, sagte Reinhard; »es ist aber schon lange her.«

ELISABETH

Am folgenden Nachmittag wanderten Reinhard und Elisabeth jenseits des Sees, bald durch die Holzung, bald auf dem hohen vorspringenden Uferrande. Elisabeth hatte von Erich den Auftrag erhalten, während seiner und der Mutter Abwesenheit Reinhard mit den schönsten Aussichten der nächsten Umgegend, namentlich von der andern Uferseite auf den Hof selber, bekannt zu machen. Nun gingen sie von einem Punkt zum andern. Endlich wurde Elisabeth müde und setzte sich in den Schatten überhängender Zweige, Reinhard stand ihr gegenüber an einen Baumstamm gelehnt; da hörte er tiefer im Walde den Kuckuck rufen, und es kam ihm plötzlich, dies alles sei schon einmal ebenso gewesen. Er sah sie seltsam lächelnd an. »Wollen wir Erdbeeren suchen?« fragte er.

»Es ist keine Erdbeerenzeit«, sagte sie.

»Sie wird aber bald kommen.«

Elisabeth schüttelte schweigend den Kopf, dann stand sie auf, und beide setzten ihre Wanderung fort; und wie sie so an seiner Seite ging, wandte sein Blick sich immer wieder nach ihr hin; denn sie ging schön, als wenn sie von ihren Kleidern getragen würde. Er blieb oft unwillkürlich einen Schritt zurück, um sie ganz und voll ins Auge fassen zu können. So kamen sie an einen freien, heidebewachsenen Platz mit einer weit ins Land reichenden Aussicht. Reinhard bückte sich und pflückte etwas von den am Boden wachsenden Kräutern. Als er wieder aufsah, trug sein Gesicht den Ausdruck leidenschaftlichen Schmerzes. »Kennst du diese Blume?« sagte er.

Sie sah ihn fragend an. »Es ist eine Erika. Ich habe sie oft im Walde gepflückt.«

»Ich habe zu Hause ein altes Buch«, sagte er; »ich pflegte sonst allerlei Lieder und Reime hineinzuschreiben; es ist aber lange nicht mehr geschehen. Zwischen den Blättern liegt auch eine Erika; aber es ist nur eine verwelkte. Weißt du, wer sie mir gegeben hat?«

Sie nickte stumm; aber sie schlug die Augen nieder und sah nur auf das Kraut, das er in der Hand hielt. So standen sie lange. Als sie die Augen gegen ihn aufschlug, sah er, daß sie voll Tränen waren.

»Elisabeth«, sagte er, »hinter jenen blauen Bergen liegt unsere Jugend. Wo ist sie geblieben?«

Sie sprachen nichts mehr; sie gingen stumm nebeneinander zum See hinab. Die Luft war schwül, im Westen stieg schwarzes Gewölk auf. »Es wird Gewitter«, sagte Elisabeth, indem sie ihren Schritt beeilte. Reinhard nickte schweigend, und beide gingen rasch am Ufer entlang, bis sie ihren Kahn erreicht hatten.

Während der Überfahrt ließ Elisabeth ihre Hand auf dem Rande des Kahnes ruhen. Er blickte beim Rudern zu ihr hinüber; sie aber sah an ihm vorbei in die Ferne. So glitt sein Blick herunter und blieb auf ihrer Hand: und diese blasse Hand verriet ihm, was ihr Antlitz ihm verschwiegen hatte. Er sah auf ihr jenen feinen Zug geheimen Schmerzes, der sich so gern schöner Frauenhände bemächtigt, die nachts auf krankem Herzen liegen. – Als Elisabeth sein Auge auf ihrer Hand ruhen fühlte, ließ sie sie langsam über Bord ins Wasser gleiten.

Auf dem Hofe angekommen, trafen sie einen Scherenschleiferkarren vor dem Herrenhause; ein Mann mit schwarzen niederhängenden Locken trat emsig das Rad und summte eine Zigeunermelodie zwischen den Zähnen, während ein eingeschirrter Hund schnaufend daneben lag. Auf dem Hausflur stand in Lumpen gehüllt ein Mädchen mit verstörten schönen Zügen und streckte bettelnd die Hand gegen Elisabeth aus.

Reinhard griff in seine Tasche; aber Elisabeth kam ihm zuvor und schüttete hastig den ganzen Inhalt ihrer Börse in die offene Hand der Bettlerin. Dann wandte sie sich eilig ab, und Reinhard hörte, wie sie schluchzend die Treppe hinaufging.

Er wollte sie aufhalten, aber er besann sich und blieb an der Treppe zurück. Das Mädchen stand noch immer auf dem Flur, unbeweglich, das empfangene Almosen in der Hand. »Was willst du noch?« fragte Reinhard.

Sie fuhr zusammen. »Ich will nichts mehr«, sagte sie; dann, den Kopf nach ihm zurückwendend, ihn anstarrend mit den verirrten Augen, ging sie langsam gegen die Tür. Er rief einen Namen aus, aber sie hörte es nicht mehr; mit gesenktem Haupte, mit über der Brust gekreuzten Armen schritt sie über den Hof hinab.

Sterben, ach sterben
Soll ich allein!

Ein altes Lied brauste ihm ins Ohr, der Atem stand ihm still; eine kurze Weile, dann wandte er sich ab und ging auf sein Zimmer.

Er setzte sich hin, um zu arbeiten, aber er hatte keine Gedanken. Nachdem er es eine Stunde lang vergebens versucht hatte, ging er ins Familienzimmer hinab. Es war niemand da, nur kühle Dämmerung; auf Elisabeths Nähtisch lag ein rotes Band, das sie am Nachmittag um den Hals getragen hatte. Er nahm es in die Hand, aber es tat ihm weh, und er legte es wieder hin. Er hatte keine Ruhe, er ging an den See hinab und band den Kahn los; er ruderte hinüber und ging noch einmal alle Wege, die er kurz vorher mit Elisabeth zusammen gegangen war. Als er wieder nach Hause kam, war es dunkel; auf dem Hofe begegnete ihm der Kutscher, der die Wagenpferde ins Gras bringen wollte; die Reisenden waren eben zurückgekehrt. Bei seinem Eintritt in den Hausflur hörte er Erich im Gartensaal auf und ab schreiten. Er ging nicht zu ihm hinein; er stand einen Augenblick still und stieg dann leise die Treppe hinauf nach seinem Zimmer. Hier setzte er sich in den Lehnstuhl ans Fenster; er tat vor sich selbst, als wolle er die Nachtigall hören, die unten in den Taxuswänden schlug; aber er hörte nur den Schlag seines eigenen Herzens. Unter ihm im Hause ging alles zur Ruh, die Nacht verrann, er fühlte es nicht. – So saß er stundenlang. Endlich stand er auf und legte sich ins offene Fenster. Der Nachttau rieselte zwischen den Blättern, die Nachtigall hatte aufgehört zu schlagen. Allmählich wurde auch das tiefe Blau des Nachthimmels von Osten her durch einen blaßgelben Schimmer verdrängt; ein frischer Wind erhob sich und streifte Reinhards heiße Stirn; die erste Lerche stieg jauchzend in die Luft. – Reinhard kehrte sich plötzlich um umd trat an den Tisch; er tappte nach einem Bleistift, und als er diesen gefunden, setzte er sich und schrieb damit einige Zeilen auf einen weißen Bogen Papier. Nachdem er hiemit fertig war, nahm er Hut und Stock, und das Papier zurücklassend, öffnete er behutsam die Tür und stieg in den Flur hinab. – Die Morgendämmerung ruhte noch in allen Winkeln; die große Hauskatze dehnte sich auf der Strohmatte und sträubte den Rücken gegen seine Hand, die er ihr gedankenlos entgegenhielt. Draußen im Garten aber priesterten schon die Sperlinge von den Zweigen und sagten es allen, daß die Nacht vorbei sei. Da hörte er oben im Hause eine Tür gehen; es kam die Treppe herunter, und als er aufsah, stand Elisabeth vor ihm. Sie legte die Hand auf seinen Arm, sie bewegte die Lippen, aber er hörte keine Worte. »Du kommst nicht wieder«, sagte sie endlich. »ich weiß es, lüge nicht; du kommst nie wieder.«

»Nie«, sagte er. Sie ließ die Hand sinken und sagte nichts mehr. Er ging über den Flur der Tür zu; dann wandte er sich noch einmal. Sie stand bewegungslos an derselben Stelle und sah ihn mit toten Augen an. Er tat einen Schritt vorwärts und streckte die Arme nach ihr aus. Dann kehrte er sich gewaltsam ab und ging zur Tür hinaus. – Draußen lag die Welt im frischen Morgenlichte, die Tauperlen, die in den Spinngeweben hingen, blitzten in den ersten Sonnenstrahlen. Er sah nicht rückwärts; er wanderte rasch hinaus; und mehr und mehr versank hinter ihm das stille Gehöft, und vor ihm auf stieg die große weite Welt. – – –

DER ALTE

Der Mond schien nicht mehr in die Fensterscheiben, es war dunkel geworden; der Alte aber saß noch immer mit gefalteten Händen in seinem Lehnstuhl und blickte vor sich hin in den Raum des Zimmers. Allmählich verzog sich vor seinen Augen die schwarze Dämmerung um ihn her zu einem breiten dunkeln See; ein schwarzes Gewässer legte sich hinter das andere, immer tiefer und ferner, und auf dem letzten, so fern, daß die Augen des Alten sie kaum erreichten, schwamm einsam zwischen breiten Blättern eine weiße Wasserlilie.

Die Stubentür ging auf, und ein heller Lichtstrahl fiel ins Zimmer. »Es ist gut, daß Sie kommen, Brigitte«, sagte der Alte. »Stellen Sie das Licht nur auf den Tisch.«

Dann rückte er auch den Stuhl zum Tische, nahm eins der aufgeschlagenen Bücher und vertiefte sich in Studien, an denen er einst die Kraft seiner Jugend geübt hatte.

Veronika

I

IN DER MÜHLE

Es war zu Anfang April, am Tage vor Palmsonntag. Die milden Strahlen der schon tief stehenden Sonne beschienen das junge Grün an der Seite des Weges, der an einer Berglehne allmählich abwärts führte. Auf demselben ging in diesem Augenblick einer der angesehensten Advokaten der Stadt, ein Mann mittleren Alters, mit ruhigen, aber ausgeprägten Zügen, gemächlichen Schrittes, nur mitunter ein Wort mit dem neben ihm gehenden Schreiber wechselnd. Das Ziel ihrer Wanderung war eine unfern belegene Wassermühle, deren durch Alter und Krankheit geplagter Besitzer dieselbe seinem Sohne kontraktlich überlassen wollte.

Wenige Schritte zurück folgte diesen beiden ein anderes Paar; neben einem jungen Manne mit frischem, intelligentem Antlitz ging eine schöne, noch sehr jugendliche Frau. Er sprach zu ihr; aber sie schien es nicht zu hören; aus ihren dunkeln Augen blickte sie schweigend vor sich hin, als wisse sie nicht, daß jemand an ihrer Seite gehe.

Als das Gehöfte des Müllers unten im Tale sichtbar wurde, wandte der Justizrat den Kopf zurück. »Nun, Vetter«, rief er, »du hast eine leidliche Handschrift; wie wär es, wenn du ein wenig Kontraktemachen lerntest?«

Aber der Vetter winkte abwehrend mit der Hand. »Geht nur!« sagte er und blickte fragend auf seine Begleiterin, »ich nehme indem eine Sprechstunde bei deiner Frau!«

»So mach ihn wenigstens nicht gar zu klug, Veronika!«

Die junge Frau neigte nur wie zustimmend den Kopf. – Hinter ihnen von den Türmen der Stadt kam das Abendläuten über die Gegend. Ihre Hand, mit der sie eben das schwarze Haar unter den weißen Seidenhut zurückgestrichen, glitt über die Brust hinab, und indem sie das Zeichen des Kreuzes machte, begann sie leise das Angelus zu sprechen. Die Blicke des jungen Mannes, der gleich seinem Verwandten einer protestantischen Familie angehörte, folgten mit einem Ausdruck von Ungeduld der gleichmäßigen Bewegung ihrer Lippen.

Vor einigen Monaten war er als Architekt bei dem Neubau einer Kirche in die Stadt gekommen und seitdem ein fast täglicher Gast in dem Hause des Justizrats geworden. Mit der jungen Frau seines Vetters geriet er sogleich in lebhaften Verkehr; sowohl durch die Gemeinsamkeit der Jugend als durch seine Fertigkeit im Zeichnen, das auch von ihr mit Eifer und Geschick betrieben wurde. Nun hatte sie in ihm einen Freund und Lehrmeister zugleich gewonnen. Bald aber, wenn er des Abends neben ihr saß, war es nicht sowohl die vor ihr liegende Zeichnung als die kleine arbeitende Hand, auf der seine Augen ruhten; und sie, die sonst jeden Augenblick den Bleistift fortgeworfen hatte, zeichnete jetzt schweigend und gehorsam weiter, ohne aufzusehen, wie unter seinem Blick gefangen. Sie mochten endlich selbst kaum wissen, daß abends beim Gutenachtsagen ihre Hände immer ein wenig länger aneinander ruhten und ihre Finger ein wenig dichter sich umschlossen. Der Justizrat, dessen Gedanken meistens in seinen Geschäften waren, hatte noch weniger Arg daraus; er freute sich, daß seine Frau in ihren Lieblingsstudien Anregung und Teilnahme gefunden hatte, die er selbst ihr nicht zu gewähren vermochte. Nur einmal, als kurz zuvor der junge Architekt ihr Haus verlassen hatte, überraschte ihn der träumerische Ausdruck ihrer Augen. »Vroni«, sagte er, indem er die Vorübergehende an der Hand zurückhielt, »es ist doch wahr, was deine Schwestern sagen.« – »Was denn, Franz?« – »Freilich«, sagte er, »jetzt seh ich's selbst, daß du gefirmte Augen hast.« – Sie errötete und duldete es schweigend, als er sie näher an sich zog und küßte. – –

Heute bei dem schönen Wetter waren sie und Rudolf von dem Justizrat aufgefordert worden, ihn auf seinem Geschäftsgange nach der nahe gelegenen Mühle zu begleiten.

Seit der gestrigen Gesellschaft, wo sie eine unter seinen Augen vollendete Zeichnung auf Bitten ihres Mannes vorgelegt hatte, war indessen zwischen ihnen nicht alles so, wie es gewesen. Rudolf fühlte das nur zu wohl; und er vergegenwärtigte es sich jetzt noch einmal, wie es denn gekommen, daß er dem zwar etwas übermäßigen Lobe der andern mit so scharfem leidenschaftlichem Tadel entgegengetreten war.

Veronika hatte längst ihr Gebet beendet; aber er wartete vergebens, daß sie die Augen zu ihm wende.

»Sie grollen mir, Veronika!« sagte er endlich.

Die junge Frau nickte kaum merklich; aber ihre Lippen blieben fest geschlossen.

Er sah sie an. Der kleine Trotz lag immer noch auf ihrer Stirn. »Ich dächte«, sagte er, »Sie wüßten, wie es so geschehen konnte! Oder wissen Sie es nicht, Veronika?«

»Ich weiß nur«, sagte sie, »daß Sie mir weh getan. – Und«, setzte sie hinzu, »daß Sie mir weh tun wollten.«

Er schwieg eine Weile. »Haben Sie denn«, fragte er zögernd, »das kluge Auge des alten Mannes nicht bemerkt, der Ihnen gegenüberstand?«

Sie wandte den Kopf und blickte flüchtig zu ihm auf.

»Ich mußte es selber tun, Veronika – verzeihen Sie mir! – Ich kann Sie nicht von andern tadeln hören.«

Es zog sich wie ein Schleier über ihre Augen, und die langen schwarzen Wimpern senkten sich tief auf ihre Wangen; aber sie erwiderte nichts. – –

Kurz darauf hatten sie das Gehöft erreicht. Der Justizrat wurde von dem Sohn des Müllers in das Wohnhaus geführt; Veronika und Rudolf traten in den zur Seite liegenden Garten. Aber sie gingen schweigend auf dem langen Steige fort; es war fast, als zürnten sie miteinander, als würde ihnen der Atem schwer, wenn sie dennoch wie beiläufig ein einzelnes Wort zu reden suchten.

Als sie den Garten durchwandert hatten, gingen sie über einen schmalen Steg in die untere Tür des Mühlengebäudes, welches hier zu Ende desselben an einem stark fließenden Wasser lag. – Durch das Klappern des Werkes und das Getöse des stürzenden Wassers, welches jeden von außen kommenden Laut verschlang, herrschte eine seltsame Abgeschiedenheit in dem fast dämmerigen Raume. Veronika war gegenüber in die Tür getreten, die zu dem Gerinne hinausführte, und blickte unter sich in die tosenden Räder, auf denen das Wasser in der Abendsonne blitzte. Rudolf folgte ihr nicht; er stand drinnen neben dem großen Kammrade, die Augen düster und unablässig auf sie gerichtet. – Endlich wandte sie den Kopf. Sie sprach, er sah, wie ihre Lippen sich bewegten; aber er vernahm keine Worte.

»Ich verstehe nicht!« sagte er und schüttelte den Kopf.

Als er zu ihr gehen wollte, war sie schon in den innern Raum zurückgetreten. Im Vorübergehen kam sie dem Rade, neben welchem er stand, so nahe, daß die Zacken fast ihr Haar berührten.

Sie sah es nicht, denn sie war noch geblendet von der Abendsonne; aber sie fühlte ihre Hände ergriffen und sich rasch zur Seite gezogen. Als sie aufsah, blickten ihre Augen in die seinen. Sie schwiegen beide; ein plötzliches Vergessen fiel wie ein Schatten über sie. Zu ihren Häupten tosten die Mühlwerke; von draußen klang das eintönige Rauschen des Wassers, das über die Räder in die Tiefe stürzte. – Allmählich aber begannen die Lippen des jungen Mannes sich zu regen, und unter dem Schutze des betäubenden Schalles, in dem der Laut seiner Stimme wesenlos verschwand, flüsterte er trunken, betörende Worte. Ihr Ohr vernahm sie nicht, aber sie las ihren Sinn aus der Bewegung seines Mundes, aus der leidenschaftlichen Blässe seines Angesichts. Sie legte den Kopf zurück und schloß die Augen; nur ihr Mund lächelte und gab von ihrem Leben Kunde. So stand sie wie in Scham gebannt, das Antlitz hülflos ihm entgegenhaltend, die Hände wie vergessen in den seinen.

Da plötzlich hörte das Rauschen auf; die Mühle stand, sie hörten über sich den Mühlknappen gehen, und draußen von den Rädern fiel das abtropfende Wasser klingend in den Teich. Die Lippen des jungen Mannes verstummten; und als Veronika sich ihm entzog, versuchte er nicht, sie zurückzuhalten. Erst als sie aus der Tür ins Freie trat, schien er die Sprache wiedergefunden zu haben. Er rief ihren Namen und streckte die Arme bittend nach ihr aus. Aber sie schüttelte, ohne nach ihm umzusehen, den Kopf und ging langsam durch den Garten nach dem Wohnhause.

Als sie drinnen in die nur angelehnte Tür des Zimmers trat, sah sie gegenüber den alten Müller mit gefalteten Händen in seinem Bette liegen. Oberhalb desselben an der Wand war ein hölzernes Kruzifix befestigt, von dem ein Rosenkranz herabhing. Ein junges Weib, mit einem Kinde auf dem Arm, war eben herangetreten und neigte sich über das Deckbett. »Ihm fehlt nur die Luft«, sagte sie, »das Essen schmeckt ihm gut genug.«

»Welchen Arzt habt Ihr denn?« fragte der Justizrat, der mit einem Schriftstück in der Hand daneben stand.

»Arzt?« wiederholte sie. »Wir haben keinen Arzt.«

»Da tut ihr unrecht!«

Das junge Weib stieß ein verlegenes Lachen aus. »Es ist die Altersschwäche«, sagte sie, indem sie ihrem dicken Jungen sein Näschen mit der Schürze putzte, »da hilft der Doktor nichts dazu.«

Veronika horchte atemlos auf diese Reden. – Der Alte begann zu husten und fuhr mit der Hand nach seinen Augen.

»Ist das so Euer Wille, Martin, wie es hier geschrieben steht?« fragte jetzt der Justizrat.

Aber der Kranke schien ihn nicht zu hören.

»Vater«, sagte das junge Weib, »ob das so richtig ist, wie es der Herr Justizrat vorgelesen hat?«

»Freilich«, sagte der Kranke, »es ist alles so richtig.«

»Und Ihr habt alles wohl bedacht?« fragte der Justizrat.

Der Alte nickte. »Ja, ja«, sagte er, »ich hab es mir lassen sauer werden; aber der Junge darf doch nicht zu schwer zu sitzen kommen.«

Der Sohn, der bisher rauchend in der Ecke gesessen, mischte sich jetzt in das Gespräch. »Es kommt auch noch die Abnahme dazu«, sagte er und räusperte sich ein paarmal, »der Alte lebt noch sein artlich Ende weg.«

Der Justizrat blickte mit seinen grauen Augen auf den vierschrötigen Bauer hinab. »Ist das Euer Sohn, Wiesmann?« fragte er, indem er auf einen neben dem Bette spielenden Jungen zeigte. – »So laßt ihn hinausgehn, wenn Ihr vielleicht noch mehr zu reden habt!«

Der Mensch schwieg; aber seine Augen begegneten mit einem fast drohenden Ausdruck denen des Justizrats.

Der Greis strich mit seiner harten Hand über das Deckbett und sagte ruhig: »Es wird nicht gar so lange, Jakob. – Aber«, setzte er, zum Justizrat gewandt, hinzu, »er muß mich dann nach Dorfs Gebrauch zur Erde bringen lassen; das kostet auch.« – –

Die junge Dame verschwand lautlos, wie sie gekommen, aus der offenen Tür, in der sie während dieses Vorganges gestanden hatte.

Draußen sah sie Rudolf jenseits des Gartens im Gespräche mit dem Mühlknappen; aber sie wandte sich ab und ging einen Fußsteig entlang, der unterhalb der Mühle an den Bach hinabführte. Ihre Augen schweiften bewußtlos in die Ferne; sie sah es nicht, wie die Dämmerung vor ihr auf die Berge sank, noch wie allmählich, während sie hier auf und ab wandelte, der Mond hinter ihnen emporstieg und sein Licht über das stille Tal ergoß. Das Leben in seiner nackten Dürftigkeit stand vor ihr, wie sie es nie gesehen; ein endloser öder Weg, am Ende der Tod. Ihr war, als habe sie bis jetzt in Träumen gelebt und als wandle sie nun in

einer trostlosen Wirklichkeit, in der sie sich nicht zurechtzufinden wisse.
Es war schon spät, als die Stimme ihres Mannes sie auf das Gehöft zurückrief, wo sie an der Tür von ihm erwartet wurde. – Auf dem Heimwege ging sie schweigend neben ihm, ohne zu fühlen, wie seine Augen teilnehmend auf ihr ruhten. »Du bist erschreckt worden, Veronika!« sagte er und legte die Hand an ihre Wange; »aber«, fügte er hinzu, »das Maß der Dinge ist für diese Leute ein anderes; sie sind, wie gegen die Ihrigen, so auch härter gegen sich selbst.«
Sie sah einen Augenblick zu dem ruhigen Antlitz ihres Mannes auf, dann aber blickte sie zur Erde und ging demütig an seiner Seite.
Ebenso schweigsam folgte Rudolf neben dem alten Schreiber. Seine Augen hingen an der vom Mond beleuchteten Frauenhand, die noch vor kurzem so willenlos in der seinen gelegen und die er nun zur guten Nacht noch einmal, wenn auch auf einen Augenblick nur, zu umfassen hoffte. – Aber es wurde anders; denn als sie in die Nähe der Stadt kamen, sah er die kleinen Hände, eine nach der andern, in ein Paar dunkler Handschuhe gleiten, die, wie er wohl wußte, Veronika sonst nur der vollständigen Toilette wegen bei sich zu tragen pflegte.
Endlich hatten sie das Haus erreicht; und ehe er sich dessen in seinem Unmut recht bewußt wurde, empfand er schon die flüchtige Berührung der verhüllten Finger an den seinen. Mit einem vernehmlich gesprochenen »Gute Nacht!« hatte Veronika die Tür geöffnet und war, ihrem Manne voraus, im Dunkel des Flures verschwunden.

2

PALMSONNTAG

Der Vormittag des Palmsonntags war herangekommen. Die Straßen der Stadt wimmelten von Landleuten aus den benachbarten Dörfern. Im Sonnenschein vor den Türen der Häuser standen hie und da die Kinder der protestantischen Einwohner und blickten hinab nach dem offenen Tor der katholischen Kirche. Es war der Tag der großen Osterprozession. – Und jetzt läuteten die Glocken, und der Zug wurde unter der gotischen Torwölbung sichtbar und quoll auf die Gasse hinaus. Voran die Waisenknaben mit ihren schwarzen Kreuzchen in den Händen, nach ihnen die Barmherzigen Schwestern in den weißen Schleierkappen, dann die verschiedenen städtischen Schulen und endlich der ganze unabsehbare Zug von Landleuten und Städtern, Männern und Weibern, von Kindern und Greisen; alle singend, betend, mit ihren besten Kleidern angeputzt, Männer und Knaben barhäuptig, die Mützen in den Händen haltend. Darüber her in gemessenen Zwischenräumen, auf den Schultern getragen, ragten die kolossalen Kirchenbilder: Christus am Ölberge, Christus von den Knechten verspottet, in der Mitte hoch über allen das ungeheurere Kruzifix, zuletzt das Heilige Grab.

Die Damen der Stadt pflegten sich an dieser öffentlichen Feierlichkeit nicht zu beteiligen. –

Veronika saß in ihrem Schlafgemach halb angekleidet an einem Toilettentischchen. Vor ihr lag aufgeschlagen ein kleines Testament in Goldschnitt, wie es die katholische Kirche ihren Angehörigen gestattet. Sie schien sich über dem Lesen vergessen zu haben; denn ihr langes schwarzes Haar hing aufgelöst über das weiße Nachtkleid herab, während ihre Hand mit dem Schildpattkamm müßig in ihrem Schoß lag.

Als das Getöse des nahenden Zuges ihr Ohr erreichte, hob sie den Kopf empor und lauschte. Immer deutlicher kam es heran, das dumpfe Geräusch der Schritte, das singende eintönige Murmeln der Gebete. – »Heilige Maria, Mutter der Gnaden!« erscholl es vor dem Fenster, und von hinten aus dem Zuge kam es gedämpft zurück: »Bitte für uns arme Sünder jetzund und in der Stunde des Todes!«

Veronika sprach die vertrauten Worte leise mit. Sie hatte den Stuhl zurückgeschoben; mit herabhängenden Armen stand sie in der Tiefe des Zimmers, die Augen unablässig nach dem Fenster gerichtet. – Immer neue Menschen kamen und gingen, immer neue Stimmen erschollen, ein Bild nach dem andern wurde vorübergetragen. – Da plötzlich durchdrang ein herzerschütternder Ton die Luft. Das castrum doloris nahte sich, unter Posaunenschall, umdrängt von Menschen, gefolgt von den Meßdienern und den vornehmsten Priestern in feierlichem Ornate. Die Bänder flatterten, der schwarze Flor des Thronhimmels flutete in der Luft; darunter in einem Blumengarten lag das Totenbild des Gekreuzigten. Der eherne Schall der Posaunen war wie ein Ruf zum Tage des Gerichts.

Veronika stand noch immer unbeweglich; ihre Knie bebten, unter den scharfgezogenen schwarzen Brauen lagen die Augen wie erloschen in dem blassen Antlitz.
Als der Zug vorüber war, sank sie neben dem Stuhl, worauf sie zuvor gesessen hatte, zu Boden, und mit beiden Händen ihr Gesicht bedeckend, rief sie mit den Worten im Lukas: »Vater, ich habe an dem Himmel gesündigt und bin nicht wert, dein Kind genannt zu werden!«

3

IM BEICHTSTUHL

Der Justizrat gehörte zu der immer größer werdenden Gemeinde, welche in dem Auftreten des Christentums nicht sowohl ein Wunder als vielmehr nur ein natürliches Ergebnis aus der geistigen Entwicklung der Menschheit zu erblicken vermag. Er selbst ging deshalb in keine Kirche; seine Frau jedoch ließ er, vielleicht in Erwartung einer allmählichen selbständigen Befreiung, in der Gewöhnung ihrer Jugend und ihres elterlichen Hauses gewähren.
Seit ihrer vor zwei Jahren erfolgten Verheiratung war Veronika indessen nur in der jetzt wieder begonnenen österlichen Zeit zur Beichte und zum Abendmahl gegangen. Er kannte es dann schon an ihr, daß sie in den Tagen zuvor still und scheinbar teilnahmslos im Hause umherging; es war ihm daher auch nicht aufgefallen, daß die zuvor so eifrig betriebenen Zeichenstunden seit jenem abendlichen Spaziergange aufgehört hatten. Aber die Zeit verstrich, die Maisonne strahlte schon warm ins Zimmer, und Veronika verschob noch immer ihren Beichtgang. Es konnte ihm endlich nicht mehr entgehen, daß ihre Wangen von Tag zu Tage mehr erblaßten, daß unter ihren Augen leichte Schatten sichtbar wurden, welche schlaflose Nächte dort zurückgelassen.
So fand er sie eines Morgens, da er unbemerkt in das Schlafzimmer getreten war, in sich versunken an dem Fenster stehen.
»Vroni«, sagte er und legte den Arm um sie. »Willst du nicht sorgen, daß das Köpfchen wieder aufrecht werde?«
Sie schrak zusammen, als habe er die unbewachten Gedanken in ihr ertappt. Aber sie suchte sich zu fassen. »Geh nur, Franz!« sagte sie, indem sie seine Hand ergriff und ihn sanft zur Stubentür zurückführte.

Dann, nachdem er sie allein gelassen, kleidete sie sich an und verließ bald darauf mit dem Gebetbuch in der Hand das Haus.

Nach einer Weile trat sie in die Lambertuskirche. Der Vormittag war indes herangekommen. Vor den Fenstern des mächtigen Raumes schatteten die jetzt schon belaubten Zweige der draußen stehenden Lindenbäume; nur im Chor auf die Türen des Reliquienschrankes fiel ein gebrochener Sonnenstrahl durch die bunten Glasscheiben. In den Stühlen im Schiff der Kirche saßen oder knieten hie und da noch einzelne vor den aufgeschlagenen Gebetbüchern, sich vorbereitend auf das abzulegende Bekenntnis. Nichts war vernehmlich als das Flüstern in den Beichtstühlen, mitunter ein tiefes Atemholen, das Rauschen eines Kleides oder ein leiser Schritt über die Fliesen des Fußbodens. – Bald kniete auch Veronika in einem der Beichtstühle, unweit des Bildes der Gebenedeiten, das mitleidig lächelnd auf sie herabblickte. Ihre ganz schwarze Kleidung machte heute die durchsichtige Blässe ihres Angesichtes noch bemerkbarer. Der Geistliche, ein kräftiger Mann in mittleren Jahren, lehnte von drinnen den Kopf gegen das Gitter, das ihn von seinem Beichtkinde trennte.

Veronika begann halblaut die Worte der Einleitungsformel: »Ich armer sündiger Mensch«, und mit unsicherer Stimme fuhr sie fort: »bekenne vor Gott und Euch Priester an Gottes Statt!« – – Aber ihre Worte wurden immer langsamer, immer unverständlicher; zuletzt verstummte sie.

Das dunkle Auge des Priesters war ruhig und fast mit einem Ausdruck von Ermüdung auf sie gerichtet; denn die Beichte hatte schon stundenlang gedauert. »Bekehret Euch zu dem Herrn!« sprach er milde. »Die Sünde tötet; aber die Buße machet lebendig.«

Sie suchte ihre Gedanken zu sammeln. Und wieder vor ihrem innern Ohr, wie so oft seit jener Stunde, war das Tosen der Mühle; und wieder stand sie vor ihm in der heimlichen Dämmerung, ihre Hände gefangen in den seinen, im Drang des übermächtigen Gefühls die Augen schließend, in Scham gebannt, nicht wagend zu entfliehen, noch weniger zu bleiben. – Ihre Lippen bewegten sich; aber sie brachte es nicht hervor, sie mühte sich vergebens.

Der Priester schwieg eine Weile. »Mut, meine Tochter!« sagte er dann, indem er das Haupt mit dem vollen schwarzen Haar emporhob. »Gedenken Sie der Worte des Herrn: Nehmet hin den

Heiligen Geist; denen ihr die Sünden erlasset, denen sollen sie vergeben sein!«

Sie blickte auf. Das gerötete Antlitz, der kräftige Stiernacken des Mannes im Priesterornate war dicht vor ihren Augen. Sie begann noch einmal; aber ein unüberwindliches Sträuben überkam sie, eine Scheu wie vor unkeuschem Beginnen, schlimmer, als was zu bekennen sie hiehergekommen. – Sie erschrak. War, was sich jetzt in ihr empörte, nicht eine Lockung der Todsünde, von der sie sich befreien wollte? – Sie neigte in stummem Kampf ihr Haupt auf das vor ihr liegende Gebetbuch.

Aus dem Antlitz des Geistlichen war indessen der Ausdruck von Abspannung verschwunden. Er begann zu sprechen, ernst und eindringlich und bald mit allem Zauber der Überredung; leis, aber klangvoll drang der Ton seiner Stimme in ihre Ohren. Zu jeder andern Stunde wäre sie hingerissen in den Staub gesunken; aber diesmal war das neu erwachte Gefühl stärker als alle Macht der Rede und alle Gewöhnung ihrer Jugend. – Ihre Hand nestelte an dem Schleier, der auf ihrem Hut zurückgeschlagen war. »Verzeihung, Hochwürden!« stammelte sie. Dann, während sie stumm das Haupt schüttelte, zog sie den Schleier herab, und ohne das Zeichen des Kreuzes empfangen zu haben, stand sie auf und ging mit eiligen Schritten den Steig entlang. Ihre Kleider rauschten an den Kirchenstühlen; sie nahm sie zusammen; ihr war, als griffe alles nach ihr um sie hier zurückzuhalten.

Draußen unter dem hohen Portale blieb sie tief aufatmend stehen. Ihr war schwer zu Sinne; sie hatte die rettende Hand, von der sie seit ihrer Jugend geführt worden war, zurückgestoßen; sie wußte keine, die sie jetzt ergreifen konnte. Da, während sie noch unentschlossen auf dem sonnigen Platze stand, hörte sie neben sich eine Kinderstimme, und eine kleine braune Hand hielt ihr feilbietend einen vollen Primelstrauß entgegen. – Es war ja Frühling draußen in der Welt! Als hätte sie es nicht gewußt; wie eine Botschaft kam es an ihr Herz.

Sie bückte sich nach dem Kinde und kaufte ihm seine Blumen ab; dann, mit dem Strauße in der Hand, ging sie die Straße hinunter dem Tore zu. Der Sonnenschein lag so hell auf den Steinen; aus dem offenen Fenster eines Hauses drang der laute Schlag eines Kanarienvogels. – Langsam fortgehend, erreichte sie die letzten Häuser. Von hier aus führte seitwärts ein Fußsteig nach dem Höhenzuge, der nach dieser Richtung hin das Stadtgebiet

begrenzte. Veronika atmete freier; ihre Augen ruhten auf dem Grün der Saatfelder, die neben dem Wege hinliefen; mitunter regte sich die Luft und brachte den sanften Duft der Schlüsselblumen, die drüben an dem Fuß des Berges standen. Weiter hin, wo an der Grenze der Felder der Nadelwald begann, erhob der Weg sich steiler, und es bedurfte der körperlichen Anstrengung, obgleich Veronika des Bergsteigens von Jugend an gewohnt war. Sie hielt mitunter inne und blickte aus dem Schatten der Fichten in das sonnige Tal hinab, das immer tiefer unter ihr versank.
Als sie die Höhe erreicht hatte, setzte sie sich auf den Boden in den wilden Thymian, der hier den ganzen Berg besponnen hatte; und während sie die würzige Luft des Waldes atmete, schweifte ihr Blick nach dem blauen Gebirg hinüber, das wie ein Duft am Horizonte lag. Hinter ihr in kleinen Pausen fuhr der Frühlingswind durch die Wipfel der Tannen, dann und wann schallte ein Amselschlag aus der Tiefe des Waldes oder über ihr aus der Luft herab der Schrei eines Raubvogels, der unsichtbar in dem unermeßnen Raume schwebte. – Veronika nahm ihren Hut ab und stützte den Kopf in ihre Hand.
So in Einsamkeit und Stille verging eine Spanne Zeit. Nichts nahte sich als nur die reinen Lüfte, die ihre Stirn berührten, und der Ruf der Kreaturen, der aus der Ferne an ihr Ohr schlug. – Zuweilen flog ein helles Rot über ihre Wangen, und ihre Augen wurden groß und glänzend.
Nun klangen Glockentöne von der Stadt herauf. Sie hob den Kopf und horchte. Es läutete schrill und hastig. »Requiescat!« sprach sie leise; denn sie hatte die kleine Glocke vom Lambertusturm erkannt, die es über die Gemeinde ausrief, daß unter eines ihrer Dächer der finstere Bote des Herrn getreten sei.
Am Fuße des Berges lag der Kirchhof. – Sie sah das Steinkreuz auf dem Grabe ihres Vaters ragen, der vor Jahresfrist unter den Gebeten des Priesters in ihren Armen entschlafen war. Und weiter hin, dort, wo das Wasser glitzerte, war jenes wüste Fleckchen Erde, das sie als Kind so oft mit scheuer Neugierde betreten hatte, wo nach dem Gebot der Kirche neben denen, die sich selbst den Tod gegeben hatten, auch die begraben wurden, welche nicht gekommen waren, das Sakrament des Altars zu empfangen. – Dort war auch ihre Stätte jetzt; denn die Zeit der österlichen Beichte war zu Ende.
Ein schmerzlicher Zug stahl sich um ihren Mund, aber er ver-

schwand wieder. Sie richtete sich auf; ein Entschluß stand fest und klar in ihrer Seele.

Noch eine Weile blickte sie auf die Stadt hinab und ließ ihre Augen wie suchend über die sonnbeschienenen Dächer wandern. Dann wandte sie sich und ging durch die Tannen, wie sie gekommen, den Berg hinab. Bald war sie wieder unten zwischen dem Grün der Saatfelder. Sie schien zu eilen; aber sie ging aufrecht und mit festen Schritten.

So erreichte sie ihr Haus. – Von der Magd erfuhr sie, daß ihr Mann in seinem Zimmer sei. Als sie die Tür geöffnet und ihn so ruhig an seinem Schreibtische sitzen sah, blieb sie zögernd auf der Schwelle stehen. »Franz!« rief sie leise.

Er legte die Feder hin. »Du Vroni?« sagte er, sich zu ihr wendend. »Du kommst ja spät! War das Register denn so lang?«

»Scherze nicht!« sagte sie bittend, indem sie zu ihm trat und seine Hand ergriff. »Ich habe nicht gebeichtet.«

Er blickte verwundert zu ihr auf; sie aber kniete vor ihm nieder und drückte ihren Mund auf seine Hand. »Franz«, sagte sie, »ich habe dich gekränkt!«

»Mich, Veronika?« fragte er und nahm ihre Wangen sanft zwischen seine Hände.

Sie nickte und sah mit dem Ausdruck der tiefsten Bekümmernis zu ihm auf.

»Und jetzt bist du gekommen, deinem Mann zu beichten?«

»Nein, Franz«, erwiderte sie, »Nicht beichten; aber vertrauen will ich dir – dir allein; und du – hilf mir, und, wenn du es vermagst, verzeihe mir!«

Eine Weile sah er sie mit seinen ernsten Augen an; dann hob er sie mit beiden Armen auf und legte sie an seine Brust. »So sprich, Veronika!«

Sie regte sich nicht; aber ihr Mund begann zu sprechen; und während seine Augen an ihren Lippen hingen, fühlte sie es, wie seine Arme immer fester sie umschlossen.

Auf der Universität

LORE

Ich hatte keine Schwester, welche mir den Verkehr mit Mädchen meines Alters hätte vermitteln können; aber ich ging in die Tanzschule. Sie wurde zweimal wöchentlich im Saale des städtischen Rathauses gehalten, welches zugleich die Wohnung des Bürgermeisters bildete. Mit dessen Sohn, meinem treusten Kameraden, waren wir acht Tänzer, sämtlich Sekundaner der Lateinischen Schule unserer Vaterstadt. Nur in betreff der Tänzerinnen hatte sich anfänglich eine scheinbar unüberwindliche Schwierigkeit herausgestellt; die achte standesmäßige Dame war nicht zu beschaffen gewesen.

Allein Fritz Bürgermeister wußte Rat. Eine frühere, bei allen Festschmäusen von der Frau Bürgermeisterin noch immer zugezogene Köchin seiner Eltern war an einen Flickschneider verheiratet, einen gelben hageren Menschen mit französischem Namen, der lieber im Wirtshaus das große Wort als auf seinem Schneidertisch die Nadel führte. Die Leute wohnten am Ende der Stadt, dort, wo die Straße dem Schloßgarten gegenüberliegt. Das schmale Häuschen mit der großen Linde davor, welche das einzige neben der Tür befindliche Fenster fast ganz beschattete, war uns wohlbekannt; wir waren oft daran vorübergegangen, um einen Blick des hübschen Mädchens zu erhaschen, das hinter den Reseda- und Geranientöpfen an einer Näharbeit zu sitzen pflegte und in unsern Knabenphantasien eine nicht unbedeutende Rolle spielte. Es war das einzige Kind des französischen Schneiders, ein dreizehnjähriges zierliches Mädchen, das auch in der Kleidung, trotz der geringen Mittel, von der Mutter in großer Sauberkeit gehalten wurde. Die bräunliche Hautfarbe und die großen dunkeln Augen bekundeten die fremdländische Abkunft ihres Vaters; und ich entsinne mich noch, daß sie ihr schwarzes Haar sehr tief und schlicht an den Schläfen herabgestrichen trug, was dem ohnehin kleinen Kopfe ein besonders feines Aussehen gab. Fritz und ich waren bald miteinander einig, daß Lenore Beauregard die achte Dame werden müsse. Zwar hatten wir mit Hindernissen zu kämpfen; denn die übrigen kleinen Fräulein und »gnädigen« Fräulein wurden sehr seriös und einsilbig, als wir unsern Vorschlag mitzuteilen wagten; allein die Künste ihres Lieblingssohnes hatten die Bürgermeisterin auf unsere Seite gebracht, und vor dem heitern und resoluten Wesen dieser wakkeren Frau vermochten weder die gerümpften Näschen der kleinen Damen noch, was gefährlicher war, die bestimmten Einwendungen ihrer Mütter standzuhalten.

So waren wir denn eines Nachmittags unterwegs nach dem Häuschen des französischen Schneiders. – Sonst hatte ich oft wohl bedauert, daß meine Kameradschaft mit dem Sohne unseres Haustischlers eingegangen war, dessen Schwester fast täglich mit der kleinen Beauregard verkehrte; ich hatte auch wohl daran gedacht, die Bekanntschaft wieder anzuknüpfen und mich in der Werkstatt seines Vaters in der Schreinerei unterweisen zu lassen; denn Christoph war im übrigen ein ehrlicher Junge und keineswegs auf den Kopf gefallen; nur daß er auf die Schüler der Gelehrtenschule, »die Lateiner«, wie er mit einer unangenehmen Betonung zu sagen liebte, einen wunderlichen Haß geworfen hatte; auch pflegte er sich unter Beihülfe gleichgesinnter Freunde auf dem Exerzierplatze von Zeit zu Zeit mit den Lateinern nach Leibeskräften durchzuprügeln, ohne daß jedoch durch diese Schlachten ein Ende des Krieges erzielt wäre.

Nun bedurfte ich jener Vermittlung nicht; denn schon waren wir vor dem Hause und schritten über die gelben Blätter der Linde, die der Novemberwind herabgefegt hatte, auf die niedrige Haustür zu. Bei dem Klingeln der Schelle kam uns Frau Beauregard aus der Küche entgegen, und nachdem sie sich sorgsam ihre Hände an der weißen Schürze abgetrocknet, wurden wir in das kleine Wohnstübchen genötigt.

Es war schwer, in dieser blonden untersetzten Frau die Mutter der zarten dunkeln Mädchengestalt zu erkennen, die jetzt bei unserem Eintritt von der Näharbeit aufsprang und sich dann mit einem Ausdruck zwischen Neugier und Verlegenheit an die Schatulle lehnte. Während Fritz unser Anliegen vorbrachte, überflog ein helles Rot ihr Gesichtchen, und ich sah, wie ihre Augen leuchteten und größer wurden; als aber die Mutter schwieg und nachdemklich den Kopf schüttelte, stahl sie sich leise hinter ihrem Rücken fort und verschwand durch eine anscheinend in die Schlafkammer führende Tür. – Ich warf einen Blick nach dem Tische, vor dem sie bei unserm Eintritt gesessen hatte. Zwischen Bändern und anderm Mädchenkram standen ein Paar schmale

Lastingschühchen, fertig bis auf die Einfassung, womit, wie es schien, das Mädchen sich soeben noch beschäftigt hatte. Die Dinger waren beunruhigend klein, und meine Knabenphantasie ließ nicht nach, sich die Füßchen vorzustellen, die mutmaßlich dahinein gehörten; mir war, als sähe ich sie schon im Tanze um die meinen herumwechseln, ich hätte sie bitten mögen, nur einen Augenblick standzuhalten; aber sie waren da und waren wieder fort und neckten mich unaufhörlich.
Während dieser visionären Träumerei hatte die Frau Beauregard mit meinem Freunde, dem ich, wie billig, das Wort überlassen mußte, Gründe und Gegengründe auszutauschen begonnen, bis sich die Sache, nachdem auch der Name der Bürgermeisterin in die Waagschale gelegt war, mehr und mehr zu unsern Gunsten neigte.
»Und da stehen ja schon die Tanzschuhe!« sagte Fritz. »Ist Herr Beauregard denn auch ein Schuhmacher?«
Die Frau schüttelte den Kopf. »Sie wissen ja wohl, Fritz, daß er, leider Gottes, ein Tausendkünstler ist! Er mußte Ihnen doch auch Ihre Taschenuhr im Frühjahr reparieren! – Die Schühchen hat er dem Kinde auf Weihnachten schon im voraus gemacht.«
»Nun, Margret, und meine Mutter hat einen ganzen Koffer voll schöner alter Kleider; da könnt Ihr neue daraus schneidern für die Lore; es reicht wenigstens ein viertel dutzendmal für sie.«
Die Alte lächelte; aber sie wurde wieder ernst. »Ich weiß nicht«, sagte sie, »es sollte nicht sein; aber wenn die Frau Bürgermeisterin es meint!«
Das Mädchen war indessen wieder eingetreten und hatte sich neben die Mutter gestellt. Es entging mir nicht, daß sie ein weißes Krägelchen umgetan hatte; auch meinte ich, die Ohrringe mit den roten Korallenknöpfchen vorhin nicht an ihr gesehen zu haben.
»Was meinst du, Lore«, sagte Fritz, während die Mutter noch immer nachdenklich und unschlüssig dreinsah, »hast du Lust, mit uns zu tanzen?«
Sie antwortete nicht; aber sie faßte die Mutter mit beiden Händen um den Hals und flüsterte ihr zu, während ihr Antlitz mit immer tieferm Rot überzogen wurde.
»Fritz«, sagte die Alte, indem sie sich sanft des ungestümen Mädchens erwehrte, »ich wollte, Sie hätten mir die Geschichte erst allein erzählt; es wäre dann nichts daraus geworden, so habt ihr

mir nun einmal das Mädel auf den Hals gehetzt; ich weiß es schon, sie läßt mir keine Ruh!« – –

Wir hatten also gesiegt. »Mittwoch abend um sieben Uhr!« rief Fritz noch im Fortgehen; dann traten wir, von Mutter und Tochter zur Tür begleitet, aus dem Hause. – Als wir uns nach einer Weile umblickten, stand nur noch unsere junge Freundin da; sie nickte uns ein paarmal zu und lief dann rasch ins Haus zurück.

IN DER TANZSTUNDE

Am Tage darauf war, wie mir Fritz vertraute, die Frau Beauregard bei seiner Mutter gewesen, hatte mit ihr eine geraume Zeit in der Kleiderkammer gekramt und dann mit einem wohlgefüllten Päckchen das Haus verlassen.

Am Mittwochabend war die Tanzstunde. Ich hatte mir die lakkierten Schuhe mit Stahlschnallen und die neue Jacke erst im letzten Augenblick von Schuster und Schneider herausgepocht und fand schon alles versammelt, als ich in den Saal trat. Meine Kameraden standen am Fenster um den alten Tanzmeister, der mit den Fingern auf seiner Geige klimperte und dabei die Wünsche seiner jungen Scholaren entgegennahm. Unsere Tänzerinnen gingen in Gruppen, die Arme ineinander verschränkt, im Saale auf und ab.

Lenore war nicht unter ihnen; sie stand allein unweit der Tür und blickte finster zu den lebhaft plaudernden Mädchen hinüber, die sich so frei und unbehindert in dem fremden vornehmen Hause zu fühlen schienen und sich so gar nicht um sie kümmerten.

Nichts ist selbstsüchtiger und erbarmungsloser als die Jugend. Aber gleich nach mir war die Bürgermeisterin eingetreten. Nachdem sie die junge Gesellschaft begrüßt und, wie Fritz sich ausdrückte, einen ihrer Generalsblicke im Saal umhergeworfen hatte, schritt sie auf Lore zu und nahm sie bei der Hand. »Damit die Pärchen zueinander passen!« sagte sie zu dem Tanzmeister. »Rangieren Sie einmal die Kavaliere!« – Dann, während dieser ihrem Auftrag Folge leistete, wandte sie sich zu den Mädchen und begann mit ihnen dieselbe Prozedur. Die blonde Postmeistertochter war die Längste, fast um einen Kopf höher als alle übrigen. Sie wurde uns gegenüber an der Wand aufgestellt; dann aber war die Sache zweifelhaft. »Ich weiß nicht, Charlott«, sagte die Bürgermeisterin, »du oder Lore! Ihr scheint mir ziemlich egal zu sein!«

Die Angeredete, die Tochter des Kammerherrn und Amtmanns, retirierte einen Schritt. »Mamsell Lore wird wohl die größere sein«, sagte sie leichthin.

»Ei was, kleine Gnädige«, rief die Mutter meines Freundes, »komm nur heraus aus deiner Ecke und miß dich einmal mit der Mamsell Lore!«

Und die kleine Dame mußte hervor und sich dos-à-dos mit der Schneidertochter messen; aber – ich hatte ein scharfes Auge darauf – sie wußte es dennoch so zu machen, daß sie den dunkeln Kopf der Handwerkstochter mit dem ihrigen kaum berührte.

Das junge Fräulein war in lichte Farben gekleidet; Lenore trug ein schwarz und rot gestreiftes Wollenkleid, um den Hals einen weißen Florschal. Die Kleidung war fast zu dunkel; sie sah fremdartig aus; aber es stand ihr gut.

Die Bürgermeisterin musterte die beiden Mädchen. »Charlott«, sagte sie, »du bist sonst immer die Meisterin gewesen; nimm dich in acht, daß die dir nicht den Rang abläuft; sie sieht mir grade danach aus.«

Mir war, als sähe ich bei diesen Worten die schwarzen Augen des Mädchens blitzen.

Nach einer Weile wurden die Paare formiert. Ich war der zweite in der Reihe der Knaben, und Lore wurde meine Dame. Sie lächelte, als sie ihre Hand in meine legte. »Wir wollen sie um und um tanzen!« sagte ich. – Und wir hielten Wort. Es sollte zunächst eine Mazurka eingeübt werden, und schon zu Ende dieser ersten Lehrstunde, da eine Tour nicht gehen wollte, klopfte unser alter Maestro mit dem Bogen auf den Geigendeckel: »Kleine Beauregard! Herr Philipp! Machen Sie einmal vor!«, und während er die Melodie zugleich geigte und sang, tanzten wir. – Es war keine Kunst, mit ihr zu tanzen, ich glaube, es hätte niemandem mißglücken können; aber der alte Herr rief ein begeistertes »Bravo!« nach dem andern, und die wackere Frau Bürgermeisterin lehnte sich, vor Behagen lächelnd, weit zurück in ihrem Sofa, wo sie seit Beginn des Unterrichts als aufmerksame Zuschauerin Platz genommen hatte.

Fräulein Charlotte war meinem Freunde Fritz als Partnerin zugefallen, und ihr lebhaftes Wesen schien, wie ich gern bemerkte, ihn bald seine anfängliche Begeisterung für die Schneidertochter vergessen zu machen. Da ich die letztere aber jetzt gewissermaßen als mein Eigentum betrachtete, so war ich eifersüchtig auf die Schönheit und Eleganz meiner Dame, und ein verweilender Blick ihrer tadellos gekleideten Nebenbuhlerin, dem meine Augen gefolgt waren, hatte mich belehrt, daß die Beschützerin des schönen Mädchens dennoch eines nicht genügend bedacht hatte. Die Handschuhe waren zu groß für diese schmalen Hände; sie waren offenbar auch schon gewaschen.

Am andern Morgen, sobald ich aus der Klasse kam, ließ es mir keine Ruhe mehr. Ich machte mich über den Schrank, worin meine blecherne Sparbüchse aufbewahrt wurde, und grub und schüttelte so lange, bis ich aus dem Spalt einen harten Taler neben der roten Tuchzunge hervorgearbeitet hatte. Dann rannte ich in einen Kaufladen. – »Ich wollte kleine weiße Handschuhe!« sagte ich nicht ohne Beklommenheit.

Der Ladendiener warf einen sachverständigen Blick auf meine Hand. »Nummer sechs!« meinte er, während er die Handschuhschachtel auf den Tisch stellte. »Geben Sie mir Nummer fünf!« bemerkte ich kleinlaut.

»Nummer fünf? – Wird wohl nicht passen!«, und er machte Anstalt, die Handschuhe über meine Hand zu spannen.

Es stieg mir siedend heiß ins Gesicht. »Sie sollen nicht für mich!« sagte ich und bedauerte mehr als jemals den Mangel einer Schwester, auf die ich den Handel hätte bringen können. Aber ich war entzückt von den kleinen Handschuhen mit den weißen seidenen Bändchen, die nun vor mir ausgebreitet lagen. Ich kaufte zwei Paar, und bald nachdem ich den Laden verlassen, hatte ich einen Jungen von der Straße aufgefischt. »Bring das an die Lore Beauregard«, sagte ich, »einen Gruß von der Frau Bürgermeisterin, hier wären die Handschuhe für die Tanzstunde! Und dann bring mir Bescheid; ich warte hier an der Ecke auf dich.«

Nach zehn Minuten war der Junge wieder da.

»Nun?«

»Ich hab sie der Alten gegeben.«

»Was sagte die Alte?«

»Es wäre zuviel; die Frau Bürgermeisterin hätte diesen Morgen ja schon ein Paar geschickt.«

›Gut!‹ dachte ich; ›so merkt sie nichts.‹

In der nächsten Tanzstunde trug Lore die neuen Handschuhe; ich weiß nicht, ob die meinen oder die von der Bürgermeisterin;

aber sie lagen wie angegossen um das schlanke Handgelenk; und nun sah keine vornehmer aus als Lore in ihrem dunkeln Kleide.

Die Lehrstunden gingen nun ihren ebenen Lauf. Nachdem die Mazurka eingeübt war, kam ein Contretanz an die Reihe, in welchem Fritz und Lore zusammen tanzten. – Ein Verhältnis dieser zu den andern Mädchen wollte sich indessen nicht herausstellen; nur mit der langen Jenni, welche die älteste und, wie ich glaube, die klügste von ihnen war, sah ich sie ein paarmal im Gespräch zusammensitzen; auch auf dem Heimwege, der beiden bis auf eine kleine Strecke gemeinschaftlich war, legte Jenni wohl einmal ihren Arm auf den der Schneidertochter. Sonst stand diese zwischen dem Tanzen meist allein, wenn nicht der alte Lehrer mit seiner Geige einmal zu ihr trat und ihr einen oder andern Ballettsprung aus den Zeiten seiner Jugend vormachte, um seinen Liebling in die äußersten Feinheiten der Kunst einzuweihen. Oft habe ich verstohlen zu ihr hinübergeblickt, wie sie scheinbar teilnahmslos dem alten Mann zuhörte, nur mitunter die schwarzen Augen zu ihm aufschlagend oder still und wie nur andeutungsweise eine seiner künstlichen Figuren nachmachend. Aber wenn wir angetreten waren und der Maestro seine Geige zu streichen begann, wurde es anders. Zwar schien sie an nichts weniger zu denken als an die Tritte und Wendungen des Tanzes, es war fast, als blickten ihre Augen in entlegene Fernen; aber während ihre Gedanken weit entrückt schienen, lächelte ihr Mund, und ihre kleinen Füße streiften lautlos und spielend über den Boden. – »Lenore, wo bist du?« fragte ich dann wohl, während ich ihr in der Tour die Hand reichte. – »Ich?« rief sie und strich, wie aus Träumen auffahrend, ihr schwarzes Haar zurück, während die Wendung des Tanzes sie mir schon wieder entführt hatte. – Noch jetzt, wenn ich die spanische Tanzweise in Silchers ausländischen Volksmelodien höre, kann ich immer nur an sie denken.

Einigermaßen hinderlich – ich will es nicht leugnen – war es mir, daß seit den Tanzstunden der französische Schneider mich mit einer auffälligen Gunst beehrte. Wo er mir nur begegnete, auf Straßen oder Spazierwegen, suchte er mich zu stellen und ein möglichst lautes und langes Gespräch mit mir anzuknüpfen. Schon das erste Mal erzählte er mir, daß sein Großvater unter Louis seize Ofenheizer in den Tuilerien gewesen war.

»Ja, Monsieur Philipp«, sagte er mit einem Seufzer und präsentierte mir seine porzellanene Schnupftabaksdose, »so kann eine Familie herunterkommen! – – – Aber meine Lore – Sie verstehen mich, Monsieur Philipp!« – Er zog ein buntgewürfeltes Schnupftuch aus der Tasche und trocknete sich die kleinen schwarzen Augen. »Was wollen Sie! Ich bin ein armer Kerl, aber das Kind – – sie ist mein Bijou, der Abgott meines Herzens!« Und dabei blinzelte er und warf mir einen so väterlichen Blick zu, als gedenke er auch mich in die heruntergekommene Familie aufzunehmen.

Mittlerweile kam die letzte Tanzstunde heran, die zu einem kleinen Ball erweitert werden sollte. Die Eltern waren eingeladen, um uns tanzen zu sehen; von den meinigen hatte indessen nur meine Mutter zugesagt, mein Vater wurde durch seinen Beruf als Arzt und Bezirksphysikus von jeder Geselligkeit ferngehalten. Da meine Ungeduld, sobald der Abend anbrach, mir keine Ruhe ließ, so trat ich schon vor der angesetzten Stunde in den Saal, in welchem heute auf den Wandleuchtern und in den Glaskronen alle Kerzen brannten. Als ich mich umblickte, bemerkte ich Lore ganz allein mit dem Rücken gegen mich an einem Fenster stehend. Bei dem Geräusch der zufallenden Tür schrak sie sichtlich zusammen, während sie mit Hast bemüht schien, einen goldenen Schmuck von ihrer Hand zu streifen. Als ich zu ihr getreten, sah ich, daß es ein Armband war, dessen Schloß sie vergeblich zu öffnen sich bemühte.

»So laß doch sitzen, Lore!« sagte ich.

»Es gehört nicht mein!« antwortete sie verlegen, »Jenni hat es hier vergessen.«

Die feine Blumenrosette von mattem venezianischem Golde lag so schimmernd auf dem braunen schlanken Handgelenk.

»Es sollte bleiben, wo es ist«, sagte ich leise.

Lore schüttelte traurig den Kopf, und ihre Finger begannen aufs neue, an dem Schloß zu nesteln.

»Komm«, sagte ich, »es geht ja nicht; ich will dir helfen!« – Ich fühlte die leichte Last ihrer schmalen Hand in der meinen; ich zögerte, meine Augen waren wie verzaubert.

»Oh, bitte, geschwind!« bat sie. Mit niedergeschlagenen Augen, wie mit Blut übergossen stand das Mädchen vor mir.

Endlich sprang das Schloß auf, und Lore legte den goldenen Schmuck schweigend zwischen die Blumentöpfe auf die Fensterbank.

Gleich darauf füllte sich der Saal. Auch Frau Beauregard hatte es sich nicht nehmen lassen, wenigstens als Aufwärterin an dem Ehrenfeste ihres Kindes teilzunehmen. In einer frischgestärkten Haube, bald mit Kuchenkörbchen, bald mit einem großen Präsentierteller beladen, ging sie zwischen den Gästen ab und zu. – Endlich begannen die Musikanten aufzustreichen, deren heute vier an einem Tische saßen. Der alte Tanzmeister klopfte auf den Geigendeckel, und Lore reichte mir die Hand zur Mazurka. – Und, oh wie tanzten wir! Wie sicher lag sie in meinem Arm, mit welcher Verachtung stampften die kleinen Füße den Boden! Auch mich riß es hin, als wenn ich von den Rhythmen der Musik getragen würde. Es war wie eine schmerzliche Leidenschaft; denn wir tanzten heute, vielleicht auf immer, zum letzten Mal zusammen.

Erst jetzt hatte ich bemerkt, daß Lore ein Kleid von leichtem hellgeblümten Wollenstoff trug. Es war wie das vorige augenscheinlich aus der Garderobe ihrer Gönnerin hervorgegangen; denn auf der breiten Brust und bei den etwas kupferigen Wangen der Frau Bürgermeisterin hatten diese farbigen Rosenbuketts im letzten Winter eine Art von komischer Berühmtheit erlangt; nun aber kam das zarte Muster zu seiner Geltung; dem frischen braunen Mädchenantlitz stand es wunderhübsch.

Die Mazurka war getanzt; Lore ließ wieder ihr dunkles Köpfchen und die schlanken Arme sinken, und ich führte sie an ihren Platz. – Fritz und Charlotte, die ebenfalls abgetreten waren, saßen dicht daneben. In demselben Augenblick kam auch Frau Beauregard mit Tee und Kuchen; sie sprach nicht zu ihrer Tochter, sie warf nur einen lächelnden stolzen Blick auf sie, als sie nach der vornehmen Dame auch ihr präsentieren durfte. Die kleine Gnädige hatte schon eine Weile beide mit der ihr eigentümlichen Lässigkeit gemustert. »Ihre Tochter ist ja heute sehr schön, Frau Beauregard!« sagte sie, während sie den Zucker in die Tasse fallen ließ.

Die geschmeichelte Frau neigte sich verbindlich. »Gnädiges Fräulein, Frau Bürgermeisterin haben auch ausgeholfen.«

»Ach! – Darum auch! – Die Rosenbuketts!« – Und sie ließ einen langen Blick über Lenore hingleiten. Diese wollte ihn erwidern, aber ihre Augen verdunkelten sich; ich sah, wie ein paar Tränen ihr über die Wangen herabfielen.

Charlotte schien dies nicht zu bemerken; ihre Aufmerksamkeit

hatte sich nach der offenstehenden Tür gerichtet, wo ich zu meinem Schrecken unter den Köpfen der zuschauenden Dienstboten das gelbe Gesicht des französischen Schneiders auftauchen sah. Er schien ganz à son aise, drehte die Porzellandose in der Hand und blickte mit seinen schwarzen Augen freudestrahlend in den Saal hinein.
»Ist das Ihr Vater, Mamsell Lore?« fragte Charlotte, indem sie mit dem Finger nach der Tür wies.
Lenore blickte hin und fuhr zusammen. »Mutter!« rief sie und faßte wie unwillkürlich den Arm der noch vor uns beschäftigten Frau.
Frau Beauregard, als nun auch sie ihren lebhaft gestikulierenden Eheherrn bemerkte, schien von dessen Anwesenheit keineswegs erbaut; aber sie nahm sich zusammen. »Er kommt aus der Herberge«, sagte sie, »er will dich einmal tanzen sehen.«
Während Lore, der ich unwillkürlich folgte, sich der Tür genähert hatte, war schon der Bürgermeister zu ihrem Vater getreten und lud ihn ein, sich ein Glas Punsch im Saal gefallen zu lassen. Aber der Schneider war nicht zu bewegen. »Submissester Serviteur, Herr Bürgermeister!« sagte er, indem er mit einem Katzenbuckel noch einen Schritt weiter retirierte. »Wenn ich mein Großvater vom Hofe Ludwigs des Sechzehnten wäre! – So aber kenne ich meine Stellung.«
Als der Bürgermeister weggegangen, brachte Fritz ihm ein Glas an die Tür. »Wohl bekomm's, Meister!« sagte er gutmütig. »Jetzt werd ich mit der Lore tanzen! Die versteht's.«
Aber in demselben Augenblick war auch der Schwarm der andern Knaben mit vollen Gläsern in der Hand herangekommen. Sie stießen mit ihm an, machten ihm seinen Katzenbuckel nach, den er ihnen jedesmal beim Anklingen zum besten gab, und ergingen sich in allerlei possenhaften Komplimenten.
Lore stand, ohne sich zu rühren, und ließ kein Auge von ihrem Vater; aber ich hörte, wie ihre kleinen Zähne aufeinanderknirschten.
Als die Musikanten wieder zu stimmen begannen, liefen die übrigen Knaben in den Saal zurück. Ich stand noch mit Lore an der Tür.
»Ah, Monsieur Philipp«, rief der Schneider, während er mir die Hand reichte, »lauter liebe, scharmante junge Herren! Aber im Vertrauen – Sie und die Lore, Sie und die Lore, Monsieur Philipp!« Die kleinen schwarzen Augen richteten sich dabei mit be-

wundernder Zärtlichkeit auf das Antlitz seines Kindes; wie aus unwiderstehlichem Antrieb streckte er seinen langen Arm in den Saal hinein und zog sie an seine Brust. »Mein Kind, mon bijou!« flüsterte er. Und das Mädchen küßte ihn und warf ihre Arme mit leidenschaftlicher, schmerzlicher Zärtlichkeit um seinen Hals, während ihr feines Köpfchen an seiner Schulter ruhte. Dann aber machte sie sich los und faßte seine Hände und sprach leise und eindringlich zu ihm. Ich verstand ihre Worte nicht; aber ich sah ihre Augen bittend auf die seinen gerichtet und ihre kleine Hand, die mitunter, als wolle sie ihm ein Leid vergüten, zitternd über seine hagern Wangen hinstrich. Zuerst schüttelte er lächelnd und wie ungläubig den Kopf; allmählich aber verschwand aus seinen Augen die freudestrahlende Sicherheit, womit er bisher seinen Platz behauptet hatte. »Ich weiß, ich weiß«, murmelte er, »du liebst deinen armen alten Vater!« Und als nun die Musik zum Contretanz begann, drückte er seiner Tochter die Hand und ging stumm, ohne auch nur einen Blick noch in den Saal hineinzuwerfen, den langen Hausflur hinab.

In diesem Augenblick kam Fritz und holte seine Dame. – Sie tanzte mit der gewohnten Sicherheit; nur war es nicht die sonstige sorglose Träumerei als vielmehr eine graziöse Feierlichkeit, womit sie die Touren dieses Tanzes ausführte. Mitunter in den Pausen blickte sie wie versteinert vor sich hin, während sie mit beiden Händen ihr glänzend schwarzes Haar an den Schläfen zurückstrich. Die Scherze ihres Tänzers schienen ungehört ihrem Ohr vorbeizugehn.

Mit dem Contretanz waren unsere einstudierten Tänze zu Ende; aber nicht unsere Tanzlust. Wir hatten noch Walzer, Schottisch und Galoppaden auf unserm Zettel; sogar einen Kotillon wozu ich in Gedanken an Lore einen ausgesuchten Beitrag an Schleifen und frischen Blumensträußen geliefert hatte.

Aber Lore war nicht mehr im Saal. Die andern Mädchen standen bei ihren Müttern und ließen sich von ihnen die verschobenen Schärpen und Haarbänder zurechtzupfen. Frau Beauregard kam eben mit neuen Erfrischungen zur Tür herein; sie hatte ihre Tochter nicht gesehen. Nun suchte ich Fritz. Er stand in der Ecke am Musikantentisch und füllte die leeren Gläser wieder. »Wo ist Lore?« fragte ich.

»Ich weiß nicht«, erwiderte er verdrießlich; »sie war verdammt einsilbig, mir hat sie's nicht verraten.«

Ich zog ihn mit auf den Flur hinaus. Als wir an die Kammer kamen, worin die Gesellschaft ihre Mäntel abgelegt hatte, trat sie uns entgegen; sie hatte ihr Mäntelchen umgetan und ihr schwarzes Seidenkäppchen auf dem Kopf. »Lore!« rief ich und suchte ihre Hand zu fassen; aber sie entzog sie mir und ging an uns vorbei.

»Laß!« sagte sie kurz. »ich will nach Haus!«

Einen Augenblick später hatte sie die schwere, nach der Straße führende Tür aufgerissen und sprang draußen an dem Eisengeländer die Steintreppe hinab, und als auch Fritz neben mir draußen auf den Fliesen stand, war sie schon weit drunten in der Straße, daß wir in der Dunkelheit ihre leichte flüchtige Gestalt nur kaum noch zu erkennen vermochten.

»Laß sie!« sagte Fritz. »Oder hast du Lust auf die Wilde-Gans-Jagd?«

Ich hatte zwar die Lust; ich wußte aber nicht recht, wie ich es mit Fug beginnen sollte. – So kehrten wir denn in den Saal zurück. Frau Beauregard ging nach ihrer Wohnung; aber sie kehrte unverrichtetersache wieder. Der Lore sei unwohl geworden, sagte sie; sie liege schon im Bett, der Vater sitze bei ihr.

Mir war nun der Rest des Abends verdorben; und als der Kotillon beginnen sollte, den ich mit Lore zu tanzen gedachte, schlich ich mich still und trübselig nach Hause.

AUF DEM MÜHLENTEICH

Neujahr war vorüber. Schon längst hatte ich mit der glatten Stahlsohle meiner holländischen Schlittschuhe geliebäugelt, nicht ohne eine kleine Verachtung gegen meine Kameraden, welche sich noch der hergebrachten scharfkantigen Eisen zu bedienen pflegten. Aber erst jetzt war ein dauernder Frost eingetreten.

Es war an einem Sonntagnachmittage; über dem Mühlenteich, einem mittelgroßen Landsee unweit der Stadt, lag ein glänzender Eisspiegel. Die halbe Einwohnerschaft versammelte sich draußen in der frischen Winterluft; von alt und jung, auf zweien und auf einem Schlittschuh, sogar auf einem untergebundenen Kalbsknöchlein, wurde die edle Kunst des Eislaufs geübt. – In der Nähe des Ufers waren Zelte aufgeschlagen, daneben auf dem Lande über flackerndem Feuer dampften die Kessel, mit deren Hülfe allerlei wärmendes Getränk verabreicht wurde. Hie und da sah man einen Schiebschlitten, in dem eine eingehüllte Mädchengestalt saß, aus dem Gewühl auf die freie Fläche hinausschießen; aber alle hielten sich am Rande des Sees; die Mitte mochte noch nicht geheuer scheinen.

Ich schnallte meine Stahlschuhe unter und machte einen einsamen Lauf an dem Ufer entlang. – Als ich zurückkehrte, fand ich fast die ganze Gesellschaft unserer Tanzstunde bei den Zelten versammelt; prüfend mit vorgestreckten Händen schritten die kleinen Damen in ihren neuen Weihnachtsmänteln über die dort bereits ziemlich zerfahrene Eisdecke. Fritz, der schon abends zuvor seinen gelben Schlitten mit dem geschnitzten Hirschkopfe in der Mühle eingestellt hatte, war eben von einer Fahrt mit Fräulein Charlotte zurückgekehrt; und schon hatte eine andere unserer Tänzerinnen den Platz unter der prächtigen Tigerdecke eingenommen. Der Kavalier zögerte indessen noch und schien sich nach einem Gehülfen für den anstrengenden Damendienst umzusehen; aber ich schwenkte zeitig ab; denn weiterhin unter einer Gesellschaft von Frauen und Mädchen aus dem Handwerkerstande hatte ich Lenore Beauregard bemerkt, mit der ich seit jenem letzten Tanzabende nicht wieder zusammengetroffen war. Die jungen Dirnen ließen sich, eine nach der andern, von einem Lehrburschen unseres Haustischlers in einem leichten Schiebschlitten fahren, den ich sofort als den meines früheren Spielgenossen Christoph erkannte. Auch seine Schwester bemerkte ich; er selbst war nicht dabei. Der Glanz des Eisspiegels mochte ihn weiter auf den See hinausgelockt haben; denn er war einer der besten Schlittschuhläufer unter den Knaben der Stadt.

Ich schwärmte eine Zeitlang umher, unschlüssig, wie ich am manierlichsten Lenore meine Dienste anbieten möchte; aber jedesmal, wenn ich mich näherte, wich sie sichtlich aus und verbarg sich zwischen den andern. Eben kam der Bursche wieder von einer Fahrt zurück. »Lore ist an der Reihe!« hieß es; aber Lore wollte nicht. »Barthel muß erst einmal trinken«, sagte sie und drückte dem Jungen etwas in die Hand.

Ich hörte dies kaum, so hatte ich auch schon meinen Plan gefaßt. Als ginge mich alles nichts mehr an, lief ich so rasch wie möglich nach den Zelten zu. Dicht davor wurde ich von Fritzens Mutter angerufen. »Philipp«, sagte sie neckend und mit dem Daumen nach der Seite weisend, von wo ich hergekommen, »wenn du die Lenore wieder fangen willst – da ist sie!«

»Freilich will ich sie fangen!« rief ich und segelte vorbei.

»Ja, ja; aber sie will nichts mehr wissen von euch jungen Herren!«

Ich hörte nur noch aus der Ferne. Schon stand ich vor dem großen Weinzelte; und als auch Barthel sich bald darauf einfand, hatte ich mit dem Opfer meiner ganzen Barschaft ein Glas Punsch und ein mit Wurst belegtes Butterbrot für ihn in Bereitschaft. »Laß dir's schmecken«, sagte ich, indem ich beides vor ihn hinschob, »die Mädchen machen dir das Leben gar zu sauer.«

Der Junge aß und trank mit solchem Appetit, daß ich meinen Bestechungsversuch fortzusetzen wagte. »Wie wär es, Barthel, wenn ich dich einmal ablöste?«

Er wischte sich mit der Hand den Schweiß von der Stirn und kaute ruhig weiter; nur mitunter, während ich ihm meine Verhaltungsregeln auseinandersetzte, nickte er zum Zeichen, daß er mich verstanden habe. Als seine Mahlzeit beendigt war, kehrte er zu seiner Gesellschaft zurück, und bald darauf sah ich Lore, ihr schwarzseidenes Pelzkäppchen auf dem Kopf, die Hände in ihren kleinen Muff gesteckt, im Schlitten sitzen, und Barthel steuerte langsam und schwerfällig am Rande des Sees dahin. – Als sie aus dem Menschengewühl heraus waren, fuhr ich unhörbar auf meinen ebenen Schlittschuhen hinterher. Noch ein paar Augenblicke; denn legte meine Hand sich auf den Schlitten, und der Bursche blieb zurück. Ich hätte aufjauchzen mögen; aber ich biß die Zähne zusammen; und fort wie auf Flügeln schoß das leichte Gefährt über die glänzende Eisfläche.

»Barthel, du fliegst ja!« sagte Lore.

Ich hielt ein wenig inne; ich fürchtete, mich verraten zu haben, und suchte, so gut es gehen wollte, das Scharren von Barthels rostigen Schlittschuhen nachzuahmen. Aber meine Besorgnis war unnötig. Lore steckte ihre Hände tiefer in den Muff und lehnte sich behaglich zurück, so daß das Pelzkäppchen fast auf meinem Arm ruhte. »Nur immer zu, Barthel!« sagte sie. Und Barthel ließ sich das nicht zweimal sagen.

Schon hatten wir den Bereich der gewöhnlichen Schlittschuhläufer hinter uns gelassen; kein Lüftchen regte sich, das weißbereifte Schilf, das sich weithin dem Ufer entlangzieht, glitzerte blendend in den schräg fallenden Sonnenstrahlen. Immer weiter ging es; wenn ich niederblickte, konnte ich die schlangenartigen Triebe des Aalkrauts unter der durchsichtigen Glasdecke erkennen.

Aber die Mitte des Sees lockte mich; unmerklich wandte ich den Schlitten, und immer größer wurde der Raum, der uns vom Ufer trennte. Schon konnte ich beim Zurückblicken nur noch kaum das Blinken des Schilfes unterscheiden; geheimnisvoll dehnte sich die dunkle Spiegelfläche bis zum andern, weit entfernten Ufer, kaum erkennbar, ob eine feste tragende Eisdecke oder nur ein regungsloses trügliches Gewässer. Endlich war die Mitte erreicht. Jede Spur eines menschlichen Fußes hatte aufgehört; wie verloren schwebte der Schlitten über der schwarzen Tiefe. Keine Pflanze streckte ihr Blatt hinauf an die dünne kristallene Decke; denn der See soll hier ins Bodenlose gehen. Nur mitunter war es mir, als huschte es dunkel unter uns dahin. – – War das vielleicht der Sargfisch, der in den untersten Gründen dieses Wassers hausen soll, der nur heraufsteigt wenn der See sein Opfer haben will? – ›Wenn es wäre‹, dachte ich, ›wenn es bräche!‹ Und meine Augen suchten die dunkeln Hüllen zu durchdringen, in denen ich die liebliche Gestalt verborgen wußte. – –

Wieder hatte ich den Schlitten gewandt und fuhr jetzt gradeaus, mich immer in der Mitte haltend. Vor uns, dort, wo der See seine Ufer zu einem schmalen Strom zusammendrängt, war in der Ferne schon die Brücke zu erkennen; wie ein Schatten stand sie in der grauen Luft.

»Mach zurück, Barthel! Es wird kalt!« sagte Lore.

Ich achtete nicht darauf. ›Mag sie sich umblicken!‹ dachte ich und schob nur um so rascher vorwärts. Ich wartete jetzt fast mit Ungeduld darauf. Aber sie schien ihre Mahnung schon vergessen zu haben; denn sie senkte schweigend den Kopf und wickelte sich fester in ihren Mantel. – Und weiter flog der Schlitten. Mitunter war mir, als spürte ich unter uns eine leise Wellenbewegung, als hebe und senke sich die dünne Kristalldecke unter der über sie hinfliegenden Last; aber ich hatte keine Furcht, ich wußte, was man dem jungfräulichen Eise bieten darf.

Der kurze Winternachmittag war indessen fast zu Ende gegangen; schon lag der Sonnenball glühend am Rande des Horizonts. Es wurde kalt, das Eis tönte. Und jetzt, in stetem Wachsen, lief ein donnerndes Krachen von einem Ufer zum andern über den ungeheuern, immer dunkler werdenden Eisspiegel.

Lore warf sich zurück und stieß einen lauten Schrei aus.

»Erschrick nicht!« sagte ich leise, »es hat nicht Not, es kommt nur von der Abendluft.«

Sie wandte sich um und starrte mich wie verwirrt an. »Du!« rief sie, »was willst du hier?«
»So mach doch nicht so böse Augen!« sagte ich und suchte ihre Hand zu fassen.
Sie entriß sie mir. »Wo ist Barthel?«
»Er ist zurückgeblieben; ich habe dich über den See gefahren.«
Sie richtete sich auf. »Laß mich hinaus!« rief sie, indem ihr die Tränen aus den Augen sprangen.
Ich hörte nicht auf sie; ich wandte nur den Schlitten nach der Stadt zurück. »Lore«, sagte ich, »was habe ich dir getan?«
Aber sie stieß mich mit der kleinen geballten Faust vor die Brust. »Geh doch zu deinen feinen Damen! Ich will nichts mit euch zu tun haben; mit dir nicht, mit keinem von euch!«
Es war wie Wut, was mich überfiel. Ich faßte sie mit beiden Armen und drückte sie hart auf den Sitz nieder.
»Du bist ruhig, Lore«, sagte ich, und die Stimme bebte mir, »oder ich wende noch einmal den Schlitten, und ich fahre dich in die Nacht hinaus, unter der Brücke durch, so weit der Strom ins Land hinaus reicht; mir gleich, ob es hält oder bricht!«
Sie hatte währenddessen, fast als beachte sie meine Worte nicht, seitwärts über den See geblickt; aber sie blieb sitzen und ließ sich ruhig von mir fahren. Nur fiel es mir auf, daß sie bald darauf wiederholt und wie verstohlen nach derselben Seite blickte. Als auch ich den Kopf dahin wandte, sah ich einen Schlittschuhläufer in nicht gar weiter Ferne auf uns zustreben. Er mußte bemerkt haben, was soeben vorgefallen; denn er strengte sich augenscheinlich an, uns zu erreichen.
Und schon hatte ich ihn erkannt; es war Christoph, mein alter Spielkamerad, der große Feind der Lateiner. Ich wußte auch wohl, was jetzt bevorstand; es galt nur noch, wer von uns der schnellste sei.
»Nur zu!« sagte Lore, indem sie ihr Pelzkäppchen zurückschob, daß ihr schwarzes Haar sichtbar wurde. »Er kriegt dich doch!«
Ich konnte nicht antworten; schneller als je zuvor trieb ich den Schlitten vorwärts; aber ich keuchte, und meine Kräfte, von der langen Fahrt geschwächt, begannen nachzulassen. Immer näher hörte ich den Verfolger hinter mir; rastlos und schweigend war er uns auf den Fersen; dann plötzlich hörte ich dicht an meiner Seite seine Schlittschuhe scharf im Eise hemmen, und eine schwere Hand fiel neben der meinen auf die Lehne des Schlittens.

»Halbpart, Philipp!« rief er, indem er mit der andern an meine Brust griff.
Ich riß seine Hand los und stieß den Schlitten fort, daß er weit vor uns hinflog. Aber in demselben Augenblick erhielt ich einen Faustschlag und stürzte rücklings mit dem Hinterkopf auf das Eis. Nur undeutlich hörte ich noch das Fortschurren des Schlittens; dann verlor ich die Besinnung.
Ich blieb indes nicht lange in dieser Lage. Wie ich später von ihm hörte, hatte Christoph bald darauf sich nach mir umgesehen und war, da er mich nicht nachkommen sah, auf den Platz unseres Kampfes zurückgekehrt. Nicht ohne große Bestürzung hatten dann beide, nachdem Lore ausgestiegen, mich in den Schlitten gehoben. – Mir selbst kam nur ein dunkles Gefühl von alledem; es war wie ein Traumwachen. Mitunter verstand ich einzelne Worte ihres Gesprächs. »Behalt doch deinen Mantel, Lore!« hörte ich Christoph sagen. – »O nein; ich brauch ihn nicht; ich laufe ja.« – Und zugleich fühlte ich, daß etwas Warmes auf mich niedersank. Der Schlitten bewegte sich langsam vorwärts. Dann kam es wieder wie Dämmerung über mich; immer aber war es mir, als ginge ein leises Weinen neben mir her.
Zum völligen Bewußtsein erwachte ich erst in der Wohnstube und auf dem Sofa des Wassermüllers, der hart am Ufer des Mühlenteiches wohnte. Lore hatte mit ihrer Mutter, die mittlerweile auch herausgekommen war, nach Hause gehen müssen; Christoph aber war zurückgeblieben und hatte sich auf den Rat der Müllersfrau damit beschäftigt, mir nasse Umschläge auf den Kopf zu legen. Als ich die Augen aufschlug, saß er neben mir auf dem Stuhl, eine irdene Schüssel mit Wasser zwischen den Knien. Er wollte eben das Leintuch erneuern, aber er zog jetzt die Hand zurück und fragte schüchtern: »Darf ich dir helfen, Philipp?«
Ich setzte mich aufrecht und suchte meine Gedanken zu sammeln; der Kopf schmerzte mich. »Nein«, sagte ich dann, »ich brauche deine Hülfe nicht.«
»Soll ich jemand für dich aus der Stadt holen?«
»Geh nur; ich werden schon allein nach Hause kommen.«
Christoph stand zögernd auf und setzte die Schüssel auf den Tisch.
Bald darauf knarrte die Stubentür; er hatte die Klinke in der Hand; aber er ging nicht fort. Als ich mich umwandte, sah ich

die Augen meines alten Kameraden mit dem Ausdruck der ehrlichsten Traurigkeit auf mich gerichtet.

Nur eine Sekunde noch war ich unschlüssig. »Christoph«, sagte ich, indem ich aufstand und ihm die Hand entgegenstreckte, »wenn du Zeit hast, so bleibe noch ein wenig bei mir; du kannst mir deinen Arm geben; wir gehen dann zusammen in die Stadt.«

Wie ein Blitz der Freude fuhr es über sein Gesicht. Er ergriff meine Hand und schüttelte sie. »Es war ein schändlicher Stoß, Philipp!« sagte er.

Eine halbe Stunde später, da es schon völlig finster war, wanderten wir langsam nach der Stadt zurück.

Aber die Sache ging nicht so leicht vorüber. Ich konnte am folgenden Morgen das Bett nicht verlassen und mußte meinen Eltern gestehen, daß ich einen schweren Fall auf dem Eise getan habe.

Am Abend des folgenden Tages, da ich schon fast wiederhergestellt war, setzte meine Mutter ein Federkästchen von poliertem Zuckerkistenholz vor mir auf den Tisch. »Der Christoph Werner hat es gebracht«, sagte sie; »er habe es selbst für dich gearbeitet.«

Ich nahm das Kästchen in die Hand. Es war zierlich gemacht, sogar auf dem Deckel mit einer kleinen Bildschnitzerei versehen. »Er hat sich auch nach deinem Befinden erkundigt«, fuhr meine Mutter fort, »habt ihr denn draußen eure alte Freundschaft wieder neu besiegelt?«

»Besiegelt, Mutter? – Wie man's nehmen will«, sagte ich lächelnd.

Und nun ließ die gute Frau nicht nach, bis ich, von manchen Fragen und zärtlichen Vorwürfen unterbrochen, ihr mein ganzes kleines Abenteuer gebeichtet hatte. – Aber es wurde, wie sie gesagt; der Lateiner und der Tischlerlehrling erneuerten ihre Kameradschaft, und zweimal wöchentlich zur bestimmten Stunde ging ich von nun an regelmäßig in die Werkstatt des alten Tischlers Werner, um unter der Anleitung des geschickten Mannes wenigstens die Anfangsgründe seines Handwerks zu erlernen.

IM SCHLOSSGARTEN

Das ist die Drossel, die da schlägt,
Der Frühling, der mein Herz bewegt,
Ich fühle, die sich hold bezeigen,
Die Geister aus der Erde steigen;
Das Leben fließet wie ein Traum.
Mir ist wie Blume, Blatt und Baum.

Es war Frühling geworden. Die Nachtigall zwar verkündigte ihn nicht; denn, wenn auch mitunter eine sich zu uns verflog, die Nordwestwinde unserer Küste hatten sie bald wieder hinweggeweht; aber die Drossel schlug in den Baumgängen des alten Schloßgartens, der im Schutze der Stadt, in dem Winkel zweier Straßen lag. Dem Haupteingange gegenüber, auf einem Rasenplatz hinter den Gärten der großen Marktstraße, war seit gestern ein Karussell aufgeschlagen; denn es war nicht nur Frühling, es war auch Jahrmarkt, eine ganze Woche lang. Die Leierkastenmänner waren eingezogen und vor allem die Harfenmädchen; die Schüler mit ihren roten Mützen streiften Arm in Arm zwischen den aufgeschlagenen Marktbuden umher, um wo möglich einen Blick aus jungen asiatischen Augen zu erhaschen, die zu gewöhnlichen Zeiten bei uns nicht zu finden waren. – Daß während des Jahrmarktes die Gelehrtenschule, wie alle andern, Ferien machte, verstand sich von selbst. – Ich hatte das vollste Gefühl dieser Feiertage, zumal ich seit kurzem Primaner war und infolgedessen neben meiner roten Mütze einen schwarzen Schnürenrock nach eigener Erfindung trug. Brauchte ich nun doch auch nicht mehr wie sonst abends an dem Treppeneingang des erleuchteten Ratskellers stehenzubleiben, wo sich allzeit das schönste luftigste Gesindel bei Musik und Tanz zusammenfand; ich konnte, wenn ich ja wollte, nun selbst einmal hinabgehen und mich mit einem jener fremdartigen Mädchen im Tanze wiegen, ohne daß irgend jemand groß danach gefragt hätte. – Aber grade zu solchen Zeiten liebte ich es mitunter, allein ins Feld hinauszustreifen und in dem sichern Gefühl, daß sie da seien und daß ich sie zu jeder Stunde wieder erreichen könne, alle diese Herrlichkeiten für eine Zeitlang hinter mir zu lassen.

So geschah es auch heute. Unter der Beihülfe meines Vaters, der ein leidlicher Entomologe war, hatte ich vor einigen Jahren eine

Schmetterlingssammlung angelegt und bisher mit Eifer fortgeführt. Ich war nach Tische auf mein Zimmer gegangen und stand vor dem einen Glaskasten, deren schon drei dort an der Wand hingen. Die Nachmittagssonne schimmerte so verlockend auf den blauen Flügeln der Argusfalter, auf dem Sammetbraun des Trauermantels; mich überkam die Lust, einmal wieder einen Streifzug nach dem noch immer vergebens von mir gesuchten Brombeerfalter zu unternehmen. Denn dieses schöne olivenbraune Sommervögelchen, welches die stillen Waldwiesen liebt und gern auf sonnigen Gesträuchen ruht, war in unserer baumlosen Gegend eine Seltenheit. – Ich nahm meinen Ketscher vom Nagel; dann ging ich hinab und ließ mir von meiner Mutter ein Weißbrötchen in die Tasche stecken und meine Feldflasche mit Wein und Wasser füllen. So ausgerüstet, schritt ich bald über den Karussellplatz nach dem Schloßgarten, dessen Baumgänge schon von jungem Laube beschattet waren, und von dort weiter durch die dem Haupteingang gegenüberliegende Pforte ins freie Feld hinaus. Es hatte die Nacht zuvor geregnet, die Luft war lau und klar; ich sah drüben am Rande des Horizonts auf der hohen Geest die Mühle ihre Flügel drehen.

Eine kurze Strecke führte noch der Weg an der Außenseite des Schloßgartens entlang; dann wanderte ich aufs Geratewohl auf Feldwegen oder Fußsteigen, welche quer über die Äcker führten, in die sonnige schattenlose Landschaft hinaus. Nur selten, so weit das Auge reichte, stand auf den Sand- und Steinwällen, womit die Grundstücke umgeben sind, ein wilder Rosenstrauch oder ein anderes dürftiges Gebüsch; aber hier, wo in der Morgenfrühe die rauhen Seewinde ungehindert überhin fahren, waren nur kaum die ersten Blätter noch entfaltet. Ich schlenderte behaglich weiter; mehr die Augen in die Ferne als nach dem gerichtet, was etwa neben mir am Wege zwischen Gräsern und rotblühenden Nesseln gaukeln mochte.

So war, ohne daß ich es merkte, der halbe Nachmittag dahin. Ich hörte es von der Stadt her vier schlagen, als ich mich an dem Ufer des Mühlenteichs ins Gras warf und mein bescheidenes Vesperbrot verzehrte. Eine angenehme Kühlung wehte von dem Wasserspiegel auf mich zu, der groß und dunkel zu meinen Füßen lag. Dort in der Mitte, wo jetzt über der Tiefe die kleinen Wellen trieben, mußte der Schlitten gestanden haben, als Lore ihren Mantel über mich legte. Ich blickte eine ganze Weile nach dem jetzt unerreichbaren Punkte, den meine Augen in dem Fluten des Wassers nur mit Mühe festzuhalten vermochten. – – Aber ich wollte ja den Brombeerfalter fangen! Hier, wo es weit umher kein Gebüsch, kein stilles, vor dem Winde geschütztes Fleckchen gab, war er nicht zu finden. Ich entsann mich eines andern Ortes, an dem ich vor Jahren unter der Anführung eines älteren Jungen einmal Vogeleier gesucht hatte. Dort waren Koppel an Koppel die Wälle mit Hagedorn und Nußgebüsch bewachsen gewesen; an den Dornen hatten wir hie und da eine Hummel aufgespießt gefunden, wie dies nach der Naturgeschichte von den Neuntötern geschehen sollte; bald hatten wir auch die Vögel selbst aus den Zäunen fliegen sehen und ihre Nester mit den braungesprenkelten Eiern zwischen dem dichten Laub entdeckt. Dort, in dem heimlichen Schutz dieser Hecken, war vielleicht auch das Reich des kleinen seltenen Sommervogels! Das »Sietland« hatte der Junge jene Gegend genannt, was wohl soviel wie Niederung bedeuten mochte. Aber wo war das Sietland? – Ich wußte nur, daß wir in derselben Richtung, wie ich heute, zur Stadt hinausgegangen waren und daß es unweit der großen Heide gelegen, welche etwa eine Meile weit von der Stadt beginnt.

Nach einigem Besinnen nahm ich mein Fanggerät vom Boden und machte mich wieder auf die Wanderung. Durch einen Hohlweg, in den sich das Ufer hier zusammendrängt, gelangte ich auf eine Höhe, von der ich die vor mir liegende Ebene weithin übersehen konnte; aber ich sah nichts als Feld an Feld die kahlen ebenmäßigen Sandwälle, auf denen die herbe Frühlingssonne flimmerte. Endlich, dort in der Richtung nach einem Häuschen, wie sie am Rande der Heide zu stehen pflegen, glaubte ich etwas wie Gebüsch zu entdecken. – Es war mindestens noch eine halbe Stunde bis dahin, aber ich hatte heute Lust zum Wandern und schritt rüstig darauf los. Hie und da flog ein gelber Zitronenfalter oder ein Kreßweißling über meinen Weg, oder eine graue Leineule kletterte an einem Grasstengel; von einem Brombeerfalter aber war keine Spur.

Doch ich mußte schon mehr in einer Niederung sein; denn die Luft wurde immer stiller; auch ging ich schon eine Zeitlang zwischen dichten Hagedornhecken. Ein paarmal, wenn sich ein Lufthauch regte, hatte ich einen starken lieblichen Geruch verspürt, ohne daß ich den Grund davon zu entdecken vermocht hätte;

denn das Gebüsch an meiner Seite verwehrte mir die Aussicht. Da plötzlich sprang zur Rechten der Wall zurück, und vor mir lag ein Fleckchen hügeligen Heidelandes. Brombeerranken und Bickbeerengesträuch bedeckte hie und da den Boden; in der Mitte aber an einem schwarzen Wässerchen stand vereinzelt im hellsten Sonnenglanz ein schlanker Baum. Aus den blendend grünen Blättern, durch die er ganz belaubt war, sprang überall eine Fülle von zarten weißen Blütentrauben hervor; unendliches Bienengesumme klang wie Harfenton aus seinem Wipfel. Weder in den Gärten der Stadt noch in den entfernteren Wäldern hatte ich jemals seinesgleichen gesehen. Ich staunte ihn an; wie ein Wunder stand er da in dieser Einsamkeit.

Eine Strecke weiter, nur durch ein paar dürftige Ackerfelder von mir getrennt, dehnte sich unabsehbar der braune Steppenzug der Heide; die äußersten Linien des Horizonts zitterten in der Luft. Kein Mensch, kein Tier war zu sehen, so weit das Auge reichte. – Ich legte mich neben dem Wässerchen im Schatten des schönen Baumes in das Kraut. Ein Gefühl von süßer Heimlichkeit beschlich mich; aus der Ferne hörte ich das sanfte träumerische Singen der Heidelerche; über mir in den Blüten summte das Bienengetön; zuweilen regte sich die Luft und trieb eine Wolke von Duft um mich her; sonst war es still bis in die tiefste Ferne. Am Rand des Wassers sah ich Schmetterlinge fliegen; aber ich achtete nicht darauf, mein Ketscher lag müßig neben mir. – Ich gedachte eines Bildes, das ich vor kurzem gesehen hatte. In einer Gegend, weit und unbegrenzt wie diese, stand auf seinen Stab gelehnt ein junger Hirte, wie wir uns die Menschen nach den ersten Tagen der Weltschöpfung zu denken gewohnt sind, ein rauhes Ziegenfell aus Schurz um seine Hüften; zu seinen Füßen saß – er sah auf sie herab – eine schöne Mädchengestalt; ihre großen dunkeln Augen blickten in seliger Gelassenheit in die morgenhelle Einsamkeit hinaus. – »Allein auf der Welt« stand darunter. – – Ich schloß die Augen; mir war, als müsse aus dem leeren Raum dies zweite Wesen zu mir treten, mit dem selbander jedes Bedürfnis aufhörte, alle keimende Sehnsucht gestillt sei. »Lore!« flüsterte ich und streckte meine Arme in die laue Luft.

Indessen war die Sonne hinabgesunken, und vor mir leuchtete das Abendrot über die Heide. Der Baum war stumm geworden, die Bienen hatten ihn verlassen; es war Zeit zur Heimkehr. Meine Hand faßte nach dem Ketscher. – Aber was kümmerte mich jetzt dies Knabenspielzeug. Ich sprang auf und hängte ihn hoch, so hoch, wie ich vermochte, zwischen den dichtbelaubten Zweigen des Baumes auf. Dann, das Bild der schönen Schneidertochter vor meinen trunknen Augen, machte ich mich langsam auf den Rückweg.

Die Dämmerung war stark hereingebrochen, als ich aus dem Portal des Schloßgartens trat. Drüben am Karussell waren schon die Lampen angezündet; Leierkastenmusik, Lachen und Stimmengewirr scholl zu mir herüber; dazwischen das Klirren der Floretts an den eisernen Ringhaltern. Ich blieb stehen und blickte durch die Linden, welche den Platz umgaben, in das bewegte Bild hinein. Das Karussell war in vollem Gange; Sitzplätze und Pferde, alles schien besetzt, und ringsumher drängte sich eine schaulustige Menge jedes Alters und Geschlechts. Jetzt aber wurde die Bewegung langsamer, so daß ich unter den grünen Zweigen durch die einzelnen Gestalten ziemlich bestimmt erkennen konnte.

Unwillkürlich war ich indessen näher getreten und hatte mich bis an den Eisendraht gedrängt, der ringsherum gezogen war. – Das Mädchen dort auf dem braunen Pferde war die Schwester meines Freundes Christoph. Aber es kam noch eine Reiterin, eine feinere Gestalt; sie saß seitwärts, ein wenig lässig, auf ihrem hölzernen Gaule. Und jetzt, während sie langsam näher getragen wurde, wandte sie den Kopf und blickte lächelnd in die Runde. Es war Lore; fast wie ein Schrecken schlug es mir durch die Glieder. Auch sie hatte mich erkannt; aber nur eine Sekunde lang hafteten ihre Augen wie betroffen in den meinen; dann bückte sie sich zur Seite und machte sich an ihrem Kleide zu schaffen. Das schwere eiserne Florett, das sie in der kleinen Faust hielt, schien nicht umsonst von ihr geführt zu sein; denn es war fast bis an den Knopf mit Ringen angefüllt.

Mittlerweile war der Eigentümer des Karussells herangetreten, um für die neue Runde einzusammeln. Sie richtete sich auf und hielt ihm ihr Florett entgegen. »Freigeritten!« sagte sie, indem sie es umstürzte und die Ringe in die Hand des Mannes gleiten ließ.

Er nickte und ging an den nächsten Stuhl, wo eine Anzahl Kinder sich um die besten Plätze zankten. – Als ich von dort wieder zu Lore hinübersah, stand Christophs Schwester neben ihr; aber

sie wandte mir den Rücken und schien mich nicht bemerkt zu haben.
»Gehst du mit, Lore?« hörte ich sie fragen; »ich muß nach Hause.«
Lore antwortete nicht sogleich; ihre Augen streiften mit einem unsichern Blick zu mir hinüber. Ich wagte mich nicht zu rühren; aber meine Augen antworteten den ihren, und mir selber kaum vernehmlich flüsterten meine Lippen: »Bleib!«
»So sprich doch!« drängte die andere. »Es hat schon acht geschlagen.« Lore steckte ihre Füßchen wieder in den Steigbügel, den sie hatte fahrenlassen, und die Augen auf mich gerichtet, erwiderte sie: »Ich bleibe noch, ich hab mich freigeritten!« Und leise setzte sie hinzu: »Meine Mutter wollte vielleicht noch hier vorüberkommen!«
Ich fühlte, daß das gelogen sei. Das Blut schoß mir siedendheiß ins Gesicht, es brauste mir vor den Ohren; die kleine Lügnerin hatte plötzlich den Schleier des Geheimnisses über uns beide geworfen. Es war zum ersten Mal in meinem Leben, daß ich eine so berauschende Zusage erhielt; bisher hatte ich nur manchmal darüber nachgesonnen, wie in der Welt so etwas möglich sei.
Christophs Schwester hatte sich entfernt. Der Leierkasten begann wieder seine Musik, die Peitsche klatschte über dem alten Gaul, und unter dem Zuruf der Bauernburschen und -mädchen, die inzwischen die meisten Plätze eingenommen hatten, setzte das Karussell sich wieder in Bewegung. Lore sah nach mir zurück, sie hatte ihr Florett in den Sattelknopf gestoßen und saß wie in sich versunken, die Hände vor sich auf dem Schoß gefaltet. Das rote Tüchelchen an ihrem Halse wehte in der Luft, und in immer rascherem Kreisen wurde die leichte Gestalt an mir vorübergetragen; kaum fühlte ich den Blitz ihres Auges in den meinen, so war sie schon fort, und nur der Schimmer ihres hellen Kleides tauchte in der trüben Lampenbeleuchtung noch ein paarmal flüchtig aus den immer tiefer fallenden Schatten auf. – Plötzlich krachte etwas; die in den Stühlen sitzenden Mädchen kreischten, und das Karussell stand.
»Bleiben Sie sitzen, meine Herrschaften«, rief der Eigentümer, indem er mit seinem Gehülfen über die Querbalken stieg, um den Schaden zu untersuchen. Eine Laterne wurde heruntergenommen, es wurde geklopft und gehämmert; aber es schien sich so bald

nicht wieder fügen zu wollen. Mir wurde die Zeit lang; meine Augen suchten vergebens nach der kleinen Reiterin. Ich drängte mich aus der Menschenmasse heraus, in die ich eingekeilt war, und ging von außen nach der gegenüberliegenden Seite des Platzes. Als ich mich hier mit Bitten und Gewalt bis an die Barriere durchgearbeitet hatte, stand ich dicht neben ihr. Sie war von dem Holzgaul herabgestiegen und blickte wie suchend um sich her. Nach einer Weile steckte sie das Florett, das sie spielend in der Hand gehalten, wieder in den Sattelknopf und machte Miene, herabzuspringen. Aber während sie ihre Kleider zusammennahm, war ich in den Kreis geschlüpft.

»Guten Abend, Lore!«

»Guten Abend!« sagte sie leise.

Dann, während die Bauernburschen immer lauter ihr Eintrittsgeld zurückforderten, faßte ich ihre Hand und zog sie mit mir hinaus ins Freie. Aber hier war meine Verwegenheit zu Ende. Lore hatte mir ihre Hand entzogen, und wir gingen wortlos und befangen nebeneinander der Straße zu, an deren äußerstem Ende sich das Haus ihrer Eltern befand. – Als wir den zur Seite liegenden Eingang des Schloßgartens erreicht hatten, kam uns von der Straße her ein Trupp von Menschen entgegen, an deren lauten Stimmen ich einzelne meiner ausgelassensten Kommilitonen erkannte. Unwillkürlich blieben wir stehen.

»Wir wollen durch den Schloßgarten!« sagte ich.

»Es ist so weit!«

»Oh, es ist nicht so viel weiter!«

Und wir gingen durch das Portal in den breiten Steig hinab, welcher zwischen niedrigen Dornhecken zu einem Laubgang von dicht verwachsenen Hagebuchen führte. Da hier vorne auch hinter den Zäunen nur bebautes baumloses Gartenland lag, so verhinderte mich die einbrechende Dunkelheit nicht, die neben mir wandelnde Mädchengestalt zu betrachten. Mich schauerte, daß sie jetzt wirklich in solcher Einsamkeit mir nahe war.

Kein Mensch außer uns schien in dem alten Park zu sein; es war so still, daß wir jeden unserer Tritte auf dem Sande hörten.

»Willst du mich nicht anfassen?« fragte ich.

Sie schüttelte den Kopf.

»Warum nicht?«

»Nein – wenn jemand käme!«

Wir hatten den gewölbten Buchengang erreicht. Es war sehr dunkel hier; denn in geringer Entfernung zu beiden Seiten waren ähnliche Laubgänge, und auf den dazwischen befindlichen Rasenflecken lagerten undurchdringliche Schatten. Ich wußte nur noch, daß Lore neben mir ging; denn ich hörte ihren Atem und ihren leichten Schritt; zu sehen vermochte ich sie nicht. Wie nekkend schoß es mir durch den Kopf, daß ich am Nachmittage auf einen Sommervogel ausgegangen war. »Nun bist du doch gefangen!« sagte ich, und durch die Dunkelheit ermutigt, ergriff ich ihre herabhängende Hand und hielt sie fest. Sie duldete es; aber ich fühlte, wie sie zitterte, und auch mir schlug mein Knabenherz bis in den Hals hinauf.

So gingen wir langsam weiter. Von der Stadt her kam der gedämpfte Ton der Drehorgeln und das noch immer fortdauernde Getöse des Jahrmarkttreibens; vor uns am Ende der Allee in unerreichbarer Ferne stand noch ein Stückchen goldenen Abendhimmels. Ich legte ihre Hand in meinen Arm und faßte sie dann wieder. In diesem Augenblick trollte vor uns etwas über den Weg; es mag ein Igel gewesen sein, der auf die Mäusejagd ging. – Sie schrak ein wenig zusammen und drängte sich zu mir hin, und als ich, unabsichtlich fast, den Arm um sie legte, fühlte ich, wie ihr Köpfchen auf meine Schulter glitt.

Als aber dann, nur eine flüchtige Sekunde lang, ein junger Mund den andern berührt hatte, da trieb es uns wie töricht aus den schützenden Baumschatten ins Freie. So hatten wir bald, während ich nur noch ihre Hand gefaßt hielt, das Ende der Allee erreicht und traten durch eine Pforte auf einen Feldweg hinaus, der seitwärts auf die letzten Häuser der Stadt zuführte. Wir gingen eilig nebeneinander her, als könnten wir das Ende unseres Beisammenseins nicht rasch genug herbeiführen.

»Mein Vater wird mich suchen; es ist gewiß schon spät!« sagte Lore, ohne aufzusehen.

»Ich glaube wohl!« erwiderte ich. Und wir gingen noch eiliger als zuvor.

Schon standen wir am Ausgang des Weges, den letzten Häusern der Straße gegenüber. In dem Lichtschein, der unter der Linde aus dem Fenster des Schneiderhäuschens fiel, sah ich unweit davon ein Mädchen an einem Brunnen stehen. Ich durfte nicht weiter mit. Als aber Lore den Fuß auf das Straßenpflaster hinaussetzte, war mir, als dürfe ich sie so nicht von mir gehen lassen.

»Lore«, sagte ich beklommen, »ich wollte dir noch etwas sagen.«

Sie trat einen Schritt zurück. »Was denn?« fragte sie.

»Warte noch eine Weile!«

Sie wandte sich um und blieb ruhig vor mir stehen. Ich hörte, wie sie mit den Händen über ihr Haar strich, wie sie ihr Tüchelchen fester um den Hals knüpfte; aber ich suchte lange vergebens des Gedankens habhaft zu werden, der wie ein dunkler Nebel vor meinen Augen schwamm. »Lore«, sagte ich endlich, »bist du noch bös mit mir?«

Sie blickte zu Boden und schüttelte den Kopf.

»Willst du morgen wieder hier sein?«

Sie zögerte einen Augenblick. »Ich darf des Abends sonst nicht ausgehen«, sagte sie dann.

»Lore, du lügst; das ist es nicht, sag mir die Wahrheit!«

Ich hatte ihre Hand gefaßt; aber sie entzog sie mir wieder.

»So sprich doch, Lore! – Willst du nicht sprechen?«

Noch eine Weile stand sie schweigend vor mir; dann schlug sie die Augen auf und sah mich an. »Ich weiß es wohl«, sagte sie leise, »du heiratest doch einmal nur eine von den feinen Damen.«

Ich verstummte. Auf diesen Einwurf war ich nicht gefaßt; an so ungeheuere Dinge hatte ich nie gedacht und wußte nichts darauf zu antworten.

Und ehe ich mich dessen versah, hörte ich ein leises ›Gute Nacht‹ des Mädchens; und bald sah ich sie drüben in dem Schatten der Häuser verschwinden. Ich vernahm noch das vorsichtige Aufdrücken einer Haustür, das leise Anschlagen der Türschwelle; dann wandte ich mich und ging langsam durch den Schloßgarten zurück.

Ohne erst zum Abendessen in die Wohnstube meiner Eltern zu gehen, schlich ich die Treppe hinauf in meine Kammer. Wie trunken warf ich mich in die Kissen. Nach einer Viertelstunde hörte ich die Stubentür gehen, und durch die halbgeöffneten Augenlider sah ich meine Mutter mit einer Lampe an mein Bett treten. Sie beugte sich über mich; aber ich schloß die Augen und träumte weiter. Trotz des wenig verheißenden Abschiedes war mir doch, als hätte meine Hand eine volle Rosengirlande gefaßt, an welcher nun in alle Zukunft hinein der Lebensweg entlanggehen müsse.

Sosehr ich aber an diesem Abend den Drang, allein zu sein, empfunden, ebensosehr trieb es mich am andern Morgen unter Men-

schen. Ich hatte ein neues Gefühl der Freiheit und Überlegenheit in mir, das ich nun auch andern gegenüber empfinden wollte. Sobald ich gefrühstückt und den etwas unbequemen Fragen meiner Mutter notdürftig genuggetan hatte, ging ich in die Werkstatt meines Freundes Christoph. Er war eifrig beschäftigt, kleine Mahagoniefurniere auszuwählen und zu schneiden. »Was machst denn du da für Schönes?« fragte ich.
»Ein Nähkästchen«, sagte er, ohne aufzublicken.
»Ein Nähkästchen? Für wen denn?«
»Für Lenore Beauregard; meine Schwester will's ihr zum Geburtstag schenken.«
Ich sah ihn von der Seite an; ein übermütiges Lächeln stieg in mir auf. »Die Lore ist wohl dein Schatz, Christoph?«
Der eckige Kopf des guten Jungen wurde bis unter die Stirnhaare wie mit Blut übergossen bei dieser treulosen Frage. Er schien selbst über seine Verlegenheit in Zorn zu geraten. »Ihr hättet sie nur aus euerer Lateinischen Tanzschule fortlassen sollen!« sagte er, indem er mit seinem Messer grimmig in die Furnierblättchen hineinfuhr.
»Du bist wohl eifersüchtig, Christoph?« fragte ich.
Aber er antwortete nicht; er brummte nur halb für sich: »Das hätte meine Schwester sein sollen!« –
Dieser Triumph sollte indessen mein einzigster bleiben; denn ich mühte mich vergebens, wieder allein mit Lore zusammenzutreffen. Ein paarmal zwar im Laufe des Sommers begegnete sie mir an Sonntagnachmittagen hinter den Gärten auf dem Bürgersteige; aber Christoph und seine Schwester begleiteten sie, und der gute Junge ging so trotzig neben ihr, als wenn er sie einer ganzen Welt von Lateinern hätte streitig machen wollen; auch suchte sie selbst, wenn ich ein Gespräch mit ihnen begann, augenscheinlich die andern zum Weitergehen zu veranlassen.
Als späterhin bei Beginn des Michaelismarktes das Karussell wieder aufgeschlagen wurde, wagte ich noch einmal zu hoffen. Einen Abend nach dem andern, sobald die Dämmerung anbrach, fand ich mich auf dem Platze ein; zum großen Verdrusse meines Freundes Fritz, von dem ich mich unter immer neuen Vorwänden loszumachen suchte. Aber ebensooft spähte ich vergebens, unter den jungen Reiterinnen, die sich zuweilen einfanden, die schlanke Braune zu entdecken, um deren willen ich allein gekommen war. Einsam wanderte ich durch die dunkeln Gänge des

Schloßgartens und zehrte trübselig von der Erinnerung eines entflohenen Glückes.

Dies alles nahm ein plötzliches Ende, als ich zu Anfang des Winters nach dem Willen meines Vaters die Gelehrtenschule unserer Heimat verließ und zu meiner weitern Ausbildung auf ein Gymnasium des mittleren Deutschlands geschickt wurde. – Ob mein Schmetteringsketscher noch in dem blühenden Baum am Rande der Heide hängt? – Ich weiß es nicht; ich bin nicht wieder dort gewesen; auch den Brombeerfalter habe ich bis auf heute noch nicht gefangen.

AUF DER UNIVERSITÄT

Jahre waren seitdem vergangen.

Als ich den Zwang der klösterlichen Schulanstalt hinter mir hatte, brachte ich zum ersten Mal wieder einige Herbstwochen im elterlichen Hause zu. Von allen meinen Kameraden fand ich nur noch Christoph im heimatlichen Neste; die übrigen, auch Fritz, waren alle schon ausgeflogen; ins lustige Studentenleben, aufs weite Meer hinaus, in die dunkle Schreibstube eines Kaufmanns, oder wohin sonst Wahl und Verhältnisse sie geführt hatten. Auch Christoph, der zum stattlichen, etwas untersetzten jungen Mann herangewachsen war, rüstete sich zum Abzug; er war Gesell geworden und wollte wandern. Aber zuvor arbeiteten wir noch einmal gemeinschaftlich in der Werkstatt seines Vaters, und ein ungeheuerer Tabakskasten, der mit mir die Universität beziehen sollte, war das Resultat unserer Bemühungen. – Von meiner Mutter erfuhr ich, daß die rüstige Frau Beauregard vor Jahresfrist eines plötzlichen Todes verblichen und ihre Tochter bald darauf nach der kleinen Landesuniversitätsstadt zu einer alten unverheirateten Tante gezogen sei, die sie testamentarisch zur Universalerbin ihres kleinen Vermögens eingesetzt hatte. Das schmale Häuschen mit der Linde war nach dem Tode der Mutter Schulden halber verkauft worden, und der französische Schneider hatte froh sein müssen, bei einem der andern Meister als Gesell ein Unterkommen gefunden zu haben. Ich traf ihn am Sonntagnachmittage in einer Ecke des Kirchhofs auf der Bank sitzend. Seine Haut über den scharfen Backenknochen war noch gelber geworden, und sein schwarzes Haar war stark ergraut; er hustete, aber die Sonne schien ihm wohlzutun. »Ah, Monsieur Philipp!« rief er, da er mich erkannte, und streckte mir zwei Finger seiner langen knöchernen Hand entgegen, während die andern die alte wohlbekannte Porzellandose umklammert hielten. »Damals – das waren andere Zeiten, Monsieur Philipp!« fuhr er seufzend fort. »Meine Alte, sie hat sich mit ihrer Menage unter die schwarzen Kreuze dort begeben; und das Kind, die Lore« – er schluckte ein paarmal und nahm eine starke Prise –, »Sie werden es ja gehört haben! Sie wollte nicht, sie wollte ihren armen Vater nicht allein lassen, ich mußte mit Gewalt ihre kleinen Hände von mir losreißen; aber was hilft es denn! Das Kind mußte doch sein Glück machen!« Er ließ den Kopf sinken und legte schlaff seine Hände auf die Knie. »Ich werde Ihnen ihre Briefe zeigen!« begann er dann wieder. »Sie werden sehen, Monsieur Philipp, Sie sind ja ein Gelehrter! Die allerliebsten Buchstaben, und all die lieben guten Worte; eine Marquise könnte es nicht besser.« –

– – So sprach er noch eine Weile fort, bis ich ihn verließ.

Ich habe den französischen Schneider nicht wiedergesehen; denn einige Tage darauf reiste ich ab, um zunächst auf einer ausländischen Universität meine juristischen Studien zu beginnen, und schon bald nach einem halben Jahre schrieb mir meine Mutter, der ich diese Begegnung erzählt hatte, daß auch Monsieur Beauregard, der Enkel des Ofenheizers vom Hofe Ludwigs des Sechzehnten, unter den schwarzen Kreuzen eine Stelle gefunden habe.

Drei Jahre später befand ich mich auf der Landesuniversität, um vor dem Examen noch das gesetzlich vorgeschriebene Jahr hier zu absolvieren. Fritz, mit dem ich das letzte Semester in Heidelberg zusammen gewohnt, wollte erst im nächsten Herbst zurückkehren. Aber mein Freund Christoph hatte die Universität bezogen; er war erster Arbeiter in einem großen Möbelmagazin. Ich traf ihn eines Nachmittags in einem öffentlichen Garten, wo er allein vor einem Seidel Lagerbier saß und, scheinbar in Sinnen verloren, den Rauch seiner Zigarre vor sich hin blies. Sein starker blonder Backenbart und seine feine bürgerliche Kleidung ließen mich ihn erst in nächster Nähe erkennen. Als ich schweigend meine Hand auf seine Schulter legte, warf er den Kopf rasch und trotzig nach mir herum; denn wenn ich jetzt auch keine farbige Mütze trug, so gehörte ich doch unverkennbar genug zu den mutmaßlich noch immer nicht von ihm geliebten Lateinern. Allein, kaum hatte er mich angesehen, als auch

sogleich die freudigste Überraschung aus seinen Augen leuchtete. »Philipp, du bist es?« sagte er, indem er mit einer fast mädchenhaften Bescheidenheit meine dargebotene Hand nahm und sie dann desto kräftiger drückte. – Wir sprachen lange zusammen; über unsere Heimat, über Eltern und Altersgenossen; als ich mich dann der verhängnisvollen Eisfahrt erinnerte, fragte ich auch nach unserer gemeinschaftlichen Knabenliebe.
Lenore lebte noch im Hause ihrer Verwandten, einer alten Schneiderin, mit der sie zum Nähen in die Häuser der vornehmen Einwohner ging. Aber Christoph wurde bei den Antworten auf diese Fragen immer wortkarger und suchte endlich mit einer gewissen Hast das Gespräch auf andere Dinge zu bringen. Er schien in seinem treuen Gemüte noch immer die Fesseln des schönen Mädchens zu tragen, die ich mit dem Staub der Heimat schon längst von mir abgeschüttelt zu haben glaubte.
Ich mochte mich darin indessen irren. – Einige Zeit darauf hatte ich mit befreundeten Damen jenseits der Meeresbucht, an welcher die Stadt liegt, einen damals beliebten Vergnügungsort besucht. Der Nachmittag war zu Ende, und wir gingen an den Strand hinab. – Zwei Boote, beide schon fast besetzt, lagen zur Abfahrt bereit. Neben dem einen, das etwa dreißig Schritte von uns entfernt sein mochte, stand an der Seite einer ältlichen lahmen Näherin, die ich mitunter im Wohnzimmer meines Hauswirts gesehen hatte, eine auffallend schöne Mädchengestalt. Sie hatte schon den Fuß auf den Rand des Bootes gesetzt und schien im Begriff, hineinzusteigen; aber sie zögerte plötzlich, da sie den Kopf nach uns zurückwandte. Zwei schwarze fremdartige Augen, wie ich sie lange nicht, aber wie ich sie einst gesehen, trafen in die meinen; ich wußte jetzt, daß es Lenore Beauregard sei. Sie war größer geworden, und unter den braunen Wangen schimmerte das Rot der vollsten Jungfräulichkeit; aber noch immer war ihr in der Haltung jene graziöse Lässigkeit eigen, die mir unbewußt schon einst mein Knabenherz entführt hatte. Es wallte heiß in mir auf, und ich hatte der Damen neben mir fast ganz vergessen. Denn jene dunklen Augen schienen mich bittend anzublicken; ich hörte, wie die alte Näherin ihr zusprach, wie der Schiffer sie nicht eben in den höflichsten Worten zum Einsteigen drängte; aber noch immer stand die schlanke Mädchengestalt unbeweglich, wie im Traum, die Augen nach mir hingewandt.

Schon hatte ich, wie von dunkler Naturgewalt getrieben, ein paar Schritte nach dem Boote zu getan; aber ich bezwang mich; ich dachte an Christoph; seine ehrlichen blauen Augen schienen mich plötzlich anzusehen. »Es wird nicht Platz dort für uns alle sein«, sagte ich zu den Damen. Dann gingen wir seitwärts nach dem andern Fahrzeug am Wasser entlang. – Doch noch einmal mußte ich nach Lore zurückblicken. Sie hatte den Kopf auf die Brust sinken lassen und stieg eben langsam über den Bord in das Innere des Bootes, das im Gold der Abendsonne auf dem regungslosen Wasser lag.

Bei der Heimfahrt saß ich am Steuer, wortkarg und innerlich erregt; meine Augen mochten wohl mitunter auf dem andern, in ziemlicher Entfernung vor uns rudernden Boote ruhen, während die jungen Damen mich vergebens in ihre Plaudereien zu ziehen suchten.

»Aber Sie sind heut nicht zu gebrauchen!« sagte die eine; »unsere schöne Nähterin scheint Sie stumm gemacht zu haben!«

»Ist Lore Ihre Nähterin?« fragte ich noch halb in Gedanken.

»Lore! Woher wissen Sie denn, daß sie Lore heißt?«

»Wir sind aus einer Stadt; ich habe in der Tanzschule meine erste Mazurka mit ihr getanzt.«

»So! – Sie soll auch jetzt noch gern mit Studenten tanzen.«

Unser Gespräch über Lore war zu Ende; aber ich wußte jetzt, weshalb Christoph nicht hatte reden mögen.

Dennoch sah ich ihn später im Lauf des Winters mehrmals an öffentlichen Orten mit Lore zusammen, meistens in Gesellschaft der lahmen Marie oder einer ältern Person, welche niemand anders als die Erbtante sein konnte, die dem armen Schneider noch so kurz vor seinem Ende das Kleinod seines Herzens entführt hatte.

Eines Abends, es mochte einige Wochen nach Neujahr sein, hörte ich von meinem Zimmer aus einen Tumult auf der Straße. Als ich das Fenster öffnete, bemerkte ich unter dem vorbeiziehenden Haufen hie und da rote Studentenmützen; endlich erkannte ich beim Schein der Straßenlaterne auch einen unserer Pedelle.

»Was gibt's, Dose?« rief ich hinunter.

»Holz hat's gegeben, Herr Doktor.« – Dose nannte mich aus einem nur uns beiden bekannten Grunde allzeit Herr Doktor.

»So? Und wohl wieder auf dem Ballhaus?« fragte ich.

»Nun, wo denn anders?«

Das Ballhaus war ein öffentliches Tanzlokal, wo die altherkömmliche Feindschaft zwischen Studenten und Handwerksgesellen sich zuzeiten Luft zu machen pflegte. Es schien diesmal indessen arg geworden zu sein; denn Dose machte andeutungsweise eine höchst hräftige Bewegung mit der Faust.

»Wer hat's denn gekriegt?« fragte ich noch.

Der Alte hielt die Hand vor den Mund und flüsterte mir zu: »Es ist auf die rechte Stelle gekommen, Herr Doktor.« Ein Bekannter, der unser Gespräch hörte, rief im Vorübergehen: »Es ist der Raugraf; die Knoten haben ihm auf Abschlag gezahlt.«

Der sogenannte »Raugraf« war ein ebenso schöner als wüster junger Mann, der in den Hörsälen der Professoren selten, dagegen häufig auf der Mensur und regelmäßig auf der Kneipe zu finden war; einer von denen, die auf Universitäten eine Rolle spielen, um dann im späteren Leben spurlos zu verschwinden. Von den jungen Handwerkern, denen er ihre Mädchen abspenstig machte, wurde er ebensosehr gehaßt, als er für die größere Anzahl der jüngeren Studenten der Gegenstand einer scheuen Bewunderung war. Nachdem er eine Reihe anderer Universitäten besucht und, teilweise durch Relegation gezwungen, wieder verlassen hatte, fand er für gut, auch die unsrige zu versuchen, und bald gingen von seinem großen Wechsel und dann von seinen noch größeren Schulden die mannigfaltigsten Gerüchte im Schwange. Der Titel »Raugraf«, den er mitbrachte, paßte insofern für ihn, als er an die Zeiten des Faustrechts erinnert und allerdings die Weise der alten Junker, die Schwächeren rücksichtslos für ihre Leidenschaften zu verbrauchen, sich vollständig auf ihn vererbt zu haben schien.

Da ich den Raugrafen weder genauer kannte noch ein Interesse an seiner Person nahm, so schloß ich das Fenster und begab mich zur Ruhe, ohne des Vorfalles weiter zu gedenken.

Am Nachmittage darauf sollte ich indessen aufs neue daran erinnert werden. – Ich hatte eben meinen Kaffee getrunken und saß im Sofa über einer Pandektenkontroverse, als an die Stubentür gepocht wurde.

Auf mein »Herein!« trat die stattliche Gestalt meines Freundes Christoph vorsichtig und etwas zögernd in das Zimmer.

»Bist du allein?« fragte er.

»Wie du siehst, Christoph.«

Er schwieg einen Augenblick. »Ich muß fort von hier, Philipp«, sagte er dann, »noch heute abend; weit fort, an den Rhein zu meinem Mutterbruder; er ist schwächlich und braucht einen Gesellen, der nach dem Rechten sehen kann. Aber ich fürchte, meine Barschaft reicht nicht für die Reise, und Fechten, das ist nicht meine Sache.«

Ich war schon an mein Pult gegangen und hatte eine kleine Geldsumme auf den Tisch gezählt. »Reicht es, Christoph?«

»Ich danke dir, Philipp.« Und er steckte das Geld sorgsam in seine Börse, die schon einen kleinen Schatz an Gold- und Silbermünzen enthielt. Erst jetzt sah ich, daß er in seiner schwarzen Sonntagskleidung vor mir stand.

»Aber du bist ja in vollem Wichs«, fragte ich; »wo bist du denn gewesen?«

»Nun«, sagte er und rieb sich nachdenklich mit der Hand seine breite Stirn, »ich komme eben von der Polizei!«

»Du hast schon deinen Paß geholt?«

»Jawohl; meinen Laufpaß.«

Ich sah ihn fragend an.

»Es ist wegen der dummen Geschichte auf dem Ballhaus.«

Mir ging ein Licht auf. »So! Also du bist es gewesen?« sagte ich. »Daß mir das nicht sogleich eingefallen ist!«

»Freilich bin ich dort gewesen, Philipp.«

»Lenore war wohl mit dir?«

Er nickte.

»Und da hast du den Raugrafen durchgeprügelt?«

Ein Lächeln befriedigten Hasses legte sich um seinen Mund. »Sie sagen ja, daß ich's gewesen sei«, erwiderte er.

Der alte Feind der Gymnasiasten sprach dies in solchem Tone der Genugtuung, daß ich über den Sachverhalt nicht mehr zweifelhaft sein konnte.

Ich mußte laut auflachen. »So erzähl mir doch! Wie kam denn die Geschichte?«

»Nun, Philipp – du weißt doch, daß ich mit der Lore gehe?«

»Seid ihr denn einig miteinander?«

»Es ist wohl so was«, erwiderte er. – »Sie ist eine anstellige Person; und nach dem Tode der alten Tante bekommt sie auch noch eine Kleinigkeit.«

Ich sah ihn lächelnd an. »Nun, Christoph, sie ist auch sonst so übel nicht; du hättest so überzeugend sonst auch schwerlich zugeschlagen!«

Er blickte einen Augenblick vor sich hin. »Ich weiß es kaum«, sagte er, »wir standen in der Reihe, Lore und ich – es geschah nur ihr zu Gefallen, daß ich hingegangen war –, da kam der lange blasse Kerl, der schon immer auf sie gemustert und dabei mit einem andern getuschelt hatte, und wollte extra mit ihr tanzen.«

»War er denn unverschämt gegen deine Dame?«

»Unverschämt? – Sein Gesicht ist unverschämt genug!«

»Und Lore?« sagte ich, meinen Freund scharf fixierend. »Sie hätte wohl gern mit dem schmucken Kavalier getanzt?«

Er zog die Stirnfalten zusammen, und ich sah, wie sich eine trübe Wolke über seinen Augen lagerte.

»Ich weiß es nicht«, sagte er leise. – – »Es war nicht gut, daß ihr das Mädchen damals in euerer Lateinischen Tanzschule den Notknecht spielen ließet.«

Er reichte mir die Hand. »Leb wohl, Philipp«, sagte er, »das Geld schicke ich dir; sonst wirst du wohl nicht viel von mir zu hören bekommen; aber um Jahresfrist, so Gott will, bin ich wieder hier oder bei uns daheim.«

Er ging. – Ich suchte vergebens mich wieder in meine unterbrochenen Arbeiten zu vertiefen; eine unbestimmte Sorge um die Zukunft meines Jugendgespielen hatte mein Herz beschlichen. Ich wußte nur zu wohl, was seine Worte nicht verraten sollten, daß seine Phantasie von jenem Mädchen ganz erfüllt war und daß alle Kräfte dieses tüchtigen Kopfes darauf hinarbeiteten, sein Leben mit dem ihren zu vereinigen.

Bald darauf ging ich in die Wohnung meiner Hauswirte hinab, bei denen ich damals meinen Mittagstisch hatte. Es mochte etwas frühzeitig sein; denn von den Hausgenossen hatte sich noch niemand eingestellt; aber in der Nebenstube traf ich die kleine Näherin, die »lahme Marie«, welche stumm und einsam inmitten einer Wolke weißer Stoffe mit der Nadel hantierte. – Da ich sie oft in Gesellschaft der beiden Menschen gesehen hatte, deren Geschick mich jetzt beschäftigte, so erzählte ich ihr den gestrigen Vorfall, in der Hoffnung, über die Ursache desselben Näheres zu erfahren.

»Ich hab das kommen sehn!« sagte sie, die dünnen Lippen zusammenkneifend; »der Tischler ist wohl sonst ein ganzer Kerl; aber gegen das Mädchen ist er zu gutwillig; – was wollt er mit ihr auf dem Ballhaus!«

Ich fragte näher nach.
Sie räumte eine Partie Zeuge von einem Stuhl, damit ich mich setzen könne. – »Sie kennen vielleicht das kleine Haus in der Pfaffengasse«, begann sie dann, als ich ihrem Wink gefolgt war; »die alte Schmieden, die Tante von der Lore, hat es vor Jahren von dem Pferdeverleiher nebenan gekauft; aber den Hof dahinter, weil er zu seinem Geschäft doch großen Raum gebraucht, hat der Verkäufer sich vorbehalten, so daß er mit seinem nun in eins zusammengeht; nur in der Mitte auf einem Stückchen Rasen darf die Alte ihre Waschsachen trocknen und bleichen, soweit es damit reichen will. Sie ist Geschwisterkind mit meiner seligen Mutter, und seit ich konfirmiert war, bin ich oft mit ihr zum Nähen ausgegangen.
Ich denk, es war kurz vor Martini vorigen Jahrs; ich machte mich gleich nach Mittag zu der Schmieden; denn wir hatten eine große Seidenwäsche zusammen. Unterwegs begegn' ich dem Tischler, der damals schon mit der Lore ging. Wir sprechen ein Wort zusammen, und im Weggehen ruft er mir noch lachend zu: ›Bei Feierabend komm ich und helf euch die Klammern aufsetzen!‹ Ich sagt's auch der Lore; aber sie schien nicht groß darauf zu achten.
Spät nachmittags, da wir drinnen fertig waren, gingen wir hinaus, um die Leine zwischen den Pfählen aufzuscheren, die draußen auf dem Grasrondell stehen. Lore, das Kleid über ihre Halbstiefelchen aufgeschürzt, die schwarzen Haare hinter die Ohren gestrichen, ging mit dem kleinen hölzernen Tritt von einem zum andern. Die Alte hatte sich drinnen in ihren Lehnstuhl schlafen gesetzt; ich – ich bin die Größte nicht und konnte ihr eben nicht viel dabei helfen.«
Und die Erzählerin suchte ihren dürftigen Körper möglichst gradezurichten.
»Ich hatte mich neben dem Waschkorb auf einen Prellstein gesetzt und sah mir's an, wie vor dem Stall der Knecht des Nachbars einen Goldfuchs striegelte. – Ich habe die Pferde gern, wissen Sie, denn mein Vater ist auch ein Fuhrmann gewesen. – Es war gar ein schönes Tier; und wenn es so den Kopf aus dem Schatten in die Sonne hinauswarf, glänzten die Haare wie Metall; aber an dem feinen Beinwerk merkte ich wohl, daß es keines von des Nachbars Mietgäulen sei. – ›Wem gehört das Pferd?‹ fragte ich Lore, die eben ihr Holztreppchen hart neben

mir an den letzten Pfahl gerückt hatte. – ›Das Pferd?‹ sagt sie, indem sie sich auf den Fußspitzen hebt und die Leine um das Querholz schlingt; ›das gehört dem fremden Studenten; ich weiß nicht, wie er heißt.‹ – Ich sah zu ihr hinauf; aber sie wandte nicht den Kopf und wickelte noch immer fort mit der Leine. Als ich eben ungeduldig werden wollte, sagt hinter mir eine Stimme: ›Es ist genug, Fräulein Lorchen!‹

Ich seh noch, wie sie die Arme sinken läßt und hastig das aufgeschürzte Kleid herunterzupft, und da ich den Kopf wende, steht der blasse vornehme Student vor mir, und Lore, ohne ein Wort zu sagen, springt von ihrem Tritt herunter und stellt sich neben mich. – Der junge Herr steht auch nur und macht scharfe Augen auf die Lore, als wenn er das Anschauen ganz umsonst hätte. ›Daß dich!‹ dacht ich und fing aufs Geratewohl einen lauten Diskurs über den Goldfuchs an, und red'te so lang, bis ich Antwort hatte, und ehe ich mich's versehen, waren wir alle drei auf den Hof hinübergetreten. Das Pferd scharrte mit den Hufen und sah seinen Herrn mit den klugen Augen an; Lore stand daneben, und recht als trüge sie Verlangen nach dem Tier, ließ sie ihre flache Hand an dem spiegelblanken Hals herabgleiten. ›Es ist lammfromm‹, sagte der junge Herr; ›was meinen Sie, Fräulein Lore, drinnen im Stall hängt noch ein Damensattel!‹ – Sie schüttelte den Kopf; aber ich hörte, wie ihr der Atem versetzte, und ihre Augen blitzten ordentlich vor Lust. Der Herr Graf hatte das auch wohl verstanden; denn auf seinen Wink wurde der Sattel aufgeschnallt und ein leichter Zaum angelegt. Lore sah darauf hin, als wenn ihr die Augen verhext wären. Als aber der Knecht ihr das Holztreppchen zum Aufsteigen hinstellte, warf es der junge Herr beiseite. ›Pfui doch, Johann!‹ rief er; und als wenn sich's nur von selbst verstände, faßt er das Mädchen unterm Arm. ›Treten Sie fest!‹ sagte er und hielt die andere Hand vor sie hin, indem er mit seinen durchdringenden Augen zu ihr aufsah. Und Lore, als müsse sie nur immer tun, wie der es wollte, setzt ihr Füßchen in seine Hand. Ich merkte wohl, er zögerte; aber es war nur ein Augenblick; dann hob er sie mit einem raschen Schwung hinauf.

Sie sah ganz verwirrt aus und schlug die Augen nieder, als sie droben saß, und ließ sich geduldig den Zaum zwischen den Fingern von ihm zurechtlegen. Der Fuchs schüttelte den Kopf und stieß ein lautes Wiehern aus. Sein Herr strich ihm ein paarmal

liebkosend über das seidene Fell; dann legte er die Hand hinter Lore auf den Sattel; mit der andern faßte er den Zaum und führte das Pferd langsam um das Rondell herum.
Ich muß es selbst sagen, sie machten ein stolzes Paar zusammen, und es hätte wohl keiner gedacht, der sie so gesehen, daß die feine Person nur eine arme Nähterin und eines Schneiders Tochter sei.
Bald ging es ihr schon nicht rasch genug. Sie warf die Hand empor, das Pferd fing an zu traben, und der junge Herr trat auf das Rondell zurück. Aber er ließ kein Auge von ihr; wie das Pferd lief, so ging er, die Reitpeitsche in der Hand, im Kreise umher; als sei es ihm angetan, so flogen seine Blicke an dem Mädchen hin und wider, von ihren schwarzen wehenden Haaren bis zu dem Füßchen, das oben an dem Sattel unter dem Kleide hervorsah. Bald rief er ihr, bald seinem Fuchs ein kurzes Wort hinüber. Das Tier lief immer schneller; es schnob und peitschte mit dem Schweife in die Luft. Lenore sah gar nicht darauf hin. Sie saß nur wie angeflogen und lächelte und sah auf den jungen Herrn, grad als wären's seine Augen, die sie auf dem Sattel festhielten.
So ging es eine Weile. ›Wenn die Alte herauskäme!‹ dachte ich. ›Es gäb ein böses Wetter!‹ Aber sie kam nicht. Da plötzlich schwenkt eine Flucht Tauben mit großem Geklapper über den Hof, und der Fuchs stutzt und macht einen Satz. Ich denk, die Lore stürzt herunter; aber nein, sie hing noch an dem Hals des Pferdes; nur blaß war sie geworden wie der Tod. ›Oho, Virginie!‹ ruft der Herr, und gleich ist er auch drüben, hat die Lore auf seinen Armen, sieht sie einen Augenblick mit den scharfen Augen an und läßt sie dann sanft zu Boden gleiten. – Eh ich mich noch besinne, hör ich die Hoftür gehen. ›Da ist die Alte!‹ denk ich; aber als ich mich umkehre, steht der Tischler vor mir. – Wär's nur die Alte gewesen, ich hätte mich nicht so alteriert; denn ganz wie versteinert sah der Mensch aus. ›Ist denn schon Feierabend, Herr Werner?‹ ruf ich. Aber er achtet gar nicht darauf. ›Guten Abend, Marie!‹ sagt er mit ganz heiserer Stimme, und er würgte ordentlich daran, als wenn ihm das Wort im Halse steckenbleiben müßte. – ›Wollen wir nicht ins Haus gehen?‹ sag ich wieder. ›Ich danke‹, antwortet er; ›ihr habt da schon Gesellschaft.‹ – Und ohne das Mädchen anzusehen oder eine Silbe an sie zu verlieren, kehrt er sich um und geht durch den großen Torweg der Straße zu.

Lore stand, ohne sich zu rühren, neben dem schnaubenden Pferde. ›Was wollte der Mensch?‹ fragte der Graf. ›Es ist ein Landsmann von mir‹, erwiderte sie leise. ›Es ist Herr Werner‹, sagte ich, ›der erste Arbeiter in dem großen Möbelmagazin‹; denn mich ärgerte das spöttische Gesicht, womit der Herr dem Tischler nachgesehen hatte.«

Die Erzählerin hatte eine Arbeit vollendet; sie stand auf und legte die Stoffe zusammen. Nebenan im Wohnzimmer fanden sich die Hausgenossen zum Mittagstisch zusammen.

»Was ist denn daraus geworden?« fragte ich noch.

»Was ist daraus geworden?« wiederholte sie. »Ich habe eine Zeitlang hin und wider geredet; am Ende – der Tischler kann ja doch nicht von ihr lassen, und sie, wenn ihr nicht just der Kopf verrückt ist, weiß auch wohl, was sie an ihm hat. Die schönen vornehmen jungen Herren sind ja nun doch einmal nicht für sie gewachsen.«

Wir gingen zu Tische. Aber die Geschichte der lahmen Marie lag mir schwer auf dem Herzen. – Lore und Christoph. Ich konnte mir die beiden Menschen nicht zusammendenken.

EIN SPAZIERGANG

Bald nach Ostern hatte eine plötzliche Erkrankung meiner Mutter mich nach Hause gerufen. Erst im August, da ich die völlig Genesende mit Ruhe der Sorge meines Vaters und der Heilkraft der milden Lüfte überlassen konnte, kehrte ich auf die Universität zurück. Als ich fortreiste, war auf der weiten Seebucht neben der Stadt noch kaum das Eis verschwunden; nun rauschte über allen Wegen das volle Laub des Sommers.

Es war am Vormittage nach meiner Ankunft; von meinen Bekannten hatte ich noch keinen gesprochen. Ich stand nachdenklich in der Mitte meines einsamen Studentenstübchens; das ausgetrocknete Dintenfaß auf dem Schreibtisch und die bestaubten Bücher sahen mich unbehaglich an; der halb ausgepackte Koffer auf dem Fußboden machte es nicht besser. Aber die Sonne schien durch die Fensterscheiben und lockte mich hinaus, und bald ging ich, wie ich es schon als Knabe liebte, nur mit mir allein, im Schatten der breiten Ulmenallee, welche eine Strecke oberhalb des Wassers am Seestrande entlangführt.

Wie ein düsteres Gewölbe standen die ungeheuern Bäume über

mir, während zu beiden Seiten auf Laub und Gräsern und in den Fenstern der hier überall im Grün versteckten Gartenhäuser die helle Morgensonne funkelte; mitunter, wo er durch die Büsche sichtbar wurde, traf auch ein Blitz des Meeresspiegels meine Augen. – Ich ging langsam weiter, die frische Luft mit vollen Zügen atmend; nur einzelne unbekannte Menschen begegneten mir, denn die Stunde des Spazierengehens hatte noch nicht geschlagen.

Allmählich aber hörten die Gärten auf; statt der Ulmen waren es hier schlanke, aufstrebende Buchen, die zur Seite standen. Noch eine kurze Strecke, und ich ging in einem kühlen Walde, der zur Linken eine Anhöhe hinansteigt, während ich nach der andern Seite durch die Bäume auf die See hinabblicken konnte. Vor mir aus dem Dickicht klang der Silberschlag des Buchfinken und der Lockruf der Schwarzamsel; dazwischen wie Musik hörte ich fortwährend das Lispeln der Blätter und drunten zu meinen Füßen das Anrauschen des Wassers. Mir kam plötzlich die Erinnerung an ein halbverfallenes Haus, das hier im Walde liegen mußte. Vor Jahren als Sekundaner war ich einmal mit einem mir verwandten Studenten dort gewesen, den ich von der Schule aus besucht hatte. Es war, so erfuhr ich damals, von einem spekulierenden Schenkwirt gebaut worden; aber die Spekulation mißglückte, es war ihm nicht gelungen, den großen Zug der Gäste in seine Einsamkeit hinauszulocken. Er hatte verkaufen müssen, und der neue Eigentümer ließ derzeit die spärliche Wirtschaft durch einen Kellner verwalten.

Ich entsann mich des langen blassen Menschen sehr wohl, und auch das einstöckige Gebäude, welches zwischen den hohen Buchen etwa auf der Hälfte der Anhöhe lag, stand jetzt mit Deutlichkeit vor meinen Augen. Unter der kleinen Säulenhalle, welche die Mitte der Fronte einnahm, hatte ich damals mein erstes Glas Grog getrunken; von hier aus waren wir durch eine große Flügeltür in einen hohen düstern Saal getreten, dessen Fenster nach hinten in den Wald hinaussahen. Mich überkam ein Verlangen, den einsamen Ort wieder aufzusuchen; zugleich eine Besorgnis, er möge jetzt verschwunden oder für mich nicht mehr zu finden sein.

Während ich so meinen Gedanken nachhing, bemerkte ich aufblickend einen schmalen Fußweg, der sich links vom Wege zwischen den Bäumen hinaufschlang. Ich stand einen Augenblick;

so war es damals auch gewesen; dann stieg ich langsam den Berg hinauf. Nach einiger Zeit sah ich vor mir zwischen den Stämmen ein graues Schieferdach auftauchen, allmählich wurden auch die Kapitele einer kleinen Säulenhalle und zu jeder Seite derselben der obere Teil eines Fensters sichtbar. Noch ein paar Schritte, und eine breite Steintreppe führte aus dem Baumschatten auf einen kleinen ebenen Platz hinaus.
Da lag es vor mir; mitten im Walde, im stillsten Sonnenschein. Die Zeit schien hier kaum etwas verändert zu haben; wie damals war der ursprünglich rötliche Anwurf der Mauern, wo er nicht abgeblättert an der Erde lag, überall mit grünem Moos bezogen, und aus den Spalten der hölzernen Säulen drängte sich braunes wucherndes Schwammgewächs; auch jetzt noch stand unter der kleinen Halle eine dunkelgrüne Bank zu jeder Seite der halbgeöffneten Flügeltür. – Ich setzte mich auf eine derselben und blickte durch die Lücken des Gehölzes auf die See hinab, wo eben ein Fischerboot im Sonnenschein vorüberglitt. – Menschen schienen hier oben nicht zu hausen, es rührte sich nichts; auch hinter mir aus dem Hause vernahm ich keinen Laut; nur eine Waldbiene summte in raschem Flug vorüber, und an den Grasrändern der Steintreppe gaukelten zwei dunkle Schmetterlinge.
Nach einer Weile stand ich auf und ging in den Saal. Er schien mir noch düsterer fast, als ich ihn mir gedacht hatte; die dicht vor dem Fenster stehenden Bäume schienen ihre Zweige bis über das Dach zu breiten. Ich schlug mit meinem Stock auf einen Tisch, daß es an der hohen Decke widerhallte; aber es kam niemand. – Zur Linken in einem Nebenzimmer, in das ich hineinblickte, stand ein einsames Billard. Aber gegenüber an der andern Seite des Saals war noch eine Tür; ich öffnete sie und gelangte in einen schmalen Gang und durch diesen wiederum ins Freie. – Neben einer Kegelbahn, die dicht am Hause lag, fand ich einen schon ältlichen Menschen, mit einer grünen Schürze angetan, auf dem Rasen eingeschlafen. In der Tat, es schien auch derselbe Kellner noch von damals! – Als ich ihn mit meinem Stock berührte, riß er die Augen auf und sprang empor. »Ich bitte, mein Herr«, sagte er, »ich habe wenig Ruhe gehabt die Nacht.«
Ich sah ihn verwundert an.
»Sie wissen das nicht?« fuhr er fort, indem er mich von Kopf

zu Füßen musterte. »Die Herren Korpsburschen haben ja seit Ostern ihren Kneipabend hieher verlegt.«
Ich wußte das in der Tat nicht, obgleich die meisten meiner Bekannten zu dieser Verbindung gehörten.
Während ich einen Krug Bier und eine Schnitte Brot bestellte, waren wir in den Saal zurückgegangen. – Als der Tagesschein durch die geöffnete Tür fiel, wurden auf der Mitte des Fußbodens ein paar dunkle Flecke sichtbar, die mir keinen Zweifel ließen, daß nicht nur die Kneipabende, sondern auch die dazugehörigen »Paukereien« in diese Einsamkeit verlegt waren. – »Weshalb schafft ihr denn das Blut nicht fort?« fragte ich.
»Um Entschuldigung, mein Herr«, erwiderte der blasse Kellner, »aber der Fleck kommt immer wieder; er ist von damals, als das Unglück hier passierte. – Es sah sich übel an, als der hitzige junge Herr auf einmal so still und weiß wurde.«
Ich entsann mich sogleich jenes Vorfalles, der einer dürftigen Offizierswitwe ihren einzigen Sohn gekostet hatte. Es war bald nach meiner Abreise geschehen und hatte auf kurze Zeit die Teilnahme des ganzen kleinen Landes in Anspruch genommen.
Ich ging in die Halle hinaus und setzte mich auf eine der grünen Bänke, des armen heißblütigen Jungen gedenkend, dessen Leben hier die letzte unliebsame Spur zurückgelassen hatte.
Nach einer Weile brachte der Kellner das bestellte Frühstück. »Heut abend könnten Sie was Besseres haben«, sagte er, indem er Krug und Teller vor mir auf den Tisch stellte. »Wir haben Ball; da schickt der Prinzipal allemal seine Köchin heraus.«
»Ball?« fragte ich erstaunt. »Wer tanzt denn hier mitten im Walde?«
»Nun«, erwiderte er und blickte fast ein wenig despektierlich auf meine nicht allzu moderne Kleidung, »die vornehmsten Herren Studenten haben das so eingerichtet.«
Mir fiel plötzlich eine Stelle aus dem Briefe eines Freundes ein, den ich während meines Aufenthaltes in der Heimat erhalten hatte. »Zum Hexensabbat nennen wir es; und es geht toll genug her!« So lauteten die Worte. Ich wußte jetzt, wovon die Rede war; ich hatte nur den Ort vergessen.
Der Kellner schien übrigens jenen Namen nicht eben gern zu hören. Während ich ihn aber noch damit zu schrauben suchte, waren zwei junge, mir wenig bekannte Studenten den Berg heraufgekommen. Sie warfen sich, ohne von mir Notiz zu nehmen,

an der andern Seite der Tür auf die Bank, während sie in scharf akzentuierten Worten und mit einem grimmigen Gesichtsausdruck jeder einen Seidel Bier bestellten. Dann, während der Kellner sich entfernte, kam in abgebrochenen Sätzen, mitunter durch Pfeifen oder lautes Gähnen unterbrochen, eine Unterhaltung über die bevorstehende Tanzfestlichkeit in Gang, die der eine, offenbar ein »Fuchs« von neuestem Datum, erst durch seinen etwas ältern Genossen kennenlernen sollte. Eine nach der andern wurden ihm die Tänzerinnen in knapper, nicht eben zartester Porträtierung vorgeführt; voran die Töchter eines Winkeltanzmeisters und eines trunkfälligen Polizisten, mit deren Hülfe das Institut begründet war; in ihrem Gefolge eine ganze Reihe freund- und elternloser Mädchen, die während des Tages mit ihrer Hände Arbeit sich ein kärgliches Brot verdienten.

Ich verzehrte indessen schweigend mein Frühstück und fütterte mitunter einen Buchfinken, der furchtlos neben mir auf den Fliesen umherlief und die ihm hingeworfenen Brotkrumen aufpickte.

»Die Gräfin sollst du erst sehen!« begann der Ältere meiner beiden Nachbarn wieder, indem er seinen kleinen Schnurrbart drehte.

Der andere tat eine verwunderte Frage.

Sein Freund lachte: »Es ist nur eine Nähterin, Ludwig; aber wenn sie dich so kalt mit ihren schwarzen Augen ansieht! – Sie ist verdammt von oben herab.«

»Aber warum nennt ihr sie denn die Gräfin?«

»Nun, siehst du – der Raugraf hat sie.«

Ich weiß nicht, weshalb ich bei diesen Worten erschrak. Schon wollte ich nähere Erkundigungen bei dem jungen Renommisten einziehen, als mir einfiel, daß ich bei meinem Fortgehen die lahme Marie in der Hinterstube meiner Hauswirtin gesehen hatte. Ich machte mich sofort auf den Rückweg; und eine halbe Stunde später stand ich neben ihr und hatte ein Gespräch mit ihr angeknüpft.

»Und Sie haben Lenore seit lange nicht gesehen?« fragte ich.

Sie schwieg einen Augenblick. »Ich gehe nicht mehr mit ihr«, sagte sie, indem sie auf ihre Arbeit blickte.

»Sie schienen doch sonst so gute Freunde!«

»Sonst, ja!« – Sie strich ein paarmal mit dem Nagel über die eben angefertigte Naht. »Aber seitdem sie draußen bei den Studenten tanzt – sie wird die längste Zeit bei der alten Tante gewesen sein; und mit dem Testament mag es nun auch wohl anders werden.«

›Also doch!‹ dachte ich. – Christoph hatte mir das entlehnte Geld schon einige Zeit nach seiner Abreise mit der kurzen Bemerkung zurückgesandt, daß er im Hause seines Oheims eine freundliche Aufnahme, bei den beiden Alten nicht weniger als bei deren schon etwas ältlicher Tochter, und außerdem Arbeit vollauf gefunden habe. Seitdem hatte ich Näheres weder von ihm noch von Lore gehört.

»Aber, wie ist denn das gekommen?« fragte ich nach einer Weile, während die Nähterin emsig fortgearbeitet hatte.

»Nun!« sagte sie und steckte für einen Augenblick die Nähnadel ins Zeug. »Es war vierzehn Tage vor Pfingsten; die Lore war schon lange unwirsch gewesen; ich dachte erst, weil der Tischler ihr noch immer nicht geschrieben hatte; mitunter aber kam's mir vor, als sei das ganze Verlöbnis ihr leid geworden und als könne sie in sich selber darüber nicht zurechte kommen. Sie scherte sich auch keinen Deut darum, ob sie mich oder eine von ihren vornehmen Herrschaften mit den kurzen Worten vor den Kopf stieß; am schlimmsten war es aber, wenn sie gegenüber die Musik vom Ballhaus hörte; denn sie hatte dem Tischler doch versprechen müssen, nicht zu Tanze zu gehen. – Eines Abends nun, da wir vor meiner Tür auf der Bank sitzen, kommt mein Schwestersohn, der Schneider, der erst gestern aus der Fremde heim war, mit ein paar andern Gesellen zu uns. Er war den Rhein herabgekommen, hatte auch dort in zwei oder drei Städten, die er namhaft machte, gearbeitet. Die andern fragen; er erzählt. – ›So hast du den Christoph Werner auch gesehen?‹ sagte der eine. – ›Den Tischler, freilich hab ich ihn gesehen; der hat sein Glück gemacht.‹ – ›Wie denn?‹ fragt der andere. – ›Wie denn? Er heiratet die Meistertochter; und sie hat – – – du verstehst mich!‹ Er machte wie Geldzählen mit den Fingern. Mir wurde himmelangst bei diesen Reden. ›Du bist nicht gescheut, Junge‹, sag ich, ›was schwatzest du da ins Gelag hinein!‹ – ›Oho, Tante, gescheut genug!‹ ruft er, ›bin ich doch dabeigestanden, daß er die Bretter zu seinem Hochzeitsbett gehobelt hat!‹ – – Lore, auf dieses Wort, nimmt ihren Hut und geht, ohne sich umzusehen, die Straße hinab. ›Was fehlt der?‹ sagt mein Schwestersohn noch. – ›Ich weiß nicht, Dietrich‹ – Und ich wußte es auch wirklich nicht. Es

war nicht gar so heiß gewesen zwischen ihr und dem Tischler; denn er war ihr lange nachgegangen, und sie hatte sich zweimal bedacht, bevor sie ja gesagt; und wenn ich's auch schon wußte mit dem vornehmen jungen Herrn, dem Studenten, so dachte ich doch nicht, daß er ihr so ganz ihren eigensinnigen Kopf verrückt hätte.
Noch eine Weile saß ich bei den andern und hörte, was der Junge, der Schneider, zu erzählen wußte; aber ich hörte nur halbwege, und bald litt es mich nicht länger; denn ich sorgte doch um sie.
So ging ich denn hinterher und traf sie, wie ich es mir auch gedacht hatte, drunten im Haus der Tante, wo sie in einem Hinterkämmerchen ihre Menage hatte. Da stand sie mitten im Zimmer kreideweiß und nagte sich auf den Lippen, daß ihr das Blut übers Kinn lief; alle ihre Schubfächer und Schachteln hatte sie aufgerissen, und Tüll und Bänder lagen um sie her gestreut auf dem Fußboden. ›Lore‹, rief ich, ›was machst du, Lore?‹ Aber sie schien nicht auf mich zu hören. – ›Ist Sonntag Tanz im Ballhaus?‹ fragte sie. – ›Im Ballhaus? Was geht das dich an?‹ – ›Ich will mittanzen!‹ – ›Du? Was würde dein Schatz wohl dazu sagen?‹ – ›Was geht mich mein Schatz an!‹ – Sie hatte währenddes ihren Hut aufgesetzt und ihr Umschlagetuch von der Kommode genommen; dann schloß sie ein Kästchen auf, worin sie ihr Erspartes hineinzulegen pflegte; – denn wenn sie auch manchen Schilling für Putz vertat, so war sie doch stolz und hatte immer nicht so nackt und bloß zu ihrem Bräutigam kommen wollen. Nun riß sie das Papier, worin es eingewickelt war, herunter und ließ das lose Geld in ihre Tasche fallen. ›Willst du mit?‹ fragte sie. ›Ich muß Einkäufe machen.‹ – Ich wußte nicht, was sie wollte; aber sie dauerte mich, und so ging ich mit ihr; denn ich hoffte noch, das mit dem Tanzen ihr wieder auszureden. Aber es waren leere Worte; denn sie ging hastig neben mir die Straße hinab und antwortete nicht und sah nicht nach mir hin.
Als wir bei dem Schnittwarenhändler am Markte vor dem Ladentisch standen, ließ sie sich die dicksten seidenen Bänder und die modernsten Jakonetts vorlegen, wie sie deren sonst wohl nur zuzeiten für die Vornehmsten in der Stadt verarbeitet hatte. Sie suchte dazwischen umher und warf es durcheinander. Der Ladendiener legte noch eine Ware vor. ›Wenn es der Dame, die das Kleid bestellt hat, auf den Preis nicht ankommt!‹ sagte er und streckte die Hand unter den klaren durchsichtigen Stoff. ›Nein‹,

sagte Lore, ›es kommt ihr auf den Preis nicht an.‹ – Ich stieß sie heimlich an; denn ich verstand es nun wohl, daß sie die kostbaren Zeuge für sich selber wollte. ›Lore‹, sagte ich leise, ›ich bitte dich, besinne dich doch wohl, was willst du mit den feinen Sachen?‹ – Aber sie kehrte sich nicht daran, sie ließ den Ladendiener abschneiden und zählte das schöne harte Geld auf den Tisch, als wenn sie nicht mehr wüßte, wie viele Tage sie sich sauer darum hatte tun müssen. ›So laß doch‹, sagte sie, als ich ihren Arm zurückhielt; ›ich will auch einmal fein sein; ich bin nicht häßlicher als die Schönste hier!‹ – – –

Dann ist sie nach Haus gegangen und hat die ganze Nacht und den folgenden Tag gesessen und mit der heißen Nadel genäht, bis das teuere Kleid fertig gewesen ist.

Am Sonntag darauf«, fuhr die Erzählerin fort, nachdem sie zuvor einen neuen Faden durch ihre Nadel gezogen hatte, »abends, da es schon spät gewesen ist, hat sie sich von den weißen Maililien in ihr schwarzes Haar gesteckt und ist dann aufs Ballhaus gegangen.

Ich hab das alles nur von meinem Schwestersohn«, setzte sie hinzu, »das ist auch einer, der keinen Tanz verpassen kann. – – Sie hat erst lange gesessen; denn die jungen Handwerksleute haben sich gar nicht an sie getraut, und die Studenten hat sie selber einen nach dem andern abgewiesen; es hätte nahezu wieder einen Aufruhr um sie gegeben. Der blasse vornehme Student, wie heißen sie ihn gleich?« – –

»Der Raugraf!« sagte ich.

»Freilich, der ist auch dagewesen; aber er hat sich wie gar nicht um sie gekümmert. Zuletzt hat er doch kommen müssen; denn zu schön hat sie ausgesehen; als wenn sie aus dem Morgenland gekommen wäre, haben sie gesagt. Sie ist blutrot geworden, als er zu ihrem Platze getreten ist, und hat am ganzen Leib gezittert. Aber nun ist sie aufgestanden und hat ihm die Hand gegeben, und er hat sie angesehen, sagt mein Schwestersohn, als wenn er sie hat verzehren sollen. Sie hat auch mit keinem sonst getanzt; denn bis die Musikanten ihre Geigen eingepackt haben, sind die beiden miteinander nicht wieder von der Diele gekommen.«

Die lahme Marie schwieg; nur »Ja, ja!« sagte sie noch einmal, wie in Gedanken die Moral aus ihrer Erzählung ziehend; dann setzte sie eifriger als zuvor ihre Arbeit fort.

Ich wußte genug und beschloß, um nun auch mit eignen Augen zu sehen, mich heute abend selbst auf den »Hexensabbat« zu begeben.

DRAUSSEN IM WALDE

Es war schon dunkel; eine schwüle Luft lag über dem Walde, während ich die Anhöhe hinauf den Weg durch die Baumstämme zu finden suchte.

Als ich die Steintreppe erstiegen hatte, blieb ich unwillkürlich stehen. Neben mir sah ich ein paar weiße Mädchengestalten durch die Bäume schlüpfen und dann seitwärts im Hause verschwinden. Es schien eben eine Tanzpause zu sein; ich hörte drinnen in dem hell erleuchteten Saal die Musikanten ihre Geigen stimmen; an den offenen Flügeltüren vorbei trieben Studenten und Mädchen in lebhaftem Verkehr vorüber. Ich konnte mich nicht überwinden, sogleich hineinzugehen; vor meinem innern Auge stand die liebliche Kindesgestalt des Mädchens; ich sah sie wieder an dem Halse ihres armen Vaters hangen; ich dachte daran, wie sie so hartnäckig meiner knabenhaften Leidenschaft ausgewichen war. Ein plötzlicher Schmerz kämpfte in meiner Brust; ich weiß kaum, war es Mitleid oder Eifersucht.

Endlich stieg ich die beiden Stufen der kleinen Halle hinan und stellte mich unbemerkt an den Pfosten der offenen Tür. Die Pause dauerte noch fort; aber es schien darum nicht weniger lebendig; die Studenten, die an den Seitentischen oder im Nebenzimmer saßen, redeten und klappten mit ihren Seideln, die Mädchen trieben sich lachend auf und ab; mitunter fuhr ein übermütiger Schrei durch den Saal.

Es waren anmutige Gesichter unter diesen Mädchen; jugendliche Gestalten mit großen leidenschaftlichen Augen, die durch den Ausdruck sorglosen Lebensgenusses oder einen vorüberwandelnden Zug von Leide nicht weniger anziehend wurden. Trotz ihrer Armut waren sie alle sauber gekleidet, in hellen, durchsichtigen Stoffen, eine Blume oder einen frischen Kranz in dem sorgfältig geflochtenen Haar.

Dies hatte indessen bei ihren Tänzern nicht eine gleiche Rücksicht zu bewirken vermocht; denn namentlich die Jüngeren und einige der sogenannten »Haupthähne« der Verbindung scheuten sich nicht, in Gegenwart ihrer Damen die Beine behaglich über Tisch und Bänke auszustrecken.

Meine Augen suchten Lore, und sie brauchten nicht lange zu suchen. Sie saß dem Billardzimmer gegenüber zwischen einem Paar jüngerer Mädchen, die lebhaft zu ihr sprachen, während sie teilnahmslos vor sich hin blickte.

Im Haar trug sie eine weiße Rose, eine Seltenheit in dieser Jahreszeit; aber auf ihrem Antlitz war die Rosenzeit vorüber; kein Rot schimmerte mehr durch diese zarten blassen Wangen.

Auch den Raugrafen sah ich; er saß mit übergeschlagenen Beinen, wie ermüdet, an der andern Seite des Saales. – Ich stand in seiner Nähe. Als die Musikanten ihre Instrumente zur Hand nahmen, trat einer der jüngeren Studenten zu ihm. »Laß mir die Lore für diesen Tanz!« sagte er schüchtern.

»Ein andermal, Fuchs!« erwiderte der Raugraf und lehnte seinen schönen, aber bleichen Kopf zurück gegen die Wand. Die Musik setzte ein; allein er stand nicht auf, um seine Tänzerin zu holen; er hob lässig die Hand und machte gegen sie hin ein Zeichen mit den Fingern. Ich sah, wie sie einen zornigen Blick zu ihm hinüberwarf und dann, ohne aufzustehen, ihre Augen in die aufgestützte Hand begrub. Der Raugraf faltete die Stirn, und nach einer Weile sprang er auf und schritt durch den Saal, bis er vor ihr stand. – Als sie auch jetzt nicht aufblickte, legte er den Arm um sie und zog sie mit einer raschen Bewegung zu sich empor. Er schien einige Worte mit Heftigkeit hervorzustoßen; ich war indes zu weit entfernt, um etwas davon verstehen zu können. Dann trat er mit ihr an die Spitze der übrigen Paare und eröffnete den Tanz.

Sie war eine vollausgewachsene Mädchengestalt, aber gleichwohl reichte sie ihm nur bis an die Brust. Ich sah ihnen lange nach; sie hatte den Kopf in den Nacken fallen lassen, während sie fast von seinem Arm getragen wurde und nur mit den Fußspitzen den Boden berührte; er neigte sich über sie, und seine Augen lagen unbeweglich wie die eines jungen Raubvogels auf ihrem Antlitz, das sie mit geschlossenen Lidern ihm entgegenhielt. Als der Tanz zu Ende war, führte er sie an ihren Platz und ließ sie leicht aus seinen Armen auf den Stuhl gleiten.

Die Pause dauerte indes nicht lange. Bald entstand eine Unruhe im ganzen Saal; die Musik setzte in rasendem Tempo ein, und die Paare reihten sich stürmisch aneinander.

Der Tanz begann aufs neue, Gelächter und ausgelassene Rufe flogen durch die Runde; immer wilder sah ich die kleinen leichtfertigen Füßchen über die dunkeln Flecke des Fußbodens gleiten. Endlich kam es zu einer Tour, durch deren ungestüme Ausführung die ganze Reihe der armen Kinder unausbleiblich zu Fall gebracht wurde.

Dann wie auf einen Wink schwieg die Musik, und während ihre Tänzer lachend über sie hinwegsprangen, standen sie mit heißen Gesichtern auf und strichen sich das Haar aus der Stirn oder suchten den Staub von ihrem mühsam erarbeiteten Ballstaat abzuschlagen. – Ich weiß nicht, war es noch ein Rest von dem Zerstörungstriebe des Kindes oder war es der allen Menschen innewohnende Drang, sich gegen das aufzulehnen, dessen Einfluß man sich nicht entziehen kann; – es schien, als wenn die akademische Jugend sich in übermütiger Herabwürdigung des Weibes gar nicht genugtun konnte.

Lore, die ich nicht außer acht gelassen, saß einsam auf demselben Platze, wohin sie von dem Raugrafen geführt worden war. Sie schien es sich erzwungen zu haben, daß zu jenem Tanze niemand sie auch nur aufgefordert hatte.

Während bald darauf, vielleicht des Kontrastes halber, ein Contretanz mit aller Feierlichkeit ausgeführt wurde, ging ich mit einem Bekannten in das Seitenzimmer. Wir trafen mehrere ältere Studenten, und bald waren wir, unsere Bierseidel vor uns, in ein alle gleicherweise interessierendes Gespräch über die Eventualitäten des bevorstehenden Examens vertieft.

Als nebenan die Musik absetzte, kamen noch einige der Tanzpaare zu uns an den Tisch; der Raugraf mit Lore war auch darunter. – Sie setzte sich neben ihn, während er die Speisekarte musterte, und bald hatte der Kellner einige Schüsseln und eine Flasche Champagner vor den beiden hingestellt. Der Kork wurde behutsam abgenommen – der Raugraf ließ niemals einen Champagnerpfropfen knallen –, und der schäumende Wein floß in die Gläser. Die andern Mädchen, denen ein einfacheres Mahl serviert war, stießen ihre Tänzer heimlich mit den Ellenbogen; und auch meine Aufmerksamkeit war bald ausschließlich auf dieses Paar gerichtet. – Lore hatte ihr blasses Gesicht in die eine Hand gestützt, während die andere wie vergessen an dem Fuß des vollen Glases ruhte; der Raugraf beschäftigte sich behaglich mit seinem Lerchensalmi und schlürfte schweigend seinen Wein dazu. »Willst du nicht essen, Lore?« fragte er endlich.

Sie schüttelte den Kopf.

Er sah sie einen Augenblick an. »Du willst nicht? – Nun«, setzte er ruhig hinzu, »deine Sache!« Dann schenkte er sich ein und setzte seine Mahlzeit fort.

Das Mädchen hatte indessen ihr Glas an die Lippen geführt und es mit einem durstigen Zug hinabgetrunken. Ohne den Kopf zu erheben, der noch immer müde in ihrer Hand ruhte, nahm sie die Flasche und hielt sie schwebend über dem leeren Glase, so daß der Wein langsam hineinfloß und nur allmählich schäumend in dem Kelche aufstieg. Ihre Augen blickten mit einem Ausdruck von Trostlosigkeit darauf, als sehe sie ihr Leben aus der Flasche rinnen. Sie achtete auch nicht darauf, als der Schaum aus dem Glase auf den Tisch und von diesem auf den Boden floß; nur ihre andere Hand schien sich immer fester in das schwarze seidige Haar hineinzuwühlen.

»Schöne Dame«, flüsterte ein hübscher milchbärtiger Junge, während er wie bettelnd ihr sein leeres Glas entgegenhielt, »einen Tropfen von Eurem Überfluß!«

Lore blickte nicht auf; aber ich sah, wie es flüchtig um ihre Lippen zuckte.

»Was denn, Fuchs, was hast du?« fragte einer von den Alten, der sich bisher nur mit seinem Glase beschäftigt hatte. »Oho, Stoffvergeudung!« rief er plötzlich und legte seine Hand auf den Arm des Mädchens.

Der Raugraf war nur ein wenig zur Seite gerückt, als der Wein neben ihm zu Boden tropfte. »Laß sie«, sagte er, »es ist ihre Natur so. – Nicht wahr, Lore«, setzte er hinzu, indem er sich lächelnd zu ihr wandte, »wir beide, wir verstehen uns aufs Vergeuden!«

Sie setzte die Flasche auf den Tisch und warf ihm einen Blick voll unergründlichen Hasses zu. Dann stand sie auf und ging nach der Tür, die in den Saal führte. Aber er war zugleich mit ihr aufgesprungen. Ein Ausdruck verbissenen Jähzorns entstellte die schönen regelmäßigen Gesichtszüge. »Was fällt dir ein!« flüsterte er und packte mit Heftigkeit ihren Arm. Sie blieb stehen, ohne daß sie Miene machte, sich von seiner Hand zu lösen; nur ihre dunkeln glänzenden Augen blickten ihn fragend und verachtend an. Eine Weile ertrug er es; dann zog er die Hand zurück, und indem er ein kurzes Lachen ausstieß, trat er wieder an den Tisch und schenkte langsam die Neige aus der Flasche. – Lore sah ich durch die Saaltür zwischen den Tanzenden verschwinden.

Mir quoll das Herz; ich hatte aus der Ecke, wo ich saß, alles genau beobachtet. Nach einer Weile machte ich mich los und trat in den Saal, um sie zu suchen.

Sie war nicht unter den Tanzenden; als ich mich aber zwischen den walzenden Paaren durchgedrängt hatte, sah ich sie in einer Fensternische stehen und scheinbar regungslos in das Gewühl hineinstarren; sie war fast so blaß wie die weiße Rose in ihrem Haar.

»Sie erinnern sich meiner wohl nicht mehr?« fragte ich, indem ich auf sie zutrat.

Eine tiefe Röte überzog auf einen Augenblick ihr Antlitz. »Oh, doch!« sagte sie leise.

»Wollen wir tanzen, Lore?«

Sie senkte, während sie mir die Hand reichte, den Kopf so tief, daß ich ihre Augen nicht zu sehen vermochte; aber ich sah, wie ihre kleinen weißen Zähne sich tief in ihre Lippe gruben.

So tanzten wir denn zusammen; nur ein paar Runden; denn auch sie mochte fühlen, daß es mir nicht ums Tanzen war. Bald standen wir nebeneinander vor der großen Ausgangstür, deren beide Flügel weit geöffnet waren. Ich blickte unwillkürlich hinaus; es war sehr finster, nur die Stämme der nächsten Buchen waren von dem herausfallenden Schein beleuchtet. Aber ein Strom bewegter Nachtluft trieb erfrischend gegen uns heran, und während von der einen Seite das Kreischen der Geigen und das Scharren der Tanzenden an mein Ohr schlug, vernahm ich zugleich von draußen das traumhafte Rieseln in den Laubkronen des Waldes.

Das Mädchen stand neben mir, ohne zu sprechen, die Augen zu Boden geschlagen. – Ich faßte mir ein Herz. »Wie mag es Christoph gehen?« fragte ich.

Sie fuhr zusammen und murmelte etwas, das ich nicht verstand; aber auf ihren blassen Wangen wurden zwei dunkelrote Flecke sichtbar.

»Was würde er sagen«, fuhr ich fort, »wenn er hier wäre!«

Ich sah, wie sie nach Atem rang und wie ihre herabhangende Hand krampfhaft an dem Kleide fingerte. »Oh, bitte«, stieß sie leise hervor, »nicht hier, nur nicht hier!«

»Wo denn? Wollen Sie mich hören, Lore?«

Sie blickte zu mir auf. »Draußen«, sagte sie leise, »ich werde gleich herauskommen; lassen Sie uns abtreten nach dieser Runde!

– Ich habe Sie schon bitten wollen, als ich Sie vorhin im Nebenzimmer sitzen sah.«

Wir tanzten noch einmal; dann führte ich sie zu Platz und trat durch die Tür in den kleinen Säulengang hinaus. – Es donnerte in der Ferne, und als ich die beiden Stufen ins Freie hinabstieg, wetterleuchtete es, daß ich auf einen Augenblick die einzelnen Baumstämme bis an die See hinab und drunten das Blinken des Wasserspiegels unterscheiden konnte.

Ich ging um das Haus herum bis an die Kegelbahn und wartete dort. Nicht lange, so sah ich auch den Schimmer eines weißen Kleides, ich hörte den leichten Schritt des Mädchens, und gleich darauf stand sie selbst tief aufatmend vor mir. – So war ich denn endlich wieder mit ihr allein, im Dunkel, in der Sommernacht; aber es waren andere Zeiten. Ehe ich sie anzureden vermochte, hatte sie ein Papier aus der Tasche gezogen, der Schein eines Blitzes fuhr darüber, und ich erkannte Poststempel und Siegel eines Briefes. »Er ist von Christoph«, sagte Lore, indem sie das Papier in meine Hand legte, die ich unwillkürlich danach ausgestreckt hatte.

»Von Christoph!« rief ich. »Wann haben Sie den Brief erhalten?«

»Heute!« erwiderte sie leise.

»Und Sie sind doch hiehergekommen?«

Sie schwieg.

»Darf ich den Brief lesen, Lenore?«

»Ich habe Sie darum bitten wollen.«

Ich ging an eines der erleuchteten Saalfenster in der hintern Front des Hauses. – Lenore war mir langsam gefolgt, und ich fühlte, wie während des Lesens ihre Augen unablässig auf mich gerichtet waren.

Es war ein langer Brief; Christoph gab von seinem Schweigen Rechenschaft. Er hatte das Geschäft seines Oheims übernommen; aber die Verhältnisse waren lange in der Schwebe gewesen, da alles von einer Verheiratung der Tochter mit einem wohlhabenden Schornsteinfegermeister abgehangen; schon sei er, da eben ein neugieriger Schneider aus der Heimat ihn besucht habe, mit dem Geräte zu ihrer Hochzeitskammer beschäftigt gewesen, als die ganze Sache noch einmal in Frage gestellt worden sei. Jetzt aber war endlich alles geordnet, die Tochter hatte Hochzeit gemacht, und er selbst sollte in den nächsten Tagen das Meisterrecht in der fremden Stadt erwerben. Dann lud er sie ein zu kommen, da er nicht fortkönne, um sie zu holen. »Sobald ich Deine Antwort habe«, das waren die letzten Worte des Briefes, »schicke ich Dir das Reisegeld; es liegt schon abgezählt und eingesiegelt. Das Haus wirst Du leicht erkennen; neben der grünen Bank, die vor der Tür ist, steht eine Linde, wie daheim vor Deinem Elternhaus; eine Kammer, die ich selber für die jungen Meistersleute hergerichtet habe, ist ganz davon beschattet.« – – –

Ich hatte den Brief zusammengefaltet und reichte ihn zurück. Aber Lore schüttelte den Kopf. »Schreiben Sie ihm, Herr Philipp!« sagte sie, während eine Träne nach der andern über ihre Wangen tropfte, und leise und mühsam setzte sie hinzu: »Er hat es gut gemeint.«

»Und Sie wollen nicht selber kommen?« fragte ich.

Sie sah mich an, mit einem Blick so voll flehender Verzweiflung, daß ich bereute, diese Frage an sie getan zu haben. »Lore«, sagte ich, »kann denn niemand helfen?«

Sie senkte den Kopf, indem sie mit der Stirn an eine Fensterscheibe lehnte; die weiße Rose lag noch immer duftend auf dem glänzend schwarzen Haar. »Er war, da er noch lebte, nur ein armer Mann«, sagte sie, und ihre Stimme brach fast in verhaltenem Schluchzen, »aber er war doch mein Vater, und es hat mich sonst doch keiner so geliebt – er würde mich auch jetzt noch nicht verstoßen.«

Als sie das gesagt hatte, schwiegen wir beide; nur hatte ich, ohne daß ich es wußte, ihre beiden Hände ergriffen, und sie ließ sie mir. – Da hörte ich von der andern Seite des Hauses, von der Halle her, die Stimme des Raugrafen ihren Namen rufen.

Sie fuhr zusammen. »Lore«, sagte ich, »können Sie denn nicht los von jenem Menschen?«

Ihre Augen blickten mich groß und traurig an. »O doch!« sagte sie leise, und mir war, als sähe ich ein Lächeln um ihren Mund; aber ein Lächeln wie in verhüllter Arglist. – Indem wurde noch einmal und mehr in unserer Nähe gerufen.

Sie trocknete hastig ihre Augen. »Leb wohl, Philipp, leb wohl!« flüsterte sie. Ich empfand den Druck der beiden kleinen Hände; dann war sie fort.

Wie lange ich noch unter den Bäumen auf und ab gegangen, weiß ich nicht. Ich kam erst wieder zum Bewußtsein der Dinge um mich her, als drinnen im Saale plötzlich die Tanzmusik auf-

hörte und ich statt dessen das Schreien der großen Eulen vernahm, die tiefer im Walde ihr Wesen trieben.
Als ich dann, um über die Steintreppe zu dem Fußweg zu gelangen, an der vorderen Front des Hauses vorüberging, sah ich Lore noch einmal. Sie stand unter der Halle, den Arm um eine der Säulen geschlungen, und blickte durch die Bäume auf die See hinab, wo eben ein Wetterschein blendend über das Wasser leuchtete.

AM STRANDE

Ich hatte lange schlaflos auf meinem Kissen gelegen, an einem Plane sinnend, wie ich Lore mit Hülfe meiner Mutter einen andern Zufluchtsort eröffnen möchte und, was vielleicht das schwierigste sei, wie ich sie überreden könne, einen solchen anzunehmen.
Als ich am andern Morgen spät erwachte, stand Fritz Bürgermeister, wie wir ihn als Knaben zu nennen pflegten, vor meinem Bett und lachte mich mit seinen treuen Augen an. – Bald saßen wir nebeneinander im Sofa, und Fritz hatte vollauf von gemeinschaftlichen Freunden zu erzählen, die er in Heidelberg zurückgelassen. Aber ich hörte nur mit halbem Ohr; meine Gedanken waren bei dem Erlebnis der vergangenen Nacht.
Einige Zeit nachher, als wir auf meinen Vorschlag das Haus verlassen und am Strande entlang in der schattigen Ulmenallee nebeneinander gingen, entlastete ich mein Herz und berichtete ihm alles, was ich über Lore und mit ihr selbst erfahren hatte. Fritz hörte schweigend zu, nur mitunter murmelte er halblaut einen derben Fluch, indem er die im Wege liegenden Steine mit dem Fuße fortstieß, oder er führte einen Hieb in die Luft, als hätte er einen Schläger in der Faust.
Es blieb auch nicht bei diesen Zeichen; acht Tage später stand er dem Raugrafen auf der Mensur gegenüber. Aber der Raugraf schlug eine gefährliche Terz, und Fritz erhielt einen »Schmiß«, dessen Narbe noch jetzt, wenn der Zorn in ihm aufsteigt, wie ein roter Blitz über seine Stirn flammt. – –
Als wir aus der Allee in den Wald gekommen waren und fast die Stelle erreicht hatten, wo der Fußweg die Anhöhe nach dem Tanzhause hinaufgeht, sahen wir auf der andern Seite jenseits der Bäume mehrere Menschen auf dem Strande. Sie standen dicht am Wasser und schienen damit beschäftigt, etwas, das man nicht

unterscheiden konnte, auf den Boden niederzulegen. In demselben Augenblick kam auch ein Mann in Fischerkleidung in den Weg hinauf. »Was gibt's da unten?« fragte ich im Vorübergehen.

»Nichts Gutes, Herr!« war die Antwort; »ein junges Frauenzimmer ist verunglückt.«

»Lore!« rief ich und ergriff unwillkürlich die Hand meines Freundes.

Er stieß einen Laut des Schreckens aus. »Was redst du nur!« sagte er abwehrend.

Gleichwohl stiegen wir in stummem Einverständnis durch die Bäume an den Strand hinab. Ich hörte währenddes die Leute drunten miteinander reden. »Was der gefehlt haben mag?« sagte eine rauhe Stimme. »Es muß doch eine von den vornehmen Fräuleins sein! – Und in vollem Staat ist sie ins Wasser gegangen.« Dann wurde es wieder still; nur die Wellen rauschten in der Morgenluft.

Als wir zwischen den Bäumen heraustraten, wurde ich fast vom Sonnenschein geblendet, der in vollstem Glanze vor uns über die weite Meeresbucht gebreitet war. – Und in diesem Sonnenglanze lag auch sie; die Fischer traten bei unserer Annäherung zur Seite, und wir konnten sie ungestört betrachten. Es war kein Zweifel mehr. Das bleiche Gesichtchen ruhte auf dem Ufersande; die kleinen tanzenden Füße ragten jetzt regungslos unter dem Kleide hervor; Seetang und Muscheln hingen in den schwarzen triefenden Haaren. Die weiße Rose war fort; sie mochte ins Meer hinausgeschwommen sein.

Viele Jahre sind seit jenem Morgen vergangen. – Auf dem Kirchhofe der Universitätsstadt, abseits im hohen Grase, liegt eine weiße Marmortafel; »Lenore Beauregard« steht darauf. – Drei Heimatgenossen, in verschiedenen Teilen des deutschen Landes lebend, haben sie gestiftet.

In St. Jürgen

Es ist nur ein schmuckloses Städtchen, meine Vaterstadt; sie liegt in einer baumlosen Küstenebene, und ihre Häuser sind alt und finster. Dennoch habe ich sie immer für einen angenehmen Ort gehalten, und zwei den Menschen heilige Vögel scheinen diese Meinung zu teilen. Bei hoher Sommerluft schweben fortwährend Störche über der Stadt, die ihre Nester unten auf den Dächern haben; und wenn im April die ersten Lüfte aus dem Süden wehen, so bringen sie gewiß die Schwalben mit, und ein Nachbar sagt's dem andern, daß sie gekommen sind. – So ist es eben jetzt. Unter meinem Fenster im Garten blühen die ersten Veilchen, und drüben auf der Planke sitzt auch schon die Schwalbe und zwitschert ihr altes Lied:

Als ich Abschied nahm, als ich Abschied nahm;

und je länger sie singt, je mehr gedenke ich einer längst Verstorbenen, der ich für manche gute Stunde meiner Jugend zu danken habe.

Meine Gedanken gehen die lange Straße hinauf bis zum äußersten Ende, wo das St.-Jürgens-Stift liegt; denn auch unsere Stadt hat ein solches, wie im Norden die meisten Städte von einiger Bedeutung. Das jetzige Haus ist im sechzehnten Jahrhundert von einem unserer Herzöge erbaut und durch den Wohltätigkeitssinn der Bürger allmählich zu einem gewissen Reichtum gediehen, so daß es nun für alte Menschen, die nach der Not des Lebens noch vor der ewigen Ruhe den Frieden suchen, einen gar behaglichen Aufenthaltsort bildet. – Mit der einen Seite streckt es sich an dem St.-Jürgens-Kirchhof entlang, unter dessen mächtigen Linden schon die ersten Reformatoren gepredigt haben; die andere liegt nach dem innern Hofe und einem angrenzenden schmalen Gärtchen, aus dem in meiner Jugendzeit die Pfründnerinnen sich ihr Sträußchen zum sonntäglichen Gottesdienste pflückten. Unter zwei schweren gotischen Giebeln führt ein dunkler Torweg von der Straße her in diesen Hof, von welchem aus man durch eine Reihe von Türen in das Innere des Hauses, zu der geräumigen Kapelle und zu den Zellen der Stiftsleute gelangt.

Durch jenes Tor bin ich als Knabe oft gegangen; denn seitdem,

lange vor meiner Erinnerung, die große St.-Marien-Kirche wegen Baufälligkeit abgebrochen war, wurde der allgemeine Gottesdienst viele Jahre hindurch in der Kapelle des St.-Jürgens-Stiftes gehalten.
Wie oft zur Sommerzeit, ehe ich in die Kapellentür trat, bin ich in der Stille des Sonntagsmorgens zögernd auf dem sonnigen Hofe stehengeblieben, den von dem nebenliegenden Gärtchen her, je nach der Jahreszeit, Goldlack-, Nelken- oder Resedaduft erfüllte. – Aber dies war nicht das einzige, weshalb mir derzeit der Kirchgang so lieblich schien; denn oftmals, besonders wenn ich ein Stündchen früher auf den Beinen war, ging ich weiter in den Hof hinab und lugte nach einem von der Morgensonne beleuchteten Fensterchen im obern Stock, an dessen einer Seite zwei Schwalben sich ihr Nest gebaut hatten. Der eine Fensterflügel stand meistens offen; und wenn meine Schritte auf dem Steinpflaster laut wurden, so bog sich wohl ein Frauenkopf mit grauem glattgescheiteltem Haar unter einem schneeweißen Häubchen daraus hervor und nickte freundlich zu mir herab. »Guten Morgen, Hansen«, rief ich dann; denn nur bei diesem, ihrem Familiennamen, nannten wir Kinder unsere alte Freundin; wir wußten kaum, daß sie auch noch den wohlklingenden Namen »Agnes« führte, der einst, da ihre blauen Augen noch jung und das jetzt graue Haar noch blond gewesen, gar wohl zu ihr gepaßt haben mochte. Sie hatte viele Jahre bei der Großmutter gedient und dann, ich mochte damals in meinem zwölften Jahre sein, als die Tochter eines Bürgers, der der Stadt Lasten getragen, im Stifte Aufnahme gefunden. Seitdem war eigentlich für uns aus dem großmütterlichen Hause die Hauptperson verschwunden; denn Hansen wußte uns allezeit, und ohne daß wir es merkten, in behagliche Tätigkeit zu setzen; meiner Schwester schnitt sie die Muster zu neuen Puppenkleidern, während ich mit dem Bleistift in der Hand nach ihrer Angabe allerlei künstliche Prendelschrift anfertigen oder auch wohl ein jetzt selten gewordenes Bild der alten Kirche nachzeichnen mußte, das in ihrem Besitze war. Nur eines ist mir später in diesem Verkehr aufgefallen; niemals hat sie uns ein Märchen oder eine Sage erzählt, an welchen beiden doch unsere Gegend so reich ist; sie schien es vielmehr als etwas Unnützes oder gar Schädliches zu unterdrücken, wenn ein anderer von solchen Dingen anheben wollte. Und doch war sie nichts weniger als eine kalte oder

phantasielose Natur. – Dagegen hatte sie an allem Tierleben ihre Freude; besonders liebte sie die Schwalben und wußte ihren Nesterbau erfolgreich gegen den Kehrbesen der Großmutter zu verteidigen, deren fast holländische Sauberkeit sich nicht wohl mit den kleinen Eindringlingen vertragen konnte. Auch schien sie das Wesen dieser Vögel genauer beobachtet zu haben. So entsinne ich mich, daß ich ihr einst eine Turmschwalbe brachte, die ich wie leblos auf dem Steinpflaster des Hofes gefunden hatte. »Das schöne Tier wird sterben«, sagte ich, indem ich traurig das glänzende braunschwarze Gefieder streichelte; aber Hansen schüttelte den Kopf. »Die?« sagte sie, »das ist die Königin der Luft; ihr fehlt nichts als der freie Himmel! Die Angst vor einem Habicht wird sie zu Boden geworfen haben; da hat sie mit den langen Schwingen sich nicht helfen können.« Dann gingen wir in den Garten; ich mit der Schwalbe, die ruhig in meiner Hand lag, mich mit den großen braunen Augen ansehend. »Nun wirf sie in die Luft!» rief Hansen. Und staunend sah ich, wie, von meiner Hand geworfen, der scheinbar leblose Vogel gedankenschnell seine Schwingen ausbreitete und mit hellem Zwitscherlaut wie ein befiederter Pfeil in dem sonnigen Himmelsraum dahinschoß. »Vom Turm aus«, sagte Hansen, »solltest du sie fliegen sehen; das heißt von dem Turm der alten Kirche, der noch ein Turm zu nennen war.«

Dann, mit einem Seufzer meine Wangen streichelnd, ging sie ins Haus zurück an die gewohnte Arbeit. ›Weshalb seufzt denn Hansen so?‹ dachte ich. – Die Antwort auf diese Frage erhielt ich erst viele Jahre später, aus einem mir damals gänzlich fremden Munde.

Nun war sie in den Ruhestand versetzt, aber ihre Schwalben hatten sie zu finden gewußt, und auch wir Kinder wußten sie zu finden. Wenn ich am Sonntagmorgen vor der Kirchzeit in das saubere Stübchen der alten Jungfrau trat, pflegte sie schon im feiertäglichen Anzuge vor ihrem Gesangbuche zu sitzen. Wollte ich dann neben ihr auf dem kleinen Kanapee Platz nehmen, so sagte sie wohl: »Ei was, da siehst du ja die Schwalben nicht!« Dann räumte sie einen Geranien- oder einen Nelkenstock von der Fensterbank und ließ mich in der tiefen Fensternische auf ihrem Lehnstuhl niedersitzen. »Aber so fechten mit den Armen darfst du nicht«, fügte sie dann lächelnd hinzu; »so junge muntere Gesellen sehen sie nicht alle Tage!« Und dann saß ich ruhig und sah, wie die schlanken Vögel im Sonnenscheine ab und zu flogen, ihr Nest bauten oder ihre Jungen fütterten, während Hansen mir gegenüber von der Herrlichkeit der alten Zeit erzählte; von den Festen im Hause meines Urgroßvaters, von den Aufzügen der alten Schützengilde oder – und das war ihr Lieblingsthema – von der Bilder- und Altarpracht der alten Kirche, in der sie selbst noch zur Enkelin des letzten Türmers Gevatter gestanden hatte; bis dann endlich von der Kapelle her der erste Orgelton zu uns herüberbrauste. Dann stand sie auf, und wir gingen miteinander durch einen schmalen endlosen Korridor, welcher nur durch die verhangenen Türfensterchen der zu beiden Seiten liegenden Zellen ein karges Dämmerlicht empfing. Hier und dort öffnete sich eine dieser Türen, und in dem Schein, der einige Augenblicke die Dunkelheit unterbrach, sah ich alte, seltsam gekleidete Männer und Frauen auf den Gang hinausschlurfen, von denen die meisten wohl schon vor meiner Geburt aus dem Leben der Stadt entschwunden waren. Gern hätte ich dann dies oder jenes gefragt; aber auf dem Wege zur Kirche hatte ich von Hansen keine Antwort zu erwarten; und so gingen wir denn schweigend weiter, am Ende des Ganges Hansen mit der alten Gesellschaft auf einer Hintertreppe nach unten zu den Plätzen der Stiftsleute, ich oben auf das Chor, wo ich träumend dem sich drehenden Glockenspiel der Orgel zusah und, wenn unser Propst die Kanzel bestiegen hatte – ich will es gestehen –, seine gewiß wohlgesetzte Predigt meist nur wie ein eintöniges Wellengeräusch und wie aus weiter Ferne an mein Ohr dringen fühlte; denn unter mir, gegenüber, hing das lebensgroße Porträt eines alten Predigers mit langen schwarzkrausen Haaren und seltsam geschorenem Schnurrbart, das bald meine ganze Aufmerksamkeit in Anspruch zu nehmen pflegte. Mit den melancholischen schwarzen Augen blickte es so recht wie aus der dumpfen Welt des Wunder- und Hexenglaubens in die neue Zeit hinauf und erzählte mir weiter von der Stadt Vergangenheit, wie es in den Chroniken zu lesen stand, bis hinab zu dem bösen Stegreifjunker, dessen letzten Untat einst das Epitaphium des Ermordeten in der alten Kirche berichtet hatte. – Freilich, wenn dann plötzlich die Orgel das »Unsern Ausgang segne Gott« einsetzte, so schlich ich mich meist verstohlen wieder ins Freie; denn es war kein Spaß, dem Examen meiner alten Feundin über die gehörte Predigt standhalten zu müssen.

Von ihrer eigenen Vergangenheit pflegte Hansen nicht zu erzählen; ich war schon ein paar Jahre lang Student gewesen, als ich bei einem Ferienbesuch in der Heimat darüber zum ersten Mal etwas von ihr erfuhr.
Es war im April, an ihrem fünfundsechzigsten Geburtstage. Wie in früheren Jahren, so hatte ich ihr auch heute die beiden hergebrachten Dukaten von der Großmutter und einige kleine Geschenke von uns Geschwistern überbracht und war von ihr mit einem Gläschen Malaga bewirtet worden, den sie für solche Tage in ihrem Wandschränkchen aufbewahrte. Nachdem wir ein Weilchen geplaudert hatten, bat ich sie, mir heute, wie ich schon lange gewünscht, den Festsaal zu zeigen, in dem seit Jahrhunderten die Vorsteher der Stiftung nach der jährlichen Rechnungsablage ihre Schmäuse zu feiern pflegten. Hansen willigte ein, und wir gingen miteinander den dunkeln Korridor entlang; denn der Saal lag jenseits der Kapelle am andern Ende des Hauses. Als ich beim Hinabsteigen der Hintertreppe ausglitt und die letzten Stufen hinabstolperte, wurde unten auf dem Flur eine Tür aufgerissen, und der unheimliche nackte Kopf eines neunzigjährigen Mannes reckte sich daraus hervor. Er murmelte ein paar halbverständliche Scheltworte und stierte uns dann, bis wir durch die Tür der Kapelle traten, mit den verglasten Augen nach.
Ich kannte ihn wohl; die Stiftsleute hießen ihn den »Spökenkieker«; denn sie behaupteten, er könne »was sehen«.
»Die Augen könnten einen fürchten machen«, sagte ich zu Hansen, als wir durch die Kapelle gingen.
Sie meinte: »Er sieht dich gar nicht; er sieht nur noch rückwärts in sein eignes törichtes und sündhaftes Leben.«
»Aber«, erwiderte ich scherzend, »er sieht doch dort in der Ecke die offenen Särge stehen, während die darin liegen, noch lebend unter euch umherwandern.«
»Das sind auch nur Schatten, mein Kind; er tut nichts Arges mehr. Freilich«, setzte sie hinzu, »ins Stift gehörte er nicht und hat auch nur auf eine der Freistellen des Amtmanns hineinschlüpfen können; denn wir andern müssen unsere bürgerliche Reputation nachweisen, ehe wir hier angenommen werden.«
Wir hatten inzwischen den Schlüssel bei der Wirtschafterin abgelangt und stiegen nun die Treppe zu dem Festsaal hinauf. – Es war nur ein mäßig großes, niedriges Gemach, das wir betraten. An der einen Wand sah man eine altertümliche Stutzuhr aus

dem Nachlaß einer hier Verstorbenen, an der gegenüberstehenden hing das lebensgroße Bild eines Mannes in einfachem rotem Wams; sonst war das Zimmer ohne Schmuck. »Das ist der gute Herzog, der das Stift gebaut hat«, sagte Hansen; »aber die Menschen genießen seine Gaben und denken nicht mehr an ihn, wie er es doch bei seiner Lebzeit wohl gewünscht hat.«

»Aber du gedenkst ja seiner, Hansen.«

Sie sah mich mit ihren sanften Augen an. »Ja, mein Kind«, sagte sie, »das liegt so in meiner Natur; ich kann nur schwer vergessen.«

Die Wände nach der Straße und nach dem Kirchhofe hatten eine Reihe Fenster mit kleinen in Blei gefaßten Scheiben; und in jeder fast war ein Name, meist aus mir bekannten angesehenen Bürgerfamilien, mit schwarzer Farbe eingebrannt; darunter: Speisemeister dahier Anno –«, und dann folgte die betreffende Jahreszahl.

»Siehst du, das ist dein Urgroßvater«, sagte Hansen, indem sie auf eine dieser Scheiben wies; »den vergesse ich auch nicht; mein Vater hat bei ihm die Handlung gelernt und später oft Rat und Tat bei ihm geholt; leider, in der schwersten Zeit, da hatte er schon seine Augen zugetan.«

Ich las einen andern Namen: »Liborius Michael Hansen, Speisemeister Anno 1799.«

»Das war mein Vater!« sagte Hansen.

»Dein Vater? Wie kam es denn eigentlich – –?«

»Daß ich mein halbes Leben gedient habe, meinst du, während ich doch zu den Honoratiorentöchtern gehörte?«

»Ich meine, was war es eigentlich wodurch das Unglück über deine Familie kam?«

Hansen hatte sich auf einen der alten Lederstühle gesetzt. »Das war nichts Besonderes, mein Kind«, sagte sie; »es war Anno sieben, zur Zeit der Kontinentalsperre; damals florierten die Spitzbuben, und die ehrlichen Leute gingen zugrunde. Und ein ehrlicher Mann war mein Vater! – Er hat den Namen auch mit ins Grab genommen«, fuhr sie nach einem kurzen Schweigen fort. »Ich sehe es noch, wie er mir einst, da wir miteinander durch die Krämerstraße gingen, ein altes, nun längst verschwundenes Haus zeigte. »Merke dir das«, sagte er zu mir, »hier wohnte Anno 1549, da am Sonntage Jubilate die große Feuersbrunst ausbrach, der fromme Kaufmann Meinke Graveley. Da die Flammen heranbrausten, sprang er mit Elle und Waage auf die Gasse und flehte zu Gott, wenn er je mit Wissen und Willen seinen Nächsten um eines Körnleins Wert geschädiget, so möge sein Haus nicht verschont bleiben. Aber die Flamme sprang darüber hin, während alles rings in Asche fiel.

»Siehst du, mein Kind«, setzte mein Vater hinzu, indem er seine Hände in die Höhe hob, »das könnte auch ich tun; und auch über unser Haus würde die Strafe des Herrn hinweggehen.« – Hansen sah mich an. »Der Mensch soll sich nicht rühmen«, sagte sie dann. »Du bist nun alt genug, daß ich dir es wohl erzählen mag; du mußt doch von mir wissen, wenn ich nicht mehr bin. – Mein guter Vater hatte eine Schwäche; er war abergläubig. Diese Schwäche brachte ihn dahin, daß er in den Tagen der äußersten Not etwas beging, das ihm bald das Herz brach; denn er konnte seitdem die Geschichte von dem frommen Kaufmann nicht mehr erzählen.

In dem Hause neben uns wohnte ein Tischlermeister. Als er mit seiner Frau frühzeitig verstarb, wurde mein Vater der Vormund seines nachgelassenen Sohnes. Harre – diesen friesischen Namen führte der Knabe – las gern in den Büchern und war auch schon in der Tertia unserer Lateinischen Schule; aber die Mittel reichten doch nicht zum Studieren; und so blieb er denn bei dem Handwerk seines Vaters. Als er später Geselle wurde und nach zweijähriger Wanderung wieder eine Zeitlang bei einem Meister gearbeitet hatte, wurde es auch bald bekannt, daß er zu den feineren Arbeiten in seinem Fach ein besonderes Geschick habe. Wir beide waren miteinander aufgewachsen; als er noch in der Lehre war, las er mir oft aus den Büchern vor, die er sich von seinen früheren Schulkameraden geliehen hatte. Du weißt, wir wohnten am Markt in dem Erkerhause dem Rathause gegenüber; da steht noch jetzt ein mächtiger Buchsbaum im Garten. Wie oft haben wir mit unserem Buche unter diesem Baum gesessen, während über uns die Bienen in den kleinen grünen Blüten summten! – Nach seiner Rückkehr war das nicht anders geworden, er kam oft in unser Haus; mit einem Wort, mein lieber Junge, wir beiden hatten uns gern und suchten das auch nicht zu verbergen.

Meine Mutter lebte nicht mehr; was mein Vater dazu dachte und ob er überhaupt etwas darüber gedacht, das hab ich nie erfahren. Auch kam es nicht so weit, daß es ein rechtes Verlöbnis wurde.

Eines Morgens in den ersten Frühlingstagen war ich in unsern Garten gegangen; die Krokus und die roten Leberblumen schickten sich schon an zu blühen, es war alles ringsumher so jung und frisch; aber mir selbst war schwer zu Sinne; die Sorgen meines Vaters drückten auch mich. Obwohl er niemals über seine Angelegenheiten zu mir geredet, so fühlte ich doch, daß es immer schneller abwärts ging. In den letzten Monaten hatte ich den Stadtdiener oft und öfter in die Schreibstube gehen sehen; war er fort, so verschloß mein Vater sich stundenlang; und von manchem Mittagessen stand er auf, ohne die Speisen berührt zu haben. In der letzten Woche hatte er einen ganzen Abend damit zugebracht, sich die Karten zu legen; auf meine wie im Scherz hingeworfene Frage, worüber er denn Auskunft von seinem Orakel erwarte, hatte er mich stumm mit der Hand zurückgewiesen und war dann später mit einem kurzen »Gute Nacht« in seine Kammer gegangen.

Das alles lag mir auf dem Herzen; und meine Augen, die nach innen sahen, wußten nichts von dem klaren Sonnenschein, der draußen die ganze Welt verklärte. Da hörte ich unten von der Marsch herauf die Lerchen singen; und du weißt es ja wohl, mein Kind, in der Jugend ist das Herz noch so leicht, der kleinste Vogel trägt es mit empor. Mir war plötzlich, als sähe ich über allen Dunst der Sorge hinweg in eine sonnige Zukunft; als brauchte ich nur den Fuß hineinzusetzen. Ich weiß noch, wie ich an den Beeten hinkniete und mit welcher Freude ich nun die Knospen und das junge Grün betrachtete, das überall aus dem Schoß der Erde hervortrieb. Ich dachte auch an Harre und zuletzt, glaub ich, nur an ihn. Indem hörte ich die Gartentür aufklinken, und wie ich aufsah, kam er selber mir entgegen.

Ob auch ihn die Lerche froh gemacht hatte – er sah aus wie die Hoffnung selbst. »Guten Morgen, Agnes«, rief er, »weiß du was Neues –?«

»Ist's denn was Gutes, Harre?«

»Versteht sich, was sollt es sonst wohl sein! Ich will Meister werden und das in allernächster Zeit.«

Kannst du wohl denken, daß ich ordentlich erschrak! Denn ich dachte doch gleich: Mein Gott, nun braucht er auch die Frau Meisterin!

Ich mag wohl ganz verdutzt ausgesehen haben; denn Harre fragte mich: »Fehlt dir etwas, Agnes?«

»Mir, Harre? Ich glaube nicht«, sagte ich. »Der Wind wehte so kühl über mich hin.« – Das war nun wohl gelogen; allein der liebe Gott hat es nun einmal so eingerichtet, daß wir in solchem Fall nicht sagen können, was der andere eben hören will.
»Aber mir fehlt nun etwas«, sagte Harre, »das Allerbeste fehlt mir!«
Ich antwortete nichts hierauf, kein Wörtlein. Auch Harren ging eine Weile schweigend neben mir; dann fragte er auf einmal: »Was meinst du, Agnes, ob es wohl schon geschehen ist, daß eine Krämerstochter einen Tischlermeister geheiratet hat?«
Als ich aufsah und er mich mit seinen guten braunen Augen so bittend anblickte, da gab ich ihm die Hand und sagte ebenso: »Das wird wohl nun zum erstenmal geschehen.«
»Agnes«, rief Harre, »was werden die Leute sagen!«
»Ich weiß nicht, Harre. – Aber wenn nun die Krämerstochter arm wäre?«
»Arm, Agnes?« und er faßte mich so recht lustig bei beiden Händen, »ist denn jung und hübsch noch nicht genug?« –
Es war ein glücklicher Tag damals; die Frühlingssonne schien, wir gingen Hand in Hand; und während wir schwiegen, sangen über uns die Lerchen aus tausend hellen Kehlen. So waren wir unmerklich an den Brunnen gekommen, der an der Holunderwand des Gartens dem Hause gegenüber lag. Ich blickte über die Brettereinfassung in die Tiefe hinab. »Wie drunten das Wasser glitzert!« sagte ich.
Das Glück macht mutwillig; Harre wollte mich necken. »Das Wasser?« sagte er. »Das ist das Gold, das aus der Tiefe funkelt.«
Ich wußte nicht, was er damit meinte.
»Weißt du denn nicht, daß ein Schatz in eurem Brunnen liegt?« fuhr er fort. »Guck nur genau zu; es sitzt ein graues Männlein mit dreieckigem Hut auf dem Grunde. Vielleicht ist's auch nur das brennende Licht in seiner Hand, das drunten so seltsam glitzert; denn er ist der Hüter des Schatzes.«
Mir flog die Not meines Vaters durch den Sinn. Harre hob einen Stein auf und warf ihn hinab, und es dauerte eine Weile, ehe ein dumpfer Schall zu uns zurückkam. »Hörst du, Agnes?« sagte er, »das traf auf die Kiste.«
»Harre, red vernünftig!« rief ich, »was treibst du für Narrenspossen!«
»Ich spreche nur nach, was die Leute vorsprechen!« erwiderte er.

Aber meine Neugierde war geweckt, vielleicht auch die Begierde nach den unteridischen Reichtümern, die aller Not ein Ende machen konnten.

»Woher hast du das Gerede?« fragte ich nochmals, »ich habe doch nie davon gehört.«

Harre sah mich lachend an: »Was weiß ich! von Hans oder Kunz, ich glaub, am letzten Ende kommt es von dem Halunken, dem Goldmacher.«

»Von dem Goldmacher?« – Mir kamen allerlei Gedanken. Der Goldmacher war ein herabgekommener Trödler; er konnte segnen und raten, Menschen und Vieh besprechen und alle die andern Geheimnisse, womit derzeit noch bei den Leichtgläubigen ein einträgliches Geschäft zu machen war. Es ist derselbe, den sie jetzt den Spökenkieker nennen, welchen Namen er grade so gut wie seinen damaligen verdient hat. Er war in den letzten Tagen, da ich eben auf der Außendiele zu tun hatte, ein paarmal in meines Vaters Schreibstube gegangen und hatte sich dann, ohne auf sein demütig gesprochenes »Herr Hansen bei der Hand?« meine Antwort abzuwarten, mit scheuem Blick an mir vorbeigeschoben. Einmal war er fast eine Stunde drinnen gewesen; kurz vor seinem Fortgehen hatte ich das mir wohlbekannte Pult meines Vaters aufschließen hören; dann war mir gewesen, als vernehme ich das Klirren von Geldstücken. Das alles kam mir jetzt in den Sinn.

Aber Harre rüttelte mich auf. »Agnes, träumst du?« rief er, »oder willst du Schätze graben?« Ach, er kannte nicht die Not meines Vaters; ihm lag nur die eigene Zukunft in Gedanken, in die auch ich hineingehörte. Er ergriff meine beiden Hände und rief fröhlich: »Wir brauchen keine Schätze, Agnes; mein kleines Erbteil hat dein Vater schon für mich erhoben; das reicht hin, um Haus und Werkstatt einzurichten. Und für das Weitere«, fügte er lächelnd hinzu, »laß diese nicht ganz ungeschickten Hände sorgen!«

Ich vermochte seine hoffnungsreichen Worte nicht zu erwidern; der Schatz und der Goldmacher lagen mir im Sinn; ich weiß nicht, war es eine tollkühne Hoffnung oder der Schatten eines drohenden Unheils, was mir die Brust beklemmte. Vielleicht ahnte es mir, daß kurz darauf der Schatz meines ganzen Lebens in diesen Brunnen fallen würde.

Am andern Tage war ich nach einem benachbarten Dorfe hinausgefahren, wo die uns verwandte Predigerfrau sich wegen Erkrankung eines Kindes meine Hülfe erbeten hatte. Aber ich hatte keine Ruhe dort; mein Vater war in den letzten Tagen so still und doch wieder so unruhig gewesen; ich hatte ihn im Garten auf und ab rennen, dann wieder am Brunnen stehen und in die Tiefe hinabstarren sehen; mir wurde angst, er könne sich ein Leides antun. Am dritten Tage glaubte ich mich zu entsinnen, daß er mich auf eine seltsam hastige Weise zu der Reise hingedrängt hatte; je mehr es gegen die Nacht ging, je beklommener wurde mir. Da gegen zehn Uhr der Mond aufging, so bat ich meinen Vetter, mich noch heute zur Stadt fahren zu lassen. Und so geschah es; nachdem er mir vergebens meine Unruhe auszureden gesucht hatte, wurde angespannt; und als es Mitternacht vom Turme schlug, hielt der Wagen vor unserm Hause. Es schien alles zu schlafen; erst als ich eine Zeitlang geklopft hatte, wurde drinnen die Kette abgehakt, und der Lehrling, der seine Kammer unten auf dem Flur hatte, öffnete die Haustür. Es war alles, wie es immer gewesen. »Ist der Herr zu Haus?« fragte ich.

»Der Herr ist schon um zehn Uhr schlafen gegangen«, war die Antwort.

Ich stieg leichteren Herzens nach meiner Kammer hinauf, deren Fenster nach dem Garten lagen. – Die Nacht draußen war so hell, daß ich, ohne Licht zu machen, noch einmal ans Fenster trat. Der Mond stand über der Holunderwand, deren noch unbelaubte Zweige sich scharf gegen den Nachthimmel abzeichneten; und meine Gedanken gingen mit meinen Augen über diese Erde hinaus zu dem großen liebreichen Gott, dem ich all meine Sorgen anvertraute. – Da, wie ich eben in das Zimmer zurücktreten wollte, sah ich plötzlich aus der Röhre des Brunnens, welcher dort im Schatten lag, eine rote Glut emporlodern; ich sah die am Rande wuchernden Grasbüschel und dann darüberher die Zweige des Gebüsches wie in goldenem Feuer schimmern. Mich überfiel eine abergläubische Furcht; denn ich dachte an die Kerze des grauen Männleins, das drunten auf dem Grunde hokken sollte. Als ich aber schärfer hinblickte, bemerkte ich eine Leiter an der Brunnenwand, von der jedoch nur das oberste Ende von hier aus sichtbar war. Im selben Augenblicke hörte ich einen Schrei aus der Tiefe; dann ein Gepolter; und ein dumpfes Getöse von Menschenstimmen scholl herauf. Mit einem Male erlosch die Helligkeit; und ich hörte deutlich, wie es sprossenweise an der Leiter emporklomm.

Die Gespensterfurcht verließ mich; aber statt dessen beschlich mich eine unklare Angst um meinen Vater. Mit zitternden Knien ging ich nach seiner Schlafkammer, die neben der meinen lag. Als ich behutsam die Gardine von seinem Bette zurückzog, da beschien der Mond die leeren Kissen; sein armer Kopf hatte wohl schon längst nicht mehr die Ruhe darauf gefunden; jetzt waren sie gänzlich unberührt. In Todesangst lief ich die Treppe hinab nach der Hoftür; aber sie war verschlossen und der Schlüssel abgezogen. Ich ging in die Küche und zündete Licht an; dann nach der Schreibstube, die ebenfalls ihre Fenster nach dem Garten hatte. Eine Zeitlang stand ich ratlos am Fenster und starrte hinaus; ich hörte Tritte zwischen den Holunderbüschen, aber ich konnte nichts unterscheiden; denn die dahinterstehende Planke verbreitete trotz des Mondscheins tiefen Schatten. Da hörte ich draußen die Hoftür aufschließen, und bald darauf wurde auch die Stubentür geöffnet. Mein Vater trat herein. – Ich bin so alt geworden, aber ich habe es nicht vergessen; sein langes graues Haar triefte von Wasser oder Schweiß; seine Kleider, die er sonst so peinlich sauber hielt, waren überall mit grünem Schlamm besudelt.

Er fuhr sichtbar zusammen, als er mich erblickte. »Was ist das! Wie kommst du hieher?« sagte er hart.

»Der Vetter ließ mich herfahren, Vater!«

»Um Mitternacht? – Das hätte er können bleibenlassen.«

Ich sah meinen Vater an; er hatte die Augen niedergeschlagen und stand unbeweglich. »Es ließ mir keine Ruhe«, sagte ich, »mir war, ich sei hier nötig, als müsse ich zu dir.«

Der alte Mann ließ sich auf einen Stuhl sinken und bedeckte sein Gesicht mit beiden Händen. »Geh in deine Kammer«, murmelte er; »ich will allein sein.«

Aber ich ging nicht. »Laß mich bei dir bleiben«, sagte ich leise. Mein Vater hörte nicht auf mich; er erhob den Kopf und schien nach draußen hinzuhorchen. Plötzlich sprang er auf. »Still!« rief er, »hörst du's?« und sah mich mit weit offenen Augen an.

Ich war ans Fenster getreten und sah hinaus. Es war alles tot und stille; nur die Holunderzweige schlugen, vom Nachtwinde bewegt, gegeneinander. »Ich höre nichts!« sagte ich.

Mein Vater stand noch immer, als höre er auf etwas, das ihn

mit Entsetzen erfüllte. »Ich meinte, es sei keine Sünde«, sprach er vor sich hin; »es ist kein gottloses Wesen dabei, und der Brunnen steht, bis jetzt wenigstens, auf meinem Grund.« Dann wandte er sich zu mir. »Ich weiß, du glaubst nicht daran, mein Kind«, sagte er, »aber es ist dennoch gewiß; die Rute hat dreimal geschlagen, und die Nachrichten, die ich nur zu teuer habe bezahlen müssen, stimmen alle überein; es liegt ein Schatz in unserm Brunnen, der zur Schwedenzeit darin vergraben ist. Warum sollte ich ihn nicht heben! – Wir haben die Quelle abgedämmt und das Wasser ausgeschöpft, und heute nacht haben wir gegraben.«

»Wir?« fragte ich. »Von welchem andern sprichst du?«

»Es ist nur einer in der Stadt, der das versteht.«

»Du meinst doch nicht den Goldmacher? Das ist kein guter Helfer!«

»Es ist nichts Gottloses mit dem Rutenschlagen, mein Kind.«

»Aber die es treiben, sind Betrüger.« – –

Mein Vater hatte sich wieder auf den Stuhl gesetzt und sah wie zweifelnd vor sich hin. Dann schüttelte er den Kopf und sagte: »Der Spaten klang schon darauf; aber da geschah etwas«; – und sich unterbrechend, fuhr er fort: »Vor achtzehn Jahren starb deine Mutter; als sie es inne wurde, daß sie uns verlassen müsse, brach sie in ein bitteres Weinen aus, das kein Ende nehmen wollte, bis sie in ihren Todesschlaf verfiel. Das waren die letzten Laute, die ich aus deiner Mutter Mund vernahm.« Er schwieg einen Augenblick, dann sagte er zögernd, als scheue er sich vor dem Laut seiner eignen Stimme: »Heute nacht, nach achtzehn Jahren, da der Spaten auf die Kiste stieß, habe ich es wieder gehört. Es war nicht bloß in meinem Ohr, wie es all die Jahre hindurch so oft gewesen ist; unter mir, aus dem Grund der Erde kam es herauf. – Man darf nicht sprechen bei solchem Werk; aber mir war, als schnitte das Eisen in deiner toten Mutter Herz. – Ich schrie laut auf, da erlosch die Lampe, und – siehst du«, setzte er dumpf hinzu, »deshalb ist alles wieder verschwunden.«

Ich warf mich vor meinem Vater auf die Knie und legte meine Hände um seinen Nacken. »Ich bin kein Kind mehr«, sagte ich, »laß uns zusammenhalten, Vater; ich weiß, das Unglück ist in unser Haus gekommen.«

Er sagte nichts; aber er lehnte seine feuchte Stirn an meine Schulter; es war das erste Mal, daß er an seinem Kinde eine Stütze suchte. Wie lange wir so gesessen haben, weiß ich nicht. Da fühlte ich, daß meine Wangen von heißen Tränen naß wurden, die aus seinen alten Augen flossen. Ich klammerte mich an ihn. »Weine nicht, Vater«, bat ich, »wir werden auch die Armut ertragen können.«

Er strich mit seiner zitternden Hand über mein Haar und sagte leise, so leise, daß ich es kaum verstehen konnte: »Die Armut wohl, mein Kind, aber nicht die Schuld.«

Und nun, mein Junge, kam eine bittere Stunde; aber eine, die noch jetzt in meinem Alter mir als die trostvollste meines Lebens erscheint. Denn zum ersten Male konnte ich meinem Vater die Liebe seines Kindes geben; und von jenem Augenblicke an blieb sie ihm das Teuerste und bald auch das letzte, was er auf Erden noch sein nannte. Während ich neben ihm saß und heimlich meine Tränen niederschluckte, schüttete mein Vater mir sein Herz aus. Ich wußte nun, daß er vor dem Bankerott stand; aber das war das Schlimmste nicht. In einer schlaflosen Nacht, da er vergebens auf seinem heißen Kissen nach einem Ausweg aus dem Elend gesucht, war ihm die halbvergessene Sage von dem Schatz in unserem Brunnen wieder in den Sinn gekommen. Der Gedanke hatte ihn seitdem verfolgt; tags, wenn er über seinen Büchern saß, des Nachts, wenn endlich ein schwerer Schlummer auf seiner Brust lag. In seinen Träumen hatte er das Gold im dunkeln Wasser brennen sehen; und wenn er morgens aufgestanden, immer wieder hatte es ihn hinaus an den Brunnen getrieben, um wie gebannt in die geheimnisvolle Tiefe hinabzustarren. Da hatte er sich dem argen Gehülfen anvertraut. Aber der war keineswegs sogleich bereit gewesen, sondern hatte vor allem eine bedeutende Summe zu den notwendigen Vorbereitungen des Werkes verlangt. Mein Armer Vater hatte schon keinen Willen mehr; er gab sie hin, und bald eine zweite und dritte. Das Traumgold verschlang das wirkliche, das noch in seinen Händen war; aber dieses Gold war nicht sein eigen; es war das anvertraute Erbe seines Mündels. An Ersatz war nicht zu denken; wir rieten hin und wider; Verwandte, die uns zu helfen vermocht, hatten wir nicht; dein Großvater war nicht mehr; endlich gestanden wir uns, daß von außen keine Hülfe zu hoffen sei. –

Das Licht war ausgebrannt, ich hatte meinen Kopf an meines Vaters Brust gelegt, meine Hand ruhte in der seinen; so blieben wir im Dunkeln sitzen. Was dann weiter im geheimen Zwiesprach dieser Nacht zwischen uns gesprochen wurde, ich weiß es nicht mehr. Aber niemals zuvor, da noch mein Vater unfehlbar vor mir stand, wie fast nur unser Herrgott selber, habe ich solch heilige Zärtlichkeit für ihn gefühlt wie in jener Stunde, da er mir eine Tat vertraut hatte, die wohl nicht bloß vor den Augen der Menschen ein Verbrechen war. – Allgemach erblichen am Himmel draußen die Sterne, ein kleiner Vogel sang aus den Holunderbüschen, und der erste Schein des Morgenrots fiel in das dämmerige Zimmer. Mein Vater stand auf und trat an das Pult, auf dem seine großen Kontobücher lagen. Das lebensgroße Ölbild des Großvaters, mit dem Haarbeutel und dem lederfarbenen Kamisol, schien strenge auf den Sohn herabzusehen. »Ich werde noch einmal rechnen«, sagte mein Vater, »bleibt das Fazit dasselbe«, setzte er zögernd hinzu, indem er wie um Vergebung flehend zu dem Bilde seines Vaters aufblickte, »dann werde ich einen schweren Gang tun; denn ich bedarf der Barmherzigkeit Gottes und der Menschen.«

Auf seinen Wunsch verließ ich jetzt das Zimmer, und bald wurde es laut im Hause; der Tag war angebrochen. Als ich die nötigen Geschäfte besorgt hatte, ging ich in den Garten und durch das Hinterpförtchen auf den Weg hinaus; Harre pflegte hier vorbeizukommen, wenn er morgens nach der Werkstatt ging, in der er bis jetzt noch arbeitete.

Ich brauchte nicht lange zu warten; als die Uhr sechs geschlagen, sah ich ihn kommen. »Harre, einen Augenblick!« sagte ich und winkte ihm, mit mir in den Garten zu treten.

Er sah mich befremdet an; denn meine böse Botschaft war wohl auf meinem Gesicht geschrieben; auch stand ich, als ich ihn in eine Ecke des Gartens gezogen hatte, eine ganze Zeit und hatte seine Hand gefaßt, ohne daß ich ein Wort hervorbringen konnte. Endlich aber sagte ich ihm alles, und dann bat ich ihn: »Mein Vater will zu dir gehen; sei nicht zu hart mit ihm.«

Er war totenblaß geworden, und in seine Augen trat ein Ausdruck, vielleicht nur der Verzweiflung, der mich erschreckte.

»Harre, Harre, was willst du mit dem alten Mann beginnen?« rief ich.

Er drückte die Hand gegen seine Brust. »Nichts, Agnes«, sagte er, indem er mich traurig lächelnd ansah; »aber ich muß nun fort von hier.«

Ich erschrak. – »Weshalb?« fragte ich stammelnd.
»Ich darf deinen Vater nicht wiedersehen.«
»Du wirst ihm ja doch vergeben, Harre!«
»Das wohl, Agnes; ich schulde ihm mehr als das; aber – er soll sein graues Haupt vor mir nicht demütigen. Und dann« – das setzte er wie beiläufig noch hinzu –, »ich glaube auch, es geht jetzt mit dem Meisterwerden nicht.«
Ich sagte nichts hierauf; ich sah nur, wie das Glück, nach dem ich gestern schon die Hand gestreckt, in unsichtbare Ferne schwand; aber es war nichts mehr zu ändern; es war jetzt am besten so, wie es Harre wollte. Nur das sagte ich noch: »Wann wirst du gehen, Harre?« Ich wußte selbst kaum, was ich sprach.
»Sorge nur, daß dein Vater mich heute nicht aufsucht«, erwiderte er; »bis morgen früh bin ich mit allem fertig, was ich noch hier zu tun habe. Kränke dich auch nicht um mich, ich finde leicht ein Unterkommen.«
Nach diesen Worten trennten wir uns; das Herz war wohl zu voll, als daß wir Weiteres hätten sprechen können.« –
Die Erzählerin schwieg eine Weile. Dann sagte sie: »Am andern Morgen sah ich ihn noch einmal, und dann nicht mehr; das ganze lange Leben niemals mehr.«
Sie ließ den Kopf auf ihre Brust sinken; die Hände, die auf ihrem Schoß geruht hatten, wand sie leise umeinander, als müsse sie damit das Weh beschwichtigen, das, wie einst das Herz des jungen blonden Mädchens, so noch jetzt den gebrechlichen Leib der Greisin zittern machte.
Doch sie blieb nicht lange in dieser gebrochenen Stellung; sich gewaltsam aufraffend, erhob sie sich vom Stuhl und trat ans Fenster. »Was will ich klagen!« sagte sie und zeigte mit dem Finger auf die Scheibe, die ihres Vaters Namen trug. »Der Mann hat mehr gelitten als ich. Laß mich auch das dir noch erzählen. –
Harre war fort; er hatte von meinem Vater in einem herzlichen guten Briefe Abschied genommen; gesehen haben sie sich nicht mehr. Bald darauf waren die letzten gerichtlichen Schritte gegen uns getan, und die Eröffnung des Konkurses sollte in nächster Zeit erfolgen.
Es war damals Sitte in unserer Stadt, daß alle öffentlichen Bekanntmachungen nicht wie jetzt durch den Prediger in der Kirche, sondern aus dem offenen Fenster des Ratssitzungssaales

durch den Stadtsekretär verlesen wurden; bevor aber dies geschah, wurde eine halbe Stunde lang mit der kleinen Glocke vom Turm geläutet. Da unser Haus dem Rathause gegenüber lag, so hatte ich dies oft beobachtet, und auch, wie sich unter dem Glockenschall Kinder und müßige Leute vor den Rathausfenstern und auf der Treppe über dem Ratskeller versammelten. Das nämliche geschah bei der Publizierung eines Konkursurtels; aber die Leute legten dann der Sache eine üble Bedeutung unter, und das Wort »Die Glocke hat über ihn geläutet«, galt für einen Schimpf. – Ich hatte auch in solchen Fällen ohne viel Gedanken hingehört; jetzt zitterte ich vor dem Eindruck, den dieser Vorgang auf das Gemüt meines ohnehin tiefgebeugten Vaters machen würde.

Er hatte mir vertraut, daß er sich deshalb durch einen befreundeten Ratsherrn an den Bürgermeister gewandt habe; und der Ratsherr, ein gutmütiger Schwätzer, hatte ihm die Zusicherung gegeben, daß die Publikation diesmal ohne die Glocke geschehen würde. Ich selbst aber wußte aus sicherer Quelle, daß diese Zusicherung eine grundlose war. Dennoch ließ ich meinen Vater in seinem arglosen Glauben und bemühte mich nur, ihn für diesen Tag zu einer kleinen Reise aufs Land zu unsern Verwandten zu bereden. Aber er wollte, wie er mit schmerzlichem Lächeln sagte, sein sinkendes Schiff nicht vor dem völligen Untergang verlassen. Da, in meiner Angst, fiel mir ein, daß ich in dem hintersten Verschlage unseres sehr tiefen und gewölbten Kellers die Glocke niemals hatte schlagen hören. Darauf baute ich meinen Plan. Es gelang mir auch, meinen Vater zu bereden, mit mir gemeinschaftlich ein Verzeichnis über die dort lagernden Waren aufzunehmen, wodurch, wenn später die Gerichtspersonen zur Aufnahme des Inventars kämen, eine Abkürzung dieses traurigen Geschäfts herbeigeführt würde.

Als die verhängnisvolle Stunde kam, waren wir schon längst unter der Erde bei unserer Arbeit. Mein Vater sortierte die Waren, ich beim Schein einer Laterne schrieb auf ein Blatt Papier, was er mir diktierte. Ein paarmal war mir wohl gewesen, als hörte ich von fern das Summen einer Glocke; dann sprach ich ein paar laute Worte, bis das Schieben und Rücken mit den Fässern und Kisten allen von außen eindringenden Schall wieder verschlang. Alles schien gut zu gehen, mein Vater war ganz in seine Arbeit vertieft. Da hörte ich plötzlich droben die Kellertür aufreißen;

die alte Magd rief, ich weiß nicht mehr weshalb, nach mir, und zugleich drangen auch die klaren Schallwellen der Glocke zu uns herab. Mein Vater horchte auf und setzte die Kiste, die er in den Händen hatte, auf den Boden. »Die Schandglocke!« stöhnte er und fiel wie kraftlos gegen die Wand. »Es wird mir nichts erspart.« – Aber nur einen Augenblick; dann richtete er sich auf, und ehe ich noch Zeit bekam, ein Wort zu reden, hatte er schon den Raum verlassen, und gleich darauf hörte ich ihn die Kellertreppe hinaufsteigen. Auch ich ging jetzt in das Haus hinauf und fand meinen Vater, nachdem ich ihn vergebens in der Schreibstube gesucht, im Wohnzimmer mit gefalteten Händen am offnen Fenster stehen. In diesem Augenblick hörte das Glokkenläuten auf; im Rathaus drüben, das von der hellen Morgensonne beleuchtet war, wurden die drei Fensterflügel aufgestoßen, und ich sah den Stadtdiener die roten Polster auf die Fensterbänke legen; an dem Eisengeländer der Ratstreppe hing schon ein ganzer Schwarm von halberwachsenen Buben. Mein Vater stand unbeweglich und sah mit gespannten Augen zu. Ich wollte ihn mit sanften Worten fortziehen. Aber er wehrte mir. »Laß nur, mein Kind«, sagte er, »das geht mich an, ich muß das hören.«

So blieb er denn. Der alte Stadtsekretär mit seinem weißgepuderten Kopf erschien drüben in dem Mittelfenster, und während ihm zur Seite zwei Ratsherren auf den roten Kissen lehnten, verlas er mit seiner scharfen Stimme aus einem Blatt Papier, das er in beiden Händen vor sich hielt, das Konkursurtel. Bei der klaren Frühlingsluft drang jedes Wort verständlich zu uns herüber. Als mein Vater seinen vollen Namen über den Markt hinaussprechen hörte, sah ich ihn zusammenzucken; aber er hielt dennnoch stand, bis alles vorüber war. Dann zog er seine goldene Uhr, die er von seinem Vater ererbt hatte, aus der Tasche und legte sie auf den Tisch. »Sie gehört zur Konkursmasse«, sagte er, »schließe sie in die Schatulle, damit sie morgen mit versiegelt werde.«

Am andern Tage kamen die Herren zur Versiegelung; aber mein Vater konnte das Bett nicht verlassen; er war in der Nacht vom Schlage getroffen worden. – Als einige Monate später unser Haus verkauft war, wurde er in einem Tragkorb, den wir aus dem Krankenhause geliehen, nach der kleinen Wohnung gebracht, die wir am Ende der Stadt für uns gemietet hatten. Dort hat er noch neun Jahre gelebt; ein gelähmter und gebrochener Mann. In seinen guten Stunden besorgte er kleine Rechnungen und Schreibereien für andere; das meiste habe ich mit meiner Hände Arbeit verdienen müssen. Dann aber ist er in fester Hoffnung auf die Barmherzigkeit Gottes in meinen Armen sanft verschieden. – Nach seinem Tode kam ich zu guten Leuten; es war das Haus deiner Großeltern.«

Meine alte Freundin schwieg. Ich aber dachte an Harre. – »Und hast du denn«, fragte ich, »während der ganzen Zeit auch niemals eine Nachricht von deinem Jugendfreunde erhalten?«

»Niemals, mein Kind«, erwiderte sie.

»Weißt du, Hansen«, sagte ich, »dein Harre gefällt mir nicht, er war kein Mann von Wort!«

Sie legte die Hand auf meinen Arm. »So darfst du nicht sprechen, Kind. Ich habe ihn gekannt; es gibt noch andere Dinge als den Tod, die des Menschen Willen zwingen. – Aber wir wollen nach meinem Zimmer gehen; du hast deinen Hut noch dort, und es mag bald Mittag werden.«

So schlossen wir denn den einsamen Festsaal wieder ab und gingen denselben Weg zurück, den wir gekommen waren. Diesmal öffnete sich die Tür des Spökenkiekers nicht; nur hinter derselben, auf den sandigen Dielen, hörten wir seinen schlurfenden Schritt.

Als wir in Hansens Zimmer waren, wo noch der letzte Strahl der Vormittagssonne in die Fenster schien, zog sie eine Schublade ihrer Schatulle auf und nahm daraus ein Mahagonikästchen, sauber poliert, aber im Geschmack einer vergangenen Zeit. Es mochte einst ein Geschenk des jungen Tischlers an einem Geburtstage ihrer Jugend gewesen sein.

»Das mußt du auch noch sehen«, sagte Hansen, indem sie das Kästchen aufschloß. Es lagen Wertpapiere darin, welche sämtlich auf Harre Jensen, »Sohn des verstorbenen Tischlermeisters Harre Christian Jensen dahier«, lauteten, deren Datum aber nicht über die letzten zehn Jahre hinabreichte.

»Wie kommst du zu diesen Papieren?« fragte ich.

Sie lächelte. »Ich habe nicht umsonst gedient.«

»Aber die Papiere lauten nicht auf deinen Namen!«

»Es ist die Schuld meines Vaters, die ich zurückerstatte. Deshalb, und weil mein Nachlaß, wie aller, die hier versterben, an das Stift fällt, habe ich das Geld sofort auf Harre Jensens Namen schreiben lassen.« – Einen Augenblick noch, ehe sie es wieder einschloß, wog sie das Kästchen auf der Hand. »Der Schatz ist wieder beisammen«, sagte sie, »aber das Glück, mein Kind, das Glück, das einst darin gewesen ist, das ist nicht mehr darin.«

Als sie diese Worte sprach, schoß draußen ein Schwalbenzug mit lautem Geschrei vorüber, und gleich darauf flatterten zwei dieser Vögel bis nahe an die Scheiben und setzten sich dann zwitschernd auf den offnen Fensterflügel. Es waren die ersten Schwalben, die ich in diesem Frühjahr sah.

»Hörst du die kleinen Gratulanten, Hansen?« rief ich, »just zu deinem Geburtstag sind sie heimgekommen!«

Hansen nickte nur. Ihre noch immer schönen blauen Augen blickten traurig auf die kleinen singenden Freunde. Dann legte sie die Hände auf meinen Arm und sagte freundlich: »Geh nun, mein Kind; ich danke allen, daß sie an mich gedacht. Ich möchte nun allein sein.«

Es war mehrere Jahre später, als ich mich von einer Reise nach dem mittleren Deutschland auf dem Heimwege nach meiner Vaterstadt befand. Auf einer Hauptstation der Eisenbahn – denn die Zeit des Dampfes war damals schon hereingebrochen – stieg ein alter Mann mit weißem Haar zu mir in das Coupé, worin ich mich bisher allein befunden hatte. Er ließ sich einen kleinen Reisekoffer nachreichen, den ich ihm unter den Sitz schieben half, und setzte sich dann mit den freundlichen Worten: »Wir haben auch noch nie beisammengesessen«, mir gegenüber. Als er dies sagte, erschien um den Mund und um die braunen Augen ein Ausdruck der Güte, ich möchte sagen der Teilnahme, der unwillkürlich zu traulichem Gespräche einlud. Die Sauberkeit seiner äußern Erscheinung, die sich nicht bloß in dem braunen Tuchrock und dem weißen Halstuch ausprägte, das feinbürgerliche Wesen des Mannes, alles heimelte mich an, und es dauerte nicht lange, so hatten wir uns in gegenseitige Mitteilungen über unsere Familienverhältnisse vertieft. Ich erfuhr, daß er ein Klaviermacher und in einer mittelgroßen Stadt Schwabens ansässig sei. Dabei fiel mir eines auf; mein Reisegefährte sprach den süddeutschen Dialekt, und doch hatte ich auf seinem Koffer den Namen »Jensen« gelesen, der meines Wissens nur dem nördlichsten Deutschland angehörte.

Als ich ihm das bemerkte, lächelte er. »Ich mag schon ziemlich

eingeschwäbelt sein«, sagte er, »denn ich wohne nun seit über vierzig Jahren in diesem guten Lande und habe es in dieser Zeit niemals verlassen; meine Heimat aber liegt im Norden, und daher stammt denn auch mein Name.« Und nun nannte er meine eigene Vaterstadt als seinen Geburtsort.
»So sind wir Landsleute so sehr als möglich«, rief ich, »dort bin auch ich geboren und eben im Begriff, dahin zurückzukehren.«
Der alte Herr ergriff meine beiden Hände und sah mich liebevoll an. »Das hat der liebe Gott gut gemacht«, sagte er, »so reisen wir, wenn es Ihnen recht ist, zusammen. Auch mein Ziel ist unsere Vaterstadt; ich hoffe auf ein Wiedersehen dort – wenn Gott es zuläßt.«
Ich nahm mit Freuden diesen Vorschlag an.
Nachdem wir den derzeitigen Endpunkt der Eisenbahn erreicht hatten, lagen noch fünf Meilen Weges vor uns, und bald saßen wir zusammen in den bequemen Kissen eines Federwagens, dessen Bedachung wir bei dem schönen Herbstwetter zurückgeschlagen hatten. Die Gegend wurde allmählich heimatlicher; die Wälder verschwanden, bald auch die lebendigen Zäune zur Seite des Weges, ja sogar die Wälle, auf denen sie standen, und die weite baumlose Ebene tat sich vor uns auf. Mein Gefährte blickte still vor sich hinaus. »Ich bin dieser Unendlichkeit des Raumes so entwöhnt«, sagte er einmal; »mir ist jetzt hier, als sähe ich nach allen Seiten in die Ewigkeit.« Dann schwieg er wieder, und ich störte ihn nicht.
Als wir etwa auf der Mitte des Weges aus einem Dorfe, durch das die Landstraße führte, wieder ins Freie kamen, bemerkte ich, daß er den Kopf vorbeugte und eifrig auszulugen schien. Dann beschattete er die Augen mit seiner Hand und wurde sichtbar unruhig. »Ich sehe doch sonst noch so gut in die Ferne«, sagte er endlich, »aber ich bemühe mich umsonst, unsern Turm von hier in Sicht zu bekommen, und doch hab ich ihn in meiner Jugend von hier aus immer zuerst begrüßt, wenn ich von einer Wanderung heimkehrte.«
»Sie müssen sich irren«, erwiderte ich, »der niedrige Turm kann in solcher Entfernung noch nicht sichtbar sein.«
»Niedrig!« rief der Alte fast unwillig, »der Turm hat seit Jahrhunderten auf viele Meilen in die See hinaus den Schiffern zum Wahrzeichen gedient!«
Da fiel es mir bei. »Sie denken am Ende«, sagte ich zögernd,

»noch an den Turm der alten Kirche, die vor reichlich vierzig Jahren abgebrochen wurde.«
Der Alte sah mich mit seinen großen Augen an, als ob ich faselte. »Die Kirche abgebrochen – und vor über vierzig Jahren! Mein Gott, wie lange bin ich fort gewesen; ich habe niemals etwas davon erfahren!«
Er faltete seine Hände und saß eine ganze Weile wie mutlos in sich zusammengesunken. Dann sagte er: »Auf jenem schönen Turm, der also nur in meinen Gedanken noch vorhanden war, habe ich vor nun bald fünfzig Jahren der das Wiederkommen versprochen, um deren willen ich jetzt diese weite Reise mache. Ich will Ihnen, wenn Sie hören mögen, dies Stück meines Lebens mitteilen; vielleicht, daß Sie mir dann über die Hoffnung, die ich hege, eine Auskunft zu geben vermögen.«
Ich versicherte den alten Herrn meiner Teilnahme; und während unser Postillion in der warmen Mittagssonne auf seinem Sitze einnickte und die Räder langsam durch den Sand mahlten, begann er seine Erzählung:
»In meiner Jugend hätte ich gern den Weg einer gelehrten Bildung eingeschlagen; da aber nach dem frühzeitigen Tode meiner Eltern die Mittel dazu nicht vorhanden waren, so blieb ich bei dem Handwerk meines Vaters, das heißt, ich wurde Tischler. Schon während ich als Geselle auf der Wanderschaft war, hatte ich nicht übel Lust, mich draußen anzusiedeln; denn es fehlte mir nicht ganz an Mitteln; aus dem Verkauf des väterlichen Hauses war mir ein rundes Sümmchen übriggeblieben, das für den Anfang schon genügte. Aber ich kehrte doch wieder heim, und das geschah um eines jungen blonden Mädchens willen. – Ich glaube nicht, daß ich jemals wieder so blaue Augen gesehen habe. Eine Freundin sagte einmal im Scherz zu ihr: »Agnes, ich pflück dir die Veilchen aus den Augen!« Die Worte hab ich nimmer vergessen können.« – Der Alte schwieg eine Weile und blickte verklärt vor sich hin, als sähe er noch einmal in diese Veilchenaugen seiner Jugend. Darauf, während ich fast unwillkürlich den Namen meiner alten Freundin in St. Jürgen bei mir selber sprach, begann er wieder: »Sie war die Tochter eines Krämers, meines Vormundes. Wir wuchsen als Nachbarkinder miteinander auf, während das Mädchen von dem früh verwitweten Vater ziemlich streng und einsam erzogen wurde. Daher mag es gekommen sein, daß sie sich immer mehr dem einzigen Jugendge-

spielen anschloß. Bald nach meiner Rückkehr waren wir unter uns beiden so gut als verlobt, und es war schon ausgemacht, daß ich in unserer Vaterstadt ein Geschäft begründen sollte, als ich durch einen unerwarteten Zufall mein ganzes kleines Vermögen verlor. – Es kam so, daß ich wieder fort mußte.

Am letzten Tage hatte Agnes mir versprochen, abends noch einmal auf den Weg hinter ihrem Garten hinauszukommen und dort ein letztes Wort mit mir zu reden. Als ich mich aber mit dem bestimmten Glockenschlage einfand, war sie nicht dort. Ich stand lauschend an der Planke unter dem überhängenden Lindengezweig, aber ich wartete vergebens. Das Haus ihres Vaters konnte ich damals nicht betreten; nicht daß ein Zwiespalt zwischen uns gewesen wäre, ich glaube im Gegenteil, daß er mir die Hand seiner Tochter ohne großes Bedenken würde gegeben haben; denn er hielt etwas auf mich und war kein hochmütiger Mann. Es hatte einen andern Grund, den ich nicht gern der Vergessenheit entreißen möchte. – Ich weiß es noch gar wohl. Es war ein dunkler, stürmischer Aprilabend; mehrmals täuschte mich die Wetterfahne auf dem Dache, daß ich glaubte, die mir wohlbekannte Hoftür öffnen zu hören, aber es kam kein Schritt den Gartensteig herab. Noch lehnte ich an der Planke und sah die schwarzen Wolken am Himmel vorüberfliegen; endlich ging ich schweren Herzens fort. – –

Am andern Morgen hatte es eben fünf vom Turme geschlagen, als ich nach einer schlaflosen Nacht die Treppe von meiner Kammer hinabstieg und von meinen Hauswirten Abschied nahm. In den engen, schlecht gepflasterten Straßen war noch die Dunkelheit und der Schmutz des Winters. Die Stadt schien noch im Schlaf zu liegen; von allen bekannten Gesichtern wollte mir keins begegnen, und so ging ich einsam und trübselig meinen Weg. Da, als ich eben nach dem Kirchhof einbiegen wollte, brach ein scharfer Sonnenstrahl hervor, und das alte Haus der Ratsapotheke, das unten mit seinem Löwenschnitzbild noch in dem Dunst der Gasse stand, war oben mit der Spitze des Treppengiebels auf einmal wie in Frühlingsschein gebadet. Zugleich, als ich eben aufschaue, schallt über mir hoch in der Luft ein langgezogener Ton; dann noch einmal und noch einmal, als riefe es weit in die Welt hinaus.

Ich war auf den Kirchhof hinausgetreten und blickte an dem Turm hinauf; da sah ich oben auf der Galerie den Türmer stehen und sah, wie er sein langes Horn noch in der Hand hielt. Ich wußte es nun wohl; die ersten Schwalben waren gekommen, und der alte Jakob hatte ihnen den Willkommen geblasen und es laut über die Stadt gerufen, daß der Frühling ins Land gekommen sei. Dafür bekam er seinen Ehrentrunk im Ratsweinkeller und einen blanken Reichstaler vom Herrn Bürgermeister. – Ich kannte den Mann und war oft droben bei ihm gewesen; als Knabe, um von dort aus meine Tauben fliegen zu sehen, später auch wohl mit Agnes; denn der Alte hatte ein Enkeltöchterchen bei sich, zu dem sie Pate gestanden und deren sie sich auf allerlei Art anzunehmen pflegte. Einmal, am Christabend, hatte ich ihr sogar ein vollständiges Weihnachtsbäumchen den hohen Turm hinaufschleppen helfen. – Nun stand die wohlbekannte Eichentür offen; unwillkürlich trat ich hinein, und in der Finsternis, die mich plötzlich umgab, stieg ich langsam die Treppen und, wo diese aufhörten, die schmalen leiterartigen Stiegen hinan. Nichts hörte ich als das Rasseln der großen Turmuhr, die hier in der Einsamkeit ihr Wesen trieb. Ich weiß es noch gar wohl, mir grauete dermalen vor diesem toten Dinge, und ich hätte, als ich daran vorbeikam, in die eisernen Räder greifen mögen, nur um es stillzumachen. Da hörte ich den alten Jakob von oben herabklettern. Er schien mit einem Kinde zu sprechen, das er zur Vorsicht ermahnte. Ich rief ihm einen »Guten Morgen« in die Dunkelheit hinauf und fragte, ob er die kleine Meta bei sich habe.

»Bist du's, Harre?« rief der Alte zurück, »freilich, die muß ja mit zum Herrn Bürgermeister.«

Endlich kamen die beiden zu mir herab, während ich seitwärts in eine Schalluke getreten war. Als Jakob mich so reisefertig neben sich sah, rief er verwundert: »Was soll das bedeuten, Harre? Was steigst denn da mit Knüttel und Wachstuchhut in meinen Turm hinauf? Bist doch nicht wieder fremd geworden bei uns daheim?«

»Es ist nicht anders, Jakob«, erwiderte ich, »'s wird hoffentlich nicht auf lange sein.«

»Hatt's mir ganz anders mit dir ausgedacht!« brummte der Alte. »Nun, wenn's denn einmal sein muß, die Schwalben sind wieder da; es ist jetzt schon die beste Zeit zum Wandern. Und hab auch Dank, daß du noch mal gekommen bist!«

»So lebt wohl, Jakob!« sagte ich. »Und wenn Ihr mich von Eu-

rem Turm herab einmal im hellen Sonnenschein wieder ins Tor hineinwandern seht, so blast auch mir einen Willkommen wie heute Euren Schwalben!«
Der Alte schüttelte mir die Hand, indem er sein Enkelchen auf den Arm nahm. »Soll gelten, Meister Harre!« rief er lächelnd; er pflegte mich im Scherze so zu nennen. Als ich mich aber anschickte, wieder mit ihm hinabzusteigen, fügte er noch hinzu: »Wenn du einen *guten Weg* von der Agnes haben willst, sie ist oben, schon seit früh; sie hat noch ihr Gefallen an den Vögelchen.«
Wohl niemals bin ich so schnell die letzten halsbrechenden Stiegen hinaufgekommen, obgleich mir der Herzschlag fast den Atem versetzte. Als ich aber oben auf die Plattform und in den blendenden Himmelsschein hinaustrat, blieb ich unwillkürlich stehen und tat einen Blick über das Eisengeländer. Da sah ich unter mir in der Tiefe meine Vaterstadt im ersten Schmuck des Frühlings liegen; überall zwischen den Dächern standen die Kirschbäume in Blüte, welche das warme Frühjahr so zeitig hervorgetrieben hatte. Dort der Giebel, dem kleinen Turme des Rathauses gegenüber, gehörte dem Hause meines Vormundes. Ich sah den Garten, den Weg dahinter; mir quoll das Herz, und von Heimweh überwältigt, mag ich unwillkürlich einen Laut ausgestoßen haben; denn ich fühlte plötzlich meine Hand ergriffen, und als ich aufblickte, stand Agnes neben mir. »Harre«, sagte sie, »kommst du noch einmal!« Und dabei flog ein glückliches Lächeln über ihr Gesicht.
»Ich dachte nicht, dich hier zu finden«, erwiderte ich, »nun muß ich fort; weshalb hast mich gestern so vergebens warten lassen?«
Da war alles Glück aus ihrem Antlitz verschwunden. »Ich konnte nicht, Harre; mein Vater wollte mich nicht von sich lassen. Später bin ich in den Garten hinabgelaufen; aber du warst schon fort, du kamst nicht; da bin ich heute früh auf den Turm gestiegen – ich dachte, ich könnte dich doch zum Tor hinauswandern sehen.«
Die Zukunft lag verworren vor mir, aber doch hatte ich einen Plan gefaßt. Schon früher war ich in einer Klavierfabrik beschäftigt gewesen; nun wollte ich wieder diese Arbeit suchen, um dann mit Hülfe des zu erwartenden Verdienstes vielleicht später selbst ein solches Geschäft zu begründen; denn diese Instrumente

begannen schon damals eine große Verbreitung zu finden. – Das alles sagte ich jetzt dem Mädchen, und auch, wohin ich mich zunächst zu wenden beabsichtigte.

Sie hatte sich auf das Geländer gelehnt und wie abwesend in den leeren Himmelsraum hinausgeblickt. Jetzt wandte sie langsam den Kopf zurück. »Harre«, sagte sie leise, »geh nicht fort, Harre!«

Als ich sie aber ohne Antwort anblickte, rief sie wieder: »Nein, hör nicht auf mich; ich bin ein Kind, ich weiß nicht, was ich rede.« Der Morgenwind hatte ein paar der blonden Haare gelöst und wehte sie über ihr blasses Gesicht, das jetzt geduldig zu mir aufblickte.

»Wir müssen warten, Agnes«, sagte ich, »das Glück liegt nun in weiter Ferne; ich will versuchen, ob ich es wieder heimbringen kann. Schreiben werd ich nicht; ich komme selber, wenn es Zeit ist.«

Sie sah mich eine Weile mit großen Augen an; dann drückte sie mir die Hand. »Ich warte«, sagte sie mit fester Stimme; »geh denn mit Gott, Harre!«

Ich ging noch nicht. Der Turm, der uns beide trug, ragte so einsam in den blauen Ätherraum; nur die Schwalben, auf deren stahlblauen Schwingen der Sonnenschein wie Funken blitzte, schwebten um uns her und badeten in dem Meer von Luft und Licht. – Ich hielt noch immer ihre Hand; mir war, als könne ich nicht fort von hier, als wären wir beide, sie und ich, schon jetzt hinausgehoben über alle Not der Welt. – Aber die Zeit drängte; unter uns schlug dröhnend die Viertelglocke. Da, als noch die Schallwellen den Turm umfluteten, kam eine Schwalbe geflogen, daß sie uns fast mit ihren Flügeln streifte; furchtlos, nur auf Armeslänge von uns, setzte sie sich auf den Rand des Geländers, und während wir wie gebannt in das kleine glänzende Auge blickten, schmetterte sie plötzlich mit geschwellter Kehle ihre Frühlingslaute in die Luft. Agnes warf sich an meine Brust. »Vergiß das Wiederkommen nicht!« rief sie. Da breitete der Vogel seine Schwingen aus und flog davon. – –

Wie ich durch den dunkeln Turm zur Erde gekommen bin, das weiß ich nicht. Als ich draußen vor dem Stadttor auf der Landstraße war, blieb ich stehen und blickte zurück. Da erkannte ich noch deutlich auf dem von Sonnenglanze umflossenen Turm ihre liebe Gestalt; mir schien, als lehne sie sich weit über

den Rand des Geländers hinaus, so daß ich unwillkürlich einen Schreckensruf ausstieß. Aber die Gestalt blieb unbeweglich.
Und endlich wandte ich mich und ging, ohne noch einmal wieder umzusehen, mit raschen Schritten auf der Landstraße fort.«
Der Alte schwieg eine Weile. Dann sagte er: »Sie hat vergebens auf mich gewartet; ich bin niemals wieder heimgekommen. – Ich will Ihnen nun erzählen, wie das geschehen konnte.
Meine erste Arbeit fand ich in Wien, wo damals die besten Klavierfabriken waren; von da kam ich nach anderthalb Jahren ins Württembergische, nach meinem jetzigen Wohnort. Ein Nebengeselle von mir hatte dort einen Bruder, von dem er um die Besorgung eines zuverlässigen Gehülfen gebeten war. – Es war ein noch junges Ehepaar, zu dem ich ins Haus kam. Das Geschäft war klein, aber der Inhaber ein freundlicher und geschickter Mann, bei dem ich bald mehr in diesen Dingen lernte als in der großen Fabrik, wo ich immer nur zu einzelnen Arbeiten gelassen wurde. Da ich mich der Sache nach Kräften annahm und doch auch aus meinen Wiener Erfahrungen manches hinzubrachte, so gewann ich bald das Vertrauen dieser guten Leute. Besondere Freude machte es ihnen, daß ich in meinen Freistunden den ältesten ihrer beiden Knaben in der deutschen Sprache unterrichtete; denn ihnen gefiel meine damals noch norddeutsche Aussprache, und sie wünschten, daß die Kinder auch einmal, wie sie meinten, so reines Deutsch sprechen möchten. Bald wurde auch der jüngere Bruder in den Unterricht hineingezogen, und nun blieb es nicht bei der trockenen Grammatik; ich wußte mir Bücher zu verschaffen, aus denen ich ihnen allerlei Unterhaltendes und Wissenswertes vorzulesen pflegte. So kam es, daß auch die Kinder mit großer Liebe an mir hingen. Als ich nach Jahresfrist zum ersten Mal ohne Beihülfe ein Klavier von besonders schönem Klang zustande gebracht hatte, gab es eine Freude im ganzen Hause, als habe der liebste Angehörige sein Meisterstück gemacht. – Ich aber dachte nun an die Heimkehr.
Da erkrankte mein junger Meister. Aus einer Erkältung entwickelte sich endlich ein ernstliches Brustübel, dessen Keim schon lange in ihm gelegen haben mochte. Die Leitung der Geschäfte kam wie selbstverständlich fast ganz in meine Hände. Ich konnte jetzt nicht fort. Dabei sah ich tiefer in die Verhältnisse der Familie, mit der mich eine immer innigere Freundschaft verband. Eintracht und Fleiß wohnten unter ihrem Dache. Aber es war

dennoch ein böses Ding der dritte Hausgenosse, das diese guten Geister nicht zu vertreiben vermocht hatten. In jedem Winkel, wohin nicht gerade die Sonne schien, sah der kranke Mann es sitzen. – Dieses Ding war die Sorge. – »Nimm den Kehrbesen und feg es weg«, sagte ich oft zu meinem Freunde, »ich will dir helfen, Martin!« Dann drückte er mir wohl die Hand, und eine wehmütige Heiterkeit flog für einen Augenblick über sein blasses Gesicht, bald aber sah er wieder die schwarzen Spinngewebe auf allen Dingen.

Leider waren es keine bloßen Hirngespinste. Das Kapital, womit er sein Geschäft begonnen, war von vornherein zu gering gewesen. In den ersten Jahren hatte er durch schlechte Arbeiter Verluste erlitten, die nicht in Rechnung genommen waren, und auch der Absatz der fertigen Ware wollte nicht so rasch erfolgen, wie es solche Umstände erforderten; nun kam ein aussichtsloser Krankheitszustand noch dazu. Auf mir lag endlich nicht nur die ganze Sorge für den Unterhalt der Familie, ich mußte auch noch der Tröster der Gesunden sein. Die Knaben ließen meine Hand nicht los, wenn wir am Bette des Vaters saßen, das er bald nicht mehr verlassen konnte. Bei diesem aber schien das Erlöschen der Körperkraft die Unruhe des Geistes nur zu steigern; grübelnd lag er auf seinem Kissen und baute Pläne für die Zukunft. Mitunter, wenn die Schauer des nahenden Todes ihn anwehten, richtete er sich plötzlich auf und rief: »Ich kann nicht sterben, ich will nicht sterben!« und dann wieder leise mit gefalteten Händen: »Mein Gott, mein Gott, ich will auch, wenn du willst!«

Und endlich kam die Stunde der Erlösung. Wir waren alle an seinem Bette; er dankte mir, er nahm von uns allen Abschied. Dann aber, als sähe er vor sich etwas, vor dem er sie beschützen müsse, riß er seine Frau und die beiden Knaben hastig an sich, blickte sie mit trostlosen Augen an und stöhnte laut. Und als ich ihm zuredete: »Wirf deine Sorgen auf den Herrn, Martin!«, da rief er verzweifelnd: »Harre, Harre, das sind nicht mehr die Sorgen, das ist die Armut selbst! Bald wird sie über meine Leiche wegkriechen; mein Weib, o meine lieben Kinder, sie werden ihr nicht entrinnen!«

Es ist ein eigen Ding um ein Sterbebett; ich weiß nicht, ob Sie es kennen, mein junger Freund. Aber in diesem Augenblick versprach ich meinem sterbenden Meister, bei den Seinen auszuhalten, bis das Gespenst, das seine letzte Stunde störte, sie nicht mehr würde erreichen können. Und als ich das versprochen, ließ auch der Tod nicht mehr auf sich warten. Leise schritt er zur Tür herein. Martin streckte die Hand aus; ich meinte, er wolle sie mir noch reichen, aber es war der unsichtbare Bote des Herrn, der sie ergriff; denn ehe ich sie berührte, hatte das Leben meines jungen Meisters aufgehört.«

Mein Reisegefährte nahm seinen Hut ab und legte ihn vor sich auf den Schoß; sein weißes Haar wehte in der lauen Mittagsluft. So saß er schweigend, als weihe er diese Augenblicke dem Andenken des längst verstorbenen Freundes. – Ich aber mußte der Worte gedenken, die meine alte Hansen einst zu mir gesprochen: »Es gibt noch andere Dinge als den Tod, die des Menschen Willen zwingen.« Es war dennoch der Tod gewesen, der die Lebenden getrennt hatte. Denn es versteht sich, daß ich über die Person dessen, der an meiner Seite saß, nicht mehr in Zweifel sein konnte. Nach einiger Zeit begann der Alte seine Erzählung wieder, indem er langsam sein Haupt bedeckte.

»Ich habe mein gegebenes Wort gehalten«, sagte er, »aber da ich es gab, brach ich ein anderes; denn ich habe nun nicht wieder fort gekonnt. Es zeigte sich bald, daß die Verhältnisse noch zerrütteter waren, als ich bisher gewußt. Einige Monate nach dem Tode des Mannes wurde noch ein drittes Kind, ein Mädchen, geboren; unter diesen Umständen eine neue Sorge zu den alten. Ich tat das Meinige; aber Jahr auf Jahr verging, und das Glück wollte immer noch nicht einkehren. Unerachtet ich nicht nur meine ganze Kraft, sondern auch die Ersparnisse der letzten Jahre hingab, gelang es mir noch immer nicht, den Kampf mit jenem Gespenste der Armut siegreich zu beendigen; ich sah es klar, wenn eine auch nur etwas weniger treue und sorgsame Hand an meine Stelle trat, so waren meine Schutzbefohlenen ihm verfallen.

Oft freilich mitten in der Arbeit überfiel mich das Heimweh und nagte und zehrte an mir; mehr als einmal, wenn der Meißel, ohne daß ich darum gewahr wurde, müßig in meiner Hand lag, bin ich erschreckt vor der Stimme der guten Frau zusammengefahren; denn meine Gedanken waren fort in die Heimat, und eine ganze andere Stimme war in meinen Ohren. In meinen Träumen sah ich den Turm unserer Vaterstadt; anfänglich im hellen Sonnenschein, umkreist von einem Heer von Schwalben;

später, wenn der Traum mir wiederkam, sah ich ihn schwarz und drohend in den leeren Himmel ragen, der Herbststurm tobte, und ich hörte die großen Glocken anschlagen; aber immer, auch dann, lehnte Agnes oben auf dem Geländer der Plattform; sie trug noch das blaue Kleid, worin sie dort von mir Abschied genommen hatte; nur war es ganz zerrissen, die leichten Fetzen flatterten in der Luft. »Wann kommen die Schwalben wieder?« hörte ich es rufen. Ich erkannte ihre Stimme, aber sie klang trostlos in dem Wehen des Sturmes. – Wenn ich nach solchen Träumen erwachte, so hörte ich wohl im Zwielicht die Schwalben auf der Dachrinne über meinem Fenster zwitschern. In den ersten Jahren hatte ich den Kopf aufgestützt und mir das Herz vollsingen lassen von Sehnsucht und Heimweh; später konnt ich's nimmer ertragen. Mehr als einmal, wenn das Gezwitscher kein Ende nehmen wollte, habe ich das Fenster aufgerissen und die lieben Vögel fortgejagt.

An einem solchen Morgen erklärte ich einmal, daß ich nun fort müsse, daß es jetzt endlich Zeit sei, auch an mein eignes Leben zu denken. Aber die beiden Knaben brachen in laute Wehklagen aus, und die Mutter setzte, ohne ein Wort zu sagen, ihr Töchterchen auf meinen Schoß, das sogleich die kleinen Arme fest um meinen Hals schlang. – Mein Herz hing an den Kindern, lieber Herr; ich konnte die Kinder nicht verlassen. Ich dachte: ›Bleib denn noch ein Jahr.‹ Der Abgrund zwischen mir und meiner Jugend wurde immer tiefer; zuletzt lag alles wie unerreichbar hinter mir, wie Träume, an die ich nicht mehr denken dürfe. – Ich war schon über die Vierzig hinaus, da schloß ich auf den Wunsch der schon herangewachsenen Kinder das Ehebündnis mit der Frau, deren einzige Stütze ich so lange gewesen war.

Und nun geschah mir etwas Seltsames. Ich war der Frau, wie sie es auch gar wohl verdiente, stets von Herzen gut gewesen; nun aber, seit sie mir unauflöslich angehörte, begann in mir ein Widerwille, ja fast ein Haß gegen sie zu wachsen, den ich oft nur mit Mühe zu verbergen wußte. So sind wir Menschen; ich warf in meinem Herzen auf sie die Schuld von allem, was doch nur die Folge meiner eignen Schwäche war. Da führte Gott zu meinem Heil mich in Versuchung.

Es war eines Sonntags in der Hochsommerzeit. Wir machten eine Landpartie nach dem benachbarten Gebirgsdorfe, wo ein Verwandter der Familie wohnte. Die beiden Söhne mit ihrem

Schwesterchen waren uns beiden Alten weit voraus; ihr Plaudern und Lachen war in dem Walde, durch den der Weg führte, schon ganz verschollen. Da machte meine Frau mir den Vorschlag, einen ihr bekannten Richtsteig entlang eines Steinbruches einzuschlagen, um so wo möglich den Jungen auf dem Hauptwege noch zuvorzukommen. »Ich bin als Braut mit Martin hier gegangen«, sagte sie, als wir seitwärts in die Tannen bogen; »etwas weiterhin pflückten wir damals eine dunkelblaue Blume; ich möchte wissen, ob sie noch dort zu finden ist.«
Nach kurzer Zeit hörte an unserer einen Seite der Wald auf, und der Fußweg lief nun dicht an dem Rande des abschüssigen Gesteins hin, während von der andern Seite sich Brombeerranken und anderes Gebüsch dicht herandrängte. – Meine Frau schritt rüstig vor mir auf. Ich folgte langsam und war bald in meine alten Träumereien versunken. Wie die verlorne Seligkeit lag die Heimat vor meinen Sinnen, und grübelnd, aber vergebens suchte ich nach einem Weg dahin. Nur wie durch einen Schleier sah ich, daß es nach dem Bruche zu ganz blau von Genzianen wurde und daß meine Frau sich ein Mal um das andere nach diesen Blumen bückte. Was kümmerte mich das alles! – Da hör ich plötzlich einen Schrei und sehe, wie sie mit den Händen in die Luft greift; ich sehe auch schon, wie unter ihren Füßen das Geröll sich löst und zwischen den Klippen fortpoltert, und zehn Schritt weiter abwärts steht der Fels lotrecht über dem Abgrund.
Ich stand wie gelähmt. Es brauste mir in den Ohren: »Bleib; laß sie stürzen; du bist frei!« Aber Gott half mir. Nur einen Sekundenschlag, da war ich bei ihr; und mich über den Rand des Felsens werfend, ergriff ich ihre Hand und hatte sie glücklich zu mir heraufgezogen. »Harre, mein guter Harre«, rief sie weinend, »schon wieder hat deine Hand mich vom Abgrund gerettet!«
Wie glühende Tropfen fielen diese Worte in meine Seele. In all den Jahren war kein Wort der Vergangenheit über meine Lippen gekommen; zuerst aus jugendlicher Scheu, das Heiligste hinauszugeben, später wohl in dem unbewußten Bedürfnis, den innern Zwiespalt zu verhehlen. Jetzt plötzlich drängte es mich, alles ohne Rücksicht zu offenbaren. Und am Rande des Abgrundes sitzend, schüttete ich mein Herz aus vor der Frau, die ich kurz zuvor darin begraben gewünscht hatte. Auch das verschwieg ich ihr nicht. Sie brach in heftige Tränen aus; sie weinte über

mich, über sich selbst, am lautesten klagte sie über Agnes. »Harre, Harre«, rief sie, aber sie legte ihren Kopf an meine Brust; »das habe ich nicht gewußt, aber es ist nun zu spät, und niemand kann diese Sünde von uns nehmen!«
Es war nun an mir, sie zu beruhigen; und erst mehrere Stunden später trafen wir in dem Dorfe ein, wo unsere Kinder uns schon längst erwartet hatten. Aber seit jener Zeit war meine Frau mit ihrem milden und gerechten Herzen meine beste Freundin und kein Geheimnis mehr zwischen uns. – So gingen die Jahre hin. Allmählich schien sie es vergessen zu haben, daß ich ihre und der Kinder Wohlfahrt mit einem fremden Glück bezahlt hatte, und auch in mir wurde es stiller. Nur wenn im Frühling die Schwalben wiederkamen, oder auch später im Jahr, wenn sie in der Dämmerung noch so allein von allen Vögeln ins Abendrot hineinsangen, dann überfiel's mich mit der alten Pein, und ich hörte noch immer die liebe junge Stimme, noch immer klang es mir in den Ohren: »Vergiß das Wiederkommen nicht!«
So war's auch heuer eines Abends. Ich saß vor unserer Haustür auf der Bank und blickte in den vergehenden Tagesschein, der durch eine Lücke der Straße über den jenseitigen Rebhügeln sichtbar war. Ein Töchterchen unseres jüngsten Sohnes war mir auf den Schoß geklettert und hatte es sich spielmüde in Großvaters Arm bequem gemacht. Bald fielen die kleinen Augen zu, und auch das Abendrot verschwand, aber drüben auf des Nachbars Dach saß noch im Dunkeln eine Schwalbe und zwitscherte leise wie von vergangener Zeit.
Da trat meine Frau aus dem Hause. Sie stand eine Weile schweigend neben mir, und als ich nicht aufblickte, fragte sie mich sanft: »Alter, was ist dir?«, und da ich nicht antwortete und nur der Vogelgesang aus der Dämmerung herübertönte: »Ist's denn wieder einmal die Schwalbe?«
»Du weißt's ja, Mutter«, sagte ich, »du hast ja allezeit mit mir Geduld gehabt.«
Aber ich kannte sie noch nicht ganz; sie hatte mehr als das für mich getan. Sie legte beide Hände auf meine Schultern. »Was meinst?« rief sie, indem sie mich mit ihren alten guten Augen anblickte. »Wir können's jetzt ja leisten, du mußt die Agnes wiedersehen, du hättest ja sonst keine Ruh im Grab bei mir!«
Ich war fast erschreckt durch diesen Vorschlag und wollte Einwendungen machen, sie aber sagte: ›Stell's Gott anheim!‹ – –

Das hab ich denn getan; und so ist es gekommen, daß ich noch einmal heimkehre; aber wenn wir durchs Tor fahren, der alte Jakob wird wohl nicht mehr blasen.«

Mein Reisegefährte schwieg. Ich aber hielt nun nicht länger zurück, denn ich war im Innersten bewegt. »Ich kenne Sie«, sagte ich, »ich kenne Sie sehr wohl, Harre Jensen; auch Agnes kenne ich; sie hat viele Jahre im Hause meiner Großmutter gelebt, sie ist mir selbst wie meiner Mutter Mutter. Aus ihrem eignen Munde habe ich alles erfahren, auch das, was Sie verschwiegen haben.«

Der Alte faltete die Hände. »Großer, gnädiger Gott!« sagte er, »so lebt sie noch und kann mir noch vergeben!«

Mir ahnte wenig, daß ich eine Hoffnung angeregt hatte, deren Erfüllung schon im Reiche der Schatten lag. Ich erwiderte nur: »Sie kannte ihren Jugendfreund; sie hat ihn niemals angeklagt.« – Und nun erzählte ich. Er hörte in atemlosem Schweigen und nahm begierig jedes Wort von meinen Lippen.

Da klatschte der Postillion mit seiner Peitsche. Der stumpfe Turm unserer Vaterstadt war am Horizonte aufgetaucht. Als ich mit dem Finger dahin wies, faßte der Alte meine Hand. »Mein junger Freund«, sagte er, »ich zittre vor der nächsten Stunde.«

Nicht lange, so rasselte unser Wagen über das Steinpflaster der Stadt. Bei dem schönen Herbstwetter waren viele Leute auf den Straßen, und da ich lange fort gewesen, so erhielt ich als allbekanntes Stadtkind fortwährend lebhafte Grüße von den Vorübergehenden. Den fremden Greis an meiner Seite streifte höchstens ein Blick der Verwunderung oder wohl auch der Neugierde. Endlich hielten wir am Gasthofe, und hier dachte ich für heute von meinem Freunde Abschied zu nehmen, denn er wünschte, seinen ersten Gang nach St. Jürgen allein zu machen.

Ein paar Minuten später war ich zu Hause, umringt von Eltern und Geschwistern. »Alles wohl?« war meine erste Frage.

»Du siehst es, hier ist alles gesund«, erwiderte meine Mutter, »sonst aber – eine findest du nicht mehr.«

»Hansen!« rief ich; denn an wen anders hätte ich denken sollen.

Meine Mutter nickte. »Aber was erschreckt dich so, mein Kind? Ihre Jahre waren daher; heut in der Frühe ist sie in meinen Armen sanft entschlafen.«

Ich erzählte, wen ich mitgebracht, in fliegenden Worten, und während alle noch tief erschüttert standen, verließ ich ohne meine Kleider zu wechseln, das Haus; jetzt durfte ich den alten Mann nicht allein lassen. Ich ging zuerst nach dem Gasthofe und, nachdem ich dort erfahren, daß er fort sei, gradeswegs die Straße hinauf nach St. Jürgen.

Als ich dort anlangte, sah ich den Spökenkieker, den der Tod zu verschmähen schien, mitten auf der Straße vor dem Stiftshause stehen. Die Hände auf dem Rücken, wiegte er sich behaglich in den Knien, während er unter dem breiten Schirme seiner Mütze nach dem einen Giebel hinaufstierte. Als ich mit den Augen der Richtung folgte, sah ich dort auf den obersten Treppen, ja sogar auf der Glocke, die oben in der durchbrochenen Mauer hing, eine große Menge Schwalben eine neben der andern sitzen, während einzelne um sie her schwärmten, sich hoch in die Luft erhoben und dann wieder schreiend und zwitschernd zu ihnen zurückkehrten. Einige von diesen schienen neue Gefährten mitzubringen, die dann neben den andern auf den Mauerzinnen Platz zu finden suchten.

Es hielt mich unwillkürlich fest. Ich sah es wohl, sie rüsteten sich zur Reise; die Sonne der Heimat war ihnen nicht mehr warm genug. – Der alte Mensch neben mir riß die Mütze vom Kopf und schwenkte sie hin und her. »Husch!« lallte er, »fort mit euch, ihr Sakermenters!« – Aber noch eine Weile dauerte das Schauspiel dort oben auf dem Giebel. Da plötzlich, wie emporgeweht, erhoben sich sämtliche Schwalben fast senkrecht in die Luft, und in demselben Augenblick waren sie auch schon spurlos in dem blauen Himmelsraum verschwunden.

Der Spökenkieker stand noch und murmelte unverständliche Worte, während ich durch den dunkeln Torweg in den Hof des Stiftes ging. – Der eine Fensterflügel von Hansens Stube stand wie einstens offen; auch das Schwalbennest war noch da. Zögernd stieg ich die Treppe hinan und öffnete die Stubentür. Da lag meine alte Hansen friedlich und still; das Leintuch, womit man sie bedeckt hatte, war zur Hälfte zurückgeschlagen. Auf der Kante des Bettes saß mein Reisegefährte, aber seine Augen waren über den Leichnam weg auf die nackte Wand gerichtet. Ich sah es wohl, dieser starre Blick ging über eine leere ungeheure Kluft; denn am jenseitigen Ufer stand das unerreichbare Luftbild seiner Jugend, das jetzt mit reißender Schnelle in Dunst zerfloß.

Ich hatte mich, anscheinend ohne von ihm bemerkt zu werden, in den Lehnstuhl an das offene Fenster gesetzt und betrachtete das leere Schwalbennest, aus dem noch die Halme und Federn hervorsahen, die einst der nun flügge gewordenen Brut zum Schutze gedient hatten. Als ich wieder ins Zimmer blickte, war der Kopf des alten Mannes dicht über dem der Leiche. Er schien wie sinnverwirrt dies eingefallene Greisenantlitz zu betrachten, das mit dem drohenden Ernst des Todes vor ihm lag. »Könnte ich nur einmal noch die Augen sehen!« murmelte er. »Aber Gott hat sie zugedeckt.« Dann, als müsse er es sich beweisen, daß sie es dennoch selber sei, nahm er eine Strähne des grauen glänzenden Haares, das zu beiden Seiten vom Haupte auf das Leintuch herabfloß, und ließ es liebkosend durch seine Hände gleiten.

»Wir sind zu spät gekommen, Harre Jensen«, rief ich schmerzlich.

Er blickte auf und nickte. »Um funfzig Jahre«, sagte er, »das Leben ist auch so vergangen.« Dann, während er langsam aufstand, schlug er das Laken zurück und deckte es über das stille Antlitz der Toten.

Ein Windstoß fuhr gegen das Fenster. Mir war, als höre ich von draußen, fern aus der höchsten Luftströmung, darin die Schwalben ziehen, die letzten Worte ihres alten Liedes:

Als ich wiederkam, als ich wiederkam,
War alles leer.

Viola Tricolor

Es war sehr still in dem großen Hause; aber selbst auf dem Flur spürte man den Duft von frischen Blumensträußen. Aus einer Flügeltür, der breiten, in das Oberhaus hinaufführenden Treppe gegenüber, trat eine alte, sauber gekleidete Dienerin. Mit einer feierlichen Selbstzufriedenheit drückte sie hinter sich die Tür ins Schloß und ließ dann ihre grauen Augen an den Wänden entlangstreifen, als wolle sie auch hier jedes Stäubchen noch einer letzten Musterung unterziehen; aber sie nickte beifällig und warf dann einen Blick auf die alte englische Hausuhr, deren Glockenspiel eben zum zweitenmal seinen Satz abgespielt hatte.

»Schon halb!« murmelte die Alte, »und um acht, so schrieb der Herr Professor, wollten die Herrschaften da sein!«

Hierauf griff sie in ihrer Tasche nach einem großen Schlüsselbund und verschwand dann in den hinteren Räumen des Hauses. – Und wieder wurde es still; nur der Perpendikelschlag der Uhr tönte durch den geräumigen Flur und in das Treppenhaus hinauf; durch das Fenster über der Haustür fiel noch ein Strahl der Abendsonne und blinkte auf den drei vergoldeten Knöpfen, welche das Uhrgehäuse krönten.

Dann kamen von oben herab kleine leichte Schritte, und ein etwa zehnjähriges Mädchen erschien auf dem Treppenabsatz. Auch sie war frisch und festlich angetan; das rot und weiß gestreifte Kleid stand ihr gut zu dem bräunlichen Gesichtchen und den glänzend schwarzen Haarflechten. Sie legte den Arm auf das Geländer und das Köpfchen auf den Arm und ließ sich so langsam hinabgleiten, während ihre dunkeln Augen träumerisch auf die gegenüberliegende Zimmertür gerichtet waren.

Einen Augenblick stand sie horchend auf dem Flur; dann drückte sie leise die Tür des Zimmers auf und schlüpfte durch die schweren Vorhänge hinein. – Es war schon dämmerig hier, denn die beiden Fenster des tiefen Raumes gingen auf eine von hohen Häusern eingeengte Straße; nur seitwärts über dem Sofa leuchtete wie Silber ein venezianischer Spiegel auf der dunkelgrünen Sammettapete. In dieser Einsamkeit schien er nur dazu bestimmt, das Bild eines frischen Rosenstraußes zurückzugeben, der in einer Marmorvase auf dem Sofatische stand. Bald aber erschien in seinem Rahmen auch das dunkle Kinderköpfchen. Auf den Zehen war die Kleine über den weichen Fußteppich herangeschlichen; und schon griffen die schlanken Finger hastig zwischen die Stengel der Blumen, während ihre Augen nach der Tür zurückflogen. Endlich war es ihr gelungen, eine halberschlossene Moosrose aus dem Strauße zu lösen; aber sie hatte bei ihrer Arbeit der Dornen nicht geachtet, und ein roter Blutstropfen rieselte über ihren Arm. Rasch – denn er wäre fast in das Muster der kostbaren Tischdecke gefallen – sog sie ihn mit ihren Lippen auf; dann, leise, wie sie gekommen, die geraubte Rose in der Hand, schlüpfte sie wieder durch die Türvorhänge auf den Flur hinaus. Nachdem sie auch hier noch einmal gehorcht hatte, flog sie die Treppe wieder hinauf, die sie zuvor herabgekommen war, und droben weiter einen Korridor entlang, bis an die letzte Tür desselben. Einen Blick noch warf sie durch eines der Fenster, vor dem im Abendschein die Schwalben kreuzten; dann drückte sie die Klinke auf.

Es war das Studierzimmer ihres Vaters, das sie sonst in seiner Abwesenheit nicht zu betreten pflegte; nun war sie ganz allein zwischen den hohen Repositorien, die mit ihren unzähligen Büchern so ehrfurchtgebietend umherstanden. Als sie zögernd die Tür hinter sich zugedrückt hatte, wurde unter einem zur Linken von derselben befindlichen Fenster der mächtige Anschlag eines Hundes laut. Ein Lächeln flog über die ernsten Züge des Kindes; sie ging rasch an das Fenster und blickte hinaus. Drunten breitete sich der große Garten des Hauses in weiten Rasen- und Gebüschpartien aus; aber ihr vierbeiniger Freund schien schon andere Wege eingeschlagen zu haben; sosehr sie spähte, nichts war zu entdecken. Und wie Schatten fiel es allmählich wieder über das Gesicht des Kindes; sie war ja zu was anderem hergekommen; was ging sie jetzt der Nero an!

Nach Westen hinaus, der Tür, durch welche sie eingetreten, gegenüber, hatte das Zimmer noch ein zweites Fenster. An der Wand daneben, so daß das Licht dem daran Sitzenden zur Hand fiel, befand sich ein großer Schreibtisch mit dem ganzen Apparat eines gelehrten Altertumsforschers; Bronzen und Terrakotten aus Rom und Griechenland, kleine Modelle antiker Tempel und Häuser und andere dem Schutt der Vergangenheit entstiegene Dinge, füllten fast den ganzen Aufsatz desselben. Darüber aber, wie aus blauen Frühlingslüften heraustretend, hing das lebensgroße Brustbild einer jungen Frau; gleich einer Krone der Jugend lagen die goldblonden Flechten über der klaren

Stirn. – »Holdselig«, dies veraltete Wort hatten ihre Freunde für sie wieder hervorgesucht – einst, da sie noch an der Schwelle dieses Hauses mit ihrem Lächeln die Eintretenden begrüßte. – Und so blickte sie noch jetzt im Bilde mit ihren blauen Kinderaugen von der Wand herab; nur um den Mund spielte ein leichter Zug von Wehmut, den man im Leben nicht an ihr gesehen hatte. Der Maler war auch derzeit wohl darum gescholten worden; später, da sie gestorben, schien es allen recht zu sein.

Das kleine schwarzhaarige Mädchen kam mit leisen Schritten näher; mit leidenschaftlicher Innigkeit hingen ihre Augen an dem schönen Bildnis.

»Mutter, meine Mutter!« sprach sie flüsternd; doch so, als wolle mit den Worten sie sich zu ihr drängen.

Das schöne Antlitz schaute, wie zuvor, leblos von der Wand herab; sie aber kletterte, behend wie eine Katze, über den davor stehenden Sessel auf den Schreibtisch und stand jetzt mit trotzig aufgeworfenen Lippen vor dem Bilde, während ihre zitternden Hände die geraubte Rose hinter der unteren Leiste des Goldrahmens zu befestigen suchten. Als ihr das gelungen war, stieg sie rasch wieder zurück und wischte mit ihrem Schnupftuch sorgsam die Spuren ihrer Füßchen von der Tischplatte.

Aber es war, als könne sie jetzt aus dem Zimmer, das sie zuvor so scheu betreten hatte, nicht wieder fortfinden; nachdem sie schon einige Schritte nach der Tür getan hatte, kehrte sie wieder um; das westliche Fenster neben dem Schreibtische schien diese Anziehungskraft auf sie zu üben.

Auch hier lag unten ein Garten, oder richtiger: eine Gartenwildnis. Der Raum war freilich klein; denn wo das wuchernde Gebüsch sie nicht verdeckte, war von allen Seiten die hohe Umfassungsmauer sichtbar. An dieser, dem Fenster gegenüber, befand sich, in augenscheinlichem Verfall, eine offene Rohrhütte; davor, von dem grünen Gespinste einer Klematis fast bedeckt, stand noch ein Gartenstuhl. Der Hütte gegenüber mußte einst eine Partie von hochstämmigen Rosen gewesen sein; aber sie hingen jetzt wie verdorrte Reiser an den entfärbten Blumenstöcken, während unter ihnen mit unzähligen Rosen bedeckte Zentifolien ihre fallenden Blätter auf Gras und Kraut umherstreuten.

Die Kleine hatte die Arme auf die Fensterbank und das Kinn in ihre beiden Hände gestützt und schaute mit sehnsüchtigen Augen hinab.

Drüben in der Rohrhütte flogen zwei Schwalben aus und ein; sie mußten wohl ihr Nest darin gebaut haben. Die andern Vögel waren schon zur Ruhe gegangen; nur ein Rotbrüstchen sang dort noch herzhaft von dem höchsten Zweige des abgeblühten Goldregens und sah das Kind mit seinen schwarzen Augen an. –

– »Nesi, wo steckst du denn?« sagte sanft eine alte Stimme, während eine Hand sich liebkosend auf das Haupt des Kindes legte.

Die alte Dienerin war unbemerkt hereingetreten. Das Kind wandte den Kopf und sah sie mit einem müden Ausdruck an. »Anne«, sagte es, »wenn ich nur einmal wieder in Großmutters Garten dürfte!«

Die Alte antwortete nicht darauf; sie kniff nur die Lippen zusammen und nickte ein paarmal wie zur Besinnung. »Komm, komm!« sagte sie dann. »Wie siehst du aus! Gleich werden sie da sein, dein Vater und deine neue Mutter!« Damit zog sie das Kind in ihre Arme und strich und zupfte ihr Haar und Kleider zurecht. – »Nein, nein, Neschen! Du darfst nicht weinen; es soll eine gute Dame sein, und schön, Nesi; du siehst ja gern die schönen Leute!«

In diesem Augenblick tönte das Rasseln eines Wagens von der Straße herauf. Das Kind zuckte zusammen; die Alte aber faßte es bei der Hand und zog es rasch mit sich aus dem Zimmer. – Sie kamen noch früh genug, um den Wagen vorfahren zu sehen; die beiden Mägde hatten schon die Haustür aufgeschlagen. –

– Das Wort der alten Dienerin schien sich zu bestätigen. Von einem etwa vierzigjährigen Manne, in dessen ernsten Zügen man Nesis Vater leicht erkannte, wurde eine junge schöne Frau aus dem Wagen gehoben. Ihr Haar und ihre Augen waren fast so dunkel wie die des Kindes, dessen Stiefmutter sie geworden war; ja man hätte sie, flüchtig angesehen, für die rechte halten können, wäre sie dazu nicht zu jung gewesen. Sie grüßte freundlich, während ihre Augen wie suchend umherblickten; aber ihr Mann führte sie rasch ins Haus und in das untere Zimmer, wo sie von dem frischen Rosenduft empfangen wurde.

»Hier werden wir zusammen leben«, sagte er, indem er sie in einen weichen Sessel niederdrückte, »verlaß dies Zimmer nicht, ohne hier die erste Ruhe in deinem neuen Heim gefunden zu haben!«

Sie blickte innig zu ihm auf. »Aber du – willst du nicht bei mir bleiben?«

– »Ich hole dir das Beste von den Schätzen unseres Hauses.«
»Ja, ja, Rudolf, deine Agnes! Wo war sie denn vorhin?«
Er hatte das Zimmer schon verlassen. Den Augen des Vaters war es nicht entgangen, daß bei ihrer Ankunft Nesi sich hinter der alten Anne versteckt gehalten hatte; nun, da er sie wie verloren draußen auf dem Hausflur stehen fand, hob er sie auf beiden Armen in die Höhe und trug sie so in das Zimmer.
– »Und hier hast du die Nesi!« sagte er und legte das Kind zu den Füßen der schönen Stiefmutter auf den Teppich; dann, als habe er Weiteres zu besorgen, ging er hinaus; er wollte die beiden allein sich finden lassen.
Nesi richtete sich langsam auf und stand nun schweigend vor der jungen Frau; beide sahen sich unsicher und prüfend in die Augen. Letztere, die wohl ein freundliches Entgegenkommen als selbstverständlich vorausgesetzt haben mochte, faßte endlich die Hände des Mädchens und sagte ernst: »Du weißt doch, daß ich jetzt deine Mutter bin, wollen wir uns nicht liebhaben, Agnes?«
Nesi blickte zur Seite.
»Ich darf aber doch Mama sagen?« fragte sie schüchtern.
– »Gewiß, Agnes; sag, was du willst, Mama oder Mutter, wie es dir gefällt!«
Das Kind sah verlegen zu ihr auf und erwiderte beklommen: »Mama könnte ich gut sagen!«
Die junge Frau warf einen raschen Blick auf sie und heftete ihre dunkeln Augen in die noch dunkleren des Kindes. »Mama; aber nicht Mutter?« fragte sie.
»Meine Mutter ist ja tot«, sagte Nesi leise.
In unwillkürlicher Bewegung stießen die Hände der jungen Frau das Kind zurück; aber sie zog es gleich und heftig wieder an ihre Brust.
»Nesi«, sagte sie, »Mutter und Mama ist ja dasselbe!«
Nesi aber erwiderte nichts; sie hatte die Verstorbene immer nur Mutter genannt.
– Das Gespräch war zu Ende. Der Hausherr war wieder eingetreten, und da er sein Töchterchen in den Armen seiner jungen Frau erblickte, lächelte er zufrieden.
»Aber jetzt komm«, sagte er heiter, indem er der letzteren seine Hand entgegenstreckte, »und nimm als Herrin Besitz von allen Räumen dieses Hauses!«
Und sie gingen miteinander fort; durch die Zimmer des unteren

Hauses, durch Küche und Keller, dann die breite Treppe hinauf in einen großen Saal und in die kleineren Stuben und Kammern, die nach beiden Seiten der Treppe auf den Korridor hinausgingen.

Der Abend dunkelte schon; die junge Frau hing immer schwerer an dem Arm ihres Mannes, es war fast, als sei mit jeder Tür, die sich vor ihr geöffnet, eine neue Last auf ihre Schultern gefallen; immer einsilbiger wurden seine froh hervorströmenden Worte erwidert. Endlich, da sie vor der Tür seines Arbeitszimmers standen, schwieg auch er und hob den schönen Kopf zu sich empor, der stumm an seiner Schulter lehnte.

»Was ist dir, Ines?« sagte er, »du freust dich nicht!«

»O doch, ich freue mich!«

»So komm!«

Als er die Tür geöffnet hatte, schien ihnen ein mildes Licht entgegen. Durch das westliche Fenster leuchtete der Schein des Abendgoldes, das drüben jenseits der Büsche des kleinen Gartens stand. – In diesem Lichte blickte das schöne Bild der Toten von der Wand herab; darunter auf dem matten Gold des Rahmens lag wie glühend die frische rote Rose.

Die junge Frau griff unwillkürlich mit der Hand nach ihrem Herzen und starrte sprachlos auf das süße lebensvolle Bild. Aber schon hatten die Arme ihres Mannes sie fest umfangen.

»Sie war einst mein Glück«, sagte er; »sei du es jetzt!«

Sie nickte, aber sie schwieg und rang nach Atem. Ach, diese Tote lebte noch, und für sie beide war doch nicht Raum in einem Hause!

Wie zuvor, da Nesi hier gewesen, tönte jetzt wieder aus dem großen, zu Norden belegenen Garten die mächtige Stimme eines Hundes.

Mit sanfter Hand wurde die junge Frau von ihrem Gatten an das dorthinaus liegende Fenster geführt. »Sieh einmal hier hinab!« sagte er.

Drunten auf dem Steige, der um den großen Rasen führte, saß ein schwarzer Neufundländer; vor ihm stand Nesi und beschrieb mit einer ihrer schwarzen Flechten einen immer engeren Kreis um seine Nase. Dann warf der Hund den Kopf zurück und bellte, und Nesi lachte und begann das Spiel von neuem.

Auch der Vater, der diesem kindischen Treiben zusah, mußte lächeln; aber die junge Frau an seiner Seite lächelte nicht, und wie eine trübe Wolke flog es über ihn hin. ›Wenn es die Mutter wäre!‹ dachte er; laut aber sagte er: »Das ist unser Nero, den mußt du auch noch kennenlernen, Ines; der und Nesi sind gute Kameraden, sogar vor ihren Puppenwagen läßt sich das Ungeheuer spannen.«

Sie blickte zu ihm auf. »Hier ist so viel, Rudolf«, sagte sie wie zerstreut, »wenn ich nur durchfinde!«

– »Ines, du träumst! Wir und das Kind, der Hausstand ist ja so klein wie möglich.«

»Wie möglich?« wiederholte sie tonlos, und ihre Augen folgten dem Kinde, das jetzt mit dem Hunde um den Rasen jagte; dann plötzlich, wie in Angst zu ihrem Mann emporsehend, schlang sie die Arme um seinen Hals und bat: »Halte mich fest, hilf mir! Mir ist so schwer.«

Wochen, Monate waren vergangen. – Die Befürchtungen der jungen Frau schienen sich nicht zu verwirklichen; wie von selber ging die Wirtschaft unter ihrer Hand. Die Dienerschaft fügte sich gern ihrem zugleich freundlichen und vornehmen Wesen, und auch wer von außen hinzutrat, fühlte, daß jetzt wieder eine dem Hausherrn ebenbürtige Frau im Innern walte. Für die schärfer blickenden Augen ihres Mannes freilich war es anders; er erkannte nur zu sehr, daß sie mit den Dingen seines Hauses wie mit Fremden verkehre, woran sie keinen Teil habe, das als gewissenhafte Stellvertreterin sie nur um desto sorgsamer verwalten müsse. Es konnte den erfahrenen Mann nicht beruhigen, wenn sie sich zuweilen mit heftiger Innigkeit in seine Arme drängte, als müsse sie sich versichern, daß sie ihm, er ihr gehöre.

Auch zu Nesi hatte ein näheres Verhältnis sich nicht gebildet. Eine innere Stimme – der Liebe und der Klugheit – gebot der jungen Frau, mit dem Kinde von seiner Mutter zu sprechen, an die es die Erinnerung so lebendig, seit die Stiefmutter ins Haus getreten war, so hartnäckig bewahrte. Aber – das war es ja! Das süße Bild, das droben in ihres Mannes Zimmer hing – selbst ihre inneren Augen vermieden, es zu sehen. Wohl hatte sie mehrmals schon den Mut gefaßt; sie hatte das Kind mit beiden Händen an sich gezogen, dann aber war sie verstummt; ihre Lippen hatten ihr den Dienst versagt, und Nesi, deren dunkle Augen bei solcher herzlichen Bewegung freudig aufgeleuchtet, war traurig wieder fortgegangen. Denn seltsam, sie sehnte sich nach der Liebe dieser schönen Frau; ja, wie Kinder pflegen, sie betete sie im

stillen an. Aber ihr fehlte die Anrede, die der Schlüssel jedes herzlichen Gespräches ist; das eine – so war ihr – durfte sie, das andere konnte sie nicht sagen.
Auch dieses letzte Hemmnis fühlte Ines, und da es das am leichtesten zu beseitigende schien, so kehrten ihre Gedanken immer wieder auf diesen Punkt zurück.
So saß sie eines Nachmittags neben ihrem Mann im Wohnzimmer und blickte in den Dampf, der leise singend aus der Teemaschine aufstieg.
Rudolf, der eben seine Zeitung durchgelesen hatte, ergriff ihre Hand. »Du bist so still, Ines; du hast mich heute nicht ein einzig Mal gestört!«
»Ich hätte wohl etwas zu sagen«, erwiderte sie zögernd, indem sie ihre Hand aus der seinen löste.
– »So sag es denn!«
Aber sie schwieg noch eine Weile.
– »Rudolf«, sagte sie endlich, »laß dein Kind mich Mutter nennen!«
– »Und tut sie denn das nicht?«
Sie schüttelte den Kopf und erzählte ihm, was am Tage ihrer Ankunft vorgefallen war.
Er hörte ihr ruhig zu. »Es ist ein Ausweg«, sagte er dann, »den hier die Kinderseele unbewußt gefunden hat. Wollen wir ihn nicht dankbar gelten lassen?«
Die junge Frau antwortete nicht darauf, sie sagte nur: »So wird das Kind mir niemals nahekommen.«
Er wollte wieder ihre Hand fassen, aber sie entzog sie ihm.
»Ines«, sagte er, »verlange nur nichts, was die Natur versagt; von Nesi nicht, daß sie dein Kind, und nicht von dir, daß du ihre Mutter seist!«
Die Tränen brachen ihr aus den Augen. »Aber, ich soll doch ihre Mutter sein«, sagte sie fast heftig.
– »Ihre Mutter? Nein, Ines, das sollst du nicht.«
»Was soll ich denn, Rudolf?«
– Hätte sie die naheliegende Antwort auf diese Frage jetzt verstehen können, sie würde sie sich selbst gegeben haben. Er fühlte das und sah ihr sinnend in die Augen, als müsse er dort die helfenden Worte finden.
»Bekenn es nur!« sagte sie, sein Schweigen mißverstehend, »darauf hast du keine Antwort.«

»O Ines!« rief er. »Wenn erst aus deinem eigenen Blut ein Kind auf deinem Schoße liegt!«

Sie machte eine abwehrende Bewegung; er aber sagte: »Die Zeit wird kommen, und du wirst fühlen, wie das Entzücken, das aus deinem Auge bricht, das erste Lächeln deines Kindes weckt und wie es seine kleine Seele zu dir zieht. – Auch über Nesi haben einst zwei selige Augen so geleuchtet; dann schlang sie den kleinen Arm um einen Nacken, der sich zu ihr niederbeugte, und sagte: ›Mutter!‹ – Zürne nicht mit ihr, daß sie es zu keiner andern auf der Welt mehr sagen kann!«

Ines hatte seine Worte kaum gehört; ihre Gedanken verfolgten nur den einen Punkt. »Wenn du sagen kannst: Sie ist ja nicht dein Kind, warum sagst du denn nicht auch: Du bist ja nicht mein Weib!«

Und dabei blieb es. Was gingen sie seine Gründe an!

Er zog sie an sich; er suchte sie zu beruhigen; sie küßte ihn und sah ihn durch Tränen lächelnd an; aber geholfen war ihr damit nicht. – –

Als Rudolf sie verlassen hatte, ging sie hinaus in den großen Garten. Bei ihrem Eintritt sah sie Nesi mit einem Schulbuche in der Hand um den breiten Rasen wandern, aber sie wich ihr aus und schlug einen Seitenweg ein, der zwischen Gebüsch an der Gartenmauer entlangführte.

Dem Kinde war beim flüchtigen Aufblick der Ausdruck von Trauer in den schönen Augen der Stiefmutter nicht entgangen, und wie magnetisch nachgezogen, immer lernend und ihre Lektion vor sich her murmelnd, war auch sie allmählich in jenen Steig geraten.

Ines stand eben vor einer in der hohen Mauer befindlichen Pforte, die von einem Schlinggewächs mit lila Blüten fast verhangen war. Mit abwesenden Blicken ruhten ihre Augen darauf, und sie wollte schon ihre stille Wanderung wieder beginnen, als sie das Kind sich entgegenkommen sah.

Nun blieb sie stehen und fragte: »Was ist das für eine Pforte, Nesi?«

– »Zu Großmutters Garten!«

»Zu Großmutters Garten? – Deine Großeltern sind doch schon lange tot!«

»Ja, schon lange, lange.«

»Und wem gehört denn jetzt der Garten?«

– »Uns!« sagte das Kind, als verstehe sich das von selbst.
Ines bog ihren schönen Kopf unter das Gesträuch und begann an der eisernen Klinke der Tür zu rütteln; Nesi stand schweigend dabei, als wolle sie den Erfolg dieser Bemühungen abwarten.
»Aber er ist ja verschlossen!« rief die junge Frau, indem sie abließ und mit dem Schnupftuch den Rost von ihren Fingern wischte. »Ist es der wüste Garten, den man aus Vaters Stubenfenster sieht?«
Das Kind nickte.
– »Horch nur, wie drüben die Vögel singen!«
Inzwischen war die alte Dienerin in den Garten getreten. Als sie die Stimmen der beiden von der Mauer her vernahm, beeilte sie sich, in ihre Nähe zu kommen. »Es ist Besuch drinnen«, meldete sie.
Ines legte freundlich ihre Hand an Nesis Wange. »Vater ist ein schlechter Gärtner«, sagte sie im Fortgehen, »da müssen wir beide noch hinein und Ordnung schaffen.«
– Im Hause kam Rudolf ihr entgegen.
»Du weißt, das Müllersche Quartett spielt heute abend«, sagte er, »die Doktorsleute sind da und wollen uns vor Unterlassungssünden warnen.«
Als sie zu den Gästen in die Stube getreten waren, entspann sich ein langes, lebhaftes Gespräch über Musik; dann kamen häusliche Geschäfte, die noch besorgt werden mußten. Der wüste Garten war für heut vergessen.

Am Abend war das Konzert. – Die großen Toten, Haydn und Mozart, waren an den Hörern vorübergezogen, und eben verklang auch der letzte Akkord von Beethovens c-Moll-Quartett, und statt der feierlichen Stille, in der allein die Töne auf und nieder glänzten, rauschte jetzt das Geplauder der fortdrängenden Zuhörer durch den weiten Raum.
Rudolf stand neben dem Stuhle seiner jungen Frau. »Es ist aus, Ines«, sagte er, sich zu ihr niederbeugend, »oder hörst du noch immer etwas?«
Sie saß noch wie horchend, ihre Augen nach dem Podium gerichtet, auf dem nur noch die leeren Pulte standen. Jetzt reichte sie ihrem Manne die Hand. »Laß uns heimgehen, Rudolf«, sagte sie aufstehend.
An der Tür wurden sie von ihrem Hausarzte und dessen Frau

aufgehalten, den einzigen Menschen, mit denen Ines bis jetzt in einen näheren Verkehr getreten war.

»Nun?« sagte der Doktor und nickte ihnen mit dem Ausdruck innerster Befriedigung zu. »Aber kommen Sie mit uns, es ist ja auf dem Wege; nach so etwas muß man noch ein Stündchen zusammensitzen.«

Rudolf wollte schon mit heiterer Zustimmung antworten, als er sich leise am Ärmel gezupft fühlte und die Augen seiner Frau mit dem Ausdrucke dringenden Bittens auf sich gerichtet sah. Er verstand sie wohl. »Ich verweise die Entscheidung an die höhere Instanz«, sagte er scherzend.

Und Ines wußte unerbittlich den nicht so leicht zu besiegenden Doktor auf einen andern Abend zu vertrösten.

Als sie am Hause ihrer Freunde sich von diesen verabschiedet hatten, atmete sie auf wie befreit.

»Was hast du heute gegen unsere lieben Doktorsleute?« fragte Rudolf.

Sie drückte sich fest in den Arm ihres Mannes. »Nichts«, sagte sie, »aber es war so schön heute abend; ich muß nun ganz mit dir allein sein.«

Sie schritten rascher ihrem Hause zu.

»Sieh nur«, sagte er, »im Wohnzimmer unten ist schon Licht, unsere alte Anne wird den Teetisch schon gerüstet haben. Du hattest recht, daheim ist doch noch besser als bei andern.«

Sie nickte nur und drückte ihm still die Hand. – Dann traten sie in ihr Haus; lebhaft öffnete sie die Stubentür und schlug die Vorhänge zurück.

Auf dem Tische, wo einst die Vase von den Rosen gestanden hatte, brannte jetzt eine große Bronzelampe und beleuchtete einen schwarzhaarigen Kinderkopf, der schlafend auf die mageren Ärmchen hingesunken war; die Ecken eines Bilderbuches ragten nur eben darunter hervor.

Die junge Frau blieb wie erstarrt in der Tür stehen; das Kind war ganz aus ihrem Gedankenkreise verschwunden gewesen. Ein Zug herber Enttäuschung flog um ihre schönen Lippen. »Du, Nesi!« stieß sie hervor, als ihr Mann sie vollends in das Zimmer hineingeführt hatte. »Was machst du denn noch hier?«

Nesi erwachte und sprang auf. »Ich wollte auf euch warten«, sagte sie, indem sie halb lächelnd mit der Hand über ihre blinzelnden Augen fuhr.

»Das ist unrecht von Anne; du hättest längst zu Bette sein sollen.«
Ines wandte sich ab und trat an das Fenster; sie fühlte, wie ihr die Tränen aus den Augen quollen. Ein unentwirrbares Gemisch von bitteren Gefühlen wühlte in ihrer Brust; Heimweh, Mitleid mit sich selber, Reue über ihre Lieblosigkeit gegen das Kind des geliebten Mannes; sie wußte selber nicht, was alles jetzt sie überkam; aber – und mit der Wollust und der Ungerechtigkeit des Schmerzes sprach sie es sich selber vor – das war es: ihrer Ehe fehlte die Jugend, und sie selber war doch noch so jung!
Als sie sich umwandte, war das Zimmer leer. – Wo war die schöne Stunde, auf die sie sich gefreut? – Sie dachte nicht daran, daß sie sie selbst verscheucht hatte.
– – Das Kind, welches mit fast erschreckten Augen dem ihm unverständlichen Vorgange zugesehen hatte, war von dem Vater still hinausgeführt worden.
›Geduld!‹ sprach er zu sich selber, als er, den Arm um Nesi geschlungen, mit ihr die Treppe hinaufstieg; und auch er, in einem andern Sinne, setzte hinzu: ›Sie ist ja noch so jung.‹
Eine Kette von Gedanken und Plänen tauchte in ihm auf; mechanisch öffnete er das Zimmer, wo Nesi mit der alten Anne schlief und in dem sie von dieser schon erwartet wurde. Er küßte sie und sprach: »Ich werde Mama von dir gute Nacht sagen.« Dann wollte er zu seiner Frau hinabgehen; aber er kehrte wieder um und trat am Ende des Korridors in sein Studierzimmer.
Auf dem Aufsatze des Schreibtisches stand eine kleine Bronzelampe aus Pompeji, die er kürzlich erst erworben und versucheshalber mit Öl gefüllt hatte; er nahm sie herab, zündete sie an und stellte sie wieder an ihren Ort unter das Bildnis der Verstorbenen; ein Glas mit Blumen, das auf der Platte des Tisches gestanden, setzte er daneben. Er tat dies fast gedankenlos; nur, als müsse er auch seinen Händen zu tun geben, während es ihm in Kopf und Herzen arbeitete. Dann trat er dicht daneben an das Fenster und öffnete beide Flügel desselben.
Der Himmel war voll Wolken; das Licht des Mondes konnte nicht herabgelangen. Drunten in dem kleinen Garten lag das wuchernde Gesträuch wie eine dunkle Masse; nur dort, wo zwischen schwarzen pyramidenförmigen Koniferen der Steig zur Rohrhütte führte, schimmerte zwischen ihnen der weiße Kies hindurch.

Und aus der Phantasie des Mannes, der in diese Einsamkeit hinabsah, trat eine liebliche Gestalt, die nicht mehr den Lebenden angehörte; er sah sie unten auf dem Steige wandeln, und ihm war, als gehe er an ihrer Seite.

»Laß dein Gedächtnis mich zur Liebe stärken«, sprach er; aber die Tote antwortete nicht; sie hielt den schönen, bleichen Kopf zur Erde geneigt; er fühlte mit süßem Schauder ihre Nähe, aber Worte kamen nicht von ihr.

Da bedachte er sich, daß er hier oben ganz allein stehe. Er glaubte an den vollen Ernst des Todes; die Zeit, wo sie gewesen, war vorüber. – Aber unter ihm lag noch wie einst der Garten ihrer Eltern; von seinen Büchern durch das Fenster sehend, hatte er dort zuerst das kaum fünfzehnjährige Mädchen erblickt; und das Kind mit den blonden Flechten hatte dem ernsten Manne die Gedanken fortgenommen, immer mehr, bis sie zuletzt als Frau die Schwelle seines Hauses überschritten und ihm alles und noch mehr zurückgebracht hatte. – Jahre des Glückes und freudigen Schaffens waren mit ihr eingezogen; den kleinen Garten aber, als die Eltern früh verstorben waren und das Haus verkauft wurde, hatten sie behalten und durch eine Pforte in der Grenzmauer mit dem großen Garten ihres Hauses verbunden. Fast verborgen war schon damals diese Pforte unter hängendem Gesträuch, das sie ungehindert wachsen ließen; denn sie gingen durch dieselbe in den traulichsten Ort ihres Sommerlebens, in welchen selbst die Freunde des Hauses nur selten hineingelassen wurden. – – In der Rohrhütte, in welcher er einst von seinem Fenster aus die jugendliche Geliebte über ihren Schularbeiten belauscht hatte, saß jetzt zu den Füßen der blonden Mutter ein Kind mit dunkeln, nachdenklichen Augen; und wenn er nun den Kopf von seiner Arbeit wandte, so tat er einen Blick in das vollste Glück des Menschenlebens. – – Aber heimlich hatte der Tod sein Korn hineingeworfen. Es war in den ersten Tagen eines Junimondes, da trug man das Bett der schwer Erkrankten aus dem daranliegenden Schlafgemach in das Arbeitszimmer ihres Mannes; sie wollte die Luft noch um sich haben, die aus dem Garten ihres Glückes durch das offene Fenster wehte. Der große Schreibtisch war beiseite gestellt; seine Gedanken waren nun alle nur bei ihr. – Draußen war ein unvergleichlicher Frühling aufgegangen; ein Kirschbaum stand mit Blüten überschneit. In unwillkürlichem Drange hob er die leichte Gestalt aus den Kissen und trug sie an das Fenster. »Oh, sieh es noch einmal! Wie schön ist doch die Welt!«

Aber sie wiegte leise ihren Kopf und sagte: »Ich sehe es nicht mehr.« – –

Und bald kam es, da wußte er das Flüstern, welches aus ihrem Munde brach, nicht mehr zu deuten. Immer schwächer glimmte der Funken; nur ein schmerzliches Zucken bewegte noch die Lippen, hart und stöhnend im Kampfe um das Leben ging der Atem. Aber es wurde leiser, immer leiser, zuletzt süß wie Bienengetön. Dann noch einmal war's, als wandle ein blauer Lichtstrahl durch die offenen Augen; und dann war Frieden.

»Gute Nacht, Marie!« – Aber sie hörte es nicht mehr.

– – Noch ein Tag, und die stille, edle Gestalt lag unten in dem großen, dämmerigen Gemach in ihrem Sarge. Die Diener des Hauses traten leise auf; drinnen stand er neben seinem Kinde, das die alte Anne an der Hand hielt

»Nesi«, sagte diese, »du fürchtest dich doch nicht?«

Und das Kind, von der Erhabenheit des Todes angeweht, antwortete: »Nein, Anne, ich bete.«

Dann kam der allerletzte Gang, welcher noch mit ihr zu gehen ihm vergönnt war; nach ihrer beider Sinn ohne Priester und Glockenklang, aber in der heiligen Morgenfrühe, die ersten Lerchen stiegen eben in die Luft.

Das war vorüber; aber er besaß sie noch in seinem Schmerze; wenn auch ungesehen, sie lebte noch mit ihm. Doch unbemerkt entschwand auch dies; er suchte sie oft mit Angst, aber immer seltener wußte er sie zu finden. Nun erst schien ihm sein Haus unheimlich leer und öde; in den Winkeln saß eine Dämmerung, die früher nicht dort gesessen hatte; es war so seltsam anders um ihn her; und sie war nirgends.

– – Der Mond war aus dem Wolkendust hervorgetreten und beleuchtete hell die unten liegende Gartenwildnis. Er stand noch immer an derselben Stelle, den Kopf gegen das Fensterkreuz gelehnt; aber seine Augen sahen nicht mehr, was draußen war.

Da öffnete sich hinter ihm die Tür, und eine Frau von dunkler Schönheit trat herein.

Das leise Rauschen ihres Kleides hatte den Weg zu seinem Ohr gefunden; er wandte den Kopf und sah sie forschend an.

»Ines!« rief er; er stieß das Wort hervor, aber er ging ihr nicht entgegen.

Sie war stehengeblieben. »Was ist dir, Rudolf? Erschrickst du vor mir?«

Er schüttelte den Kopf und versuchte zu lächeln. »Komm«, sagte er, »laß uns hinuntergehen.«

Aber während er ihre Hand faßte, waren ihre Augen auf das von der Lampe beleuchtete Bild und die daneben stehenden Blumen gefallen. – Wie ein plötzliches Verständnis flog es durch ihre Züge. – »Es ist ja bei dir wie in einer Kapelle«, sagte sie, und ihre Worte klangen kalt, fast feindlich.

Er hatte alles begriffen. »Oh, Ines«, rief er, »sind nicht auch dir die Toten heilig!«

»Die Toten! Wem sollten die nicht heilig sein! Aber, Rudolf« – und sie zog ihn wieder an das Fenster; ihre Hände zitterten, und ihre schwarzen Augen flimmerten vor Erregung –, »sag mir, die ich jetzt dein Weib bin, warum hältst du diesen Garten verschlossen und lässest keines Menschen Fuß hinein?«

Sie zeigte mit der Hand in die Tiefe; der weiße Kies zwischen den schwarzen Pyramidensträuchern schimmerte gespenstisch; ein großer Nachtschmetterling flog eben darüber hin.

Er hatte schweigend hinabgeblickt. »Das ist ein Grab, Ines«, sagte er jetzt, »oder, wenn du lieber willst, ein Garten der Vergangenheit.«

Aber sie sah ihn heftig an. »Ich weiß das besser, Rudolf! Das ist der Ort, wo du bei ihr bist; dort auf dem weißen Steige wandelt ihr zusammen; denn sie ist nicht tot; noch eben, jetzt in dieser Stunde warst du bei ihr und hast mich, dein Weib, bei ihr verklagt. Das ist Untreue, Rudolf, mit einem Schatten brichst du mir die Ehe!«

Er legte schweigend den Arm um ihren Leib und führte sie, halb mit Gewalt, vom Fenster fort. Dann nahm er die Lampe von dem Schreibtisch und hielt sie hoch gegen das Bild empor. »Ines, wirf nur einen Blick auf sie!«

Und als die unschuldigen Augen der Toten auf sie herabblickten, brach sie in einen Strom von Tränen aus. »Oh, Rudolf, ich fühle es, ich werde schlecht!«

»Weine nicht so«, sagte er. »Auch ich habe unrecht getan; aber habe auch du Geduld mit mir!« – Er zog ein Schubfach seines Schreibtisches auf und legte einen Schlüssel in ihre Hand. »Öffne du den Garten wieder, Ines! – – Gewiß, es macht mich glücklich, wenn dein Fuß der erste ist, der wieder ihn betritt. Vielleicht, daß im Geiste sie dir dort begegnet und mit ihren milden Augen dich so lange ansieht, bis du schwesterlich den Arm um ihren Nacken legst!«

Sie sah unbeweglich auf den Schlüssel, der noch immer in ihrer offenen Hand lag.

»Nun, Ines, willst du nicht annehmen, was ich dir gegeben habe?«

Sie schüttelte den Kopf.

»Noch nicht, Rudolf, ich kann noch nicht, später – später; dann wollen wir zusammen hineingehen.« Und indem ihre schönen dunkeln Augen bittend zu ihm aufblickten, legte sie still den Schlüssel auf den Tisch.

Ein Samenkorn war in den Boden gefallen, aber die Zeit des Keimens lag noch fern.

Es war im November. – Ines konnte endlich nicht mehr daran zweifeln, daß auch sie Mutter werden solle, Mutter eines eigenen Kindes. Aber zu dem Entzücken, das sie bei dem Bewußtsein überkam, gesellte sich bald ein anderes. Wie ein unheimliches Dunkel lag es auf ihr, aus dem allmählich sich *ein* Gedanke gleich einer bösen Schlange emporwand. Sie suchte ihn zu verscheuchen, sie flüchtete sich vor ihm zu allen guten Geistern ihres Hauses, aber er verfolgte sie, er kam immer wieder und immer mächtiger. War sie nicht nur von außen wie eine Fremde in dies Haus getreten, das schon ohne sie ein fertiges Leben in sich schloß? – Und eine zweite Ehe – gab es denn überhaupt eine solche? Mußte die erste, die einzige, nicht bis zum Tode beider fortdauern? – Nicht nur bis zum Tode! Auch weiter – weiter bis in alle Ewigkeit! Und wenn das? – Die heiße Glut schlug ihr ins Gesicht; sich selbst zerfleischend, griff sie nach den härtesten Worten. – Ihr Kind – ein Eindringling, ein Bastard würde es im eigenen Vaterhause sein!

Wie vernichtet ging sie umher; ihr junges Glück und Leid trug sie allein; und wenn der, welcher den nächsten Anspruch hatte, es mit ihr zu teilen, sie besorgt und fragend anblickte, so schlossen sich ihre Lippen wie in Todesangst.

– – In dem gemeinschaftlichen Schlafgemache waren die schweren Fenstervorhänge heruntergelassen, nur durch eine schmale Lücke zwischen denselben stahl sich ein Streifen Mondlicht herein. Unter quälenden Gedanken war Ines eingeschlafen, nun kam der Traum; da wußte sie es: sie konnte nicht bleiben, sie mußte fort aus diesem Hause, nur ein kleines Bündelchen wollte sie mitnehmen, dann fort, weit weg – – zu ihrer Mutter, auf Nimmerwiederkehr! Aus dem Garten, hinter den Fichten, welche die Rückwand desselben bildeten, führte ein Pförtchen in das Freie; den Schlüssel hatte sie in ihrer Tasche, sie wollte fort – – gleich. – –

Der Mond rückte weiter, von der Bettstatt auf das Kissen, und jetzt lag ihr schönes Antlitz voll beleuchtet in seinem blassen Schein. – Da richtete sie sich auf. Geräuschlos entstieg sie dem Bett und trat mit nackten Füßen in ihre davor stehenden Schuhe. Nun stand sie mitten im Zimmer in ihrem weißen Schlafgewand; ihr dunkles Haar hing, wie sie es nachts zu ordnen pflegte, in zwei langen Flechten über ihre Brust. Aber ihre sonst so elastische Gestalt schien wie zusammengesunken; es war, als liege noch die Last des Schlafes auf ihr. Tastend, mit vorgestreckten Händen, glitt sie durch das Zimmer, aber sie nahm nichts mit, kein Bündelchen, keinen Schlüssel. Als sie mit den Fingern über die auf einem Stuhl liegenden Kleider ihres Mannes streifte, zögerte sie einen Augenblick, als gewinne eine andere Vorstellung in ihr Raum; gleich darauf aber schritt sie leise und feierlich zur Stubentür hinaus und weiter die Treppe hinab. Dann klang unten im Flur das Schloß der Hoftür, kalte Luft blies sie an, der Nachtwind hob die schweren Flechten auf ihrer Brust.

– – Wie sie durch den finstern Wald gekommen, der hinter ihr lag, das wußte sie nicht; aber jetzt hörte sie es überall aus dem Dickicht hervorbrechen; die Verfolger waren hinter ihr. Vor ihr erhob sich ein großes Tor; mit aller Macht ihrer kleinen Hände stieß sie den einen Flügel auf; eine öde, unabsehbare Heide dehnte sich vor ihr aus, und plötzlich wimmelte es von großen schwarzen Hunden, die in emsigem Laufe gegen sie daherrannten; sie sah die roten Zungen aus ihren dampfenden Rachen hängen, sie hörte ihr Gebell immer näher – tönender – –

Da öffneten sich ihre halbgeschlossenen Augen, und allmählich begann sie es zu fassen. Sie erkannte, daß sie eben innerhalb des großen Gartens stehe; ihre eine Hand hielt noch die Klinke der eisernen Gittertür. Der Wind spielte mit ihrem leichten Nachtgewande; von den Linden, welche zur Seite des Einganges standen, wirbelte ein Schauer von gelben Blättern auf sie herab. –

Doch – was war das? – Drüben aus den Tannen, ganz wie sie es vorhin zu hören glaubte, erscholl auch jetzt das Bellen eines Hundes, sie hörte deutlich etwas durch die dürren Zweige brechen. Eine Todesangst überfiel sie. – Und wieder erscholl das Gebell.

»Nero«, sagte sie; »es ist Nero.«

Aber sie hatte sich mit dem schwarzen Hüter des Hauses nie befreundet, und unwillkürlich lief ihr das wirkliche Tier mit den grimmigen Hunden des Traumes in eins zusammen; und jetzt sah sie ihn von jenseits des Rasens in großen Sprüngen auf sich zukommen. Doch er legte sich vor ihr nieder, und jenes unverkennbare Winseln der Freude ausstoßend, leckte er ihre nackten Füße. Zugleich kamen Schritte vom Hofe her, und einen Augenblick darauf umfingen sie die Arme ihres Mannes; gesichert legte sie den Kopf an seine Brust.

Vom Gebell des Hundes aufgewacht, hatte er mit jähem Schreck ihr Lager an seiner Seite leer gesehen. Ein dunkles Wasser glitzerte plötzlich vor seinem inneren Auge; es lag nur tausend Schritte hinter ihrem Garten an einem Feldweg unter dichten Erlenbüschen. Wie vor einigen Tagen sah er sich mit Ines an dem grünen Uferrande stehen; er sah sie bis in das Schilf hinabgehen und einen Stein, den sie vorhin am Wege aufgesammelt, in die Tiefe werfen. »Komm zurück, Ines!« hatte er gerufen, »es ist nicht sicher dort.« Aber sie war noch immer stehengeblieben, mit den schwermütigen Augen in die Kreise starrend, welche langsam auf dem schwarzen Wasserspiegel ausliefen. »Das ist wohl unergründlich?« hatte sie gefragt, da er sie endlich in seinen Armen forgerissen.

Das alles war in wilder Flucht durch seinen Kopf gegangen, als er die Treppe nach dem Hofe hinabgestürmt. – Auch damals waren sie durch den Garten von ihrem Hause fortgegangen, und jetzt traf er sie hier, fast unbekleidet, das schöne Haar vom Nachttau feucht, der noch immer von den Bäumen tropfte.

Er hüllte sie in den Plaid, welchen er sich selbst vorm Hinuntergehen übergeworfen hatte. »Ines«, sagte er – das Herz schlug ihm so gewaltig, daß er das Wort fast rauh hervorstieß –, »was ist das? Wie bist du hieher gekommen?«

Sie schauerte in sich zusammen.

»Ich weiß nicht, Rudolf – – ich wollte fort – mir träumte; oh Rudolf, es muß etwas Furchtbares gewesen sein!«

»Dir träumte? Wirklich, dir träumte!« wiederholte er und atmete auf, wie von einer schweren Last befreit.
Sie nickte nur und ließ sich wie ein Kind ins Haus und in das Schlafgemach zurückführen.
Als er sie hier sanft aus seinen Armen ließ, sagte sie: »Du bist so stumm, du zürnst gewiß?«
»Wie sollt ich zürnen, Ines! Ich hatte Angst um dich. Hast du schon früher so geträumt?«
Sie schüttelte erst den Kopf, bald aber besann sie sich. »Doch – – einmal; nur war nichts Schreckliches dabei.«
Er trat ans Fenster und zog die Vorhänge zurück, so daß das Mondlicht voll ins Zimmer strömte.
»Ich muß dein Antlitz sehen«, sagte er, indem er sie auf die Kante ihres Bettes niederzog und sich dann selbst an ihre Seite setzte. »Willst du mir nun erzählen, was dir damals Liebliches geträumt hat? Du brauchst nicht laut zu sprechen; in diesem zarten Lichte trifft auch der leiseste Ton das Ohr.«
Sie hatte den Kopf an seine Brust gelegt und sah zu ihm empor.
»Wenn du es wissen willst«, sagte sie nachsinnend. »Es war, glaub ich, an meinem dreizehnten Geburtstag; ich hatte mich ganz in das Kind, in den kleinen Christus, verliebt, ich mochte meine Puppen nicht mehr ansehen.«
»In den kleinen Christus, Ines?«
»Ja, Rudolf«, und sie legte sich wie zur Ruhe noch fester in seinen Arm; »meine Mutter hatte mir ein Bild geschenkt, eine Madonna mit dem Kinde; es hing hübsch eingerahmt über meinem Arbeitstischchen in der Wohnstube.«
»Ich kenne es«, sagte er, »es hängt ja noch dort; deine Mutter wollte es behalten zur Erinnerung an die kleine Ines.«
– »O meine liebe Mutter!«
Er zog sie fester an sich; dann sagte er: »Darf ich weiter hören, Ines?«
– »Doch! Aber ich schäme mich, Rudolf.« Und dann leise und zögernd fortfahrend: »Ich hatte an jenem Tage nur Augen für das Christkind; auch nachmittags, als meine Gespielinnen da waren; ich schlich mich heimlich hin und küßte das Glas vor seinem kleinen Munde – – es war mir ganz, als wenn's lebendig wäre – – hätte ich es nur auch wie die Mutter auf dem Bild in meine Arme nehmen können!« – Sie schwieg; ihre Stimme war bei den letzten Worten zu einem flüsternden Hauch herabgesunken.

»Und dann, Ines?« fragte er. »Aber du erzählst mir so beklommen!«

– »Nein, nein, Rudolf! Aber – – in der Nacht, die darauf folgte, muß ich auch im Traume aufgestanden sein; denn am andern Morgen fanden sie mich in meinem Bette, das Bild in beiden Armen, mit meinem Kopf auf dem zerdrückten Glase eingeschlafen.«

Eine Weile war es totenstill im Zimmer.

– – »Und jetzt?« fragte er ahnungsvoll und sah ihr tief und herzlich in die Augen. »Was hat dich heute denn von meiner Seite in die Nacht hinausgetrieben?«

»Jetzt, Rudolf?« – – Er fühlte, wie ein Zittern über alle ihre Glieder lief. Plötzlich schlang sie die Arme um seinen Hals, und mit erstickter Stimme flüsterte sie angstvolle und verworrene Worte, deren Sinn er nicht verstehen konnte.

»Ines, Ines!« sagte er und nahm ihr schönes kummervolles Antlitz in seine beiden Hände.

– »O Rudolf! Laß mich sterben; aber verstoße nicht unser Kind!«

Er war vor ihr aufs Knie gesunken und küßte ihr die Hände. Nur die Botschaft hatte er gehört und nicht die dunkeln Worte, in denen sie ihm verkündigt wurde; von seiner Seele flogen alle Schatten fort, und hoffnungsreich zu ihr emporschauend, sprach er leise:

»Nun muß sich alles, alles wenden!«

Die Zeit ging weiter, aber die dunkeln Gewalten waren noch nicht besiegt. Nur mit Widerstreben fügte Ines die noch aus Nesis Wiegenzeit vorhandenen Dinge der kleinen Ausrüstung ein, und manche Träne fiel in die kleinen Mützen und Jäckchen, an welchen sie jetzt stumm und eifrig nähte.

– – Auch Nesi war es nicht entgangen, daß etwas Ungewöhnliches sich vorbereite. Im Oberhause, nach dem großen Garten hinaus, stand plötzlich eine Stube fest verschlossen, in der sonst ihre Spielsachen aufbewahrt gewesen waren; sie hatte durchs Schlüsselloch hineingeguckt; eine Dämmerung, eine feierliche Stille schien darin zu walten. Und als sie ihre Puppenküche, die man auf den Korridor hinausgesetzt hatte, mit Hülfe der alten Anne auf den Hausboden trug, suchte sie dort vergebens nach der Wiege mit dem grünen Taffetschirme, welche, solange sie

denken konnte, hier unter dem schrägen Dachfenster gestanden hatte. Neugierig spähte sie in alle Winkel.
»Was gehst du herum wie ein Kontrolleur?« sagte die Alte.
– »Ja, Anne, wo ist aber meine Wiege geblieben?«
Die Alte blickte sie mit schlauem Lächeln an. »Was meinst«, sagte sie, »wenn dir der Storch noch so ein Brüderchen brächte?«
Nesi sah betroffen auf; aber sie fühlte sich durch diese Anrede in ihrer elfjährigen Würde gekränkt. »Der Storch?« sagte sie verächtlich.
»Nun freilich, Nesi.«
– »Du mußt nicht so was zu mir sprechen, Anne. Das glauben die kleinen Kinder; aber ich weiß wohl, daß es dummes Zeug ist.«
»So? – Wenn du es besser weißt, Mamsell Naseweis, woher kommen denn die Kinderchen, wenn nicht der Storch sie bringt, der es doch schon die Tausende von Jahren her besorgt hat?«
– »Sie kommen vom lieben Gott«, sagte Nesi pathetisch. »Sie sind auf einmal da.«
»Bewahr uns in Gnaden!« rief die Alte. »Was doch die Guckindiewelte heutzutage klug sind! Aber du hast recht, Nesi; wenn du's gewiß weißt, daß der liebe Gott den Storch vom Amte gesetzt hat ich glaub's selber, er wird es schon allein besorgen können. – Nun aber – wenn's denn so auf einmal da wär, das Brüderchen – oder wolltest du lieber ein Schwesterlein? –, würd's dich freuen, Neschen?«
Nesi stand vor der Alten, die sich auf einen Reisekoffer niedergelassen hatte; ein Lächeln verklärte ihr ernstes Gesichtchen, dann aber schien sie nachzusinnen.
»Nun, Neschen«, forschte wieder die Alte. »Würd's dich freuen, Neschen?«
»Ja, Anne«, sagte sie endlich, »ich möchte wohl eine kleine Schwester haben, und Vater würde sich gewiß auch freuen; aber – –«
»Nun, Neschen, was hast du noch zu abern?«
»Aber«, wiederholte Nesi und hielt dann wieder einen Augenblick wie grübelnd inne, – »das Kind würde ja dann doch keine Mutter haben!«
»Was?« rief die Alte ganz erschrocken und strebte mühsam von ihrem Koffer auf, »das Kind keine Mutter! Du bist mir zu gelehrt, Nesi; komm, laß uns hinabgehen! – Hörst du? Da schlägt's zwei! Nun mach, daß du in die Schule kommst!«

Schon brausten die ersten Frühlingsstürme um das Haus; die Stunde nahte. –

– ›Wenn ich's nicht überlebte‹, dachte Ines, ›ob er auch meiner dann gedenken würde?‹

Mit scheuen Augen ging sie an der Tür des Zimmers vorüber, welches schweigend sie und ihr künftiges Geschick erwartete; leise trat sie auf, als sei darinnen etwas, was sie zu wecken fürchte.

Und endlich war dem Hause ein Kind, ein zweites Töchterchen, geboren. Von außen pochten die lichtgrünen Zweige an die Fenster; aber drinnen in dem Zimmer lag die junge Mutter bleich und entstellt; das warme Sonnenbraun der Wangen war verschwunden; aber in ihren Augen brannte ein Feuer, das den Leib verzehrte. Rudolf saß an dem Bett und hielt ihre schmale Hand in der seinen.

Jetzt wandte sie mühsam den Kopf nach der Wiege, die unter der Hut der alten Anne an der andern Seite des Zimmers stand. »Rudolf«, sagte sie matt, »ich habe noch eine Bitte!«

– »Noch eine, Ines? Ich werde noch viel von dir zu bitten haben.«

Sie sah ihn traurig an; nur eine Sekunde lang; dann flog ihr Auge hastig wieder nach der Wiege. »Du weißt«, sagte sie, immer schwerer atmend, »es gibt kein Bild von mir! Du wolltest immer, es solle nur von einem guten Meister gemalt werden – – wir können nicht mehr warten auf die Meisterhand. – Du könntest einen Photographen kommen lassen, Rudolf; es ist ein wenig umständlich; aber – mein Kind, es wird mich nicht mehr kennenlernen; es muß doch wissen, wie die Mutter ausgesehen.«

»Warte noch ein wenig!« sagte er und suchte einen mutigen Ton in seine Stimme zu legen. »Es würde dich jetzt zu sehr erregen; warte, bis deine Wangen wieder voller werden!«

Sie strich mit beiden Händen über ihr schwarzes Haar, das lang und glänzend auf dem Deckbette lag, indem sie einen fast wilden Blick im Zimmer umherwarf.

»Einen Spiegel!« sagte sie, indem sie sich völlig in den Kissen aufrichtete. »Bringt mir einen Spiegel!«

Er wollte wehren; aber schon hatte die Alte einen Handspiegel herbeigeholt und auf das Bett gelegt. Die Kranke ergriff ihn hastig; aber als sie hineinblickte, malte sich ein heftiges Erschrekken in ihren Zügen; sie nahm ein Tuch und wischte an dem Glase; doch es wurde nicht anders; nur immer fremder starrte das kranke Leidensantlitz ihr entgegen.

»Wer ist das?« schrie sie plötzlich. »Das bin ich nicht! – Oh, mein Gott! Kein Bild, kein Schatten für mein Kind!«

Sie ließ den Spiegel fallen und schlug die mageren Hände vors Gesicht.

Da drang ein Weinen an ihr Ohr. Es war nicht ihr Kind, das ahnungslos in seiner Wiege lag und schlief; Nesi hatte sich unbemerkt hereingeschlichen; sie stand mitten im Zimmer und sah mit düsteren Augen auf die Stiefmutter, während sie schluchzend in ihre Lippe biß.

Ines hatte sie bemerkt. »Du weinst, Nesi?« fragte sie.

Aber das Kind antwortete nicht.

»Warum weinst du, Nesi?« wiederholte sie heftig.

Die Züge des Kindes wurden noch finsterer. »Um meine Mutter!« brach es fast trotzig aus dem kleinen Munde.

Die Kranke stutzte einen Augenblick; dann aber streckte sie die Arme aus dem Bett, und als das Kind, wie unwillkürlich, sich genähert hatte, riß sie es heftig an ihre Brust. »O Nesi, vergiß deine Mutter nicht!«

Da schlangen zwei kleine Arme sich um ihren Hals, und nur ihr verständlich, hauchte es: »Meine liebe, süße Mama!«

– »Bin ich deine liebe Mama, Nesi?«

Nesi antwortete nicht; sie nickte nur heftig in die Kissen.

»Dann, Nesi«, und in traulich seligem Flüstern sprach es die Kranke, »vergiß auch mich nicht! Oh, ich will nicht gern vergessen werden!«

– – Rudolf hatte regungslos diesen Vorgängen zugesehen, die er nicht zu stören wagte; halb in tödlicher Angst, halb in stillem Jubel; aber die Angst behielt die Oberhand. Ines war in ihre Kissen zurückgesunken; sie sprach nicht mehr; sie schlief – plötzlich.

Nesi, die sich leise von dem Bett entfernt hatte, kniete vor der Wiege ihres Schwesterchens; voll Bewunderung betrachtete sie das winzige Händchen, das sich aus den Kissen aufreckte, und wenn das rote Gesichtlein sich verzog und der kleine unbeholfene Menschenlaut hervorbrach, dann leuchteten ihre Augen vor Entzücken. Rudolf, der still herangetreten war, legte liebkosend die Hand auf ihren Kopf; sie wandte sich um und küßte die andere Hand des Vaters; dann schaute sie wieder auf ihr Schwesterchen. –

Die Stunden rückten weiter. Draußen leuchtete der Mittagsschein, und die Vorhänge an den Fenstern wurden fester zugezogen. Längst schon saß er wieder an dem Bette der geliebten Frau, in dumpfer Erwartung; Gedanken und Bilder kamen und gingen; er schaute sie nicht an, er ließ sie kommen und gehen. Schon einmal früher war es so wie jetzt gewesen; ein unheimliches Gefühl befiel ihn; ihm war, als lebe er zum zweiten Mal. Er sah wieder den schwarzen Totenbaum aufsteigen und mit den düsteren Zweigen sein ganzes Haus bedecken. Angstvoll sah er nach der Kranken; aber sie schlummerte sanft; in ruhigen Atemzügen hob sich ihre Brust. Unter dem Fenster, in den blühenden Syringen sang ein kleiner Vogel immerzu; er hörte ihn nicht; er war bemüht, die trügerischen Hoffnungen fortzuscheuchen, die ihn jetzt umspinnen wollten.

Am Nachmittage kam der Arzt; er neigte sich über die Schlafende und nahm ihre Hand, die ein warmer feuchter Hauch bedeckte. Rudolf blickte gespannt in das Antlitz seines Freundes, dessen Züge den Ausdruck der Überraschung annahmen.

»Schone mich nicht!« sagte er. »Laß mich alles wissen!«

Aber der Doktor drückte ihm die Hand.

– »Gerettet!« – Das einzige Wort hatte er behalten. Er hörte auf einmal den Gesang des Vogels; das ganze Leben kam zurückgeflutet. »Gerettet!« – Und er hatte auch sie schon verloren gegeben in die große Nacht; er hatte geglaubt, die heftige Erschütterung des Morgens müsse sie verderben; doch:

Es ward ihr zum Heil,
Es riß sie nach oben!

In diese Worte des Dichters faßte er all sein Glück zusammen; wie Musik klangen sie fort und fort in seinen Ohren.

– – Immer noch schlief die Kranke; immer noch saß er wartend an ihrem Bette. Nur die Nachtlampe dämmerte jetzt in dem stillen Zimmer; draußen aus dem Garten kam statt des Vogelsangs nun das Rauschen des Nachtwindes; manchmal wie Harfenton wehte es auf und zog vorüber; die jungen Zweige pochten leise an die Fenster.

»Ines!« flüsterte er, »Ines!« Er konnte es nicht lassen, ihren Namen auszusprechen.

Da schlug sie die Augen auf und ließ sie fest und lange auf ihm ruhen, als müsse aus der Tiefe des Schlafes ihre Seele erst zu ihm hinauf gelangen.

»Du, Rudolf?« sagte sie endlich. »Und ich bin noch einmal wieder aufgewacht!«

Er blickte sie an und konnte sich nicht ersättigen an ihrem Anblick. »Ines«, sagte er – fast demütig klang seine Stimme –, »ich sitze hier, und stundenlang schon trage ich das Glück wie eine schwere Last auf meinem Haupte; hilf es mir tragen, Ines!«

»Rudolf –!« Sie hatte sich mit einer kräftigen Bewegung aufgerichtet.

– »Du wirst leben, Ines!«

»Wer hat das gesagt?«

– »Dein Arzt, mein Freund; ich weiß, er hat sich nicht getäuscht.«

»Leben! O mein Gott! Leben! – Für mein Kind, für dich!« – Es war, als käme ihr plötzlich eine Erinnerung; sie schlang die Hände um den Hals ihres Mannes und drückte sein Ohr an ihren Mund. »Und für deine – für euere, unsre Nesi!« flüsterte sie. Dann ließ sie seinen Nacken los, und seine beiden Hände ergreifend, sprach sie zu ihm sanft und liebevoll. »Mir ist so leicht!« sagte sie. »Ich weiß gar nicht mehr, warum alles sonst so schwer gewesen ist!« Und ihm zunickend: »Du sollst nur sehen, Rudolf; nun kommt die gute Zeit! Aber –« und sie hob den Kopf und brachte ihre Augen ganz dicht an die seinen – »ich muß teilhaben an deiner Vergangenheit, dein ganzes Glück mußt du mir erzählen! Und, Rudolf, ihr süßes Bild soll in dem Zimmer hängen, das uns gemeinschaftlich gehört; sie muß dabeisein, wenn du mir erzählst!«

Er sah sie an wie ein Seliger.

»Ja, Ines; sie soll dabeisein!«

»Und Nesi! Ich erzähl ihr wieder von ihrer Mutter, was ich von dir gehört habe; – was für ihr Alter paßt, Rudolf, nur das – –«

Er konnte nur stumm noch nicken.

»Wo ist Nesi?« fragte sie dann, »ich will ihr noch einen Gutenachtkuß geben!«

»Sie schläft, Ines«, sagte er und strich sanft mit der Hand über ihre Stirn. »Es ist ja Mitternacht!«

»Mitternacht! So mußt auch du nun schlafen! Ich aber – lache mich nicht aus, Rudolf –, mich hungert; ich muß essen! Und dann, nachher, die Wiege vor mein Bett; ganz nahe, Rudolf!

Dann schlaf auch ich wieder; ich fühl's; gewiß, du kannst ganz ruhig fortgehen.«
Er blieb noch.
»Ich muß erst eine Freude haben!« sagte er.
»Eine Freude?«
»Ja, Ines, eine ganz neue; ich will dich essen sehen!«
– »O du!«
– Und als ihm auch das geworden, trug er mit der Wärterin die Wiege vor das Bett.
»Und nun gute Nacht! Mir ist, als sollte ich noch einmal in unseren Hochzeitstag hineinschlafen.«
Sie aber wies glücklich lächelnd auf ihr Kind.
– Und bald war alles still. Aber nicht der schwarze Totenbaum streckte seine Zweige über das Dach des Hauses; aus fernen goldnen Ährenfeldern nickte sanft der rote Mohn des Schlummers. Noch eine reiche Ernte stand bevor.

Und es war wieder Rosenzeit. – Auf dem breiten Steige des großen Gartens hielt ein lustiges Gefährt. Nero war augenscheinlich avanciert; denn nicht vor einem Puppen-, sondern vor einem wirklichen Kinderwagen stand er angeschirrt und hielt geduldig still, als Nesi an seinem mächtigen Kopfe jetzt die letzte Schnalle zuzog. Die alte Anne beugte sich zu dem Schirm des Wägelchens und zupfte an den Kissen, in denen das noch namenlose Töchterchen des Hauses mit großen offenen Augen lag; aber schon rief Nesi: »Hü, hott, alter Nero!«, und in würdevollem Schritt setzte die kleine Karawane sich zu ihrer täglichen Spazierfahrt in Bewegung.
Rudolf und mit ihm Ines, die schöner als je an seinem Arme hing, hatten lächelnd zugeschaut; nun gingen sie ihren eigenen Weg; seitwärts schlugen sie sich durch die Büsche entlang der Gartenmauer, und bald standen sie vor der noch immer verschlossenen Pforte. Das Gesträuch hing nicht wie sonst herab; ein Gestelle war untergebaut, so daß man wie durch einen schattigen Laubengang hinangelangte. Einen Augenblick horchten sie auf den vielstimmigen Gesang der Vögel, die drüben in der noch ungestörten Einsamkeit ihr Wesen trieben. Dann aber, von Ines' kleinen kräftigen Händen bezwungen, drehte sich der Schlüssel, und kreischend sprang der Riegel zurück. Drinnen hörten sie die Vögel aufrauschen, und dann war alles still. Um eine Handbreit

stand die Pforte offen; aber sie war an der Binnenseite von blühendem Geranke überstrickt; Ines wandte alle ihre Kräfte auf, es knisterte und knickte auch dahinter; aber die Pforte blieb gefangen.
»Du mußt!« sagte sie endlich, indem sie lächelnd und erschöpft zu ihrem Mann emporblickte.
Die Männerhand erzwang den vollen Eingang; dann legte Rudolf das zerrissene Gesträuch sorgsam nach beiden Seiten zurück.
Vor ihnen schimmerte jetzt in hellem Sonnenlicht der Kiesweg; aber leise, als sei es noch in jener Mondnacht, gingen sie zwischen den tiefgrünen Koniferen auf ihm hin, vorbei an den Zentifolien, die mit Hunderten von Rosen aus dem wuchernden Kraut hervorleuchteten, und am Ende des Steiges unter das verfallene Rohrdach, vor welchem jetzt die Klematis den ganzen Gartenstuhl besponnen hatte. Drinnen hatte, wie im vorigen Sommer, die Schwalbe ihr Nest gebaut; furchtlos flog sie über ihnen aus und ein.
Was sie zusammen sprachen? – Auch für Ines war jetzt heiliger Boden hier. – Mitunter schwiegen sie und hörten nur auf das Summen der Insekten, die draußen in den Düften spielten. Vor Jahren hatte Rudolf es schon ebenso gehört; immer war es so gewesen. Die Menschen starben; ob denn diese kleinen Musikanten ewig waren?
»Rudolf, ich habe etwas entdeckt!« begann jetzt Ines wieder. »Nimm einmal den ersten Buchstaben meines Namens und setz ihn an das Ende! Wie heißt er dann?«
»Nesi!« sagte er lächelnd. »Das trifft sich wunderbar.«
»Siehst du!« fuhr sie fort, »so hat die Nesi eigentlich meinen Namen. Ist's nicht billig, daß nun mein Kind den Namen ihrer Mutter erhält? – Marie! – Es klingt so gut und mild; du weißt, es ist nicht einerlei, mit welchem Namen die Kinder sich gerufen hören!«
Er schwieg einen Augenblick.
»Laß uns mit diesen Dingen nicht spielen!« sagte er dann und sah ihr innig in die Augen. »Nein, Ines; auch mit dem Antlitz meines lieben kleinen Kindes soll mir ihr Bild nicht übermalt werden. Nicht Marie, auch nicht Ines – wie es deine Mutter wünschte – darf das Kind mir heißen! Auch Ines ist für mich nur einmal und niemals wieder auf der Welt.« – Und nach einer

Weile fügte er hinzu: »Wirst du nun sagen, daß du einen eigensinnigen Mann hast?«
»Nein, Rudolf; nur, daß du Nesis rechter Vater bist!«
»Und du, Ines?«
»Hab nur Geduld; – ich werde schon dein rechtes Weib! – Aber –«
»Ist doch noch ein Aber da?«
»Kein böses, Rudolf! – Aber – wenn einst die Zeit dahin ist – denn einmal kommt ja doch das Ende – wenn wir alle dort sind, woran du keinen Glauben hast, aber vielleicht doch eine Hoffnung –, wohin sie uns vorangegangen ist, dann« – und sie hob sich zu ihm empor und schlang beide Hände um seinen Nacken – »schüttle mich nicht ab, Rudolf! Versuch es nicht; ich lasse doch nicht von dir!«
Er schloß sie fest in seine Arme und sagte: »Laß uns das Nächste tun; das ist das Beste, was ein Mensch sich selbst und andern lehren kann.«
»Und da wäre?« fragte sie.
»Leben, Ines; so schön und lange, wie wir es vermögen!«
Da hörten sie Kinderstimmen von der Pforte her; kleine, zum Herzen dringende Laute, die noch keine Worte waren, und ein helles »Hü!« und »Hott!« von Nesis kräftiger Stimme. Und unter dem Vorspann des getreuen Nero, behütet von der alten Dienerin, hielt die fröhliche Zukunft des Hauses ihren Einzug in den Garten der Vergangenheit.

Pole Poppenspäler

Ich hatte in meiner Jugend einige Fertigkeit im Drechseln und beschäftigte mich sogar wohl etwas mehr damit, als meinen gelehrten Studien zuträglich war; wenigstens geschah es, daß mich eines Tags der Subrektor bei Rückgabe eines nicht eben fehlerlosen Exerzitiums seltsamerweise fragte, ob ich vielleicht wieder eine Nähschraube zu meiner Schwester Geburtstag gedrechselt hätte. Solch kleine Nachteile wurden indessen mehr als aufgewogen durch die Bekanntschaft mit einem trefflichen Manne, die mir infolge jener Beschäftigung zuteil wurde. Dieser Mann war der Kunstdrechsler und Mechanikus Paul Paulsen, auch deputierter Bürger unserer Stadt. Auf die Bitte meines Vaters, der für alles, was er mich unternehmen sah, eine gewisse Gründlichkeit forderte, verstand er sich dazu, mir die für meine kleinen Arbeiten erforderlichen Handgriffe beizubringen.

Paulsen besaß mannigfache Kenntnisse und war dabei nicht nur von anerkannter Tüchtigkeit in seinem eignen Handwerk, sondern er hatte auch eine Einsicht in die künftige Entwicklung der Gewerke überhaupt, so daß bei manchem, was jetzt als neue Wahrheit verkündigt wird, mir plötzlich einfällt: das hat dein alter Paulsen ja schon vor vierzig Jahren gesagt. – Es gelang mir bald, seine Zuneigung zu erwerben, und er sah es gern, wenn ich noch außer den festgesetzten Stunden am Feierabend einmal zu ihm kam. Dann saßen wir entweder in der Werkstätte oder sommers – denn unser Verkehr hat jahrelang gedauert – auf der Bank unter der großen Linde seines Gärtchens. In den Gesprächen, die wir dabei führten, oder vielmehr, welche mein älterer Freund dabei mit mir führte, lernte ich Dinge kennen und auf Dinge meine Gedanken richten, von denen, so wichtig sie im Leben sind, ich später selbst in meinen Primaner-Schulbüchern keine Spur gefunden habe.

Paulsen war seiner Abkunft nach ein Friese und der Charakter dieses Volksstammes aufs schönste in seinem Antlitz ausgeprägt; unter dem schlichten blonden Haar die denkende Stirn und die blauen sinnenden Augen; dabei hatte, vom Vater ererbt, seine Stimme noch etwas von dem weichen Gesang seiner Heimatsprache.

Die Frau dieses nordischen Mannes war braun und von zartem

Gliederbau, ihre Sprache von unverkennbar süddeutschem Klange. Meine Mutter pflegte von ihr zu sagen, ihre schwarzen Augen könnten einen See ausbrennen, in ihrer Jugend aber sei sie von seltener Anmut gewesen. – Trotz der silbernen Fädchen, die schon ihr Haar durchzogen, war auch jetzt die Lieblichkeit dieser Züge noch nicht verschwunden, und das der Jugend angeborene Gefühl für Schönheit veranlaßte mich bald, ihr, wo ich immer konnte, mit kleinen Diensten und Gefälligkeiten an die Hand zu gehen.

»Da schau mir nur das Buberl«, sagte sie dann wohl zu ihrem Mann; »wirst doch nit eifersüchtig werden, Paul?«

Dann lächelte Paul. Und aus ihren Scherzworten und aus seinem Lächeln sprach das Bewußtsein innigsten Zusammengehörens.

Sie hatten außer einem Sohne, der damals in der Fremde war, keine Kinder, und vielleicht war ich den beiden zum Teil deshalb so willkommen, zumal Frau Paulsen mir wiederholt versicherte, ich habe grad ein so lustigs Naserl wie ihr Joseph. Nicht verschweigen will ich, daß letztere auch eine mir sehr zusagende, in unserer Stadt aber sonst gänzlich unbekannte Mehlspeise zu bereiten verstand und auch nicht unterließ, mich dann und wann zu Gast zu bitten. – So waren denn dort der Anziehungskräfte für mich genug. Von meinem Vater aber wurde mein Verkehr in dem tüchtigen Bürgerhause gern gesehen. »Sorge nur, daß du nicht lästig fällst!« war das einzige, woran er in dieser Beziehung zuweilen mich erinnerte. Ich glaube indessen nicht, daß ich meinen Freunden je zu oft gekommen bin.

Da geschah es eines Tages, daß in meinem elterlichen Hause einem alten Herrn aus unserer Stadt das neueste und wirklich ziemlich gelungene Werk meiner Hände vorgezeigt wurde.

Als dieser seine Bewunderung zu erkennen gab, bemerkte mein Vater dagegen, daß ich ja aber auch schon seit fast einem Jahr bei Meister Paulsen in der Lehre sei.

»So, so«, erwiderte der alte Herr; »bei Pole Poppenspäler!«

Ich hatte nie gehört, daß mein Freund einen solchen Beinamen führe, und fragte, vielleicht ein wenig naseweis, was das bedeuten solle.

Aber der alte Herr lächelte nur ganz hinterhältig und wollte keine weitere Auskunft geben. –

Zum kommenden Sonntag war ich von den Paulsenschen Eheleuten auf den Abend eingeladen, um ihnen ihren Hochzeitstag

feiern zu helfen. Es war im Spätsommer, und da ich mich frühzeitig auf den Weg gemacht und die Hausfrau noch in der Küche zu wirtschaften hatte, so ging Paulsen mit mir in den Garten, wo wir uns zusammen unter der großen Linde auf die Bank setzten. Mir war das »Pole Poppenspäler« wieder eingefallen, und es ging mir so im Kopf herum, daß ich kaum auf seine Reden Antwort gab; endlich, da er mich fast ein wenig ernst wegen meiner Zerstreutheit zurechtgewiesen hatte, fragte ich ihn gradezu, was jener Beiname zu bedeuten habe.
Er wurde sehr zornig. »Wer hat dich das dumme Wort gelehrt?« rief er, indem er von seinem Sitze aufsprang. Aber bevor ich noch zu antworten vermochte, saß er schon wieder neben mir. »Laß, laß!« sagte er, sich besinnend, »es bedeutet ja eigentlich das Beste, was das Leben mir gegeben hat. – Ich will es dir erzählen; wir haben wohl noch Zeit dazu.« –

In diesem Haus und Garten bin ich aufgewachsen, meine braven Eltern wohnten hier, und hoffentlich wird einst mein Sohn hier wohnen! – Daß ich ein Knabe war, ist nun schon lange her; aber gewisse Dinge aus jener Zeit stehen noch, wie mit farbigem Stift gezeichnet, vor meinen Augen.
Neben unserer Haustür stand damals eine kleine weiße Bank mit grünen Stäben in den Rück- und Seitenlehnen, von der man nach der einen Seite die lange Straße hinab bis an die Kirche, nach der andern aus der Stadt hinaus bis in die Felder sehen konnte. An Sommerabenden saßen meine Eltern hier, der Ruhe nach der Arbeit pflegend; in den Stunden vorher aber pflegte ich sie in Beschlag zu nehmen und hier in der freien Luft und unter erquickendem Ausblick nach Ost und West meine Schularbeiten anzufertigen.
So saß ich auch eines Nachmittags – ich weiß noch gar wohl, es war im September, eben nach unserem Michaelis-Jahrmarkte – und schrieb für den Rechenmeister meine Algebra-Exempel auf die Tafel, als ich unten von der Straße ein seltsames Gefährt heraufkommen sah. Es war ein zweirädriger Karren, der von einem kleinen rauhen Pferde gezogen wurde. Zwischen zwei ziemlich hohen Kisten, mit denen er beladen war, saß eine große blonde Frau mit steifen hölzernen Gesichtszügen und ein etwa neunjähriges Mädchen, das sein schwarzhaariges Köpfchen lebhaft von einer Seite nach der andern drehte; nebenher ging, den

Zügel in der Hand, ein kleiner, lustig blickender Mann, dem unter seiner grünen Schirmmütze die kurzen schwarzen Haare wie Spieße vom Kopfe abstanden.
So, unter dem Gebimmel eines Glöckchens, das unter dem Halse des Pferdes hing, kamen sie heran. Als sie die Straße vor unserem Hause erreicht hatten, machte der Karren halt. »Du Bub«, rief die Frau zu mir herüber, »wo ist denn die Schneiderherberg?«
Mein Griffel hatte schon lange geruht; nun sprang ich eilfertig auf und trat an den Wagen. »Ihr seid grad davor«, sagte ich und wies auf das alte Haus mit der viereckig geschorenen Linde, das, wie du weißt, noch jetzt hier gegenüber liegt.
Das feine Dirnchen war zwischen den Kisten aufgestanden, streckte das Köpfchen aus der Kapuze ihres verschossenen Mäntelchens und sah mit ihren großen Augen auf mich herab; der Mann aber, mit einem »Sitz ruhig, Diendl!« und »Schönen Dank, Bub!« peitschte auf den kleinen Gaul und fuhr vor die Tür des bezeichneten Hauses, aus dem auch schon der dicke Herbergsvater in seiner grünen Schürze ihm entgegentrat.
Daß die Ankömmlinge nicht zu den zunftberechtigten Gästen des Hauses gehörten, mußte mir freilich klar sein; aber es pflegten dort – was mir jetzt, wenn ich es bedenke, mit der Reputation des wohlehrsamen Handwerks sich keineswegs reimen will – auch andere, mir viel angenehmere Leute einzukehren. Droben im zweiten Stock, wo noch heute statt der Fenster nur einfache Holzluken auf die Straße gehen, war das hergebrachte Quartier aller fahrenden Musikanten, Seiltänzer oder Tierbändiger, welche in unserer Stadt ihre Kunst zum besten gaben.
Und richtig, als ich am andern Morgen oben in meiner Kammer vor dem Fenster stand und meinen Schulsack schnürte, wurde drüben eine der Luken aufgestoßen; der kleine Mann mit den schwarzen Haarspießen steckte seinen Kopf ins Freie und dehnte sich mit beiden Armen in die frische Luft hinaus; dann wandte er den Kopf hinter sich nach dem dunkeln Raum zurück, und ich hörte ihn »Lisei! Lisei!« rufen. – Da drängte sich unter seinem Arm ein rosiges Gesichtlein vor, um das wie eine Mähne das schwarze Haar herabfiel. Der Vater wies mit dem Finger nach mir herüber, lachte und zupfte sie ein paarmal an ihren seidenen Strähnen. Was er zu ihr sprach, habe ich nicht verstehen können; aber es mag wohl ungefähr gelautet haben: »Schau dir ihn an, Lisei! Kennst ihn noch, den Bubn von gestern? – Der arme Narr,

da muß er nun gleich mit dem Ranzen in die Schule traben! – Was du für ein glückliches Diendl bist, die du allweg nur mit unserem Braunen landab, landauf zu fahren brauchst!« – Wenigstens sah die Kleine ganz mitleidig zu mir herüber, und als ich es wagte, ihr freundlich zuzunicken, nickte sie sehr ernsthaft wieder.

Bald aber zog der Vater seinen Kopf zurück und verschwand im Hintergrund seines Bodenraumes. Statt seiner trat jetzt die große blonde Frau zu dem Kinde; sie bemächtigte sich ihres Kopfes und begann ihr das Haar zu strählen. Das Geschäft schien schweigend vollzogen zu werden, und das Lisei durfte offenbar nicht mucksen, obgleich es mehrmals, wenn ihr der Kamm so in den Nacken hinabfuhr, die eckigsten Figuren mit ihrem roten Mäulchen bildete. Nur einmal hob sie den Arm und ließ ein langes Haar über die Linde draußen in die Morgenluft hinausfliegen. Ich konnte von meinem Fenster aus es glänzen sehen; denn die Sonne war eben durch den Herbstnebel gedrungen und schien drüben auf den oberen Teil des Herbergshauses.

Auch in den vorhin undurchdringlich dunkeln Bodenraum konnte ich jetzt hineinsehen. Ganz deutlich erblickte ich in einem dämmerigen Winkel den Mann an einem Tische sitzen; in seiner Hand blinkte etwas wie Gold oder Silber; dann wieder war's wie ein Gesicht mit einer ungeheueren Nase; aber sosehr ich meine Augen anstrengte, ich vermochte nicht klug daraus zu werden. Plötzlich hörte ich, als wenn etwas Hölzernes in einen Kasten geworfen würde, und nun stand der Mann auf und lehnte aus einer zweiten Luke sich wieder auf die Straße hinaus.

Die Frau hatte indessen der kleinen schwarzen Dirne ein verschossenes rotes Kleidchen angezogen und ihr die Haarflechten wie einen Kranz um das runde Köpfchen gelegt.

Ich sah noch immer hinüber. ›Einmal‹, dachte ich, ›könnte sie doch wieder nicken.‹

– – »Paul, Paul!« hörte ich plötzlich unten aus unserem Hause die Stimme meiner Mutter rufen.

»Ja, ja, Mutter!«

Es war mir ordentlich wie ein Schrecken in die Glieder geschlagen.

»Nun«, rief sie wieder, »der Rechenmeister wird dir schön die Zeit verdeutschen! Weißt du denn nicht, daß es lang schon sieben geschlagen hat?«

Wie rasch polterte ich die Treppe hinunter!
Aber ich hatte Glück; der Rechenmeister war grad dabei, seine Bergamotten abzunehmen, und die halbe Schule befand sich in seinem Garten, um mit Händen und Mäulern ihm dabei zu helfen. Erst um neun Uhr saßen wir alle mit heißen Backen und lustigen Gesichtern an Tafel und Rechenbuch auf unseren Bänken.
Als ich um elf, die Taschen noch von Birnen starrend, aus dem Schulhofe trat, kam eben der dicke Stadtausrufer die Straße herauf. Er schlug mit dem Schlüssel an sein blankes Messingbecken und rief mit seiner Bierstimme:
»Der Mechanikus und Puppenspieler Herr Joseph Tendler aus der Residenzstadt München ist gestern hier angekommen und wird heute abend im Schützenhofsaale seine erste Vorstellung geben. Vorgestellt wird: Pfalzgraf Siegfried und die heilige Genoveva, Puppenspiel mit Gesang in vier Aufzügen.«
Dann räusperte er sich und schritt würdevoll in der meinem Heimwege entgegengesetzten Richtung weiter. Ich folgte ihm von Straße zu Straße, um wieder und wieder die entzückende Verkündigung zu hören; denn niemals hatte ich eine Komödie, geschweige denn ein Puppenspiel gesehen. – Als ich endlich umkehrte, sah ich ein rotes Kleidchen mir entgegenkommen; und wirklich, es war die kleine Puppenspielerin; trotz ihres verschossenen Anzugs schien sie mir von einem Märchenglanz umgeben.
Ich faßte mir ein Herz und redete sie an: »Willst du spazierengehen, Lisei?«
Sie sah mich mißtrauisch aus ihren schwarzen Augen an. »Spazieren?« wiederholte sie gedehnt. »Ach du – du bist g'scheit!«
»Wohin willst du denn?«
– »Zum Ellenkramer will i!«
»Willst du dir ein neues Kleid kaufen?« fragte ich tölpelhaft genug.
Sie lachte laut auf. »Geh! laß mi aus! – Nein; nur so Fetz'ln!«
»Fetz'ln, Lisei?«
– »Freili! Halt nur so Resteln zu G'wandl für die Pupp'n; 's kost't immer nit viel!«
Ein glücklicher Gedanke fuhr mir durch den Kopf. Ein alter Onkel von mir hatte damals am Markte hier eine Ellenwarenhandlung, und sein alter Ladendiener war mein guter Freund.

»Komm mit mir«, sagte ich kühn, »es soll dir gar nichts kosten, Lisei!«

»Meinst?« fragte sie noch; dann liefen wir beide nach dem Markt und in das Haus des Onkels. Der alte Gabriel stand wie immer in seinem pfeffer- und salzfarbenen Rock hinter dem Ladentisch, und als ich ihm unser Anliegen deutlich gemacht hatte, kramte er gutmütig einen Haufen »Rester« auf den Tisch zusammen.

»Schau, das hübsch Brinnrot!« sagte Lisei und nickte begehrlich nach einem Stückchen französischen Kattuns hinüber.

»Kannst es brauchen?« fragte Gabriel. – Ob sie es brauchen konnte! Der Ritter Siegfried sollte ja auf den Abend noch eine neue Weste geschneidert bekommen.

»Aber da gehören auch die Tressen noch dazu«, sagte der Alte und brachte allerlei Endchen Gold- und Silberflitter. Bald kamen noch grüne und gelbe Seidenläppchen und Bänder, endlich ein ziemlich großes Stück braunen Plüsches. »Nimm's nur, Kind!« sagte Gabriel. »Das gibt ein Tierfell für euere Genoveva, wenn das alte vielleicht verschossen wäre!« Dann packte er die ganze Herrlichkeit zusammen und legte sie der Kleinen in den Arm.

»Und es kost't nix?« fragte sie beklommen.

Nein, es kostete nichts. Ihre Augen leuchteten. »Schön' Dank, guter Mann! Ach, wird der Vater schauen!«

Hand in Hand, Lisei mit ihrem Päckchen unter dem Arm, verließen wir den Laden; als wir aber in die Nähe unserer Wohnung kamen, ließ sie mich los und rannte über die Straße nach der Schneiderherberge, daß ihr die schwarzen Flechten in den Nakken flogen.

– – Nach dem Mittagessen stand ich vor unserer Haustür und erwog unter Herzklopfen das Wagnis, schon heute zur ersten Vorstellung meinen Vater um das Eintrittsgeld anzugehen; ich war ja mit der Galerie zufrieden, und sie sollte für uns Jungens nur einen Doppeltschilling kosten. Da, bevor ich's noch bei mir ins reine gebracht hatte, kam das Lisei über die Straße zu mir hergeflogen. »Der Vater schickt's!« sagte sie, und eh ich mich's versah, war sie wieder fort; aber in meiner Hand hielt ich eine rote Karte, darauf stand mit großen Buchstaben: Erster Platz.

Als ich aufblickte, winkte auch von drüben der kleine schwarze Mann mit beiden Armen aus der Bodenluke zu mir herüber. Ich nickte ihm zu; was mußten das für nette Leute sein, diese

Puppenspieler! »Also heute abend«, sagte ich zu mir selber, »heute abend und – Erster Platz!«

– – Du kennst unsern Schützenhof in der Süderstraße; auf der Haustür sah man damals noch einen schön gemalten Schützen in Lebensgröße, mit Federhut und Büchse; im übrigen war aber der alte Kasten damals noch baufälliger, als er heute ist. Die Gesellschaft war bis auf drei Mitglieder herabgesunken; die vor Jahrhunderten von den alten Landesherzögen geschenkten silbernen Pokale, Pulverhörner und Ehrenketten waren nach und nach verschleudert; den großen Garten, der, wie du weißt, auf den Bürgersteig hinausläuft, hatte man zur Schaf- und Ziegengräsung verpachtet. Das alte zweistöckige Haus wurde von niemandem weder bewohnt noch gebraucht; windrissig und verfallen stand es da zwischen den munteren Nachbarhäusern; nur in dem öden weißgekalkten Saale, der fast das ganze obere Stockwerk einnahm, produzierten mitunter starke Männer oder durchreisende Taschenspieler ihre Künste. Dann wurde unten die große Haustür mit dem gemalten Schützenbruder knarrend aufgeschlossen.

– – Langsam war es Abend geworden; und – das Ende trug die Last, denn mein Vater wollte mich erst fünf Minuten vor dem angesetzten Glockenschlage laufen lassen; er meinte, eine Übung in der Geduld sei sehr vonnöten, damit ich im Theater stillesitze.

Endlich war ich an Ort und Stelle. Die große Tür stand offen, und allerlei Leute wanderten hinein; denn derzeit ging man noch gern zu solchen Vergnügungen; nach Hamburg war eine weite Reise, und nur wenige hatten sich die kleinen Dinge zu Hause durch die dort zu schauenden Herrlichkeiten leid machen können. – Als ich die eichene Wendeltreppe hinaufgestiegen war, fand ich Liseis Mutter am Eingange des Saales an der Kasse sitzen. Ich näherte mich ihr ganz vertraulich und dachte, sie würde mich so recht als einen alten Bekannten begrüßen; aber sie saß stumm und starr und nahm mir meine Karte ab, als wenn ich nicht die geringste Beziehung zu ihrer Familie hätte. – Etwas gedemütigt trat ich in den Saal; der kommenden Dinge harrend, plauderte alles mit halber Stimme durcheinander; dazu fiedelte unser Stadtmusikus mit drei seiner Gesellen. Das erste, worauf meine Augen fielen, war in der Tiefe des Saales ein roter Vorhang oberhalb der Musikantenplätze. Die Malerei in der Mitte desselben stellte zwei lange Trompeten vor, die kreuzweise über einer goldenen Leier lagen; und, was mir damals sehr sonderbar erschien, an dem Mundstück einer jeden hing, wie mit den leeren Augen daraufgeschoben, hier eine finster, dort eine lachend ausgeprägte Maske. – Die drei vordersten Plätze waren schon besetzt; ich drängte mich in die vierte Bank, wo ich einen Schulkameraden bemerkt hatte, der dort neben seinen Eltern saß. Hinter uns bauten sich die Plätze schräg ansteigend in die Höhe, so daß der letzte, die sogenannte Galerie, welche nur zum Stehen war, sich fast mannshoch über dem Fußboden befinden mochte. Auch dort schien es wohlgefüllt zu sein; genau vermochte ich es nicht zu sehen, denn die wenigen Talglichter, welche in Blechlampetten an den beiden Seitenwänden brannten, verbreiteten nur eine schwache Helligkeit; auch dunkelte die schwere Balkendecke des Saales. Mein Nachbar wollte mir eine Schulgeschichte erzählen; ich begriff nicht, wie er an so etwas denken konnte, ich schaute nur auf den Vorhang, der von den Lampen des Podiums und der Musikantenpulte feierlich beleuchtet war. Und jetzt ging ein Wehen über seine Fläche, die geheimnisvolle Welt hinter ihm begann sich schon zu regen; noch einen Augenblick, da erscholl das Läuten eines Glöckchens, und während unter den Zuschauern das summende Geplauder wie mit einem Schlage verstummte, flog der Vorhang in die Höhe. – Ein Blick auf die Bühne versetzte mich um tausend Jahre rückwärts. Ich sah in einen mittelalterlichen Burghof mit Turm und Zugbrücke; zwei kleine ellenlange Leute standen in der Mitte und redeten lebhaft miteinander. Der eine mit dem schwarzen Barte, dem silbernen Federhelm und dem goldgestickten Mantel über dem roten Unterkleide war der Pfalzgraf Siegfried; er wollte gegen die heidnischen Mohren in den Krieg reiten und befahl seinem jungen Hausmeister Golo, der in blauem silbergesticktem Wamse neben ihm stand, zum Schutze der Pfalzgräfin Genoveva in der Burg zurückzubleiben. Der treulose Golo aber tat gewaltig wild, daß er seinen guten Herrn so allein in das grimme Schwerterspiel sollte reiten lassen. Sie drehten bei diesen Wechselreden die Köpfe hin und her und fochten heftig und ruckweise mit den Armen. – Da tönten kleine langgezogene Trompetentöne von draußen hinter der Zugbrücke, und zugleich kam auch die schöne Genoveva in himmelblauem Schleppkleide hinter dem Turm hervor-

gestürzt und schlug beide Arme über des Gemahls Schultern: »Oh, mein herzallerliebster Siegfried, wenn dich die grausamen Heiden nur nicht massakrieren!« Aber es half ihr nichts; noch einmal ertönten die Trompeten, und der Graf schritt steif und würdevoll über die Zugbrücke aus dem Hofe; man hörte deutlich draußen den Abzug des gewappneten Trupps. Der böse Golo war jetzt Herr der Burg. –
Und nun spielte das Stück sich weiter, wie es in deinem Lesebuch gedruckt steht. – Ich war auf meiner Bank ganz wie verzaubert; diese seltsamen Bewegungen, diese feinen oder schnarrenden Puppenstimmchen, die denn doch wirklich aus ihrem Munde kamen – es war ein unheimliches Leben in diesen kleinen Figuren, das gleichwohl meine Augen wie magnetisch auf sich zog.
Im zweiten Aufzuge aber sollte es noch besser kommen. – Da war unter den Dienern auf der Burg einer im gelben Nankinganzug, der hieß Kasperl. Wenn dieser Bursche nicht lebendig war, so war noch niemals etwas lebendig gewesen; er machte die ungeheuersten Witze, so daß der ganze Saal vor Lachen bebte; in seiner Nase, die so groß wie eine Wurst war, mußte er jedenfalls ein Gelenk haben; denn wenn er so sein dumm-pfiffiges Lachen herausschüttelte, so schlenkerte der Nasenzipfel hin und her, als wenn auch er sich vor Lustigkeit nicht zu lassen wüßte; dabei riß der Kerl seinen großen Mund auf und knackte, wie eine alte Eule, mit den Kinnbacksknochen. »Pardauz!« schrie es; so kam er immer auf die Bühne gesprungen; dann stellte er sich hin und sprach erst bloß mit seinem großen Daumen; den konnte er so ausdrucksvoll hin und wider drehen, daß es ordentlich ging wie »Hier nix und da nix! Kriegst du nix, so hast du nix!« Und dann sein Schielen; – das war so verführerisch, daß im Augenblick dem ganzen Publikum die Augen verquer im Kopfe standen. Ich war ganz vernarrt in den lieben Kerl!
Endlich war das Spiel zu Ende, und ich saß wieder zu Hause in unserer Wohnstube und verzehrte schweigend das Aufgebratene, das meine gute Mutter mir warm gestellt hatte. Mein Vater saß im Lehnstuhl und rauchte seine Abendpfeife. »Nun, Junge«, rief er, »waren sie lebendig?«
»Ich weiß nicht, Vater«, sagte ich und arbeitete weiter in meiner Schüssel; mir war noch ganz verwirrt zu Sinne.
Er sah mir eine Weile mit seinem klugen Lächeln zu. »Höre, Paul«, sagte er dann, »du darfst nicht zu oft in diesen Puppen-

kasten; die Dinger könnten dir am Ende in die Schule nachlaufen.«
Mein Vater hatte nicht unrecht. Die Algebraaufgaben gerieten mir in den beiden nächsten Tagen so mäßig, daß der Rechenmeister mich von meinem ersten Platz herabzusetzen drohte. – Wenn ich in meinem Kopfe rechnen wollte: »a + b gleich x = c«, so hörte ich statt dessen vor meinen Ohren die feine Vogelstimme der schönen Genoveva: »Ach, mein herzallerliebster Siegfried, wenn dich die bösen Heiden nur nicht massakrieren!« Einmal – aber es hat niemand gesehen – schrieb ich sogar »x + Genoveva« auf die Tafel. – Des Nachts in meiner Schlafkammer rief es einmal ganz laut »Pardauz«, und mit einem Satz kam der liebe Kasperl in seinem Nankinganzug zu mir ins Bett gesprungen, stemmte seine Arme zu beiden Seiten meines Kopfes in das Kissen und rief, grinsend auf mich herabnickend: »Ach, du liebs Brüderl! Ach, du hertausig liebs Brüderl!« Dabei hackte er mir mit seiner langen roten Nase in die meine, daß ich davon erwachte. Da sah ich denn freilich, daß es nur ein Traum gewesen war.
Ich verschloß das alles in meinem Herzen und wagte zu Hause kaum den Mund aufzutun von der Puppenkomödie. Als aber am nächsten Sonntag der Ausrufer wieder durch die Straßen ging, an sein Becken schlug und laut verkündigte: »Heute abend auf dem Schützenhof: Doktor Fausts Höllenfahrt, Puppenspiel in vier Aufzügen!« – da war es doch nicht länger auszuhalten. Wie die Katze um den heißen Brei, so schlich ich um meinen Vater herum, und endlich hatte er meinen stummen Blick verstanden. – »Pole«, sagte er, »es könnte dir ein Tropfen Blut vom Herzen gehen; vielleicht ist's die beste Kur, dich einmal gründlich satt zu machen.« Damit langte er in die Westentasche und gab mir einen Doppelschilling.
Ich rannte sofort aus dem Hause; erst auf der Straße wurde es mir klar, daß ja noch acht lange Stunden bis zum Anfang der Komödie abzuleben waren. So lief ich denn hinter den Gärten auf den Bürgersteig. Als ich an den offenen Grasgarten des Schützenhofs gekommen war, zog es mich unwillkürlich hinein; vielleicht, daß gar einige Puppen dort oben aus den Fenstern guckten; denn die Bühne lag ja an der Rückseite des Hauses. Aber ich mußte dann erst durch den oberen Teil des Gartens, der mit Linden- und Kastanienbäumen dicht bestanden war. Mir wurde etwas zag zumute; ich wagte doch nicht weiter vorzudringen.

Plötzlich erhielt ich von einem großen, hier angepflockten Ziegenbock einen Stoß in den Rücken, daß ich um zwanzig Schritte weiter flog. Das half; als ich mich umsah, stand ich schon unter den Bäumen.
Es war ein trüber Herbsttag; einzelne gelbe Blätter sanken schon zur Erde; über mir in der Luft schrien ein paar Strandvögel, die ans Haff hinausflogen; kein Mensch war zu sehen noch zu hören. Langsam schritt ich durch das Unkraut, das auf den Steigen wucherte, bis ich einen schmalen Steinhof erreicht hatte, der den Garten von dem Hause trennte. – Richtig! Dort von oben schauten zwei große Fenster in den Hof herab; aber hinter den kleinen in Blei gefaßten Scheiben war es schwarz und leer, keine Puppe war zu sehen. Ich stand eine Weile, mir wurde ganz unheimlich in der mich rings umgebenden Stille.
Da sah ich, wie unten die schwere Hoftür von innen eine Handbreit geöffnet wurde, und zugleich lugte auch ein schwarzes Köpfchen daraus hervor.
»Lisei!« rief ich.
Sie sah mich groß mit ihren dunklen Augen an. »B'hüt Gott!« sagte sie, »hab i doch nit gewußt, was da außa rumkraxln tät! Wo kommst denn du daher?«
»Ich? – Ich geh spazieren, Lisei! – Aber sag mir, spielt ihr denn schon jetzt Komödie?«
Sie schüttelte lachend den Kopf.
»Aber, was machst du denn hier?« fragte ich weiter, indem ich über den Steinhof zu ihr trat.
»I wart auf den Vater«, sagte sie, »er ist ins Quartier, um Band und Nagel zu holen, er macht's halt firti für heut abend.«
»Bist du denn ganz allein hier, Lisei?«
– »O nei; du bist ja aa no da!«
»Ich meine«, sagte ich, »ob nicht deine Mutter oben auf dem Saal ist?«
Nein, die Mutter saß in der Herberge und besserte die Puppenkleider aus; das Lisei war hier ganz allein.
»Hör«, begann ich wieder, »du könntest mir einen Gefallen tun; es ist unter eueren Puppen einer, der heißt Kasperl; den möcht ich gar zu gern einmal in der Nähe sehen.«
»Den Wurstl meinst?« sagte Lisei und schien sich eine Weile zu bedenken. »Nu, es ging scho; aber g'schwind mußt sein, eh denn der Vater wieder da ist!«

Mit diesen Worten waren wir schon ins Haus getreten und liefen eilig die steile Wendeltreppe hinauf. – Es war fast dunkel in dem großen Saale; denn die Fenster, welche sämtlich nach dem Hofe hinaus lagen, waren von der Bühne verdeckt; nur einzelne Lichtstreifen fielen durch die Spalten des Vorhangs.

»Komm!« sagte Lisei und hob seitwärts an der Wand die dort aus einem Teppich bestehende Verkleidung in die Höhe; wir schlüpften hindurch, und da stand ich in dem Wundertempel. – Aber von der Rückseite betrachtet und hier in der Tageshelle sah er ziemlich kläglich aus; ein Gerüst aus Latten und Brettern, worüber einige buntbekleckste Leinwandstücke hingen; das war der Schauplatz, auf welchem das Leben der heiligen Genoveva so täuschend an mir vorübergegangen war.

Doch ich hatte mich zu früh beklagt; dort, an einem Eisendrahte, der von einer Kulisse nach der Wand hinübergespannt war, sah ich zwei der wunderbaren Puppen schweben; aber sie hingen mit dem Rücken gegen mich, so daß ich sie nicht erkennen konnte.

»Wo sind die andern, Lisei?« fragte ich; denn ich hätte gern die ganze Gesellschaft auf einmal mir besehen.

»Hier im Kast'l«, sagte Lisei und klopfte mit ihrer kleinen Faust auf eine im Winkel stehende Kiste; »die zwei da sind schon zug'richt; aber geh nur her dazu und schau's dir a; er is scho dabei, dei Freund, der Kasperl!«

Und wirklich, er war es selber. »Spielt denn der heute abend auch wieder mit?« fragte ich.

»Freili, der is allimal dabei!«

Mit untergeschlagenen Armen stand ich und betrachtete meinen lieben lustigen Allerweltskerl. Da baumelte er, an sieben Schnüren aufgehängt; sein Kopf war vornübergesunken, daß seine großen Augen auf den Fußboden stierten und ihm die rote Nase wie ein breiter Schnabel auf der Brust lag. ›Kasperle, Kasperle‹, sagte ich bei mir selber, ›wie hängst du da elendiglich.‹ Da antwortete es ebenso: ›Wart nur, liebs Brüderl, wart nur bis heut abend!‹ – War das auch nur so in meinen Gedanken, oder hatte Kasperl selbst zu mir gesprochen? –

Ich sah mich um. Das Lisei war fort; sie war wohl vor die Haustür, um die Rückkehr ihres Vaters zu überwachen. – Da hörte ich sie eben noch von dem Ausgang des Saales rufen: »Daß d' mir aber nit an die Puppen rührst!« – – Ja – nun konnte ich es aber doch nicht lassen. Leise stieg ich auf eine neben mir stehende

Bank und begann erst an der einen, dann an der andern Schnur zu ziehen; die Kinnladen fingen an zu klappen, die Arme hoben sich, und jetzt fing auch der wunderbare Daumen an, ruckweise hin und her zu schießen. Die Sache machte gar keine Schwierigkeit; ich hatte mir die Puppenspielerei doch kaum so leicht gedacht. – Aber die Arme bewegten sich nur nach vorn und hinten aus; und es war doch gewiß, daß Kasperle sie in dem neulichen Stück auch seitwärts ausgestreckt, ja, daß er sie sogar über dem Kopf zusammengeschlagen hatte! Ich zog an allen Drähten, ich versuchte mit der Hand die Arme abzubiegen; aber es wollte nicht gelingen. Auf einmal tat es einen leisen Krach im Innern der Figur. ›Halt!‹ dachte ich, ›Hand vom Brett! Da hättst du können Unheil anrichten!‹

Leise stieg ich wieder von meiner Bank herab, und zugleich hörte ich auch Lisei von außen in den Saal treten.

»G'schwind, g'schwind!« rief sie und zog mich durch das Dunkel an die Wendeltreppe hinaus; »'s is eigentli nit recht«, fuhr sie fort, »daß i di eilass'n hab; aber, gel, du hast doch dei Gaudi g'habt!«

Ich dachte an den leisen Krach von vorhin. ›Ach, es wird ja nichts gewesen sein!‹ Mit dieser Selbsttröstung lief ich die Treppe hinab und durch die Hintertür ins Freie.

Soviel stand fest, der Kaspar war doch nur eine richtige Holzpuppe; aber das Lisei – was das für eine allerliebste Sprache führte! und wie freundlich sie mich gleich zu den Puppen mit hinaufgenommen hatte! – Freilich, und sie hatte es ja auch selbst gesagt, daß sie es so heimlich vor ihrem Vater getan, das war nicht völlig in der Ordnung. Unlieb – zu meiner Schande muß ich's gestehen – war diese Heimlichkeit mir grade nicht; im Gegenteil, die Sache bekam für mich dadurch noch einen würzigen Beigeschmack, und es muß ein recht selbstgefälliges Lächeln auf meinem Gesicht gestanden haben, als ich durch die Linden- und Kastanienbäume des Gartens wieder nach dem Bürgersteig hinabschlenderte.

Allein zwischen solchen schmeichelnden Gedanken hörte ich von Zeit zu Zeit vor meinem inneren Ohre immer jenen leisen Krach im Körper der Puppe; was ich auch vornahm, den ganzen Tag über konnte ich diesen jetzt aus meiner eigenen Seele herauftönenden unbequemen Laut nicht zum Schweigen bringen.

Es hatte sieben Uhr geschlagen; im Schützenhofe war heute, am Sonntagabend, alles besetzt; ich stand diesmal hinten, fünf Schuh hoch über dem Fußboden, auf dem Doppeltschillingsplatze. Die Talglichter brannten in den Blechlampetten, der Stadtmusikus und seine Gesellen fiedelten; der Vorhang rollte in die Höhe.

Ein hochgewölbtes gotisches Zimmer zeigte sich. Vor einem aufgeschlagenen Folianten saß im langen schwarzen Talar der Doktor Faust und klagte bitter, daß ihm all seine Gelehrsamkeit so wenig einbringe; keinen heilen Rock habe er mehr am Leibe, und vor Schulden wisse er sich nicht zu lassen; so wolle er denn jetzo mit der Hölle sich verbinden. – »Wer ruft nach mir?« ertönte zu seiner Linken eine furchtbare Stimme von der Wölbung des Gemaches herab. – »Faust, Faust, folge nicht!« kam eine andere, feine Stimme von der Rechten. – Aber Faust verschwor sich den höllischen Gewalten. – »Weh, weh deiner armen Seele!« Wie ein seufzender Windeshauch klang es von der Stimme des Engels; von der Linken schallte eine gellende Lache durchs Gemach. – – Da klopfte es an die Tür. »Verzeihung, Euere Magnifizenz?« Fausts Famulus Wagner war eingetreten. Er bat, ihm für die grobe Hausarbeit die Annahme eines Gehülfen zu gestatten, damit er sich besser aufs Studieren legen könne. »Es hat sich«, sagte er, »ein junger Mann bei mir gemeldet, welcher Kasperl heißt und gar fürtreffliche Qualitäten zu besitzen scheint.« – Faust nickte gnädig mit dem Kopfe und sagte: »Sehr wohl, lieber Wagner, diese Bitte sei Euch gewährt.« Dann gingen beide miteinander fort. – –

»Pardauz!« rief es; und da war er. Mit einem Satz kam er auf die Bühne gesprungen, daß ihm das Felleisen auf dem Buckel hüpfte.

– – ›Gott sei gelobt!‹ dachte ich; ›er ist noch ganz gesund; er springt noch ebenso wie vorigen Sonntag in der Burg der schönen Genoveva!‹ Und seltsam, sosehr ich ihn am Vormittage in meinen Gedanken nur für eine schmähliche Holzpuppe erklärt hatte, mit seinem ersten Worte war der ganze Zauber wieder da.

Emsig spazierte er im Zimmer auf und ab. »Wenn mich jetzt mein Vater Papa sehen tät«, rief er, »der würd sich was Rechts freuen. Immer pflegt er zu sagen: ›Kasperl, mach, daß du dein Sach in Schwung bringst!‹ – Oh, jetzund hab ich's in Schwung; denn ich kann mein Sach haushoch werfen!« – Damit machte er

Miene, sein Felleisen in die Höhe zu schleudern; und es flog auch wirklich, da es am Draht gezogen wurde, bis an die Deckenwölbung hinauf; aber – Kasperls Arme waren an seinem Leibe klebengeblieben; es ruckte und ruckte, aber sie kamen um keine Handbreit in die Höhe.
Kasperl sprach und tat nichts weiter. – Hinter der Bühne entstand eine Unruhe, man hörte leise, aber heftig sprechen, der Fortgang des Stückes war augenscheinlich unterbrochen.
Mir stand das Herz still; da hatten wir die Bescherung! Ich wäre gern fortgelaufen, aber ich schämte mich. Und wenn gar dem Lisei meinetwegen etwas geschähe!
Da begann Kasperl auf der Bühne plötzlich ein klägliches Geheule, wobei ihm Kopf und Arme schlaff herunterhingen, und der Famulus Wagner erschien wieder und fragte ihn, warum er denn so lamentiere.
»Ach, mei Zahnerl, mei Zahnerl!« schrie Kasperl.
»Guter Freund«, sagte Wagner, »so laß Er sich einmal in das Maul sehen!« – Als er ihn hierauf bei der großen Nase packte und ihm zwischen die Kinnladen hineinschaute, trat auch der Doktor Faust wieder in das Zimmer. – »Verzeihen Euere Magnifizenz«, sagte Wagner, »ich werde diesen jungen Mann in meinem Dienst nicht gebrauchen können; er muß sofort in das Lazarett geschafft werden!«
»Is das a Wirtshaus?« fragte Kasperle.
»Nein, guter Freund«, erwiderte Wagner, »das ist ein Schlachthaus. Man wird Ihm dort einen Weisheitszahn aus der Haut schneiden, und dann wird er seiner Schmerzen ledig sein.«
»Ach, du liebs Hergottl«, jammerte Kasperl, »muß mi arms Viecherl so ein Unglück treffen! Ein Weisheitszahnerl, sagt Ihr, Herr Famulus? Das hat noch keiner in der Famili gehabt! Da geht's wohl auch mit meiner Kasperlschaft zu End?«
»Allerdings, mein Freund«, sagte Wagner; »eines Dieners mit Weisheitszähnen bin ich baß entraten; die Dinger sind nur für uns gelehrte Leute. Aber Er hat ja noch einen Brudersssohn, der sich auch bei mir zum Dienst gemeldet hat. Vielleicht«, und er wandte sich gegen den Doktor Faust, »erlauben Euere Magnifizenz!«
Der Doktor Faust machte eine würdige Drehung mit dem Kopfe.
»Tut, was Euch beliebt, mein lieber Wagner«, sagte er; »aber

stört mich nicht weiter mit Eueren Lappalien in meinem Studium der Magie!«

– – »Heere, mei Gutester«, sagte ein Schneidergesell, der vor mir auf der Brüstung lehnte, zu seinem Nachbar, »das geheert ja nicht zum Stück, ich kenn's, ich hab es vor ä Weilchen erst in Seifersdorf gesehn.« – Der andere aber sagte nur: »Halt's Maul, Leipziger!« und gab ihm einen Rippenstoß.

– – Auf der Bühne war indessen Kasperle, der zweite, aufgetreten. Er hatte eine unverkennbare Ähnlichkeit mit seinem kranken Onkel, auch sprach er ganz genau wie dieser; nur fehlte ihm der bewegliche Daumen, und in seiner großen Nase schien er kein Gelenk zu haben.

Mir war ein Stein vom Herzen gefallen, als das Stück nun ruhig weiterspielte, und bald hatte ich alles um mich her vergessen. Der teuflische Mephistopheles erschien in einem feuerfarbenen Mantel, das Hörnchen vor der Stirn, und Faust unterzeichnete mit seinem Blute den höllischen Vertrag:

»Vierundzwanzig Jahre sollst du mir dienen; dann will ich dein sein mit Leib und Seele.«

Hierauf fuhren beide in des Teufels Zaubermantel durch die Luft davon. Für Kasperle kam eine ungeheuere Kröte mit Fledermausflügeln aus der Luft herab. »Auf dem höllischen Sperling soll ich nach Parma reiten?« rief er, und als das Ding wackelnd mit dem Kopfe nickte, stieg er auf und flog den beiden nach.

– – Ich hatte mich ganz hinten an die Wand gestellt, wo ich besser über alle die Köpfe vor mir hinwegsehen konnte. Und jetzt rollte der Vorhang zum letzten Aufzug in die Höhe.

Endlich ist die Frist verstrichen. Faust und Kasper sind beide wieder in ihrer Vaterstadt. Kasper ist Nachtwächter geworden; er geht durch die dunkeln Straßen und ruft die Stunden ab:

Hört, ihr Herrn, und laßt euch sagen,
Meine Frau hat mich geschlagen;
Hüt't euch vor dem Weiberrock!
Zwölf ist der Klock! Zwölf ist der Klock!

Von fern hört man eine Glocke Mitternacht schlagen. Da wankt Faust auf die Bühne; er versucht zu beten, aber nur Heulen und Zähneklappern tönt aus seinem Halse. Von oben ruft eine Donnerstimme:

Fauste, Fauste, in aeternum damnatus es!

Eben fuhren im Feuerregen drei schwarzhaarige Teufel herab, um sich des Armen zu bemächtigen, da fühlte ich eins der Bretter zu meinen Füßen sich verschieben. Als ich mich bückte, um es zurechtzubringen, glaubte ich aus dem dunkeln Raume unter mir ein Geräusch zu hören; ich horchte näher hin; es klang wie das Schluchzen einer Kinderstimme. – ›Lisei!‹ dachte ich ›wenn es Lisei wäre!‹ Wie ein Stein fiel meine ganze Untat mir wieder aufs Gewissen; was kümmerte mich jetzt der Doktor Faust und seine Höllenfahrt!

Unter heftigem Herzklopfen drängte ich mich durch die Zuschauer und ließ mich seitwärts an dem Brettergerüst herabgleiten. Rasch schlüpfte ich in den darunter befindlichen Raum, in welchem ich an der Wand entlang ganz aufrecht gehen konnte; aber es war fast dunkel, so daß ich mich an den überall untergestellten Latten und Balken stieß. »Lisei!« rief ich. Das Schluchzen, das ich eben noch gehört hatte, wurde plötzlich still; aber dort in dem tiefsten Winkel sah ich etwas sich bewegen. Ich tastete mich weiter bis an das Ende des Raumes, und – da saß sie, zusammengekauert, das Köpfchen in den Schoß gedrückt.

Ich zupfte sie am Kleide. »Lisei!« sagte ich leise, »bist du es? Was machst du hier?«

Sie antwortete nicht, sondern begann wieder vor sich hin zu schluchzen.

»Lisei«, fragte ich wieder, »was fehlt dir? So sprich doch nur ein einziges Wort!«

Sie hob den Kopf ein wenig. »Was soll i da red'n!« sagte sie, »Du weißt's ja von selber, daß du den Wurstl hast verdreht.«

»Ja, Lisei«, antwortete ich kleinlaut; »ich glaub es selber, daß ich das getan habe.«

– »Ja, du! – Und i hab dir's doch g'sagt!«

»Lisei, was soll ich tun?«

– »Nu, halt nix!«

»Aber was soll denn daraus werden?«

– »Nu, halt aa nix!« Sie begann wieder laut zu weinen. »Aber i – wenn i z'Haus komm – da krieg i die Peitsch'n!«

»Du die Peitsche, Lisei!« – Ich fühlte mich ganz vernichtet. »Aber ist dein Vater denn so strenge?«

»Ach, mei guts Vaterl!« schluchzte Lisei.

Also die Mutter! Oh, wie ich, außer mir selber, diese Frau haßte, die immer mit ihrem Holzgesichte an der Kasse saß!

Von der Bühne hörte ich Kasperl, den zweiten, rufen: »Das Stück ist aus! Komm, Gret'l, laß uns Kehraus tanzen!« Und in demselben Augenblick begann auch über unsern Köpfen das Scharren und Trappeln mit den Füßen, und bald polterte alles von den Bänken herunter und drängte sich dem Ausgange zu; zuletzt kam der Stadtmusikus mit seinen Gesellen, wie ich aus dem Tönen des Brummbasses hörte, mit dem sie beim Fortgehen an den Wänden anstießen. Dann allmählich wurde es still, nur hinten auf der Bühne hörte man noch die Tendlerschen Eheleute miteinander reden und wirtschaften. Nach einer Weile kamen auch sie in den Zuschauerraum; sie schienen erst an den Musikantenpulten, dann an den Wänden die Lichter auszuputzen; denn es wurde allmählich immer finsterer.

»Wenn i nur wüßt, wo die Lisei abblieben ist!« hörte ich Herrn Tendler zu seiner an der gegenüberliegenden Wand beschäftigten Frau hinüberrufen.

»Wo sollt sie sein!« rief diese wieder; »'s ist 'n störrig Ding; ins Quartier wird sie gelaufen sein!«

»Frau«, antwortete der Mann, »du bist auch zu wüst mit dem Kind gewesen; sie hat doch halt so a weichs Gemüt!«

»Ei was«, rief die Frau; »ihr' Straf muß sie hab'n; sie weiß recht gut, daß die schöne Marionett noch von mei'm Vater selig ist! Du wirst sie nit wieder kurieren, und der zweit' Kasper ist doch halt nur ein Notknecht!«

Die lauten Wechselreden hallten in dem leeren Saale wider. Ich hatte mich neben Lisei hingekauert; wir hatten uns bei den Händen gefaßt und saßen mäuschenstille.

»G'schieht mir aber schon recht«, begann wieder die Frau, die eben gerade über unsern Köpfen stand, »warum hab ich's gelitten, daß du das gotteslästerlich Stück heute wieder aufgeführt hast! Mein Vater selig hat's nimmer wollen in seinen letzten Jahren!«

»Nu, nu, Resel!« rief Herr Tendler von der andern Wand; »dein Vater war ein b'sondrer Mann. Das Stück gibt doch allfort eine gute Cassa; und ich mein', es ist doch auch a Lehr und Beispiel für die vielen Gottlosen in der Welt!«

»Ist aber bei uns zum letztenmal heut geb'n. Und nu red mir nit mehr davon!« erwiderte die Frau.

Herr Tendler schwieg. – Es schien jetzt nur noch ein Licht zu brennen, und die beiden Eheleute näherten sich dem Ausgang.

»Lisei«, flüsterte ich, »wir werden eingeschlossen.«

»Laß!« sagte sie, »i kann nit; i geh nit furt!«

»Dann bleib ich auch!«

– »Aber dei Vater und Mutter!«

»Ich bleib doch bei dir!«

Jetzt wurde die Tür des Saales zugeschlagen; – dann ging's die Treppe hinab, und dann hörten wir, wie draußen auf der Straße die große Haustür abgeschlossen wurde.

Da saßen wir denn. Wohl eine Viertelstunde saßen wir so, ohne auch nur ein Wort miteinander zu reden. Zum Glück fiel mir ein, daß sich noch zwei Heißewecken in meiner Tasche befanden, die ich für einen meiner Mutter abgebettelten Schilling auf dem Herwege gekauft und über all dem Schauen ganz vergessen hatte. Ich steckte Lisei den einen in ihre kleinen Hände; sie nahm ihn schweigend, als verstehe es sich von selbst, daß ich das Abendbrot besorge, und wir schmausten eine Weile. Dann war auch das zu Ende. – Ich stand auf und sagte: »Laß uns hinter die Bühne gehen; da wirds's heller sein; ich glaub, der Mond scheint draußen!« Und Lisei ließ sich geduldig durch die kreuz und quer stehenden Latten von mir in den Saal hinausleiten.

Als wir hinter der Verkleidung in den Bühnenraum geschlüpft waren, schien dort vom Garten her das helle Mondlicht in die Fenster.

An dem Drahtseil, an dem am Vormittage nur die beiden Puppen gehangen hatten, sah ich jetzt alle, die vorhin im Stück aufgetreten waren. Da hing der Doktor Faust mit seinem scharfen blassen Gesicht, der gehörnte Mephistopheles, die drei kleinen schwarzhaarigen Teufelchen, und dort neben der geflügelten Kröte waren auch die beiden Kasperls. Ganz stille hingen sie da in der bleichen Mondscheinbeleuchtung; fast wie Verstorbene kamen sie mir vor. Der Hauptkasperl hatte zum Glück wieder seinen breiten Nasenschnabel auf der Brust liegen, sonst hätte ich geglaubt, daß seine Blicke mich verfolgen müßten.

Nachdem Lisei und ich eine Weile, nicht wissend, was wir beginnen sollten, an dem Theatergerüste umhergestanden und -geklettert waren, lehnten wir uns nebeneinander auf die Fensterbank. – Es war Unwetter geworden; am Himmel, gegen den Mond, stieg eine Wolkenbank empor; drunten im Garten konnte man die Blätter zu Haufen von den Bäumen wehen sehen.

»Guck«, sagte Lisei nachdenklich, »wie's da aufi g'schwomma kimmt! Da kann mei alte gute Bas' nit mehr vom Himm'l abi schaun.«

»Was für eine alte Bas', Lisei?« fragte ich.

– »Nu, wo i g'west bin, bis sie halt g'storb'n ist.«

Dann blickten wir wieder in die Nacht hinaus. – Als der Wind gegen das Haus und auf die kleinen undichten Fensterscheiben stieß, fing hinter mir an dem Drahtseil die stille Gesellschaft mit ihren hölzernen Gliedern an zu klappern. Ich drehte mich unwillkürlich um und sah nun, wie sie, vom Zugwind bewegt, mit den Köpfen wackelten und die steifen Arm' und Beine durcheinanderregten. Als aber plötzlich der kranke Kasperl seinen Kopf zurückschlug und mich mit seinen weißen Augen anstierte, da dachte ich, es sei doch besser, ein wenig an die Seite zu gehen.

Unweit vom Fenster, aber so, daß die Kulissen dort vor dem Anblick dieser schwebenden Tänzer schützen mußten, stand die große Kiste; sie war offen; ein paar wollene Decken, vermutlich zum Verpacken der Puppen bestimmt, lagen nachlässig darüber hingeworfen.

Als ich mich eben dorthin begeben hatte, hörte ich Lisei vom Fenster her so recht aus Herzensgrunde gähnen.

»Bist du müde, Lisei?« fragte ich.

»O nein«, erwiderte sie, indem sie ihre Ärmchen fest zusammenschränkte; »aber i frier halt!«

Und wirklich, es war kalt geworden in dem großen leeren Raume, auch mich fror. »Komm hieher!« sagte ich, »wir wollen uns in die Decken wickeln.«

Gleich darauf stand Lisei bei mir und ließ sich geduldig von mir in die eine Decke wickeln; sie sah aus wie eine Schmetterlingspuppe, nur daß oben noch das allerliebste Gesichtchen herausguckte. »Weißt«, sagte sie und sah mich mit zwei großen müden Augen an, »i steig ins Kistl, da hält's warm!«

Das leuchtete auch mir ein; im Verhältnis zu der wüsten Umgebung winkte hier sogar ein traulicher Raum, fast wie ein dichtes Stübchen. Und bald saßen wir armen törichten Kinder wohlverpackt und dicht aneinandergeschmiegt in der hohen Kiste. Mit Rücken und Füßen hatten wir uns gegen die Seitenwände gestemmt; in der Ferne hörten wir die schwere Saaltür in den Falzen klappen; wir aber saßen ganz sicher und behaglich.

»Friert dich noch, Lisei?« fragte ich.

»Ka bisserl!«

Sie hatte ihr Köpfchen auf meine Schulter sinken lassen; ihre Augen waren schon geschlossen. »Was wird mei guts Vaterl –« lallte sie noch; dann hörte ich an ihren gleichmäßigen Atemzügen, daß sie eingeschlafen war.

Ich konnte von meinem Platze aus durch die oberen Scheiben des einen Fensters sehen. Der Mond war aus seiner Wolkenhülle wieder hervorgeschwommen, in der er eine Zeitlang verborgen gewesen war; die alte Bas' konnte jetzt wieder vom Himmel herunterschauen, und ich denke wohl, sie hat's recht gern getan. Ein Streifen Mondlicht fiel auf das Gesichtchen, das nahe an dem meinen ruhte; die schwarzen Augenwimpern lagen wie seidene Fransen auf den Wangen, der kleine rote Mund atmete leise, nur mitunter zuckte noch ein kurzes Schluchzen aus der Brust herauf; aber auch das verschwand; die alte Bas' schaute gar so mild vom Himmel. – Ich wagte mich nicht zu rühren. ›Wie schön müßte es sein‹, dachte ich, ›wenn das Lisei deine Schwester wäre, wenn sie dann immer bei dir bleiben könnte!‹ Denn ich hatte keine Geschwister, und wenn ich auch nach Brüdern kein Verlangen trug, so hatte ich mir doch oft das Leben mit einer Schwester in meinen Gedanken ausgemalt und konnte es nie begreifen, wenn meine Kameraden mit denen, die sie wirklich besaßen, in Zank und Schlägerei gerieten.

Ich muß über solchen Gedanken doch wohl eingeschlafen sein; denn ich weiß noch, wie mir allerlei wildes Zeug geträumt hat. Mir war, als säße ich mitten in dem Zuschauerraum, die Lichter an den Wänden brannten, aber niemand außer mir saß auf den leeren Bänken. Über meinem Kopfe, unter der Balkendecke des Saales, ritt Kasperl auf dem höllischen Sperling in der Luft herum und rief einmal übers andere: »Schlimms Brüderl! Schlimms Brüderl!« oder auch mit kläglicher Stimme: »Mein Arm! Mein Arm!«

Da wurde ich von einem Lachen aufgeweckt, das über meinem Kopfe erschallte; vielleicht auch von dem Lichtschein, der mir plötzlich in die Augen fiel. »Nun seh mir einer dieses Vogelnest!« hörte ich die Stimme meines Vaters sagen, und dann etwas barscher: »Steig heraus, Junge!«

Das war der Ton, der mich stets mechanisch in die Höhe trieb. Ich riß die Augen auf und sah meinen Vater und das Tendlersche Ehepaar an unserer Kiste stehen; Herr Tendler trug eine brennende Laterne in der Hand. Meine Anstrengung, mich zu erheben, wurde indessen durch Lisei vereitelt, die, noch immer fortschlafend, mit ihrer ganzen kleinen Last mir auf die Brust gesunken war. Als sich aber jetzt zwei knochige Arme ausstreckten, um sie aus der Kiste herauszuheben, und ich das Holzgesicht der Frau Tendler sich auf uns niederbeugen sah, da schlug ich die Arme so ungestüm um meine kleine Freundin, daß ich dabei der guten Frau fast ihren alten italienischen Strohhut vom Kopfe gerissen hätte.

»Nu, nu, Bub!« rief sie und trat einen Schritt zurück; ich aber, aus unserer Kiste heraus, erzählte mit geflügelten Worten, und ohne mich dabei zu schonen, was am Vormittag geschehen war.

»Also, Madame Tendler«, sagte mein Vater, als ich mit meinem Bericht zu Ende war, und machte zugleich eine sehr verständliche Handbewegung, »da könnten Sie es mir ja wohl überlassen, dieses Geschäft allein mit meinem Jungen abzumachen.«

»Ach ja, ach ja!« rief ich eifrig, als wenn mir soeben der angenehmste Zeitvertreib verheißen wäre.

Lisei war indessen auch erwacht und von ihrem Vater auf den Arm genommen worden. Ich sah, wie sie die Arme um seinen Hals schlang und ihm bald eifrig ins Ohr flüsterte, bald ihm zärtlich in die Augen sah oder wie beteuernd mit dem Köpfchen nickte. Gleich darauf ergriff auch der Puppenspieler die Hand meines Vaters. »Lieber Herr«, sagte er, »die Kinder bitten füreinander. Mutter, du bist ja auch nit gar so schlimm! Lassen wir es diesmal halt dabei!«

Madame Tendler sah indes noch immer unbeweglich aus ihrem großen Strohhute. »Du magst selb schauen, wie du ohne den Kasperl fertig wirst!« sagte sie mit einem strengen Blick auf ihren Mann.

In dem Antlitz meines Vaters sah ich ein gewisses lustiges Augenzwinkern, das mir Hoffnung machte, es werde das Unwetter diesmal so an mir vorüberziehen; und als er jetzt sogar versprach, am andern Tage seine Kunst zur Herstellung des Invaliden aufzubieten, und dabei Madame Tendlers italienischer Strohhut in die holdseligste Bewegung geriet, da war ich sicher, daß wir beiderseits im trocknen waren.

Bald marschierten wir unten durch die dunkeln Gassen, Herr Tendler mit der Laterne voran, wir Kinder Hand in Hand den

Alten nach. – Dann: »Gut Nacht, Paul! Ach, will i schlaf'n!« Und weg war das Lisei; ich hatte gar nicht gemerkt, daß wir schon bei unseren Wohnungen angekommen waren.

Am andern Vormittage, als ich aus der Schule gekommen war, traf ich Herrn Tendler mit seinem Töchterchen schon in unserer Werkstatt. »Nun, Herr Kollege«, sagte mein Vater, der eben das Innere der Puppe untersuchte, »das sollte denn doch schlimm zugehen, wenn wir zwei Mechanici den Burschen hier nicht wieder auf die Beine brächten.

»Gel, Vater«, rief das Lisei, »da werd aa die Mutter nit mehr brumm'n.«

Herr Tendler strich zärtlich über das schwarze Haar des Kindes; dann wendete er sich zu meinem Vater, der ihm die Art der beabsichtigten Reparatur auseinandersetzte. »Ach, lieber Herr«, sagte er, »ich bin kein Mechanicus, den Titel hab ich nur so mit den Puppen übernommen; ich bin eigentlich meines Zeichens ein Holzschnitzer aus Berchtesgaden. Aber mein Schwiegervater selig – Sie haben gewiß von ihm gehört –, das war halt einer, und mein Reserl hat noch allweg ihr kleins Gaudi, daß sie die Tochter vom berühmten Puppenspieler Geißelbrecht ist. Der hat auch die Mechanik in dem Kasperl da g'macht; ich hab ihm derzeit nur 's G'sichtl ausgeschnitten.«

»Ei nun, Herr Tendler«, erwiderte mein Vater, »das ist ja auch schon eine Kunst. Und dann – sagt mir nur, wie war's denn möglich, daß Ihr Euch gleich zu helfen wußtet, als die Schandtat meines Jungen da so mitten in dem Stück zum Vorschein kam?«

Das Gespräch begann mir etwas unbehaglich zu werden; in Herrn Tendlers gutmütigem Angesicht aber leuchtete plötzlich die ganze Schelmerei des Puppenspielers. »Ja, lieber Herr«, sagte er, »da hat man halt für solch Fäll sein G'spaßerl in der Taschen! Auch ist da noch so ein Bruderssöhnerl, ein Wurstl Nummer zwei, der grad 'ne solche Stimm hat wie dieser da!«

Ich hatte indessen die Lisei am Kleide gezupft und war glücklich mit ihr nach unserem Garten entkommen. Hier unter der Linde saßen wir, die auch über uns beide jetzt ihr grünes Dach ausbreitet; nur blühten damals nicht mehr die roten Nelken auf den Beeten dort; aber ich weiß noch wohl, es war ein sonniger Septembernachmittag. Meine Mutter kam aus ihrer Küche und begann ein Gespräch mit dem Puppenspielerkinde; sie hatte denn doch auch so ihre kleine Neugierde.

Wie es denn heiße, fragte sie, und ob es denn schon immer so von Stadt zu Stadt gefahren sei. – – Ja, Lisei heiße es – ich hatte das meiner Mutter auch schon oft genug gesagt –, aber dies sei seine erste Reis'; drum könne es auch das Hochdeutsch noch nit so völlig firti krieg'n. – – Ob es denn auch zur Schule gegangen sei. – – Freili; es sei schon zur Schul gang'n; aber das Nähen und Strikken habe es von seiner alten Bas' gelernt; die habe auch so a Gärtl g'habt, da drin hätten sie zusammen auf dem Bänkerl gesessen; nun lerne es bei der Mutter, aber die sei gar streng!

Meine Mutter nickte beifällig. – Wie lange ihre Eltern denn wohl hier verweilen würden, fragte sie das Lisei wieder. – – Ja, das wüßt es nit, das käme auf die Mutter an; doch pflegten sie so ein vier Wochen am Ort zu bleiben. – – Ja, ob's denn auch ein warmes Mäntelchen für die Weiterreise habe; denn so im Oktober würde es schon kalt auf dem offenen Wägelchen. – – Nun, meinte Lisei, ein Mäntelchen habe sie schon, aber ein dünnes sei es nur; es hab sie auch schon darin gefroren auf der Herreis'.

Und jetzt befand sich meine gute Mutter auf dem Fleck, wonach ich sie schon lange hatte zusteuern sehen. »Hör, kleine Lisei«, sagte sie, »ich hab einen braven Mantel in meinem Schranke hängen, noch von den Zeiten her, da ich ein schlankes Mädchen war; ich bin aber jetzt herausgewachsen und habe keine Tochter, für die ich ihn noch zurechtschneidern könnte. Komm nur morgen wieder, Lisei, da steckt ein warmes Mäntelchen für dich darin.«

Lisei wurde rot vor Freude und hatte im Umsehen meiner Mutter die Hand geküßt, worüber diese ganz verlegen wurde; denn du weißt, hierzulande verstehen wir uns schlecht auf solche Narreteien! – Zum Glück kamen jetzt die beiden Männer aus der Werkstatt. »Für diesmal gerettet«, rief mein Vater; »aber – –!« Der warnend gegen mich geschüttelte Finger war das Ende meiner Buße.

Fröhlich lief ich ins Haus und holte auf Geheiß meiner Mutter deren großes Umschlagtuch; denn um den kaum Genesenen vor dem zwar wohlgemeinten, aber immerhin unbequemen Zujauchzen der Gassenjugend zu bewahren, das ihn auf seinem Herwege begleitet hatte, wurde der Kasper jetzt sorgsam eingehüllt; dann nahm Lisei ihn auf den Arm, Herr Tendler das Lisei an der Hand, und so, unter Dankesversicherungen, zogen sie vergnügt die Straße nach dem Schützenhof hinab.

Und nun begann eine Zeit des schönsten Kinderglückes. – Nicht nur am andern Vormittage, sondern auch an den folgenden Tagen kam das Lisei; denn sie hatte nicht abgelassen, bis ihr gestattet worden, auch selbst an ihrem neuen Mäntelchen zu nähen. Zwar war's wohl mehr nur eine Scheinarbeit, die meine Mutter in ihre kleinen Hände legte; aber sie meinte doch, das Kind müßte recht ordentlich angehalten sein. Ein paarmal setzte ich mich daneben und las aus einem Bande von Weißens »Kinderfreunde« vor, den mein Vater einmal auf einer Auktion für mich gekauft hatte, zum Entzücken Liseis, der solche Unterhaltungsbücher noch unbekannt waren. »Das is g'schickt!« oder »Ei du, was geit's für Sachan auf der Welt!« Dergleichen Worte rief sie oft dazwischen und legte die Hände mit ihrer Näharbeit in den Schoß. Mitunter sah sie mich auch von unten mit ganz klugen Augen an und sagte: »Ja, wenn's Geschichtl nur nit derlog'n ist« – Mir ist's, als hörte ich es noch heute.

– – Der Erzähler schwieg, und in seinem schönen männlichen Antlitz sah ich einen Ausdruck stillen Glückes, als sei das alles, was er mir erzählte, zwar vergangen, aber keineswegs verloren. Nach einer Weile begann er wieder:

Meine Schularbeiten machte ich niemals besser als in jener Zeit; denn ich fühlte wohl, daß das Auge meines Vaters mich strenger als je überwachte und daß ich mir den Verkehr mit den Puppenspielerleuten nur um den Preis eines strengen Fleißes erhalten könne. »Es sind reputierliche Leute, die Tendlers«, hörte ich einmal meinen Vater sagen; »der Schneiderwirt drüben hat ihnen auch heute ein ordentliches Stübchen eingeräumt; sie zahlen jeden Morgen ihre Zeche; nur, meinte der Alte, sei es leider blitzwenig, was sie draufgehen ließen. – Und das«, setzte mein Vater hinzu, »gefällt mir besser als dem Herbergsvater; sie mögen an den Notpfennig denken, was sonst nicht die Art solcher Leute ist.« – – Wie gern hörte ich meine Freunde loben! Denn das waren sie jetzt alle; sogar Madame Tendler nickte ganz vertraulich aus ihrem Strohhute, wenn ich – keiner Einlaßkarte mehr bedürftig – abends an ihrer Kasse vorbei in den Saal schlüpfte. – Und wie rannte ich jetzt vormittags aus der Schule! Ich wußte wohl, zu Hause traf ich das Lisei entweder bei meiner Mutter in der Küche, wo sie allerlei kleine Dienste für sie zu verrichten wußte, oder es saß auf der Bank im Garten, mit einem Buche oder mit einer Näharbeit in der Hand. Und bald wußte ich sie auch in meinem Dienste zu beschäftigen; denn nachdem ich mich genügend in den innern Zusammenhang der Sache eingeweiht glaubte, beabsichtigte ich nichts Geringeres, als nun auch meinerseits ein Marionettentheater einzurichten. Vorläufig begann ich mit dem Ausschnitzen der Puppen, wobei Herr Tendler, nicht ohne eine gutmütige Schelmerei in seinen kleinen Augen, mir in der Wahl des Holzes und der Schnitzmesser mit Rat und Hülfe zur Hand ging; und bald ragte auch in der Tat eine mächtige Kasperlenase aus dem Holzblöckchen in die Welt. Da aber andererseits der Nanking des »Wurstls« mir zuwenig interessant erschien, so mußte indessen das Lisei aus »Fetz'ln«, die wiederum der alte Gabriel hatte hergeben müssen, gold- und silberbesetzte Mäntel und Wämser für Gott weiß welche andere künftige Puppen anfertigen. Mitunter trat auch der alte Heinrich mit seiner kurzen Pfeife aus der Werkstatt zu uns, ein Geselle meines Vaters, der, solang ich denken konnte, zur Familie gehörte; er nahm mir dann wohl das Messer aus der Hand und gab durch ein paar Schnitte dem Dinge hie und da den rechten Schick. Aber schon wollte meiner Phantasie selbst der Tendlersche Haupt- und Prinzipalkasperl nicht mehr genügen; ich wollte noch ganz etwas anderes leisten; für den meinigen ersann ich noch drei weitere, nie dagewesene und höchst wirkungsvolle Gelenke, er sollte seitwärts mit dem Kinne wackeln, die Ohren hin und her bewegen und die Unterlippe auf- und abklappen können; und er wäre auch jedenfalls ein ganz unerhörter Prachtkerl geworden, wenn er nur nicht schließlich über all seinen Gelenken schon in der Geburt zugrunde gegangen wäre. Auch sollte leider weder der Pfalzgraf Siegfried noch irgendein anderer Held des Puppenspiels durch meine Hand zu einer fröhlichen Auferstehung gelangen. – Besser glückte es mir mit dem Bau einer unterirdischen Höhle, in der ich an kalten Tagen mit Lisei auf einem Bänkchen zusammensaß und ihr bei dem spärlichen Lichte, das durch eine oben angebrachte Fensterscheibe fiel, die Geschichten aus dem Weißeschen »Kinderfreunde« vorlas, die sie immer von neuem hören konnte. Meine Kameraden neckten mich wohl und schalten mich einen Mädchenknecht, weil ich, statt wie sonst mit ihnen, jetzt mit der Puppenspielertochter meine Zeit zubrachte.

Mich kümmerte das wenig; wußte ich doch, es redete nur der Neid aus ihnen, und wo es mir zu arg wurde, da brauchte ich denn auch einmal ganz wacker meine Fäuste.
– – Aber alles im Leben ist nur für eine Spanne Zeit. Die Tendlers hatten ihre Stücke durchgespielt; die Puppenbühne auf dem Schützenhofe wurde abgebrochen; sie rüsteten sich zum Weiterziehen.
Und so stand ich denn an einem stürmischen Oktobernachmittage draußen vor unserer Stadt auf dem hohen Heiderücken, sah bald traurig auf den breiten Sandweg, der nach Osten in die kahle Gegend hinausläuft, bald sehnsüchtig nach der Stadt zurück, die in Dunst und Nebel in der Niederung lag. Und da kam es herangetrabt, das kleine Wägelchen mit den zwei hohen Kisten darauf und dem munteren braunen Pferdchen in der Gabeldeichsel. Herr Tendler saß jetzt vorn auf einem Brettchen, hinter ihm Lisei in dem neuen warmen Mäntelchen neben ihrer Mutter. – Ich hatte schon vor der Herberge von ihnen Abschied genommen; dann aber war ich vorausgelaufen, um sie alle noch einmal zu sehen und um Lisei, wozu ich von meinem Vater die Erlaubnis erhalten hatte, den Band von Weißens »Kinderfreunde« als Angedenken mitzugeben; auch eine Düte mit Kuchen hatte ich um einige ersparte Sonntagssechslinge für sie eingehandelt. »Halt! Halt!« rief ich jetzt und stürzte von meinem Heidehügel auf das Fuhrwerk zu. – Herr Tendler zog die Zügel an, der Braune stand, und ich reichte Lisei meine kleinen Geschenke in den Wagen, die sie neben sich auf den Stuhl legte. Als wir uns aber, ohne ein Wort zu sagen, an beiden Händen griffen, da brachen wir armen Kinder in ein lautes Weinen aus. Doch in demselben Augenblicke peitschte auch schon Herr Tendler auf sein Pferdchen. »Ade, mein Bub! Bleib brav und dank aa no schön dei'm Vaterl und dei'm Mutterl!«
»Ade! Ade!« rief das Lisei; das Pferdchen zog an, das Glöckchen an seinem Halse bimmelte; ich fühlte die kleinen Hände aus den meinen gleiten, und fort fuhren sie, in die weite Welt hinaus.
Ich war wieder am Rande des Weges emporgestiegen und blickte unverwandt dem Wägelchen nach, wie es durch den stäubenden Sand dahinzog. Immer schwächer hörte ich das Gebimmel des Glöckchens; einmal noch sah ich ein weißes Tüchelchen um die Kisten flattern; dann allmählich verlor es sich mehr und mehr in den grauen Herbstnebeln. – Da fiel es plötzlich wie eine To-

desangst mir auf das Herz: du siehst sie nimmer, nimmer wieder! – »Lisei!« schrie ich, »Lisei!« – Als aber dessenungeachtet, vielleicht wegen einer Biegung der Landstraße, der nur noch im Nebel schwimmende Punkt jetzt völlig meinen Augen entschwand, da rannte ich wie unsinnig auf dem Wege hinterdrein. Der Sturm riß mir die Mütze vom Kopf, meine Stiefel füllten sich mit Sand; aber so weit ich laufen mochte, ich sah nichts anderes als die öde baumlose Gegend und den kalten grauen Himmel, der darüberstand. – Als ich endlich bei einbrechender Dunkelheit zu Hause wieder angelangt war, hatte ich ein Gefühl, als sei die ganze Stadt indessen ausgestorben. Es war eben der erste Abschied meines Lebens.

Wenn in den nun folgenden Jahren der Herbst wiederkehrte, wenn die Krammetsvögel durch die Gärten unserer Stadt flogen und drüben vor der Schneiderherberge die ersten gelben Blätter von den Lindenbäumen wehten, dann saß ich wohl manches Mal auf unserer Bank und dachte, ob nicht endlich einmal das Wägelchen mit dem braunen Pferdchen wie damals wieder die Straße heraufgebimmelt kommen würde.

Aber ich wartete umsonst; das Lisei kam nicht wieder.

Es war um zwölf Jahre später. – Ich hatte nach der Rechenmeisterschule, wie es damals manche Handwerkersöhne zu tun pflegten, auch noch die Quarta unserer Gelehrtenschule durchgemacht und war dann bei meinem Vater in die Lehre getreten. Auch diese Zeit, in der ich mich, außer meinem Handwerk, vielfach mit dem Lesen guter Bücher beschäftigte, war vorübergegangen. Jetzt, nach dreijähriger Wanderschaft, befand ich mich in einer mitteldeutschen Stadt. Es war streng katholisch dort, und in dem Punkte verstanden sie keinen Spaß; wenn man vor ihren Prozessionen, die mit Gesang und Heiligenbildern durch die Straßen zogen, nicht selbst den Hut abnahm, so wurde er einem auch wohl heruntergeschlagen; sonst aber waren es gute Leute. – Die Frau Meisterin, bei der ich in Arbeit stand, war eine Witwe, deren Sohn gleich mir in der Fremde arbeitete, um die nach den Zunftgesetzen vorgeschriebenen Wanderjahre bei der späteren Bewerbung um das Meisterrecht nachweisen zu können. Ich hatte es gut in diesem Hause; die Frau tat mir, wovon sie wünschen mochte, daß es in der Ferne andere Leute an ihrem Kinde tun möchten, und bald war unter uns das Vertrauen so gewachsen, daß das Geschäft so gut wie ganz in meinen Händen lag. – Jetzt steht unser Joseph dort bei ihrem Sohn in Arbeit, und die Alte, so hat er oft geschrieben, hätschelt mit ihm, als wäre sie die leibhaftige Großmutter zu dem Jungen.

– – Nun, damals saß ich eines Sonntagnachmittags mit meiner Frau Meisterin in der Wohnstube, deren Fenster der Tür des großen Gefangenenhauses gegenüberlagen. Es war im Januar; das Thermometer stand zwanzig Grad unter Null; draußen auf der Gasse war kein Mensch zu sehen; mitunter kam der Wind pfeifend von den nahen Bergen herunter und jagte kleine Eisstücke klingend über das Straßenpflaster.

»Da behagt 'n warmes Stübchen und 'n heißes Schälchen Kaffee«, sagte die Meisterin, indem sie mir die Tasse zum dritten Male vollschenkte.

Ich war ans Fenster getreten. Meine Gedanken gingen in die Heimat; nicht zu lieben Menschen, die hatte ich dort nicht mehr, das Abschiednehmen hatte ich jetzt gründlich gelernt. Meiner Mutter war mir noch vergönnt gewesen selbst die Augen zuzudrücken; vor einigen Wochen hatte ich nun auch den Vater verloren, und bei dem damals noch so langwierigen Reisen hatte ich ihn nicht einmal zu seiner Ruhestatt begleiten können. Aber die väterliche Werkstatt wartete auf den Sohn ihres heimgegangenen Meisters. Indes, der alte Heinrich war noch da und konnte mit Genehmigung der Zunftmeister die Sache schon eine kurze Zeit aufrechterhalten; und so hatte ich denn auch meiner guten Meisterin versprochen, noch ein paar Wochen bis zum Eintreffen ihres Sohnes bei ihr auszuhalten. Aber Ruhe hatte ich nicht mehr, das frische Grab meines Vaters duldete mich nicht länger in der Fremde.

In diesen Gedanken unterbrach mich eine scharfe scheltende Stimme drüben von der Straße her. Als ich aufblickte, sah ich das schwindsüchtige Gesicht des Gefängnisinspektors sich aus der halbgeöffneten Tür des Gefangenenhauses hervorrecken; seine erhobene Faust drohte einem jungen Weibe, das, wie es schien, fast mit Gewalt in diese sonst gefürchteten Räume einzudringen strebte.

»Wird wohl was Liebes drinnen haben«, sagte die Meisterin, die von ihrem Lehnstuhle aus ebenfalls dem Vorgange zugesehen hatte, »aber der alte Sünder da drüben hat kein Herz für die Menschheit.«

»Der Mann tut wohl nur seine Pflicht, Frau Meisterin«, sagte ich, noch immer in meinen eigenen Gedanken.

»Ich möcht nicht solche Pflicht zu tun haben«, erwiderte sie und lehnte sich fast zornig in ihren Stuhl zurück.

Drüben war indes die Tür des Gefangenenhauses zugeschlagen, und das junge Weib, nur mit einem kurzen wehenden Mäntelchen um die Schultern und einem schwarzen Tüchelchen um den Kopf geknotet, ging langsam die übereiste Straße hinab. – Die Meisterin und ich waren schweigend auf unserem Platz geblieben; ich glaube – denn auch meine Teilnahme war jetzt geweckt –, es war uns beiden, als ob wir helfen müßten und nur nicht wüßten wie.

Als ich eben vom Fenster zurücktreten wollte, kam das Weib wieder die Straße herauf. Vor der Tür des Gefangenenhauses blieb sie stehen und setzte zögernd einen Fuß auf den zur Schwelle führenden Treppenstein; dann aber wandte sie den Kopf zurück, und ich sah ein junges Antlitz, dessen dunkle Augen mit dem Ausdruck ratlosester Verlassenheit über die leere Gasse streiften; sie schien doch nicht den Mut zu haben, noch einmal der drohenden Beamtenfaust entgegenzutreten. Langsam und immer wieder nach der geschlossenen Tür zurückblickend, setzte sie ihren Weg fort; man sah es deutlich, sie wußte selbst nicht wohin. Als sie jetzt aber an der Ecke der Gefangenanstalt in das nach der Kirche hinaufführende Gäßchen einbog, riß ich unwillkürlich meine Mütze vom Türhaken, um ihr nachzugehen.

»Ja, ja, Paulsen, das ist das Rechte!« sagte die gute Meisterin; »geht nur, ich werde derweil den Kaffee wieder heiß setzen!«

Es war grimmig kalt, als ich aus dem Hause trat; alles schien wie ausgestorben; von dem Berge, der am Ende der Straße die Stadt überragt, sah fast drohend der schwarze Tannenwald herab; vor den Fensterscheiben der meisten Häuser saßen die weißen Eisgardinen; denn nicht jeder hatte, wie meine Meisterin, die Gerechtigkeit von fünf Klaftern Holz auf seinem Hause. – Ich ging durch das Gäßchen nach dem Kirchenplatz; und dort vor dem großen hölzernen Kruzifixe auf der gefrorenen Erde lag das junge Weib, den Kopf gesenkt, die Hände in den Schoß gefaltet. Ich trat schweigend näher; als sie aber jetzt zu dem blutigen Antlitz des Gekreuzigten aufblickte, sagte ich: »Verzeiht mir, wenn ich Eure Andacht unterbreche, aber Ihr seid wohl fremd in dieser Stadt?«

Sie nickte nur, ohne ihre Stellung zu verändern.

»Ich möchte Euch helfen!« begann ich wieder, »sagt mir nur, wohin Ihr wollt!«

»I weiß nit mehr wohin«, sagte sie tonlos und ließ das Haupt wieder auf ihre Brust sinken.

»Aber in einer Stunde ist es Nacht; in diesem Totenwetter könnt Ihr nicht länger auf der offenen Straße bleiben!«

»Der liebi Gott wird helfen«, hörte ich sie leise sagen.

»Ja, ja«, rief ich, »und ich glaube fast, er hat mich selbst zu Euch geschickt!«

Es war, als habe der stärkere Klang meiner Stimme sie erweckt; denn sie erhob sich und trat zögernd auf mich zu; mit vorgestrecktem Halse näherte sie ihr Gesicht mehr und mehr dem meinen, und ihre Blicke drangen auf mich ein, als ob sie mich damit erfassen wolle. »Paul!« rief sie plötzlich, und wie ein Jubelruf flog das Wort aus ihrer Brust – »Paul! ja di schickt mir der liebe Gott!«

Wo hatte ich meine Augen gehabt! Da hatte ich es ja wieder, mein Kindsgespiel, das kleine Puppenspieler-Lisei! Freilich, eine schöne schlanke Jungfrau war es geworden, und auf dem sonst so lachenden Kindergesicht lag jetzt, nachdem der erste Freudenstrahl darüberhin geflogen, der Ausdruck eines tiefen Kummers.

»Wie kommst du so allein hieher, Lisei?« fragte ich. »Was ist geschehen? Wo ist denn dein Vater?«

»Im Gefängnis, Paul.«

»Dein Vater, der gute Mann! – Aber komm mit mir; ich stehe hier bei einer braven Frau in Arbeit; sie kennt dich, ich habe ihr oft von dir erzählt.«

Und Hand in Hand, wie einst als Kinder, gingen wir nach dem Hause meiner guten Meisterin, die uns schon vom Fenster aus entgegensah. »Das Lisei ist's!« rief ich, als wir in die Stube traten, »denkt Euch, Frau Meisterin, das Lisei!«

Die gute Frau schlug die Hände über ihre Brust zusammen. »Heilige Mutter Gottes, bitt für uns! das Lisei! – also so hat's ausgeschaut! – Aber«, fuhr sie fort, »wie kommst denn du mit dem alten Sünder da zusammen?« – und sie wies mit dem ausgestreckten Finger nach dem Gefangenhause drüben – »der Paulsen hat mir doch gesagt, daß du ehrlicher Leute Kind bist!«

Gleich darauf aber zog sie das Mädchen weiter in die Stube

hinein und drückte sie in ihren Lehnstuhl nieder, und als jetzt Lisei ihre Frage zu beantworten anfing, hielt sie ihr schon eine dampfende Tasse Kaffee an die Lippen.

»Nun trink einmal«, sagte sie, »und komm erst wieder zu dir; die Händchen sind dir ja ganz verklommen.«

Und das Lisei mußte trinken, wobei ihr zwei helle Tränen in die Tasse rollten, und dann erst durfte sie erzählen.

Sie sprach jetzt nicht, wie einst und wie vorhin in der Einsamkeit ihres Kummers, in dem Dialekt ihrer Heimat, nur ein leichter Anflug war ihr davon geblieben; denn waren ihre Eltern auch nicht mehr bis an unsere Küste hinabgekommen, so hatten sie sich doch meistens in dem mittleren Deutschland aufgehalten. Schon vor einigen Jahren war die Mutter gestorben. »Verlaß den Vater nicht!« das hatte sie der Tochter im letzten Augenblicke noch ins Ohr geflüstert, »sein Kindsherz ist zu gut für diese Welt.«

Lisei brach bei dieser Erinnerung in heftiges Weinen aus; sie wollte nicht einmal von der aufs neue vollgeschenkten Tasse trinken, mit der die Meisterin ihre Tränen zu stillen gedachte, und erst nach einer ziemlichen Weile konnte sie weiterberichten.

Gleich nach dem Tode der Mutter war es ihre erste Arbeit gewesen, an deren Stelle sich die Frauenrollen in den Puppenspielen von ihrem Vater einlernen zu lassen. Dazwischen waren die Bestattungsfeierlichkeiten besorgt und die ersten Seelenmessen für die Tote gelesen; dann, das frische Grab hinter sich lassend, waren Vater und Tochter wiederum ins Land hineingefahren und hatten, wie vorhin, ihre Stücke abgespielt: Den verlorenen Sohn, Die heilige Genoveva, und wie sie sonst noch heißen mochten.

So waren sie gestern auf der Reise in ein großes Kirchdorf gekommen, wo sie ihre Mittagsrast gehalten hatten. Auf der harten Bank vor dem Tische, an welchem sie ihr bescheidenes Mahl verzehrten, war Vater Tendler ein halbes Stündchen in einen festen Schlaf gesunken, während Lisei draußen die Fütterung ihres Pferdes besorgt hatte. Kurz darauf, in wollene Decken wohlverpackt, waren sie aufs neue in die grimmige Winterkälte hinausgefahren.

»Aber wir kamen nit weit«, erzählte Lisei; »gleich hinterm Dorf ist ein Landreiter auf uns zugeritten und hat gezetert und gemordiot. Aus dem Tischkasten sollt dem Wirt ein Beutel mit Geld gestohlen sein, und mein unschuldigs Vaterl war doch allein in der Stube dort gewesen! Ach, wir haben kei Heimat, kei Freund, kei Ehr; es kennt uns niemand nit!«

»Kind, Kind«, sagte die Meisterin, indem sie zu mir hinüberwinkte, »versündige dich auch nicht!«

Ich aber schwieg, denn Lisei hatte ja nicht unrecht mit ihrer Klage. – Sie hatten in das Dorf zurückgemußt; das Fuhrwerk mit allem, was daraufgeladen, war vom Schulzen dort zurückgehalten worden; der alte Tendler aber hatte die Weisung erhalten, den Weg zur Stadt neben dem Pferde des Landreiters herzutraben. Lisei, von dem letzteren mehrfach zurückgewiesen, war in einiger Entfernung hinterhergegangen, in der Zuversicht, daß sie wenigstens, bis der liebe Gott die Sache aufkläre, das Gefängnis ihres Vaters werde teilen können. Aber – auf ihr ruhte kein Verdacht; mit Recht hatte der Inspektor sie als eine Zudringliche von der Tür gejagt, die auf ein Unterkommen in seinem Hause nicht den geringsten Anspruch habe.

Lisei wollte das zwar noch immer nicht begreifen; sie meinte, das sei ja härter als alle Strafe, die später doch gewiß den wirklichen Spitzbuben noch ereilen würde; aber, fügte sie gleich hinzu, sie wolle ihm auch so harte Strafe nit wünschen, wenn nur die Unschuld von ihrem guten Vaterl an den Tag komme; ach, der werd's gewiß nit überleben!

Ich besann mich plötzlich, daß ich sowohl dem alten Korporal da drüben als auch dem Herrn Kriminalkommissarius eigentlich ein unentbehrlicher Mann sei; denn dem einen hielt ich seine Spinnmaschinen in Ordnung, dem andern schärfte ich seine kostbaren Federmesser; durch den einen konnte ich wenigstens Zutritt zu dem Gefangenen erhalten, bei dem andern konnte ich ein Leumundszeugnis für Herrn Tendler ablegen und ihn vielleicht zur Beschleunigung der Sache veranlassen. Ich bat Lisei, sich zu gedulden, und ging sofort in das Gefangenhaus hinüber.

Der schwindsüchtige Inspektor schalt auf die unverschämten Weiber, die immer zu ihren spitzbübischen Männern oder Vätern in die Zellen wollten. Ich aber verbat mir in betreff meines alten Freundes solche Titel, solange sie ihm nicht durch das Gericht »von Rechts wegen« beigelegt seien, was, wie ich sicher wisse, nie geschehen werde; und endlich, nach einigem Hin- und Widerreden, stiegen wir zusammen die breite Treppe nach dem Oberbau hinauf.

In dem alten Gefangenhause war auch die Luft gefangen, und

ein widerwärtiger Dunst schlug uns entgegen, als wir oben durch den langen Korridor schritten, von welchem aus zu beiden Seiten Tür an Tür in die einzelnen Gefangenzellen führte. An einer derselben, fast zu Ende des Ganges, blieben wir stehen; der Inspektor schüttelte sein großes Schlüsselbund, um den rechten herauszufinden; dann knarrte die Tür, und wir traten ein.

In der Mitte der Zelle, mit dem Rücken gegen uns, stand die Gestalt eines kleinen mageren Mannes, der nach dem Stückchen Himmel hinaufzublicken schien, das grau und trübselig durch ein oben in der Mauer angebrachtes Fenster auf ihn herabdämmerte. An seinem Haupte bemerkte ich sogleich die kleinen abstehenden Haarspieße; nur hatten sie, wie jetzt draußen die Natur, sich in die Farbe des Winters gekleidet. Bei unserem Eintritt wandte der kleine Mann sich um.

»Sie kennen mich wohl nicht mehr, Herr Tendler?« fragte ich.

Er sah flüchtig nach mir hin. »Nein, lieber Herr«, erwiderte er, »hab nicht die Ehre.«

Ich nannte ihm den Namen meiner Vaterstadt und sagte: »Ich bin der unnütze Junge, der Ihnen damals Ihren kunstreichen Kasperl verdrehte!«

»Oh, schad't nichts, gar nichts!« erwiderte er verlegen und machte mir einen Diener; »ist lange schon vergessen.«

Er hatte offenbar nur halb auf mich gehört; denn seine Lippen bewegten sich, als spräche er zu sich selber von ganz anderen Dingen.

Da erzählte ich ihm, wie ich vorhin sein Lisei aufgefunden habe, und jetzt erst sah er mich mit offenen Augen an. »Gott Dank! Gott Dank!« sagte er und faltete die Hände. »Ja, ja, das kleine Lisei und der kleine Paul, die spielten derzeit miteinander! – Der kleine Paul! Seid Ihr der kleine Paul? Oh, i glaub's Euch schon; das herzige G'sichtl von dem frischen Bub'n, das schaut da no heraus!« Er nickte mir so innig zu, daß die weißen Haarspießchen auf seinem Kopfe bebten. »Ja, ja, da drunten an der See bei euch; wir sind nit wieder hingekommen; das war no gute Zeit dermal; da war aa noch mein Weib, die Tochter vom großen Geißelbrecht, dabei! ›Joseph!‹ pflegte sie zu sagen, ›wenn nur die Menschen aa so Dräht an ihre Köpf hätten, da könntst du aa mit ihne firti werd'n!‹ – Hätt sie nur heute noch gelebt, sie hätten mich nicht eingesperrt. Du lieber Gott; ich bin kein Dieb, Herr Paulsen.«

Der Inspektor, der draußen vor der angelehnten Tür im Gange auf und ab ging, hatte schon ein paarmal mit seinem Schlüsselbund gerasselt. Ich suchte den alten Mann zu beruhigen und bat ihn, sich bei seinem ersten Verhör auf mich zu berufen, der ich hier bekannt und wohlgeachtet sei.

Als ich wieder zu meiner Meisterin in die Stube trat, rief diese mir entgegen: »Das ist ein trotzigs Mädel, Paulsen; da helft mir nur gleich ein wenig; ich hab ihr die Kammer zum Nachtquartier geboten; aber sie will fort, in die Bettelherberg oder Gott weiß wohin!«

Ich fragte Lisei, ob sie ihre Pässe bei sich habe.

»Mein Gott, die hat der Schulz im Dorf uns abgenommen!«

»So wird kein Wirt dir seine Tür aufmachen«, sagte ich, »das weißt du selber wohl.«

Sie wußte es freilich, und die Meisterin schüttelte ihr vergnügt die Hände. »Ich denk wohl«, sagte sie, »daß du dein eignes Köpfchen hast; der da hat mir's haarklein erzählt, wie ihr zusammen in der Kiste habt gesessen; aber so leicht wärst du doch nicht von mir fortgekommen!«

Das Lisei sah etwas verlegen vor sich nieder; dann aber fragte sie mich hastig aus nach ihrem Vater. Nachdem ich ihr Bescheid gegeben hatte, erbat ich mir ein paar Bettstücke von der Meisterin, nahm von den meinigen noch etwas hinzu und trug es selbst hinüber in die Zelle des Gefangenen, wozu ich vorhin von dem Inspektor die Erlaubnis erhalten hatte. – So konnten wir, als nun die Nacht herankam, hoffen, daß im warmen Bette und auf dem besten Ruhekissen, das es in der Welt gibt, auch unsern alten Freund in seiner öden Kammer ein sanfter Schlaf erquicken werde.

Am andern Vormittage, als ich eben, um zum Herrn Kriminalkommissarius zu gehen, auf die Straße trat, kam von drüben der Inspektor in seinen Morgenpantoffeln auf mich zugeschritten. »Ihr habt recht gehabt, Paulsen«, sagte er mit seiner gläsernen Stimme, »für diesmal ist's kein Spitzbube gewesen; den Richtigen haben sie soeben eingebracht; Euer Alter wird noch heut entlassen werden.«

Und richtig, nach einigen Stunden öffnete sich die Tür des Gefangenhauses, und der alte Tendler wurde von der kommandierenden Stimme des Inspektors zu uns hinübergewiesen. Da das

Mittagessen eben aufgetragen war, so ruhte die Meisterin nicht, bis auch er seinen Platz am Tische eingenommen hatte; aber er berührte die guten Speisen kaum, und wie sie sich auch um ihn bemühen mochte, er blieb wortkarg und in sich gekehrt neben seiner Tochter sitzen; nur mitunter bemerkte ich, wie er deren Hand nahm und sie zärtlich streichelte. Da hörte ich draußen vom Tore her ein Glöckchen bimmeln; ich kannte es ganz genau, aber es läutete mir weither aus meiner Kinderzeit.
»Lisei!« sagte ich leise.
»Ja, Paul, ich hör es wohl.«
Und bald standen wir beide draußen vor der Haustür. Siehe, da kam es die Straße herab, das Wägelchen mit den beiden hohen Kisten, wie ich daheim es mir so oft gewünscht hatte. Ein Bauernbursche ging nebenher mit Zügel und Peitsche in der Hand; aber das Glöckchen bimmelte jetzt am Halse eines kleinen Schimmels.
»Wo ist das Braunchen geblieben?« fragte ich Lisei.
»Das Braunchen«, erwiderte sie, »das ist uns eines Tags vorm Wagen hingefallen; der Vater hat sogleich den Tierarzt aus dem Dorfe geholt; aber es hat nimmer leben können.«
Bei diesen Worten stürzten ihr die Tränen aus den Augen.
»Was fehlt dir, Lisei?« fragte ich, »es ist ja nun doch alles wieder gut!«
Sie schüttelte den Kopf. »Mein Vaterl gefallt mir nit! Er ist so still; die Schand, er verwind't es nit.« –
– – Und Lisei hatte mit ihren treuen Tochteraugen recht gesehen. Als kaum die beiden in einem kleinen Gasthofe untergebracht waren und der Alte schon seine Pläne zur Weiterfahrt entwarf – denn hier wollte er jetzt nicht vor die Leute treten –, da zwang ihn ein Fieber, im Bett zu bleiben. Bald mußten wir einen Arzt holen, und es entwickelte sich ein längeres Krankenlager. In Besorgnis, daß sie dadurch in Not geraten könnten, bot ich Lisei meine Geldmittel zur Hülfe an; aber sie sagte: »I nimm's ja gern von dir; doch sorg nur nit, wir sind nit gar so karg.« Da blieb mir denn nichts anderes zu tun, als in der Nachtwache mit ihr zu wechseln oder, als es dem Kranken besser ging, am Feierabend ein Stündchen an seinem Bett zu plaudern.
So war die Zeit meiner Abreise herangenaht, und mir wurde das Herz immer schwerer. Es tat mir fast weh, das Lisei anzusehen; denn bald fuhr es ja auch mit seinem Vater von hier wieder in

die weite Welt hinaus. Wenn sie nur eine Heimat gehabt hätten! Aber wo waren sie zu finden, wenn ich Gruß und Nachricht zu ihnen senden wollte! Ich dachte an die zwölf Jahre seit unserem ersten Abschied; – sollte wieder so lange Zeit vergehen oder am Ende gar das ganze Leben?

»Und grüß mir aa dein Vaterhaus, wenn du heimkommst!« sagte Lisei, da sie am letzten Abend mich an die Haustür begleitet hatte. »I seh's mit mein' Augen, das Bänkerl vor der Tür, die Lind im Gart'l; ach, i vergiß es nimmer; so lieb hab ich's nit wieder g'funden in der Welt!«

Als sie das sagte, war es mir, als leuchte aus dunkler Tiefe meine Heimat zu mir auf; ich sah die zärtlichen Augen meiner Mutter, das feste ehrliche Antlitz meines Vaters. »Ach, Lisei«, sagte ich, »wo ist denn jetzt mein Vaterhaus! Es ist ja alles öd und leer.«

Lisei antwortete nicht; sie gab mir nur die Hand und blickte mich mit ihren guten Augen an.

Da war mir, als hörte ich die Stimme meiner Mutter sagen: ›Halte diese Hand fest und kehr mit ihr zurück, so hast du deine Heimat wieder!‹ – und ich hielt die Hand fest und sagte: »Kehr du mit mir zurück, Lisei, und laß uns zusammen versuchen, ein neues Leben in das leere Haus zu bringen, ein so gutes, wie es die geführt haben, die ja auch dir einst lieb gewesen sind!«

»Paul«, rief sie, »was meinst du? I versteh di nit.«

Aber ihre Hand zitterte heftig in der meinen, und ich bat nur: »Ach, Lisei, versteh mich doch!«

Sie schwieg einen Augenblick. »Paul«, sagte sie dann, »i kann nit von mei'm Vaterl gehen.«

»Der muß ja mit uns, Lisei! Im Hinterhause, die beiden Stübchen, die jetzt leer stehen, da kann er wohnen und wirtschaften; der alte Heinrich hat sein Kämmerchen dicht daneben.«

Lisei nickte. »Aber Paul, wir sind landfahrende Leut. Was werden sie sagen bei dir daheim?«

»Sie werden mächtig reden, Lisei!«

»Und du hast nit Furcht davor?«

Ich lachte nur dazu.

»Nun«, sagte Lisei, und wie ein Glockenlaut schlug es aus ihrer Stimme, »wenn du sie hast – i hab schon die Kuraschi!«

»Aber tust du's denn auch gern?«

»Ja, Paul, wenn i 's nit gern tät« – und sie schüttelte ihr braunes Köpfchen gegen mich –, »gel, da tät i 's nimmermehr!« –

»Und, mein Junge«, unterbrach sich hier der Erzähler, »wie einen bei solchen Worten ein Paar schwarze Mädchenaugen ansehen, das sollst du nun noch lernen, wenn du erst ein Stieg Jahre weiter bist!«

›Ja, ja‹, dachte ich, ›zumal so ein Paar Augen, die einen See ausbrennen können!«

»Und nicht wahr«, begann Paulsen wieder, »nun weißt du auch nachgerade, wer das Lisei ist.«

»Das ist die Frau Paulsen!« erwiderte ich. »Als ob ich das nicht längst gemerkt hätte! Sie sagt ja noch immer ›nit‹ und hat auch noch die schwarzen Augen unter den feingepinselten Augenbrauen.«

Mein Freund lachte, während ich mir im stillen vornahm, die Frau Paulsen, wenn wir ins Haus zurückkämen, doch einmal recht darauf anzusehen, ob noch das Puppenspieler-Lisei in ihr zu erkennen sei. – »Aber«, fragte ich, »wo ist denn der alte Herr Tendler hingekommen?«

»Mein liebes Kind«, erwiderte mein Freund, »wohin wir schließlich alle kommen. Drüben auf dem grünen Kirchhof ruht er neben unserem alten Heinrich; aber es ist noch einer mehr in sein Grab mit hineingekommen; der andre kleine Freund aus meiner Kinderzeit. Ich will dir's wohl erzählen; nur laß uns ein wenig hintenaus gehen; meine Frau könnte nachgerade einmal nach uns sehen wollen, und sie soll die Geschichte doch nicht wieder hören.«

Paulsen stand auf, und wir gingen auf den Spazierweg hinaus, der auch hier hinter den Gärten der Stadt entlangführt. Nur wenige Leute kamen uns entgegen; denn es war schon um die Vesperzeit.

»Siehst du« – begann Paulsen seine Erzählung wieder –, »der alte Tendler war derzeit mit unserem Verspruch gar wohl zufrieden; er gedachte meiner Eltern, die er einst gekannt hatte, und er faßte auch zu mir Vertrauen. Überdies war er des Wanderns müde; ja, seit es ihn in die Gefahr gebracht hatte, mit den verworfensten Vagabunden verwechselt zu werden, war in ihm die Sehnsucht nach einer festen Heimat immer mehr heraufgewachsen. Meine gute Meisterin zwar zeigte sich nicht so einverstanden; sie fürchtete, bei allem guten Willen möge doch das Kind des umherziehenden Puppenspielers nicht die rechte Frau für einen seßhaften Handwerksmann abgeben. – Nun, sie ist seit lange schon bekehrt worden!

– – Und so war ich denn nach kaum acht Tagen wieder hier, von den Bergen an die Nordseeküste, in unserer alten Vaterstadt. Ich nahm mit Heinrich die Geschäfte rüstig in die Hand und richtete zugleich die beiden leerstehenden Zimmer im Hinterhause für den Vater Joseph ein. – Vierzehn Tage weiter – es strichen eben die Düfte der ersten Frühlingsblumen über die Gärten –, da kam es die Straße heraufgebimmelt. »Meister, Meister!« rief der alte Heinrich, »sie kommen, sie kommen!« Und da hielt schon das Wägelchen mit den zwei hohen Kisten vor unserer Tür. Das Lisei war da, der Vater Joseph war da, beide mit muntern Augen und roten Wangen; und auch das ganze Puppenspiel zog mit ihnen ein; denn ausdrückliche Bedingung war es, daß dies den Vater Joseph auf sein Altenteil begleiten solle. Das kleine Fuhrwerk dagegen wurde in den nächsten Tagen schon verkauft.

Dann hielten wir die Hochzeit; ganz in der Stille; denn Blutsfreunde hatten wir weiter nicht am Ort; nur der Hafenmeister, mein alter Schulkamerad, war als Trauzeuge mit zugegen. Lisei war, wie ihre Eltern, katholisch; daß aber das ein Hindernis für unsere Ehe sein könne; ist uns niemals eingefallen. In den ersten Jahren reiste sie wohl zur österlichen Beichte nach unserer Nachbarstadt, wo, wie du weißt, eine katholische Gemeinde ist; nachher hat sie ihre Kümmernisse nur noch ihrem Mann gebeichtet.

Am Hochzeitsmorgen legte Vater Joseph zwei Beutel vor mir auf den Tisch, einen größeren mit alten Harzdritteln, einen kleinen voll Kremnitzer Dukaten.

»Du hast nit danach fragt, Paul!« sagte er. »Aber so völlig arm is doch mein Lisei dir nit zubracht. Nimm's! i brauch's allfurt nit mehr.« –

Das war der Sparpfennig, von dem mein Vater einst gesprochen, und er kam jetzt seinem Sohne beim Neubeginn seines Geschäfts zu ganz gelegener Zeit. Freilich hatte Liseis Vater damit sein ganzes Vermögen hingegeben und sich selbst der Fürsorge seiner Kinder anvertraut; aber er war dabei nicht müßig; er suchte seine Schnitzmesser wieder hervor und wußte sich bei den Arbeiten in der Werkstatt nützlich zu machen.

Die Puppen nebst dem Theater-Apparat waren in einem Verschlage auf dem Boden des Nebenhauses untergebracht. Nur an Sonntagnachmittagen holte er bald die eine, bald die andere in sein Stübchen herunter, revidierte die Drähte und Gelenke und putzte oder besserte dies und jenes an den selben. Der alte Heinrich stand dann mit seiner kurzen Pfeife neben ihm und ließ sich die Schicksale der Puppen erzählen, von denen fast jede ihre eigene Geschichte hatte; ja, wie es jetzt herauskam, der so wirkungsvoll geschnitzte Kasper hatte einst für seinen jungen Verfertiger sogar den Brautwerber um Liseis Mutter abgegeben. Mitunter wurden zur besseren Veranschaulichung der einen oder andern Szene auch wohl die Drähte in Bewegung gesetzt; Lisei und ich haben oftmals draußen an den Fenstern gestanden, die schon aus grünem Weinlaub gar traulich auf den Hof hinausschauten; aber die alten Kinder drinnen waren meist so in ihr Spiel vertieft, daß ihnen erst durch unser Beifallklatschen die Gegenwart der Zuschauer bemerklich wurde. – – Als das Jahr weiterrückte, fand Vater Joseph eine andere Beschäftigung; er nahm den Garten unter seine Obhut, er pflanzte und erntete, und am Sonntage wandelte er, sauber angetan, zwischen den Rabatten auf und ab, putzte an den Rosenbüschen oder band Nelken und Levkojen an feine selbstgeschnitzte Stäbchen.

So lebten wir einig und zufrieden; mein Geschäft hob sich mehr und mehr. Über meine Heirat hatte unsere gute Stadt sich ein paar Wochen lebhaft ausgesprochen; da aber fast alle über die Unvernunft meiner Handlungsweise einig waren und dem Gespräche so die gedeihliche Nahrung des Widerspruches vorenthalten blieb, so hatte es sich bald selber ausgehungert.

Als es dann abermals Winter wurde, holte Vater Joseph an den Sonntagen auch wieder die Puppen aus ihrem Verschlage herunter, und ich dachte nicht anders, als daß in solchem stillen Wechsel der Beschäftigung ihm auch künftig die Jahre hingehen würden. Da trat er eines Morgens mit gar ernsthaftem Gesichte zu mir in die Wohnstube, wo ich eben allein an meinem Frühstück saß. »Schwiegersohn«, sagte er, nachdem er sich wie verlegen ein paarmal mit der Hand durch seine weißen Haarspießchen gefahren war, »ich kann's doch nit wohl länger ansehn, daß ich alleweil so das Gnadenbrot an euerm Tische soll essen.«

Ich wußte nicht, wo das hinaus sollte, aber ich fragte ihn, wie er auf solche Gedanken komme; er schaffe ja mit in der Werkstatt, und wenn mein Geschäft jetzt einen größeren Gewinn abwerfe, so sei dies wesentlich der Zins seines eigenen Vermögens, das er an unserem Hochzeitsmorgen in meine Hand gelegt habe.

Er schüttelte den Kopf. Das reiche alles nicht; aber eben jenes kleine Vermögen habe er zum Teil einst in unserer Stadt gewon-

nen; das Theater sei ja noch vorhanden, und die Stücke habe er auch alle noch im Kopfe.
Da merkte ich's denn wohl, der alte Puppenspieler ließ ihm keine Ruhe; sein Freund, der gute Heinrich, genügte ihm nicht mehr als Publikum, er mußte einmal wieder öffentlich vor versammeltem Volke seine Stücke aufführen.
Ich suchte es ihm auszureden; aber er kam immer wieder darauf zurück. Ich sprach mit Lisei, und am Ende konnten wir nicht umhin, ihm nachzugeben. Am liebsten hätte nun freilich der alte Mann gesehen, wenn Lisei wie vor unserer Verheiratung die Frauenrollen in seinen Stücken gesprochen hätte; aber wir waren übereingekommen, seine dahin zielenden Anspielungen nicht zu verstehen; für die Frau eines Bürgers und Handwerksmeisters wollte sich das denn doch nicht ziemen.
Zum Glück – oder, wie man will, zum Unglück – war derzeit ein ganz reputierliches Frauenzimmer in der Stadt, die einst bei einer Schauspielertruppe als Souffleuse gedient hatte und daher in derlei Dingen nicht unbewandert war. Diese – Kröpel-Lieschen nannten sie die Leute von wegen ihrer Kreuzlahmheit – ging sofort auf unser Anerbieten ein, und bald entwickelte sich am Feierabend und an den Sonntagnachmittagen die lebhafteste Tätigkeit in Vater Josephs Stübchen. Während vor dem einen Fenster der alte Heinrich an den Gerüststücken des Theaters zimmerte, stand vor dem andern zwischen frisch angemalten Kulissen, die von der Zimmerdecke herunterhingen, der alte Puppenspieler und exerzierte mit Kröpel-Lieschen eine Szene nach der andern. Sie sei ein dreimal gewürztes Frauenzimmer, versicherte er stets nach solcher Probe; nicht einmal die Lisei hab es so schnell kapiert; nur mit dem Singen ginge es nit gar so schön; sie grunze mit ihrer Stimme immer in der Tiefe, was für die schöne Susanne, die das Lied zu singen habe, nicht eben harmonierlich sei.
Endlich war der Tag der Aufführung festgesetzt. Es sollte alles möglichst reputierlich vor sich gehen; nicht auf dem Schützenhofe, sondern auf dem Rathaussaale, wo auch die Primaner um Michaelis ihre Redeübungen hielten, sollte jetzt der Schauplatz sein; und als am Sonnabendnachmittage unsere guten Bürger ihr frisches Wochenblättchen auseinanderfalteten, sprang ihnen in breiten Lettern die Anzeige in die Augen:
»Morgen Sonntagabend sieben Uhr auf dem Rathaussaale Ma-

rionetten-Theater des Mechanicus Joseph Tendler hieselbst. Die schöne Susanna, Schauspiel mit Gesang in vier Aufzügen.«
Es war aber damals in unserer Stadt nicht mehr die harmlose schaulustige Jugend aus meinen Kinderjahren; die Zeiten des Kosakenwinters lagen dazwischen, und namentlich war unter den Handwerkslehrlingen eine arge Zügellosigkeit eingerissen; die früheren Liebhaber unter den Honoratioren aber hatten ihre Gedanken jetzt auf andere Dinge. Dennoch wäre vielleicht alles gutgegangen, wenn nur der schwarze Schmidt und seine Jungen nicht gewesen wären.« – –
Ich fragte Paulsen, wer das sei, denn ich hatte niemals von einem solchen Menschen in unserer Stadt gehört.
»Das glaub ich wohl«, erwiderte er, »der schwarze Schmidt ist schon vor Jahren im Armenhaus verstorben; damals aber war er Meister gleich mir; nicht ungeschickt, aber lüderlich in seiner Arbeit wie im Leben; der sparsame Verdienst des Tages wurde abends in Trunk und Kartenspiel vertan. Schon gegen meinen Vater hatte er einen Haß gehabt, nicht allein, weil dessen Kundschaft die seinige bei weitem überstieg, sondern schon aus der Jugend her, wo er dessen Nebenlehrling gewesen und wegen eines schlechten Streiches gegen ihn vom Meister fortgejagt worden war. Seit dem Sommer hatte er Gelegenheit gefunden, diese Abneigung in erhöhtem Maße auch auf mich auszudehnen; denn bei der damals hier neu errichteten Kattunfabrik war, trotz seiner eifrigen Bemühung um dieselbe, die Arbeit an den Maschinen allein mir übertragen worden, infolgedessen er und seine beiden Söhne, die bei dem Vater in Arbeit standen und diesen an wüstem Treiben womöglich überboten, schon nicht verfehlt hatten, mir ihren Verdruß durch allerlei Neckereien kundzugeben. Ich hatte indessen jetzt keine Gedanken an diese Menschen.
So war der Abend der Aufführung herangekommen. Ich hatte noch an meinen Büchern zu ordnen und habe, was geschah, erst später durch meine Frau und Heinrich erfahren, welche zugleich mit unserem Vater nach dem Rathaussaale gingen.
Der Erste Platz dort war fast gar nicht, der Zweite nur mäßig besetzt gewesen; auf der Galerie aber hatte es Kopf an Kopf gestanden. – Als man vor diesem Publikum das Spiel begonnen, war anfänglich alles in der Ordnung vorgegangen; die alte Lieschen hatte ihren Part fest und ohne Anstoß hingeredet. – Dann aber kam das unglückselige Lied! Sie bemühte sich vergebens,

ihrer Stimme einen zarten Klang zu geben; wie Vater Joseph vorhin gesagt hatte, sie grunzte wirklich in der Tiefe. Plötzlich rief eine Stimme von der Galerie: »Höger up, Kröpel-Lieschen! Höger up!« Und als sie, diesem Rufe gehorsam, die unerreichbaren Diskanttöne zu erklettern strebte, da scholl ein rasendes Gelächter durch den Saal.

Das Spiel auf der Bühne stockte, und zwischen den Kulissen heraus rief die bebende Stimme des alten Puppenspielers: »Meine Herrschaft'n, i bitt g'wogentlich um Ruhe!« Kasperl, den er eben an seinen Drähten in der Hand hielt und der mit der schönen Susanna eine Szene hatte, schlenkerte krampfhaft mit seiner kunstvollen Nase.

Neues Gelächter war die Antwort. »Kasperl soll singen!«– »Russisch! Schöne Minka, ich muß scheiden!« – »Hurra für Kasperl!« – »Nichts doch; Kasperl sein' Tochter soll singen!« – »Jawohl, wischt euch 's Maul! Die ist Frau Meisterin geworden, die tut's halt nimmermehr!«

So ging's noch eine Weile durcheinander. Auf einmal flog, in wohlgezieltem Wurfe, ein großer Pflasterstein auf die Bühne. Er hatte die Drähte des Kasperls getroffen; die Figur entglitt der Hand ihres Meisters und fiel zu Boden.

Vater Joseph ließ sich nicht mehr halten. Trotz Liseis Bitten hat er gleich darauf die Puppenbühne betreten. – Donnerndes Händeklatschen, Gelächter, Fußtrampeln empfing ihn, und es mag sich freilich seltsam genug präsentiert haben, wie der alte Mann, mit dem Kopf oben in den Soffitten, unter lebhaftem Händearbeiten seinem gerechten Zorne Luft zu machen suchte. – Plötzlich, unter allem Tumult, fiel der Vorhang, der alte Heinrich hatte ihn herabgelassen.

– – Mich hatte indes zu Hause bei meinen Büchern eine gewisse Unruhe befallen; ich will nicht sagen, daß mir Unheil ahnte, aber es trieb mich dennoch fort, den Meinigen nach. – Als ich die Treppe zum Rathaussaal hinaufsteigen wollte, drängte eben die ganze Menge von oben mir entgegen. Alles schrie und lachte durcheinander. »Hurra! Kasper is dod! Lott is dod. Die Kamedie ist zu End!« – Als ich aufsah, erblickte ich die schwarzen Gesichter der Schmidt-Jungen über mir. Sie waren augenblicklich still und rannten an mir vorbei zur Tür hinaus; ich aber hatte für mich jetzt die Gewißheit, wo die Quelle dieses Unfugs zu suchen war.

Oben angekommen, fand ich den Saal fast leer. Hinter der Bühne saß mein alter Schwiegervater wie gebrochen auf einem Stuhl und hielt mit beiden Händen sein Gesicht bedeckt. Lisei, die auf den Knien vor ihm lag, richtete sich, da sie mich gewahrte langsam auf. »Nun, Paul«, fragte sie, mich traurig ansehend, »hast du noch die Kuraschi?«

Aber sie mußte wohl in meinen Augen gelesen haben, daß ich sie noch hatte; denn bevor ich noch antworten konnte, lag sie schon an meinem Halse. »Laß uns nur fest zusammenhalten, Paul!« sagte sie leise.

– – Und siehst du! Damit und mit ehrlicher Arbeit sind wir durchgekommen.

– – Als wir am andern Morgen aufgestanden waren, da fanden wir jenes Schimpfwort »Pole Poppenspäler« – denn ein Schimpfwort sollte es ja sein – mit Kreide auf unsere Haustür geschrieben. Ich aber habe es ruhig ausgewischt, und als es dann später noch ein paarmal an öffentlichen Orten wieder lebendig wurde, da habe ich einen Trumpf daraufgesetzt; und weil man wußte, daß ich nicht spaße, so ist es danach still geworden. – – Wer dir es jetzt gesagt hat, der wird nichts Böses damit gemeint haben; ich will seinen Namen auch nicht wissen.

Unser Vater Joseph aber war seit jenem Abend nicht mehr der alte. Vergebens zeigte ich ihm die unlautere Quelle jenes Unfugs und daß derselbe ja mehr gegen mich als gegen ihn gerichtet gewesen sei. Ohne unser Wissen hatte er bald darauf alle seine Marionetten auf eine öffentliche Auktion gegeben, wo sie zum Jubel der anwesenden Jungen und Trödelweiber um wenige Schillinge versteigert waren; er wollte sie niemals wiedersehen. – Aber das Mittel dazu war schlecht gewählt; denn als die Frühlingssonne erst wieder in die Gassen schien, kam von den verkauften Puppen eine nach der andern aus den dunkeln Häusern an das Tageslicht. Hier saß ein Mädchen mit der heiligen Genoveva auf der Haustürschwelle, dort ließ ein Junge den Doktor Faust auf seinem schwarzen Kater reiten; in einem Garten in der Nähe des Schützenhofes hing eines Tages der Pfalzgraf Siegfried neben dem höllischen Sperling als Vogelscheuche in einem Kirschbaum. Unserem Vater tat die Entweihung seiner Lieblinge so weh, daß er zuletzt kaum noch Haus und Garten bei uns verlassen mochte. Ich sah es deutlich, daß dieser übereilte Verkauf an seinem Herzen nagte, und es gelang mir, die eine und die andere Puppe zurückzukaufen; aber als ich sie ihm brachte, hatte er keine Freude daran; das Ganze war ja überdies zerstört. Und, seltsam, trotz aller aufgewendeten Mühe konnte ich nicht erfahren, in welchem Winkel sich die wertvollste Figur von allen, der kunstreiche Kasperl, verborgen halte. Und was war ohne ihn die ganze Puppenwelt!

Aber vor einem andern, ernsteren Spiel sollte bald der Vorhang fallen. Ein altes Brustleiden war bei unserem Vater wieder aufgewacht, sein Leben neigte sich augenscheinlich zu Ende. Geduldig und voll Dankbarkeit für jeden kleinen Liebesdienst lag er auf seinem Bette. »Ja, ja«, sagte er lächelnd und hob so heiter seine Augen gegen die Bretterdecke des Zimmers, als sähe er durch dieselbe schon in die ewigen Fernen des Jenseits, »es is scho richtig g'wesn: mit den Menschen hab' ich nit immer könne firti werd'n; da drobn mit den Engeln wird's halt besser gehn; und – auf alle Fäll, Lisei, i find ja doch die Mutter dort.«

– – Der gute kindliche Mann starb; Lisei und ich, wir haben ihn bitterlich vermißt; auch der alte Heinrich, der ihm nach wenigen Jahren folgte, ging an seinen noch übrigen Sonntagnachmittagen umher, als wisse er mit sich selber nicht wohin, als wolle er zu einem, den er doch nicht finden könne.

Den Sarg unseres Vaters bedeckten wir mit allen Blumen des von ihm selbst gepflegten Gartens; schwer von Kränzen wurde er auf den Kirchhof hinausgetragen, wo unweit von der Umfassungsmauer das Grab bereitet war. Als man den Sarg hinabgelassen hatte, trat unser alter Propst an den Rand der Gruft und sprach ein Wort des Trostes und der Verheißung; er war meinen seligen Eltern stets ein treuer Freund und Rater gewesen; ich war von ihm konfirmiert, Lisei und ich von ihm getraut worden. Ringsum auf dem Kirchhofe war es schwarz von Menschen; man schien von dem Begräbnisse des alten Puppenspielers noch ein ganz besonderes Schauspiel zu erwarten. – Und etwas Besonderes geschah auch wirklich; aber es wurde nur von uns bemerkt, die wir der Gruft zunächst standen. Lisei, die an meinem Arme mit hinausgegangen war, hatte eben krampfhaft meine Hand gefaßt, als jetzt der alte Geistliche dem Brauche gemäß den bereitgestellten Spaten ergriff und die erste Erde auf den Sarg hinabwarf. Dumpf klang es aus der Gruft zurück. »Von der Erden bist du genommen!« erscholl jetzt das Wort des Priesters; aber kaum war es gesprochen, als ich von der Umfassungsmauer her über die Köpfe der Menschen etwas auf uns zufliegen sah. Ich meinte erst, es sei ein großer Vogel; aber es senkte sich und fiel grade in die Gruft hinein. Bei einem flüchtigen Umblick – denn ich stand etwas erhöht auf der aufgeworfenen Erde – hatte ich einen der Schmidt-Jungen sich hinter die Kirchhofmauer ducken und dann davonlaufen sehen, und ich wußte plötzlich, was geschehen war. Lisei hatte einen Schrei an meiner Seite ausgestoßen, unser alter Propst hielt wie unschlüssig den Spaten zum zweiten Wurfe in den Händen. Ein Blick in das Grab bestätigte meine Ahnung: oben auf dem Sarge, zwischen den Blumen und der Erde, die zum Teil sie schon bedeckte, da hatte er sich hingesetzt, der alte Freund aus meiner Kinderzeit, Kasperl, der kleine lustige Allerweltskerl. – Aber er sah jetzt gar nicht lustig aus; seinen großen Nasenschnabel hatte er traurig auf die Brust gesenkt; der eine Arm mit dem kunstreichen Daumen war gegen den Himmel ausgestreckt; als solle er verkünden, daß, nachdem alle Puppenspiele ausgespielt, da droben nun ein anderes Stück beginnen werde.

Ich sah das alles nur auf einen Augenblick, denn schon warf der Probst die zweite Scholle in die Gruft: »Und zur Erde wieder sollst du werden!« – Und wie es von dem Sarg hinabrollte, so fiel auch Kasperl aus seinen Blumen in die Tiefe und wurde von der Erde überdeckt.

Dann mit dem letzten Schaufelwurf erklang die tröstliche Verheißung: »Und von der Erden sollst du auferstehen!«

Als das Vaterunser gesprochen war und die Menschen sich verlaufen hatten, trat der alte Propst zu uns, die wir noch immer in die Grube starrten. »Es hat eine Ruchlosigkeit sein sollen«, sagte er, indem er liebreich unsere Hände faßte. »Laßt uns es anders nehmen! In seiner Jugendzeit, wie ihr es mir erzähltet, hat der selige Mann die kleine Kunstfigur geschnitzt, und sie hat einst sein Eheglück begründet; später, sein ganzes Leben lang, hat er durch sie, am Feierabend nach der Arbeit, gar manches Menschenherz erheitert, auch manches Gott und den Menschen wohlgefällige Wort der Wahrheit dem kleinen Narren in den Mund gelegt; – ich habe selbst der Sache einmal zugeschaut, da ihr noch beide Kinder waret. – Laßt nur das kleine Werk seinem Meister folgen; das stimmt gar wohl zu den Worten unserer Heiligen Schrift! Und seid getrost; denn die Guten werden ruhen von ihrer Arbeit.«

– Und so geschah es. Still und friedlich gingen wir nach Hause; den kunstreichen Kasperl aber, wie unsern guten Vater Joseph, haben wir niemals wiedergesehen.
– – Alles das«, setzte nach einer Weile mein Freund hinzu, »hat uns manches Weh bereitet; aber gestorben sind wir beiden jungen Leute nicht daran. Nicht lange nachher wurde unser Joseph uns geboren, und wir hatten nun alles, was zu einem vollen Menschenglück gehört. An jene Vorgänge aber werde ich noch jetzt Jahr um Jahr durch den ältesten Sohn des schwarzen Schmidt erinnert. Er ist einer jener ewig wandernden Handwerksgesellen geworden, die, verlumpt und verkommen, ihr elendes Leben von den Geschenken fristen, die nach Zunftgebrauch auf ihre Ansprache die Handwerksmeister ihnen zu verabreichen haben. Auch meinem Hause geht er nie vorbei.«

Mein Freund schwieg und blickte vor sich in das Abendrot, das dort hinter den Bäumen des Kirchhofs stand; ich aber hatte schon eine Zeitlang über der Gartenpforte, der wir uns jetzt wieder näherten, das freundliche Gesicht der Frau Paulsen nach uns ausblicken sehen. »Hab ich's nit denkt!« rief sie, als wir nun zu ihr traten. »Was habt ihr wieder für ein Langes abzuhandeln? Aber nun kommt ins Haus! Die Gottsgab steht auf dem Tisch; der Hafenmeister is auch schon da; und ein Brief vom Joseph und der alt Meisterin! – – Aber was schaust mi denn so an, Bub?«
Der Meister lächelte. »Ich hab ihm was verraten, Mutter. Er will nun sehen, ob du auch richtig noch das kleine Puppenspieler-Lisei bist!«
»Ja, freili!« erwiderte sie, und ein Blick voll Liebe flog zu ihrem Mann hinüber. »Schau nur richti zu, Bub! Und wenn du es nit kannst find'n – der da, der weiß es gar genau!«
Und der Meister legte schweigend seinen Arm um sie. Dann gingen wir ins Haus zur Feier ihres Hochzeitstages. –
Es waren prächtige Leute, der Paulsen und sein Puppenspieler-Lisei.

Waldwinkel

Über dem Dache des Rathauses, das zugleich die Wohnung des städtischen Bürgermeisters bildete, kreuzten die ersten Schwalben in der Frühjahrssonne; auf der Vorstraße standen die »Bürgermeistersbuben« und suchten vergebens die Königin der Luft mit den Lehmkugeln ihres Pustrohrs zu erreichen. Drinnen aber in seinem Geschäfts- und Arbeitszimmer saß der Gestrenge selbst, der außer dem genannten Amte auch das eines Gerichtsdieners und Polizeimeisters in seiner Person vereinigte, vertieft in ein dickes Aktenfaszikel, nicht achtend des heiteren Glanzes, der durch die Fenster zu ihm hereinströmte. Da wurde draußen flüchtig an die Tür gepocht, und auf das verdrossene »Herein!« des Beamten trat ein brauner stattlicher Mann über die Schwelle, der indes die erste Hälfte der Vierziger schon erreicht haben mochte.

Der Bürgermeister erhob das rote behagliche Gesicht aus seinen Akten, warf einen flüchtigen Blick auf den Eintretenden und sagte, als er die feinere Kleidung desselben bemerkt hatte, mit einer runden Handbewegung: »Wollen Sie gefälligst Platz nehmen; ich werde gleich zu Ihren Diensten sein.« Dann steckte er den Kopf wieder in die Akten.

Der andere aber war einen Schritt näher getreten. »Bist du jetzt immer so fleißig, Fritz?« sagte er. »Du littest ehemals nicht an dieser Krankheit.«

Der Bürgermeister fuhr empor, hakte die Brille von der Nase und starrte den Sprecher aus seinen kleinen gutmütigen Augen an. »Richard, du bist es!« rief er. »Mein Gott, wie gut du mich noch kennst! Und doch, mein Scheitel ist kahl und der Rest des Haares grau geworden! Ja, ja, ein solches Bürgermeisteramt!«

Die kleine beleibte Gestalt war hinter dem Aktentisch hervorgekommen. Voll Erstaunen blickte er in das Antlitz des ihn fast um Kopfeshöhe überragenden Freundes. »Das«, sagte er und tätschelte mit seiner kurzen Hand über das noch glänzend braune Haar desselben, »das ist natürlich nur Perücke; aber die Augen, diese unnatürlich jungen Augen, das sind doch wohl noch die echten alten aus unseren lustigen Tagen!«

Der Gast ließ lächelnd diesen Strom des Geplauders über sich ergehen, während der Bürgermeister ihn neben sich aufs Sofa niederzog. »Und nun«, fuhr der letztere fort, »wo kommst du her, was bist du, was treibst du?«

»Ich, Fritz?« erwiderte scherzend der andere, »ich suche einen Inhalt für das noch immer leere Gefäß meines Lebens; oder vielmehr«, fügte er etwas ernster hinzu, »ich suche ihn nicht, ich leide nur ein wenig an dieser Leere.«

Der Bürgermeister sah ihm treuherzig in die Augen. »Du, Richard?« sagte er, »der auf der Universität alle Fakultäten abgeweidet hat! Will doch ein alter Kamerad unter einem gewissen Anonymus sogar deine Feder in einer botanischen Zeitschrift entdeckt haben!«

»Wirklich, Fritz? – Er hat nicht fehlgesehen.«

Der kleine dicke Mann besann sich. »Du bist noch ledig?« fragte er. »Ja? Noch immer? Hm! Du warst ein Schwärmer, Richard! Weißt du noch, als wir Studenten auf der Dornburg tanzten? Du hattest derzeit die Braut zu Hause; du wolltest nicht tanzen; du saßest in der Ecke bei dem langen Wassermann, der wegen seiner großen Stiefel nicht tanzen konnte, und trankst nur Wein, sehr viel Wein, Richard! Du wolltest die seligen Tänze nicht entweihen, die du daheim mit ihr getanzt hattest!«

Der andere war ein wenig still geworden, während der Bürgermeister in plötzlicher Unruhe seine goldene Uhr aus dem Abgrund seiner Tasche zog. »Sag mir, Liebster«, begann er wieder, »du schenkst mir doch den heutigen Tag?«

»Ich muß am Nachmittag noch weiter.«

»Immer noch der alte Meister Unruh?«

»Verzeih, die Extrapost ist schon bestellt! Ihr habt hier einige Meilen nördlich zwischen Heidesumpf und Wald noch eine wenig abgesuchte Flora!«

»Aha!« rief der Bürgermeister, »bei Föhrenschwarzeck, wo die verrückten Junker wohnen, die weder einen Baum fällen noch ein Stück Heide aufbrechen wollen!«

Der Gast nickte. »So sagte man mir. Es soll dort in heimlichen Gründen noch allerlei sonst Verschwundenes zu finden sein.«

»Nun, Richard, da könntest du dich ja im Narrenkasten einquartieren!«

»Im Narrenkasten?«

»Freilich! Der Vater der jetzigen Herren hatte noch seine Spezialtollheit! Da ihm sein Schloß zu groß wurde, so baute er sich hinaus zwischen Heide und Wald; ein Häuslein, alle Fenster

nach einer Seite und drum herum eine Ringmauer, zwanzig Fuß hoch! Und das Kastellchen nannte er den ›Waldwinkel‹, die Leute aber nennen's noch heut den ›Narrenkasten‹. Dort hat er mitten zwischen all dem Unkraut seine letzten Jahre abgelebt.«
Der andere hatte aufmerksam zugehört. »Wer wohnt denn jetzt darin?« fragte er.
»Jetzt? Ich denke, niemand; oder doch nur Eulen und Iltisse.«
– – Im Nebenzimmer schlug eine Uhr. Der Bürgermeister war aufgesprungen. »Schon elf!« sagte er. »Weißt du, Alter! Ich habe noch einen gerichtlichen Aktus vor mir; du warst ja in der Verbindung unser Schriftwart«, und schmunzelnd fuhr er fort: »da du so eilig bist, wir würden noch ein Plauderstündchen mehr gewinnen, wenn du heute dieses Amt noch einmal im Dienste unserer hochnotpeinlichen Gerichtsbarkeit verrichten wolltest!«
Richard lachte. »Hast du denn keinen Protokollführer?«
»Nein, Liebster; da ich die Würde und das Salarium eines Stadtsekretarius ebenfalls in meiner Person vereinige, so muß ich auch die Lasten dieses Amtes tragen, wenn nicht der Zufall einen so fähigen und gefälligen Freund mir in das Haus bringt.«
– – Einige Minuten später saßen beide am grünen Tisch in dem nebenan liegenden Gerichtszimmer. »Du wirst dich vielleicht noch des gelbhaarigen Theologen erinnern«, sagte der Bürgermeister, während er sich mit behaglicher Würde in dem etwas erhöhten Präsidentensessel niederließ, »den wir seinerzeit wohl nicht mit Unrecht den Denunzianten nannten! Wir haben ihn seit Jahren hier am Ort; der Herr Magister betreibt ein einträgliches Pensionat und steht bei Adel und Honoratioren in hohem Ansehen; man wollte ihn eben auch noch mit dem Gottesdienst an unserem Landeszuchthaus hier betrauen.«
»Was ist mit ihm?« fragte der improvisierte Aktuarius, der schon seine Feder geschnitzt und den gebrochenen Bogen vor sich hingelegt hatte. »Ich entsinne mich eigentlich nur seines abgetragenen Frackes und seiner großen roten Hände.«
»Du wirst ihn gleich erscheinen sehen«, sagte der Bürgermeister, mit der einen Hand den über dem grünen Tisch hängenden Glockenstrang erfassend; »er hatte die Vormundschaft über ein elternloses Mädchen; sie ist jahrelang in seinem Hause gewesen, und er hat sie teilweise mit durch seine Schule laufen lassen. Jetzt ist er eines versuchten Verbrechens gegen dieses Mädchen auf das

kläglichste verdächtig; es handelt sich heut nur noch um eine Gegenüberstellung beider.«
Der Bürgermeister zog die Klingel, und der eintretende Gefangenwärter erhielt Befehl, den Magister vorzuführen.
Es war eine widerwärtige Erscheinung, die sich jetzt, an dem an der Tür zurückbleibenden Gefängniswärter vorbei, mit einem geschmeidigen Bückling in das Zimmer hineinwand.
»Sie brauchen nicht zu weit vorzutreten!« sagte der Bürgermeister, und der Magister zuckte sogleich um einige Fußbreit wieder rückwärts; gleich darauf erhob er seinen platten Kopf mit dem wie angeklebten Gelbhaar gegen die Zimmerdecke und begann sich zu den schwersten Eiden für seine Unschuld zu erbieten.
Ohne darauf zu achten, zog der Bürgermeister aufs neue die Glocke, und »Franziska Fedders« trat herein.
Es war die schmächtige Gestalt eines eben aufgeblühten Mädchens; sie war nicht grade hübsch zu nennen; den Kopf mit den aufgesteckten dunkelblonden Flechten trug sie etwas vorgebeugt, der Mund war vielleicht zu voll, die Nase ein wenig zu scharf gerissen; und als sie jetzt ihre tiefliegenden grauen Augen aufschlug, murmelte der Aktuarius unwillkürlich vor sich hin: »Scientes bonum et malum.«
Mit abgewandtem Kopf und mit Glut übergossen, aber mit unverrückter Sicherheit wiederholte sie jetzt die Hauptangaben ihrer früheren Aussagen gegen ihren einstigen Vormund, während dieser seine knochigen Hände rang und seufzende Beteuerungen ausstieß.
Als sie geendet hatte, begann der Magister erst andeutungsweise, dann immer deutlicher, sie eines Verhältnisses mit seinem Gehülfen zu beschuldigen; sie seien verschworen, ihn zu stürzen, um dann selbst das einträgliche Pensionat zu übernehmen.
Mit offenem Munde und vorgestrecktem Halse horchte das Mädchen diesen Beschuldigungen. Richard, der die Feder hingelegt hatte, glaubte zu sehen, wie von der Glut des Hasses ihre Augen dunkler wurden. Plötzlich warf sie den Kopf empor. »Sie lügen, Sie!« rief sie, und wie eine scharfe Schneide fuhr es aus dieser jungen Stimme. Aber wie über sich selbst erschrocken, flogen ihre Blicke unstet und hülfesuchend umher, bis sie in den ernsten Männeraugen haftenblieben, die so ruhig zu ihr hinüberblickten.
Der Magister hatte beide Arme zum Himmel aufgereckt. »Sie!

Du nennst mich Sie, Franziska! Du, die ich dich in der Liebe des Lammes –« Er brach in sentimentale Tränen aus; er hatte etwas vom winselnden Affen an sich.
»Ich nenne Sie gar nicht mehr!« sagte Franziska ruhig, und ihre Augensterne ruhten noch immer in denen des ihr fremden Mannes, als habe sie hier einen Halt gefunden, den sie nicht mehr zu verlassen wage.
– – Über dessen Seele fuhr es wie ein Traum: das stille Haus am Waldesrand tauchte vor seinem innern Auge auf; ein einsamer Mann und ein verlassenes Mädchen wohnten dort. Sie waren nicht mehr einsam und verlassen; aber um sie her in der lauen Sommerluft war nur der schwimmende Duft der Kräuter, das Rufen der Vögel und fernab aus der stillen Lichtung der unablässige Gesang der Grillen. –
Der Klang der Botenglocke schrillte durch das Zimmer. Als Richard aufblickte, sah er eben das Mädchen aus der Tür verschwinden, der Magister wurde vom Gefängniswärter abgeführt.
– – »Ein gescheutes Rackerchen, diese Franziska«, sagte der Bürgermeister, indem er das sauber abgefaßte Protokoll durch seine Namensunterschrift vollzog. »Schade, daß sie nichts in bonis hat; wir wissen nicht recht, wohin mit ihr; für den gewöhnlichen Mägdedienst hat sie zuviel, für eine höhere Stellung zuwenig gelernt.«
Sein Gast war im Zimmer auf und ab gegangen. »Freilich, ein anziehendes Köpfchen!« sagte er; aber seine Worte klangen tonlos, als sei in der Tiefe die Seele noch mit anderem beschäftigt.
»Hm, Richard«, fuhr der Bürgermeister, seine Akten zusammenbindend, fort, »da stimmst du mit unserem Physikus, er meint – er hat mitunter solche Einfälle –, die Augen seien ein halbes Dutzend Jahre älter als das Mädchen selbst.«
»Und wer ist jetzt ihr Vormund, Fritz?«
»Ihr Vormund? – Sie hat keinen Verwandten; wir hatten augenblicklich keinen andern, es ist der Schustermeister an der Hafenecke; seit Beginn der Untersuchung wohnt sie auch bei ihm.«
– – Eine Stunde später sah man den Gast des Bürgermeisters aus einem kleinen Hause an der Hafenecke treten und durch eine gegenüberliegende Straße aus der Stadt hinausschreiten.
Draußen vor den letzten Häusern hielt ein offener Wagen. Ein großer löwengelber Hund, den der auf dem Kutschersitze nikkende Postillion an der Leine hatte, riß sich los und sprang,

freudewinselnd und mit der mächtigen Rute den Staub der Straße peitschend, dem Kommenden entgegen.
»Leo, mein Hund, bist du da? Ja, ich komme, ich komme schon!« Ein lebensfroher Ton klang aus diesen Worten, unter denen der Hund die Liebkosungen seines Herrn entgegennahm.
Vor ihnen, im hellsten Sonnenscheine, breitete sich ein weites Tiefland aus, zu dem in Wellenlinien sich der Weg hinuntersenkte. Bald saß der Wanderer auf dem Wagen, und während der Hund in großen Sätzen nebenhersprang, rollte das Gefährt in den jungen Frühling hinaus, der blauen Waldferne zu, die in kaum erkennbaren Zügen den Horizont begrenzte.

Oben in den Eichbäumen, die vor dem Kruge des Dorfes Föhrenschwarzeck standen, lärmten die Elstern, welche ihr Nest gegen zwei rotbrustige Turmfalken zu verteidigen suchten; die Gäste in der Schenkstube konnten kaum ihr eigenes Wort verstehen.
»Weiß der Henker!« rief der Krämer aus dem Nachbarstädtchen, der eben mit dem gegenübersitzenden Wirte sein Quartalgeschäft gemacht hatte, »was Euch hier alles für Raubzeug um die Ohren fliegt! Dürfen auch die Falken nicht geschossen werden, Inspekter?«
Der alte graubärtige Mann in brauner Joppe, an den diese Worte gerichtet waren, nahm mit der kleinen Messingzange eine Kohle aus dem auf dem Tische stehenden Becken, legte sie auf seine eben gestopfte kurze Pfeife und sagte dann, während er inmittelst die ersten Dampfwolken stoßweiße über den Tisch blies: »Ich weiß nicht, Pfeffers, ich bin nicht für die Falken; da müßt Ihr den neuen Förster fragen.« Er schien, obschon es noch in der Morgenfrühe war, schon weit im Feld umher gewesen und nur zu kurzer Rast hier eingekehrt zu sein; denn die hellen Schweißperlen standen noch auf seiner Stirn, und seinen Strohhut hatte er vor sich auf dem Schoße liegen.
»Ein neuer Förster?« fragte der Krämer. »Wo habt Ihr den denn herbekommen?«
»Weiß nicht genau«, erwiderte der Alte; »da droben aus dem Reich, mein ich; aber schießen kann er wie gehext, und auf die Dirnen ist er wie der Teufel!«
»Oho, Kasper-Ohm! Da nehmt Eure Ann-Margreth in Obacht!«
»Wird sich schon von selber wehren, Pfeffers«, meinte der Wirt.

Aber der Krämer hatte noch mehr zu fragen. »Hm, Inspekter!« sagte er, »Ihr bekommt ja allerlei Neues in Eueren Wald; Euere Herren müssen auf einmal ganz umgängliche Leute geworden sein! Habt Ihr denn wirklich den alten ›Narrenkasten‹ an einen Fremden, an einen ganz landfremden Mann vermietet?«

»Diesmal trefft Ihr ins Schwarze, Pfeffers«, sagte der Alte, indem er einen ungeheueren, roh gearbeiteten Schlüssel aus der Seitentasche seiner Joppe hervorzog »ein paar Wagen mit Ingut sind schon gestern aus- und eingepackt worden; hab des Teufels Arbeit damit gehabt und muß auch jetzt wieder hin, um Fenster aufzusperren und nach dem Rechten zu sehen; meinen Phylax hab ich gestern abend hinter die hohe Hofmauer gesperrt, damit doch eine vernünftige Kreaturseele bei all den Siebensachen über Nacht bliebe.«

»Und woher ist dieser Mietsmann denn gekommen?« fragte der Krämer wieder.

»Weiß nicht, Pfeffers; kümmert mich auch nicht«, erwiderte der Alte, »kann's selbst nicht kleinkriegen. Aber der Herr soll ein Botanikus sein; dergleichen Schlages liebt ja auch alles, was wild zusammenwächst.«

Der Wirt, der inzwischen seine mit Kreide auf die Tischplatte geschriebene Abrechnung mit dem Krämer noch einmal revidiert hatte, beugte sich jetzt vor und sagte, seine Stimme zu vertrautem Flüstern dämpfend, obgleich niemand außer den dreien im Zimmer war: »Wißt Ihr noch, vor Jahren, als in den Blättern soviel von der großen Studentenverschwörung geschrieben wurde, als sie die Könige all vom Leben bringen wollten – da soll er mit dabeigewesen sein!«

Der Krämer ließ einen langgezogenen Pfiff ertönen. »Da liegt's, Inspekter!« sagte er. »Ich weiß, Ihr hört's nicht gern; aber die Junker, wenn sie jung sind, haben schon mitunter solche Mukken; Euer Junker Wolf ist ja derzumalen auch bei dem Wartburgstanze mit gewesen.«

Der Alte sagte nichts darauf; aber der Wirt wußte noch Weiteres zu erzählen, als wenn seine klugen Elstern ihm's von allen Seiten zugetragen hätten. – Hier aus der Gegend sollte der Fremde sein; aber drüben bei den Preußen hatte man ihn jahrelang in einem dunkeln Kerkerloch gehalten; weder die Sonne noch die Sterne der Nacht hatte er dort gesehen; nur der qualmige Schein einer Tranlampe war ihm vergönnt gewesen; dabei hatte er ohne

Kunde, ob Morgen oder Mitternacht, tagaus, tagein gesessen und viele dicke Bücher durchstudiert.

»Aber Kasper-Ohm«, sagte der Krämer und hielt dem Wirte seine offene Tabaksdose hin, »Ihr seid doch nicht etwa wieder in einen Grenzprozeß verzwirnet?«

»Ich? Wie meint Ihr das, Pfeffers?«

»Nun, ich dachte, Ihr wärt wieder einmal in der Stadt bei dem Winkeladvokaten, dem Aktuariatsschreiber, gewesen, bei dem man für die Kosten die Lügen scheffelweis draufzubekommt.«

Kasper-Ohm nahm die dargebotene Prise. »Ja, ja, Pfeffers«, sagte er, einen Blick durchs Fenster werfend, »wenn sie einen nicht in Frieden leben lassen! Hört einmal, wie die armen Heisters schreien!«

»Freilich, Kasper-Ohm. Aber wie ging's denn weiter mit dem Herrn Botanikus?«

»Mit dem? – Nun, glaubt es oder nicht! Eines Tages ist er plötzlich zu Hause angekommen; aber es ist für ihn doch immer noch zu früh gewesen; denn als er mit seinen blinden Augen über die Straße stolpert, wird er von einer Karriole zu Boden gefahren, die eben lustig über das Pflaster rasselt.«

»Das verdammte Gejage!« rief der Krämer.

»Ja, ja, Pfeffers; Ihr kennt das nicht, Ihr seid ein lediger Mensch; aber der Herr und die feine Dame, die darin saßen, konnten nicht zwischen die Pferdeohren hindurchsehen; sie hatten zuviel an ihren eigenen Augen zu beobachten.«

»Und hatte er Schaden genommen, der arme Herr?«

»Nein, Pfeffers, nein, das nicht! Aber es ist seine eigene Frau gewesen, die Dame, die mit dem Baron in der Karriole saß.«

Der Krämer ließ wieder seinen langen Pfiff ertönen. »Das ist 'ne Sache; so ist er verheiratet gewesen, als die Preußen ihn gefangen haben! Nun, die Frau wird er wohl nicht mit sich bringen!«

»Sollte man nicht glauben«, meinte Kasper-Ohm; »denn er soll sich's noch einen meilenlangen Prozeß haben kosten lassen, um nur den Kopf aus diesem Eheknoten freizukriegen.«

»Und der Baron, was ist mit dem geworden?«

»Den Baron, Pfeffers? Den hat er togeschossen, und dann ist er in die weite Welt gegangen, um sich all den Verdruß an den Füßen wieder abzulaufen. Nein, Freundchen, die feine Dame wird er wohl nicht mit herbringen, aber die alte taube Wieb

Lewerenz aus Euerer Stadt, und das ist auch eine gute Frau. Sie hat ihren Dienst als Waisenmutter quittiert und kommt nun auf ihre alten Tage in den Narrenkasten.«
Der Inspektor war inzwischen aufgestanden. – »Schwatzt Ihr und der Teufel!« sagte er, indem er lachend auf die beiden andern herabsah; dann trank er sein Glas aus und schritt, den schweren Schlüssel in der Hand, zur Tür hinaus.
– – Unter dem Eichbaum durch, auf welchem der Falke von dem indes eroberten Neste auf ihn herabsah, ging er aus dem Gehöfte auf den Weg hinaus, welcher hier, vom Nordende des Dorfes, zwischen dicht mit Haselnußbäumen bewachsenen Wällen auf die Hauptlandstraße hinausführte. Schon auf der Mitte desselben aber bog er durch eine Lücke des Walles nach links in einen Fußweg ein; in der schon drückenden Sonne schritt er auf diesem über einige grüne, wellenförmig sich erhebende Saatfelder einer mit Eichenbusch besetzten Moorstrecke zu, hinter welcher in breitem Zuge und noch in dem bläulichen Duft des Morgens ein aus Eichen und stattlichen Buchen gemischter Laubwald seine weichen Linien gegen den blauen Himmel abzeichnete. Der Alte trocknete mit seinem Tuch den Schweiß sich von der Stirn, als er endlich in diese kühlen Schatten eintrat; über ihm aus einer hohen Baumkrone schmetterte eine Singdrossel ihren Gesang ins weite Land hinaus.
Ein Viertelstündchen mochte er so gewandert sein, und der ihn umgebende Laubwald hatte inzwischen einem Tannenforste Platz gemacht, als sich, aus einem Seitensteige kommend, zwei andere Wanderer zu ihm gesellten.
»Geht's denn recht hier nach dem Narrenkasten?«
Ein Bauerbursche fragte es, der einem zwar einfach, aber städtisch gekleideten Mädchen ihren Koffer nachtrug.
Der Alte nickte. »Ihr könnt nur mit mir gehen.«
»Aber ich will zum Waldwinkel«, sagte das Mädchen.
»Wird wohl auf eins hinauslaufen. Wenn Sie im Waldwinkel was zu bestellen haben, so ist's schon richtig hier.«
»Ich gehöre dort zum Hause«, erwiderte sie.
Der Alte, der bisher seinen Weg ruhig fortgesetzt hatte, wandte sich nach ihr zurück, und seine Augen blickten immer munterer, während er sich das junge Wesen ansah. »Nun«, sagte er, »die Frau Lewerenz hätte ich mir, so zu verstehen, um ein paar Jährchen älter vorgestellt.«

Aber das Mädchen schien für solche Späße wenig eingenommen. Sie sah ihn mit ihren grauen Augen an und sagte: »Ich heiße Franziska Fedders. Die Frau Lewerenz wird wohl mit dem Herrn schon dort sein.«

»Da irren Sie denn doch, Mamsellchen«, meinte der Alte, indem er mit der einen Hand vor ihr den Hut zog und mit der andern ihr den großen Schlüssel zeigte; »die Herrschaft kommt erst heute abend; aber Einlaß sollen Sie drum doch schon bekommen.«

Sie stutzte; aber nur einen Augenblick ruhte der Zeigefinger an der Lippe. »Es ist gut«, sagte sie, »es paßte nicht anders mit dem Fuhrmann; lassen Sie uns gehen, Herr Inspektor!«

Und so wanderten sie auf dem schattigen, mit trockenen Tannennadeln bestreuten Steige miteinander fort; immer riesiger wurden die Föhren, die zu beiden Seiten aufstiegen und ihre Zweige über sie hinstreckten. Plötzlich öffnete sich das Dickicht; eine mit Wiesenkräutern bewachsene, muldenartige Vertiefung, gleich dem Bette eines verlassenen Flusses, zog sich quer zu ihren Füßen hin, während jenseits auf der Höhe wiederum ein Eichen- und Buchenwald seine Laubmassen ausbreitete. Nur ihnen gegenüber zeigte sich eine Lücke, durch welche man bis zum Horizont auf ein braunes Heideland hinausblickte. Zur Linken dieser Durchsicht aber, mit der andern Seite sich hart an den Wald hinandrängend, ragte ein altes Backsteingebäude, das durch sein hohes Dach ein fast turmartiges Aussehen erhielt; eine Mauer, über welcher nur die vier Fenster des oberen Stockwerks sichtbar waren, trat, von den beiden Ecken der Front auslaufend, in ovaler Rundung fast an den Rand der Wiesenmulde hinaus.

Der Alte, der während des Gehens Franziska von seinen Einzugsmühen unterhalten hatte, war stehengeblieben und wies schweigend nach dem mit schwerem Metallbeschlag bedeckten Tore, das sich gegenüber in der Mitte der Mauer zeigte. Oberhalb desselben in einer Sandsteinverzierung befand sich eine Inschrift, deren einst vergoldete Buchstaben bei dem scharfen Sonnenlichte auch aus der Ferne noch erkennbar waren. »Waldwinkel« buchstabierte Franziska.

»Oho, Phylax!« rief der Inspektor. »Hören Sie ihn, Mamsellchen; er hat schon meinen Schritt erkannt!«

Aus dem verschlossenen Hofe drüben hatte sich das Bellen eines Hundes hören lassen; zugleich erhob sich von einem Eichenaste, der aus dem Walde auf das Dach hinüberlangte, ein großer Raubvogel und kreiste jetzt, seinen wilden Schrei ausstoßend, hoch über dem einsamen Bauwerk.

Sie waren indes auf der kaum noch sichtbaren Fortsetzung des Waldsteiges in die Wiesenmulde hinabgegangen. Die nach Süden gelegene Frontseite des immer näher vor ihnen aufsteigenden Gebäudes war von der Sonne hell beleuchtet, sogar an den Drachenköpfen der Wasserrinnen, welche unterhalb des Daches gegen den Wald hinausragten, sah man die Reste einstiger Vergoldung schimmern. Von den beiden Wetterfahnen, mit welchen an den Endpunkten die kurze First des Daches geziert war, hatte die eine sich fast ganz im grünen Laub versteckt, während die andere sich regungslos am blauen Himmel abzeichnete.

Und jetzt war das jenseitige Ufer erstiegen, und der Inspektor hatte den Schlüssel in dem Bohlentore umgedreht.

Ein schattiger, mit Steinplatten ausgelegter Hof empfing sie, während der Pudel mit Freudensprüngen an seinem Herrn emporstrebte. – Zur Linken des Eingangs war ein steinerner Brunnen, neben dem ein augenscheinlich neu angefertigter, mit Wasser gefüllter Eimer stand; an der Mauer des Hauses, an welcher eben der Sonnenschein hinabrückte, wucherten hohe, mit Knospen übersäte Rosenbüsche; die zu beiden Seiten der Haustür auf den Hof gehenden Fenster wurden fast davon bedeckt. »Der alte Herr«, sagte der Inspektor, »hat sie selber noch gepflanzt.«

Dann traten sie über ein paar Stufen in das Haus. – Zur Linken des Flurs lag die Küche; zur Rechten ein einfenstriges Zimmer, dessen Ausrüstung schon die künftige Bewohnerin erkennen ließ. Zwar das hohe Bettgerüst dort entbehrte noch des Umhanges wie des schwellenden Inhalts; aber in der Ecke standen Spinnrad und Haspel, und über der altfränkischen Kommode hing ein desgleichen Spiegelchen, hinter welchem nur noch die kreuzweis aufgesteckten Pfauenfedern fehlten. »Also, das ist *nicht* Ihr Zimmer, Mamsellchen!« sagte der Alte, noch einmal einen Scherz versuchend.

Als er keine Antwort erhielt, deutete er auf seinen Pudel, der lustig die zum oberen Stockwerk führende Treppe hinaufsprang. »Folgen wir ihm!« sagte er, »dort hinten sind nur noch die Vorratskammern.«

Oben angekommen, schloß er die Tür zu einem mäßig großen Zimmer auf, das bis auf die Vorhänge völlig eingerichtet schien.

Die beiden Fenster, mit denen es über die Wiesenmulde auf den Tannenwald hinaussah, waren die mittleren von den vieren, welche sie von drüben aus erblickt hatten. Vor dem zur Linken stand ein weichgepolsterter Ohrenlehnstuhl, an der Seitenwand des andern ein Schreibtisch mit vielen Fächern und Schiebladen; neben diesem, bereits im Ticktack ihren Pendel schwingend, hing eine kleine Kuckucksuhr, wie sie so zierlich weit droben im Schwarzwalde verfertigt werden. Eine altmodische, aber noch wohlerhaltene Tapete, mit rot und violett blühendem Mohn auf dunkelbraunem Grund, bekleidete die Wände.

Schweigend, aber aufmerksam betrachtete Franziska alles, während sie dem Alten die Fensterflügel öffnen half.

Zu jeder Seite dieses Blumenzimmers, und durch eine Tür damit verbunden, lag ein schmäleres; beide nur mit einem Fenster auf den Tannenwald hinausgehend. In dem zur Linken befanden sich außer einigen Stühlen nur noch ein eisernes Feldbett und ein paar hohe Reisekoffer. Franziska warf nur einen flüchtigen Blick hinein, während ihr Führer schon die Tür des gegenüberliegenden geöffnet hatte.

»Und nun gibt's was zu lesen!« rief dieser. »Der Herr Doktor ist selbst hier außen gewesen und hat einen ganzen Tag da drin gesessen.«

Und wirklich, es war eine stattliche Hausbibliothek, die hier in sauberem Einband auf offenen Regalen an den Wänden aufgestellt war. Aber während das Mädchen einen Band von Okens »Isis« herauszog, der ihr aus des Magisters Pensionat bekannt war, hatte der Alte dem Fenster gegenüber schon eine weitere Tür erschlossen.

Das Zimmer, in welches sie hineinführte, lag gegen Westen und im Gegensatz zu den sonnigen Räumen der Vorderseite noch in der Schattendämmerung des unmittelbar daran grenzenden Waldes.

»Sie müssen nicht erschrecken, Mamsellchen«, sagte der Alte, indem er auf ein Eisengitter zeigte, womit das einzige Fenster nach außen hin versehen war. »Es ist kein Gefängnis, sondern auch nur so eine Liebhaberei vom alten Herrn gewesen.«

»Ich erschrecke nicht so leicht«, sagte das Mädchen, indem sie, ihm nach, über die Schwelle trat.

»Nun, so wollen wir den Burschen Ihr Gepäck heraufbringen lassen; denn dort das Bettchen und das Jungfernspiegelchen hier

auf der Kommode werden doch wohl für Sie dahin beordert sein.«
Als Franziska ihre Sachen in Empfang genommen und den Burschen abgelohnt hatte, meinte der Alte: »Und jetzt, Mamsellchen, werd ich Sie ins Dorf zurückbegleiten; es ist zwar ein Stündchen Wandern, aber einen guten Eierkuchen wird Ihnen Kaspers Margret schon zu Mittag backen, und gegen Abend wird der Herr Doktor dort zu Wagen einkehren, um von mir den Schlüssel in Empfang zu nehmen.«
Allein das Mädchen schüttelte den Kopf. »Ich bin nun einmal hier; zu essen hab ich noch in meiner Reisetasche.«
Der Alte rieb sich das bärtige Kinn mit seiner Hand. »Aber ich werde Sie einschließen müssen; ich muß dem Herrn Doktor selbst den Schlüssel überliefern.«
»Schließen Sie nur, Herr Inspektor!«
»Hm! – Soll ich Ihnen auch den Phylax hierlassen?«
»Den Phylax? Weshalb das? Da könnt's am Ende doch noch auf eine Hungersnot hinauslaufen.«
»Nun, nun; ich dachte nur; er ist so unterhaltsam.«
»Aber ich habe keine Langeweile.«
»Ja, ja; Sie haben recht.«
»Also, Herr Inspektor!«
»Also, Mamsellchen, soll ich schließen?«
Sie nickte ernsthaft; dann, ruhig hinter ihm herschreitend, begleitete sie den Alten auf den Hof hinab. Als dieser aus der Ringmauer hinausgetreten und das schwere Tor hinter ihr abgeschlossen war, flog sie behende in das Haus zurück. Mit dem Kopf an den Fensterbalken lehnend, blickte sie droben vom Wohnzimmer aus dem Fortgehenden nach, der eben durch die Kräuter an der jenseitigen Höhe emporschritt. Als er nebst seinem Hunde drüben zwischen den Föhren verschwunden war, trat sie in die Mitte des Zimmers zurück; sie erhob ihre kleine Gestalt auf den Zehen, atmete tief auf, und langsam um sich blickend, drückte sie beide Hände auf ihr Herz. Ein zufriedenes Lächeln flog über das in diesem Augenblicke besonders scharf gezeichnete Gesichtchen.
Gleich darauf ging sie durch die Bibliothek in ihre Kammer, wohin nun auch der Sonnenschein den Weg gefunden hatte. Vor den Spiegel tretend, löste sie ihre schweren Flechten, daß das dunkelblonde Haar wie Wellen an ihr herabflutete. So kniete

sie vor ihren Koffer hin, kramte zwischen ihren Habseligkeiten und räumte sie in die leeren Schubladen der Kommode. Ein Kästchen mit Saftfarben, Pinseln und Zeichenstiften, einige Blätter mit nicht ungeschickten Blumenmalereien waren dabei auch zum Vorschein gekommen. Als alles geordnet war, flocht sie sich das Haar aufs neue und kleidete sich dann so zierlich, als der mitgebrachte Vorrat es nur gestatten wollte.

Wie beiläufig hatte sie inzwischen ein paar Butterbrötchen aus ihrer Reisetasche verzehrt; jetzt, als müsse sie innerhalb dieser Mauern jedes Fleckchen kennenlernen, schlüpfte sie auf leichten Füßen noch einmal durch das ganze Haus; durch alle Zimmer, in die Küche, in den von dort hinabführenden Keller; dann stieg sie auf einer bald von ihr erspähten Treppe auf den Hausboden, über welchem hoch und düster sich das Dach erhob. Es huschte etwas an ihr vorbei, es mochte ein Iltis oder ein Marder gewesen sein; sie achtete nicht darauf, sondern tappte sich nach einer der insgesamt geschlossenen Luken und rüttelte daran, bis sie aufflog. Es war die Hinterseite des Daches, und unter ihr unabsehbar dehnte sich die Heide aus, immer breiter aus dem Walde herauswachsend.

Hier in dem dunkeln Rahmen der Dachöffnung kauerte sie sich nieder; nur ihre grauen Falkenaugen schweiften lebhaft hin und her, bald zur Seite über die in der Mittagsglut wie schlummernd ruhenden Wälder, bald hinab auf die kargen Räderspuren, welche über die Heide zu der soeben von ihr verlassenen Welt hinausliefen.

In der Zeit, die hierauf folgte, erfuhr das Wild in der Umgebung des »Narrenkastens« eine ihm dort ganz ungewohnte Beunruhigung in der Stille seines Sommerlebens. Aus den Kräutern der jungen Tannenschonung springt plötzlich der Hirsch empor und stürmt, nicht achtend seines knospenden Geweihes, in das nahe Waldesdickicht; draußen im Moorgrund fliegen zwei stahlblaue Birkhähne glucksend in die Höhe, die seit Jahren hier unbehelligt ihre Tänze aufführen durften; selbst Meister Reineke bleibt nicht ungestört.

In einem alten Riesenhügel hat er sein Malepartus aufgeschlagen und sitzt jetzt in der warmen Mittagssonne vor einem seiner Ausgänge, bald behaglich nach den über der Heide spielenden Mücken blinzelnd, bald auf seine jungen Füchslein schauend, die um ihn her ihre ersten Purzelbäume versuchen. Da plötzlich streckt er den Kopf und bewegt horchend seine spitzen Ohren; drüben, vom Saum des Buchenwaldes, hat die Luft einen ungehörigen Laut ihm zugetragen.

Einige Minuten später schreitet ein nicht mehr junger, aber kräftiger Mann über die Heide; ein großer, löwengelber Hund springt ihm voraus und steckt die Schnauze in den Eingang des Hünengrabes, durch welchen kurz vorher der Fuchs und seine Brut verschwunden sind; doch sein Herr ruft ihn zurück, und er gehorcht ihm augenblicklich. Sie kommen eben aus dem Walde; jetzt schreiten sie weiter über die Heide; bald werden sie zusammen dort den Sumpf durchwaten. Sie sind unzertrennlich, sie tun das alle Tage; aber die Tiere brauchen sich vor ihnen nicht zu fürchten; denn der Hund hat nur Augen für seinen Herrn und dieser nur für die stille Welt der Pflanzen, welche, einmal aufgefunden, seiner Hand nicht mehr entfliehen können; heute sind es besonders die Moose und einige Zwergbildungen des Binsengeschlechts; die er unbarmherzig in seine grüne Kapsel sperrt.

Mitunter geht auch ein Mädchen an seiner Seite; doch dies geschieht nur selten und bei kürzeren Wanderungen. Meistens ist sie drüben an der Wiesenmulde, hinter den hohen Mauern des »Waldwinkels«; dort geht sie in Küch und Keller einer alten Frau zur Hand, deren gutmütiges Gesicht schon durch die Einförmigkeit seines Ausdrucks eine langjährige Taubheit verraten würde, wenn dies nicht noch deutlicher durch ein Höhrrohr geschähe, das sie wie ein Jägerhörnchen am Bande über der Schulter trägt. Das Mädchen weiß, daß die Alte einst die Wärterin ihres jetzigen Herrn gewesen ist; sie zeigt sich ihr überall gefällig und sucht ihr alles an den Augen abzusehen. – Anders steht sie mit dem Herrn selber; er hat keinen Blick wieder von ihr erhalten wie damals in der Gerichtsstube, als er der Aktuar des Bürgermeisters war, so ungeduldig er auch oft darauf zu warten scheint. Zuweilen, wenn sie nach dem Mittagstische die Zimmer oben geordnet hat, was stets mit pünktlicher Sauberkeit geschieht, sitzt sie auch wohl am Fenster des kleinen Bibliothekszimmers und malt auf bräunliche Papierblättchen eine Rispe oder einen Blütenstengel, den der Doktor allein oder sie mit ihm aus der Wildnis draußen heimgebracht hat. Dieser selbst steht dann oft lange neben ihr und blickt schweigend und wie verzaubert auf die kleine, regsame Hand.

So war es auch eines Nachmittags, da schon manche Woche ihres Zusammenlebens hingeflossen war. Er hatte einen Strauß aus Wollgras und gesterntem Bärenlauch vor ihr zurechtgelegt, und sie war emsig beschäftigt, ihn aufs Papier zu bringen. Mitunter hatte er ein kurzes Wort zu ihr gesprochen, und sie hatte ebenso und ohne aufzublicken ihm geantwortet.

»Aber sind Sie denn auch gern hierhergekommen?« fragte er jetzt.

»Gewiß! Weshalb denn nicht? Bei dem Schuster roch das ganze Haus nach Leder; und Bettelleute waren es auch.«

»Bettelleute? – Weshalb sprechen Sie so hart. Franziska?« – Es schien, als wenn er ihr zu zürnen suche; aber er vermochte es schon längst nicht mehr. Eine Weile ließ er seine Augen auf ihr ruhen, während sie eifrig an einem Blättchen fortschattierte; als keine Antwort erfolgte, sagte er: »Ich bin kein Bettelmann, aber einsam ist es hier für Sie.«

»Das hab ich gern«, erwiderte sie leise und tauchte wieder den Pinsel in die Farbe.

Neben ihr auf dem Tische lagen mehrere fertige Blättchen; er nahm eines derselben, auf dem eine Blüte der Cornus suecica gemalt war, und schrieb mit Bleistift darunter:

Eine andre Blume hatt ich gesucht –
Ich konnte sie nimmer finden;
Nur da, wo zwei beisammen sind,
Taucht sie empor aus den Gründen.

Er hatte das so beschriebene Blatt vor sie hingelegt; aber sie warf nur einen raschen Blick darauf und schob es dann, ohne aufzusehen, wieder unter die andern Blätter, indem sie sich tief auf ihre Zeichnung bückte.

Noch eine Weile stand er neben ihr, als könne er nicht fort; da sie aber schweigend in ihrer Arbeit fortfuhr, so pfiff er seinem Hunde und schritt mit diesem in den Wald hinaus.

Es war ihm seltsam ergangen mit dem Mädchen. In augenblicklicher Laune, fast gedankenlos, hatte er sie in den Kreis seines Lebens hineingezogen; eine Zutat nur, eine Bereicherung für die einförmigen Tage hatte sie ihm sein sollen; – und wie anders war es nun geworden! Freilich, die alte Frau Wieb, für die trotz ihrer

Taubheit die Welt kein störendes Geheimnis barg, vermochte es nicht zu sehen; aber selbst der löwengelbe Hund sah es, daß sein Herr in den Bann dieses fremden Kindes geraten, daß er ihr ganz verfallen sei; denn mehr wie je drängte er sich an ihn und blickte ihn mit fast vorwurfsvollen Augen an.

Lange waren sie zweck- und ziellos miteinander umhergestreift; jetzt, da schon die Dämmerung in den Wald herabsank, lagerten Herr und Hund unweit des Fußsteiges unter einem großen Eichenbaum, in dem um diese Zeit die Nebelkrähen sich zu versammeln pflegten, bevor sie zu ihren noch abgelegeneren Schlafplätzen flogen.

Der Doktor hatte den Kopf gegen einen moosbewachsenen Granitblock gelehnt, auf dem Franziska sich einige Male ausgeruht, wenn sie mit ihm von einem Ausfluge hier vorbeigekommen war. Seine Augen blickten in das Geäst des Baumes über ihm, wo Vogel um Vogel niederrauschte, wo sie durcheinanderhüpften und krächzten, als hätten sie die Chronik des Tages miteinander festzustellen; aber die schwarzgrauen Gesellen kümmerten ihn im Grunde wenig; durch seine Phantasie ging der leichte Tritt eines Mädchens, desselben, deren müde Füßchen noch vor kurzem an diesem Stein herabgehangen hatten, gegen den er jetzt seinen grübelnden Kopf drückte.

Was hatte eine Betörung über ihn gebracht, wie er sie nie im Leben noch empfunden hatte? – Alles andere, was er ein halbes Leben lang wie ein unerträgliches Leid mit sich umhergeschleppt, es war wie ausgelöscht, er begriff es fast nicht mehr. War es nur der Taumel, nach einem letzten Jugendglück zu greifen? Oder war es das Geheimnis jener jungen Augen, die mitunter plötzlich in jähe Abgründe hinabzublicken schienen? – So manches hatte er an ihr bemerkt, das seinem Wesen widersprach; es blitzten Härten auf, die ihn empörten, es war eine Selbständigkeit in ihr, die fast verachtend jede Stütze abwies. Aber auch das ließ ihm keine Ruhe; es war ein Feindseliges, das ihn zum Kampf zu fordern schien, ja von dem er zu ahnen glaubte, es werde, wenn er es bezwungen hätte, mit desto heißeren Liebeskräften ihn umfangen.

Er war aufgesprungen; er streckte die Arme mit geballten Fäusten in die leere Luft, als müsse er seine Sehnen prüfen, um sogleich auf Leben und Tod den Kampf mit der geliebten Feindin zu bestehen.

Über ihm in der Eiche rauschten noch immer die Vögel durcheinander; da schlug der Hund an, und die ganze Schar erhob sich mit lautem Krächzen in die Luft. Aber aus dem Walde hörte er ein anderes Geräusch; kleine leichte Schritte waren es, die eilig näher kamen, und bald gewahrte er zwischen den Baumstämmen das Flattern eines Frauenkleides. Er drückte die Faust gegen seine Brust, als könnte er das rasende Klopfen seines Blutes damit zurückdrängen.

Atemlos stand sie vor ihm.

»Franziska!« rief er. »Wie blaß Sie aussehen!«

»Ich bin gelaufen«, sagte sie, »ich habe Sie gesucht.«

»Mich, Franziska? Es wird schon dunkel hier im Walde.«

Sie mochte die Antwort, nach der ihn dürstete, in seinem Antlitz lesen; aber sie sagte einfach – und es war der Ton der Dienerin, welche ihrem Herrn eine Bestellung ausrichtet: »Es ist jemand da, der Sie zu sprechen wünscht.«

»Der mich zu sprechen wünscht, Franziska?«

Sie nickte. »Es ist der Vormund, der Schuster«, sagte sie beklommen, als fühle sie das Pech an ihren Fingern.

»Ihr Vormund! Was kann der von mir wollen?«

»Ich weiß es nicht; aber ich habe Angst vor ihm.«

»So kommen Sie, Franziska!«

Und rasch schritten sie den Weg zurück.

– – Es war ein untersetztes Männlein mit wenig intelligentem, stumpfnasigem Antlitz, das in dem Stübchen der Frau Lewerenz auf sie gewartet hatte. Richard führte ihn nach dem Wohnzimmer hinauf, wohin Franziska schon vorangegangen war.

»Nun, Meister, was wünschen Sie von mir?« sagte er, indem er sich auf den Sessel vor seinem Schreibtisch niederließ.

Der Handwerker, der trotz des angebotenen Stuhles wie verlegen an der Tür stehen blieb, brachte zuerst in ziemlicher Verworrenheit einige Redensarten vor, mit denen er die Veranlassung seines heutigen Besuches zum voraus zu entschuldigen suchte. Endlich aber kam er doch zur Hauptsache. Ein alter Bäckermeister, reich – sehr reich und ohne Kinder, wollte Franziska zu sich nehmen; er hatte fallen lassen, daß er sie sogar in seinem Testament bedenken werde, wenn sie treulich bei ihm aushalte; für ihn, den Vormund, sei es Gewissenssache, ein solches Glück für seine Mündel nicht von der Hand zu weisen.

Richard hatte, wenigstens scheinbar, geduldig zugehört. »Ich muß Ihre Fürsorglichkeit anerkennen, Meister«, sagte er jetzt,

indem er gewaltsam seine Erregung unterdrückte; »aber Franziska wird nicht schlechter gestellt sein in meinem Hause; ich bin bereit, Ihnen die nötigen Garantien dafür zu geben.«
Der Mann drehte eine Weile den Hut in seinen Händen. »Ja«, sagte er endlich, »es wird denn doch nicht anders gehen.«
»Und weshalb denn nicht?«
Er erhielt keine Antwort; der Angeredete blickte mürrisch auf den Boden.
Das Mädchen hatte während dieser Verhandlung laut- und regungslos am Fenster gestanden. Als Richard jetzt den Kopf zurückwandte, sah er ihre großen grauen Augen weit geöffnet; angstvoll, in flehender Hingebung, alles Sträuben von sich werfend, blickte sie ihn an.
»Franziska!« murmelte er. Einen Augenblick war es totenstill im Zimmer.
Dann wandte er sich wieder an den Vormund; sein Herz schlug ihm, daß er nur in Absätzen die Worte hervorbrachte. »Sie verschweigen mir den wahren Grund, Meister«, sagte er, »erklären Sie sich offen, wir werden schon zusammen fertig werden.«
Der andere erwiderte nur: »Ich habe nichts weiter zu erklären.«
Franziska, die mit vorgebeugtem Kopf und offenem Munde den beiden zugehört hatte, war hinter des Doktors Stuhl getreten. »Soll ich den Grund sagen, Vormund?« fragte sie jetzt; und aus ihrer Stimme klang wieder jener schneidende Ton, der wie ein verborgenes Messer daraus hervorschoß.
»Sagen Sie, was Sie wollen!« erwiderte der Handwerker, seine Augen trotzig auf die Seite wendend.
»Nun denn, wenn Sie es selbst nicht sagen wollen – der Bäckermeister hat eine Hypothek auf Ihrem Hause; ich weiß, Sie werden jetzt von ihm gedrängt!«
Richard atmete auf. »Ist dem so?« fragte er.
Der Mann mußte es bejahen.
»Und wie hoch beläuft sich Ihre Schuld?«
Es wurde eine Summe angegeben, die für die Verhältnisse eines kleinen Handwerkers immerhin beträchtlich war.
»Nun, Meister«, erwiderte Richard rasch; aber bevor er seinen Satz vollenden konnte, fühlte er wie einen Hauch Franziskas Stimme in seinem Ohr: »Nicht schenken! Bitte nicht schenken!« Und ebenso leise, aber wie in Angst, fühlte er seinen Arm von ihr umklammert.

Er besann sich; er hatte sie sofort verstanden.

»Meister«, begann er wieder; »ich werde Ihnen das Geld leihen; Sie können es sofort erhalten und brauchen mir nur einen Schuldschein auszustellen. Verstehen Sie mich wohl – solange Ihre Mündel sich in meinem Hause befindet, verlange ich keine Zinsen! Sind Sie das zufrieden?«

Der Mann hatte noch allerlei Bedenken, aber es war nur des schicklichen Rückzugs halber; nach einigem Hin- und Widerreden erklärte er sich damit einverstanden.

»So gedulden Sie sich einen Augenblick! Ich werde Ihnen den erforderlichen Auftrag an meinen Anwalt mitgeben.«

Franziska hatte sich aufgerichtet; Richard rückte seinen Sessel an den Schreibtisch. Man hörte die Feder kritzeln; denn die Hand flog, die jene Worte schrieb.

Rasch war der Brief versiegelt und wurde von begierigen Händen in Empfang genommen.

Gleich darauf hatte Richard den Mann zur Tür geleitet; Franziska stand noch an derselben Stelle. Wie gebannt, ohne sich zu rühren, blickten beide auf die Tür, die sich eben wieder geschlossen hatte; als käme es darauf an, sich der schwerfälligen Schritte zu versichern, die jetzt langsam die Treppe hinab verhallten. Einen Augenblick noch, und auch das Auf- und Zuschlagen der Haustür und nach einer Weile das des Hoftores klang zu ihnen herauf.

Da wandte er sich gegen sie. »Komm!« sagte er leise und öffnete die Arme.

Es mußte laut genug gewesen sein; denn sie flog an seine Brust, und er preßte sie an sich, als müsse er sie zerstören, um sie sicher zu besitzen. »Franzi! Ich bin krank nach dir; wo soll ich Heilung finden?«

»Hier!« sagte sie und gab ihm ihre jungen roten Lippen. – –

Ungehört von ihnen war die Zimmertür zurückgesprungen; ein schöner schwarzgelber Hundekopf drängte sich durch die Spalte, und bald schritt das mächtige Tier selbst fast unhörbar in das Zimmer. Sie bemerkten es erst, als es den Kopf an die Hüfte seines Herrn legte und mit den schönen braunen Augen wie anklagend zu ihm aufblickte.

»Bist du eifersüchtig, Leo?« sagte Richard, den Kopf des Tieres streichelnd; »armer Kamerad, gegen die sind wir beide wehrlos.«

– – Auch auf diesen Abend war die Nacht gefolgt. Auf der Schwarzwälder Uhr hatte eben der kleine Kunstvogel zehnmal unter Flügelschlagen sein »Kuckuck« gerufen, und Richard holte den großen Schlüssel aus seiner Schlafkammer, um, wie jeden Abend, das Hoftor in der Mauer abzuschließen.

Als unten auf dem Flur Franziska aus der Küche trat, haschte er im Dunkeln ihre Hand und zog sie mit sich auf den Hof hinab. Schweigend hängte sie sich an seinen Arm. So blickten sie aus dem geöffneten Tor noch eine Weile in die Nacht hinaus.

Es stürmte; die Tannen sausten, hinter dem Wald herauf jagte schwarzes Gewölk über den bleichen Himmel; aus dem Dickicht scholl das Geheul des großen Waldkauzes. Das Mädchen schauderte. »Hu, wie das wüst ist!«

»Du, hast du Furcht?« sagte er. »Ich dachte, du könntest dich nicht grauen.«

»Doch! Jetzt!« Und sie drängte ihren Kopf an seine Brust.

Er trat mit ihr zurück und warf den schweren Riegel vor die Pforte; von oben aus den Fenstern fiel der Lampenschimmer in den umschlossenen Hof hinab. »Der nächtliche Graus bleibt draußen!« sagte er.

Sie lachte auf. »Und auch der Vormund!« raunte sie ihm ins Ohr.

Er nahm sie wie berauscht auf beide Arme und trug sie in das Haus. – Und auch hier drehte sich nun der Schlüssel, und wer draußen gestanden hätte, würde es gehört haben, wie auf diesen Klang der große Hund sich innen vor der Haustür niederstreckte.

Bald war auch in den Fenstern oben das Licht erloschen, und das Haus lag wie ein kleiner dunkler Fleck zwischen unzähligen andern in der großen Einsamkeit der Waldnacht.

Franziska war mit dürftiger Kleidung in ihre neue Stellung eingetreten, und obgleich Richard bei seiner ersten Verhandlung mit dem Vormunde in dieser Beziehung alle Fürsorge auf sich genommen hatte, so war bei dem abwehrenden Wesen des Mädchens doch noch kein Augenblick gekommen, in dem er Näheres hierüber hätte mit ihr reden mögen. Freilich war auch dies Gepräge der Armut und nicht weniger die Scham, womit er sie bemüht sah, es ihm zu verdecken, nur zu einem neuen Reiz für ihn geworden; ein süßes, schmerzliches Licht schien ihm bei solchen

Anlässen von ihrem jungen, sonst ein wenig herben Antlitz auszustrahlen. – Jetzt aber durfte es so nicht länger bleiben.
Drei Meilen südlich von ihrem Waldhäuschen lag eine große Handelsstadt, und eines Morgens in der Frühe hielt draußen vor dem Tore ein leichter, wohlbespannter Wagen, um sie dorthin zu bringen. Leo war im Hinterhause eingesperrt worden. Frau Wieb, nachdem sie von beiden noch einige freundliche Worte durch ihr Hörrohr in Empfang genommen hatte, nickte munter nach dem Wagensitz hinauf, und fort rollten sie über die holperigen Geleise der Heide in die Welt hinaus.
Auf halbem Wege waren sie in einem Dorfkruge abgestiegen. Als die Wirtin die bestellte Milch brachte, fragte sie, auf Richard zeigend: »Der Herr Vater nimmt doch auch ein Glas?«
»Freilich«, wiederholte Franziska, »der Herr Vater nimmt das andre Glas.«
Mit übermütiger Schelmerei blickte sie zu ihm hinauf.
Es war noch früh am Vormittage, als sie die große Stadt erreichten. Zuerst wurde für die Oberkleider eingekauft; klare, feingeblümte Stoffe für die heißen, weiche, einfarbige Wollenstoffe für die kalten Tage. Die Anfertigung der Kleider wurde in demselben Geschäft besorgt, und Franziska mußte mit einer Schneiderin in ein anliegendes Kabinett gehen, um sich die Maße nehmen zu lassen. Zuvor aber waren von Richard, unter lebhafter Mißbilligung der Verkäufer, die einfachsten Schnitte zur Bedingung gemacht: »Fürs Haus und für den Wald!« Und Franzi hatte die mitleidigen Blicke, womit die jungen Herren des Ladens sie über den Eigensinn des »Herrn Vaters« zu trösten suchten, ohne eine Miene zu verziehen, über sich ergehen lassen.
Sie gaben ihre Adresse ab und gingen weiter.
Nachdem unterwegs Franziskas Malgerät vervollständigt und bei einer Modistin zwei einfache, aber zierliche Strohhüte eingehandelt waren, traten sie in ein Weißwarengeschäft. Bevor noch Franziska ein Wort dareinreden konnte, hatte er ein Dutzend fertiger Hemden eingekauft.
»Sie sind ein Verschwender!« sagte sie; »das hätte ich alles selber nähen können.«
»Du hast recht!« erwiderte er und kaufte das Zeug zu einem zweiten Dutzend.
»Wenn Sie so fortfahren, Richard, so gehe ich in keinen Laden mehr.«

»Nur noch zum Schuhmacher! – Aber was soll das Sie? Bist du mir böse, Franzi?«
»Nein, du; aber du siehst mir heut so vornehm aus.«
»Weiter!« sagte er.
Bald darauf standen sie in dem elegantesten Schuhwarenmagazin; und die Ladendame, nachdem sie etwas herabsehend die unscheinbare Gestalt des Mädchens gemustert hatte, breitete gleichgültig einen Haufen Schuhwerk vor ihnen aus.
Ein Zug der Verachtung spielte um Franzis Lippen, als sie auf diese Mittelware blickte; denn sie besaß eine Schönheit, welche an diesem Orte als die höchste gelten mußte und deren sie sich vollständig bewußt war. Aber sie setzte sich gleichwohl auf den bereitstehenden Sessel und zog ihr Kleid bis an die Knöchel in die Höhe.
Das Frauenzimmer, das mit dem Schuhwerk vor ihr hingekniet war, stieß einen Ruf des Entzückens aus. »Ah! Welch ein Aschenbrödelfüßchen! Da muß ich Kinderschuhe bringen.«
Wie eine Fürstin saß Franzi auf ihrem Sessel; Richard, der diesen Sieg vorausgesehen hatte, verschlang den triumphierenden Blick, den sie zu ihm hinaufsandte.
Die Ladendame aber erschien ganz wie verwandelt; ihre Käufer waren offenbar plötzlich in die Aristokratie der Kundschaft hinaufgerückt; sie holte eifrig eine Menge zierlicher Stiefelchen von allen Farben und Arten aus den Glasschränken hervor, die aber sämtlich nach dem Gebot der Mode mit hohen Absätzen versehen waren.
»Nein, nein«, sagte Richard lächelnd, »das mag für gewöhnliche Damenfüße gut genug sein; Füße aus dem Märchen dürfen nicht auf solchen Klötzen gehen!«
»Sie haben recht, mein Herr«, sagte die Ladendame, »aber für die gewöhnliche Kundschaft müssen wir uns nach der Mode richten.« Dann kramte sie wieder in ihren Schränken; und nun brachte sie Stiefelchen, so leicht, so weich – die Elfen hätten darauf tanzen können; gleich das erste Paar glitt wie angegossen über Franzis schlanke Füßchen.
Noch einige Paare wurden ausgesucht, auch für die gemeinschaftlichen Wanderungen zu hoch hinaufreichenden ledernen Waldstiefelchen das Maß genommen; dann trieben die beiden weiter durch die wimmelnde Menschenflut der großen Stadt. Sie hing an seinem Arm; er fühlte mit Entzücken jeden ihrer leichten

Schritte, und unwillkürlich ging er immer rascher, als wolle er den Vorübergehenden jeden Blick auf das bezaubernde Geheimnis dieser Füßchen unmöglich machen, die nur ihm und keinem andern je gehören sollten.
Mit sinkendem Abend hielt der Wagen wieder vor dem Hause des Waldwinkels.
– – Einige Tage später brachte die Botenfrau große Packen aus der Stadt; alle Bestellungen waren auf einmal eingetroffen. Franziska trug die Herrlichkeiten auf ihr Zimmer und schloß sich darin ein. Als sie nach geraumer Zeit in die Wohnstube trat, ging sie auf Richard zu, nahm ihn schweigend um den Hals und küßte ihn; dann lief sie in die Küche, um Frau Wieb heraufzuholen.
Es war aber nur noch ein Teil der Sachen und nur das Einfachste, das jetzt, auf Bett und Kommode ausgebreitet, der gutmütigen Alten zur Bewunderung vorgezeigt wurde. Dagegen hatte Franziska derzeit nicht vergessen, Richard an den Einkauf eines guten Kleiderstoffs und einer bunten Sonntagshaube für die Alte zu erinnern. Und jetzt, trotz deren Bitten, sie möge ihr eigen Weißzeug darum nicht versäumen, gab sie keine Ruhe, bis sie zu dem neuen Staat ihr Maß genommen hatte und andern Tages schon zwischen zerschnittenen Stoffen und Papiermustern in Frau Wiebs Kämmerchen am Schneidertische saß. So geschickt wußte sie es der alten Frau vorzustellen, daß sie noch keineswegs zu alt sei, um hier eine Rosette, dort eine Puffe oder Schleife aufgesetzt zu bekommen, daß diese immer öfter aus ihrer Küche in die Zauberwerkstatt hinüberlief und ihrem Herrn beteuerte, die Franziska mache sie noch einmal wieder jung.
Richard schien kaum dies Treiben zu beachten; nur einmal, als er dem Mädchen auf dem Flur begegnete, da sie eben mit allerlei Nähgerät die Treppe herabgekommen war, hielt er sie an und sagte: »Aber Franzi, was stellst du denn mit unserer guten Alten auf? Sie wird ja eitel wie Bathseba auf ihre alten Tage.«
Franziska ließ eine Weile ihre Augen in den seinen ruhen. »Laß nur«, sagte sie dann, »die Alte muß auch ihre Freude haben!« Und schon war sie durch die Kammertür verschwunden.

Sie wohnten zwischen der Heide und dem Walde, in welche seit hundert Jahren keine Menschenhand hineingegriffen hatte; rings um sie her waltete frei und üppig die Natur.
Die Menschen waren fern, nur die Bienen kamen und summten

einsam über die Heide. Einmal zwar war der alte Inspektor eingekehrt und hatte wegen der nötigen Feuerung mit der alten Frau Wieb einen Zwiesprach in deren Stübchen abgehalten; dann ein paar Tage später war ein mächtiges Fuder schwarzen Torfes durch den Wald dahergekommen und vor dem Hause abgeladen worden; einmal auch hatte der Krämer aus der Stadt mit seinen neugierigen Augen sich herangedrängt, hatte glücklich ein Geschäft gemacht, war dann aber mit der Weisung entlassen worden, daß in Zukunft alles brieflich solle bestellt werden. Sonst war niemand dagewesen als die Botenfrau, die zweimal wöchentlich Briefe und Blätter, und was ihr sonst zu bringen aufgetragen war, unten in der Küche niederlegte. Einen Besuch auf dem jenseit des Waldes liegenden Schlosses hatte Richard den Junkern zwar versprochen, aber er wurde immer wieder hinausgeschoben. So kam auch von dort niemand herüber. Selbst die Zeitungen, welche von draußen aus der Welt Kunde bringen sollten, wurden seit Wochen ungelesen in einem unteren Fache des Schreibtisches aufgehäuft.

– – Aber an jedem Morgen fast schritten jetzt die beiden miteinander in die würzige Sommerluft hinaus; Franzi in ihren hohen ledernen Waldstiefelchen, die Kleider aufgeschürzt, über der Schulter eine kleine Botanisiertrommel, die er für sie hatte anfertigen lassen. Meistens sprang auch der große Hund an ihrer Seite; mitunter aber, wenn der Himmel mit Duft bedeckt war, wenn still, wie heimlich träumend, die Luft über der Heide ruhte und der Wald wie dämmerndes Geheimnis lockte, dann wurde wohl der Löwengelbe, wenn er neben ihnen aus der Haustür stürmte, in schweigendem Einverständnis von ihnen zurückgetrieben; hastig warfen sie dann das schwere Hoftor zurück und achteten nicht des Winselns und Bellens, das von dem verschlossenen Hofe aus hinter ihnen herscholl. Eilig gingen sie fort, und endlich zwischen Busch und Heide erreichte es sie nicht mehr. Nichts unterbrach die ungeheure Stille um sie her als mitunter das Gleiten einer Schlange oder von fern das Brechen eines dürren Astes; im Laube versteckt saßen die Vögel, mit gefalteten Flügeln hingen die Schmetterlinge an den Sträuchern.

Am Waldesrande waren jetzt in seltener Fülle die tiefroten Hagerosen aufgebrochen. Wenn gar so schwül der Duft auf ihrem Wege stand, ergriffen sie sich wohl an den Händen und erhoben schweigend die glänzenden Augen gegeneinander. Sie atmeten die Luft der Wildnis, sie waren die einzigen Menschen, Mann und Weib, in dieser träumerischen Welt.

– – Einmal, nach langer Wanderung, da die Sonne funkelte und schon senkrecht ihre Mittagsstrahlen herabsandte, waren sie unerwartet an den Rand des Waldes gekommen. Sanft ansteigend breitete ein unabsehbares Kornfeld sich vor ihnen aus; es war in der Blütezeit des Roggens; mitunter wehten leichte Duftwolken darüber hin; bis gegen den Horizont erblickte man nichts als das leise Wogen dieser bläulich silbernen Fluten.

Da klang von fern das Gebimmel einer Glocke; weit hinten, drüben aus dem Grunde, wo wohl das Schloß gelegen sein mochte; gleich einem Rufen klang es durch die stille Mittagsluft, und wie hingezogen von den Lauten schritt Franziska in das wogenden Ährenfeld hinein, während Richard, an einen Buchenstamm gelehnt, ihr nachblickte. – Immer weiter schritt sie; es wallte und flutete um sie her; und immer ferner sah er ihr Köpfchen über dem unbekannten Meere schwimmen. Da überfiel's ihn plötzlich, als könne sie ihm durch irgendwelche heimliche Gewalt darin verlorengehen. Was mochte auf dem unsichtbaren Grunde liegen, den ihre kleinen Füße jetzt berührten? – Vielleicht war es keine bloße Fabel, das Erntekind, von dem die alten Leute reden, das dem, der es im Korne liegen sah, die Augen brechen macht! Es lauert ja so manches, um unsere Hand, um unsern Fuß zu fangen und uns dann hinabzureißen. – –

»Franzi!« rief er; »Franzi!«

Sie wandte den Kopf. »Die Glocke!« kam es zurück. »Ich will nur wissen, wo die Glocke läutet!«

»Das gilt nicht uns, Franzi; das ist die Mittagsglocke auf dem Schloß!«

Sie wandte sich um und kam zurück. Er schloß sie leidenschaftlich in die Arme. »Weißt du nicht, daß das gefährlich ist, so tief in ein Ährenfeld hineinzugehen?«

»Gefährlich?« Sie sah ihn seltsam lächelnd an. Dann tauchten sie in ihren Wald zurück.

– – Ein andermal, nach einem schwülen Tage, waren sie erst spät am Nachmittag hinausgegangen. – Als der Abend schon tief herabsank, ruhten sie am Ufer eines großen Waldwassers, das rings von hohen Buchen eingefaßt war. Zu ihren Füßen, trotz der regungslosen Stille, schwankte das Schilf mit leisem Rauschen aneinander; drüben hinter dem jenseitigen Walde, der

seine Schatten auf den Wasserspeigel warf, zuckte dann und wann ein Wetterschein empor; Irisduft wehte über den See, und ein lautloser Blitz erleuchtete ihn.
Er hatte sich über sie gebeugt und ließ es wie ein Spiel an sich vorübergehen, wenn ihr blasses Antlitz aus dem Dunkel auftauchte und wieder darin verschwand. »Weißt du«, sagte er – »es heißt, man solle in den Augen eines Weibes noch mitunter das Schillern der Paradiesesschlange sehen. Eben, da der Blitz flammte, sah ich es in deinen Augen.«
»Schillerte es denn schön?« fragte sie und hielt ihre Augen offen ihm entgegen.
»Betörend schön.«
Und wieder flammte ein Blitz.
»Du bist ein Tor, Richard!«
»Ich glaub es selber, Franzi.«
Und er legte den Kopf in ihren Schoß, und zu ihr emporblickend, sah er wieder und wieder die Wetterscheine in ihren dunklen Augen zucken.
– – So floß die Zeit dahin. Eines Vormittags aber, als von den Fenstern des Wohnzimmers aus vor dem niederrauschenden Regen der Tannenwald nur noch wie eine graue Nebelwand erschien und die Drachenköpfe unaufhörlich Wasser von sich spien, stand Richard sinnend und allein an seinem Schreibtische, nur mitunter wie abwesend in den trüben Tag hinausblickend.
Franzi trat herein; er hatte sie heute noch nicht gesehen; am Frühstückstische hatte er vergebens auf sie gewartet. Jetzt ging sie schweigend auf ihn zu, drückte ihre Augen gegen seine Brust und hing an seinem Halse, als sei sie nur ein Teil von ihm. Er legte seinen Arm um sie, aber er küßte sie nicht; seine Gedanken waren bei anderen Dingen. Er merkte es kaum, als sie plötzlich wieder aus seinem Arm und aus dem Zimmer sich hinweggestohlen hatte.
Als bald darauf wegen einer wirtschaftlichen Bestellung Frau Wieb ins Zimmer trat, fand sie ihren Herrn vor einer aufgezogenen Schieblade stehen, aus der er allerlei Papiere auf die Tischplatte hervorgekramt hatte. Es waren zum Teil Scheine, deren Vorlegung bei gewissen Lebensakten die bürgerliche Ordnung von ihren Mitgliedern zu verlangen pflegt.
»Sag mir, Wieb«, rief er der Eintretenden zu, »in welcher Kirche bin ich denn getauft? Du bist ja damals doch dabeigewesen.«

»Wie?« fragte die Alte und hielt ihr Hörrohr hin. »In welcher Kirche?«

»Nun ja; mir fehlt der Taufschein; man muß seine Papiere doch in Ordnung haben.«

Nachdem er noch einmal in das Hörrohr gerufen hatte, nannte sie ihm die Kirche.

Aber er hörte schon kaum mehr darauf.

»Nein, nein!« sagte er mit leisen, aber scharfen Lauten vor sich hin, indem er wie abwehrend seine Hand ausstreckte. »Wen geht's was an! Es soll mir niemand daran rühren!«

Als er sich umwandte, stand seine alte Wirtschafterin noch im Zimmer; das Muster der Tapete, das sie mit Aufmerksamkeit betrachtete, schien sie festgehalten zu haben. Er fragte sie: »Was siehst du denn an den verblichenen Blumen, Wieb?«

Die Alte nickte. »Die sitzen da nicht von ungefähr«, erwiderte sie. »Der Herr Inspektor, da er neulich wegen der Feuerung da war, hat es mir erzählt. Vergessen und Vergessenwerden, Herr Richard!

Wer lange lebt auf Erden,
Der hat wohl diese beiden
Zu lernen und zu leiden!

Der alte Herr vom Schlosse drüben – der Großvater ist's gewesen von dem jetzigen – hat nur einen Sohn gehabt, den aber hat er fast übermäßig geliebt und ihn nimmer, auch da er schon in die reiferen Jahre gekommen war, aus seiner Nähe lassen wollen; der junge Herr wäre darüber fast zum Hagestolz geworden. Endlich gab's denn doch noch eine Hochzeit, und wie der Vater in ihn, so ist der Sohn in seine junge Frau vernarrt gewesen. Der alte Herr aber hat es nicht verwinden können, daß seines Kindes Augen jetzt immer nur nach einer Fremden gingen; er hat den beiden das Schloß gelassen und hat sich in die Einsamkeit hinausgebaut. Die Tapete hier in diesem Zimmer, wo er noch jahrelang gelebt, ist derzeit von ihm selber ausgewählt; es seien die Blumen des Schlafes und der Vergessenheit, so soll er oft gesagt haben. – Haben Sie noch etwas zu befehlen, Herr Richard?«

Er hatte nichts.

Als die Alte hinausgegangen war, blickte auch er noch eine Weile auf die roten und violetten Mohnblumen; dann fielen seine Augen auf ein Wandgemälde, das oberhalb der vom Flur hereinführenden Tür die Tapetenbekleidung des Zimmers unterbrach.

Es war eine weite Heidelandschaft, vielleicht die an dem Waldwinkel selbst belegene, hinter welcher eben der erste rote Sonnenduft heraufstieg; in der Ferne sah man, gleich Schattenbildern, zwei jugendliche Gestalten, eine weibliche und eine männliche, die Arm in Arm, wie schwebend, gegen den Morgenschein hinausgingen; ihnen nachblickend, auf einen Stab gelehnt, stand im Vordergrunde die gebrochene Gestalt eines alten Mannes.

Als Richard jetzt von dem Bilde auf die Umrahmung desselben hinüberblickte, trat ihm dort, hab versteckt zwischen allerlei Arabesken, eine Schrift entgegen, die bei näherem Anschauen in phantastischen Buchstaben um das ganze Bild herumlief.

Dein jung Genoß in Pflichten
Nach dir den Schritt tät richten;
Da kam ein andrer junger Schritt,
Nahm deinen jung Genossen mit;
Sie wandern nach dem Glücke,
Sie schaun nicht mehr zurücke.

So lauteten die Worte. Lange stand Richard vor dem Bilde, das er früher kaum beachtet hatte.

Würde das Antlitz jenes einsamen Alten, wenn es sich plötzlich zu ihm wendete, die Züge des Erbauers dieser Räume zeigen, oder war diese Gestalt das Alter selbst, und würde sie – nur eines vermessenen Worts bedurfte es vielleicht – sein eigenes Angesicht ihm zukehren? – Wehte nicht schon ein gespenstisch kalter Hauch von dem Bilde zu ihm herab? – Unwillkürlich griff er sich in Bart und Haar und richtete sich rasch und straff empor. – Nein, nein; es hatte ihn noch nicht berührt. Aber wie lange noch, so mußte es dennoch kommen. Und dann? – –

Er wandte sich langsam ab und trat an seinen Schreibtisch. Die Papiere, die dort noch umherlagen, legte er in die Schublade zurück, aus der er sie vorhin genommen hatte. – Draußen strömte unablässig noch der Regen.

In den nächsten Tagen schien wieder die Sonne; nur der Wald war noch nicht zu begehen. Aber durch die Heide hatten Richard und Franziska am Nachmittage einen weiten Ausflug gemacht; auf dem Riesenhügel, in welchem Meister Reineke wohnte, hatten sie ihr mitgenommenes Vesperbrot verzehrt, während Leo, der diesmal nicht zurückgetrieben war, an den Eingängen des geheimnisvollen Baues seine vergeblichen Untersuchungen fortgesetzt hatte.

Mit der Dämmerung waren sie heimgekehrt. –

Als Franzi in das Wohnzimmer trat, ging sie schon wieder in den leichten Stiefeln, die sie stets im Hause zu tragen pflegte.

»Du bist blaß«, sagte Richard; »es ist zu weit für dich gewesen.«

»Oh, nicht zu weit.«

»Aber du bist ermüdet, komm!« Und er drückte sie in den großen Polsterstuhl, der dicht am Fenster stand.

Sie ließ sich das gefallen und legte den Kopf zurück an die eine Seitenlehne; die schmächtige Gestalt verschwand fast in dem breiten Sessel.

»Wie jung du bist!« sagte er.

»Ich? – Ja, ziemlich jung.«

Sie hatte ihr Füßchen vorgestreckt, und er sah wie verzaubert darauf hinab. »Und was für eine Wilde du bist«, sagte er, »da geht schon wieder quer über den Spann ein Riß!« Er hatte sich gebückt und ließ seine Finger über die wunde Stelle gleiten. »Wieviel Paar solcher Dinger verbrauchst du denn im Jahr, Prinzeßchen?«

Aber sie legte nur ihren kleinen Fuß in seine Hand, löste ihre schwere Haarflechte, die sie drückte, so daß sie lang in ihren Schoß hinabfiel, und streckte sich dann mit geschlossenen Augen in die weichen Polster.

Im Zimmer dunkelte es allgemach; draußen in der Wiesenmulde stiegen weiße Dünste auf, und drüben im Tannenwalde war schon die Schwärze der Nacht. – Da schlug draußen im Hofe der Hund an, und Franzi fuhr empor und riß ihre großen grauen Augen auf.

Nein, es war wieder still; aber von jenseits des Waldes kam jetzt mit dem Abendwind Musik herübergeweht.

»Laß doch«, sagte Richard, »das kommt nicht zu uns.«

Aber sie hatte sich vollends aufgerichtet und sah neugierig in die Abenddämmerung hinaus.

»Es ist nur eine Hochzeit, Franzi, sie werden mit der Aussteuer drüben am Waldesrand herumfahren.«

»Eine Hochzeit! Wer heiratet denn?«

»Wer? Ich glaube: des Bauervogts Tochter; ich weiß es nicht. Was kümmert es uns; wir kennen ja die Leute nicht.«

»Freilich.«

Sie standen jetzt beide am Fenster; er hatte den Arm um sie gelegt, sie lehnte den Kopf an seine Brust. Ein paarmal, aber immer schwächer, wehten noch die Töne zu ihnen her; dann wurde alles still, so still, daß er es hörte, wie ihr der Atem immer schwerer ging.

»Fehlt dir etwas, Franzi?« fragte er.

»Nein; was sollte mir fehlen?«

Er schwieg; aber sie drängte ihr Köpfchen fester an seine Brust.

»Du!« sagte sie, als brächte sie es mühsam nur hervor.

»Ja, Franzi?«

»Du – warum heiraten wir uns nicht?«

Es durchfuhr ihn wie ein elektrischer Schlag; eine Kette qualvoller Erinnerungen tauchte in ihm auf; die Welt streckte ihre grobe Hand nach seinem Glücke aus.

»Wir Franzi?« wiederholte er scheinbar ruhig. »Wozu? Was würde dadurch anders werden?«

»Freilich!« Sie sann einen Augenblick nach. »Aber wir lieben uns ja doch!«

»Ja, Franzi! Aber« – er blickte ihr tief in die Augen, und seine Stimme sank zu einem Flüstern, als wage er die Worte nicht laut werden zu lassen – »es könnte einmal ein Ende haben – plötzlich!«

Sie starrte ihn an. »Ein Ende? – Dann müßte ich wohl fort von hier!«

»Müssen Franzi? Weh mir, wenn du es müßtest!«

Sie schwiegen beide.

»Wie alt bist du, Franzi?« begann er wieder.

»Du weißt es ja, ich werde achtzehn.«

»Ja, ja, ich weiß es, achtzehn; ich bin ein Menschenalter dir voraus. Über diesen Abgrund bist du zu mir hinübergeflogen, mußt du immer zu mir hinüber. – Es könnte ein Augenblick kommen, wo dir davor schauderte.«

»Was sprichst du da?« sagte sie. »Ich versteh das nicht.«

»Versteh es nimmer, Franzi!«

Aber während sie atemlos zu ihm emporblickte, zuckte es plötzlich um ihren jungen Mund; es war, als flöhe etwas in ihr Innerstes zurück.

Hatten seine Worte die Schärfe ihres Blickes geweckt, und sah sie, was ihr bisher entgangen war, einen Zug beginnenden Verfalls in seinem Antlitz? – Doch schon hatte sie sein Haupt zu sich herabgezogen und erstickte ihn fast mit ihren Küssen. Dann riß sie sich los und ging rasch hinaus.

Als sie fort war, machte er sich an seinem Schreibtische zu tun. Mit einem besonders künstlichen Schlüssel öffnete er ein Fach desselben, in welchem er seine Wertpapiere verwahrt hielt. Er nahm aus den verschiedenen Päckchen einzelne hervor, schlug einen weißen Bogen darum und setzte eine Schrift darauf. Als das geschehen war, nahm er einen zweiten, dem, womit er das Fach geöffnet hatte, völlig gleichen Schlüssel, paßte ihn in das Schlüsselloch und legte ihn dann neben die Papiere auf die Tischplatte.

Der Abend war schon so weit hereingebrochen, daß er alles fast im Dunkeln tat; über den Tannen drüben war schon der letzte Hauch des braunen Abenddufts verglommen.

Als Franziska nach einer Weile mit der brennenden Lampe hereingetreten war und schweigend das Zimmer wieder verlassen wollte, ergriff er ihre Hand und zog sie vor den Schreibtisch.

»Kennst du das, Franziska?« fragte er, indem er einige der Papiere vor ihr entfaltete.

Sie blickte scharf darauf hin. »Ich kenne es wohl«, erwiderte sie; »es ist so gut wie Geld.«

»Es sind Staatspapiere.«

»Ja, ich weiß; ich habe bei dem Magister einmal zu solchen ein Verzeichnis machen müssen.«

Er zeigte ihr ein Konvolut, worauf in frischer Schrift ihr Name stand, und nannte ihr den Betrag, der darin enthalten war. »Es ist dein Eigentum«, sagte er.

»Mein, das viele Geld?« Sie blickte mit scharfen Augen auf das verschlossene Päckchen.

»Versteh mich, Franzi«, begann er wieder; »schon jetzt ist es dein; am allermeisten aber« – und er verschlang die junge Gestalt mit seinen Blicken – »in dem Augenblicke, wo du selber nicht mehr mein bist. Du wirst dann völlig frei sein; du sollst es jetzt schon sein.«

Er sah sie an, als erwartete er von ihr eine Frage, eine Bitte um Erklärung; da sie aber schwieg, sagte er in einem Tone, der wie scherzend klingen sollte: »Da du jetzt eine Kapitalistin bist, so muß ich dir auch den nötigen Eigentumssinn einzupflanzen suchen.«

Und er nahm eine von den Zeitungen, die umherlagen, zog die Geliebte auf seinen Schoß und begann die Rubrik der Kurse mit ihr durchzugehen. Dann aber, als sie ihm aufmerksam zuzuhören schien, lachte er selbst über sein schulmeisterliches Bemühen. »Es ist spaßhaft! Du und Staatspapiere, Franzi! Du hast natürlich kein Wort von alledem verstanden!«

Aber sie lachte nicht mit ihm; sie war von seinem Schoße herabgeglitten und begann eingehende Fragen über das eben Gehörte an ihn zu richten.

Er sah sie verwundert an. »Du bist gefährlich klug, Franzi!« sagte er.

»Magst du lieber, daß ich's nicht verstehe, wenn du mich belehrst?«

»Nein, nein; wie sollte ich!« –

Sie wollte gehen, aber er rief sie zurück. »Vergiß den Schlüssel nicht!« Und indem er sie an den Schreibtisch führte, setzte er hinzu: »Dieses Fach enthält jetzt mein und auch dein Eigentum. Möge es nie getrennt werden!«

Sie hatte indessen eine Schnur von ihrem Halse genommen, woran sie eine kleine golde Kapsel mit den Haaren einer frühverstorbenen Schwester auf der Brust trug, und war eben im Begriff, daneben auch den Schlüssel zu befestigen; aber ihre geschäftigen Hände wurden zurückgehalten.

»Nein, nein, Franzi!« sagte er. »Was beginnst du!« – Er hatte das Mädchen zu sich herangezogen und küßte sie mit Leidenschaft. – »Leg ihn fort, weit fort! zu deinen anderen Dingen. Was denkst du denn! Soll ich den Kassenschlüssel an deinem Herzen finden?«

Sie wurde rot. »Was du auch gleich für Gedanken hast!« sagte sie und steckte den Schlüssel in die Tasche.

Es war in der ersten Hälfte des August. Schwül waren die Tage; trübselig in der Mauser saßen die Vögel im Walde; nur einzelne prüften schon das neue Federkleid zum weiten Abschiedsfluge; aber desto schöner waren die Nächte mit ihrer erquickenden Kühle. Draußen im Waldwasser, wo vordem die Iris blühten, wie auf dem Hofe in der Tiefe des offenen Brunnens spiegelten sich jetzt die schönsten Sterne; im Nordosten des nächtlichen Himmels ergoß die Milchstraße ihre breiten, leuchtenden Ströme. Richard hatte während einiger Tage den nächsten Umkreis des

Waldwinkels nicht verlassen; ein Körperleiden aus den Jahren seiner Kerkerhaft, die nicht nur im Kopfe des Winkeladvokaten spukte, war wieder aufgetaucht und hatte wie eine lähmende Hand sich auf ihn gelegt.

Jetzt saß er, die linde Nacht erwartend, auf einer Holzbank, welche draußen vor der Umfassungsmauer angebracht war; an seiner Seite lag sein löwengelber Hund. Stern um Stern brach über ihm aus der blauen Himmelsferne; er mußte plötzlich seines Jugendglücks gedenken. – Wo – was war Franziska zu jener Zeit gewesen? – Ein Nichts, ein schlafender Keim! – Wie lange hatte er schon gelebt! – – Die Talmulde entlang begann ein kühler Hauch zu wehen; er hätte wohl lieber nicht in der Abendluft dort sitzen sollen.

Da schlug der Hund an und richtete sich auf. Gegenüber aus den Tannen ließen sich Schritte vernehmen, und bald erschien die schlanke Gestalt eines Mannes, rasch auf dem Fußsteige hinabschreitend. »Ruhig, Leo!« sagte Richard, und der Hund legte sich gehorsam wieder an seine Seite.

Der Fremde war indessen näher gekommen, und Richard erkannte einen jungen Mann in herkömmlicher Jägertracht, mit dunklem krausem Haar und kecken Gesichtszügen; sehr weiße Zähne blinkten unter seinem spitzen Zwickelbärtchen, als er jetzt, leichthin die Mütze rückend, »guten Abend« bot.

»Sie wünschen etwas von mir?« sagte Richard, indem er sich erhob.

»Von Ihnen nicht, mein Herr; ich wünsche das junge Mädchen in Ihrem Hause zu sprechen.«

Es war eine Zuversichtlichkeit des Tons in diesen Worten, die Richard das Blut in Wallung brachte. »Und was wünschen Sie von ihr?« fragte er.

»Wir jungen Leute haben auf Sonntag einen Tanz im Städtchen drüben; ich bin gekommen, um sie dazu einzuladen.«

»Darf ich erfahren, wem sie diese Ehre danken sollte? Ihrer Sprache nach sind Sie nicht aus dieser Gegend.«

»Ganz recht«, erwiderte in seiner unbekümmerten Weise der andere; »ich verwalte nur während der Vakanz die erledigte Försterei der Herrschaft.«

»Aber Sie irren sich, Herr Förster; die junge Dame, die in meinem Hause lebt, besucht nicht solche Tänze.«

»Oh, mein Herr, es ist die anständigste Gesellschaft!«

»Ich zweifle nicht daran.«

Der andere schwieg einen Augenblick. »Ich möchte doch die junge Dame selber fragen!«

»Es wird nicht nötig sein.«

Richard wandte sich nach der Pforte. Da der Förster auf ihn zutrat, als wollte er ihn zurückhalten, streckte der Hund seinen mächtigen Nacken und knurrte ihn drohend an.

»Bemühen Sie sich nicht weiter, Herr Förster!« sagte Richard.

Ein scharfer Blitz fuhr aus den Augen des jungen Gesellen; er biß in seinen Zwickelbart; dann rückte er, wie zuvor, leichthin die Mütze und ging, ohne ein Wort zu sagen, den Fußsteig, den er gekommen war, zurück. Auf halbem Wege wandte er sich noch einmal und warf einen Blick nach den Fenstern des Waldwinkels; bald darauf verschwand er drüben in dem schwarzen Schatten der Tannen.

– Während der Hund, wie zur Wache, noch unbeweglich an dem Rand der Wiesenmulde stand, war Richard ins Haus zurückgegangen. Als er oben in das Wohnzimmer trat, sah er Franziska am Fenster stehen, die Stirn gegen eine der Glasscheiben gedrückt; ein Staubtuch, das sie vorher gebraucht haben mochte, hing von ihrer Hand herab.

»Franzi!« rief er.

Sie kehrte sich, wie erschrocken, zu ihm.

»Sahst du den jungen Menschen, Franzi?« fragte er wieder. »Es war derselbe, der uns in letzter Zeit ein paarmal im Oberwald begegnet ist.«

»Ja, ich bemerkte es wohl.«

»Hast du ihn sonst gesehen?« In Richards Stimme klang etwas, das sie früher nie darin gehört hatte.

Sie blickte ihn forschend an. »Ich?« sagte sie. »Wo sollte ich ihn sonst gesehen haben?«

»Nun – er war so gütig, dich zum Tanze zu laden.«

»Ach, tanzen!« Und ein Blitz von heller Jugendlust schoß durch ihre grauen Augen.

Er sah sie fast erschrocken an. »Was meinst du, Franzi?« sagte er. »Ich habe ihn natürlich abgewiesen.«

»Abgewiesen!« wiederholte sie tonlos, und der Glanz in ihren Augen war plötzlich ganz erloschen.

»War das nicht recht, Franzi? Soll ich ihn zurückrufen?«

Aber sie winkte nur abwehrend mit der Hand. – Ohne ihn anzusehen, doch mit jenem scharfen Klang der Stimme, der sich zum erstenmal jetzt gegen ihn wandte, fragte sie nach einer Weile: »Hast du je getanzt, Richard?«

»Ich, Franzi? Warum fragst du so? – Ja, ich habe einst getanzt.«

»Nicht wahr, und es ist dir eine Lust gewesen?«

»Ja, Franzi«, sagte er zögernd, »ich glaube wohl, daß ich es gern getan.«

»Und jetzt«, fuhr sie in demselben Tone fort, »jetzt tanzest du nicht mehr?«

»Nein, Franzi; wie sollte ich? Das ist vorbei. – Aber du nimmst mich ja förmlich ins Verhör!« Er versuchte zu lächeln; aber als er sie anblickte, standen die grauen Augen so kalt ihm gegenüber. »Vorbei!« sagte er leise zu sich selber. »Der Schauder hat sie ergriffen; sie kommt nicht mehr herüber.«

Er ließ es still geschehen, als sie nach einer Weile an seinem Halse hing und ihm eifrig ins Ohr flüsterte: »Vergib! Ich habe dumm gesprochen! Ich will ja gar nicht tanzen.«

Richards Unwohlsein hatte in einigen Wochen so zugenommen, daß er das Zimmer nicht verlassen konnte. Ein Arzt wurde nicht zugezogen, da ihm aus früheren Zufällen die Behandlung selbst geläufig war; sogar Frau Wiebs aus Wachs und Baumöl gekochte Salben wurden unerbittlich zurückgewiesen. Besser wußte Franziska es zu treffen. Sie saß neben seinem Lehnstuhl, wo er, an einem künstlich von ihr aufgebauten Pulte, einen Aufsatz über hier aufgefundene seltene Doldenpflanzen begonnen hatte; sie holte ihm die betreffenden Exemplare aus dem mit ihrer Hülfe angelegten Herbarium oder aus der Bibliothek die Bücher, deren er bedurfte; sie suchte darin die einschlagenden Stellen für ihn auf und las sie vor. »Wenn ich noch einmal Professor werde«, sagte er heiter, »welch einen Famulus besitz ich schon!« Aber sie war nicht nur sein Famulus, sie war auch das Weib, deren stille Nähe ihm wohltat, die schweigend seine Hand, wenn sie von der Arbeit ruhte, in die ihre nahm, die ihm die Polster und den Schemel rückte und ihm mit sanfter Stimme den Trost auf baldige Genesung zusprach.

Heute – es war am Nachmittag – hatte er sie fortgeschickt, um ein buntes Lippenblümchen aufzusuchen, das nach seiner Rechnung sich jetzt erschlossen haben mußte; am Waldwasser, das sie beide zu allen Tageszeiten oft besucht hatten, standen hie und da die Pflänzchen. – Er selbst war in seinem Lehnsessel bei der begonnenen Arbeit zurückgeblieben; auf allen Stühlen um ihn her lagen Bücher und Blätter, von Franziskas Hand vor ihrem Weggange sorgsam nahe gerückt und geordnet. Eben hatte er eine ihrer Zeichnungen hervorgesucht, die nach seiner Absicht dem Aufsatze beigedruckt werden sollte; aber seine Gedanken gingen über das Blatt nach der Malerin selbst, die jetzt dort drüben der Wald vor ihm verbarg. Ihre hingebende Sorge an seinem Krankenstuhle wollte ihm auf einmal fast unheimlich scheinen; denn – er konnte es sich nicht verhehlen – Franzi hatte sich in der letzten Zeit ihm zu entziehen gesucht; sie war fast wieder scheu geworden wie ein Mädchen. Sollte dies demütige Dienen ein Ersatz sein? Es war etwas Müdes in ihrem ganzen Tun und Wesen.

Richard hatte den Kopf zurückgelehnt und blickte aus dem Fenster, in dessen Nähe seine Krankenstatt aufgeschlagen war. Durch die klare Luft flog eben ein Zug von Wandervögeln; als der verschwunden war, fielen seine Augen auf einen Vogelbeerbaum, der drüben vor den Tannen an der Wiesenmulde stand; eine Schar von Drosseln tummelte sich flatternd und kreischend zwischen den schon roten Traubenbüscheln, die in dem scharfen Strahl der Nachmittagssonne aus dem Grün hervorleuchteten.

Fern aus dem Walde hallte ein Schuß.

›Bartholomäustag!‹ sagte Richard bei sich selbst. – ›Die Junker haben ihre Jagd eröffnet. – Wenn nur Franzi schon zurück wäre!‹

Eine ungeduldige Sehnsucht nach ihr ergriff ihn. Er hatte ihr etwas versagt, woran sie nur einmal und nie wieder erinnert hatte; aber es schien ihm plötzlich klargeworden, dies Versagen drückte sie. Wenn er nur erst gesund wäre! Sie konnten hier nicht ewig bleiben; auch er fühlte jetzt mitunter eine Beklommenheit in dieser Stille, einen Drang, an den Dingen da draußen wieder frischen Anteil zu nehmen. Dann, wenn sie unter Menschen lebten, mußte schon alles nachgeholt sein; was er ihr und sich selber einst entgegengesetzt hatte, er schalt es kranke Träume, die den Dünsten des öden Moors entstiegen seien. Nein, nein! Sein junges Weib zur Seite, wollte er wieder ins volle Leben hinaus; ein ganzer froher Mann, befreit von allem grauen Spinngewebe der Vergangenheit. »Franzi, süße Franzi!« rief er und streckte beide Arme nach ihr aus.

Aber sie kam noch nicht.
Er versuchte es, seine Arbeit wieder aufzunehmen, er blätterte in den umherliegenden Büchern, er schrieb eine Zeile, dann legte er die Feder wieder hin. – Von den Eichbäumen, die zu Westen der Umfassungsmauer standen, fielen die Schatten schon über den ganzen Hof; nur seitwärts durch die oberen Scheiben drang noch ein Sonnenstrahl ins Zimmer. Da sah er es drüben aus den Tannen schimmern; Franziska trat aus dem Dunkel und schritt langsam auf dem Fußsteige hin; ein paarmal blieb sie wie aufatmend stehen, während sie durch die Wiesenmulde heraufkam.
Als sie dann zu ihm ins Zimmer getreten war, legte sie einen Strauß von blauem Enzian und Heideblüten vor ihm hin; auch ein Stengel jenes Lippenblümchens war dabei, aber die Knospen waren noch nicht erschlossen; vergebens – so sagte sie – habe sie sich überall nach einer aufgeblühten Pflanze umgesehen; aber morgen oder übermorgen werde sie gewiß schon eine bringen können.
Ihre Augen glänzten, ihre Wangen waren heiß. Er ergriff ihre Hand und wollte sie an sich ziehen.
»Du hast wohl sehr weit umher gesucht?« sagte er.
Aber er fühlte ein leises Widerstreben. »Oh, ziemlich weit! Es war ein wenig feucht, ich muß die Schuhe wechseln.«
»So tu das erst, komm aber bald zurück! Ich habe fast um dich gesorgt.«
»Um mich? Das war nicht nötig.«
»Ja, Franzi, wenn man krank im Lehnstuhl sitzt! – Ich hörte schießen, drüben vom Waldwasser her. Hast du es nicht gehört?«
»Ich? Nein, ich hörte nichts.« Sie hatte im selben Augenblick den Kopf gewandt. »Ich komme gleich zurück«, sagte sie, ohne umzusehen, und ging rasch zur Tür hinaus.
Als sie gegangen war, kam der Hund herein, der es bald gelernt hatte, mit seiner breiten Pfote die Zimmertür zu öffnen. Er legte den Kopf auf seines Herrn Schoß und blickte ihn wie fragend mit den braunen Augen an. Richard ließ seine Hand liebkosend über den Rücken des schönen Tieres gleiten.
»Sei ruhig, Leo!« sagte er, »wir beide bleiben doch beisammen!« – Er teilte mit den Fingern das seidenweiche Haar unter dem Behang des Kopfes. »Laß sehen! Hast du denn die Narbe noch? – Das war ein wilder Strauß mit dem lombardischen Strauchdieb damals! So tolle Wege gehen wir nun nicht mehr! – Aber schön

wird doch auch die neue Fahrt mit deiner jungen Herrin, wenn sie mit ihren lichten Falkenaugen in die vorüberfliegende Landschaft blickt, und du, mein Hund, voran in weiten Sprüngen, wie einstens, da wir noch allein die Welt durchstreiften! Denn hinaus wollen wir wieder, weit hinaus, und du, mein Tier – gewiß, wir bleiben beieinander!«
Er hatte sich hinabgebeugt, aber Leo schloß wie beruhigt seine Augen, und nur die Fahne des mächtigen Schweifes bekundete in sanften Bewegungen die Zufriedenheit seines Innern. So saßen sie still beisammen, wie sie es sonst so oft getan, tags an der offenen Landstraße wie abends im behaglichen Quartier. Der reichbegabte Mann und die scheinbar so weit von ihm getrennte Kreatur – in diesem Augenblick legte sich das Gefühl der gegenseitigen Treue wie erquickender Tau auf beider Haupt.
– – Richard war nicht dazu gekommen, Franzi seinen so freudig gefaßten Entschluß mitzuteilen; auch als sie bald darauf wieder eintrat, und selbst in den folgenden Tagen, gelangte er nicht dazu. – Franzi ging wiederholt in den Wald hinaus. Sie brachte ihm die erschlossene Blume, um deren willen sie zuerst hinausgegangen war; sie brachte auch andere, die zu seiner Arbeit in Beziehung standen; jedesmal hatte sie etwas Neues vorzulegen. In der Vase, welche auf dem Schreibtische stand, ordnete sie fast täglich einen neuen Strauß von Gräsern und wilden Blumen, zwischen denen jetzt auch schon Zweige mit roten und schwarzen Beeren glänzten.
Wenn sie ihn verlassen hatte, fühlte er eine Unruhe, die er sich selber zu gestehen schämte. Denn was konnte ihr geschehen hier im Walde! – Einen Schuß hatte er nicht wieder gehört; die Jagd mußte, wenn sie überhaupt betrieben wurde, nach einem entfernteren Teile des Reviers verlegt sein.
Aber allmählich und immer rascher fühlte er sich genesen; bald ging er im Hause, bald mit Leo und Franzi auch schon draußen in der nächsten Umgebung desselben umher; mit vollen Zügen atmete er die klare, würzige Herbstluft. Und jetzt erfaßte ihn aufs neue eine Ungeduld, bevor noch hier die Blätter fielen, seine Pläne zu verwirklichen. Mit raschem Entschluß setzte er sich an den Schreibtisch und teilte seinem Freunde, dem Bürgermeister, seine Absicht nebst einer dessen Persönlichkeit entsprechenden Begründung mit, zugleich kündigte er seinen Besuch auf die nächsten Tage an. Neben ihm unter dem Briefbeschwerer lag die

jüngst verfaßte Arbeit, in sauberer Reinschrift von Franziskas Hand und fertig zur Versendung an die Redaktion einer botanischen Zeitschrift. Alles sollte noch heute die Botenfrau zur Post bringen.
Als er die Abhandlung hervorzog, um sie einzusiegeln, kreuzte beim flüchtigen Einblick ein Gedanke seinen Kopf, der ihn antrieb, noch einmal ein in seiner Bibliothek befindliches Fachwerk nachzuschlagen.
Gleich nachdem er das Zimmer verlassen hatte, kam Franziska durch die Außentür herein. Als sie den offenen, frisch geschriebenen Brief auf dem Tische liegen sah, trat sie auf leisen Sohlen näher; vorsichtig reckte sie den Kopf, und ihre Augen flogen darüber hin, als wollten sie die Schrift einsaugen. Ein paar Sekunden stand sie noch, ihre Finger fuhren an die Zähne, ein heftiges Erschrecken lag auf ihrem Antlitz. Dann, als nebenan in der Bibliothek sich Schritte rührten, entfloh sie aus dem Zimmer, aus dem Hause und draußen über den Hof; an die Mauer gedrückt, lief sie in die Heide hinaus, die an der Rückseite des Gebäudes lag. Eine Weile saß sie hier zwischen dem Eichengebüsch auf dem Boden, die Hände um die Knie gefaltet; ihre Blicke flogen von den Wetterfahnen des Hauses, welche goldschimmernd in der Morgensonne aus dem Laub hervorragten, nach dem Wald hinüber und vom Walde zurück zu dem alten Gemäuer, das dort so friedlich in dem Grün der Bäume stand. Plötzlich sprang sie auf; die ganze schmächtige Gestalt bebte, aber ihre Augen blickten entschlossen nach dem Wald hinüber. Durch das Gebüsch der Heide lief sie seitwärts an der Wiesenmulde entlang. Als sie beim Zurückblicken das Haus nicht mehr gewahren konnte, ging sie durch die wuchernden Kräuter in dieselbe hinab und verschwand dann jenseits zwischen den Stämmen der Waldbäume.
– Als sie nach reichlich einer Stunde wieder ins Haus trat, schien jede Spur einer Aufregung aus ihrem Angesicht verschwunden.
»Bist du endlich da, Franzi?« sagte Richard, der ihr auf dem Flur entgegenkam, »ich suche dich seit einer Stunde.«
Franziska drückte ihm leicht die Hand. »Verzeih, daß ich dir's nicht sagte. Mir war der Kopf benommen, ich mußte einen Gang ins Freie machen.«
Er legte ihren Arm in seinen. »Komm!« sagte er und zog sie mit sich die Treppe hinauf nach dem Wohnzimmer. Hier faßte er

sie an beiden Händen und blickte sie lang und liebevoll mit seinen ernsten Augen an.
Sie senkte den Kopf ein wenig und fragte: »Was hast du, Richard? Du bist so feierlich.«
»Franzi«, sagte er, »gedenkst du wohl noch der Hochzeitsmusik, die abends vom Waldesrand zu uns herüberwehte?«
Sie nickte, ohne aufzusehen.
»Und jener Worte, die ich damals zu dir sprach? – Ich war ein Tor, Franzi; die ungewohnte Einsamkeit hatte mir den Mut gelähmt. Doch jetzt bin ich ein eigensüchtiger Mensch; ich kann nicht anders, ich muß dich halten, unauflöslich fest, auch wenn du gehen wolltest! Ich ertrag's nicht länger, daß du frei bist. – Das ist Selbsterhaltung, Franzi, ich kann nicht leben ohne dich.«
Immer inniger ruhten seine Augen auf ihr, immer mehr hatte er sie an sich gezogen.
Bebend hing sie in seinen Armen. »Wann«, sagte sie, »wann denkst du, daß es sein sollte?«
»Macht's dich beklommen, Franzi?« – Er legte seine Hand auf ihre dicke seidene Flechte und drückte ihren Kopf zurück, daß er ihr Antlitz sehen konnte. »Ich hab dich überrascht, besinne dich! – Wir brauchen keine Hochzeitsmusik; in dieser Stille, wo du mein geworden bist, mag auch die Außenwelt ihr Recht bekommen. Die alte gute Wieb, ihr Freund, der Inspektor; wir brauchen keine andern Zeugen! Und übermorgen reise ich zu deinem Vormund, zu unserem Freund, dem Bürgermeister; die paar Tage noch bist du Strohwitwe; dann, Franzi, dann verlassen wir uns nicht mehr.« Er schwieg.
Sie öffnete die Lippen; aber es war, als wenn die Worte nicht hinüber wollten. »Und wann«, sagte sie endlich, »wirst du wiederkommen?«
»Am Sonnabend reise ich; am Dienstag bin ich wieder da. Dann hoff ich alles mitzubringen: die nötigen Scheine, die Lizenz, das Hochzeitskleid. – – Ja, Franzi, die Tage deiner Freiheit sind gezählt! Du wirst mir doch indes nicht etwa fortgeflogen sein?« – Mit dem glücklichsten Lächeln blickte er sie an. »Und nun geh, mein geliebtes Weib! Ich hab noch mancherlei für uns zu ordnen.«

Die letzte Nacht vor der Abreise war gekommen. – Die drei Bewohner des Waldwinkels befanden sich in ihren Schlafgemächern; Leo, der treue Wächter, lag, wie stets um diese Zeit, unten im Flur quer vor der Haustür hingestreckt. Im Hause war alles still, wenn nicht mitunter ein Husten der alten Frau Wieb aus deren Gardinenbett hervorbebte oder droben im Wohnzimmer der Uhrenkuckuck von Stunde zu Stunde die Stationen der Nacht in die schweigenden Räume hinausrief. – Draußen aber wühlte der Wind in den Bäumen; die Wetterfahnen kreischten auf dem Dache, und allerlei Stimmen schwebten, wenn der Sturm zu neuem Zuge den Atem anhielt, aus dem Walde herüber.

– – Horch! Klang da nicht ein Fenster? Das einzige an der Westseite des Hauses, wo die Eichenzweige die Mauer fast berühren?

Nein, nur in den Lüften brauste es stärker; es schien sich weiter nichts zu rühren; die alte Frau Wieb hustete; oben rief der Kukkuck: eins! – Die Nacht rückte weiter; nichts, was nicht sonst auch da war, ließ sich hören. Die wenigen Sterne, die durch die vorüberjagenden Wolken blinkten, erblichen nach und nach.

– – In der ersten Dämmerung stand Franziska vor Richards Bette. Er schlief noch; sie kniete nieder und küßte seine Hand, die über den Rand des Bettes herabhing; und als er die Augen aufschlug, sagte sie: »Du mußt aufstehen, Richard; der Wagen wird bald da sein!«

»Franzi!« rief er, die Augen zu ihr aufschlagend, und nach einer Weile, da der Nebel des Schlafs von seiner Stirn gewichen war, setzte er hinzu: »Hast du den Eulenschrei gehört, heut nacht? Auf der Uhr drinnen rief es just zu eins.«

Sie zuckte leise in den Schultern. »Das hören wir ja jede Nacht«, sagte sie leise.

»Nein, nein, Franzi; es war nicht der Waldkauz, den wir hierherum haben; es klang ganz anders, seltsam! Ich zweifelte zuerst, ob's auch nur einer seiner Vettern sei; drunten vom Flur herauf hörte ich, wie Leo sich aufrichtete und einige Male hin und wider ging.«

»Ich hab es nicht bemerkt«, sagte sie leise.

»Dann hast du fest geschlafen, Franzi; denn das Tier muß in einem der nächsten Bäume hier gesessen haben.«

Sie saßen noch beim Frühstück miteinander, aber Franzi brachte kaum ein Krümchen über ihre Lippen. Dann stieg er in den Wagen. »Vergiß es nicht; drei Tage!« rief er ihr noch zurück, und

fort rollte das Gefährt über die Heide; mit lautem Bellen sprang der Hund voraus.
Lange stand sie und blickte mit unbeweglichen Augen hinterher, bis nur noch die dunkle Linie des Steppenzuges sich am Horizonte abhob.

Am Nachmittag trat Richard zu seinem Freunde, dem Bürgermeister, in das Zimmer.
»Nun, Waldmensch!« rief dieser, ihm drohend die kleine runde Hand entgegenschüttelnd, »was treibst du denn für Streiche?«
»Du hast also meinen Brief erhalten?«
»Freilich! Wie du einen alterieren kannst! Es sind natürlich lauter Scherze!«
»Ich bin in vollem Ernst zu dir gekommen.«
»Höchst merkwürdig!« sagte der Bürgermeister, »romantisch, ganz romantisch! – Ich wette, du weißt noch nicht einmal, wer Vater und Mutter zu dem Mädchen gewesen sind.«
»Was geht das mich an!«
»Nun, nun; du brauchst aber doch einen Taufschein –«
»Ich brauche noch mehr, Fritz! Vielleicht gar deine obervormundschaftliche Hülfe, wenn der wackere Schuster seine Mündel etwa wieder bei einem reichen Bäcker sollte in Versorgung geben wollen.«
»Meine Hülfe, Richard? Nein, nein; wo denkst du hin? Das ginge denn doch gegen mein Gewissen.«
Richard lächelte. »Aber du bist ja nicht mein Obervormund; ist dir der Mann nicht gut genug für deine Mündel?«
»Bei Gott, du hast recht, Richard! Mir war in diesem Augenblick, als seist du noch mein Leibfuchs. Da werd ich freilich nichts dagegen machen können.« Der Bürgermeister hatte seine goldene Brille von der Nase genommen, putzte die Gläser mit seinem gelbseidenen Schnupftuche und sah dabei den Freund kopfschüttelnd aus seinen kleinen Augen an. »Hm, solch ein Schwärmer!« sagte er, »es ist doch seltsam, daß euere Sorte immer – –«
Aber Richard ergriff den kleinen guten Mann bei beiden Händen. »Du disputierst sie mir nicht ab«, sagte er innig. »Laß gut sein, Fritz; sprich lieber, wie steht es mit dem Herrn Magister?«
»Er sitzt!« erwiderte der Bürgermeister mit einem höchst fröhlichen Erwachen seiner Stimme.
»Aber sein Prozeß?«

»Still; weck ihn nicht! Der schläft.«

»Und Franziska?«

»Wird nicht mehr beunruhigt werden. Die Akten sind eingesandt; das Urteil kommt schon zu seiner Zeit.«

»Nun, Fritz, so hilf mir, und laß uns alles rasch besorgen!« – –

Und alles wurde besorgt; schon am nächsten Vormittage hatte Richard die Lizenz und alle nötigen Scheine in seinen Händen. Es war sein Plan gewesen, die Reise noch auf jene Großstadt auszudehnen; aber wieder befiel ihn eine fast angstvolle Sehnsucht und trieb ihn nach dem Wald zurück; die beabsichtigten Einkäufe ließen sich ja auch am besten in Gemeinschaft mit Franziska machen.

So befahl er denn die Heimkehr.

»Frisch zu, Kutscher«, sagte er, »es gibt ein doppeltes Trinkgeld.« Der Kutscher brauchte seine Peitsche; noch am Nachmittag erreichten sie das Dorf; aber auf dem holperigen Steinpflaster lief ein Rad von der Achse, und zur Ausbesserung bedurfte es einer halbstündigen Arbeit in der Dorfschmiede. Richard, von Leo begleitet, war nach dem Krug hinübergegangen. Bei seinem Eintritt in die Außendiele stieß der Hund ein dumpfes Knurren aus, und in demselben Augenblick ging der junge Förster, der eben aus der Gaststube trat, ohne Gruß an ihm vorüber aus der Haustür; nur ein flüchtiger Blick der blanken Augen hatte ihn gestreift.

Richard blieb unwillkürlich stehen. Als er durch die offene Haustür wahrnahm, daß der andere den Hof verlassen hatte, ging auch er wieder hinaus und sah ihn eilig auf dem nach Norden führenden Landwege dahinschreiten. Der Mensch war ihm verhaßt; er wußte selber kaum, weshalb er hier am Wege stand, ihm nachzublicken.

Er wandte sich rasch wieder nach dem Hause. Dort hörte er von der Gaststube aus lebhaftes und vielstimmiges Gespräch, wovon er bei seiner ersten Einkehr nichts bemerkt hatte. Als er mit seinem Hunde eintrat, fand er viele Gäste an den Tischen sitzen, denn es war Sonntagnachmittag. Aber das Gespräch verstummte plötzlich; statt dessen kam der Wirt ihm entgegen und erkundigte sich geflissentlich nach seiner Reiseungelegenheit. Von einem der Tische her hörte er noch den Namen des Försters, den er zufällig erfahren hatte; doch der Sprecher erhielt von seinem Nachbar einen Stoß mit dem Ellenbogen, und allmählich kam wieder ein lautes Gespräch in Gang, wie es die Bauern über Ernte und Fruchtpreise um solche Jahreszeit zu führen pflegen. Endlich war die Achse hergestellt, und der Wagen rollte fort. Richard saß in sich versunken; eine unklare, unbehagliche Stimmung hatte ihn ergriffen; er konnte sich nicht freuen auf die Heimkehr, formlose gespenstische Gebilde aus irgendeinem fernen grauen Nebel drangen auf ihn ein. Wenn er nur erst da wäre, nur erst Franziskas Antlitz wiedersähe!

Und weiter ging es, und immer näher kam er zu den Wäldern. Schon rumpelte der Wagen zwischen dem Eichenbusch über den harten Heideboden, und endlich stieg das Dach des Hauses vor ihm auf, und er sah die Wetterfahnen in der Abendsonne schimmern.

Aber dort, was seitwärts aus dem Schatten des Waldes trat, das war sie ja selbst; ihr helles Kleid, ihr Strohhütchen, ganz deutlich hatte er es erkannt. Sie schien den Wagen nicht bemerkt zu haben, denn sie schlug die Richtung nach dem Hause ein; aber er beugte sich vor und rief über die Heide: »Franzi! Franzi!« – Da blieb sie stehen, und als er noch einmal gerufen hatte, wandte sie sich und kam langsam näher. Endlich konnte er ihr Antlitz sehen; die Augen standen so groß und dunkel über den blassen Wangen; er meinte sie noch niemals so gesehen zu haben. Bevor der Wagen hielt, war er schon hinabgesprungen und schloß sie in die Arme. »Gott sei gedankt!« rief er und atmete auf, als fiele eine Bergeslast von seiner Brust, »mir war, als könnt ich dich verloren haben!«

Sie sagte nur: »Was du für Träume hast!«

Aber während ihr Kopf an seinem Herzen lag, waren ihre Augen auf den an ihrer Seite stehenden Hund gefallen. Der hatte die Nase nach dem Walde ausgestreckt, der Richtung nach, in welcher Franzi ihn soeben verlassen hatte, und schnoberte immer heftiger in der Luft umher. Fast mechanisch griff ihre kleine Hand in das metallene Halsband des Tieres. »Laß uns heim, Richard«, sagte sie hastig, »und halte den Hund, damit er nicht wie neulich nach den Rehen jagt.«

Er sah nicht hin, er hatte nur Augen für die junge Gestalt, die er in seinen Armen hielt, die er wie ein Kind jetzt in den Wagen hob. Dann pfiff er seinem Hunde, und bald hatten sie die kurze Strecke bis zum Hause zurückgelegt.

Er fand dort alles in gewohnter Ordnung; die alte Wieb trat im saubersten Sonntagsanzug ihm entgegen, voll Freude über seine unerwartete schnelle Heimkehr. Aber er sagte ihr, daß der Wagen schon auf morgen wieder bestellt sei, daß er in der großen Stadt zu tun habe und daß Franziska mit ihm reisen werde. Und dieser flüsterte er zu: »Du bist es doch zufrieden, Franzi? Wir gehen wieder zu der entzückten Ladendame; kleine seidene Stiefelchen soll sie dir anmessen! Du sollst dir alles selber aussuchen – doch nein! Du bist zu anspruchslos, du würdest doch nur Kleider für dich kaufen. – Ich aber – in weißen Duft will ich dich hüllen, so leicht wie ein Nichts, so zart, daß auch eine Wolke davon das Leuchten einer Rose nicht verbergen könnte.«

Er sah es nicht, wie sie die weißen Zähnchen aufeinanderbiß und wie ihre Lippen zitterten.

»Nun Franzi?« fuhr er fort, »was meinst du, bist du es zufrieden?«

Sie zog schweigend seine Hand an ihre Lippen; dann sagte sie mit jenem scharfen Klang der Stimme: »Ich meine, daß du wieder einmal verschwenden willst und daß du dich täuschest über mich arme Dirne, die ich bin.«

»Und ich meine, daß jetzt du die Törin bist.«

Der Abend kam. Richard hatte wie gewöhnlich das äußere Bohlentor und die Haustür abgeschlossen; vor der letzteren auf dem Hausflur lag der Hund, der große Schlüssel zu dem ersteren hing an dem Türpfosten in seinem Schlafgemache. Dann legte er sanft den Arm um Franzis Leib, die müßig am Fenster des Wohnzimmers stand und nach dem dunkeln Wald hinüberschaute, und führte sie durch die Bibliothek bis an die Schwelle ihrer Kammer. Sie war ihm wieder wie eine unberührte Braut, er überschritt die Schwelle nicht. »Schlafe süß, meine Franzi!« sagte er. »Mir ist auf einmal wieder, als stünde das Glück mir noch in ungewisser Ferne.«

Sie hatte schon die Tür geöffnet; da riß er sie noch einmal an sich. »Gute Nacht, gute Nacht, Franzi!«

Dann war sie fort; nur ihre kleinen, leichten Schritte hörte er noch hinter der geschlossenen Tür.

Langsam ging er durch das Wohnzimmer. Im Vorübergehen hob er die brennende Kerze, welche er dort vom Tisch genommen hatte, gegen das alte Türbild und warf einen flüchtigen Blick darauf; dann trat er in sein Schlafgemach.

Und bald, nach den Ermüdungen dieser letzten Tage, lag er in festen Schlaf gesunken. Weder das Rauschen der Wälder draußen in der dunkeln Herbstnacht noch der Zeitruf des kleinen Kunstvogels aus der nebenan liegenden Stube drang in die Tiefe seines Schlummers. Schon war die höchste Stufe der Nacht erklommen; zwölfmal hatte es drüben von der Uhr gerufen; er schlief traumlos weiter, und weiter rückte die Nacht. Eins rief es von der Uhr; – dann zwei; – dann drei! Da kamen die Träume, und was am Tage nur wie beängstigender Nebel vor seinem Blick geschwommen, jetzt wurde es zu farbigen Gestalten, von grellem oder fahlem Licht beleuchtet, das keiner Zeit des Tages angehörte. – Wie bleich ihm Franzi in den Armen hing! Und seltsam, immer wollten ihre Augen ihn nicht ansehen! Aber dort hinter den Bäumen stand der Jäger. – – Stöhnend warf er sich umher auf seinem Lager; aus seinem Munde brachen heftige, zusammenhanglose Laute. Plötzlich fuhr er empor und saß aufgerichtet in den Kissen, der Nachhall irgendeines Schalles lag in seinen Ohren; und jetzt schon wußte er es, vom Hofe drunten mußte es gekommen sein. Im selben Augenblicke stand er auch am Fenster, kaum die erste graue Dämmerung war angebrochen; aber dennoch sah er es, wie eben das schwere Hoftor zuschlug. Wie noch im Traume hatte er eine seiner beiden Pistolen von der Wand gerissen; eine Fensterscheibe klirrte, und klatschend fuhr die Kugel drunten in das Bohlentor.

Dann blieb alles still. Er riß die andere Pistole von der Wand, und ohne Kleidung, im nackten Hemde, stürzte er aus dem Zimmer; im Hinausgehen griff er nach dem Haken an der Tür, aber der Schlüssel fehlte.

»Leo, Leo!« rief er auf der Treppe draußen. »Mein Hund, wo bist du?« – Nichts regte sich. Noch einmal rief er und stieg dann in den noch dunkeln Hausflur hinab.

Da wurden seine Füße durch etwas aufgehalten, was nicht weichen wollte; als er sich bückte, fuhr seine Hand über langes seidenweiches Haar. – Er stieß einen lauten Schrei aus. Noch einmal bückte er sich; dann rannte er – er wußte selbst nicht weshalb – in die Kammer seiner alten Dienerin; aber die taube alte Frau lag ruhig atmend in ihrem Bette; er nahm das auf dem Tische stehende Licht, zündete es an und trat wieder auf den Flur hinaus. Da lag sein Hund, die Beine steif gestreckt, die braunen Augensterne groß und offen. Er warf sich nieder und leuchtete mit der Kerze dicht hinan; ein bläulicher Flor schien den Glanz der Augen zu bedecken; kalt und wie in stummer Klage starrten sie ihn an. – – Auf einmal war ihm, als würden die Mauern durchsichtig, als sähe er zwei jugendliche Gestalten über die Heide fliehen und im brennenden Morgenschein verschwinden.

Er sprang auf und stand im nächsten Augenblicke in Franziskas Kammer. – Sie war leer, das Bett nur leicht berührt; man sah, sie hatte nur zu flüchtiger Rast sich auf die Decke hingestreckt; das Kissen zeigte noch den Eindruck, wo sie ihren Arm gestützt hatte. Er hätte es nicht lassen können, er legte seine Hand hinein, als liebkoste er noch diese letzte Spur ihres Lebens. Da klirrte durch eine zufällige Berührung die Waffe in seiner andern Hand, und jäh schoß ein neuer Gedankenstrom durch seinen Kopf. Schon war er draußen auf der Treppe; aber er kam nicht weiter. – Was wollte er denn noch? – Schon einmal waren seine Hände rot geworden. Langsam stieg er die Treppe hinauf nach seiner Schlafkammer; er hängte die Schußwaffe an ihren Platz; dann kleidete er sich völlig an. Als er fertig war, trat er in das Wohnzimmer, zog die Vorhänge der Fenster auf und öffnete dann mit seinem Schlüssel das Fach des Schreibtisches, worin die Wertpapiere ihren Platz hatten.

Er wußte vorher schon, was er finden würde. Was ihm gehörte, lag unberührt; das Päckchen mit Franziskas Namen war verschwunden. – Eine Weile suchte er noch nach einem Zettelchen von ihrer Hand, einem Wort des Abschieds oder was es immer sei; er räumte das ganze Fach aus, aber es fand sich nichts. –

Durch die Fenster brach der erste Morgenschein und ließ das alte Türbild aus der Dämmerung hervortreten. Als er zufällig den Blick dahin warf, überkam ihn ein wunderlicher Sinnentrug; der einsame Alte dort am Wege hatte ja den Kopf gewandt und sah ihn an.

Die Sonne stieg höher, an den Tapeten leuchteten die Blumen der Vergessenheit. Richard hatte die Augen noch immer nach dem Bilde. Es war sein eigenes Angesicht, in das er blickte.

Der Oktober war ins Land gekommen. Im Kruge zu Föhrenschwarzeck saßen eines Nachmittags der Wirt und der kleine Krämer aus der Stadt sich gegenüber. Der ganze Tisch war voll von Kreidezahlen; sie hatten wieder einmal Quartalstag gehalten, das Fazit war gezogen und genehmigt worden; die noch übrige Zeit gehörte vergnüglicheren Gesprächen, und sie waren auch schon in vollem Gange.

Kasper-Ohm begann soeben von dem Boden der gemeinen Wirklichkeit emporzusteigen. »Ihr mögt mir's glauben«, sagte er geheimnisvoll, »es ist sein eigen Blut gewesen; freilich hat er's nicht Wort haben wollen, denn sie ist auf den Namen Fedders getauft und bei einem Magister aufgezogen worden; sogar einen eigenen Vormund hat er ihr von Gerichts wegen setzen lassen!«

»Kasper-Ohm!« sagte der kleine Krämer, »Ihr seid wieder einmal bei Eurem Advokaten in der Stadt gewesen!«

»Nun, nun, Pfeffers, glaubt's oder glaubt's nicht! Der Vormund ist selbst bei mir eingekehrt gewesen; da, wo Ihr jetzt sitzt, hat er gesessen und seinen Schnaps getrunken; sie haben's drüben im Narrenkasten eben mitsammen fertig gehabt, daß das arme Kind einen reichen Bäckermeister freien sollte, so einen alten wurmstichigen Mehlkneter; denn sie ist was wild gewesen, und die alte Waisenwieb hat nicht recht mehr mit ihr hausen können. – Nun, Pfeffers, was soll man dazu sagen, daß sie lieber mit dem schwarzen Krauskopf – –« Er nickte dem Krämer zu und blies bedeutsam durch seine ausgespreizten Finger.

»Das ist eine gewaltige Geschichte, die Ihr da erzählt, Kasper-Ohm«, meinte der andre, »und stimmt nicht ganz mit dem Kalender; denn der Doktor ist bei der Geburt des Mädels ja schon drei Jahr außer Landes gewesen! Aber laßt uns einmal anstoßen, und freut Euch, daß der Krauskopf Eure Ann-Margret nicht auch noch mitgenommen hat; denn er sah mir just nicht aus, als wenn er lange mit einer einzigen zufrieden wäre.«

Kasper-Ohm lachte und blickte durch die Fensterscheiben. »Da kommt auch der Inspektor!« sagte er.

Der Genannte war eben in Begleitung seines Pudels unter der alten Eiche durchgegangen, in deren Wipfel jetzt das leere Nest zwischen den schon gelichteten Zweigen sichtbar war.

Der Wirt empfing ihn an der Stubentür. »Nun, Herr Inspektor«, rief er munter, »alles wieder auf dem alten Stand?«

»Ausgekehrt und abgeschlossen!« erwiderte der Alte, indem er den großen Schlüssel zum Außentor des Waldwinkels auf den Tisch und sich selbst auf einen Stuhl warf. »Gestern ging das letzte Fuder nach der Stadt, um dort unterm Hammer weggeschlagen zu werden; all das schöne Ingut! Die alte Lewerenz bekommt das ganze Geld dafür.«

»Und der Herr Doktor?« fragte der Wirt. »Wo ist denn der geblieben?«

»Weiß nicht«, sagte der Alte, »kümmert mich auch nicht; – fort – in die weite Welt.«

Der kleine Pfeffers nahm den Schlüssel von der Tischplatte und hielt ihn über den Köpfen der beiden andern: »Wer bietet auf den ›Narrenkasten‹? – Nummer eins: der alte Herr; Nummer zwei: der Herr Botanikus; – wer bietet zum dritten auf den ›Narrenkasten‹?«

»Laßt die Possen, Pfeffers!« sagte der Alte und nahm ihm den Schlüssel aus der Hand. »Mir tut's nur leid um den Löwengelben; ich sag Euch, es war ein Kapitalvieh; er ging noch über meinen Phylax.«

Aquis submersus

In unserem zu dem früher herzoglichen Schlosse gehörigen, seit Menschengedenken aber ganz vernachlässigten »Schloßgarten« waren schon in meiner Knabenzeit die einst im altfranzösischen Stile angelegten Hagebuchenhecken zu dünnen, gespenstischen Alleen ausgewachsen; da sie indessen immerhin noch einige Blätter tragen, so wissen wir Hiesigen, durch Laub der Bäume nicht verwöhnt, sie gleichwohl auch in dieser Form zu schätzen; und zumal von uns nachdenklichen Leuten wird immer der eine oder andre dort zu treffen sein. Wir pflegen dann unter dem dürftigen Schatten nach dem sogenannten »Berg« zu wandern, einer kleinen Anhöhe in der nordwestlichen Ecke des Gartens oberhalb dem ausgetrockneten Bette eines Fischteiches, von wo aus der weitesten Aussicht nichts im Wege steht.

Die meisten mögen wohl nach Westen blicken, um sich an dem lichten Grün der Marschen und darüberhin an der Silberflut des Meeres zu ergötzen, auf welcher das Schattenspiel der langgestreckten Insel schwimmt; meine Augen wenden unwillkürlich sich nach Norden, wo, kaum eine Meile fern, der graue spitze Kirchturm aus dem höher belegenen, aber öden Küstenlande aufsteigt; denn dort liegt eine von den Stätten meiner Jugend.

Der Pastorssohn aus jenem Dorfe besuchte mit mir die »Gelehrtenschule« meiner Vaterstadt, und unzählige Male sind wir am Sonnabendnachmittage zusammen dahinaus gewandert, um dann am Sonntagabend oder montags früh zu unserem Nepos oder später zu unserem Cicero nach der Stadt zurückzukehren. Es war damals auf der Mitte des Weges noch ein gut Stück ungebrochener Heide übrig, wie sie sich einst nach der einen Seite bis fast zur Stadt, nach der anderen ebenso gegen das Dorf erstreckt hatte. Hier summten auf den Blüten des duftenden Heidekrautes die Immen und weißgrauen Hummeln und rannte unter den dürren Stengeln desselben der schöne goldgrüne Laufkäfer; hier in den Duftwolken der Eriken und des harzigen Gagelstrauches schwebten Schmetterlinge, die nirgends sonst zu finden waren. Mein ungeduldig dem Elternhaus zustrebender Freund hatte oft seine liebe Not, seinen träumerischen Genossen durch all die Herrlichkeiten mit sich fortzubringen; hatten wir jedoch das angebaute Feld erreicht, dann ging es auch um desto

munterer vorwärts, und bald, wenn wir nur erst den langen Sandweg hinaufwateten, erblickten wir auch schon über dem dunkeln Grün einer Fliederhecke den Giebel des Pastorenhauses, aus dem das Studierzimmer des Pastors mit seinen kleinen blinden Fensterscheiben auf die bekannten Gäste hinabgrüßte.
Bei den Pastorsleuten, deren einziges Kind mein Freund war, hatten wir allezeit, wie wir hier zu sagen pflegen, fünf Quartier auf der Elle, ganz abgesehen von der wunderbaren Naturalverpflegung. Nur die Silberpappel, der einzig hohe und also auch einzig verlockende Baum des Dorfes, welche ihre Zweige ein gut Stück oberhalb des bemoosten Strohdaches rauschen ließ, war gleich dem Apfelbaum des Paradieses uns verboten und wurde daher nur heimlich von uns erklettert; sonst war, soviel ich mich entsinne, alles erlaubt und wurde je nach unserer Altersstufe bestens von uns ausgenutzt.
Der Hauptschauplatz unserer Taten war die große »Priesterkoppel«, zu der ein Pförtchen aus dem Garten führte. Hier wußten wir mit dem den Buben angeborenen Instinkte die Nester der Lerchen und der Grauammern aufzuspüren, denen wir dann die wiederholtesten Besuche abstatteten, um nachzusehen, wie weit in den letzten zwei Stunden die Eier oder die Jungen nun gediehen seien; hier auf einer tiefen und, wie ich jetzt meine, nicht weniger als jene Pappel gefährlichen Wassergrube, deren Rand mit alten Weidenstümpfen dicht umstanden war, fingen wir die flinken schwarzen Käfer, die wir »Wasserfranzosen« nannten, oder ließen wir ein andermal unsere auf einer eigens angelegten Werft erbaute Kriegsflotte aus Walnußschalen und Schachteldeckeln schwimmen. Im Spätsommer geschah es dann auch wohl, daß wir aus unserer Koppel einen Raubzug nach des Küsters Garten machten, welcher gegenüber dem des Pastorates an der anderen Seite der Wassergrube lag; denn wir hatten dort von zwei verkrüppelten Apfelbäumen unseren Zehnten einzuheimsen, wofür uns freilich gelegentlich eine freundschaftliche Drohung von dem gutmütigen alten Manne zuteil wurde. – So viele Jugendfreuden wuchsen auf dieser Priesterkoppel, in deren dürrem Sandboden andere Blumen nicht gedeihen wollten; nur den scharfen Duft der goldknopfigen Rainfarren, die hier haufenweis auf allen Wällen standen, spüre ich noch heute in der Erinnerung, wenn jene Zeiten mir lebendig werden.
Doch alles dieses beschäftigte uns nur vorübergehend; meine

dauernde Teilnahme dagegen erregte ein anderes, dem wir selbst in der Stadt nichts an die Seite zu setzen hatten. – Ich meine damit nicht etwa die Röhrenbauten der Lehmwespen, die überall aus den Mauerfugen des Stalles hervorragten, obschon es anmutig genug war, in beschaulicher Mittagsstunde das Aus- und Einfliegen der emsigen Tierchen zu beobachten; ich meine den viel größeren Bau der alten und ungewöhnlich stattlichen Dorfkirche. Bis an das Schindeldach des hohen Turmes war sie von Grund auf aus Granitquadern aufgebaut und beherrschte, auf dem höchsten Punkt des Dorfes sich erhebend, die weite Schau über Heide, Strand und Marschen. – Die meiste Anziehungskraft für mich hatte indes das Innere der Kirche; schon der ungeheure Schlüssel, der von dem Apostel Petrus selbst zu stammen schien, erregte meine Phantasie. Und in der Tat erschloß er auch, wenn wir ihn glücklich dem alten Küster abgewonnen hatten, die Pforte zu manchen wunderbaren Dingen, aus denen eine längst vergangene Zeit hier wie mit finstern, dort mit kindlich frommen Augen, aber immer in geheimnisvollem Schweigen zu uns Lebenden aufblickte. Da hing mitten in die Kirche hinab ein schrecklich übermenschlicher Crucifixus, dessen hagere Glieder und verzerrtes Antlitz mit Blute überrieselt waren; dem zur Seite an einem Mauerpfeiler haftete gleich einem Nest die braungeschnitzte Kanzel, an der aus Frucht- und Blattgewinden allerlei Tier- und Teufelsfratzen sich hervorzudrängen schienen. Besondere Anziehung aber übte der große geschnitzte Altarschrank im Chor der Kirche, auf dem in bemalten Figuren die Leidensgeschichte Christi dargestellt war; so seltsam wilde Gesichter, wie das des Kaiphas oder die der Kriegsknechte, welche in ihren goldenen Harnischen um des Gekreuzigten Mantel würfelten, bekam man draußen im Alltagsleben nicht zu sehen; tröstlich damit kontrastierte nur das holde Antlitz der am Kreuze hingesunkenen Maria; ja, sie hätte leicht mein Knabenherz mit einer phantastischen Neigung bestricken können, wenn nicht ein anderes mit noch stärkerem Reize des Geheimnisvollen mich immer wieder von ihr abgezogen hätte.

Unter all diesen seltsamen oder wohl gar unheimlichen Dingen hing im Schiff der Kirche das unschuldige Bildnis eines toten Kindes, eines schönen, etwa fünfjährigen Knaben, der, auf einem mit Spitzen besetzten Kissen ruhend, eine weiße Wasserlilie in seiner kleinen bleichen Hand hielt. Aus dem zarten Antlitz

sprach neben dem Grauen des Todes, wie hülfeflehend, noch eine letzte holde Spur des Lebens; ein unwiderstehliches Mitleid befiel mich, wenn ich vor diesem Bilde stand.
Aber es hing nicht allein hier; dicht daneben schaute aus dunklem Holzrahmen ein finsterer, schwarzbärtiger Mann in Priesterkragen und Sammar. Mein Freund sagte mir, es sei der Vater jenes schönen Knaben; dieser selbst, so gehe noch heute die Sage, solle einst in der Wassergrube unserer Priesterkoppel seinen Tod gefunden haben. Auf dem Rahmen lasen wir die Jahreszahl 1666; das war lange her. Immer wieder zog es mich zu diesen beiden Bildern; ein phantastisches Verlangen ergriff mich, von dem Leben und Sterben des Kindes eine nähere, wenn auch noch so karge Kunde zu erhalten; selbst aus dem düsteren Antlitz des Vaters, das trotz des Priesterkragens mich fast an die Kriegsknechte des Altarschranks gemahnen wollte, suchte ich sie herauszulesen.
– – Nach solchen Studien in dem Dämmerlicht der alten Kirche erschien dann das Haus der guten Pastorsleute nur um so gastlicher. Freilich war es gleichfalls hoch zu Jahren, und der Vater meines Freundes hoffte, so lange ich denken konnte, auf einen Neubau; da aber die Küsterei an derselben Altersschwäche litt, so wurde weder hier noch dort gebaut. – Und doch, wie freundlich waren trotzdem die Räume des alten Hauses; im Winter die kleine Stube rechts, im Sommer die größere links vom Hausflur, wo die aus den Reformationsalmanachen herausgeschnittenen Bilder in Mahagonirähmchen an der weißgetünchten Wand hingen, wo man aus dem westlichen Fenster nur eine ferne Windmühle, außerdem aber den ganzen weiten Himmel vor sich hatte, der sich abends in rosenrotem Schein verklärte und dann das ganze Zimmer überglänzte! Die lieben Pastorsleute, die Lehnstühle mit den roten Plüschkissen, das alte tiefe Sofa, auf dem Tisch beim Abendbrot der traulich sausende Teekessel – es war alles helle, freundliche Gegenwart. Nur eines Abends – wir waren derzeit schon Sekundaner – kam mir der Gedanke, welch eine Vergangenheit an diesen Räumen hafte, ob nicht gar jener tote Knabe einst mit frischen Wangen hier leibhaftig umhergesprungen sei, dessen Bildnis jetzt wie mit einer wehmütig holden Sage den düsteren Kirchenraum erfüllte.
Veranlassung zu solcher Nachdenklichkeit mochte geben, daß ich am Nachmittage, wo wir auf meinen Antrieb wieder einmal die

Kirche besucht hatten, unten in einer dunkeln Ecke des Bildes vier mit roter Farbe geschriebene Buchstaben entdeckt hatte, die mir bis jetzt entgangen waren.

»Sie lauten C. P. A. S.«, sagte ich zu dem Vater meines Freundes; »aber wir können sie nicht enträtseln.«

»Nun«, erwiderte dieser, »die Inschrift ist mir wohl bekannt; und nimmt man das Gerücht zu Hülfe, so möchten die beiden letzten Buchstaben wohl mit Aquis submersus, also mit ›Ertrunken‹ oder wörtlich ›Im Wasser versunken‹ zu deuten sein; nur mit dem vorangehenden C. P. wäre man dann noch immer in Verlegenheit! Der junge Adjunktus unseres Küsters, der einmal die Quarta passiert ist, meint zwar, es könne Casu periculoso – ›Durch gefährlichen Zufall‹ – heißen; aber die alten Herren jener Zeit dachten logischer; wenn der Knabe dabei ertrank, so war der Zufall nicht nur bloß gefährlich.«

Ich hatte begierig zugehört. »Casu«, sagte ich; »es könnte auch wohl ›Culpa‹ heißen?«

»Culpa?« wiederholte der Pastor. »Durch Schuld? – aber durch wessen Schuld?«

Da trat das finstere Bild des alten Predigers mir vor die Seele, und ohne viel Besinnen rief ich: »Warum nicht: Culpa patris?«

Der gute Pastor war fast erschrocken. »Ei, ei, mein junger Freund«, sagte er und erhob warnend den Finger gegen mich. »Durch Schuld des Vaters? – So wollen wir trotz seines düstren Ansehens meinen seligen Amtsbruder doch nicht beschuldigen. Auch würde er dergleichen wohl schwerlich von sich haben schreiben lassen.«

Dies letztere wollte auch meinem jugendlichen Verstande einleuchten; und so blieb denn der eigentliche Sinn der Inschrift nach wie vor ein Geheimnis der Vergangenheit.

Daß übrigens jene beiden Bilder sich auch in der Malerei wesentlich vor einigen alten Predigerbildnissen auszeichneten, welche gleich daneben hingen, war mir selbst schon klargeworden; daß aber Sachverständige in dem Maler einen tüchtigen Schüler altholländischer Meister erkennen wollten, erfuhr ich freilich jetzt erst durch den Vater meines Freundes. Wie jedoch ein solcher in dieses arme Dorf verschlagen worden oder woher er gekommen und wie er geheißen habe, darüber wußte auch er mir nichts zu sagen. Die Bilder selbst enthielten weder einen Namen noch ein Malerzeichen.

Die Jahre gingen hin. Während wir die Universität besuchten, starb der gute Pastor, und die Mutter meines Schulgenossen folgte später ihrem Sohne auf dessen inzwischen anderswo erreichte Pfarrstelle; ich hatte keine Veranlassung mehr, nach jenem Dorfe zu wandern. – Da, als ich selbst schon in meiner Vaterstadt wohnhaft war, geschah es, daß ich für den Sohn eines Verwandten ein Schülerquartier bei guten Bürgersleuten zu besorgen hatte. Der eigenen Jugendzeit gedenkend, schlenderte ich im Nachmittagssonnenscheine durch die Straßen, als mir an der Ecke des Marktes über der Tür eines alten hochgegiebelten Hauses eine plattdeutsche Inschrift in die Augen fiel, die verhochdeutscht etwa lauten würde:

Gleich so wie Rauch und Staub verschwindt,
Also sind auch die Menschenkind.

Die Worte mochten für jugendliche Augen wohl nicht sichtbar sein; denn ich hatte sie nie bemerkt, sooft ich auch in meiner Schulzeit mir einen Heißewecken bei dem dort wohnenden Bäkker geholt hatte. Fast unwillkürlich trat ich in das Haus; und in der Tat, es fand sich hier ein Unterkommen für den jungen Vetter. Die Stube ihrer alten »Möddersch« (Mutterschwester) – so sagte mir der freundliche Meister –, von der sie Haus und Betrieb geerbt hätten, habe seit Jahren leer gestanden; schon lange hätten sie sich einen jungen Gast dafür gewünscht.

Ich wurde eine Treppe hinaufgeführt, und wir betraten dann ein ziemlich niedriges, altertümlich ausgestattetes Zimmer, dessen beide Fenster mit ihren kleinen Scheiben auf den geräumigen Marktplatz hinausgingen. Früher, erzählte der Meister, seien zwei uralte Linden vor der Tür gewesen; aber er habe sie schlagen lassen, da sie allzusehr ins Haus gedunkelt und auch hier die schöne Aussicht ganz verdeckt hätten.

Über die Bedingungen wurden wir bald in allen Teilen einig; während wir dann aber noch über die jetzt zu treffende Einrichtung des Zimmers sprachen, war mein Blick auf ein im Schatten eines Schrankes hängendes Ölgemälde gefallen, das plötzlich meine ganze Aufmerksamkeit hinwegnahm. Es war noch wohlerhalten und stellte einen älteren, ernst und milde blickenden Mann dar, in einer dunklen Tracht, wie in der Mitte des siebzehnten Jahrhunderts sie diejenigen aus den vornehmeren Ständen zu tragen pflegten, welche sich mehr mit Staatssachen oder gelehrten Dingen als mit dem Kriegshandwerke beschäftigten. Der Kopf des alten Herrn, so schön und anziehend und so trefflich gemalt er immer sein mochte, hatte indessen nicht diese Erregung in mir hervorgebracht; aber der Maler hatte ihm einen blassen Knaben in den Arm gelegt, der in seiner kleinen, schlaff herabhängenden Hand eine weiße Wasserlilie hielt; – und diesen Knaben kannte ich längst. Auch hier war es wohl der Tod, der ihm die Augen zugedrückt hatte.

»Woher ist dieses Bild?« fragte ich endlich, da mir plötzlich bewußt wurde, daß der vor mir stehende Meister mit seiner Auseinandersetzung innegehalten hatte.

Er sah mich verwundert an. »Das alte Bild? Das ist von unserer Möddersch«, erwiderte er, »es stammt von ihrem Urgroßonkel, der ein Maler gewesen und vor mehr als hundert Jahren hier gewohnt hat. Es sind noch andre Siebensachen von ihm da.«

Bei diesen Worten zeigte er nach einer kleinen Lade von Eichenholz, auf welcher allerlei geometrische Figuren recht zierlich eingeschnitten waren.

Als ich sie von dem Schranke, auf dem sie stand, herunternahm, fiel der Deckel zurück, und es zeigten sich mir als Inhalt einige stark vergilbte Papierblätter mit sehr alten Schriftzügen.

»Darf ich die Blätter lesen?« frug ich.

»Wenn's Ihnen Pläsier macht«, erwiderte der Meister, »so mögen Sie die ganze Sache mit nach Hause nehmen; es sind so alte Schriften; Wert steckt nicht darin.«

Ich aber erbat mir und erhielt auch die Erlaubnis, diese wertlosen Schriften hier an Ort und Stelle lesen zu dürfen; und während ich mich dem alten Bilde gegenüber in einen mächtigen Ohrenlehnstuhl setzte, verließ der Meister das Zimmer, zwar immer noch erstaunt, doch gleichwohl die freundliche Verheißung zurücklassend, daß seine Frau mich bald mit einer guten Tasse Kaffee regalieren werde.

Ich aber las und hatte im Lesen bald alles um mich her vergessen.

So war ich denn wieder daheim in unserm Holstenlande; am Sonntage Cantate war es Anno 1661! – Mein Malgeräth und sonstiges Gepäcke hatte ich in der Stadt zurückgelassen und wanderte fröhlich fürbaß, die Straße durch den maiengrünen Buchenwald, der von der See ins Land hinaufsteigt. Vor mir her

flogen ab und zu ein paar Waldvöglein und letzeten ihren Durst an dem Wasser, so in den tiefen Radgeleisen stund; denn ein linder Regen war gefallen über Nacht und noch gar früh am Vormittage, so daß die Sonne den Waldesschatten noch nicht überstiegen hatte.
Der helle Drosselschlag, der von den Lichtungen zu mir scholl, fand seinen Widerhall in meinem Herzen. Durch die Bestellungen, so mein theurer Meister van der Helst im letzten Jahre meines Amsterdamer Aufenthalts mir zugewendet, war ich aller Sorge quitt geworden; einen guten Zehrpfennig und einen Wechsel auf Hamburg trug ich noch itzt in meiner Taschen; dazu war ich stattlich angethan: mein Haar fiel auf mein Mäntelchen mit feinem Grauwerk, und der Lütticher Degen fehlte nicht an meiner Hüfte.
Meine Gedanken aber eilten mir voraus; immer sah ich Herrn Gerhardus, meinen edlen großgünstigen Protector, wie er von der Schwelle seines Zimmers mir die Hände würd' entgegenstrecken, mit seinem milden Gruße: »So segne Gott deinen Eingang, mein Johannes!«
Er hatte einst mit meinem lieben, ach, gar zu früh in die ewige Herrlichkeit genommenen Vater zu Jena die Rechte studiret und war auch nachmals den Künsten und Wissenschaften mit Fleiße obgelegen, so daß er dem Hochseligen Herzog Friederich bei seinem edlen, wiewohl wegen der Kriegsläufte vergeblichen Bestreben um Errichtung einer Landesuniversität ein einsichtiger und eifriger Berather gewesen. Obschon ein adeliger Mann, war er meinem lieben Vater doch stets in Treuen zugethan blieben, hatte auch nach dessen seligem Hintritt sich meiner verwaisten Jugend mehr, als zu verhoffen, angenommen und nicht alleine meine sparsamen Mittel aufgebessert, sondern auch durch seine fürnehme Bekanntschaft unter dem Holländischen Adel es dahin gebracht, daß mein theurer Meister van der Helst mich zu seinem Schüler angenommen.
Meinte ich doch zu wissen, daß der verehrte Mann unversehrt auf seinem Herrenhofe sitze, wofür dem Allmächtigen nicht genug zu danken; denn, derweilen ich in der Fremde mich der Kunst beflissen, war daheim die Kriegsgreuel über das Land gekommen; so zwar, daß die Truppen, die gegen den kriegswüthigen Schweden dem Könige zum Beistand hergezogen, fast ärger als die Feinde selbst gehauset, ja selbst der Diener Gottes mehre-

re in jämmerlichen Tod gebracht. Durch den plötzlichen Hintritt des Schwedischen Carolus war nun zwar Friede; aber die grausamen Stapfen des Krieges lagen überall; manch Bauern- oder Käthnerhaus, wo man mich als Knaben mit einem Trunke süßer Milch bewirthet, hatte ich auf meiner Morgenwanderung niedergesenget am Wege liegen sehen und manches Feld in ödem Unkraut, darauf sonst um diese Zeit der Roggen seine grünen Spitzen trieb.

Aber solches beschwerete mich heut nicht allzu sehr; ich hatte nur Verlangen, wie ich dem edlen Herrn durch meine Kunst beweisen möchte, daß er Gab und Gunst an keinen Unwürdigen verschwendet habe; dachte auch nicht an Strolche und verlaufen Gesindel, das vom Kriege her noch in den Wäldern Umtrieb halten sollte. Wohl aber tückete mich ein anderes, und das war der Gedanke an den Junker Wulf. Er war mir nimmer hold gewesen, hatte wohl gar, was sein edler Vater an mir gethan, als einen Diebstahl an ihm selber angesehen; und manches Mal, wenn ich, wie öfters nach meines lieben Vaters Tode, im Sommer die Vacanz auf dem Gute zubrachte, hatte er mir die schönen Tage vergället und versalzen. Ob er anitzt in seines Vaters Hause sei, war mir nicht kund geworden, hatte nur vernommen, daß er noch vor dem Friedensschlusse bei Spiel und Becher mit den Schwedischen Offiziers Verkehr gehalten, was mit rechter Holstentreue nicht zu reimen ist.

Indem ich dieß bei mir erwog, war ich aus dem Buchenwalde in den Richtsteig durch das Tannenhölzchen geschritten, das schon dem Hofe nahe liegt. Wie liebliche Erinnerung umhauchte mich der Würzeduft des Harzes; aber bald trat ich aus dem Schatten in den vollen Sonnenschein hinaus; da lagen zu beiden Seiten die mit Haselbüschen eingehegten Wiesen, und nicht lange, so wanderte ich zwischen den zwo Reihen gewaltiger Eichbäume, die zum Herrensitz hinaufführen.

Ich weiß nicht, was für ein bang Gefühl mich plötzlich überkam, ohn alle Ursach, wie ich derzeit dachte; denn es war eitel Sonnenschein umher, und vom Himmel herab klang ein gar herzlich und ermunternd Lerchensingen. Und siehe, dort auf der Koppel, wo der Hofmann seinen Immenhof hat, stand ja auch noch der alte Holzbirnenbaum und flüsterte mit seinen jungen Blättern in der blauen Luft.

»Grüß dich Gott!« sagte ich leis, gedachte dabei aber weniger des Baumes, als vielmehr des holden Gottesgeschöpfes, in dem, wie es sich nachmals fügen mußte, all Glück und Leid und auch all nagende Buße meines Lebens beschlossen sein sollte, für jetzt und alle Zeit. Das war des edlen Herrn Gerhardus Töchterlein, des Junkers Wulfen einzig Geschwister.

Item, es war bald nach meines lieben Vaters Tode, als ich zum ersten Mal die ganze Vacanz hier verbrachte; sie war derzeit ein neunjährig Dirnlein, die ihre braunen Zöpfe lustig fliegen ließ; ich zählte um ein paar Jahre weiter. So trat ich eines Morgens aus dem Thorhaus; der alte Hofmann Dieterich, der ober der Einfahrt wohnt und neben dem als einem getreuen Mann mir mein Schlafkämmerlein eingeräumt war, hatte mir einen Eschenbogen zugerichtet, mir auch die Bolzen von tüchtigem Blei dazugegossen, und ich wollte nun auf die Raubvögel, deren genug bei dem Herrenhaus umherschrien; da kam sie vom Hofe auf mich zugesprungen.

»Weißt du, Johannes«, sagte sie; »ich zeig dir ein Vogelnest; dort in dem hohlen Birnbaum; aber das sind Rotschwänzchen, die darfst du ja nicht schießen!«

Damit war sie schon wieder vorausgesprungen; doch eh sie noch dem Baum auf zwanzig Schritte nah gekommen, sah ich sie jählings stille stehn. »Der Buhz, der Buhz!« schrie sie und schüttelte wie entsetzt ihre beiden Händlein in der Luft.

Es war aber ein großer Waldkauz, der ober dem Loche des hohlen Baumes saß und hinabschauete, ob er ein ausfliegend Vögelein erhaschen möge. »Der Buhz, der Buhz!« schrie die Kleine wieder. »Schieß, Johannes, schieß!« – Der Kauz aber, den die Freßgier taub gemacht, saß noch immer und stierete in die Höhlung. Da spannte ich meinen Eschenbogen und schoß, daß das Raubtier zappelnd auf dem Boden lag; aus dem Baume aber schwang sich ein zwitschernd Vöglein in die Luft.

Seit der Zeit waren Katharina und ich zwei gute Gesellen mit einander; in Wald und Garten, wo das Mägdlein war, da war auch ich. Darob aber mußte mir gar bald ein Feind erstehen; das war der Kurt von der Risch, dessen Vater eine Stunde davon auf seinem reichen Hofe saß. In Begleitung seines gelahrten Hofmeisters, mit dem Herr Gerhardus gern der Unterhaltung pflag, kam er oftmals auf Besuch; und da er jünger war als Junker Wulf, so war er wohl auf mich und Katharinen angewiesen; insonders aber schien das braune Herrentöchterlein ihm zu gefallen. Doch war das schier umsonst; sie lachte nur über seine krumme Vogelnase, die ihm, wie bei fast allen des Geschlechtes, unter buschigem Hauptthaar zwischen zwei merklich runden Augen saß. Ja, wenn sie seiner nur von fern gewahrte, so reckte sie wohl ihr Köpfchen vor und rief: »Johannes, der Buhz, der Buhz!« Dann versteckten wir uns hinter den Scheunen oder rannten wohl auch spornstreichs in den Wald hinein, der sich in einem Bogen um die Felder und danach wieder dicht an die Mauern des Gartens hinanzieht.

Darob, als der von der Risch deß inne wurde, kam es oftmals zwischen uns zum Haarraufen, wobei jedoch, da er mehr hitzig denn stark war, der Vortheil meist in meinen Händen blieb.

Als ich, um von Herrn Gerhardus Urlaub zu nehmen, vor meiner Ausfahrt in die Fremde zum letzten Mal, jedoch nur kurze Tage, hier verweilte, war Katharina schon fast wie eine Jungfrau; ihr braunes Haar lag itzt in einem goldnen Netz gefangen; in ihren Augen, wenn sie die Wimpern hob, war oft ein spielend Leuchten, das mich schier beklommen machte. Auch war ein alt gebrechlich Fräulein ihr zur Obhut beigegeben, so man im Hause nur »Bas' Ursel« nannte; sie ließ das Kind nicht aus den Augen und ging überall mit einer langen Tricotage neben ihr.

Als ich so eines Octobernachmittags im Schatten der Gartenhecken mit beiden auf und ab wandelte, kam ein lang aufgeschossener Gesell, mit spitzenbesetztem Lederwams und Federhut ganz alamode gekleidet, den Gang zu uns herauf; und siehe da, es war der Junker Kurt, mein alter Widersacher. Ich merkte allsogleich, daß er noch immer bei seiner schönen Nachbarin zu Hofe ging; auch daß insonders dem alten Fräulein solches zu gefallen schien. Das war ein »Herr Baron« auf alle Frag' und Antwort; dabei lachte sie höchst obligeant mit einer widrig feinen Stimme und hob die Nase unmäßig in die Luft; mich aber, wenn ich ja ein Wort dazwischen gab, nannte sie stetig »Er« oder kurzweg auch »Johannes«, worauf der Junker dann seine runden Augen einkniff und im Gegentheile that, als sähe er auf mich herab, obschon ich ihn um halben Kopfes Länge überragte.

Ich blickte auf Katharinen; die aber kümmerte sich nicht um mich, sondern ging sittig neben dem Junker, ihm manierlich Red und Antwort gebend; den kleinen rothen Mund aber verzog mitunter ein spöttisch stolzes Lächeln, so daß ich dachte: ›Getröste dich, Johannes; der Herrensohn schnellt itzo deine Waage in die Luft!‹ Trotzig blieb ich zurück und ließ die andern dreie vor mir gehen. Als aber diese in das Haus getreten waren und ich davor noch an Herrn Gerhardus' Blumenbeeten stand, darüber brütend, wie ich, gleich wie vormals, mit dem von der Risch ein tüchtig Haarraufen beginnen möchte, kam plötzlich Katharina wieder zurückgelaufen, riß neben mir eine Aster von den Beeten und flüsterte mir zu: »Johannes, weißt du was? Der Buhz sieht einem jungen Adler gleich; Bas' Ursel hat's gesagt!« Und fort war sie wieder, eh ich mich's versah. Mir aber war auf einmal all Trotz und Zorn wie weggeblasen. Was kümmerte mich itzund der Herr Baron! Ich lachte hell und fröhlich in den güldnen Tag hinaus; denn bei den übermüthigen Worten war wieder jenes süße Augenspiel gewesen. Aber diesmal hatte es mir gerad ins Herz geleuchtet.

Bald danach ließ mich Herr Gerhardus auf sein Zimmer rufen; er zeigte mir auf einer Karte noch einmal, wie ich die weite Reise nach Amsterdam zu machen habe, übergab mir Briefe an seine Freunde dort und sprach dann lange mit mir, als meines lieben seligen Vaters Freund. Denn noch selbigen Abends hatte ich zur Stadt zu gehen, von wo ein Bürger mich auf seinem Wagen mit nach Hamburg nehmen wollte.

Als nun der Tag hinabging, nahm ich Abschied. Unten im Zimmer saß Katharina an einem Stickrahmen; ich mußte der Griechischen Helena gedenken, wie ich sie jüngst in einem Kupferwerk gesehen; so schön erschien mir der junge Nacken, den das Mädchen eben über ihre Arbeit neigte. Aber sie war nicht allein; ihr gegenüber saß Bas' Ursel und las laut aus einem französischen Geschichtenbuche. Da ich näher trat, hob sie die Nase nach mir zu. »Nun, Johannes«, sagte sie, »Er will mir wohl Ade sagen? So kann Er auch dem Fräulein gleich Seine Reverenze machen!« – Da war schon Katharina von ihrer Arbeit aufgestanden; aber indem sie mir die Hand reichte, traten die Junker Wulf und Kurt mit großem Geräusch ins Zimmer; und sie sagte nur: »Leb wohl, Johannes!« Und so ging ich fort.

Im Thorhaus drückte ich dem alten Dietrich die Hand, der Stab und Ranzen schon für mich bereit hielt; dann wanderte ich zwischen den Eichbäumen auf die Waldstraße zu. Aber mir war dabei, als könne ich nicht recht fort, als hätt ich einen Abschied noch zu Gute, und stand oft still und schaute hinter mich. Ich war auch nicht den Richtweg durch die Tannen, sondern, wie von selber, den viel weiteren auf der großen Fahrstraße hingewandert. Aber schon kam vor mir das Abendroth überm Wald herauf, und ich mußte eilen, wenn mich die Nacht nicht überfallen sollte. »Ade, Katharina, ade!« sagte ich leise und setzte rüstig meinen Wanderstab in Gang.

Da, an der Stelle, wo der Fußsteig in die Straße mündet – in stürmender Freude stund das Herz mir still –, plötzlich aus dem Tannendunkel war sie selber da; mit glühenden Wangen kam sie hergelaufen, sie sprang über den trocknen Weggraben, daß die Fluth des seidenbraunen Haars dem güldnen Netz entstürzete; und so fing ich sie in meinen Armen auf. Mit glänzenden Augen, noch mit dem Odem ringend, schaute sie mich an. »Ich – ich bin ihnen fortgelaufen!« stammelte sie endlich; und dann, ein Päckchen in meine Hand drückend, fügte sie leis hinzu: »Von mir, Johannes! Und du sollst es nicht verachten!« Auf einmal aber wurde ihr Gesichtchen trübe; der kleine schwellende Mund wollte noch was reden, aber da brach ein Thränenquell aus ihren Augen, und wehmüthig ihr Köpfchen schüttelnd, riß sie sich hastig los. Ich sah ihr Kleid im finstern Tannensteig verschwinden; dann in der Ferne hört ich noch die Zweige rauschen, und dann stand ich allein. Es war so still, die Blätter konnte man fallen hören. Als ich das Päckchen aus einander ſaltete, da war's ihr güldner Pathenpfennig, so sie mir oft gezeigt hatte; ein Zettlein lag dabei, das las ich nun beim Schein des Abendrothes. »Damit du nicht in Noth gerathest«, stund darauf geschrieben. – Da streckt ich meine Arme in die leere Luft: »Ade, Katharina, ade, ade!« – wohl hundertmal rief ich es in den stillen Wald hinein; – und erst mit sinkender Nacht erreichte ich die Stadt.

– – Seitdem waren fast fünf Jahre dahingegangen. – Wie würd ich heute alles wiederfinden?

Und schon war ich am Thorhaus und sah drunten im Hof die alten Linden, hinter deren lichtgrünem Laub die beiden Zackengiebel des Herrenhauses itzt verborgen lagen. Als ich aber durch den Thorweg gehen wollte, jagten vom Hofe her zwei fahlgraue Bullenbeißer mit Stachelhalsbändern gar wild gegen mich heran; sie erhuben ein erschreckliches Geheul, der eine sprang auf mich und fletschete seine weißen Zähne dicht vor meinem Antlitz. Solch einen Willkommen hatte ich noch niemalen hier empfangen. Da, zu meinem Glück, rief aus den Kammern ober dem

Thore eine rauhe, aber mir gar traute Stimme. »Hallo!« rief sie, »Tartar, Türk!« Die Hunde ließen von mir ab, ich hörte es die Stiege herabkommen, und aus der Thür, so unter dem Thorgang war, trat der alte Dieterich.

Als ich ihn anschaute, sahe ich wohl, daß ich lang in der Fremde gewesen sei; denn sein Haar war schlohweiß geworden, und seine sonst so lustigen Augen blickten gar matt und betrübsam auf mich hin. »Herr Johannes!« sagte er endlich und reichte mir seine beiden Hände.

»Grüß Ihn Gott, Dieterich!« entgegnete ich. »Aber seit wann haltet Ihr solche Bluthunde auf dem Hof, die die Gäste anfallen gleich den Wölfen?«

»Ja, Herr Johannes«, sagte der Alte, »die hat der Junker hergebracht.«

»Ist denn der daheim?«

Der Alte nickte.

»Nun«, sagte ich, »die Hunde mögen schon vonnöthen sein; vom Krieg her ist noch viel verlaufen Volk zurückgeblieben.«

»Ach, Herr Johannes!« Und der alte Mann stund immer noch, als wolle er mich nicht zum Hof hinauf lassen. »Ihr seid in schlimmer Zeit gekommen!«

Ich sah ihn an, sagte aber nur: »Freilich, Dieterich; aus mancher Fensterhöhlung schaut statt des Bauern itzt der Wolf heraus; hab dergleichen auch gesehen; aber es ist ja Frieden worden, und der gute Herr im Schloß wird helfen, seine Hand ist offen.«

Mit diesen Worten wollte ich, obschon die Hunde mich wieder anknurreten, auf den Hof hinausgehen; aber der Greis trat mir in den Weg. »Herr Johannes«, rief er, »ehe Ihr weiter gehet, höret mich an! Euer Brieflein ist zwar richtig mit der Königlichen Post von Hamburg kommen; aber den rechten Leser hat es nicht mehr finden können.«

»Dieterich!« schrie ich. »Dieterich!«

» – Ja, ja, Herr Johannes! Hier ist die gute Zeit vorbei; denn unser theurer Herr Gerhardus liegt aufgebahret dort in der Kapellen, und die Gueridons brennen an seinem Sarge. Es wird nun anders werden auf dem Hofe; aber – ich bin ein höriger Mann, mir ziemet Schweigen.«

Ich wollte fragen: »Ist das Fräulein, ist Katharina noch im Hause?« Aber das Wort wollte nicht über meine Zunge.

Drüben, in einem hinteren Seitenbau des Herrenhauses, war eine kleine Kapelle, die aber, wie ich wußte, seit lange nicht benutzt war. Dort also sollte ich Herrn Gerhardus suchen.

Ich fragte den alten Hofmann: »Ist die Kapelle offen?«, und als er es bejahete, bat ich ihn, die Hunde anzuhalten; dann ging ich über den Hof, wo niemand mir begegnete; nur einer Grasmücke Singen kam oben aus den Lindenwipfeln.

Die Thür zur Kapellen war nur angelehnt, und leis und gar beklommen trat ich ein. Da stund der offene Sarg, und die rothe Flamme der Kerzen warf ihr flackernd Licht auf das edle Antlitz des geliebten Herrn; die Fremdheit des Todes, so darauf lag, sagte mir, daß er itzt eines andern Lands Genosse sei. Indem ich aber neben dem Leichnam zum Gebete hinknien wollte, erhub sich über den Rand des Sarges mir genüber ein junges blasses Antlitz, das aus schwarzen Schleiern fast erschrocken auf mich schaute.

Aber nur, wie ein Hauch verweht, so blickten die braunen Augen herzlich zu mir auf, und es war fast wie ein Freudenruf: »O Johannes, seid Ihr's denn? Ach, Ihr seid zu spät gekommen!« Und über dem Sarge hatten unsere Hände sich zum Gruß gefaßt; denn es war Katharina, und sie war so schön geworden, daß hier im Angesicht des Todes ein heißer Puls des Lebens mich durchfuhr. Zwar, das spielende Licht der Augen lag itzt zurückgeschrecket in der Tiefe; aber aus dem schwarzen Häubchen drängten sich die braunen Löcklein, und der schwellende Mund war um so röther in dem blassen Antlitz.

Und fast verwirret auf den Todten schauend, sprach ich: »Wohl kam ich in der Hoffnung, an seinem lebenden Bilde ihm mit meiner Kunst zu danken, ihm manche Stunde genüber zu sitzen und sein mild und lehrreich Wort zu hören. Laßt mich denn nun die bald vergehenden Züge festzuhalten suchen.«

Und als sie unter Thränen, die über ihre Wangen strömten, stumm zu mir hinübernickte, setzte ich mich in ein Gestühlte und begann auf einem von den Blättchen, die ich bei mir führte, des Todten Antlitz nachzubilden. Aber meine Hand zitterte; ich weiß nicht, ob alleine vor der Majestät des Todes.

Während dem vernahm ich draußen vom Hofe her eine Stimme, die ich für die des Junker Wulf erkannte; gleich danach schrie ein Hund wie nach einem Fußtritt oder Peitschenhiebe; und dann ein Lachen und einen Fluch von einer andern Stimme, die mir gleicherweise bekannt deuchte.

Als ich auf Katharinen blickte, sah ich sie mit schier entsetzten Augen nach dem Fenster starren; aber die Stimmen und die Schritte gingen vorüber. Da erhub sie sich, kam an meine Seite und sahe zu, wie des Vaters Antlitz unter meinem Stift entstund. Nicht lange, so kam draußen ein einzelner Schritt zurück; in demselben Augenblick legte Katharina die Hand auf meine Schulter, und ich fühlte, wie ihr junger Körper bebte.
Sogleich auch wurde die Kapellenthür aufgerissen; und ich erkannte den Junker Wulf, obschon sein sonsten bleiches Angesicht itzt roth und aufgedunsen schien.
»Was huckst du allfort an dem Sarge!« rief er zu der Schwester. »Der Junker von der Risch ist da gewesen, uns seine Condolenze zu bezeigen; du hättest ihm wohl den Trunk kredenzen mögen!«
Zugleich hatte er meiner wahrgenommen und bohrete mich mit seinen kleinen Augen an. – »Wulf«, sagte Katharina, indem sie mit mir zu ihm trat; »es ist Johannes, Wulf.«
Der Junker fand nicht vonnöthen, mir die Hand zu reichen; er musterte nur mein violenfarben Wams und meinte: »Du trägst da einen bunten Federbalg; man wird dich ›Sieur‹ nun titulieren müssen!«
»Nennt mich, wie's Euch gefällt!« sagte ich, indem wir auf den Hof hinaustraten. »Obschon mir dorten, von wo ich komme, das ›Herr‹ vor meinem Namen nicht gefehlet – Ihr wißt wohl, Eueres Vaters Sohn hat großes Recht an mir.«
Er sah mich was verwundert an, sagte dann aber nur: »Nun wohl, so magst du zeigen, was du für meines Vaters Gold erlernet hast; und soll dazu der Lohn für deine Arbeit dir nicht verhalten sein.«
Ich meinete, was den Lohn anginge, den hätte ich längst vorausbekommen; da aber der Junker entgegnete, er werd es halten, wie sich's für einen Edelmann gezieme, so fragte ich, was für Arbeit er mir aufzutragen hätte.
»Du weißt doch«, sagte er und hielt dann inne, indem er scharf auf seine Schwester blickte – »wenn eine adelige Tochter das Haus verläßt, so muß ihr Bild darin zurückbleiben.«
Ich fühlte, daß bei diesen Worten Katharina, die an meiner Seite ging, gleich einer Taumelnden nach meinem Mantel haschte; aber ich entgegnete ruhig: »Der Brauch ist mir bekannt; doch, wie meinet Ihr denn, Junker Wulf?«

»Ich meine«, sagte er hart, als ob er einen Gegenspruch erwarte, »daß du das Bildniß der Tochter dieses Hauses malen sollst!«

Mich durchfuhr's fast wie ein Schrecken; weiß nicht, ob mehr über den Ton oder die Deutung dieser Worte; dachte auch, zu solchem Beginnen sei itzt kaum die rechte Zeit.

Da Katharina schwieg, aus ihren Augen aber ein flehentlicher Blick mir zuflog, so antwortete ich: »Wenn Eure edle Schwester es mir vergönnen will, so hoffe ich Eueres Vaters Protection und meines Meisters Lehre keine Schande anzuthun. Räumet mir nur wieder mein Kämmerlein ober dem Thorweg bei dem alten Dieterich, so soll geschehen, was Ihr wünschet.«

Der Junker war das zufrieden und sagte auch seiner Schwester, sie möge einen Imbiß für mich richten lassen.

Ich wollte über den Beginn meiner Arbeit noch eine Frage thun; aber ich verstummte wieder, denn über den empfangenen Auftrag war plötzlich eine Entzückung in mir aufgestiegen, daß ich fürchtete, sie könne mit jedem Wort hervorbrechen. So war ich auch der zwo grimmen Köter nicht gewahr geworden, die dort am Brunnen sich auf den heißen Steinen sonnten. Da wir aber näher kamen, sprangen sie auf und fuhren mit offenem Rachen gegen mich, daß Katharina einen Schrei that, der Junker aber einen schrillen Pfiff, worauf sie heulend ihm zu Füßen krochen. »Beim Höllenelemente«, rief er lachend, »zwo tolle Kerle; gilt ihnen gleich, ein Sauschwanz oder Flandrisch Tuch!«

»Nun, Junker Wulf« – ich konnte der Rede mich nicht wohl enthalten – »soll ich noch einmal Gast im Eueres Vaters Hause sein, so möget Ihr Euere Thiere bessere Sitte lehren!«

Er blitzte mich mit seinen kleinen Augen an und riß sich ein paar Mal in seinen Zwickelbart. »Das ist nur so ihr Willkommensgruß, Sieur Johannes!« sagte er dann, indem er sich bückte, um die Bestien zu streicheln. »Damit jedweder wisse, daß ein ander Regiment allhier begonnen; denn – wer mir in die Quere kommt, den hetz ich in des Teufels Rachen!«

Bei den letzten Worten, die er heftig ausgestoßen, hatte er sich hoch aufgerichtet; dann pfiff er seinen Hunden und schritt über den Hof dem Thore zu.

Ein Weilchen schaute ich hinterdrein; dann folgte ich Katharinen, die unter dem Lindenschatten stumm und gesenkten Hauptes die Freitreppe zu dem Herrenhaus emporstieg; ebenso schweigend gingen wir mitsammen die breiten Stufen in das Oberhaus hinauf, allwo wir in des seligen Herrn Gerhardus Zimmer traten. – Hier war noch alles, wie ich es vordem gesehen; die goldgeblümten Ledertapeten, die Karten an der Wand, die saubern Pergamentbände auf den Regalen, über dem Arbeitstische der schöne Waldgrund von dem älteren Ruisdael – und dann davor der leere Sessel. Meine Blicke blieben daran haften; gleichwie drunten in der Kapellen der Leib des Entschlafenen, so schien auch dies Gemach mir itzt entseelet und, obschon vom Walde draußen der junge Lenz durchs Fenster leuchtete, doch gleichsam von der Stille des Todes wie erfüllet.

Ich hatte auf Katharinen in diesem Augenblicke fast vergessen. Da ich mich umwandte, stand sie schier reglos mitten in dem Zimmer, und ich sah, wie unter den kleinen Händen, die sie daraufgepreßt hielt, ihre Brust in ungestümer Arbeit ging. »Nicht wahr«, sagte sie leise, »hier ist itzt niemand mehr; niemand als mein Bruder und seine grimmen Hunde?«

»Katharina!« rief ich, »was ist Euch? Was ist das hier in Eueres Vaters Haus?«

»Was es ist, Johannes?« Und fast wild ergriff sie meine beiden Hände; und ihre jungen Augen sprühten wie in Zorn und Schmerz. »Nein, nein; laß erst den Vater in seiner Gruft zur Ruhe kommen! Aber dann – du sollst mein Bild ja malen, du wirst eine Zeitlang hier verweilen – dann, Johannes, hilf mir; um des Todten willen, hilf mir!«

Auf solche Worte, von Mitleid und von Liebe ganz bezwungen, fiel ich vor der Schönen, Süßen nieder und schwur ihr mich und alle meine Kräfte zu. Da lösete sich ein sanfter Thränenquell aus ihren Augen, und wir saßen neben einander und sprachen lang zu des Entschlafenen Gedächtniß.

Als wir sodann wieder in das Unterhaus hinabgingen, fragte ich auch dem alten Fräulein nach.

»Oh«, sagte Katharina, »Bas' Ursel! Wollt Ihr sie begrüßen? Ja, die ist auch noch da; sie hat hier unten ihr Gemach, denn die Treppen sind ihr schon längst zu beschwerlich.«

Wir traten also in ein Stübchen, das gegen den Garten lag, wo auf den Beeten vor den grünen Heckenwänden soeben die Tulpen aus der Erde brachen. Bas' Ursel saß, in der schwarzen Tracht und Krepphaube nur wie ein schwindend Häufchen anzuschauen, in einem hohen Sessel und hatte ein Nonnenspielchen vor sich, das, wie sie nachmals mir erzählte, der Herr Baron – nach seines

Vaters Ableben war er solches itzund wirklich – ihr aus Lübeck zur Verehrung mitgebracht.
»So«, sagte sie, da Katharina mich genannt hatte, indeß sie behutsam die helfenbeinern Pflöcklein um einander steckte, »ist Er wieder da, Johannes? – Nein, es geht nicht aus! O, c'est un jeu très-compliqué!«
Dann warf sie die Pflöcklein über einander und schauete mich an. »Ei«, meinte sie, »Er ist gar stattlich angethan; aber weiß Er denn nicht, daß Er in ein Trauerhaus getreten ist?«
»Ich weiß es, Fräulein«, entgegnete ich, »aber da ich in das Thor trat, wußte ich es nicht.«
»Nun«, sagte sie und nickte gar begütigend, »so eigentlich gehöret Er ja auch nicht zur Dienerschaft.«
Über Katharinens blasses Antlitz flog ein Lächeln, wodurch ich mich jeder Antwort wohl enthoben halten mochte. Vielmehr rühmte ich der alten Dame die Anmuth ihres Wohngemaches; denn auch der Epheu von dem Thürmchen, das draußen an der Mauer aufstieg, hatte sich nach dem Fenster hingesponnen und wiegete seine grünen Ranken vor den Scheiben.
Aber Bas' Ursel meinete, ja, wenn nur nicht die Nachtigallen wären, die itzt schon wieder anhüben mit ihrer Nachtunruhe; sie könne ohnedem den Schlaf nicht finden; und dann auch sei es schier zu abgelegen; das Gesinde sei von hier aus nicht im Aug zu halten; im Garten draußen aber passire eben nichts, als etwan, wann der Gärtnerbursche an den Hecken oder Buchsrabatten putze.
– Und damit hatte der Besuch seine Endschaft, denn Katharina mahnte, es sei nachgerade an der Zeit, meinen wegemüden Leib zu stärken.
Ich war nun in meinem Kämmerchen ober dem Hofthor einlogiret, dem alten Dieterich zur sondern Freude; denn am Feierabend saßen wir auf seiner Tragkist, und ließ ich mir, gleich wie in der Knabenzeit, von ihm erzählen. Er rauchte dann wohl eine Pfeife Tabak, welche Sitte durch das Kriegsvolk auch hier in Gang gekommen war, und holete allerlei Geschichten aus den Drangsalen, so sie durch die fremden Truppen auf dem Hof und unten in dem Dorf hatten erleiden müssen; einmal aber, da ich seine Rede auf das gute Frölen Katharina gebracht und er erst nicht hatt ein Ende finden können, brach er gleichwohl plötzlich ab und schauete mich an.

»Wisset Ihr, Herr Johannes«, sagte er, »'s ist grausam schad, daß Ihr nicht auch ein Wappen habet gleich dem von der Risch da drüben!«
Und da solche Rede mir das Blut ins Gesicht jagete, klopfte er mit seiner harten Hand mir auf die Schulter, meinend: »Nun, nun, Herr Johannes; 's war ein dummes Wort von mir; wir müssen freilich bleiben, wo uns der Herrgott hingesetzet.«
Weiß nicht, ob ich derzeit mit solchem einverstanden gewesen, fragete aber nur, was der von der Risch denn itzund für ein Mann geworden.
Der Alte sah mich gar pfiffig an und paffte aus seinem kurzen Pfeiflein, als ob das theure Kraut am Feldrain wüchse. »Wollet Ihr's wissen, Herr Johannes?« begann er dann. »Er gehöret zu denen muntern Junkern, die im Kieler Umschlag den Bürgersleuten die Knöpfe von den Häusern schießen; Ihr möget glauben, er hat treffliche Pistolen! Auf der Geigen weiß er nicht so gut zu spielen; da er aber ein lustig Stücklein liebt, so hat er letzthin den Rathausmusikanten, der überm Holstenthore wohnt, um Mitternacht mit seinem Degen aufgeklopfet, ihm auch nicht Zeit gelassen, sich Wams und Hosen anzuthun. Statt der Sonnen stand aber der Mond am Himmel, es war octavis trium regum und fror Pickelsteine; und hat also der Musikante, den Junker mit dem Degen hinter sich, im blanken Hemde vor ihm durch die Gassen geigen müssen! – – Wollet Ihr mehr noch wissen, Herr Johannes? – Zu Haus bei ihm freuen sich die Bauern, wenn der Herrgott sie nicht mit Töchtern gesegnet; und dennoch – – aber nach seines Vaters Tode hat er Geld, und unser Junger, Ihr wisset's wohl, hat schon vorher von seinem Erbe aufgezehrt.«
Ich wußte freilich nun genug; auch hatte der alte Dieterich schon mit seinem Spruche: »Aber ich bin nur ein höriger Mann«, seiner Rede Schluß gemacht.
– – Mit meinem Malgeräth war auch meine Kleidung aus der Stadt gekommen, wo ich im Goldenen Löwen Alles abgeleget, so daß ich anitzt, wie es sich ziemete, in dunkler Tracht einherging. Die Tagesstunden aber wandte ich zunächst in meinen Nutzen. Nämlich, es befand sich oben im Herrenhause neben des seligen Herrn Gemach ein Saal, räumlich und hoch, dessen Wände fast völlig von lebensgroßen Bildern verhänget waren, so daß nur noch neben dem Kamin ein Platz zu zweien offen

stund. Es waren das die Voreltern des Herrn Gerhardus, meist ernst und sicher blickende Männer und Frauen, mit einem Antlitz, dem man wohl vertrauen konnte; er selbsten in kräftigem Mannesalter und Katharinens früh verstorbene Mutter machten dann den Schluß. Die beiden letzten Bilder waren gar trefflich von unserem Landsmanne, dem Eiderstedter Georg Ovens, in seiner kräftigen Art gemalet; und ich suchte nun mit meinem Pinsel die Züge meines edlen Beschützers nachzuschaffen; zwar in verjüngtem Maßstabe und nur mir selber zum Genügen; doch hat es später zu einem größeren Bildniß mir gedienet, das noch itzt hier in meiner einsamen Kammer die theuerste Gesellschaft meines Alters ist. Das Bildniß seiner Tochter aber lebt mit mir in meinem Innern.

Oft, wenn ich die Palette hingelegt, stand ich noch lange vor den schönen Bildern. Katharinens Antlitz fand ich in dem der beiden Eltern wieder: des Vaters Stirn, der Mutter Liebreiz um die Lippen; wo aber war hier der harte Mundwinkel, das kleine Auge des Junker Wulf? – Das mußte tiefer aus der Vergangenheit heraufgekommen sein! Langsam ging ich die Reih der älteren Bildnisse entlang, bis über hundert Jahre weit hinab. Und siehe, da hing im schwarzen, von den Würmern schon zerfressenen Holzrahmen ein Bild, vor dem ich schon als Knabe, als ob's mich hielte, still gestanden war. Es stellete eine Edelfrau von etwa vierzig Jahren vor; die kleinen grauen Augen sahen kalt und stechend aus dem harten Antlitz, das nur zur Hälfte zwischen dem weißen Kinntuch und der Schleierhaube sichtbar wurde. Ein leiser Schauer überfuhr mich vor der so lang schon heimgegangenen Seele; und ich sprach zu mir: ›Hier, diese ist's! Wie räthselhafte Wege gehet die Natur! Ein saeculum und drüber rinnt es heimlich wie unter einer Decke im Blute der Geschlechter fort; dann, längst vergessen, taucht es plötzlich wieder auf, den Lebenden zum Unheil. Nicht vor dem Sohn des edlen Gerhardus; vor dieser hier und ihres Blutes nachgeborenem Sprößling soll ich Katharinen schützen.‹ Und wieder trat ich vor die beiden jüngsten Bilder, an denen mein Gemüthe sich erquickte.

So weilte ich derzeit in dem stillen Saale, wo um mich nur die Sonnenstäublein spielten, unter den Schatten der Gewesenen.

Katharinen sah ich nur beim Mittagstische, das alte Fräulein und den Junker Wulf zur Seiten; aber wofern Bas' Ursel nicht in ihren hohen Tönen redete, so war es stets ein stumm und betrübsam Mahl, so daß mir oft der Bissen im Munde quoll. Nicht die Trauer um den Abgeschiedenen war deß Ursach, sondern es lag zwischen Bruder und Schwester, als sei das Tischtuch durchgeschnitten zwischen ihnen. Katharina, nachdem sie fast die Speisen nicht berührt, entfernte sich allzeit bald, mich kaum nur mit den Augen grüßend; der Junker aber, wenn ihm die Laune stund, suchte mich dann beim Trunke festzuhalten; hatte mich also hiegegen und, so ich nicht hinaus wollte über mein gestecktes Maß, überdem wider allerart Flosculn zu wehren, welche gegen mich gespitzet wurden.

Inzwischen, nachdem der Sarg schon mehrere Tage geschlossen gewesen, geschahe die Beisetzung des Herrn Gerhardus drunten in der Kirche des Dorfes, allwo das Erbbegräbniß ist und wo itzt seine Gebeine bei denen seiner Voreltern ruhen, mit denen der Höchste ihnen dereinst eine fröhliche Urständ wolle bescheren!

Es waren aber zu solcher Trauerfestlichkeit zwar mancherlei Leute aus der Stadt und den umliegenden Gütern gekommen, von Angehörigen aber fast wenige und auch diese nur entfernte, maßen der Junker Wulf der Letzte seines Stammes war und des Herrn Gerhardus Ehgemahl nicht hiesigen Geschlechts gewesen; darum es auch geschahe, daß in der Kürze alle wieder abgezogen sind.

Der Junker drängte nun selbst, daß ich mein aufgetragen Werk begönne, wozu ich droben in dem Bildersaale an einem nach Norden zu belegenen Fenster mir schon den Platz erwählet hatte. Zwar kam Bas' Ursel, die wegen ihrer Gicht die Treppen nicht hinauf konnte, und meinete, es möge am besten in ihrer Stuben oder im Gemach daran geschehen, so sei es uns beiderseits zur Unterhaltung; ich aber, solcher Gevatterschaft gar gern entrathend, hatte an der dortigen Westsonne einen rechten Malergrund dagegen, und konnte alles Reden ihr nicht nützen. Vielmehr war ich am andern Morgen schon dabei, die Nebenfenster des Saales zu verhängen und die hohe Staffelei zu stellen, so ich mit Hülfe Dieterichs mir selber in den letzten Tagen angefertigt.

Als ich eben den Blendrahmen mit der Leinewand darauf gelegt, öffnete sich die Thür aus Herrn Gerhardus' Zimmer, und Katharina trat herein. – Aus was für Ursach, wäre schwer zu sagen; aber ich empfand, daß wir uns dießmal fast erschrocken gegenüber standen; aus der schwarzen Kleidung, die sie nicht abgeleget, schaute das junge Antlitz in gar süßer Verwirrung zu mir auf.

»Katharina«, sagte ich, »Ihr wisset, ich soll Euer Bildniß malen; duldet Ihr's auch gern?«

Da zog ein Schleier über ihre braunen Augensterne, und sie sagte leise: »Warum doch fragt Ihr so, Johannes?«

Wie ein Thau des Glückes sank es in mein Herz. »Nein, nein, Katharina! Aber sagt, was ist, worin kann ich Euch dienen? – Setzet Euch, damit wir nicht so müßig überrascht werden, und dann sprecht! Oder vielmehr, ich weiß es schon. Ihr braucht mir's nicht zu sagen!«

Aber sie setzte sich nicht, sie trat zu mir heran. »Denket Ihr noch, Johannes, wie Ihr einst den Buhz mit Euerem Bogen niederschosset? Das thut dießmal nicht noth, obschon er wieder ob dem Neste lauert; denn ich bin kein Vöglein, das sich von ihm zerreißen läßt. Aber, Johannes – ich habe einen Blutsfreund –, hilf mir wider den!«

»Ihr meinet Eueren Bruder, Katharina!«

– »Ich habe keinen andern. – – Dem Manne, den ich hasse, will er mich zum Weibe geben! Während unseres Vaters langem Siechbett habe ich den schändlichen Kampf mit ihm gestritten, und erst an seinem Sarg hab ich's ihm abgetrotzt, daß ich in Ruhe um den Vater trauern mag; aber ich weiß, auch das wird er nicht halten.«

Ich gedachte eines Stiftsfräuleins zu Preetz, Herrn Gerhardus' einzigen Geschwisters, und meinete, ob die nicht um Schutz und Zuflucht anzugehen sei.

Katharina nickte. »Wollt Ihr mein Bote sein, Johannes? – Geschrieben habe ich ihr schon, aber in Wulfs Hände kam die Antwort, und auch erfahren habe ich sie nicht, nur die ausbrechende Wuth meines Bruders, die selbst das Ohr des Sterbenden erfüllet hätte, wenn es noch offen gewesen wäre für den Schall der Welt; aber der gnädige Gott hatte das geliebte Haupt schon mit dem letzten Erdenschlummer zugedecket.«

Katharina hatte sich nun doch auf meine Bitte mir genüber gesetzet, und ich begann die Umrisse auf die Leinewand zu zeichnen. So kamen wir zu ruhiger Berathung; und da ich, wenn die Arbeit weiter vorgeschritten, nach Hamburg mußte, um bei dem Holzschnitzer einen Rahmen zu bestellen, so stelleten wir fest, daß ich alsdann den Umweg über Preetz nähme und also meine Botschaft ausrichtete. Zunächst jedoch sei emsig an dem Werk zu fördern.

Es ist gar oft ein seltsam Widerspiel im Menschenherzen. Der Junker mußte es schon wissen, daß ich zu seiner Schwester stand; gleichwohl – hieß nun sein Stolz ihn, mich gering zu schätzen, oder glaubte er mit seiner ersten Drohung mich genug geschrekket –, was ich besorget, traf nicht ein; Katharina und ich waren am ersten wie an den andern Tagen von ihm ungestöret. Einmal zwar trat er ein und schalt mit Katharina wegen ihrer Trauerkleidung, warf aber dann die Thür hinter sich, und wir hörten ihn bald auf dem Hofe ein Reiterstücklein pfeifen. Ein ander Mal noch hatte er den von der Risch an seiner Seite. Da Katharina eine heftige Bewegung machte, bat ich sie, auf ihrem Platz zu bleiben, und malete ruhig weiter. Seit dem Begräbnißtage, wo ich einen fremden Gruß mit ihm getauschet, hatte der Junker Kurt sich auf dem Hofe nicht gezeigt; nun trat er näher und beschauete das Bild und redete gar schöne Worte, meinete aber auch, weshalb das Fräulein sich so sehr vermummet und nicht vielmehr ihr seidig Haar in freien Locken auf den Nacken habe wallen lassen; wie es ein Engelländischer Poet so trefflich ausgedrücket, »rückwärts den Winden leichte Küsse werfend.« Katharina aber, die bisher geschwiegen, wies auf Herrn Gerhardus' Bild und sagte: »Ihr wisset wohl nicht mehr, daß das mein Vater war!«

Was Junker Kurt hierauf entgegnete, ist mir nicht mehr erinnerlich; meine Person aber schien ihm ganz nicht gegenwärtig oder doch nur gleich einer Maschine, wodurch ein Bild sich auf die Leinewand malete. Von letzterem begann er über meinen Kopf hin dieß und jenes noch zu reden; da aber Katharina nicht mehr Antwort gab, so nahm er alsbald seinen Urlaub, der Dame angenehme Kurzweil wünschend.

Bei diesem Wort jedennoch sah ich aus seinen Augen einen raschen Blick gleich einer Messerspitze nach mir zücken.

– – Wir hatten nun weitere Störniß nicht zu leiden, und mit der Jahreszeit rückte auch die Arbeit vor. Schon stand auf den Waldkoppeln draußen der Roggen in silbergrauem Blust, und unten im Garten brachen schon die Rosen auf; wir beide aber – ich mag es heut wohl niederschreiben –, wir hätten itzund die Zeit gern stille stehen lassen; an meine Botenreise wagten, auch nur mit einem Wörtlein, weder sie noch ich zu rühren. Was wir gesprochen, wüßte ich kaum zu sagen; nur daß ich von meinem Leben in der Fremde ihr erzählte und wie ich immer heim gedacht; auch daß ihr güldner Pfennig mich in Krankheit einst vor Noth bewahrt, wie sie in ihrem Kinderherzen es damals fürgesorget, und wie ich später dann gestrebt und mich geängstigt, bis ich das Kleinod aus dem Leihhaus mir zurückgewonnen hatte. Dann lächelte sie glücklich; und dabei blühete aus dem dunkeln Grund des Bildes immer süßer das holde Antlitz auf; mir war's, als schaue mich etwas heiß aus ihren Augen an; doch wollte ich es dann fassen, so floh es scheu zurück; und dennoch floß es durch den Pinsel heimlich auf die Leinewand, so daß mir selber kaum bewußt ein sinnberückend Bild entstand, wie nie zuvor und nie nachher ein solches aus meiner Hand gegangen ist. – – Und endlich war's doch an der Zeit und festgesetzet, am andern Morgen sollte ich meine Reise antreten.

Als Katharina mir den Brief an ihre Base eingehändigt, saß sie noch einmal mir genüber. Es wurde heute mit Worten nicht gespielet; wir sprachen ernst und sorgenvoll mitsammen; indessen setzete ich noch hie und da den Pinsel an, mitunter meine Blicke auf die schweigende Gesellschaft an den Wänden werfend, deren ich in Katharinens Gegenwart sonst kaum gedacht hatte.

Da, unter dem Malen, fiel mein Auge auch auf jenes alte Frauenbildniß, das mir zur Seite hing und aus den weißen Schleiertüchern die stechend grauen Augen auf mich gerichtet hielt. Mich fröstelte, ich hätte nahezu den Stuhl verrücket.

Aber Katharinens süße Stimme drang mir in das Ohr: »Ihr seid ja fast erbleichet; was flog Euch übers Herz, Johannes?«

Ich zeigte mit dem Pinsel auf das Bild. »Kennet Ihr die, Katharina? Diese Augen haben hier all die Tage auf uns hingesehen.«

»Die da? – Vor der hab ich schon als Kind eine Furcht gehabt, und gar bei Tage bin ich oft wie blind hier durchgelaufen. Es ist die Gemahlin eines früheren Gerhardus; vor weit über hundert Jahren hat sie hier gehauset.«

»Sie gleicht nicht Euerer schönen Mutter«, entgegnete ich; »dies Antlitz hat wohl vermocht, einer jeden Bitte nein zu sagen.«

Katharina sah gar ernst zu mir herüber. »So heißt's auch«, sagte sie, »sie soll ihr einzig Kind verfluchet haben; am andern Morgen aber hat man das blasse Fräulein aus einem Gartenteich ge-

zogen, der nachmals zugedämmet ist. Hinter den Hecken, dem Walde zu, soll es gewesen sein.«
»Ich weiß, Katharina; es wachsen heut noch Schachtelhalm und Binsen aus dem Boden.«
»Wisset Ihr denn auch, Johannes, daß eine unseres Geschlechtes sich noch immer zeigen soll, sobald dem Hause Unheil droht? Man sieht sie erst hier an den Fenstern gleiten, dann draußen in dem Gartensumpf verschwinden.«
Ohnwillens wandten meine Augen sich wieder auf die unbeweglichen des Bildes. »Und weshalb«, fragte ich, »verfluchte sie ihr Kind?«
»Weshalb?« – Katharina zögerte ein Weilchen und blickte mich fast verwirret an mit allem ihrem Liebreiz. »Ich glaub, sie wollte den Vetter ihrer Mutter nicht zum Ehgemahl.«
– »War es denn ein gar so übler Mann?«
Ein Blick fast wie ein Flehen flog zu mir herüber, und tiefes Rosenroth bedeckte ihr Antlitz. »Ich weiß nicht«, sagte sie beklommen; und leiser, daß ich's kaum vernehmen mochte, setzte sie hinzu: »Es heißt, sie hab einen andern lieb gehabt; der war nicht ihres Standes.«
Ich hatte den Pinsel sinken lassen; denn sie saß vor mir mit gesenkten Blicken; wenn nicht die kleine Hand sich leis aus ihrem Schoße auf ihr Herz geleget, so wäre sie selber wie ein leblos Bild gewesen.
So hold es war, ich sprach doch endlich: »So kann ich ja nicht malen; wollet Ihr mich nicht ansehen, Katharina?«
Und als sie nun die Wimpern von den braunen Augensternen hob, da war kein Hehlens mehr; heiß und offen ging der Strahl zu meinem Herzen. »Katharina!« Ich war aufgesprungen. »Hätte jene Frau auch dich verflucht?«
Sie athmete tief auf. »Auch mich, Johannes!« – Da lag ihr Haupt an meiner Brust, und fest umschlossen standen wir vor dem Bild der Ahnfrau, die kalt und feindlich auf uns niederschauete.
Aber Katharina zog mich leise fort. »Laß uns nicht trotzen, mein Johannes!« sagte sie. – Mit Selbigem hörte ich im Treppenhause ein Geräusch, und war es, als wenn etwas mit dreien Beinen sich mühselig die Stiegen heraufarbeitete. Als Katharina und ich uns deshalb wieder an unsern Platz gesetzet und ich Pinsel und Palette zur Hand genommen hatte, öffnete sich die Thür, und Bas' Ursel, die wir wohl zuletzt erwartet hätten, kam an ihrem Stock

hereingehustet. »Ich höre«, sagte sie, »Er will nach Hamburg, um den Rahmen zu besorgen; da muß ich mir nachgerade doch Sein Werk besehen!«

Es ist wohl männiglich bekannt, daß alte Jungfrauen in Liebessachen die allerfeinsten Sinne haben und so der jungen Welt gar oft Bedrang und Trübsal bringen. Als Bas' Ursel auf Katharinens Bild, das sie bislang noch nicht gesehen, kaum einen Blick geworfen hatte, zuckte sie gar stolz empor mit ihrem runzeligen Angesicht und frug mich allsogleich: »Hat denn das Fräulein Ihn so angesehen, als wie sie da im Bilde sitzet?«

Ich entgegnete, es sei ja eben die Kunst der edlen Malerei, nicht bloß die Abschrift des Gesichts zu geben. Aber schon mußte an unsern Augen oder Wangen ihr Sonderliches aufgefallen sein, denn ihre Blicke gingen spähend hin und wider. »Die Arbeit ist wohl bald am Ende?« sagte sie dann mit ihrer höchsten Stimme. »Deine Augen haben kranken Glanz, Katharina; das lange Sitzen hat dir nicht wohl gedienet.«

Ich entgegnete, das Bild sei bald vollendet, nur an dem Gewande sei noch hie und da zu schaffen.

»Nun, da braucht Er wohl des Fräuleins Gegenwart nicht mehr dazu! – Komm, Katharina, dein Arm ist besser als der dumme Stecken hier!«

Und so mußt ich von der dürren Alten meines Herzens holdselig Kleinod mir entführen sehen, da ich es eben mir gewonnen glaubte; kaum daß die braunen Augen mir noch einen stummen Abschied senden konnten.

Am andern Morgen, am Montage vor Johannis, trat ich meine Reise an. Auf einem Gaule, den Dieterich mir besorget, trabte ich in der Frühe aus dem Thorweg; als ich durch die Tannen ritt, brach einer von des Junkers Hunden herfür und fuhr meinem Thiere nach den Flechsen, wannschon selbiges aus ihrem eigenen Stalle war; aber der oben im Sattel saß, schien ihnen allzeit noch verdächtig. Kamen gleichwohl ohne Blessur davon, ich und der Gaul, und langeten abends bei guter Zeit in Hamburg an.

Am andern Vormittage machte ich mich auf und befand auch bald einen Schnitzer, so der Bilderleisten viele fertig hatte, daß man sie nur zusammenzustellen und in den Ecken die Zierathen daraufzuthun brauchte. Wurden also handelseinig, und versprach der Meister, mir das alles wohl verpacket nachzusenden.

Nun war zwar in der berühmten Stadt vor einen Neubegierigen gar vieles zu beschauen; so in der Schiffergesellschaft des Seeräubern Störtebeker silberner Becher, welcher das zweite Wahrzeichen der Stadt genennet wird, und ohne den gesehen zu haben, wie es in einem Buche heißet, niemand sagen dürfe, daß er in Hamburg sei gewesen; sodann auch der Wunderfisch mit eines Adlers richtigen Krallen und Fluchten, so eben um diese Zeit in der Elbe war gefangen worden und den die Hamburger, wie ich nachmalen hörete, auf einen Seesieg wider die türkischen Piraten deuteten; allein, obschon ein rechter Reisender solcherlei Seltsamkeiten nicht vorbeigehen soll, so war doch mein Gemüthe, beides, von Sorge und von Herzenssehnen, allzu sehr beschweret. Derohalben, nachdem ich bei einem Kaufherrn noch meinen Wechsel umgesetzet und in meiner Nachtherbergen Richtigkeit getroffen hatte, bestieg ich um Mittage wieder meinen Gaul und hatte allsobald allen Lärmen des großen Hamburg hinter mir.

Am Nachmittage danach langete ich in Preetz an, meldete mich im Stifte bei der hochwürdigen Dame und wurde auch alsbald vorgelassen. Ich erkannte in ihrer stattlichen Person allsogleich die Schwester meines theueren seligen Herrn Gerhardus; nur, wie es sich an unverehelichten Frauen oftmals zeiget, waren die Züge des Antlitzes gleichwohl strenger als die des Bruders. Ich hatte, selbst nachdem ich Katharinens Schreiben überreichet, ein lang und hart Examen zu bestehen; dann aber verhieß sie ihren Beistand und setzete sich zu ihrem Schreibgeräthe, indeß die Magd mich in ein ander Zimmer führen mußte, allwo man mich gar wohl bewirthete.

Es war schon spät am Nachmittage, da ich wieder fortritt; doch rechnete ich, obschon mein Gaul die vielen Meilen hinter uns bereits verspürete, noch gegen Mitternacht beim alten Dieterich anzuklopfen. – Das Schreiben, das die alte Dame mir für Katharinen mitgegeben, trug ich wohl verwahret in einem Ledertäschlein unterm Wamse auf der Brust. So ritt ich fürbaß in die aufsteigende Dämmerung hinein; gar bald an sie, die eine, nur gedenkend und immer wieder mein Herz mit neuen lieblichen Gedanken schreckend.

Es war aber eine lauwarme Juninacht; von den dunkelen Feldern erhub sich der Ruch der Wiesenblumen, aus den Knicken duftete das Geißblatt; in Luft und Laub schwebete ungesehen das

kleine Nachtgeziefer oder flog auch wohl surrend meinem schnaubenden Gaule an die Nüstern; droben aber an der blauschwarzen ungeheueren Himmelsglocke über mir strahlte im Südost das Sternenbild des Schwanes in seiner unberührten Herrlichkeit.
Da ich endlich wieder auf Herrn Gerhardus' Grund und Boden war, resolvirte ich mich sofort, noch nach dem Dorfe hinüberzureiten, welches seitwärts von der Fahrstraßen hinterm Wald belegen ist. Denn ich gedachte, daß der Krüger Hans Ottsen einen paßlichen Handwagen habe; mit dem solle er morgen einen Boten in die Stadt schicken, um die Hamburger Kiste für mich abzuholen; ich aber wollte nur an sein Kammerfenster klopfen, um ihm solches zu bestellen.
Also ritte ich am Waldesrande hin, die Augen fast verwirret von den grünlichen Johannisfünkchen, die mit ihren spielerischen Lichtern mich hier umflogen. Und schon ragete groß und finster die Kirche vor mir auf, in deren Mauern Herr Gerhardus bei den Seinen ruhte; ich hörte, wie im Thurm soeben der Hammer ausholete, und von der Glocken scholl die Mitternacht ins Dorf hinunter. ›Aber sie schlafen alle‹, sprach ich bei mir selber, ›die Todten in der Kirchen oder unter dem hohen Sternenhimmel hieneben auf dem Kirchhof, die Lebenden noch unter den niedern Dächern, die dort stumm und dunkel vor dir liegen.‹ So ritt ich weiter. Als ich jedoch an den Teich kam, von wo aus man Hans Ottsens Krug gewahren kann, sahe ich von dorten einen dunstigen Lichtschein auf den Weg hinausbrechen, und Fiedeln und Klarinetten schalleten mir entgegen.
Da ich gleichwohl mit dem Wirthe reden wollte, so ritt ich herzu und brachte meinen Gaul im Stalle unter. Als ich danach auf die Tenne trat, war es gedrang voll von Menschen, Männern und Weibern, und ein Geschrei und wüst Getreibe, wie ich solches, auch beim Tanz, in früheren Jahren nicht vermerket. Der Schein der Unschlittkerzen, so unter einem Balken auf einem Kreuzholz schwebten, hob manch bärtig und verhauen Antlitz aus dem Dunkel, dem man lieber nicht allein im Wald begegnet wäre. – Aber nicht nur Strolche und Bauernbursche schienen hier sich zu vergnügen; bei den Musikanten, die drüben vor der Döns auf ihren Tonnen saßen, stund der Junker von der Risch; er hatte seinen Mantel über dem einen Arm, an dem andern hing ihm eine derbe Dirne. Aber das Stücklein schien ihm nicht zu gefallen;

denn er riß dem Fiedler seine Geigen aus den Händen, warf eine Handvoll Münzen auf seine Tonne und verlangte, daß sie ihm den neumodischen Zweitritt aufspielen sollten. Als dann die Musikanten ihm gar rasch gehorchten und wie toll die neue Weise klingen ließen, schrie er nach Platz und schwang sich in den dichten Haufen; und die Bauernburschen glotzten drauf hin, wie ihm die Dirne im Arme lag, gleich einer Tauben vor dem Geier.
Ich aber wandte mich ab und trat hinten in die Stube, um mit dem Wirth zu reden. Da saß der Junker Wulf beim Kruge Wein und hatte den alten Ottsen neben sich, welchen er mit allerhand Späßen in Bedrängniß brachte; so drohete er, ihm seinen Zins zu steigern, und schüttelte sich vor Lachen, wenn der geängstigte Mann gar jämmerlich um Gnad und Nachsicht supplicirte. – Da er mich gewahr worden, ließ er nicht ab, bis ich selbdritt mich an den Tisch gesetzet; frug nach meiner Reise, und ob ich in Hamburg mich auch wohl vergnüget; ich aber antwortete nur, ich käme eben von dort zurück, und werde der Rahmen in Kürze in der Stadt eintreffen, von wo Hans Ottsen ihn mit seinem Handwägelchen leichtlich möge holen lassen.
Indeß ich mit letzterem solches nun verhandelte, kam auch der von der Risch hereingestürmet und schrie dem Wirthe zu, ihm einen kühlen Trunk zu schaffen. Der Junker Wulf aber, dem bereits die Zunge schwer im Munde wühlete, faßte ihn am Arm und riß ihn auf den leeren Stuhl hernieder.
»Nun, Kurt!« rief er. »Bist du noch nicht satt von deinen Dirnen! Was soll die Katharina dazu sagen? Komm, machen wir alamode ein ehrbar hazard mitsammen!« Dabei hatte er ein Kartenspiel unterm Wams hervorgezogen. »Allons donc! – Dix et dame! – Dame et valet!«
Ich stand noch und sah dem Spiele zu, so dermalen eben Mode worden; nur wünschend, daß die Nacht vergehen und der Morgen kommen möchte. – Der Trunkene schien aber dieses Mal des Nüchternen Übermann; dem von der Risch schlug nach einander jede Karte fehl.
»Tröste dich, Kurt!« sagte der Junker Wulf, indeß er schmunzelnd die Speciesthaler auf einen Haufen scharrte:

»Glück in der Lieb
Und Glück im Spiel,
Bedenk, für einen
Ist's zu viel!

Laß den Maler dir hier von deiner schönen Braut erzählen! Der weiß sie auswendig; da kriegst du's nach der Kunst zu wissen.«
Dem andern, wie mir am besten kund war, mochte aber noch nicht viel von Liebesglück bewußt sein; denn er schlug fluchend auf den Tisch und sah gar grimmig auf mich her.
»Ei, du bist eifersüchtig, Kurt!« sagte der Junker Wulf vergnüglich, als ob er jedes Wort auf seiner schweren Zunge schmeckete; »aber getröste dich, der Rahmen ist schon fertig zu dem Bilde; dein Freund, der Maler, kommt eben erst von Hamburg.«
Bei diesem Worte sah ich den von der Risch aufzucken gleich einem Spürhund bei der Witterung. »Von Hamburg heut? – So muß er Fausti Mantel sich bedienet haben; denn mein Reitknecht sah ihn heut zu Mittag noch in Preetz! Im Stift, bei deiner Base ist er auf Besuch gewesen.«
Meine Hand fuhr unversehens nach der Brust, wo ich das Täschlein mit dem Brief verwahret hatte; denn die trunkenen Augen des Junkers Wulf lagen auf mir; und war mir's nicht anders, als sähe er damit mein ganz Geheimniß offen vor sich liegen. Es währete auch nicht lange, so flogen die Karten klatschend auf den Tisch. »Oho!« schrie er. »Im Stift, bei meiner Base! Du treibst wohl gar doppelt Handwerk, Bursch! Wer hat dich auf den Botengang geschickt?«
»Ihr nicht, Junker Wulf!« entgegnete ich, »und das muß Euch genug sein!« – Ich wollt nach meinem Degen greifen, aber er war nicht da; fiel mir auch bei nun, daß ich ihn an den Sattelknopf gehänget; da ich vorhin den Gaul zu Stalle brachte.
Und schon schrie der Junker wieder zu seinem jüngeren Kumpan: »Reiß ihm das Wams auf, Kurt! Es gilt den blanken Haufen hier; du findest eine saubere Briefschaft, die du ungern möchtst bestellet sehen!«
Im selbigen Augenblick fühlte ich auch schon die Hände des von der Risch an meinem Leibe, und ein wüthend Ringen zwischen uns begann. Ich fühlte wohl, daß ich so leicht, wie in der Bubenzeit, ihm nicht mehr über würde; da aber fügete es sich zu meinem Glücke, daß ich ihm beide Handgelenke packte und er also wie gefesselt vor mir stund. Es hatte keiner von uns ein Wort dabei verlauten lassen; als wir uns aber itzund in die Augen sahen, da wußte jeder wohl, daß er's mit seinem Todfeind vor sich habe.
Solches schien auch der Junker Wulf zu meinen; er strebte von

seinem Stuhl empor, als wolle er dem von der Risch zu Hülfe kommen; mochte aber zu viel des Weins genossen haben, denn er taumelte auf seinen Platz zurück. Da schrie er, so laut seine lallende Zunge es noch vermochte: »He, Tartar! Türk! Wo steckt ihr! Tartar, Türk!« Und ich wußte nun, daß die zwo grimmen Köter, so ich vorhin auf der Tenne an dem Ausschank hatte lungern sehen, mir an die nackte Kehle springen sollten. Schon hörete ich sie durch das Getümmel der Tanzenden daherschnaufen, da riß ich mit einem Rucke jählings meinen Feind zu Boden, sprang dann durch eine Seitenthür aus dem Zimmer, die ich schmetternd hinter mir zuwarf, und gewann also das Freie.

Und um mich her war plötzlich wieder die stille Nacht und Mond- und Sternenschimmer. In den Stall zu meinem Gaul wagte ich nicht erst zu gehen, sondern sprang flugs über einen Wall und lief über das Feld dem Walde zu. Da ich ihn bald erreichet, suchte ich die Richtung nach dem Herrenhofe einzuhalten; denn es zieht sich die Holzung bis hart zur Gartenmauer. Zwar war die Helle der Himmelslichter hier durch das Laub der Bäume ausgeschlossen; aber meine Augen wurden der Dunkelheit gar bald gewohnt, und da ich das Täschlein sicher unter meinem Wamse fühlte, so tappte ich rüstig vorwärts; denn ich gedachte den Rest der Nacht noch einmal in meiner Kammer auszuruhen, dann aber mit dem alten Dieterich zu berathen, was allfort geschehen solle; maßen ich wohl sahe, daß meines Bleibens hier nicht fürder sei.

Bisweilen stund ich auch und horchte; aber ich mochte bei meinem Abgang wohl die Thür ins Schloß geworfen und so einen guten Vorsprung mir gewonnen haben: von den Hunden war kein Laut vernehmbar. Wohl aber, da ich eben aus dem Schatten auf eine vom Mond erhellete Lichtung trat, hörete ich nicht gar fern die Nachtigallen schlagen; und von wo ich ihren Schall hörte, dahin richtete ich meine Schritte, denn mir war wohl bewußt, sie hatten hier herum nur in den Hecken des Herrengartens ihre Nester; erkannte nun auch, wo ich mich befand, und daß ich bis zum Hofe nicht gar weit mehr hatte.

Ging also dem lieblichen Schallen nach, das immer heller vor mir aus dem Dunkel drang. Da plötzlich schlug was anderes an mein Ohr, das jählings näher kam und mir das Blut erstarren machte. Nicht zweifeln konnt ich mehr, die Hunde brachen durch das

Unterholz; sie hielten fest auf meiner Spur, und schon hörete ich deutlich hinter mir ihr Schnaufen und ihre gewaltigen Sätze in dem dürren Laub des Waldbodens. Aber Gott gab mir seinen gnädigen Schutz; aus dem Schatten der Bäume stürzte ich gegen die Gartenmauer, und an eines Fliederbaums Geäste schwang ich mich hinüber. – Da sangen hier im Garten immer noch die Nachtigallen; die Buchenhecken warfen tiefe Schatten. In solcher Mondnacht war ich einst vor meiner Ausfahrt in die Welt mit Herrn Gerhardus hier gewandelt. »Sieh dir's noch einmal an, Johannes!« hatte dermalen er gesprochen; »es könnt geschehen, daß du bei deiner Heimkehr mich nicht daheim mehr fändest, und daß alsdann ein Willkomm nicht für dich am Thor geschrieben stünde; – ich aber möcht nicht, daß du diese Stätte hier vergäßest.«
Das flog mir itzund durch den Sinn, und ich mußte bitter lachen; denn nun war ich hier als ein gehetzet Wild; und schon hörete ich die Hunde des Junker Wulf gar grimmig draußen an der Gartenmauer rennen. Selbige aber war, wie ich noch tags zuvor gesehen, nicht überall so hoch, daß nicht das wüthige Gethier hinüber konnte; und rings im Garten war kein Baum, nichts als die dichten Hecken und drüben gegen das Haus die Blumenbeete des seligen Herrn. Da, als eben das Bellen der Hunde wie ein Triumphgeheule innerhalb der Gartenmauer scholl, ersahe ich in meiner Noth den alten Epheubaum, der sich mit starkem Stamme an dem Thurm hinaufreckt; und da dann die Hunde aus den Hecken auf den mondhellen Platz hinaus raseten, war ich schon hoch genug, daß sie mit ihrem Anspringen mich nicht mehr erreichen konnten; nur meinen Mantel, so von der Schulter geglitten, hatten sie mit ihren Zähnen mir herabgerissen.
Ich aber, also angeklammert und fürchtend, es werde das nach oben schwächere Geäste mich auf die Dauer nicht ertragen, blickte suchend um mich, ob ich nicht irgend besseren Halt gewinnen möchte; aber es war nichts zu sehen als die dunklen Epheublätter um mich her. – Da, in solcher Noth, hörete ich ober mir ein Fenster öffnen, und eine Stimme scholl zu mir herab – möcht ich sie wieder hören, wenn du, mein Gott, mich bald nun rufen läßt aus diesem Erdenthal! – »Johannes!« rief sie; leis, doch deutlich hörete ich meinen Namen, und ich kletterte höher an dem immer schwächeren Gezweige, indeß die schlafenden Vögel um mich auffuhren und die Hunde von unten ein Ge-

heul heraufstießen. – »Katharina! Bist du es wirklich, Katharina?«
Aber schon kam ein zitternd Händlein zu mir herab und zog mich gegen das offene Fenster; und ich sah in ihre Augen, die voll Entsetzen in die Tiefe starrten.
»Komm!« sagte sie. »Sie werden dich zerreißen.« Da schwang ich mich in ihre Kammer. – Doch als ich drinnen war, ließ mich das Händlein los, und Katharina sank auf einen Sessel, so am Fenster stund, und hatte ihre Augen dicht geschlossen. Die dikken Flechten ihres Haares lagen über dem weißen Nachtgewand bis in den Schoß hinab; der Mond, der draußen die Gartenhekken überstiegen hatte, schien voll herein und zeigete mir alles. Ich stund wie fest gezaubert vor ihr; so lieblich fremde und doch so ganz mein eigen schien sie mir; nur meine Augen tranken sich satt an all der Schönheit. Erst als ein Seufzen ihre Brust erhob, sprach ich zu ihr: »Katharina, liebe Katharina, träumet Ihr denn?«
Da flog ein schmerzlich Lächeln über ihr Gesicht: »Ich glaub wohl fast, Johannes! – Das Leben ist so hart; der Traum ist süß!«
Als aber von unten aus dem Garten das Geheul aufs Neu heraufkam, fuhr sie erschreckt empor. »Die Hunde, Johannes!« rief sie. »Was ist das mit den Hunden?«
»Katharina«, sagte ich, »wenn ich Euch dienen soll, so glaub ich, es muß bald geschehen; denn es fehlt viel, daß ich noch einmal durch die Thür in dieses Haus gelangen sollte.« Dabei hatte ich den Brief aus meinem Täschlein hervorgezogen und erzählete auch, wie ich im Kruge drunten mit den Junkern sei in Streit gerathen.
Sie hielt das Schreiben in den hellen Mondenschein und las; dann schaute sie mich voll und herzlich an, und wir beredeten, wie wir uns morgen in dem Tannenwalde treffen wollten; denn Katharina sollte noch zuvor erkunden, auf welchen Tag des Junker Wulfens Abreise zum Kieler Johannismarkte festgesetzet sei.
»Und nun, Katharina«, sprach ich, »habt Ihr nicht etwas, das einer Waffe gleich sieht, ein eisern Ellenmaß oder so dergleichen, damit ich der beiden Thiere drunten mich erwehren könne?«
Sie aber schrak jäh wie aus einem Traum empor. »Was sprichst du, Johannes!« rief sie; und ihre Hände, so bislang in ihrem

Schoß geruhet, griffen nach den meinen. »Nein, nicht fort, nicht fort! Da drunten ist der Tod; und gehst du, so ist auch hier der Tod!«

Da war ich vor ihr hingeknieet und lag an ihrer jungen Brust, und wir umfingen uns in großer Herzensnoth. »Ach, Käthe«, sprach ich, »was vermag die arme Liebe denn! Wenn auch dein Bruder Wulf nicht wäre; ich bin kein Edelmann und darf nicht um dich werben.«

Sehr süß und sorglich schauete sie mich an; dann aber kam es wie Schelmerei aus ihrem Munde: »Kein Edelmann, Johannes? – Ich dächte, du seiest auch das! Aber – ach nein! Dein Vater war nur der Freund des meinen – das gilt der Welt wohl nicht!«

»Nein, Käthe; nicht das, und sicherlich nicht hier«, entgegnete ich und umfaßte fester ihren jungfräulichen Leib; »aber drüben in Holland, dort gilt ein tüchtiger Maler wohl einen deutschen Edelmann; die Schwelle von Mynheer van Dycks Palaste zu Amsterdam ist wohl dem Höchsten ehrenvoll zu überschreiten. Man hat mich drüben halten wollen, mein Meister van der Helst und andre! Wenn ich dorthin zurückginge, ein Jahr noch oder zwei; dann – wir kommen dann schon von hier fort; bleib mir nur feste gegen euere wüsten Junker!«

Katharinens weiße Hände strichen über meine Locken; sie herzete mich und sagte leise: »Da ich in meine Kammer dich gelassen, so werd ich doch dein Weib auch werden müssen.«

– – Ihr ahnete wohl nicht, welch einen Feuerstrom dies Wort in meine Adern goß, darin ohnedies das Blut in heißen Pulsen ging. – Von dreien furchtbaren Dämonen, von Zorn und Todesangst und Liebe ein verfolgter Mann, lag nun mein Haupt in des viel geliebten Weibes Schoß.

Da schrillte ein geller Pfiff; die Hunde drunten wurden jählings stille, und da es noch einmal gellte, hörete ich sie wie toll und wild davon rennen.

Vom Hofe her wurden Schritte laut; wir horchten auf, daß uns der Athem stille stund. Bald aber wurde dorten eine Thür erst auf-, dann zugeschlagen und dann ein Riegel vorgeschoben. »Das ist Wulf«, sagte Katharina leise; »er hat die beiden Hunde in den Stall gesperrt.« – Bald hörten wir auch unter uns die Thür des Hausflurs gehen, den Schlüssel drehen und danach Schritte in dem untern Corridor, die sich verloren, wo der Junker seine Kammer hatte. Dann wurde alles still.

Es war nun endlich sicher, ganz sicher; aber mit unserem Plaudern war es mit einem Male schier zu Ende. Katharina hatte den Kopf zurückgelehnt; nur unser beider Herzen hörete ich klopfen. – »Soll ich nun gehen, Katharina?« sprach ich endlich.

Aber die jungen Arme zogen mich stumm zu ihrem Mund empor; und ich ging nicht.

Kein Laut war mehr, als aus des Gartens Tiefe das Schlagen der Nachtigallen und von fern das Rauschen des Wässerleins, das hinten um die Hecken fließt. – –

Wenn, wie es in den Liedern heißt, mitunter noch in Nächten die schöne heidnische Frau Venus aufersteht und umgeht, um die armen Menschenherzen zu verwirren, so war es dazumalen eine solche Nacht. Der Mondschein war am Himmel ausgethan, ein schwüler Ruch von Blumen hauchte durch das Fenster, und dort überm Walde spielete die Nacht in stummen Blitzen. – O Hüter, Hüter, war dein Ruf so fern?

– – Wohl weiß ich noch, daß vom Hofe her plötzlich scharf die Hähne krähten, und daß ich ein blaß und weinend Weib in meinen Armen hielt, die mich nicht lassen wollte, unachtend, daß überm Garten der Morgen dämmerte und rothen Schein in unsre Kammer warf. Dann aber, da sie deß inne wurde, trieb sie, wie von Todesangst geschreckt, mich fort.

Noch einen Kuß, noch hundert; ein flüchtig Wort noch: wann für das Gesind zu Mittage geläutet würde, dann wollten wir im Tannenwald uns treffen; und dann – ich wußte selber kaum, wir mir's geschehen – stund ich im Garten, unten in der kühlen Morgenluft.

Noch einmal, indem ich meinen von den Hunden zerfetzten Mantel aufhob, schaute ich empor und sah ein blasses Händlein mir zum Abschied winken. Nahezu erschrocken aber wurd ich, da meine Augen bei einem Rückblick aus dem Gartensteig von ungefähr die unteren Fenster neben dem Thurme streiften; denn mir war, als sähe hinter einem derselbigen ich gleichfalls eine Hand; aber sie drohete nach mir mit aufgehobenem Finger und schien mir farblos und knöchern gleich der Hand des Todes. Doch war's nur wie im Husch, daß solches über meine Augen ging; dachte zwar erstlich des Märleins von der wieder gehenden Urahne; redete mir dann aber ein, es seien nur meine eigenen aufgestörten Sinne, die solch Spiel mir vorgegaukelt hätten.

So, deß nicht weiter achtend, schritt ich eilends durch den Garten, merkete aber bald, daß in der Hast ich auf den Binsensumpf gerathen; sank auch der eine Fuß bis übers Änkel ein, gleichsam, als ob ihn was hinunterziehen wollte. ›Ei‹, dachte ich, ›faßt das Hausgespenste doch nach dir!‹ Machte mich aber auf und sprang über die Mauer in den Wald hinab.

Die Finsterniß der dichten Bäume sagte meinem träumenden Gemüthe zu; hier um mich her war noch die selige Nacht, von welcher meine Sinne sich nicht lösen mochten. – Erst da ich nach geraumer Zeit vom Waldesrande in das offene Feld hinaustrat, wurd ich völlig wach. Ein Häuflein Rehe stund nicht fern im silbergrauen Thau, und über mir vom Himmel scholl das Tageslied der Lerche. Da schüttelte ich all müßig Träumen von mir ab; im selbigen Augenblick stieg aber auch wie heiße Noth die Frage mir ins Hirn: ›Was weiter nun, Johannes? Du hast ein theures Leben an dich rissen; nun wisse, daß dein Leben nichts gilt als nur das ihre!‹

Doch was ich sinnen mochte, es deuchte mir allfort das beste, wenn Katharina im Stifte sichern Unterschlupf gefunden, daß ich dann zurück nach Holland ginge, mich dort der Freundeshülf versicherte und allsobald zurückkäm, um sie nachzuholen. Vielleicht, daß sie gar der alten Base Herz erweichet'; und schlimmsten Falles – es mußt auch gehen ohne das!

Schon sahe ich uns auf einem fröhlichen Barkschiff die Wellen des grünen Zuidersees befahren, schon hörete ich das Glockenspiel vom Rathhausthurme Amsterdams und sah am Hafen meine Freunde aus dem Gewühl hervorbrechen und mich und meine schöne Frau mit hellem Zuruf grüßen und im Triumph nach unserem kleinen, aber trauten Heim geleiten. Mein Herz war voll von Muth und Hoffnung; und kräftiger und rascher schritt ich aus, als könnte ich bälder so das Glück erreichen.

– Es ist doch anders kommen.

In meinen Gedanken war ich allmählich in das Dorf hinabgelanget und trat hier in Hans Ottsens Krug, von wo ich in der Nacht so jählings hatte flüchten müssen. – »Ei, Meister Johannes«, rief der Alte auf der Tenne mir entgegen, »was hattet Ihr doch gestern mit unseren gestrengen Junkern? Ich war just draußen bei dem Ausschank; aber da ich wieder eintrat, flucheten sie schier grausam gegen Euch; und auch die Hunde raseten an der Thür, die Ihr hinter Euch ins Schloß geworfen hattet.«

Da ich aus solchen Worten abnahm, daß der Alte den Handel

nicht wohl begriffen habe, so entgegnete ich nur: »Ihr wisset, der von der Risch und ich, wir haben uns schon als Jungen oft einmal gezauset; da mußt's denn gestern noch so einen Nachschmack geben.«

»Ich weiß, ich weiß!« meinte der Alte, »aber der Junker sitzt heut auf seines Vaters Hof; Ihr solltet Euch hüten, Herr Johannes; mit solchen Herren ist nicht sauber Kirschen essen.«

Dem zu widersprechen, hatte ich nicht Ursach, sondern ließ mir Brot und Frühtrunk geben und ging dann in den Stall, wo ich mir meinen Degen holete, auch Stift und Skizzenbüchlein aus dem Ranzen nahm.

Aber es war noch lange bis zum Mittagläuten. Also bat ich Hans Ottsen, daß er den Gaul mit seinem Jungen mög zum Hofe bringen lassen; und als er mir solches zugesaget, schritt ich wieder hinaus zum Wald. Ich ging aber bis zu der Stelle auf dem Heidenhügel, von wo man die beiden Giebel des Herrenhauses über die Gartenhecken ragen sieht, wie ich solches schon für den Hintergrund zu Katharinens Bildniß ausgewählet hatte. Nun gedachte ich, daß, wann in zu verhoffender Zeit sie selber in der Fremde leben und wohl das Vaterhaus nicht mehr betreten würde, sie seines Anblicks doch nicht ganz entrathen solle; zog also meinen Stift herfür und begann zu zeichnen, gar sorgsam jedes Winkelchen, woran ihr Auge einmal mocht gehaftet haben. Als farbig Schilderei sollt es dann in Amsterdam gefertigt werden, damit es ihr sofort entgegen grüße, wann ich sie dort in unsre Kammer führen würde.

Nach ein paar Stunden war die Zeichnung fertig. Ich ließ noch wie zum Gruß ein zwitschernd Vögelein darüber fliegen; dann suchte ich die Lichtung auf, wo wir uns finden wollten, und streckte mich nebenan im Schatten einer dichten Buche, sehnlich verlangend, daß die Zeit vergehe.

Ich mußte gleichwohl darob eingeschlummert sein; denn ich erwachte von einem fernen Schall und wurd deß inne, daß es das Mittagsläuten von dem Hofe sei. Die Sonne glühte schon heiß hernieder und verbreitete den Ruch der Himbeeren, womit die Lichtung überdeckt war. Es fiel mir bei, wie einst Katharina und ich uns hier bei unseren Waldgängen süße Wegzehrung geholet hatten; und nun begann ein seltsam Spiel der Phantasie; bald sahe ich drüben zwischen den Sträuchern ihre zarte Kindsgestalt, bald stund sie vor mir, mich anschauend mit den seligen Frauenaugen, wie ich sie letzlich erst gesehen, wie ich sie nun gleich, im nächsten Augenblicke, schon leibhaftig an mein klopfend Herz schließen würde.

Da plötzlich überfiel mich's wie ein Schrecken. Wo blieb sie denn? Es war schon lang, daß es geläutet hatte. Ich war aufgesprungen, ich ging umher, ich stund und spähete scharf nach aller Richtung durch die Bäume; die Angst kroch mir zum Herzen; aber Katharina kam nicht; kein Schritt im Laube raschelte; nur oben in den Buchenwipfeln rauschte ab und zu der Sommerwind.

Böser Ahnung voll ging ich endlich fort und nahm einen Umweg nach dem Hofe zu. Da ich unweit dem Thore zwischen die Eichen kam, begegnete mir Dieterich. »Herr Johannes«, sagte er und trat hastig auf mich zu, »Ihr seid die Nacht schon in Hans Ottsens Krug gewesen; sein Junge brachte mir Euren Gaul zurück; – was habet Ihr mit unsern Junkern vorgehabt?«

»Warum fragst du, Dieterich?«

– »Warum, Herr Johannes? – Weil ich Unheil zwischen euch verhüten möcht.«

»Was soll das heißen, Dieterich?« frug ich wieder; aber mir war beklommen, als sollte das Wort mir in der Kehle sticken.

»Ihr werdet's schon selber wissen, Herr Johannes!« entgegnete der Alte. »Mir hat der Wind nur so einen Schall davon gebracht, vor einer Stund' mags gewesen sein; ich wollte den Burschen rufen, der im Garten an den Hecken putzte. Da ich an den Thurm kam, wo droben unser Fräulein ihre Kammer hat, sah ich dorten die alte Bas' Ursel mit unserem Junker dicht beisammen stehen. Er hatte die Arme unterschlagen und sprach kein einzig Wörtlein; die Alte aber redete einen um so größeren Haufen und jammerte ordentlich mit ihrer feinen Stimme. Dabei wies sie bald nieder auf den Boden, bald hinauf in den Epheu, der am Thurm hinaufwächst. – Verstanden, Herr Johannes, hab ich von dem allem nichts; dann aber, und nun merket wohl auf, hielt sie mit ihrer knöchern Hand, als ob sie damit drohete, dem Junker was vor Augen; und da ich näher hinsah, war's ein Fetzen Grauwerk, just wie Ihr's da an Euerem Mantel traget.«

»Weiter, Dieterich!« sagte ich; denn der Alte hatte die Augen auf meinen zerrissenen Mantel, den ich auf dem Arme trug.

»Es ist nicht viel mehr übrig«, erwiderte er; »denn der Junker wandte sich jählings nach mir zu und frug mich, wo Ihr anzu-

treffen wäret. Ihr möget mir es glauben, wäre er in Wirklichkeit ein Wolf gewesen, die Augen hätten blutiger nicht funkeln können.«
Da frug ich: »Ist der Junker im Hause, Dieterich?«
– »Im Haus? Ich denke wohl; doch was sinnet Ihr, Herr Johannes?«
»Ich sinne, Dieterich, daß ich allsogleich mit ihm zu reden habe.«
Aber Dieterich hatte bei beiden Händen mich ergriffen. »Gehet nicht, Johannes«, sagte er dringend; »erzählet mir zum wenigsten, was geschehen ist; der Alte hat Euch ja sonst wohl guten Rath gewußt!«
»Hernach, Dieterich, hernach!« entgegnete ich. Und also mit diesen Worten riß ich meine Hände aus den seinen.
Der Alte schüttelte den Kopf. »Hernach Johannes«, sagte er, »das weiß nur unser Herrgott!«
Ich aber schritt nun über den Hof dem Hause zu. – Der Junker sei eben in seinem Zimmer, sagte eine Magd, so ich im Hausflur drum befragte.
Ich hatte dieses Zimmer, das im Unterhause lag, nur einmal erst betreten. Statt wie bei seinem Vater sel. Bücher und Karten, war hier vielerlei Gewaffen, Handröhre und Arkebusen, auch allerart Jagdgeräthe an den Wänden angebracht; sonst war es ohne Zier und zeigete an ihm selber, daß niemand auf die Dauer und mit seinen ganzen Sinnen hier verweile.
Fast wär ich an der Schwelle noch zurückgewichen, da ich auf des Junkers »Herein« die Thür geöffnet; denn als er sich vom Fenster zu mir wandte, sahe ich eine Reiterpistole in seiner Hand, an deren Radschloß er hantirete. Er schauete mich an, als ob ich von den Tollen käme. »So?« sagte er gedehnet, »wahrhaftig, Sieur Johannes, wenn's nicht schon sein Gespenste ist!«
»Ihr dachtet, Junker Wulf«, entgegnet ich, indem ich näher zu ihm trat, »es möcht der Straßen noch andre für mich geben, als die in Euere Kammer führen!«
– »So dachte ich, Sieur Johannes! Wie Ihr gut rathen könnt! Doch immerhin, Ihr kommt mir eben recht; ich hab Euch suchen lassen!«
In seiner Stimme bebte was, das wie ein lauernd Raubthier auf dem Sprunge lag, so daß die Hand mir unversehens nach dem Degen fuhr. Jedennoch sprach ich: »Höret mich und gönnet mir ein ruhig Wort, Herr Junker!«

Er aber unterbrach meine Rede: »Du wirst gewogen sein, mich erstlich auszuhören! Sieur Johannes« – und seine Worte, die erst langsam waren, wurden allmählich gleichwie ein Gebrüll –, »vor ein paar Stunden, da ich mit schwerem Kopf erwachte, da fiel's mir bei und reuete mich gleich einem Narren, daß ich im Rausch die wilden Hunde dir auf die Fersen gesetzet hatte; – seit aber Bas' Ursel mir den Fetzen vorgehalten, den sie dir aus deinem Federbalg gerissen, – beim Höllenelement! mich reut's nur noch, daß mir die Bestien solch Stück Arbeit nachgelassen!«

Noch einmal suchte ich zu Worte zu kommen; und da der Junker schwieg, so dachte ich, daß er auch hören würde. »Junker Wulf«, sagte ich, »es ist schon wahr, ich bin kein Edelmann; aber ich bin kein geringer Mann in meiner Kunst und hoffe, es auch wohl noch einmal den Größeren gleichzuthun; so bitte ich Euch geziementlich, gebet Euere Schwester Katharina mir zum Ehgemahl – –«

Da stockte mir das Wort im Munde. Aus seinem bleichen Antlitz starrten mich die Augen des alten Bildes an; ein gellend Lachen schlug mir in das Ohr, ein Schuß – – dann brach ich zusammen und hörete nur noch, wie mir der Degen, den ich ohn Gedanken fast gezogen hatte, klirrend aus der Hand zu Boden fiel.

Es war manche Woche danach, daß ich in dem schon bleicheren Sonnenschein auf einem Bänkchen vor dem letzten Haus des Dorfes saß, mit matten Blicken nach dem Wald hinüberschauend, an dessen jenseitigem Rande das Herrenhaus belegen war. Meine thörichten Augen suchten stets aufs Neue den Punkt, wo, wie ich mir vorstellete, Katharinens Kämmerlein von drüben auf die schon herbstlich gelben Wipfel schaue; denn von ihr selber hatte ich keine Kunde.

Man hatte mich mit meiner Wunde in dies Haus gebracht, das von des Junkers Waldhüter bewohnt wurde; und außer diesem Mann und seinem Weibe und einem mir unbekannten Chirurgus war während meines langen Lagers niemand zu mir gekommen. – Von wannen ich den Schuß in meine Brust erhalten, darüber hat mich niemand befragt, und ich habe niemandem Kunde gegeben; des Herzogs Gerichte gegen Herrn Gerhardus' Sohn und Katharinens Bruder anzurufen, konnte nimmer mir zu Sinne kommen. Er mochte sich dessen auch wohl getrösten; noch glaubhafter jedoch, daß er allen diesen Dingen trotzete.

Nur einmal war mein guter Dieterich da gewesen; er hatte mir in des Junkers Auftrage zwei Rollen Ungarischer Dukaten überbracht als Lohn für Katharinens Bild, und ich hatte das Gold genommen, in Gedanken, es sei ein Theil von deren Erbe, von dem sie als mein Weib wohl später nicht zu viel emphahen würde. Zu einem traulichen Gespräch mit Dieterich, nach dem mich sehr verlangete, hatte es mir nicht gerathen wollen, maßen das gelbe Fuchsgesicht meines Wirthes allaugenblicks in meine Kammer schaute; doch wurde so viel mir kund, daß der Junker nicht nach Kiel gereiset und Katharina seither von niemandem weder in Hof noch Garten war gesehen worden; kaum konnte ich noch den Alten bitten, daß er dem Fräulein, wenn sich's treffen möchte, meine Grüße sage, und daß ich bald nach Holland zu reisen, aber bälder noch zurückzukommen dächte, was alles in Treuen auszurichten er mir dann gelobete.

Überfiel mich aber danach die allergrößeste Ungeduld, so daß ich, gegen den Willen des Chirurgus und bevor im Walde drüben noch die letzten Blätter von den Bäumen fielen, meine Reise ins Werk setzete; langete auch schon nach kurzer Frist wohlbehalten in der Holländischen Hauptstadt an, allwo ich von meinen Freunden gar liebreich empfangen wurde, und mochte es auch ferner vor ein glücklich Zeichen wohl erkennen, daß zwo Bilder, so ich dort zurückgelassen, durch die hülfsbereite Vermittlung meines theueren Meisters van der Helst beide zu ansehnlichen Preisen verkaufet waren. Ja, es war dessen noch nicht genug: ein mir schon früher wohl gewogener Kaufherr ließ mir sagen, er habe nur auf mich gewartet, daß ich für sein nach dem Haag verheirathetes Töchterlein sein Bildniß malen möge; und wurde mir auch sofort ein reicher Lohn dafür versprochen. Da dachte ich, wenn ich solches noch vollendete, daß dann genug des helfenden Metalles in meinen Händen wäre, um auch ohne andere Mittel Katharinen in ein wohl bestellet Heimwesen einzuführen.

Machte mich also, da mein freundlicher Gönner desselbigen Sinnes war, mit allem Eifer an die Arbeit, so daß ich bald den Tag meiner Abreise gar fröhlich nah und näher rücken sahe, unachtend, mit was vor üblen Anständen ich drüben noch zu kämpfen hätte.

Aber des Menschen Augen sehen das Dunkel nicht, das vor ihm ist. – Als nun das Bild vollendet war und reichlich Lob und Gold um dessen willen mir zu Theil geworden, da konnte ich nicht fort. Ich hatte in der Arbeit meiner Schwäche nicht geachtet, die schlecht geheilte Wunde warf mich wiederum danieder. Eben wurden zum Weihnachtsfeste auf allen Straßenplätzen die Waffelbuden aufgeschlagen, da begann mein Siechthum und hielt mich länger als das erste Mal gefesselt. Zwar der besten Arzteskunst und liebreicher Freundespflege war kein Mangel, aber in Ängsten sahe ich Tag um Tag vergehen, und keine Kunde konnte von ihr, keine zu ihr kommen.

Endlich nach harter Winterzeit, da der Zuidersee wieder seine grünen Wellen schlug, geleiteten die Freunde mich zum Hafen; aber statt des frohen Muthes nahm ich itzt schwere Herzensorge mit an Bord. Doch ging die Reise rasch und gut von Statten.

Von Hamburg aus fuhr ich mit der Königlichen Post; dann, wie vor nun fast einem Jahre hiebevor, wanderte ich zu Fuße durch den Wald, an dem noch kaum die ersten Spitzen grüneten. Zwar probten schon die Finken und die Ammern ihren Lenzgesang; doch was kümmerten sie mich heute! – Ich ging aber nicht nach Herrn Gerhardus' Herrengut; sondern, so stark mein Herz auch klopfete, ich bog seitwärts ab und schritt am Waldesrand entlang dem Dorfe zu. Da stund ich bald in Hans Ottsens Krug und ihm gar selber gegenüber.

Der Alte sah mich seltsam an, meinete aber dann, ich lasse ja recht munter. »Nur«, fügte er bei, »mit den Schießbüchsen müsset Ihr nicht wieder spielen; die machen ärgere Flecken als so ein Malerpinsel.«

Ich ließ ihn gern bei solcher Meinung, so, wie ich wohl merkete, hier allgemein verbreitet war, und that vors erste eine Frage nach dem alten Dieterich.

Da mußte ich vernehmen, daß er noch vor dem ersten Winterschnee, wie es so starken Leuten wohl passiret, eines plötzlichen, wenn auch gelinden Todes verfahren sei. »Der freuet sich«, sagte Hans Ottsen, »daß er zu seinem alten Herrn da droben kommen; und ist für ihn auch besser so.«

»Amen!« sagte ich; »mein herzlieber alter Dieterich!«

Indeß aber mein Herz nur, und immer banger, nach einer Kundschaft von Katharinen seufzete, nahm meine furchtsame Zunge einen Umweg, und ich sprach beklommen: »Was machet denn Euer Nachbar, der von der Risch?«

»Oho«, lachte der Alte; »der hat ein Weib genommen, und eine, die ihn schon zu Richte setzen wird.«

Nur im ersten Augenblick erschrak ich, denn ich sagte mir sogleich, daß er nicht so von Katharinen reden würde; und da er dann den Namen nannte, so war's ein ältlich, aber reiches Fräulein aus der Nachbarschaft; forschete also muthig weiter, wie's drüben in Herrn Gerhardus' Haus bestellet sei, und wie das Fräulein und der Junker mit einander hauseten.
Da warf der Alte mir wieder seine seltsamen Blicke zu. »Ihr meinet wohl«, sagte er, »daß alte Thürm' und Mauern nicht auch plaudern könnten!«
»Was soll's der Rede?« rief ich; aber sie fiel mir centnerschwer aufs Herz.
»Nun, Herr Johannes«, und der Alte sahe mir gar zuversichtlich in die Augen, »wo das Fräulein hingekommen, das werdet doch Ihr am besten wissen! Ihr seid derzeit im Herbst ja nicht zum letzten hier gewesen; nur wundert's mich, daß Ihr noch einmal wiederkommen; denn Junker Wulf wird, denk ich, nicht eben gute Mien zum bösen Spiel gemachet haben.«
Ich sah den alten Menschen an, als sei ich selber hintersinnig worden; dann aber kam mir plötzlich ein Gedanke. »Unglücksmann!« schrie ich, »Ihr glaubet doch nicht etwan, das Fräulein Katharina sei mein Eheweib geworden?«
»Nun, lasset mich nur los!« entgegnete der Alte – denn ich schüttelte ihn an beiden Schultern. – »Was geht's mich an! Es geht die Rede so! Auf alle Fäll'; seit Neujahr ist das Fräulein im Schloß nicht mehr gesehen worden.«
Ich schwur ihm zu, derzeit sei ich in Holland krank gelegen; ich wisse nichts von alledem.
Ob er's geglaubet, weiß ich nicht zu sagen; allein er gab mir kund, es solle dermalen ein unbekannter Geistlicher zur Nachtzeit und in großer Heimlichkeit auf den Herrenhof gekommen sein; zwar habe Bas' Ursel das Gesinde schon zeitig in ihre Kammern getrieben; aber der Mägde eine, so durch den Thürspalt gelauschet, wolle auch mich über den Flur nach der Treppe haben gehen sehen; dann später hätten sie deutlich einen Wagen aus dem Thorhaus fahren hören, und seien seit jener Nacht nur noch Bas' Ursel und der Junker in dem Schloß gewesen.
– – Was ich von nun an alles und immer doch vergebens unternommen, um Katharinen oder auch nur eine Spur von ihr zu finden, das soll nicht hier verzeichnet werden. Im Dorf war nur das thörichte Geschwätz, davon Hans Ottsen mich die Probe

schmecken lassen; darum machete ich mich auf nach dem Stifte zu Herrn Gerhardus' Schwester; aber die Dame wollte mich nicht vor sich lassen; wurde im übrigen mir auch berichtet, daß keinerlei junges Frauenzimmer bei ihr gesehen worden. Da reisete ich wieder zurück und demüthigte mich also, daß ich nach dem Hause des von der Risch ging und als ein Bittender vor meinen alten Widersacher hintrat. Der sagte höhnisch, es möge wohl der Buhz das Vöglein sich geholet haben; er habe dem nicht nachgeschaut; auch halte er keinen Aufschlag mehr mit denen von Herrn Gerhardus' Hofe.

Der Junker Wulf gar, der davon vernommen haben mochte, ließ nach Hans Ottsens Kruge sagen, so ich mich unterstünde, auch zu ihm zu dringen, er würde mich noch einmal mit den Hunden hetzen lassen. – Da bin ich in den Wald gegangen und hab gleich einem Strauchdieb am Weg auf ihn gelauert; die Eisen sind von der Scheide bloß geworden; wir haben gefochten, bis ich die Hand ihm wund gehauen und sein Degen in die Büsche flog. Aber er sahe mich nur mit seinen bösen Augen an; gesprochen hat er nicht. – Zuletzt bin ich zu längerem Verbleiben nach Hamburg kommen, von wo aus ich ohne Anstand und mit größerer Umsicht meine Nachforschungen zu betreiben dachte.

Es ist alles doch umsonst gewesen.

Aber ich will vors erste nun die Feder ruhen lassen. Denn vor mir liegt dein Brief, mein lieber Josias; ich soll dein Töchterlein, meiner Schwester sel. Enkelin, aus der Taufe heben. – Ich werde auf meiner Reise dem Walde vorbeifahren, so hinter Herrn Gerhardus' Hof belegen ist. Aber das alles gehört ja der Vergangenheit.

*

Hier schließt das erste Heft der Handschrift. – Hoffen wir, daß der Schreiber ein fröhliches Tauffest gefeiert und inmitten seiner Freundschaft an frischer Gegenwart sein Herz erquickt habe.

Meine Augen ruhten auf dem alten Bild mir gegenüber; ich konnte nicht zweifeln, der schöne ernste Mann war Herr Gerhardus. Wer aber war jener tote Knabe, den ihm Meister Johannes hier so sanft in seinen Arm gebettet hatte? – Sinnend nahm ich das zweite und zugleich letzte Heft, dessen Schriftzüge um ein weniges unsicherer erschienen. Es lautete wie folgt:

Geliek as Rook un Stoof verswindt,
Also sind ock de Minschenkind.

Der Stein, darauf diese Worte eingehauen stehen, saß ob dem Thürsims eines alten Hauses. Wenn ich daran vorbeiging, mußte ich allzeit meine Augen dahin wenden, und auf meinen einsamen Wanderungen ist dann selbiger Spruch oft lange mein Begleiter blieben. Da sie im letzten Herbste das alte Haus abbrachen, habe ich aus den Trümmern diesen Stein erstanden, und ist er heute gleicherweise ob der Thüre meines Hauses eingemauert worden, wo er nach mir noch manchen, der vorübergeht, an die Nichtigkeit des Irdischen erinnern möge. Mir aber soll er eine Mahnung sein, ehbevor auch an meiner Uhr der Weiser stille steht, mit der Aufzeichnung meines Lebens fortzufahren. Denn du, meiner lieben Schwester Sohn, der du nun bald mein Erbe sein wirst, mögest mit meinem kleinen Erdengute dann auch mein Erdenleid dahinnehmen, so ich bei meiner Lebzeit niemandem, auch, aller Liebe ohnerachtet, dir nicht habe anvertrauen mögen.

Item: anno 1666 kam ich zum ersten Mal in diese Stadt an der Nordsee; maßen von einer reichen Branntweinbrennerei-Witwen mir der Auftrag worden, die Auferweckung Lazari zu malen, welches Bild sie zum schuldigen und freundlichen Gedächtniß ihres Seligen, der hiesigen Kirchen aber zum Zierath zu stiften gedachte, allwo es denn auch noch heute über dem Taufsteine mit den vier Aposteln zu schauen ist. Daneben wünschte auch der Bürgermeister, Herr Titus Axen, so früher in Hamburg Thumherr und mir von dort bekannt war, sein Conterfey von mir gemalet, so daß ich für eine lange Zeit allhier zu schaffen hatte. – Mein Losament aber hatte ich bei meinem einzigen und älteren Bruder, der seit lange schon das Secretariat der Stadt bekleidete; das Haus, darin er als unbeweibter Mann lebte, war hoch und räumlich, und war es dasselbig Haus mit den zwo Linden an der Ecken von Markt und Krämerstraße, worin ich, nachdem es durch meines lieben Bruders Hintritt mir angestorben, anitzt als alter Mann noch lebe und der Wiedervereinigung mit den vorangegangenen Lieben in Demuth entgegenharre.

Meine Werkstätte hatte ich mir in dem großen Pesel der Witwe eingerichtet; es war dorten ein gutes Oberlicht zur Arbeit, und bekam alles gemacht und gestellet, wie ich es verlangen mochte. Nur daß die gute Frau selber gar zu gegenwärtig war; denn allaugenblicklich kam sie draußen von ihrem Schanktisch zu mir hergetrottet mit ihren Blechgemäßen in der Hand; drängte mit ihrer Wohlbeleibtheit mir auf den Malstock und roch an meinem Bild herum; gar eines Vormittags, da ich soeben den Kopf des Lazarus untermalet hatte, verlangte sie mit viel überflüssigen Worten, der auferweckte Mann solle das Antlitz ihres Seligen zur Schau stellen, obschon ich diesen Seligen doch niemalen zu Gesicht bekommen, von meinem Bruder auch vernommen hatte, daß selbiger, wie es die Brenner pflegen, das Zeichen seines Gewerbes als eine blaurothe Nasen im Gesicht herumgetragen; da habe ich denn, wie man glauben mag, dem unvernünftigen Weibe gar hart den Daumen gegenhalten müssen. Als dann von der Außendiele her wieder neue Kundschaft nach ihr gerufen und mit den Gemäßen auf den Schank geklopfet, und sie endlich von mir lassen müssen, da sank mir die Hand mit dem Pinsel in den Schoß, und ich mußte plötzlich des Tages gedenken, da ich eines gar andern Seligen Antlitz mit dem Stifte nachgebildet, und wer da in der kleinen Kapelle so still bei mir gestanden sei. – Und also rückwärts sinnend, setzete ich meinen Pinsel wieder an; als aber selbiger eine gute Weile hin und wider gegangen, mußte ich zu eigener Verwunderung gewahren, daß ich die Züge des edlen Herrn Gerhardus in des Lazari Angesicht hineingetragen hatte. Aus seinem Leilach blickte des Todten Antlitz gleichwie in stummer Klage gegen mich, und ich gedachte: So wird er dir einstmals in der Ewigkeit entgegentreten!

Ich konnte heut nicht weiter malen, sondern ging fort und schlich auf meine Kammer ober der Hausthür, allwo ich mich ans Fenster setzte und durch den Ausschnitt der Lindenbäume auf den Markt hinabsah. Es gab aber groß Gewühl dort, und war bis drüben an die Rathswaage und weiter bis zur Kirchen alles voll von Wagen und Menschen; denn es war ein Donnerstag und noch zur Stunde, daß Gast mit Gaste handeln durfte, also daß der Stadtknecht mit dem Griper müßig auf unseres Nachbaren Beischlag saß, maßen es vor der Hand keine Brüchen zu erhaschen gab. Die Ostenfelder Weiber mit ihren rothen Jacken, die Mädchen von den Inseln mit ihren Kopftüchern und feinem Silberschmuck, dazwischen die hochgethürmeten Getreidewagen und darauf die Bauern in ihren gelben Lederhosen – dies alles mochte wohl ein Bild für eines Malers Auge geben, zumal wenn selbiger, wie ich, bei den Holländern in die Schule gegangen war, aber die Schwere meines Gemüthes machte das bunte Bild mir trübe. Doch war es keine Reu, wie ich vorhin an mir erfahren hatte; ein sehnend Leid kam immer gewaltiger über mich; es zerfleischete mich mit wilden Krallen und sah mich gleichwohl mit holden Augen an. Drunten lag der helle Mittag auf dem wimmelnden Markte; vor meinen Augen aber dämmerte silberne Mondnacht, wie Schatten stiegen ein paar Zackengiebel auf, ein Fenster klirrte, und gleich wie aus Träumen schlugen leis und fern die Nachtigallen. O du mein Gott und mein Erlöser, der du die Barmherzigkeit bist, wo war sie in dieser Stunde, wo hatte meine Seele sie zu suchen? – –

Da hörete ich draußen unter dem Fenster von einer harten Stimme meinen Namen nennen, und als ich hinausschaute, ersahe ich einen großen hageren Mann in der üblichen Tracht eines Predigers, obschon sein herrisch und finster Antlitz mit dem schwarzen Haupthaar und dem tiefen Einschnitt ob der Nase wohl eher einem Kriegsmann angestanden wäre. Er wies soeben einem andern, untersetzten Manne von bäuerischem Aussehen aber gleich ihm in schwarzwollenen Strümpfen und Schnallenschuhen, mit seinem Handstocke nach unserer Hausthür zu, indem er selbst zumal durch das Marktgewühle von dannen schritt.

Da ich dann gleich darauf die Thürglocke schellen hörte, ging ich hinab und lud den Fremden in das Wohngemach, wo er von dem Stuhle, darauf ich ihn genöthigt, mich gar genau und aufmerksam betrachtete.

Also war selbiger der Küster aus dem Dorfe norden der Stadt, und erfuhr ich bald, daß man dort einen Maler brauche, da man des Pastors Bildniß in die Kirche stiften wolle. Ich forschete ein wenig, was für Verdienst um die Gemeine dieser sich erworben hätte, daß sie solche Ehr ihm anzuthun gedächten, da er doch seines Alters halben noch nicht gar lang im Amte stehen könne; der Küster aber meinete, es habe der Pastor freilich wegen eines Stück Ackergrundes einmal einen Proceß gegen die Gemeine angestrenget, sonst wisse er eben nicht, was Sondres könne vorgefallen sein; allein es hingen allbereits die drei Amtsvorweser in der Kirchen, und da sie, wie er sagen müsse, vernommen hätten, ich verstünde das Ding gar wohl zu machen, so sollte der guten Gelegenheit wegen nun auch der vierte Pastor mit hinein; dieser selber freilich kümmerte sich nicht eben viel darum.

Ich hörete dem allen zu; und da ich mit meinem Lazarus am

liebsten auf eine Zeit pausiren mochte, das Bildniß des Herrn Titus Axen aber wegen eingetretenen Siechthums desselbigen nicht beginnen konnte, so hub ich an, dem Auftrage näher nachzufragen.
Was mir an Preis für solche Arbeit nun geboten wurde, war zwar gering, so daß ich erstlich dachte: sie nehmen dich für einen Pfennigmaler, wie sie im Kriegstrosse mitziehen, um die Soldaten für ihre heimgebliebenen Dirnen abzumalen; aber es muthete mich plötzlich an, auf eine Zeit allmorgendlich in der goldnen Herbstessonne über die Heide nach dem Dorf hinauszuwandern, das nur eine Wegstunde von unserer Stadt belegen ist. Sagete also zu, nur mit dem Beding, daß die Malerei draußen auf dem Dorfe vor sich ginge, da hier in meines Bruders Hause paßliche Gelegenheit nicht befindlich sei.
Deß schien der Küster gar vergnügt, meinend, das sei alles hiebevor schon fürgesorget; der Pastor hab sich solches gleichfalls ausbedungen; item, es sei dazu die Schulstube in seiner Küsterei erwählet; selbige sei das zweite Haus im Dorfe und liege nahe am Pastorate, nur hintenaus durch die Priesterkoppel davon geschieden, so daß also auch der Pastor leicht hinübertreten könne. Die Kinder, die im Sommer doch nichts lernten, würden dann nach Haus geschicket.
Also schüttelten wir uns die Hände, und da der Küster auch die Maße des Bildes fürsorglich mitgebracht, so konnte alles Malgeräth, deß ich bedurfte, schon Nachmittages mit der Priesterfuhr hinausbefördert werden.
Als mein Bruder dann nach Hause kam – erst spät am Nachmittage; denn ein Ehrsamer Rath hatte dermalen viel Bedrängniß von einer Schinderleichen, so die ehrlichen Leute nicht zu Grabe tragen wollten –, meinete er, ich bekäme da einen Kopf zu malen, wie er nicht oft auf einem Priesterkragen sitze, und möchte mich mit Schwarz und Braunroth wohl versehen; erzählete mir auch, es sei der Pastor als Feldcapellan mit den Brandenburgern hier ins Land gekommen, als welcher er's fast wilder denn die Offiziers getrieben haben solle; sei übrigens itzt ein scharfer Streiter vor dem Herrn, der seine Bauern gar meisterlich zu packen wisse. – Noch merkete mein Bruder an, daß bei desselbigen Amtseintritt in unserer Gegend adelige Fürsprach eingewirket haben solle, wie es heiße, von drüben aus dem Holsteinischen her; der Archidiaconus habe bei der Klosterrechnung ein Wört-

lein davon fallen lassen. War jedoch Weiteres meinem Bruder darob nicht kund geworden.

So sahe mich denn die Morgensonne des nächsten Tages rüstig über die Heide schreiten, und war mir nur leid, daß letzere allbereits ihr rothes Kleid und ihren Würzeduft verbrauchet und also diese Landschaft ihren ganzen Sommerschmuck verloren hatte; denn von grünen Bäumen war weithin nichts zu ersehen; nur der spitze Kirchthurm des Dorfes, dem ich zustrebte – wie ich bereits erkennen mochte, ganz von Granitquadern auferbauet –, stieg immer höher vor mir in den dunkelblauen Oktoberhimmel. Zwischen den schwarzen Strohdächern, die an seinem Fuße lagen, krüppelte nur niedrig Busch- und Baumwerk; denn der Nordwestwind, so hier frisch von der See heraufkommt, will freien Weg zu fahren haben.

Als ich das Dorf erreichet und auch alsbald mich nach der Küsterei gefunden hatte, stürzete mir sofort mit lustigem Geschrei die ganze Schul entgegen; der Küster aber hieß an seiner Hausthür mich willkommen. »Merket Ihr wohl, wie gern sie von der Fibel laufen!« sagte er. »Der eine Bengel hatte Euch schon durchs Fenster kommen sehen.«

In dem Prediger, der gleich danach ins Haus trat, erkannte ich denselbigen Mann, den ich schon tags zuvor gesehen hatte. Aber auf seine finstere Erscheinung war heute gleichsam ein Licht gesetzet; das war ein schöner blasser Knabe, den er an der Hand mit sich führete; das Kind mochte etwan vier Jahre zählen und sahe fast winzig aus gegen des Mannes hohe knochige Gestalt.

Da ich die Bildnisse der früheren Prediger zu sehen wünschte, so gingen wir mitsammen in die Kirche, welche also hoch belegen ist, daß man nach den anderen Seiten über Marschen und Heide, nach Westen aber auf den nicht gar fernen Meeresstrand hinunterschauen kann. Es mußte eben Fluth sein; denn die Watten waren überströmet, und das Meer stund wie ein lichtes Silber. Da ich anmerkete, wie oberhalb desselben die Spitze des Festlandes und von der andern Seite diejenige der Insel sich gegen einander strecketen, wies der Küster auf die Wasserfläche, so dazwischen liegt. »Dort«, sagte er, »hat einst meiner Eltern Haus gestanden; aber anno 34 bei der großen Fluth trieb es gleich hundert anderen in den grimmen Wassern; auf der einen Hälfte des Daches

ward ich an diesen Strand geworfen, auf der anderen fuhren Vater und Bruder in die Ewigkeit hinaus.«
Ich dachte: ›So stehet die Kirche wohl am rechten Ort; auch ohne den Pastor wird hier vernehmentlich Gottes Wort geprediget.‹
Der Knabe, welchen letzterer auf den Arm genommen hatte, hielt dessen Nacken mit beiden Ärmchen fest umschlungen und drückte die zarte Wange an das schwarze bärtige Gesicht des Mannes, als finde er so den Schutz vor der ihn schreckenden Unendlichkeit, die dort vor unseren Augen ausgebreitet lag.
Als wir in das Schiff der Kirche eingetreten waren, betrachtete ich mir die alten Bildnisse und sahe auch einen Kopf darunter, der wohl eines guten Pinsels werth gewesen wäre; jedennoch war es alles eben Pfennigmalerei, und sollte demnach der Schüler van der Helsts hier in gar sondere Gesellschaft kommen.
Da ich solches eben in meiner Eitelkeit bedachte, sprach die harte Stimme des Pastors neben mir: »Es ist nicht meines Sinnes, daß der Schein des Staubes dauere, wenn der Odem Gottes ihn verlassen; aber ich habe der Gemeine Wunsch nicht widerstreben mögen; nur, Meister, machet es kurz; ich habe besseren Gebrauch für meine Zeit.«
Nachdem ich dem finsteren Manne, an dessen Antlitz ich gleichwohl für meine Kunst Gefallen fand, meine beste Bemühung zugesaget, fragete ich einem geschnitzten Bilde der Maria nach, so von meinem Bruder mir war gerühmet worden.
Ein fast verachtend Lächeln ging über des Predigers Angesicht. »Da kommet Ihr zu spät«, sagte er, »es ging in Trümmer, da ich's aus der Kirche schaffen ließ.«
Ich sah ihn fast erschrocken an. »Und wolltet Ihr des Heilands Mutter nicht in Euerer Kirche dulden?«
»Die Züge von des Heilands Mutter«, entgegnete er, »sind nicht überliefert worden.«
– »Aber wollet Ihr's der Kunst mißgönnen, sie in frommem Sinn zu suchen?«
Er blickte eine Weile finster auf mich herab; denn, obschon ich zu den Kleinen nicht zu zählen, so überragte er mich doch um eines halben Kopfes Höhe; – dann sprach er heftig: »Hat nicht der König die holländischen Papisten dort auf die zerrissene Insel herberufen; nur um durch das Menschenwerk der Deiche des Höchsten Strafgericht zu trotzen? Haben nicht noch letzlich die Kirchenvorsteher drüben in der Stadt sich zwei der Heiligen in

ihr Gestühlte schnitzen lassen? Betet und wachet! Denn auch hier geht Satan noch von Haus zu Haus! Diese Marienbilder sind nichts als Säugeammen der Sinnenlust und des Papismus; die Kunst hat allzeit mit der Welt gebuhlt!«

Ein dunkles Feuer glühte in seinen Augen, aber seine Hand lag liebkosend auf dem Kopf des blassen Knaben, der sich an seine Knie schmiegte.

Ich vergaß darob, des Pastors Worte zu erwidern; mahnete aber danach, daß wir in die Küsterei zurückgingen, wo ich alsdann meine edle Kunst an ihrem Widersacher selber zu erproben anhub.

Also wanderte ich fast einen Morgen um den andern über die Heide nach dem Dorfe, wo ich allzeit den Pastor schon meiner harrend antraf. Geredet wurde wenig zwischen uns; aber das Bild nahm desto rascheren Fortgang. Gemeiniglich saß der Küster neben uns und schnitzete allerlei Geräthe gar säuberlich aus Eichenholz, dergleichen als eine Hauskunst hier überall betrieben wird; auch habe ich das Kästlein, woran er derzeit arbeitete, von ihm erstanden und darin vor Jahren die ersten Blätter dieser Niederschrift hinterleget, alswie denn auch mit Gottes Willen diese letzten darin sollen beschlossen sein. –

In des Predigers Wohnung wurde ich nicht geladen und betrat selbige auch nicht; der Knabe aber war allzeit mit ihm in der Küsterei; er stand an seinen Knien, oder er spielte mit Kieselsteinchen in der Ecke des Zimmers. Da ich selbigen einmal fragte, wie er heiße, antwortete er: »Johannes!« – »Johannes?« entgegnete ich, »so heiße ich ja auch!« – Er sah mich groß an, sagte aber weiter nichts.

Weshalb rühreten diese Augen so an meine Seele? – Einmal gar überraschete mich ein finsterer Blick des Pastors, da ich den Pinsel müßig auf der Leinewand ruhen ließ. Es war etwas in dieses Kindes Antlitz, das nicht aus seinem kurzen Leben kommen konnte; aber es war kein froher Zug. So, dachte ich, sieht ein Kind, das unter einem kummerschweren Herzen ausgewachsen. Ich hätte oft die Arme nach ihm breiten mögen; aber ich scheuete mich vor dem harten Manne, der es gleich einem Kleinod zu behüten schien. Wohl dachte ich oft: ›Welch eine Frau mag dieses Knaben Mutter sein?‹ –

Des Küsters alte Magd hatte ich einmal nach des Predigers Frau befraget; aber sie hatte mir kurzen Bescheid gegeben: »Die kennt man nicht; in die Bauernhäuser kommt sie kaum, wenn Kindelbier und Hochzeit ist.« – Der Pastor selbst sprach nicht von ihr. Aus dem Garten der Küsterei, welcher in eine dichte Gruppe von Fliederbüschen ausläuft, sahe ich sie einmal langsam über die Priesterkoppel nach ihrem Hause gehen; aber sie hatte mir den Rücken zugewendet, so daß ich nur ihre schlanke, jugendliche Gestalt gewahren konnte, und außerdem ein paar gekräuselte Löckchen, in der Art, wie sie sonst nur von den Vornehmeren getragen werden und die der Wind von ihren Schläfen wehte. Das Bild ihres finsteren Ehgesponsen trat mir vor die Seele, und mir schien, es passe dieses Paar nicht wohl zusammen.

– – An den Tagen, wo ich nicht da draußen war, hatte ich auch die Arbeit an meinem Lazarus wieder aufgenommen, so daß nach einiger Zeit diese Bilder mit einander nahezu vollendet waren.

So saß ich eines Abends nach vollbrachtem Tagewerke mit meinem Bruder unten in unserem Wohngemache. Auf dem Tisch am Ofen war die Kerze fast herabgebrannt, und die holländische Schlaguhr hatte schon auf Eilf gewarnt; wir aber saßen am Fenster und hatten der Gegenwart vergessen; denn wir gedachten der kurzen Zeit, die wir mitsammen in unserer Eltern Haus verlebet hatten; auch unseres einzigen lieben Schwesterleins gedachten wir, das im ersten Kindbette verstorben und nun seit lange schon mit Vater und Mutter einer fröhlichen Auferstehung entgegenharrete. – Wir hatten die Läden nicht vorgeschlagen; denn es that uns wohl, durch das Dunkel, so draußen auf den Erdenwohnungen der Stadt lag, in das Sternenlicht des ewigen Himmels hinaufzublicken.

Am Ende verstummeten wir beide in uns selber, und wie auf einem dunkeln Strome trieben meine Gedanken zu ihr, bei der sie allzeit Rast und Unrast fanden. – – Da, gleich einem Stern aus unsichtbaren Höhen, fiel es mir jählings in die Brust: Die Augen des schönen blassen Knaben, es waren ja ihre Augen! Wo hatte ich meine Sinne denn gehabt! – – Aber dann, wenn sie es war, wenn ich sie selber schon gesehen! – Welch schreckbare Gedanken stürmten auf mich ein!

Indem legte sich die eine Hand meines Bruders mir auf die Schulter, mit der andern wies er auf den dunkeln Markt hinaus, von wannen aber itzt ein heller Schein zu uns herüberschwankte. »Sieh nur!« sagte er. »Wie gut, daß wir das Pflaster mit Sand

und Heide ausgestopfet haben! Die kommen von des Glockengießers Hochzeit; aber an ihren Stockleuchten sieht man, daß sie gleichwohl hin und wider stolpern.«
Mein Bruder hatte recht. Die tanzenden Leuchten zeugeten deutlich von der Trefflichkeit des Hochzeitsschmauses; sie kamen uns so nahe, daß die zwei gemalten Scheiben, so letzlich von meinem Bruder als eines Glasers Meisterstück erstanden waren, in ihren satten Farben wie in Feuer glühten. Als aber dann die Gesellschaft an unserem Hause laut redend in die Krämerstraße einbog, hörete ich einen unter ihnen sagen: »Ei freilich; das hat der Teufel uns verpurret! Hatte mich leblang darauf gespitzet, einmal eine richtige Hex so in der Flammen singen zu hören!«
Die Leuchten und die lustigen Leute gingen weiter, und draußen die Stadt lag wieder still und dunkel.
»O weh!« sprach mein Bruder; »den trübet, was mich tröstet.«
Da fiel es mir erst wieder bei, daß am nächsten Morgen die Stadt ein grausam Spectacul vor sich habe. Zwar war die junge Person, so wegen einbekannten Bündnisses mit dem Satan zu Aschen sollte verbrannt werden, am heutigen Morgen vom Frone todt in ihrem Kerker aufgefunden worden; aber dem todten Leibe mußte gleichwohl sein peinlich Recht geschehen.
Das war nun vielen Leuten gleich einer kalt gestellten Suppen. Hatte doch auch die Buchführer-Witwe Liebernickel, so unter dem Thurm der Kirche den grünen Bücherschranken hat, mir am Mittage, da ich wegen der Zeitung bei ihr eingetreten, aufs heftigste geklaget, daß nun das Lied, so sie im voraus darüber habe anfertigen und drucken lassen, nur kaum noch passen werde wie die Faust aufs Auge. Ich aber und mit mir mein viellieber Bruder, hatte so meine eigenen Gedanken von dem Hexenwesen und freuete mich, daß unser Herrgott – denn der war es doch wohl gewesen – das arme junge Mensch so gnädiglich in seinen Schoß genommen hatte.
Mein Bruder, welcher weichen Herzens war, begann gleichwohl der Pflichten seines Amts sich zu beklagen; denn er hatte drüben von der Rathhaustreppe das Urthel zu verlesen, sobald der Racker den todten Leichnam davor aufgefahren, und hernach auch der Justification selber zu assistiren. »Es schneidet mir schon itzund in das Herz«, sagte er, »das greuelhafte Gejohle, wenn sie mit dem Karren die Straße herabkommen; denn die Schulen werden ihre Buben und die Zunftmeister ihre Lehrbur-

schen loslassen. – An deiner Statt«, fügete er bei, »der du ein freier Vogel bist, würde ich aufs Dorf hinausmachen und an dem Conterfey des schwarzen Pastors weiter malen!«
Nun war zwar festgesetzet worden, daß ich am nächstfolgenden Tage erst wieder hinauskäme; aber mein Bruder redete mir zu, unwissend, wie er die Ungeduld in meinem Herzen schürete; und so geschah es, daß alles sich erfüllen mußte, was ich getreulich in diesen Blättern niederschreiben werde.

Am andern Morgen, als drüben vor meinem Kammerfenster nur kaum der Kirchthurmhahn in rothem Frühlicht blinkte, war ich schon von meinem Lager aufgesprungen; und bald schritt ich über den Markt, allwo die Bäcker, vieler Käufer harrend, ihre Brotschragen schon geöffnet hatten; auch sahe ich, wie an dem Rathhause der Wachtmeister und die Fußknechte in Bewegung waren, und hatte Einer bereits einen schwarzen Teppich über das Geländer der großen Treppe aufgehangen; ich aber ging durch den Schwibbogen, so unter dem Rathhause ist, eilends zur Stadt hinaus.
Als ich hinter dem Schloßgarten auf dem Steige war, sahe ich drüben bei der Lehmkuhle, wo sie den neuen Galgen hingesetzet, einen mächtigen Holzstoß aufgeschichtet. Ein paar Leute hantirten noch daran herum, und mochten das der Fron und seine Knechte sein, die leichten Brennstoff zwischen die Hölzer thaten; von der Stadt her aber kamen schon die ersten Buben über die Felder ihnen zugelaufen. – Ich achtete deß nicht weiter, sondern wanderte rüstig fürbaß, und da ich hinter den Bäumen hervortrat, sahe ich mir zur Linken das Meer im ersten Sonnenstrahl entbrennen, der im Osten über die Heide emporstieg. Da mußte ich meine Hände falten:

O Herr, mein Gott und Christ,
Sei gnädig mit uns allen,
Die wir in Sünd gefallen,
Der du die Liebe bist! – –

Als ich draußen war, wo die breite Landstraße durch die Heide führte, begegneten mir viele Züge von Bauern; sie hatten ihre kleinen Jungen und Dirnen an den Händen und zogen sie mit sich fort.

»Wohin strebet ihr denn so eifrig?« fragte ich den einen Haufen; »es ist ja doch kein Markttag heute in der Stadt.«
Nun, wie ich's wohl zum voraus wußte, sie wollten die Hexe, das junge Satansmensch, verbrennen sehen.
– »Aber die Hexe ist ja todt!«
»Freilich, das ist ein Verdruß«, meineten sie, »aber es ist unserer Hebamme, der alten Mutter Siebenzig, ihre Schwestertochter; da können wir nicht außen bleiben und müssen mit dem Reste schon fürlieb nehmen.« –
– – Und immer neue Scharen kamen daher; und itzund taucheten auch schon Wagen aus dem Morgennebel, die statt mit Kornfrucht heut mit Menschen voll geladen waren. – Da ging ich abseits über die Heide, obwohl noch der Nachtthau von dem Kraute rann; denn mein Gemüth verlangte nach der Einsamkeit; und ich sahe von fern, wie es den Anschein hatte, das ganze Dorf des Weges nach der Stadt ziehen. Als ich auf dem Hünenhügel stund, der hier inmitten der Heide liegt, überfiel es mich, als müsse auch ich zur Stadt zurückkehren oder etwan nach links hinab an die See gehen, oder nach dem kleinen Dorfe, das dort unten hart am Strande liegt; aber vor mir in der Luft schwebete etwas wie ein Glück, wie eine rasende Hoffnung, und es schüttelte mein Gebein, und meine Zähne schlugen an einander. ›Wenn sie es wirklich war, so letztlich mit meinen eigenen Augen ich erblicket, und wenn dann heute –‹ Ich fühlte mein Herz gleich einem Hammer an den Rippen; ich ging weit um durch die Heide; ich wollte nicht sehen, ob auf der Wagen einem auch der Prediger nach der Stadt fahre. – Aber ich ging dennoch endlich seinem Dorfe zu.
Als ich es erreichet hatte, schritt ich eilends nach der Thür des Küsterhauses. Sie war verschlossen. Eine Weile stund ich unschlüssig; dann hub ich mit der Faust zu klopfen an. Drinnen blieb alles ruhig; als ich aber stärker klopfte, kam des Küsters alte halb blinde Trienke aus einem Nachbarhause.
»Wo ist der Küster?« fragte ich.
– »Der Küster? Mit dem Priester in die Stadt gefahren.«
Ich starrete die Alte an; mir war, als sei ein Blitz durch mich dahin geschlagen.
»Fehlet Euch etwas, Herr Maler?« frug sie.
Ich schüttelte den Kopf und sagte nur: »So ist wohl heute keine Schule, Trienke?«

– »Bewahre! Die Hexe wird ja verbrannt!«
Ich ließ mir von der Alten das Haus aufschließen, holte mein Malergeräthe und das fast vollendete Bildniß aus des Küsters Schlafkammer und richtete, wie gewöhnlich, meine Staffelei in dem leeren Schulzimmer. Ich pinselte etwas an der Gewandung; aber ich suchte damit nur mich selber zu belügen; ich hatte keinen Sinn zum Malen; war ja um dessen willen auch nicht hieher gekommen.
Die Alte kam hereingelaufen, stöhnte über die arge Zeit und redete über Bauern- und Dorfsachen, die ich nicht verstund; mich selber drängete es, sie wieder einmal nach des Predigers Frau zu fragen, ob selbige alt oder jung, und auch, woher sie gekommen sei; allein ich brachte das Wort nicht über meine Zungen. Dagegen begann die Alte ein lang Gespinste von der Hex und ihrer Sippschaft hier im Dorfe und von der Mutter Siebenzig, so mit Vorspuksehen behaftet sei; erzählete auch, wie selbige zur Nacht, da die Gicht dem alten Weibe keine Ruh gelassen, drei Leichlaken über des Pastors Hausdach habe fliegen sehen: es gehe aber solch Gesichte allzeit richtig aus, und Hoffart komme vor dem Falle; denn sei die Frau Pastorin bei aller ihrer Vornehmheit doch nur eine blasse und schwächliche Kreatur.
Ich mochte solch Geschwätz nicht fürder hören; ging daher aus dem Hause und auf dem Wege herum, da wo das Pastorat mit seiner Fronte gegen die Dorfstraße liegt; wandte auch unter bangem Sehnen meine Augen nach den weißen Fenstern, konnte aber hinter den blinden Scheiben nichts gewahren als ein paar Blumenscherben, wie sie überall zu sehen sind. – Ich hätte nun wohl umkehren mögen; aber ich ging dennoch weiter. Als ich auf den Kirchhof kam, trug von der Stadtseite der Wind ein wimmernd Glockenläuten an mein Ohr; ich aber wandte mich und blickte hinab nach Westen, wo wiederum das Meer wie lichtes Silber am Himmelssaume hinfloß, und war doch ein tobend Unheil dort gewesen, worin in einer Nacht des Höchsten Hand viel tausend Menschenleben hingeworfen hatte. Was krümmete denn ich mich so gleich einem Wurme? – Wir sehen nicht, wie seine Wege führen!
Ich weiß nicht mehr, wohin mich damals meine Füße noch getragen haben; ich weiß nur, daß ich in einem Kreis gegangen bin; denn da die Sonne fast zur Mittagshöhe war, langete ich wieder bei der Küsterei an. Ich ging aber nicht in das Schulzim-

mer an meine Staffelei, sondern durch das Hinterpförtlein wieder zum Hause hinaus. – –

Das ärmliche Gärtlein ist mir unvergessen, obschon seit jenem Tage meine Augen es nicht mehr gesehen. – Gleich dem des Predigerhauses von der anderen Seite, trat es als ein breiter Streifen in die Priesterkoppel; inmitten zwischen beiden aber war eine Gruppe dichter Weidenbüsche, welche zur Einfassung einer Wassergrube dienen mochten; denn ich hatte einmal eine Magd mit vollem Eimer wie aus einer Tiefe daraus hervorsteigen sehen.

Als ich ohne viel Gedanken, nur mein Gemüthe erfüllet von nicht zu zwingender Unrast, an des Küsters abgeheimseten Bohnenbeeten hinging, hörete ich von der Koppel draußen eine Frauenstimme von gar holdem Klang, und wie sie liebreich einem Kinde zusprach.

Unwillens schritt ich solchem Schalle nach; so mochte einst der griechische Heidengott mit seinem Stabe die Todten nach sich gezogen haben. Schon war ich am jenseitigen Rande des Holundergebüsches, das hier ohne Verzäunung in die Koppel ausläuft, da sahe ich den kleinen Johannes mit einem Ärmchen voll Moos, wie es hier in dem kümmerlichen Grase wächst, gegenüber hinter die Weiden gehen; er mochte sich dort damit nach Kinderart ein Gärtchen angeleget haben. Und wieder kam die holde Stimme an mein Ohr: »Nun heb nur an; nun hast du einen ganzen Haufen! Ja, ja; ich such derweil noch mehr; dort am Holunder wächst genug!«

Und dann trat sie selber hinter den Weiden hervor; ich hatte ja längst schon nicht gezweifelt. – Mit den Augen auf dem Boden suchend, schritt sie zu mir her, so daß ich ungestöret sie betrachten durfte; und mir war, als gliche sie nun gar seltsam dem Kinde wieder, das sie einst gewesen war, für das ich den »Buhz« einst von dem Baum herabgeschossen hatte; aber dieses Kinderantlitz von heute war bleich und weder Glück noch Muth darin zu lesen.

So war sie mählich näher gekommen, ohne meiner zu gewahren; dann kniete sie nieder an einem Streifen Moos, der unter den Büschen hinlief; doch ihre Hände pflückten nicht davon; sie ließ das Haupt auf ihre Brust sinken, und es war, als wolle sie nur ungesehen vor dem Kinde in ihrem Leide ausruhen.

Da rief ich leise: »Katharina!«

Sie blickte auf; ich aber ergriff ihre Hand und zog sie gleich einer

Willenlosen zu mir unter den Schatten der Büsche. Doch als ich sie endlich also nun gefunden hatte und keines Wortes mächtig vor ihr stund, da sahen ihre Augen weg von mir, und mit fast einer fremden Stimme sagte sie: »Es ist nun einmal so, Johannes! Ich wußte wohl, du seiest der fremde Maler; ich dachte nur nicht, daß du heute kommen würdest.«

Ich hörete das, und dann sprach ich es aus: »Katharina, – – so bist du des Predigers Eheweib?«

Sie nickte nicht; sie sah mich starr und schmerzlich an. »Er hat das Amt dafür bekommen«, sagte sie, »und dein Kind den ehrlichen Namen.«

– »Mein Kind, Katharina?«

»Und fühltest du das nicht? Er hat ja doch auf deinem Schoß gesessen; einmal doch, er selbst hat es mir erzählet.«

– – Möge keines Menschen Brust ein solches Weh zerfleischen! –

»Und du, du und mein Kind, ihr solltet mir verloren sein!«

Sie sah mich an, sie weinte nicht, sie war nur gänzlich todtenbleich.

»Ich will das nicht!« schrie ich, »ich will ...« Und eine wilde Gedankenjagd rasete mir durchs Hirn.

Aber ihre kleine Hand hatte gleich einem kühlen Blatte sich auf meine Stirn gelegt, und ihre braunen Augensterne auf dem blassen Antlitz sahen mich flehend an. »Du, Johannes«, sagte sie, »du wirst es nicht sein, der mich noch elender machen will.«

– »Und kannst denn du so leben, Katharina?«

»Leben? – – Es ist ja doch ein Glück dabei; er liebt das Kind; – was ist denn mehr noch zu verlangen?«

– »Und von uns, von dem, was einst gewesen ist, weiß er davon?«

»Nein, nein!« rief sie heftig. »Er nahm die Sünderin zum Weibe: mehr nicht. O Gott, ist's denn nicht genug, daß jeder neue Tag ihm angehört!«

In diesem Augenblicke tönete ein zarter Gesang zu uns herüber.

– »Das Kind«, sagte sie. »Ich muß zu dem Kinde; es könnte ihm ein Leids geschehen!«

Aber meine Sinne zieleten nur auf das Weib, das sie begehrten. »Bleib doch«, sagte ich, »es spielet ja fröhlich dort mit seinem Moose.«

Sie war an den Rand des Gebüsches getreten und horchete hinaus. Die goldene Herbstsonne schien so warm hernieder, nur leichter Hauch kam von der See herauf. Da hörten wir von jenseits durch die Weiden das Stimmlein unseres Kindes singen:

Zwei Englein, die mich decken,
Zwei Englein, die mich strecken,
Und zweie, so mich weisen
In das himmlische Paradeisen.

Katharina war zurückgetreten, und ihre Augen sahen groß und geisterhaft mich an. »Und nun leb wohl, Johannes«, sprach sie leise, »auf Nimmerwiedersehen hier auf Erden!«
Ich wollte sie an mich reißen; ich streckte beide Arme nach ihr aus; doch sie wehrete mich ab und sagte sanft: »Ich bin des anderen Mannes Weib; vergiß das nicht.«
Mich aber hatte auf diese Worte ein fast wilder Zorn ergriffen. »Und wessen, Katharina«, sprach ich hart, »bist du gewesen, ehe bevor du sein geworden?«
Ein weher Klaglaut brach aus ihrer Brust; sie schlug die Hände vor ihr Angesicht und rief: »Weh mir! O wehe, mein entweihter armer Leib!«
Da wurd ich meiner schier unmächtig; ich riß sie jäh an meine Brust, ich hielt sie wie mit Eisenklammern und hatte sie endlich, endlich wieder! Und ihre Augen sanken in die meinen, und ihre rothen Lippen duldeten die meinen; wir umschlangen uns inbrünstiglich; ich hätte sie tödten mögen, wenn wir also mit einander hätten sterben können. Und als dann meine Blicke voll Seligkeit auf ihrem Antlitz weideten, da sprach sie, fast erstickt von meinen Küssen: »Es ist ein langes, banges Leben! O Jesu Christ, vergib mir diese Stunde!«
– – Es kam eine Antwort; aber es war die harte Stimme jenes Mannes, aus dessen Munde ich itzt zum ersten Male ihren Namen hörte. Der Ruf kam von drüben aus dem Predigergarten, und noch einmal und härter rief es: »Katharina!«
Da war das Glück vorbei; mit einem Blicke der Verzweiflung sahe sie mich an; dann stille wie ein Schatten war sie fort.
– – Als ich in die Küsterei trat, war auch schon der Küster wieder da. Er begann sofort von der Justification der armen Hexe auf mich einzureden. »Ihr haltet wohl nicht viel davon«, sagte er, »sonst wäret Ihr heute nicht aufs Dorf gegangen, wo der Herr Pastor gar die Bauern und ihre Weiber in die Stadt getrieben.«

Ich hatte nicht die Zeit zur Antwort; ein gellender Schrei durchschnitt die Luft; ich werde ihn leblang in den Ohren haben.
»Was war das, Küster?« rief ich.
Der Mann riß ein Fenster auf und horchete hinaus, aber es geschah nichts weiter. »So mir Gott«, sagte er, »es war ein Weib, das so geschrien hat; und drüben von der Priesterkoppel kam's.«
Indem war auch die alte Trienke in die Thür gekommen. »Nun Herr?« rief sie mir zu. »Die Leichlaken sind auf des Pastors Dach gefallen!«
– »Was soll das heißen, Trienke?«
»Das soll heißen, daß sie des Pastors kleinen Johannes soeben aus dem Wasser ziehen.«
Ich stürzete aus dem Zimmer und durch den Garten auf die Priesterkoppel; aber unter den Weiden fand ich nur das dunkle Wasser und Spuren feuchten Schlammes daneben auf dem Grase. – Ich bedachte mich nicht, es war ganz wie von selber, daß ich durch das weiße Pförtchen in des Pastors Garten ging. Da ich eben ins Haus wollte, trat er selber mir entgegen.
Der große knochige Mann sah gar wüste aus; seine Augen waren geröthet, und das schwarze Haar hing wirr ihm ins Gesicht. »Was wollt Ihr?« sagte er.
Ich starrete ihn an; denn mir fehlete das Wort. Ja, was wollte ich denn eigentlich?
»Ich kenne Euch!« fuhr er fort. »Das Weib hat endlich alles ausgeredet.«
Das machte mir die Zunge frei. »Wo ist mein Kind?« rief ich.
Er sagte: »Die beiden Eltern haben es ertrinken lassen.«
– »So laßt mich zu meinem todten Kinde!«
Allein, da ich an ihm vorbei in den Hausflur wollte, drängete er mich zurück. »Das Weib«, sprach er, »liegt bei dem Leichnam und schreit zu Gott aus ihren Sünden. Ihr sollt nicht hin, um ihrer armen Seelen Seligkeit!«
Was dermalen selber ich gesprochen, ist mir schier vergessen; aber des Predigers Worte gruben sich in mein Gedächtniß. »Höret mich!« sprach er. »So von Herzen ich Euch hasse, wofür dereinst mich Gott in seiner Gnade wolle büßen lassen, und Ihr vermuthendlich auch mich – noch ist Eines uns gemeinsam. – Geht itzo heim und bereitet eine Tafel oder Leinewand! Mit solcher kommet morgen in der Frühe wieder und malet darauf des todten Knaben Antlitz. Nicht mir oder meinem Hause; der

Kirchen hier, wo er sein kurz unschuldig Leben ausgelebet, möget Ihr das Bildniß stiften. Mög es dort die Menschen mahnen, daß vor der knöchern Hand des Todes alles Staub ist!«

Ich blickte auf den Mann, der kurz vordem die edle Malerkunst ein Buhlweib mit der Welt gescholten; aber ich sagte zu, daß alles so geschehen möge.

– – Daheim indessen wartete meiner eine Kunde, so meines Lebens Schuld und Buße gleich einem Blitze jählings aus dem Dunkel hob, so daß ich Glied um Glied die ganze Kette vor mir leuchten sahe.

Mein Bruder, dessen schwache Constitution von dem abscheulichen Spectacul, dem er heute assistiren müssen, hart ergriffen war, hatte sein Bette aufgesucht. Da ich zu ihm eintrat, richtete er sich auf. »Ich muß noch eine Weile ruhen«, sagte er, indem er ein Blatt der Wochenzeitung in meine Hand gab, »aber lies doch dieses! Da wirst du sehen, daß Herrn Gerhardus' Hof in fremde Hände kommen, maßen Junker Wulf ohn Weib und Kind durch eines tollen Hundes Biß gar jämmerlichen Todes verfahren ist.«

Ich griff nach dem Blatte, das mein Bruder mir entgegenhielt; aber es fehlte nicht viel, daß ich getaumelt wäre. Mir war's bei dieser Schreckenspost, als sprängen des Paradieses Pforten vor mir auf; aber schon sahe ich am Eingange den Engel mit dem Feuerschwerte stehen, und aus meinem Herzen schrie es wieder: O Hüter, Hüter, war dein Ruf so fern! – – Dieser Tod hätte uns das Leben werden können; nun war's nur ein Entsetzen zu den andern.

Ich saß oben auf meiner Kammer. Es wurde Dämmerung, es wurde Nacht; ich schaute in die ewigen Gestirne, und endlich suchte auch ich mein Lager. Aber die Erquickung des Schlafes ward mir nicht zu Theil. In meinen erregten Sinnen war es mir gar seltsamlich, als sei der Kirchthurm drüben meinem Fenster nah gerückt; und fühlte die Glockenschläge durch das Holz der Bettstatt dröhnen, und ich zählete sie alle die ganze Nacht entlang. Doch endlich dämmerte der Morgen. Die Balken an der Decke hingen noch wie Schatten über mir, da sprang ich auf, und ehbevor die erste Lerche aus den Stoppelfeldern stieg, hatte ich allbereits die Stadt im Rücken.

Aber so frühe ich auch ausgegangen, ich traf den Prediger schon auf der Schwelle seines Hauses stehen. Er geleitete mich auf den Flur und sagte, daß die Holztafel richtig angelanget, auch meine

Staffelei und sonstiges Malergeräth aus dem Küsterhause herübergeschaffet sei. Dann legte er seine Hand auf die Klinke einer Stubentür.
Ich jedoch hielt ihn zurück und sagte: »Wenn es in diesem Zimmer ist, so wollet mir vergönnen, bei meinem schweren Werk allein zu sein!«
»Es wird Euch niemand stören«, entgegnete er und zog die Hand zurück. »Was Ihr zur Stärkung Eueres Leibes bedürfet, werdet Ihr drüben in jenem Zimmer finden.« Er wies auf eine Thür an der anderen Seite des Flures; dann verließ er mich.
Meine Hand lag itzund statt der des Predigers auf der Klinke. Es war todtenstill im Hause; eine Weile mußte ich mich sammeln, bevor ich öffnete.
Es war ein großes, fast leeres Gemach, wohl für den Confirmandenunterricht bestimmt, mit kahlen weißgetünchten Wänden; die Fenster sahen über öde Felder nach dem fernen Strand hinaus. Inmitten des Zimmers aber stund ein weißes Lager aufgebahret. Auf dem Kissen lag ein bleiches Kinderangesicht; die Augen zu; die kleinen Zähne schimmerten gleich Perlen aus den blassen Lippen.
Ich fiel an meines Kindes Leiche nieder und sprach ein brünstiglich Gebet. Dann rüstete ich alles, wie es zu der Arbeit nöthig war; und dann malte ich – rasch, wie man die Todten malen muß, die nicht zum zweitenmal dasselbig Antlitz zeigen. Mitunter wurd ich wie von der andauernden großen Stille aufgeschrekket; doch wenn ich inne hielt und horchte, so wußte ich bald, es sei nichts da gewesen. Einmal auch war es, als drängen leise Odemzüge an mein Ohr. – Ich trat an das Bette des Todten, aber da ich mich zu dem bleichen Mündlein niederbeugete, berührte nur die Todeskälte meine Wangen.
Ich sahe um mich; es war noch eine Thür im Zimmer; sie mochte zu einer Schlafkammer führen, vielleicht daß es von dort gekommen war! Allein so scharf ich lauschte, ich vernahm nichts wieder; meine eigenen Sinne hatten wohl ein Spiel mit mir getrieben.
So setzte ich mich denn wieder, sahe auf den kleinen Leichnam und malete weiter; und da ich die leeren Händchen ansahe, wie sie auf dem Linnen lagen, so dachte ich: ›Ein klein Geschenk doch mußt du deinem Kinde geben!‹ Und ich malete auf seinem Bildniß ihm eine weiße Wasserlilie in die Hand, als sei es spielend

damit eingeschlafen. Solcher Art Blumen gab es selten in der Gegend hier, und mocht es also ein erwünschet Angebinde sein.
Endlich trieb mich der Hunger von der Arbeit auf, mein ermüdeter Leib verlangte Stärkung. Legete sonach den Pinsel und die Palette fort und ging über den Flur nach dem Zimmer, so der Prediger mir angewiesen hatte. Indem ich aber eintrat, wäre ich vor Überraschung bald zurückgewichen; denn Katharina stund mir gegenüber, zwar in schwarzen Trauerkleidern und doch in all dem Zauberschein, so Glück und Liebe in eines Weibes Antlitz wirken mögen.
Ach, ich wußte es nur zu bald; was ich hier sahe, war nur ihr Bildniß, das ich selber einst gemalet. Auch für dieses war also nicht mehr Raum in ihres Vaters Haus gewesen. – Aber wo war sie selber denn? Hatte man sie fortgebracht, oder hielt man sie auch hier gefangen? – Lang, gar lange sahe ich das Bildniß an; die alte Zeit stieg auf und quälete mein Herz. Endlich, da ich mußte, brach ich einen Bissen Brot und stürzete ein paar Gläser Wein hinab; dann ging ich zurück zu unserem todten Kinde.
Als ich drüben eingetreten und mich an die Arbeit setzen wollte, zeigete es sich, daß in dem kleinen Angesicht die Augenlider um ein weniges sich gehoben hatten. Da bückete ich mich hinab, im Wahne, ich möchte noch einmal meines Kindes Blick gewinnen; als aber die kalten Augensterne vor mir lagen, überlief mich Grausen; mir war, als sähe ich die Augen jener Ahne des Geschlechtes, als wollten sie noch hier aus unseres Kindes Leichenantlitz künden: »Mein Fluch hat doch euch beide eingeholet!« – Aber zugleich – ich hätt es um alle Welt nicht lassen können – umfing ich mit beiden Armen den kleinen blassen Leichnam und hob ihn auf an meine Brust und herzete unter bitteren Thränen zum ersten Male mein geliebtes Kind. »Nein, nein, mein armer Knabe, deine Seele, die gar den finstern Mann zur Liebe zwang, die blickte nicht aus solchen Augen; was hier herausschaut, ist alleine noch der Tod. Nicht aus der Tiefe schreckbarer Vergangenheit ist es heraufgekommen; nichts anderes ist da als deines Vaters Schuld; sie hat uns alle in die schwarze Fluth hinabgerissen.«
Sorgsam legte ich dann wieder mein Kind in seine Kissen und drückte ihm sanft die beiden Augen zu. Dann tauchete ich meinen Pinsel in ein dunkles Roth und schrieb unten in den Schatten des Bildes die Buchstaben: C. P. A. S. Das sollte heißen:

Culpa Patris Aquis Submersus, »Durch Vaters Schuld in der Fluth versunken.« – Und mit dem Schalle dieser Worte in meinem Ohre, die wie ein schneidend Schwert durch meine Seele fuhren, malete ich das Bild zu Ende.

Während meiner Arbeit hatte wiederum die Stille im Hause fortgedauert, nur in der letzten Stunde war abermalen durch die Thür hinter welcher ich eine Schlafkammer vermuthet hatte, ein leises Geräsuch hereingedrungen. – War Katharina dort, um ungesehen bei meinem schweren Werk mir nah zu sein? – Ich konnte es nicht enträtseln.

Es war schon spät. Mein Bild war fertig, und ich wollte mich zum Gehen wenden; aber mir war, als müsse ich noch einen Abschied nehmen, ohne den ich nicht von hinnen könne.

So stand ich zögernd und schaute durch das Fenster auf die öden Felder draußen, wo schon die Dämmerung begunnte sich zu breiten; da öffnete sich vom Flure her die Thür und der Prediger trat zu mir herein.

Er grüßte schweigend; dann mit gefalteten Händen blieb er stehen und betrachtete wechselnd das Antlitz auf dem Bilde und das des kleinen Leichnams vor ihm, als ob er sorgsame Vergleichung halte. Als aber seine Augen auf die Lilie in der gemalten Hand des Kindes fielen, hub er wie im Schmerze seine beiden Hände auf, und ich sahe, wie seinen Augen jählings ein reicher Thränenquell entstürzete.

Da streckte auch ich meine Arme nach dem Todten und rief überlaut: »Leb wohl, mein Kind! O mein Johannes, lebe wohl!«

Doch in demselben Augenblicke vernahm ich leise Schritte in der Nebenkammer; es tastete wie mit kleinen Händen an der Thür; ich hörte deutlich meinen Namen rufen – oder war es der des todten Kindes? – Dann rauschte es wie von Frauenkleidern hinter der Thüre nieder, und das Geräusch vom Falle eines Körpers wurde hörbar.

»Katharina!« rief ich. Und schon war ich hinzugesprungen und rüttelte an der Klinke der fest verschlossenen Thür; da legte die Hand des Pastors sich auf meinen Arm: »Das ist meines Amtes!« sagte er. »Gehet itzo! Aber gehet in Frieden; und möge Gott uns allen gnädig sein!«

– – Ich bin dann wirklich fortgegangen; ehe ich es selbst begriff, wanderte ich schon draußen auf der Heide auf dem Weg zur Stadt.

Noch einmal wandte ich mich um und schaute nach dem Dorf zurück, das nur noch wie Schatten aus dem Abenddunkel ragte. Dort lag mein todtes Kind – Katharina – alles, alles! – Meine alte Wunde brannte mir in meiner Brust; und seltsam, was ich niemals hier vernommen, ich wurde plötzlich mir bewußt, daß ich vom fernen Strand die Brandung tosen hörete. Kein Mensch begegnete mir, keines Vogels Ruf vernahm ich; aber aus dem dumpfen Brausen des Meeres tönete es mir immerfort, gleich einem finsteren Wiegenliede: Aquis submersus – aquis submersus!

*

Hier endete die Handschrift.

Dessen Herr Johannes sich einstens im Vollgefühl seiner Kraft vermessen, daß er's wohl auch einmal in seiner Kunst den Größeren gleichzutun verhoffe, das sollten Worte bleiben, in die leere Luft gesprochen.

Sein Name gehört nicht zu denen, die genannt werden; kaum dürfte er in einem Künstlerlexikon zu finden sein; ja selbst in seiner engeren Heimat weiß niemand von einem Maler seines Namens. Des großen Lazarusbildes tut zwar noch die Chronik unserer Stadt Erwähnung, das Bild selbst aber ist zu Anfang dieses Jahrhunderts nach dem Abbruch unserer alten Kirche gleich den anderen Kunstschätzen derselben verschleudert und verschwunden.

Aquis submersus.

Verzeichnis der Gedichtüberschriften

Verzeichnis der Gedichtanfänge

Verzeichnis der Novellen nach Entstehungsdaten

1837 Hans Bär
1847 Marthe und ihre Uhr
1848 Im Saal
1848 Immensee
1849 Der kleine Häwelmann
1850 Ein grünes Blatt
1850 Hinzelmeyer
1854 Im Sonnenschein
1855 Angelika
1856 Wenn die Äpfel reif sind
1858 Am Kamin
1858 Auf dem Staatshof
1859 Späte Rosen
1860 Drüben am Markt
1861 Veronika
1861 Im Schloß
1862 Auf der Universität
1862 Unter dem Tannenbaum
1863 Abseits
1864 Von jenseits des Meeres
1864 Die Regentrude
1864 Bulemanns Haus
1864 Der Spiegel des Cyprianus
1867 In St. Jürgen
1867 Eine Malerarbeit
1870 Lena Wies
1870 Der Amtschirurgus – Heimkehr
1871 Eine Halligfahrt
1871 Draußen im Heidedorf
1871 Zwei Kuchenesser der alten Zeit
1873 Beim Vetter Christian
1873 Viola tricolor
1873 Von heut und ehedem
1874 Pole Poppenspäler
1874 Waldwinkel
1875 Ein stiller Musikant
1875 Psyche

1875 Im Nachbarhause links
1876 Aquis submersus
1876 Von Kindern und Katzen
1877 Carsten Curator
1878 Renate
1878 Eckenhof
1878 Zur Wald- und Wasserfreude
1879 Im Brauerhause
1879 Die Söhne des Senators
1881 Der Herr Etatsrat
1882 Hans und Heinz Kirch
1883 Schweigen
1884 Zur Chronik von Grieshuus
1884 Es waren zwei Königskinder
1885 John Riew'
1885 Ein Fest auf Haderslevhuus
1886 Bötjer Basch
1886 Ein Doppelgänger
1887 Ein Bekenntnis
1888 Der Schimmelreiter